suhrkamp taschenbuch 793
Ernst Weiß
Gesammelte Werke

*Herausgegeben von*
*Peter Engel und Volker Michels*
*Band 10*

S0-DPM-568

Georg Letham, ein umgekehrter Hamlet (wie bereits aus seinem Namen zu ersehen ist), sühnt nicht den Mord der Mutter an seinem Vater, sondern den seelischen Mord seines Vaters an ihm selbst. Verfolgt von frühesten traumatischen Kindheitserlebnissen, wird schließlich auch er zum Mörder. Das Opfer ist seine ihm ergebene Frau. Der Todesstrafe entgeht er, um zu lebenslänglicher Zwangsarbeit auf eine gelbfieberverseuchte Insel verbannt zu werden. Dort arbeitet er an der Erforschung des Krankheitserregers und entwickelt sich zusehends zu einem Verfechter der Humanität. »Hier ist ein Roman von so hohem Rang, daß nicht einmal der Vergleich mit Dostojewskis ›Schuld und Sühne‹ gewagt wäre«, schrieb die »Frankfurter Neue Presse«.

Ernst Weiß wurde am 28. August 1882 in Brünn/Mähren geboren. Am 15. Juni 1940, dem Tag nach dem Einmarsch der deutschen Truppen in Paris, nahm er sich das Leben.

# Ernst Weiß
# Georg Letham

## Arzt und Mörder

*Roman*

Suhrkamp

Die Erstausgabe erschien 1931
im Zsolnay Verlag, Wien-Berlin-Leipzig
Umschlagabbildung:
Heinrich Maria Davringhausen. Der Träumer II (Ausschnitt), 1919.
© Renata Davringhausen c/o Leopold-Hoesch-Museum, Düren

suhrkamp taschenbuch 793
Erste Auflage 1982
© Paul Zsolnay Verlag GmbH, Wien 1931
Lizenzausgabe mit freundlicher Genehmigung des Zsolnay Verlags
Suhrkamp Taschenbuch Verlag
Druck: Nomos Verlagsgesellschaft, Baden-Baden
Printed in Germany
Umschlag nach Entwürfen von
Willy Fleckhaus und Rolf Staudt

4  5  6  7  8  9  10–  05 04 03  02  01  00

Georg Letham
Arzt und Mörder

Es bleibt uns unvollkommenen Menschen nicht erspart, entweder als Angeklagte, oder als Zeugen dem noch viel unvollkommeneren Weltprozeß beizuwohnen. Grausamkeit und Sinnlosigkeit sind das Ergebnis unserer Erfahrungen, und diese Beobachtungen wiederholen sich während der kärglichen Zeit unseres Daseins zum Überdruß. Dieser Grundwissenschaft gegenüber stellt sich keiner blind. Ewige Not des einzelnen, vergeblich durch rücksichtslosen Kampf aller gegen alle bekämpft – Schmerz, Leid der Seele, Qual des Körpers in unvorstellbarem Ausmaß, und dabei idiotische Kraft- und Materialvergeudung der Natur in dieser wohlgeordnetsten aller Welten – wer soll daraus klug werden?

Klug werden, wissend werden – man versucht es vom ersten bis zum letzten Tage, versucht es und erreicht es nie. Was soll ein denkender und willenskräftiger Mann also dann anstreben außer dem augenblicklichen Genuß? Und was kann denn dieser Genuß anderes sein als ein Rausch, den man, will man ihn wiederholen, ein jedesmal mit viel größeren Mengen des Rauschmittels herbeizwingen muß? Muß man aber jedesmal von neuem immer brutalere Anstrengungen machen, um sich das Dasein auch nur erträglich zu gestalten, dann wird jener Augenblick sehr bald gekommen sein, in welchem man sich gegen das Gesetz der Sozialität und menschlicher Solidarität vergeht, da man in die Rechte der anderen rücksichtslos eingreift, und nichts ist natürlicher, als daß sich diese anderen dagegen wehren und den Rechtsverbrecher unschädlich zu machen versuchen.

Die tiefe und wahrhaft schauerliche, katastrophale Unordnung und Sinnlosigkeit der Natur und der Umwelt, das, was wir in der naturwissenschaftlichen Welt das Pathologische, in der sittlichen Welt das Verbrecherische nennen, sie bleiben bestehen, sie rühren sich im Laufe der Zeiten und Begebenheiten nicht fort aus ihrer Existenz, und die Miene der Natur, die Struktur der Gesellschaft, sie behalten auch nach den furchtbarsten Katastrophen den Ausdruck des tierischen, stupiden Ernstes nach wie vor. Niemand außer dem bemitleidenswerten, weil denkenden Menschen aber ist gezwungen, dies alles wissend und begreifend mitansehen zu müssen. Füge dich in die Gesamtheit ein! Aber wie? Staaten sind stupid wie einzelne. Setze deine Kräfte ein! Hilf! Versuche zu ändern! Ändern? Aber wo?! Könnte man doch nur helfen! Aber in neunhundertneunundneunzig Fällen von tausend versagt die Kraft des einzelnen. Könnte man wenigstens an eine übersinnliche Ordnung der Welt glauben, an einen großen Gedanken sich anklammern, heiße er nun Jesus Christ oder Vaterland oder – Wissenschaft!

Schönheit, Frieden, Harmonie – alles das ist auch nur ein Rausch. Etwas Halt gewinnt der einzelne nur durch Reichtum und Wissen.

Zum Helfen zu schwach und zum Glauben von Kindesbeinen an unfähig gemacht, allen antisozialen Trieben meines Innern (der Erbsünde?) ausgeliefert, von den Mitmenschen niemals durchschaut und daher im tiefsten Grunde stets allein; von inneren Widersprüchen hin- und hergeschüttelt wie ein Malariakranker zwischen Untertemperatur und Übertemperatur, zwischen Gluthitze und Fieberfrösteln – Ansätze zu wissenschaftlicher Forschung im Kopfe, aber keine Hoffnung in der mit jedem Jahr nur älter, aber nicht reifer werdenden Seele – ein Menschenleben auf dem Gewissen, aber kein eigentliches Gewissen in seinen in sich selbst unauflöslichen, widerspruchsvollen Charakterzügen – das ist mein Ich? Nein, nur ein Teil meines *Ich*.

Ja, ein solches Dasein nicht nur zum Teile, sondern in seiner Gänze zu beschreiben, das könnte vielleicht eine Aufgabe des modernen Romans sein.

Ist es nicht schon viel, daß ich mein Leben nicht nur durchgemacht habe, sondern es auch noch darzustellen versuche? Dieser Versuch braucht Kraft und Klarheit, mehr an Kraft und Klarheit vielleicht, als ich mir selbst zutrauen sollte. So entsteht, das fühle ich schon heute, schwerlich ein geschlossenes, alle Menschenherzen bewegendes Bekenntnis, ein alle Menschengehirne erleuchtendes Kunstwerk. Denn: ich muß vor allem fürchten, daß man mich nicht versteht und daß schon deshalb meinem Bemühen der Erfolg versagt bleiben muß.

Könnte ich nur alles Erlebte verständlich machen! Nur um diesen einen Punkt geht es. Aber versuchen will ich es. Mag es ein Experiment sein. Mein letztes vielleicht.

Einfach ist es nicht. Ich bin die handelnde und leidende Hauptperson in einem. Ein Wissenschaftler – ein Rechtsbrecher. Ein Arzt – ein Mörder. Beides vereint sich schwer. Irrtümer müssen notwendigerweise dazwischenliegen. Irrtümer aber wahrheitsgetreu nachzuzeichnen, wird dies mir gelingen? Oder soll ich mich einfach damit begnügen, wiederzugeben, was meiner Ansicht nach vor sich ging? Auch die Regeln der Kunst sind mir fremd. In dem Alter, da ich dies schreibe, mit mehr als vierzig Jahren, werde ich diesen ästhetischen Gesetzen bei aller meiner merkwürdigen Liebe für das Schöne und für das in sich Vollendete, für das Vollkommene, kaum noch auf den Grund kommen. Meine Hand, nicht ungeschickt und ziemlich sicher bei Experimenten, versagt den Dienst zu solchen Künsten.

Ohne großen Glauben, ohne Optimismus mache ich mich ans Werk. Aber ohne Optimismus, gibt es da Realismus, gibt es ein Werk? Dennoch will ich es versuchen. Ich will mir selbst einen Spiegel vorhalten. Mit ruhiger Hand. Mit wissenschaftlich prüfendem Blick. Ohne Erbarmen gegen mich, so wie ich es nicht hatte gegen andere. Was ist der Mensch, daß sich der Mensch seiner erbarme?

Mehr ist nicht möglich. Vielleicht gestaltet ein anderer aus den Protokollen dieser »Experimente an lebenden Seelen« einen lebensechten Roman.

## Erstes Kapitel

### I

Wie konnte ich, Georg Letham, ein Arzt, ein Mann von wissenschaftlicher Bildung, von einem gewissen philosophischen Streben mich hinreißen lassen, einen Rechtsbruch der schwersten Art, einen Gattenmord zu begehen? Und diese Tat zu begehen hauptsächlich aus Gründen des Geldes? So scheint es wenigstens dem Außenstehenden. Denn alles außer Geld konnte ich doch haben von dieser Frau, die hündisch an mir hing. Schmähe ich sie mit diesem Wort »hündisch«? Nein. Ich versuche nur zu erklären, und es gelingt noch nicht. Da klafft ein innerer Widerspruch und doch ist es so gewesen.

Man hat sich in Gerichtskreisen und in der öffentlichen Meinung, wie sie in der hauptstädtischen Presse verkörpert ist, darüber gewundert, daß ich bei der Hauptverhandlung meines Prozesses, als es bei mir um »Tod oder Leben« ging, gegähnt habe. Es war der dritte Verhandlungstag, die Hitze war drükkend, die Plädoyers brachten mir nichts Neues und doch – alles wird man eher verstehen, als daß der wegen eines derartigen Verbrechens Angeklagte ganz offenkundig das Interesse an dem Ausgang der Verhandlung verliert. Aber dieser Widerspruch ist nur ein scheinbarer im Gegensatz zu den vielen echten Widersprüchen meines Wesens. Die anderen, sage ich, konnte es interessieren, was aus mir wurde. Mich aber konnte es nicht interessieren, was andere darüber dachten und mit welcher »Strafe«, nach welchem Paragraphen des Gesetzes sie meine Schuld zwecks »Vergeltung und Abschreckung« sühnten. Denn um den logischen Zusammenhang von Schuld und Sühne einzusehen, dazu hätte es anderer Lebenserfahrungen gebraucht, als ich sie hatte. Welches Gesetz sollte Anwendung finden für mich? Gewohnheits- und Traditionsgesetz werden mir nicht gerecht. Und das Naturgesetz? Zu oft hatte ich unschuldige Wesen leiden und dafür Schuldige, Böse, Niederträchtige glücklich werden gesehen. Strafen konnte man mich. Aber man konnte mich nicht zwingen, diese Strafe, Todesstrafe oder

Verbannung nach C., wo das Gelbfieber und andere tropische Seuchen gerade jetzt wüteten, als eine Sühne anzuerkennen.

Oder sollte ich eine Aufklärung über mein asoziales Wesen, über eine »krankhafte Veranlagung«, über meine Unfähigkeit, als ordentlicher Bürger in einem geordneten Staatswesen weiterzuleben, aus diesen Plädoyers erhalten? War doch dieses »geordnete Staatswesen«, als dessen sittlicher Exponent das Gericht sich darstellte, nach meinen Eindrücken und Erfahrungen alles andere als ein gesunder, sittlicher, in seinem Wesen geordneter Organismus.

Aber die Tat bestand. Ja, und nur sie bestand. Und wenn eine menschliche Kreatur eine Tat auf dem Gewissen hat, die in ihrer ehernen Unumstößlichkeit niemals abgeleugnet oder beschönigt oder entschuldigt werden kann – wenn es mich nun doch einmal zur Vernichtung eines anderen Menschenlebens getrieben hat, was sollen da Worte und lang ausgesponnene Reden und Beweise? Retten kann sich der Täter nicht mehr. Konnte er sich doch nicht einmal vorher, *vor* seiner Tat retten. Und hätte er *alles* vorhergesehen, wären dann die treibenden Kräfte seines Innern nicht doch stärker gewesen als die Überlegungen seiner Vernunft?

Jetzt mag über sein äußeres Schicksal entschieden werden. Zu hoffen ist kaum noch etwas. Habe ich eine harte Haut, überstehe ich vieles. Bin ich empfindlich, gehe ich zugrunde. Was ist, ist. Alles ist geschehen. Es ist vorbei.

Ich habe in meiner Jugend, nachdem mein Vater seine Erziehungsversuche an mir gemacht hatte, das objektive Wissen in Form der Naturwissenschaft, den subjektiven Lebensgenuß in Form des Geldes angebetet. Mehr als oberflächlicher Genuß war mir das Geld, es schien mir der beste, weil einzige Ersatz für Gott in unserer sonst glaubenslosen Zeit. Geld ist ein fester Boden. Wer Geld hat, hat doch wenigstens etwas. Er steht auf dem sichersten Fundament der heutigen Weltordnung.

Möglichst viel zu wissen und möglichst viel zu besitzen – ein so einfaches Rezept und doch eine so schwierige Kunst! Wie inniglich habe ich, in meinem Innern stets unbeeinflußt, kalt und vereinsamt, diesen beiden Göttern Frondienste geleistet, habe Nächte in bakteriologischen Untersuchungsstätten und Pathologie-Laboratorien, andere Nächte wieder an Spieltischen verbracht – und in beiden hatte ich Glück. Ich habe die kostspieligsten Experimente (Schimpansen und Rhesusaffen kosten unsinnige Summen) mit Hilfe von Spielgewinnen ausgeführt. Ich habe mich mit Arbeit betäubt, wenn ich des Spielens müde war, und mich mit Spiel betäubt, wenn ich der geistigen Arbeit nicht mehr mit der nötigen Spannkraft und Konzentration gewachsen war. Am grünen Tisch beim Bakkarat kamen mir neuartige Gedanken zu wissenschaftlichen Experimenten. Glück hatte ich, aber glücklich war ich selten.

Meine Mutter habe ich früh verloren, meine Geschwister, ein Bruder, eine Schwester, waren mir fremd, mein Vater hat eine ebenso große wie verhängnisvolle Rolle in meinem Dasein gespielt, Freunde konnten wir nicht sein.

Eines Tages schlug ich, obwohl ich meiner Lebensführung längst überdrüssig geworden war, doch den Ruf einer kleinen Universität aus. Der Lehrtätigkeit brachte ich keine Sympathie entgegen. Ich veröffentlichte zwar das Ergebnis meiner bakteriologischen Versuche, die eine seltene, aber interessante Krankheit, die Rattenbiß-Krankheit, aufklärten, ich setzte sie aber vorläufig nicht weiter fort. Ich hatte im Spiel einen größeren Gewinn gemacht, ich schloß meine Tür ab und ging auf Reisen. Ich lernte meine künftige Frau kennen. Sie war sehr wohlhabend, unschön, nicht mehr ganz jung. Gewinnsüchtige Absichten lagen mir anfangs fern. In unserem Ehekontrakt, den wir unter Palmen und früchtetragenden Orangenbäumen an einem himmlischen Vormittag entwarfen, war von Gütergemeinschaft nicht die Rede. Auch lebte (und lebt) aus der ersten Ehe meiner Frau eine erbberechtigte Tochter, die bald heiratsfähig sein mußte. Wir beratschlagten, auf das azurfarbene Meer hinausblickend, den Gang unserer künftigen Wirtschaft. Die Anzahl der Zimmer, viel zu viele, aber nur *ein* Schlafzimmer, das gemeinsame. Luxuriöser Haushalt – zu welchem jeder der Ehegatten die Hälfte beisteuern sollte, meine Frau aus ihren Zinsen, ich von meinem Verdienst als Arzt.

Daß ich nicht nur Forscher, sondern auch geprüfter, diplomierter Arzt war, hatte ich ganz vergessen. Und dabei war ich ein guter Diagnostiker, wenngleich ich die Krankheiten und fehlerhaften Körperzustände der Menschen mehr vom Vorlesungssaale, von dem Seziertisch und dem Mikroskop her kannte als aus der klinischen Beobachtung am Krankenbett. Aber die moderne, wissenschaftliche Untersuchungstechnik, Röntgenuntersuchung, chemische Analyse, biologische Funktionsprüfung, ist bereits so ausgebaut, daß diese präzisen Untersuchungen die Erfahrung am Krankenbett reichlich ersetzen.

Ich hatte von meinen Experimenten des ferneren eine hinreichende manuelle Geschicklichkeit. Vivisektionsversuche, Experimente an lebendem Material, können nicht ohne ein gewisses Maß chirurgischer Geschicklichkeit durchgeführt werden. Auch hier gelten die Gesetze der Asepsis, die das Geheimnis aller chirurgischen Tätigkeit darstellt.

Am ehesten brachte ich ein gewisses Interesse der Chirurgie und Gynäkologie entgegen, und dieses Interesse vertiefte sich noch, als ich nach meiner Rückkunft einige Monate an einer großen Klinik Volontärdienste geleistet hatte. Ich konnte also dann den Sprung aus der theoretischen Wissenschaft in die praktische Chirurgie und Frauenheilkunde wagen – und wagte ihn.

Ich heiratete und wurde praktischer Arzt. Meine Frau war bald mit ihrer ganzen Energie und unverwüstlichen Lebensfreude dabei, mir die Wege zu ebnen. Eine Privatklinik in einer schönen stillen Straße der Großstadt wurde eröffnet. Ärztliche Kollegen, die mich früher als Pathologen zu Rate gezogen hatten, sandten mir Patienten zu und alles schien gut vonstatten zu gehen. Die Krankheiten interessierten mich, die Kranken interessierten mich nicht. Das ist bei neunzig Prozent aller Chirurgen so und muß so sein. Aus freien Stücken hatte ich meiner Gattin (sie hatte ein weiches Herz, ein zu weiches Herz) versprochen, mit den Tierexperimenten Schluß zu machen und nie wieder einen Fuß in einen Spielsaal zu setzen. Meine Verhältnisse waren geordnet.

Was war es im Grunde, was ich also »aus freien Stücken« gewollt hatte? Ein Mensch werden, wie es Millionen sind. Da kam der Krieg. Ich wurde eingezogen, aber nicht als Feldchirurg verwendet. Sondern man glaubte mir einen besonderen Dienst zu erweisen, wenn man mich einem bakteriologischen Laboratorium zuteilte. Ein ambulantes Komitee, stets an wichtigen Punkten im Augenblick der Gefahr eingesetzt. Es war nicht allein eine Zeit des sinnlos vergeudeten Bluts von Millionen, sondern auch eine Zeit der schauerlichen Seuchen, alle Bakterien waren losgelassen, welche den geschwächten und halbverbluteten, ausgehungerten, bekümmerten Menschen gefährlicher werden mußten als in Friedenszeiten. So hat die spanische Grippe in den Endjahren des Krieges bei dem damaligen elenden hygienischen Zustand der europäischen Menschheit Formen angenommen, die an die Pestseuchen des Mittelalters erinnerten. Die Menschen fielen wie Fliegen.

Ich ging nicht müßig. Ich arbeitete Tag und Nacht. Ich habe mein möglichstes geleistet. Ich hatte Vorgesetzte und Untergebene. Ich hatte Anordnungen zu treffen und Anordnungen auszuführen. Serumversorgung, Seuchenbekämpfung, Forschung in praktischem Sinn. Darauf kam es an. Über Sinn und Zweck des Krieges und der strategischen Operationen schwieg ich. Man sprach auch nicht mit mir darüber.

Meine Frau schrieb mir täglich. Ich antwortete, wenn ich freie Zeit hatte. Ich war mit vielen Menschen zusammen, sprach aber durch Wochen kein persönliches Wort. Man achtete mich. Freunde gewann ich nicht, wohl aber Auszeichnungen und Orden. Diesen Dankeszeichen für meine patriotische Wirksamkeit hatte ich es viele Jahre nachher zuzuschreiben, daß man mich nach meiner schweren Verfehlung nicht zur Guillotine, sondern nur zur Verbannung verurteilte. Denn wer in den damaligen kritischen Zeiten der Seuchenbekämpfung gedient hatte, hatte sich um das Vaterland verdient gemacht.

Was aber jene Zeit in mir niedergerissen hat – ich schweige. Wie sie das Werk meines Vaters vollendet hat – ich spreche es nicht aus. Er – der Vater, sowie es – das Vaterland, ja, die Väterländer alle in der ganzen Welt sind nicht unschuldig an der Entwicklung meines Wesens. Aber wie das den Richtern, den Geschworenen erzählen? Besser – die Hand vor den Mund – und diskret gähnen.

## II

Ja, mein Vater hat auf meine Jugend den bestimmenden Einfluß ausgeübt. Mein Leben war die Fortsetzung des Lebens meiner Eltern mit anderen Mitteln. Da sich meine Eltern widersprachen, widersprach ich mir selbst. Meine Mutter ist verhältnismäßig jung gestorben. Ich habe von ihr nur eine gute körperliche Pflege und eben die allgemeinen mütterlichen Liebkosungen geerntet – sie hat mich sprechen gelehrt. Mein

Vater hat mich denken gelehrt. Was ich als denkender Mensch bin, im besseren oder schlechteren, das bin ich durch ihn geworden. Es hat lange gedauert, bis ich aus dieser Kindsknechtschaft herauskam. Auch meine Frau übte eine Knechtschaft gegen mich aus – eine Güteknechtschaft, wenn ich so sagen darf.

Ich hatte sie geheiratet, um nicht allein zu sein. Sie sollte nur um mich sein, mir die Illusion der Gemeinschaft geben, aber sie sollte mich nicht beherrschen. Leider hatte sie andere Ansichten über unsere Beziehung. Sie war häßlich, ich sagte es schon, eine helle Brünette, die sich mit Unrecht blond vorkam, schmale Schultern, breite Hüften, ein blattartig flaches, lehmfarbenes Gesicht mit stumpfer Nase, großen Nasenlöchern, in deren behaartes Inneres man hineinsehen konnte. Die übliche Enthaarungsmittel nützten nichts, verschlimmerten nur diese häßliche Eigenheit. Wenig schön waren ihre spärlichen Zähne, die sie deshalb beim Sprechen und Lachen nicht gern zeigte. Späterhin wurden sie durch ein prachtvoll schönes künstliches Gebiß ersetzt. Denn sie war nicht frei von Eitelkeit und tat mehr zum Verbergen ihrer Häßlichkeit als manche anerkannt schöne Frau zur Erhaltung ihrer Schönheit tut. Ihre Augen waren hellbraun bis hellgrau – eine seltene Färbung, die aber mit den ebenfalls hellen, ziemlich üppigen Augenbrauen harmonierte. Ihre Häßlichkeit hatte mich von Anfang an nicht abgestoßen, sondern neben ihrer guten, gesellschaftlichen Stellung, ihrer positiven Lebensauffassung und ihrer Anspruchslosigkeit eher angezogen, da ich wußte, daß diese Dame mich durch Schönheit und sinnlichen Reiz nie auf Abwege bringen würde. Durch jene Gaben, durch welche die Frauen im allgemeinen Männer meiner Art beeinflussen, würde sie niemals mich zu einer Tat bewogen haben, wie ich sie verübt habe. Aber es gibt andere Verwicklungen, andere Widersprüche.

Mein Vater war mir überlegen gewesen, weil er mir durch seine bloße Existenz schon imponierte. Er hätte auch ohne *mein* Leben existiert, ich aber nicht ohne das seine. Überlegen war er mir in stärkerem Maße durch seine ungeheure Fähigkeit, Menschen zu nehmen, zu behandeln. Nehmen heißt immer auch lassen, und behandeln ist von mißhandeln niemals weit entfernt. Er war älter als ich. Das war noch kein Grund, zu ihm emporzusehen. Er war aber auch stärker, schöner (Schönheit hat auf mich seit jeher geradezu magisch gewirkt, selbst in den sonderbarsten Erscheinungen und Verkleidungen). Am meisten überlegen war er mir aber – banal, aber wahr –, weil ich ihn liebte. Er hat dies alles gefühlt. Denn er verstand sich auf Menschen, vielleicht, weil er während des größten Teiles seines Lebens seelisch von allem und jedem unabhängig war. Später, als er *mich* brauchte, als er mit ergrauenden, stets gefärbten Haaren, mit bitter werdenden Falten in seinem kleinen, scharf geschnittenen Gesicht, mit immer tieferen und immer mehr deprimierenden Lebenseinsichten rapid vereinsamte, da war er mir ganz fremd geworden.

Er war gefürchtet im Amt und einflußreich, einflußreicher als der Minister, höflich, reich und geizig, frömmlerisch und Anarchist, Menschenfeind seit seiner verunglückten Expedition, und immer und überall grundsätzlich unaufrichtig – vielleicht sogar manchmal gegen seinen Willen. Er war es müde geworden zu lügen, zu heucheln, zu posieren. Es lohnte ihm nicht mehr. Er hatte alles auf diese Weise Erreichbare erreicht. Aber er mußte bleiben, wie er war. Ich fragte ihn nicht mehr um Rat, meine wissenschaftliche Laufbahn verdankte ich nur mir selbst. Geldangelegenheiten wurden ungern direkt zwischen ihm und mir geregelt, sondern in meinen jungen Jahren, als sie wichtig für mich waren, durch seinen Anwalt und durch meinen Vormund. Übrigens war das von meiner Mutter ererbte Vermögen bald nicht mehr der Rede wert.

Er erschien in den Nachkriegsjahren immer wieder bei mir, äußerte in zurückhaltender Form sein Interesse – aber er erhielt nie Einblick in das, was mich entscheidend bewegte. Plötzlich kam er auf den Einfall, seine künstliche, überlang gehegte Jugendmaske fallen zu lassen. Als ich ihn einmal nach einer Ferienreise mit meiner Frau in einer Hafenstadt des Südens wiedersah, trug er schneeweiße Haare. Aber sonderbarerweise sahen diese weißen, leicht gelockten, immer noch reichen Haare aus wie die Perücke aus dem Schaufenster eines Theaterfriseurs, ja, wie das Gesellenstück eines Friseurgehilfen auf einem Haubenstock. Ich lächelte und schwieg. Ich betrachtete ihn wie eine Wachspuppe in einem Jahrmarktsmuseum und wünschte ihm ernsthaft Glück zu seiner letzten Beförderung, die ihn direkt dem Minister unterordnete. So hoch war er bereits gestiegen. Die Minister wechselten, und er blieb.

Er hatte meinen Trieb, rücksichtslos und schonungslos ins

Innere zu sehen, geweckt, hatte mir als wehrlosem Kind gezeigt, wie man hinter die Dinge und Ideen kommt, wie man Menschen und Tatsachen dirigiert. Er hatte mir seine Erlebnisse auf seiner verunglückten Nordpolfahrt erzählt. Nicht der Unterhaltung wegen. Er hatte mich getroffen, wie ein Torpedo ein Schiff in Fahrt. Ich war mit der Zeit natürlich auch in sein Inneres eingedrungen, denn seine Wurzel war am Ende nicht einfacher und nicht komplizierter als die der meisten Menschen. Er brauchte mir nichts mehr zu sagen. Ich sah ihn ruhig an. Ich sprach über die Ereignisse des Tages, wie sie in den letzten Nummern der Zeitungen geschildert waren, wir stritten nicht, wir waren in allem einig, verlangten nichts voneinander, vorbildlicher Vater, vorbildlicher Sohn, wir lächelten beide, schüttelten einander die Hände, luden uns ein zu einem Glas Wein oder dergleichen, ich erkundigte mich, ein nicht vorhandenes Interesse vortäuschend, nach dem Befinden meiner Geschwister, er beantwortete meine Fragen mit einer Handbewegung: auch mir sind sie gleichgültig, aber dann wurde er ernster und fragte, wie ich mein Vermögen angelegt hätte. Als ob er nicht wüßte, daß meiner Frau alles, mir nichts gehörte. Aber darauf antwortete ich nicht, sondern lächelte nur und sagte: »Gewiß gut!« Nichts weiter. Und dabei beschäftigte mich dieser Punkt sehr. Mein Vater und ich waren uns fremd. Mehr als das: er langweilte mich. Ich verstand ihn und er langweilte mich. Was sollte er mir auch erzählen? Seine Rattenballade kannte ich.

Er ödete mich vor allem durch seine Liebe an. Nicht anders als meine Gattin. Nein, doch in einem Punkte anders. Denn ihr tat das Lieben und Nichtgeliebtwerden wie den meisten Frauen, die den Masochismus nie ganz verlieren, wohl. Wenn ich nicht in allem der ideale Mann war, wie sich ihn eine Frau in ihren Jahren vorstellte, so war ich ihr sicherlich wie ein Kind, dessen schmerzhaftes und für die Mutter gefahrbringendes Zurweltkommen es der Dulderin besonders wertvoll macht. Hätte sie nur mit den Beweisen ihrer Zärtlichkeit zurückgehalten! Sie benahm sich mir gegenüber nur zu oft wie eine Gluckhenne, mit viel Wärme im dreckigen Gefieder – oder wie eine idiotische, bäuerische, bigotte Amme – was weiß ich. Zum Unglück hatte sich von ihr mein Vater diese Manier angewöhnt, und es war oft zum Verzweifeln. Hätten sie mir statt Zärtlichkeiten und Liebesbeweisen bares Geld (oder einen Revolver) in die Hand gegeben, alles wäre anders geworden. Aber dazu fühlten sie wohl zu zart. Beide hatten ein bedeutendes Vermögen. Aber sie enthielten es mir vor, vielleicht um ein letztes Mittel in Reserve zu haben, mich an sie zu ketten. Das hätte ich verstehen können, gewiß. Aber wozu einen wehrlosen (innerlich mit sich selbst zerfallenen) Menschen mit den Beweisen eines Gefühls überschütten, das dieser nicht erwidern will und kann!

Meiner Frau war ich weniger fremd als meinem Vater. Wenn es *ihr* Spaß machte zu leiden, so hatte *ich* gelernt, Spaß darin zu finden, sie leiden zu machen. Darin ergänzten wir uns vortrefflich. Ich studierte mit aller Genauigkeit, wie weit ich gehen durfte, ohne ihre Liebe zu verlieren. Ich ging so weit, als ich es mir ausdenken konnte. Fast bis ans Äußerste – immer noch hielt der Faden, wenngleich zum Zerreißen gespannt. Aber bei der letzten Belastung riß er doch. Ich hatte einem Menschen Übermenschliches in »Liebes-Lust und -Leid« zugetraut und mußte es büßen. Denn über die Grenzen der gebrechlichen, menschlichen Natur geht ein Durchschnittslebewesen nie hinaus. Ich hatte also, wenn ich gespielt hatte, zu hoch und zu riskant gesetzt, und wenn ich gerechnet hatte, hatte ich mich verrechnet.

Aber bereute ich deswegen? Nein. Auch die Todesstrafe hätte mich nicht geschreckt. Ich denke an die Zeit der Gerichtsverhandlung. Mich zu strafen war jedes irdische Gericht zu schwach, zu komisch, zu gebrechlich. Da hätte schon Gott oder Satan in eigener Person sich mir offenbaren müssen. Ich gähnte. Wäre es in meiner Macht gelegen, ich hätte mein infernalisches Experiment wiederholt unter anderen Versuchsbedingungen, aber ich hätte diese alte, liebessüchtige Frau, diese künstliche Blondine mit den strahlenden, hellgrauen Augen im platten, emaillierten Gesicht und den blauen Krampfadern an den Beinen doch aus der Welt geschafft und womöglich meinen guten, alten, in Ehren und Würden schlohweiß gewordenen Vater dazu. Es gibt solche Menschen.

Ich muß noch eines Menschen Erwähnung tun, der der wichtigste für mich hätte sein können – vielleicht? Wer weiß es? Walter, mein Jahrgangskollege beim medizinischen Studium. Wir hatten einmal in einer Vorlesung ein eigentümliches Erlebnis, das ich seither lange schon vergessen glaubte. Aber jetzt in der Untersuchungshaft, in der Zeit zwischen Tat und Urteil, in den schwer zu ertragenden Stunden der Verlassenheit, im Stadium des Aufsichselbstangewiesenseins, des außerordentlich qualvollen Grübelns und Analysierens, wozu einen jeden die Einsamkeit zwingt, besonders wenn man bis dahin ein geistig intensives Leben geführt hat – da entsann ich mich dieses an sich unbedeutenden, episodischen Erlebnisses.

Der alte Professor der Physiologie hielt uns eben einen langen Vortrag über die optischen Eigenschaften des menschlichen Auges, als sich links hinter der großen Holztafel die kleine Tür öffnete, welche den Hörsaal mit den anderen Räumen des physiologischen Instituts verband.

Wir sahen anfangs gar nicht hin, denn jetzt war unsere Aufmerksamkeit auf die schwierigen Berechnungen und Formeln konzentriert, die der Professor mit knirschender Kreide auf die von der Mittagssonne grell beleuchtete schwarze Tafel schrieb.

Noch sehe ich die schöne, schlanke und doch männlich energische, sehnige Hand meines Kollegen vor mir, wie sie die Formeln in ein etwas unordentlich geführtes Kollegheft abschreibt; während die dunkelgrauen, leuchtenden Augen mit ihrem Ausdruck vollkommener – darf ich sagen? – freudiger Intelligenz nicht von der Tafel abweichen, malt die Hand fast unkontrolliert, in der Zeilenrichtung nach oben und unten abweichend, die Ziffern nach.

Da entsteht plötzlich Bewegung, die Studenten in der Nähe des Katheders beginnen zu lachen, zu trampeln, von ihren Sitzen aufzustehen; etwas noch nicht einmal Kniehohes, Struppiges, Sonderbares, Rötlich-weißes schlängelt und windet sich zwischen ihnen durch, ich sehe jetzt hin. Ein schmutzig-weißer Pudel mit buschigem, krampfhaft wedelnden Schweif, den Kopf bis zu der hellbraunen nackten Schnauze mit Blut bedeckt, eine große, viereckige Wunde auf einer Seite des Kopfes, wedelt stumm, mit heraushängender, an den Rändern gequetschter

Zunge, mit verdrehten Augen, an den Füßen des entsetzten, nein, nicht entsetzten, nur verblüfften Professors vorbei. An den hübschen Fesseln der mageren Beine sieht man zernagte, schmale Lederriemen nachgeschleppt. Bellen oder Winseln hört man nicht. Nur röchelndes Atmen.

Mein Vater hatte mich, ich erzähle es später in aller Ausführlichkeit, gegen die Schauerlichkeiten des Daseins, wie es wirklich ist, abgehärtet. Sonst hätte ich niemals das Studium der Medizin gewählt, ich hätte der Verlockung, auch dem körperlichen Leben hinter seine Geheimnisse zu kommen, widerstanden. Widerstehen müssen! Ich glaubte mich also gegen alle Eindrücke selbst der gräßlichsten Art gefeit. Ich wollte es sein. So wollte ich sein. Es schien so. Ich hatte Leichen in aller Ruhe seziert und dazu meine Zigarre geraucht, wie alle anderen Mediziner im ersten Semester es tun. Ich hatte auch bereits Vivisektionsversuchen beigewohnt, wie sie, um reiner Lehrzwecke willen, den Studenten im dritten Semester schon vorgeführt werden. Immer war ich auf derartige Nachtseiten des Daseins im Interesse der wissenschaftlichen, humanen Forschung vorbereitet gewesen und hatte sie, wenn auch nicht leicht, ertragen. Jetzt aber befand ich mich in einem Zustand grausigen Entsetzens, unvorbereitet, wie ich war, als das Tier schweifschlagend immer höher die Stufen des Amphitheaters emporkrauchte, mit seinem panisch verrückten Blick an uns emporsah – jetzt zog das Biest schlürfend tief die Luft durch seine semmelfarbenen, etwas blutigen Nüstern ein, um seine Qualen endlich in einem Heulen zu entladen. Da stand mein Nachbar schnell auf. Das Tier war schon bis an unsere Bank, die sich auf der höchsten Höhe des Amphitheaters befand, in schnellem Zickzacklauf hinaufgerannt, vielleicht, weil von hier aus eine Tür ins Freie führte, die wegen der herrschenden Sommerglut geöffnet war. Die Wunde am Schädel war aus der Nähe deutlich zu sehen, säuberlich war die Haut abpräpariert, die milchweiße Hirnhaut war in der Form eines Rhombus eingeschnitten, zwei sehr kleine, silbern glitzernde Instrumente, ich erinnere mich nicht mehr genau, welcher Art, vielleicht Ansätze von Injektionsspritzen hingen noch in dem Wundkrater, der deutlich pulsierte.

Der Tumult um uns war ungewöhnlich laut. Aber er trug eher heiteren Charakter. Die Studenten faßten die Sache als Ulk auf, und der Professor tat desgleichen, er wischte mit einem großen Schwamm die Ziffern von der Tafel aus, als wolle er auch diese kleine Episode des Hündchens, des Ausreißers aus dem Arm der Wissenschaft, auslöschen. Die Studenten und Studentinnen umringten ihn, der schwitzend und gestikulierend abwehrte. Besonders entsinne ich mich des lachenden Gesichts und der schönen Zähne einer blonden Studentin, die das Haar in Madonnenfrisur nach Art der damaligen Zeit frisiert trug und die jetzt leichtfüßig, die langen, seidenen Röcke raffend, dem Tiere bis zu uns beiden nachhüpfte, es so lockend, wie es junge Mädchen mit ihren Schoßhündchen tun, wenn diese ihnen auf dem Spaziergang weggelaufen sind und die sie mit Koseworten, »mein Liebchen«, »mein Süßes«, »mein Kleiner«, »böser Junge du« etc. etc., zurückzuschmeicheln versuchen. Grauenhaft, wie dem unseligen Tiere beim Klange dieser tiefen, gurrenden, lockenden Menschenstimme das Heulen in der Kehle erstarb, wie es sich plötzlich, in seinem ewigen Vertrauen auf seinen Gott, den Menschen, betrogen, mit dem Oberkörper an unsere Füße gestemmt, mit dem verwundeten Haupt nach dem schönen Mädchen umwandte.

Aber es kehrte nicht zu seinen Peinigern zurück. Mein Freund schlug mit dem silbernen Griff seines Spazierstockes dem Tier von rückwärts den Rest der Hirnschale ein. Er hatte die linke Hand gehoben, hatte gezielt, hatte zugeschlagen. Ein dumpfes Geräusch – und aus. Lautlos legte sich das Tier zur Seite und war nicht mehr.

Der Student stand auf, stieg, den Spazierstock am anderen Ende in der Hand haltend, zu dem Katheder hinab, wusch dort den besudelten Griff, trocknete ihn an dem Handtuch neben der Tafel. Und kehrte zurück an seinen Platz. Das sonderbarste war, daß niemand, weder der Professor noch die Studentin an diesen Handlungen etwas Besonderes fand. Der Professor klingelte dem Laboratoriumsdiener, er solle den Kadaver hinausschaffen, die Studentin setzte sich, nachdem sie meinem Nachbar vergebens einen koketten Blick aus ihren blauen Augen zugesandt, wieder auf ihren Platz in der ersten Reihe, den sie dank ihrer Pünktlichkeit von der ersten Vorlesung an innehatte, mein Nachbar wandte sich weiter seinem unordentlichen, alsbald kreuz und quer beschriebenen Vorlesungsheft zu, und es ergab sich weiter nichts. Später erfuhr ich, daß der mit dem Hunde beschäftigte Experimentator zum Telefon gerufen worden war. Der Laboratoriumsdiener hatte sich, um eine Zigarette zu rauchen, ebenfalls aus dem heißen Experimentierraum gedrückt, und das ungewöhnlich starke, kluge, unbetäubte Tier hatte sich – man verstand nicht, auf welche Art – losgemacht und war in seinen Qualen nach dem Hörsaal getrabt, für den es noch nicht völlig geeignet war. Denn es hätte erst in einigen Wochen vorgeführt werden sollen, als sich die Lähmungswirkungen der partiellen Gehirnexstirpation richtig entwickelt hätten.

Zu diesem Studenten Walter fühlte ich mich in der merkwürdigsten Art, für die es keine Worte gibt, hingezogen. Vielleicht so, wie der rettungslos Erkrankte zu dem Arzt. Aber was soll der eine mit dem anderen? Nichts. Rettungslos – Arzt. Auch ein Gott findet keinen Reim darauf.

Walter absolvierte seine Examina etwa zur gleichen Zeit wie ich. Er war gesund, stark, ein Bild blühenden Lebens. Er war der Sohn eines hohen Offiziers und ursprünglich ebenfalls zum Militärdienste bestimmt. Aber er hatte das Studium vorgezogen. Er hatte ebenfalls experimentelle Pathologie und Bakteriologie gewählt. Wir hatten also das gleiche wissenschaftliche Spezialgebiet. Er war Linkser, aber, wie viele Linkshänder, ungewöhnlich geschickt. Manchmal freilich ging ihm alles fehl. Aber er hielt durch.

Ich machte oft Versuche, ihm näherzukommen. Es ist nie gelungen. Er war fröhlicher Gemütsart, sportlich geschult, er erschien mir abgehärtet außen und innen, nicht ohne Humor, als »ein Mensch ohne Nerven«. Von allzu humanen Mitleidsregungen schien er, wie ich ihn später beobachtete, ziemlich frei. Er hatte dem Tier, wenn man es recht begriff, den Gnadenstoß gegeben nicht aus Mitleid mit dessen Qualen, sondern weil durch das Losreißen des Tieres und dessen Andrängen an die Studenten aller Wahrscheinlichkeit nach infektiöses Material in die angelegte Hirnöffnung gelangt sein mußte und er, Walter, den Hund daher als verloren und für den Zweck des Versuches ohnehin unbrauchbar geworden ansehen mußte.

Der bildschönen Studentin, die sich dann später öfters in unserer Nähe gezeigt hatte und die in aller Unschuld ein herausforderndes Wesen zur Schau trug, wich ich aus. Ich beachtete sie nicht weiter. Meine Frau war körperlich und seelisch ihr gerades Gegenteil, wenn es überhaupt gegensätzliche Typen unter den Weibern gibt.

Mit Walter traf ich oft zusammen. Schon sein Äußeres gewährte Freude. Sein bezauberndes, jungenhaftes Lachen hat mich oft angesteckt. Ich lachte gern, ich kopierte sogar das Lachen anderer. Aber einem persönlichen Gespräch wich er stets aus, ich interessierte ihn offenbar nicht – im Gegensatz zu vielen Frauen, auf die ich, ohne zu wollen, Eindruck machte und die mir, in dieser oder jener Form, zur Last fielen und die mich meist viel ernster nahmen als ich sie.

## IV

Sollte man nicht glauben, ein solches Erlebnis wie das mit dem mitten im wissenschaftlichen Versuch geflüchteten Pudel müßte mich bewogen haben, dem medizinischen Studium im allgemeinen und den Tierversuchen im besonderen zu entsagen? Nichts wäre natürlicher gewesen. Ich hatte einen angeborenen Sinn für das ästhetisch Reizvolle. Als Kunsthistoriker oder dergleichen hätte ich mich immer behaupten können. Aber es trieb mich (vielleicht infolge von Kindheitseindrücken, die ich noch erzählen muß) zu Experimenten. Ich wollte mit einem Walter wetteifern, mit diesem klassischen Typ eines exzessiv praktischen Menschen, der in dem betreffenden Tier zum Beispiel bloß ein Stück Material sah, so wie ein Tischler in einem Stück dicht gewachsenen, schön ausgetrockneten, astfreien Holzes.

Aber solange bloß Tiere Gegenstand meiner Versuche waren, blieb alles gut. Vor diesem Punkt schließt die Kulturwelt gern die Augen wie vor dem Krieg etc. Erst als ein Mensch daran glauben mußte, wurde die Gesellschaft rebellisch und übte eine vernichtende Kritik an meinem Wesen. Wenn ich also sage, daß ich eines Tages meine Frau zu vernichten beschloß, mit der gleichen Ruhe diesen Entschluß fassend, mit der ich ein Versuchstier zu den Experimenten auswählte, will das nicht sagen, daß ich diese beiden Handlungen mit vollkommener Ruhe, mit vollständig reinem Gewissen unternahm. Hierin also bestand Übereinstimmung, daß ich mich niemals *ohne Hemmungen* dazu entschloß.

Aber diese Hemmung war nicht religiöse Angst vor der Sünde.

Ich glaubte nicht an Gott. Ich konnte keine übernatürliche Sinngebung in der Welt anerkennen. Gerne hätte ich es gewollt. Möglich war es nicht.

Zu jung sind wir für den glaubenslosen Anarchismus. Tausende von Generationen haben vor uns im Schatten eines Glaubens gewohnt und haben, wenn sie schon leiden mußten, wenigstens im Schatten einer höheren Ordnung für diese gelitten. Vielleicht wird eine kommende, künftige Generation einem Leben ohne Glauben gewachsen sein. Wird dem Dasein ins Auge sehen können, es erkennen, wie es ist. Wird nicht geblendet unsicher hin und her schwanken. Ich aber hatte dieses Glück nicht. Geblendet war ich von Kindheit an. Meine Laufbahn schien nur von außen zielbewußt und gradlinig strebend – in Wahrheit war sie es nicht. Hätte ich denn sonst in und von Experimenten gelebt? Außerhalb des Experiments hatte ich keinen Genuß, ja überhaupt keine Verbindung mit dem Leben. Aber *im* Experiment? Habe ich wenigstens hier Befriedigung gefunden? Ich muß sagen, nein.

Gewiß, der Experimentator spielt eine Rolle wie Gott, nur im unmeßbar Kleinen wie Gott im Großen.

So war es bei den Tieren. So war es bei meiner Frau. Die Tiere waren mir untertan, ich hatte sie bar gekauft, einmal eine Anzahl von vierhundert Affen, die einem Übertragungsversuch dienten, für welchen man nur die Gattung »Rhesus« verwenden konnte. Niemand konnte mich hindern, zu tun, was ich tat – sowenig in der heutigen Welt irgendwo moralische Hindernisse für den Forscher bestehen.

Das Tier ahnt nichts von seinem Schicksal. Der Forscher freilich, der Versucher weiß, was kommen soll. Nur er weiß, *was* kommen soll und muß. Er hat sein Interesse an der Sache gegen das Interesse des Tieres am Leben und Gesundbleiben und Ungequältbleiben längst grundsätzlich abgewogen und das Gewicht der leidenden Tiereskreatur als zu leicht befunden. Vielleicht läßt er sich herab, das verurteilte Versuchstier, etwa einen Hund, selbst aus dem Käfig zu holen. Es bellt lustig auf, wirft den Kopf hoch, sieht sich neugierig um. Es versucht zu laufen, von der langen Rast stocksteif geworden. Es ist guten Mutes. Den braucht es auch. Habe ich die Welt so geschaffen wie sie ist? Es wittert mit seinen feuchten dunklen Nüstern in die Luft und bildet sich ein, an dem schmierigen Strick, der um seinen Hals hängt, werde der Mann in weißem Kittel es ins Freie hinausführen oder an einen Futternapf. Der Mann hebt das Tier jetzt an dem Nackenfell hoch und legt es vor sich hin. Auf den Tisch. Auf das Brett, das sauber abgewaschene. Er hält den Brustkorb fest. Er fühlt, wie das Herz dieser kleinen Kreatur aufgeregt gegen die Rippen pumpert. Ganz anders der Affe. Der Affe ist eine Karikatur des Menschen. Oder ist der Mensch eine Karikatur des Affen? Aber in der Art, wie sich Mensch und Affe bei gewaltigen Schmerzen benehmen, ähneln sie einander sehr. Ein älteres, gut genährtes Tier der Gattung Rhesus – besonders das Männchen, das feiner organisiert ist als das Weibchen . . . Ich führe die Erzählung hier nicht weiter fort. Vielleicht komme ich später dazu, das Schema eines wissenschaftlichen Versuches zu schildern, bei dem Hunderte und Tausende von Tieren nacheinander ad majorem hominis gloriam geopfert werden. Viele Versuche haben etwas Positives ergeben, tausendmal mehr Versuche haben nicht das geringste Positive ergeben. Für das Subjekt, für das zum Leiden bestimmte Tier, war es auch gleichgültig, welchen Dienst es, objektiv betrachtet, der Wissenschaft erwies.

Vielleicht bedeuten wir der höheren Gewalt über uns (ich kann nicht an sie glauben und doch tritt sie mir manchmal in meinen Gedankenkreis) nicht mehr und nicht weniger als unsereinem Katzen oder Hunde, Ratten, Meerschweinchen, Affen, Pferde und selbst – Wanzen und Läuse. Auch an Wanzen und Läusen habe ich Experimente gemacht. Daß Kleiderläuse eine sehr gefährliche Infektionskrankheit, die besonders während des Krieges ungeheure Menschenverluste mit sich brachte, nämlich den Flecktyphus, typhus exanthematicus, übertragen, ist lange wissenschaftlich bekannt. Ich glaubte, den Erreger dieser Krankheit in einem bestimmten Bazillus gefunden zu haben. (Ein Irrtum, leider nicht). Im Jahre neunzehnhundertsiebzehn stellte ich im epidemiologischen Militärlaboratorium an der russisch-polnischen Front Versuche mit Kleiderläusen an. Dieses Insekt ist so winzig klein, daß man die technischen Schwierigkeiten wohl begreifen wird. Was ist nun die Aufgabe? Man muß das Insekt mit Flecktyphusblut anstecken, damit es ansteckend wird. Ist dies klar? Einfach ist es nicht. Dennoch gelang es mir, dem Tier einen Stich mit einer ungemein feinen Kanüle beizubringen, aber ein anderer Gelehrter, ein Pole, war noch findiger, es gelang ihm, mit Hilfe einer sehr schönen Methode, den Darm des millimeterkleinen Insekts mit dem ansteckenden Stoff von rückwärts auszufüllen. Kinderleicht ist auch dieses Verfahren natürlich nicht. Es will ebenso gelehrt und gelernt sein wie die anderen Methoden der bakteriologischen Forschung. Das Ergebnis ist jedenfalls das, daß eine mit einem bestimmten Erreger gefütterte Kleiderlaus erkrankt und stirbt. Reibt man jetzt mit ihren sterblichen Überresten die Haut eines Menschenaffen ein und leckt sich dieser an der Stelle, erkrankt auch er und stirbt prompt. Und so geht es weiter, Passage für Passage, Warmblütler – Kaltblütler, Läuse, Affen, Läuse, Affen. Es hört sich grotesk, komisch an, ist es aber nicht.

Ein wissenschaftlich positives Ergebnis eines Versuchs gewährt dem Forscher für den Augenblick wenigstens eine gewaltige Befriedigung; »gewaltig« sage ich bewußt.

Alle Nachtwachen, alle gewissenhaften, in die Tiefe eindringenden Studien, alle Stunden des nagenden Zweifels und der Beunruhigung, alle Unkosten an Geld, alle für Versuche angewandte Zeit, was der Forscher mit dem Verzicht auf den gesellschaftlichen Verkehr, die Lektüre von Romanen, den Besuch von Theater und Konzerten, vor allem durch den Verzicht auf das wirklich intensive geistige Zusammenleben im Kreise seiner Familie bezahlt hat – alles ist (für den Augenblick) reichlich abgegolten durch das Gefühl des Wissens, der Auflösung eines Rätsels, der Bereicherung der menschlichen Macht über die Dinge.

Es gibt ein Wort des berühmten französischen Physiologen Claude Bernard, der von dem wissenschaftlichen Laboratorium als dem »Schlachtfeld« des Experimentators spricht. Gewiß, Blut fließt. Aber es gibt auch einen Sieg. Und wenn er von der Aufgabe des Experimentators spricht: Prévoir et diriger les phénomènes, wer wagt da noch geringschätzig den wissenschaftlichen Forscher einen »kalten Handwerker der Medizin« zu nennen – nein, viel eher ist er einem versuchenden und in die Tiefe des Kosmos dringenden Halbgott vergleichbar. Und wenn er als Forscher das wirklich ist, was er sein sollte, so erhebt er sich über die gemeinen Interessen der Menschen. Er wird eine tragische Gestalt. Oder – und hier beginnt der Widerspruch – wird er nur eine tragikomische? Ist sein »wissenschaftliches Ergebnis«, das im besten Falle unter Anführung seines bürgerlichen Namens Jahrzehnte oder ein Jahrhundert lang durch die medizinischen Zeitschriften und wissenschaftlichen Journale und Bücher geschleift wird, wirklich die Mühe wert gewesen? War es oft nicht einmal den elektrischen Strom wert, der während seiner Arbeit durch die Lampen seines Laboratoriums geflossen ist? Gibt es der Sinnlosigkeit Sinn? Nimmt es dem Grauenhaften das Grauen? Hilft es? Kann es befriedigen? Wendet sich nicht das Interesse des Forschers eben wie die Hand eines kalten Handwerkers sofort anderen Problemen zu? Ist jemals sein Durst nach Glück und innerer Ruhe gesättigt? Hat das Leid der aufgeopferten Tiere dem Forscher Großes gegeben? Und wenn ja, auch der Nation? Der Menschheit? Hat es die schauerliche Unordnung der Natur in Ordnung und sinnvollen Aufbau umgewandelt?

## V

Ich kehrte nach dem Kriege zu meiner Frau zurück, und mein erstes war, die chirurgische und gynäkologische Privatklinik wieder zu eröffnen. Aber jetzt vermochten mich auch die Krankheiten der Menschen nicht mehr zu fesseln. Früher hatte ich mich in meinem Arbeitseifer mit geschulten Schwestern beholfen. Jetzt zog ich einen ärztlichen Assistenten zu.

Erfolg oder Mißerfolg – reaktionslose Heilung oder nicht – ich hatte die Wertlosigkeit des Lebens des einzelnen in den Gefechten und in den Seuchenlazaretten aus zu großer Nähe gesehen. Ich hatte früher massenhaft Tierexistenzen geopfert, um etwas zu finden, das der Heilung auch nur eines einzigen Menschen dienlich sein konnte. Jetzt war es umgekehrt. Die Tierexperimente wurden mir die Hauptsache.

Ich begann neben meiner ärztlichen Tätigkeit in aller Vorsicht, um meine Frau nicht mißtrauisch zu machen, wieder mit meinen bakteriologischen Experimenten, und das Unglück wollte es, daß zu dieser Zeit zwei meiner Patienten »nach gelungener Operation« in kurzer Zeit zugrunde gingen. Solche Unglücksserien gibt es überall nach dem Gesetz des strange coincidence, aber hier war ein Zusammenhang in folgendem Sinne: Ich beschäftigte mich damals mit der Ätiologie des Scharlachfiebers. Bekanntlich ist die bakterielle Ursache dieses Exanthems sowie die vieler anderer ansteckender Krankheiten, ich nenne nur die lethargische Gehirngrippe und das Gelbfieber etc. etc., noch in völliges Dunkel gehüllt. Man hat mit allem experimentellen Genie und mit schärfster Konsequenz alle bekannten Methoden ausgeprobt und dennoch niemals einen Erfolg erzielt. Kein Mensch auf Erden hat das »virus« der Scarlatina, des Scharlachfiebers, leibhaftig erblickt! Und dennoch existiert es, muß zu finden sein. Aber wie?

Nun liegt die Sache beim Scharlachfieber noch besonders eigenartig. Es zeigen sich bei dieser Krankheit als Mitläufer andere krankmachende Keime, Streptokokken mit Namen, die im Blickfeld des Mikroskops an geeigneten Präparaten sich dem Auge leicht darbieten, es sind auf künstlichem Nährboden ohne Schwierigkeiten zu züchtende Kügelchen, in Kettenreihen geordnet. Sie erregen Eiterungen, sie sondern äußerst scharfe Gifte ab, sie geben, eingespritzt, oder in der Blutbahn des Kranken im Verlauf des Scharlachfiebers »von Natur aus« umlaufend, gefährliche Wirkungen, angefangen von hohem Fieber und endend in Tod.

Es erschien mir folgender Gedankengang möglich: Die echten Erreger des Scharlachs und des Gelbfiebers etc. müssen, wie man herausbekommen hat, so klein sein, daß sie selbst die winzigsten Poren eines Filters aus Ton noch zu passieren vermögen, durch welches man die Bazillenkulturen hindurchsaugt. Die Streptokokken hingegen, die ja auch beim Scharlachfieber mitwirken, sind zwar nicht kartoffelgroß, aber sie haben doch einen meßbaren Umfang, ja sogar ein meßbares Volumen und Gewicht, und vor allem, sie passieren ein solches schmalporiges Filter niemals, sie bleiben in der alten Nährflüssigkeit zurück, während das Scharlachgift und die eigentlichen Scharlacherreger hindurchschlüpfen.

Wäre es nun nicht denkbar, daß die unbekannten Scharlacherreger als winzige Schmarotzer oder Parasiten auf den viel größeren Leibern der Streptokokken hausen, und daß man die beiden durch das Filter trennt? Denkbar ist so etwas, vielleicht ist es sogar eines Versuches wert, gut! Ich widmete mich dieser Frage, ich stellte Experimente an, um sie entweder in positivem oder negativem Sinn zu beantworten.

Meine Aufgaben in der Ordination erfüllte ich, wie man eben eine Pflicht erfüllt. Ich verabsäumte keines der Gebote der Keimfreiheit, als ich die obenerwähnten zwei Operationen unternahm. Und doch! Und doch!

Das erstemal handelte es sich um eine Blinddarmoperation im sogenannten kalten, das heißt anfallsfreien Stadium, also um einen im allgemeinen völlig gefahrlosen Eingriff. Dennoch trat am Abend der Operation schon septisches Fieber auf nach Art eines Streptokokkenfiebers. Für meinen Assistenten unerklärlich war das Auftreten von virulenten Streptokokken im Blute des Kranken. Ich erzähle nicht viel. Der Patient ging uns zugrunde. Hatte ich unwissentlich gefährliche Keime übertragen? Meine Frau versuchte mich zu trösten. Sie hatte Interesse an meinen ärztlichen Erfolgen und Mißerfolgen, ich konnte nicht schweigen, die Sache ging ihr zu Herzen. Ich zwang mich, für einige Wochen das Laboratorium zu meiden. In der Zwischenzeit ging alles vortrefflich. Sogar technisch schwierige Operationen gelangen und meine Kranken bewunderten meine »leichte, gesegnete Hand«!

Dann aber ergab sich eines Tages die Notwendigkeit, die kostbaren, mit großer Mühe hergestellten Kulturen der Scharlach-Streptokokken umzupflanzen, da diese Lebewesen, in der alten Nährflüssigkeit hausend und dauernd Gifte abscheidend, in der gleichmäßigen Bruttemperatur des ständig auf 37 Grad gehaltenen Brutkastens sich sonst auf die Dauer selbst vergiftet (Verbrecherkolonie!), sterilisiert, vernichtet hätten. Man mußte sie auf Neuland setzen. Auch diese Arbeit verrichtete ich mit äußerster Sorgfalt. Ich faßte die Glasstäbchen, an deren Ende die in der Gasflamme ausgeglühten Platinösen sich befanden, nur mit Handschuhen aus Gummi an, während ich ein winziges Tröpfchen der alten Kultur in ein Gefäß mit frischem Nährstoff überpflanzte. Hoch gerechnet mochte mein geheimer Besuch im Laboratorium sechs bis acht Minuten gedauert haben. Die Autodroschke stand wartend mit eingestellter Tarifuhr vor dem Nebeneingang des pathologischen Instituts, deshalb kann ich die Zeit berechnen.

Ich war des ferneren fest entschlossen, innerhalb der kommenden Tage keine Operation vorzunehmen. Natürlich hatte ich mir mit erdenklichster Gewissenhaftigkeit nach diesem Laboratoriumsbesuch die Hände, den Körper gereinigt, sogar das Haar scheren lassen. Ich hatte schon aus eigenstem Interesse alles unternommen, um nicht infektiös zu werden. Das Unglück wollte es, ich muß nun diese ominösen Worte wiederholen, daß meine Frau mich, als ich heimkam, mit der Nachricht empfing, eine Dame aus dem Bekanntenkreis meiner Geschwister hätte anrufen lassen. Es handele sich um schwere Blutungen aus dem Unterleib, aus vielen Gründen hatte man an mich gedacht.

Das war der zweite Fall. »Unwissentlich« konnte diesesmal das Unglück nicht passieren. Ich hätte gern nein gesagt. Aber meine Frau drängte mich, meine Geschwister, die sonst ihr Leben für sich führen, so wie sie mich mein Leben für mich führen lassen, bestürmten mich mit Bitten, besonders meine Schwester. Ich wollte den Assistenten operieren lassen. Allgemeiner Widerspruch. Er hätte so wenig Erfahrung, eine zu schwere Hand etc. und vor allem: man wollte nicht einen unliebsamen Mitwisser des Eingriffs. Ich gab nach, ich führte die Operation, ebenfalls nur einen kleinen, zehn Minuten dauernden Eingriff, nur mit Hilfe der klinischen Schwester aus, da wir angesichts der Art des Eingriffs vermeiden wollten, daß mein Assistent von der Sache erführe. Denn das Gesetz ist nicht für derartige Dinge. Ich kannte von früher her die Patientin, eine schöne, rubensartig üppige, goldblonde Person. Sie war Witwe, spielte eine große gesellschaftliche Rolle – sie wollte und mußte einen Skandal vermeiden. Ich verstand es nicht ganz, aber ich erfüllte ihre flehentliche Bitte. Mitleid am falschen Ort!! Der dazugehörende Mann zeigte sich nicht.

Diesmal war ich nicht so ruhig wie nach dem Blinddarmeingriff. Ich ging spät abends oder nachts noch einmal in die Klinik hinaus.

Meine Frau wartete mit ihrem Wagen unten am Portal. Sie hatte ein kleines semmelfarbenes, langhaariges Hündchen, eine Art chinesischen Palasthund, den Liebling ihrer Tochter, die zu dieser Zeit gerade verreist war, bei sich auf dem Schoß. Ich blickte, am Bettrand meiner noch nach der Narkose schlafenden Patientin stehend, auf die Straße hinab. Die Frau und der kleine Hund schienen sich gut zu vertragen. Die langen, schönen Finger meiner Frau spielten in dem seidenartig glänzenden, leichtgewellten Fell des großäugigen, gegen die Gewohnheit dieser Rasse ziemlich lebhaften Tierchens, das plötzlich aufbellte, mit seinen Zähnen nach den Handschuhfingern meiner Frau schnappend, welche diese ihm hingehalten hatte. Es war Sommer, der Wagen offen, die Bäume vor der Klinik bewegten sich im Winde. Schöner Tag, sehr schön. Inzwischen hatte die Klinikschwester die Temperatur der Kranken gemessen. Sie betrug 37,1. An sich ist dies eine ziemlich normale Temperatur, dennoch ward ich ein Gefühl der Unruhe nicht los. Und zugleich eine Empfindung, einen Bewußtseinsinhalt – (wie soll ich es nennen?) wie ihn nur der Experimentator kennt. Sollte etwas nicht in Ordnung sein? Nicht schön? Nicht in Ordnung, gesehen vom Versuchsobjekt aus – aber wohl in Ordnung ... Ich setze dies nicht fort. Konstatiere nur den Verlauf. Die Patientin erkrankte an einem scharlachartigen Exanthem. Das Blut war aber dauernd frei von Streptokokken. Hatte ich diesmal nicht die Streptokokken, sondern das unsichtbare Scharlachvirus übertragen? Meine Theorie – war sie richtig? Hatte den Streptokokkenkulturen immer noch getreulich das unbekannte Virus angehaftet?

Schwer zu beschreiben mein Geisteszustand während der nächsten Zeit. Die heimlich mit aller Intensität aufgenommenen Tierversuche, die mikroskopischen und kulturellen Arbeiten fast den ganzen Tag hindurch, wenn ich nicht gerade am Bett der armen phantasierenden Kranken stand, und nachts, da ich doch nicht schlafen konnte und die Nähe meiner nur allzu zärtlichen Frau nicht ertrug, der Besuch der Spielklubs, wo mich diesmal das Unglück, das Pech verfolgte.

Dazu die Bekanntschaft einer schönen, blutjungen, hellblonden Spielratte, mit der ich mich einließ, anfangs nur die Befriedigung einer flüchtigen Begierde im Auge, und die ich dann im ersten Hotel einquartierte und mit großem Luxus zu umgeben versuchte.

Endlich der Tod meiner Patientin, das »fast« lückenlose Ergebnis meiner letzten Versuche, die Traurigkeit meiner Frau, die meine trotz dieser Ereignisse gehobene Stimmung nicht begriff. Plötzlich der Umschwung. Ich bemerkte eine verdächtige Rötung an meinem Unterarm. War ich selbst angesteckt worden bei meinen Experimenten? Fast hätte ich mich meiner Frau anvertraut. Denn bis jetzt hatte ich geschwiegen. Aber alles ging gut vorüber. Ich blieb gesund. Über den Versuchen stand zwar noch ein großes Fragezeichen, dafür aber hatte ich auf anderem Gebiete Glück, die junge Person liebte mich. Dies bewies sie dadurch, daß sie viel von mir verlangte: Zeit, Geld, Liebe.

Ich tat, was ich konnte. Am meisten fehlte es mir an Zeit. Geld kann man manchmal durch die Liebe ersetzen, Liebe kann man durch Geld ersetzen, bloß Zeit ist unersetzlich in jedem Sinne.

# VI

Ich geriet jetzt sowohl durch meine großen Aufwendungen für meine Arbeit und für M. (das junge Mädchen), als auch durch Spielverluste in eine gewisse, anfangs nicht besonders drükkende finanzielle Schwierigkeit. Auch der Haushalt kostete Geld, meine Einnahmen waren nicht bedeutend, mein Vermögen gleich Null. Aber es gelang mir, Geld aufzunehmen, die Herren aus dem Spielklub kannten eine ganze Anzahl von ziemlich soliden Geldvermittlern, und eine Zeitlang zahlte ich die kurzfristigen Verbindlichkeiten, die ich bei dem einen Geldverleiher hatte, mit den Anleihen, die ich bei einem zweiten, respektive einem dritten machte.

Hätte ich wenigstens Ruhe gehabt! Ich brauchte jede Minute meiner Zeit. Ich drängte meine Frau dazu, abzureisen. Sie sträubte sich. Ihre Zärtlichkeit begann von einem Tag auf den anderen einen verzweiflungsvolleren Charakter anzunehmen, nur selten drang ihr natürliches, frohes, sonniges Wesen durch. Meine Stieftochter schlängelte sich, nachdem sie sich eine Zeitlang stolz von uns abgewendet hatte, wieder in den Vordergrund. Sie wich nicht von ihrer Mutter und enthielt sich nicht der immer wiederholten Versuche, meine Frau mir abspenstig zu machen. Aber die alternde, liebessüchtige Frau mit den strahlenden, hellgrauen Augen schloß sich nur enger an mich an, sah mir alles an den Augen ab, versuchte womöglich den ganzen Tag in meiner Nähe zu sein.

Ich hatte meine Praxis fast vollständig vernachlässigt, hatte im Verlaufe meiner wissenschaftlichen Untersuchungen Verabredungen wichtiger Art vergessen, hatte, um nur ein Beispiel dieser Art zu nennen, einen alten Patienten zur Operation bestellt, war aber nicht zur bestimmten Zeit bei ihm in der Klinik erschienen. Mit welcher Mühe gelang es mir, ihm nachher einzureden, daß ich nur sein Bestes wolle, daß eine intensive Behandlung mit Radiumbestrahlungen viel bessere Dienste leisten würde als ein blutiger Eingriff. Er glaubte schließlich alles und starb friedlich in seinem Bett statt auf dem Operationstisch. Aber wer weiß, vielleicht hätte ihm meine

»leichte, gesegnete Hand« doch noch ein paar Lebensjahre verschafft. Dabei hing gerade dieser alte Mensch an mir. In seinem Testament bedachte er mich zwar nicht mit einem ordentlichen Legat, aber doch mit Lobsprüchen und rühmte besonders mein »liebendes Herz«. Nun, Friede seiner Asche. In meinem »liebenden Herzen« gab es wenig Frieden. Und keine Liebe.

Mein Wartezimmer wurde leer und leerer mit jedem Tag, die telephonischen Anrufe bezogen sich immer mehr auf reine Privatangelegenheiten, das heißt, sie kamen von meiner teuren, goldblonden Geliebten und deren Schwester, mit welcher mich in letzter Zeit »zärtliche Bande« verknüpften, und dann bedrängten mich die Gläubiger, die auf einmal Schwierigkeiten machten. Nichts war natürlicher, als daß ich die Lücken in meinem Budget durch Spielgewinne auszufüllen versuchte, war ich doch in früheren Zeiten vom Glück im Spiel begünstigt gewesen. Aber jetzt war leider nicht davon die Rede. Vielleicht kam ich bereits zu abgekämpft in den Klub, denn die Experimente waren mir zu dieser Zeit von höchster Wichtigkeit und erforderten das angespannteste Interesse und die höchste Sorgfalt. Nichts ist beschämender für einen Experimentator, als wenn er mit seinen Ergebnissen vor die ärztliche Öffentlichkeit tritt, sich der Kritik durch scharfsinnige, skeptische Nachprüfer aussetzt und wenn dann seine Resultate nicht der schärfsten Kritik standzuhalten vermögen. Das war unbedingt zu vermeiden. Leider stimmte noch lange nicht alles, wie es sollte.

Ich hatte, zuerst in den Kellerräumen, dann in anderen Lokalitäten meiner jetzt von Menschen entvölkerten Privatklinik Käfige mit Tiermaterial aufstellen lassen. Die Klinik war Eigentum meiner Frau. Sie durfte aber natürlich davon nichts wissen. Ich fingierte vor ihr einen regen klinischen Betrieb, ich ließ mir selbst zum Schein ärztliche Honorare zugehen, ich brachte meine Geliebte und deren Schwester (die beiden vertrugen sich sehr gut miteinander) dazu, mich, als wären sie Patienten, die meine Hilfe verlangten, telephonisch anzurufen, wenn ich von meiner Frau fort wollte. Und wenn auch diese Täuschung, wie viele andere ähnlicher Art, meiner leichtgläubigen Frau gegenüber ohne Schwierigkeit durchzuführen war, zufrieden war ich nicht. Eine nervöse Unruhe, das Vorgefühl einer Katastrophe verließ mich nicht. Meine Reizbarkeit stieg von Tag zu Tag, ich schlief nie richtig, war nie richtig wach, und mehr als einmal ließ ich meine Wut an meiner unschuldigen Frau aus.

Aber wenn sie in mir, durch ihre Tochter und vielleicht auch durch meinen Vater (er haßte mich, seitdem ich ihn einmal spaßhalber mit dem Ehrentitel eines »liebenden Herzens« ausgezeichnet hatte) aufgeklärt, ein »Übel« sah, so widerstrebte sie diesem Übel nicht. Getreu und mehr als getreu den Worten der Schrift (sie war gläubig und tausendmal habe ich sie um diesen stupiden Glauben beneidet) hielt sie mir die linke Backe hin, wenn ich ihr die rechte geschlagen hatte. Noch sehe ich das Gesicht der rapid alternden Frau vor mir. Sie hatte dieses von der Natur verpfuschte Gesicht, in das durch ein reges Mienenspiel früher immerhin etwas Leben und sympathische Bewegung gekommen war, aus Eitelkeit, um wenigstens noch irgendwie auf mich wirken zu können, kunstvoll emaillieren lassen. Jetzt war es glatt wie der Kopf einer Statue aus Butter, die ein wenig in der Sonne gestanden war, ein trübselig grotesker Anblick. Einmal preßte sie ihr Gesicht in ihrem Liebeswahn eng an mich. Ich versuchte, es mit meiner Hand fortzustoßen, vergeblich. Ich wiederholte den Versuch der Abwehr, den Ballen meiner linken Hand gegen ihre Augenhöhlen gepreßt, aus denen Tränen in Massen kamen. Plötzlich fühlte ich, wie unter dem Tränennaß etwas leicht Borstiges die Innenfläche meiner Hand kitzelte. Ich machte erschrocken Licht (alles dies spielte sich nachts in dem gemeinsamen Schlafraum ab), und was hielt ich in der Hand? Künstliche Wimpern, das neueste Erzeugnis der hauptstädtischen Friseurkunst, Bürstchen von gewellten Härchen, die in die Supraorbitalgruben auf ingeniöse Weise eingepaßt wurden. Und das bei einer Frau von über fünfzig Jahren, der Mutter einer erwachsenen Tochter! Ihr faltiger Hals (den Hals konnte man nicht emaillieren und die Furchen konnte man nicht ausfüllen) glänzte wie gekniffenes, geknittertes Pergament, besonders an den Seiten. Auch das hatte seine Gründe. Es waren leichte Verbrennungsnarben, da sie sich einmal starkes Parfüm in Unmengen auf den Hals geschüttet und sich dann unvorsichtigerweise der künstlichen Höhensonne ausgesetzt hatte, welche ihr die Essenz in die Haut geradezu eingebrannt hatte.

Wäre sie doch geblieben, wie sie war! Ich hätte vielleicht die Mutter in ihr gesehen. Doch das war ihr verhaßt.

Sie begriff nicht, daß sie als Frau ausgespielt hatte, und daß eine Burgruine mit elektrischem Licht und Zentralheizung etwas Unsinniges ist. Eines Abends, als ich nach neuerlichen großen Spielverlusten heimgekehrt war, empfing sie mich mit merklicher Kühle. Für mich ein beruhigender Moment, der nur hätte länger andauern müssen. Aber sie drängte sich, immer noch schmollenden Gesichts (soweit die emaillierte Gesichtsmaske noch einen Ausdrucks wie des Schmollens fähig war) an mich und wollte haben, daß ich sie frage, warum sie böse sei. Gerade an diesem Tage waren aber meine Gedanken überall, nur nicht bei ihr. Meine Versuche wollten kein positives Ergebnis zeitigen. Und dazu: Die Geldnot stieg. Aber je mehr ich schwieg, desto mehr trieb es sie, zu sprechen, je kühler ich wurde, desto leidenschaftlicher sie. Schließlich stellte es sich heraus, daß sie erfahren hatte, daß ich die Praxis vollständig vernachlässigt hätte, daß die sauberen Räume unserer Klinik mit Tiermaterial infektiöser Art verseucht worden seien. Wie war sie darauf gekommen? Nur durch ihre verfluchte Liebe zu mir! Meinen Assistenten hatte ich, um Geld zu sparen, entlassen. Das wußte sie und hatte daran gedacht, mich durch einen jungen Arzt, den Bekannten ihrer Tochter, zu entlasten, und sie hatten zu dritt einen Rundgang durch die Räume gemacht, an denen das Eigentumsrecht juristisch ihr zustand.

Ihre Überraschung war begreiflicherweise groß. Nie hatte sie mir eine Lüge zugetraut. So liebte sie mich und *so* kannte sie mich! Und jetzt? Sie erregte sich, sie öffnete weit ihren Mund und zeigte die künstlichen, in Goldrändern gefaßten, schreiend weißen Zähne, ihr kostbarer Morgenrock klaffte auseinander, sie stampfte auf den Boden, und der dünne Gummistrumpf, den sie unter dem fleischfarbenen Seidenstrumpf um ihre Unterschenkelkrampfadern gespannt trug, riß zischend ein.

Sie war im Recht, ich im Unrecht. Und dennoch erregte sie meine Wut, ich hatte sie satt, ich ließ meine Verzweiflung an ihr aus, das Mißlingen meiner experimentellen Pläne, meine vergiftete Jugend, alle Fehlschläge meiner Lebensführung. Ich warf mich auf sie, ich öffnete endlich meinen Mund zu den gemeinsten, beleidigendsten Reden, ich schloß meine Fäuste, ich tat ihr seelisch wie körperlich alles an, was ein Mensch dem anderen ohne dauernde Schädigung anzutun imstande ist – brutal, aber im Rahmen des Gesetzes.

Sie krümmte sich vor Schmerzen, in ihrer emaillierten Maske zuckte es, wie ein Fischleib zuckt, aber plötzlich trat auf ihre Lippen ein süßliches, sinnliches Lächeln, sie warf sich mir zu Füßen, und als ich sie fortschob, solchen theatralischen Szenen abgeneigt, kroch sie mir nach, sie begann verschämt zu kichern, und je viehischer ich sie trat, desto seliger wurde sie.

Und das Grauenhafteste am Grauenhaften war, daß sich ihre sinnliche Erregung auf mich überpflanzte, daß sie mich sexuell überwältigte. Häßlich, alternd, mit goldumrandeten Porzellanzähnen, emailliertem Gesicht, faltiger, parfümverbrannter Haut – was nützt es, wenn ich ihre körperliche Unvollkommenheiten bis zu dem sengerigen Geruch ihres Leibes alle aufzähle – sie war stärker als ich. Ich, der ich endlich hatte mit ihr brechen wollen, ging mitten in meinen Mißhandlungen in ihr auf. Nie vorher, weder in Verbindung mit meiner schönen, jungen Geliebten, noch mit ihrer noch schöneren, unberührten Schwester, empfand ich das, was jetzt mich bis in die letzten Fasern, bis zum Schaudern tief, durchdrang.

Mein Vater hatte mich gelehrt, einem Lebewesen kalt den Garaus zu machen. Jetzt erlebte ich etwas nach, was er in meinen jungen Jahren, vielleicht im Alter von dreizehn Jahren, in mir aufgerührt hatte. Wollustgefühle, widerliche Tiere und Tod spielten dabei mit. Ich kann es jetzt nicht erklären. Aber weshalb dachte ich jetzt, gerade jetzt an ihn? »Liebte« ich nicht meine Frau? Oder haßte ich sie und hing, immer noch, und mehr denn je, an ihm? Meine Frau – doch wozu davon reden?

Ihr Hündchen heulte.

## VII

Dieses Hündchen, so unschuldig es an sich war, wurde zur Quelle neuer Konflikte. Das Heulen, von dem ich eben gesprochen hatte, muß ein Ausdruck seines Entsetzens vor mir gewesen sein. Und dieses Entsetzen ist bei dem denkenden und empfindenden (wenn auch ganz anders als der Mensch denkenden und empfindenden) Tier nicht ganz unbegründet gewesen. Denn das Hündchen, vor einigen Wochen auf rätselhafte Weise in Verlust geraten, war von meiner Frau und dem jungen Arzt unerwarteterweise in den Kellerräumen der Klinik in einem

Tierkäfig aus starkem Eisendraht aufgefunden worden. Von dort hatten sie es befreit, der Hausdiener der Klinik war mit Herzenslust bei der Befreiung behilflich gewesen. Behilflich sein war nun einmal seine Beschäftigung und ebenso freundlich lächelnd hätte er den Peking auf das Sektionsbrett geschnallt. Wie war er aber dorthin gekommen? Pekings – reinrassige, teure Hunde sind doch ein besseres Leben gewöhnt! Ich will mich nicht besser machen, als ich bin. Ich hatte ihn eines Tages dorthin gelockt, und er hatte es bloß dem Umstand, daß Hunde zu meinen jetzigen Experimenten nicht gut brauchbar waren, zu verdanken, daß er bis jetzt in dunklen Kellertiefen wenigstens sein miserables Leben gefristet hatte.

Meine Stieftochter hing an der kleinen Bestie. Warum wachte sie nicht über ihr? Gern überließ sie die unbequeme Wartung und Pflege anderen, zum Beispiel der auch hier sich gerne aufopfernden Mutter. Welche Verwirrung, als Lilly plötzlich verschwunden gewesen war. Das niedliche Lärvchen meiner (echt) blonden, schlanken Stieftochter von Tränen verschwollen, und diese Unruhe, das Einrücken von Anzeigen auf Anzeigen in die Zeitungen, das Umherspähen auf der Straße, sobald ein dem verschwundenen Lillychen ähnliches Hundetier die Straße überquerte! Und dabei wissen, wo des Rätsels Lösung ist! Ich spinne das nicht aus. Es war nur ein Scherz. Ich habe ihn bezahlen müssen. Denn von diesem Tage an wurde der Haß des jungen, niedlichen Dings gegen mich so fanatisch, daß es intelligent, also mit allem Spürsinn und Raffinement und weiblicher Tücke vorgehen konnte und schließlich und endlich habe ich es zum Teil meiner Stieftochter und ihrem späteren Manne, dem jungen Arzt, zuzuschreiben, daß die Staatsanwaltschaft sofort nach dem Hinscheiden meiner Gattin mir nachsetzte. Dazu gehörte freilich keine besondere »weibliche Tücke«. Es lag alles nur zu sehr auf der Hand.

Nach außen änderte sich nach dieser Episode nichts. Höchstens, daß ich die beiden Schwestern M. satt bekam. Sie leider nicht mich. Auf ihre Einkünfte und auf meine Mannesliebe wollten sie nicht verzichten, sie blieben im teuren Hotel auf meine Kosten wohnen. Die eingeschriebenen oder durch Expreßboten gesandten Briefe mit unbezahlten Rechnungen mehrten sich, nirgends war man vor den beiden Megären sicher. Schließlich versuchten sie, mich durch Liebe und Verzweiflung zu ködern. Aber ich wußte, was dies bedeutete und zog mich rechtzeitig in den Kreis meiner Familie zurück. Rechtzeitig?

Meine Frau, bis dahin schon recht sparsam, wurde jetzt durch die ewigen tückischen Einflüsterungen ihrer Tochter mißtrauisch und mehr als geizig. Kaum, daß sie die Ausgaben unseres kostspielig geführten Haushaltes mit drei Dienstboten zur vertraglich festgesetzten Hälfte auf sich nahm. Sie verrechnete sich stets zu ihren Gunsten. Zuschüsse aus der Privatschatulle waren aus ihr durch keinerlei Methoden herauszupressen. Dagegen scheute sie keine Opfer, um die Tochter, die sich prompt mit dem jungen Arzt verlobt hatte, mehr als standesgemäß auszustatten. Es machte ihr eine rührselige Freude, das Brautpaar in den Besitz eines schönen, acht Zimmer enthaltenden Landhauses zu setzen und alles mit dem kostspieligsten Mobiliar einzurichten. Der junge Mann, der außer der niedlichen Blondine die gut eingerichtete Klinik und noch dazu die Villa im vornehmen Garten-Vorort bekam, war zu beneiden.

Er hatte Erfolg. Ich habe den Erfolg zeit meines Lebens respektiert, wo immer ich ihn sah. Meine Sympathie für den jungen Arzt, für dieses »liebende Herz« auf Aktien, stieß aber nicht auf Gegenliebe. Wenn wir zu viert beisammensaßen, er und seine Frau, ich und meine Frau, herrschte nach ein paar Phrasen eisiges Schweigen. Über meine Experimente zuckte er die Achseln. Den Fleckfiebererreger hätte ich nicht »heraus«, wie er sich ausdrückte, und den Scharlacherreger ebensowenig.

Meine Frau wollte mir mit ihrer hündischen Zärtlichkeit über alles, was mir in der letzten Zeit quergegangen war, hinweghelfen. Ich aber kam nicht einmal dazu, mich offen auszusprechen. Ihre ganze Liebe war ein Mißverständnis – und so grotesk es klingt, auch hier verrechnete sie sich stets zu ihren Gunsten. *Sie* liebte offen und ehrlich, mich aber zwang sie zu dauernder Unwahrheit, die mir bald zum Ekel wurde. Ich lüge nicht. Es wurde mir über.

Lüge über Lüge in bezug auf die Anrufe und persönlichen Besuche der ungeduldigen, unverschämten Geldgeber. Nichts aber über das Mißlingen meiner Experimente, das um so quälender war, als ich erfuhr, daß mein Studienkollege, der schon erwähnte Walter, sich mit dem gleichen Gegenstand wie ich beschäftigte und daß er wenigstens in Teilexperimenten viel glücklicher war als ich. Kam er mir zuvor?

Der Drang nach Betäubung, nach Rausch in irgendeiner Form wuchs mit jedem Tag. Man *mußte* mir den inneren Zusammenbruch anmerken, aber sowohl mein Vater, der mich neuerlich wieder mit seinen langweiligen Besuchen behelligte, als meine Frau, die mich mit ihrer labbrigen Großmutterliebe, die ihr wie Speichel aus dem Munde floß, belästigte – keiner wollte etwas von meinen eigentlichen Schmerzen wissen.

Was ich im Grunde meiner Seele ersehnte, konnten weder er noch sie mir geben, aber lindern hätten sie mein Leiden mit einer einzigen Medizin können, der Urmedizin, Geld.

Mein Vater ließ sich herbei, mir ein Geburtstagsgeschenk in der Höhe von ein paar Tausendern in bar zu machen, einen Tropfen auf einen heißen Stein; meine Frau ging (ihrer Ansicht nach) noch durchtriebener vor, sie zeigte mir die Abschrift ihres Testaments, das sie am Vorabend der Hochzeit meiner Stieftochter gemacht hatte, und in dem *ich* zum Universalerben eingesetzt war. Die Tochter war also auf Pflichtteil gesetzt, und ich war es, an dem sie hing. Mehr denn je. Nun ja, das wußte ich schon. Aber das Zusammensein gestaltete sich trotzdem immer widerwärtiger.

Ich kann nicht einmal sagen, ob es natürlicher gewesen wäre, wenn wir, das heißt ich, ein von krankhaften Trieben gepeinigter, ganz ohne Grundlage, ohne Hoffnung und Glauben lebender Mann, und sie, eine alternde, kokette, nur im Leiden sich lebendig fühlende Frau, – ich sage, ich weiß nicht, ob es überhaupt noch eine natürliche Lösung für diese Verwicklungen hätte geben können. Vielleicht hätte ich aber doch zuletzt unter dem Zwang der Tatsachen einen Ausweg gefunden, hätte ich einen *Freund* gehabt, eine verstandesstarke und doch nicht verzweifelnde, mir vertrauende und mit mir wirklich vertraute Menschenseele, einen Mann, zu dem ich hätte aufblicken können – vielleicht Walter. Aber dieser hatte jetzt in dem Institut selbst Schwierigkeiten trotz seiner glänzenden Leistungen und hervorragenden Qualitäten und mußte froh sein, wenn es ihm gelang, wenigstens mit seiner letzten Arbeit fertig zu werden. Denn sein Platz, sein Arbeitstisch waren (der Raum im Institut ist bekanntlich sehr beschränkt) vergeben an einen Militärarzt, der vom Ministerium befohlen war, den Oberstabsarzt Carolus, eine komische Nummer, von der ich noch viel zu erzählen habe.

Ich arbeitete wieder – oder besser gesagt immer noch – im Institut und meine liebe Gattin wagte keinen Widerspruch mehr. Daß ich weiter dort arbeiten durfte (und Arbeit blieb mein letzter Trost), verdanke ich nicht mir und meinen Leistungen, sondern nur dem Einfluß meines Vaters, der von Jahr zu Jahr zunahm, wobei die Geistlichkeit ihm immer Sekundantendienste leistete, wie auch er sie ihr leistete. Nicht der erste und nicht der letzte Anarchist und Atheist, der mit der Kirche in vollster Eintracht, nach außen hin wenigstens, lebt.

Wie konnte ich daher erwarten, daß er von innen her, mit seiner ganzen Persönlichkeit mir beistehen würde, als ich, im Vorgefühl des Kommenden, den Gedanken einer Ehescheidung zum erstenmal erwog? Ich weiß gar nicht mehr, wie dieser Gedanke in unsere formelle und überhöfliche Unterhaltung kam. Aber als ich ihn aussprach, hatte ich das Empfinden, auf diesem Wege könnte ich mich und meine Frau retten. Er aber starrte mich entgeistert an. Er hörte mich nicht einmal zu Ende an, die Sache war für ihn erledigt, bevor sie diskutiert war. Scheidung, Wiederverheiratung waren unmöglich. Katholische Ehen werden nur getrennt, das kanonische Recht kennt keine Scheidung.

Er warnte mich sogar, meiner Frau den Vorschlag einer Scheidung zu machen. Aber der Gedanke mußte unbewußt schon zu tief Wurzeln geschlagen haben, denn ich tat es trotzdem. Neue Tränenausbrüche bei der alten Dame, neue Verzweiflungsszenen und das fürchterlichste von allem, neue Glücksorgien bei ihr, die nur im hündischen Leiden die letzte Befriedigung fand und die nie genug getreten werden konnte. Und ich? Ich mit ihr.

Wir reisten nach dem Süden und kamen genauso zurück, wie wir gegangen waren. Was war ihr mein Glück? Hat sie überhaupt jemals mich verstanden, das heißt, hat ein so abnormes Subjekt wie ich sich einem so abnormen Subjekt wie ihr sich jemals bis ins letzte verständlich machen können?

Mich beschäftigte jetzt der Versuch, aus den Kulturen der Scharlachstreptokokken die zweierlei Gifte abzusondern. Nun ist schon die einwandfreie Isolierung *eines* Giftstoffes oder Toxins in kristallinischer Form eine außerordentlich schwierige Aufgabe, die bis jetzt nur noch in relativ wenigen Fällen einwandfrei geglückt ist. Wieviel schwieriger mußte es sein, die

Giftstoffe in einen Teil, der auf Rechnung der bekannten Streptokokken kam, zu scheiden und in einen zweiten Teil, der auf Rechnung des unbekannten Scharlachvirus kam. Solche Aufgaben erforderten übermenschlichen Fleiß, große Opfer an Geld und Zeit. Vor allem fehlte es mir an Zeit. Ich wollte am Laboratoriumstisch leben, meine Frau wollte etwas anderes. Von meinen Geldsorgen wollte sie nicht reden hören, sie hatte ja übergenug Geld. Die Ehe, so brüchig sie war, fraß viel Zeit. Je weniger ich meine Frau liebte, desto mehr gierte sie nach Beweisen von Aufmerksamkeit. Und sparte radikal. Wer begreift das nicht? Sie liebte mich und fürchtete mich. Ein auf die Dauer unerträglicher Zustand.

## VIII

Ich bin in meinem ganzen Leben niemals ganz frei von Regungen des Mitleids gewesen. »Gewissen macht Sklaven aus uns allen.« Hamlet, Urbild des letzten Europäers. Gewissen hatte ich zwar nie in dem Maße, daß es mein Leben zwingend beeinflußt hätte. Mitleid hatte ich immer am falschen Ort, und zwar um so mehr, als ich mich dagegen wehrte. Mein Vater hatte in meiner Jugend dieses Übel (ein Übel ist und bleibt es) mit der Wurzel ausroden wollen. Wer aber faßt die Charakteranlage eines Menschen an der Wurzel? Ich wußte, was ich tat, wenn ich ein Tier, ein lebendes, schmerzempfindliches, an der Seelenhaftigkeit bis zu einem gewissen Grade teilhabendes Wesen auf die Folterbank legte. Andere wußten es nicht. Andere bedurften nach ihren schauerlichen blutigen Versuchen nicht des Rausches, der inneren Betäubung, der gewaltsamen Beruhigung ihres Zustandes, andere litten nicht an dauernd ungestilltem Reizhunger. Doch wozu von Tieren reden, wenn es sich um einen Menschen handelt, der mir nahe genug gestanden ist, um . . .

Nur die Tatsachen. Als sich das Unerträgliche meiner gesamten Lebensumstände mit jedem Tage deutlicher herausgestellt hatte (wenn es nicht so ins Breite ginge, wollte ich gern einen Tag aus dieser Zeit in seiner ganzen höllenhaften Endlosigkeit seiner vierundzwanzig Stunden darstellen) – als ich das Unerträgliche der Lebensumstände klar genug erkannt hatte, machte

41

ich den letzten Versuch, mich in friedlicher Weise von meiner Gattin zu lösen. Wir waren in der Kirche getraut wie alle Menschen aus meinem Kreise und aus ihrem Kreise. Das Band, das man im allgemeinen voraussetzt, daß es die Ehe zusammenhalten solle, die eheliche Liebe, bestand aber nur von ihrer Seite. Ich liebte sie nicht. Weiß ich doch bis zum heutigen Tage nicht, ob ich dieses vielgenannten Gefühls überhaupt fähig *geblieben* bin, ja ob ich fähig *gewesen* bin, zu lieben. Wer weiß es?

Der Grundstein der Ehe soll die Gemeinschaft der beiden Geschlechter sein, wie sie vom natürlichen Drang ersehnt und durch die Hoffnung auf gegenseitige Hilfe eingegangen wird. So spricht die Kirche und nennt die Kindererzeugung als den ersten Zweck der Ehe. Ich hätte mir ein Kind sehr gewünscht. Aber gleichzeitig fürchtete ich mich davor. Ich hatte Angst vor der Verantwortung, noch ein Wesen in diese schrecklichste aller Welten zu setzen, und dies war mit ein Grund für mich gewesen, die Ehe mit meiner Gattin einzugehen, denn es war schon angesichts des Alters meiner Frau im höchsten Grade unwahrscheinlich, daß ihr noch ein Kind in ihren Jahren gegeben würde. Sie konnte es auch nicht glauben. Aber trotzdem ging sie nicht von ihrer Überzeugung ab, daß jede Ehe zwischen Katholiken ein unzerstörbares, objektiv bestehendes Band sei, das selbst durch das Umschlagen der Liebe in Haß und Abscheu nicht zerrissen würde.

Sie stand sicher auf ihrem Glauben (sie konnte ja glauben, nur ich mußte immer zweifeln), meine Zuneigung zu ihr werde eines Tages wiederkehren, weil sie ja doch schon einmal dagewesen sei, nämlich damals, als ich mich um sie beworben hätte. Ein Irrtum, aufgebaut auf einen anderen Irrtum. Wie sollte ich ihr die wahren Beweggründe der Eheschließung klarlegen? Ich hatte doch nur diesen Verzweiflungsschritt unternommen, weil ich dem dauernden Zusammensein mit mir selbst nicht gewachsen war. Aus demselben Grunde, weshalb so viele und gerade oft nicht die wertlosesten Naturen zum Alkohol, Morphium oder zum Kokain greifen oder unnütze Reisen unternehmen, blödsinnige Sammlungen zusammenstellen. Also nur, um mir selbst zu entfliehen, hatte ich um sie geworben.

Ich hatte von ihr ihren Teil an der »gegenseitigen Hilfe« erwartet. *Das* konnte ich ihr erklären. Aber sie wollte mich nicht durch »unedle Motive« an sich ketten. Ihr, wie so vielen reichen Menschen, war es nicht klar, was Geld einem bedeutet, der es nicht hat. Sie sprach mir zu, wie einem guten, aber unvernünftigen Kind. Sie ging sogar weiter, über das erwähnte Testament hinaus. Sie ließ sich mit einem Versicherungsagenten aus eigenem Antrieb in langwierige Verhandlungen ein und zeigte mir eines Abends das Ergebnis. Sie hatte eben die erste Prämie eines gegenseitigen Versicherungsvertrages eingezahlt, das heißt, der überlebende Teil sollte beim Ableben des anderen einen hohen Betrag erhalten. Ich, wenn sie vor mir starb, und umgekehrt. Was wollte sie damit? Erkannte sie mich wirklich? Sie war doch aus eigenem reich genug, was sollte ihr noch mehr Geld nach meinem Tod? Aber *ich* brauchte Geld, das wußte sie. Ich bekam es nur nach ihrem Tod, dann aber ganz sicher. Wollte sie mich auf die Probe stellen? Hatte sie den krankhaften Wunsch nach Experimenten wie eine Ansteckung von mir übernommen?

Ich konnte nur die Achseln zucken. Sie aber faßte das auf als einen Beweis, daß mir ihre Liebe und ihr Leben wertvoller seien als aller irdischer Besitz. Und dabei hätte mich schon ein Teil jener Versicherungssumme in den Stand gesetzt, die Stadt zu verlassen, nach Amerika zu gehen, mit allem zu brechen, was ich bis jetzt getan hatte, und statt dessen etwas Neues zu beginnen, das mit dem früheren keinen Zusammenhang mehr haben sollte. Was war denn jetzt mein Leben? Nur der Versuch, ob die Versuche positiv oder negativ ausfielen. Und das Ende des Experimentes? Wenn das Experiment beendet wurde, mit einem Plus oder Minus, dann kam ein neues Problem an die Reihe, bestimmt, durch neue Experimente erhärtet zu werden und ein Ergebnis zu liefern, das immer nur wieder die Voraussetzung zu künftigen Arbeiten war. So idiotisch es klingt, und so sehr derartige Arbeit dem monotonen Spielen unmündiger Kinder ähnelt, ja noch dümmer ist als solches, dennoch ist es so. So beschäftigen sich zahllose Menschen zeit ihres Lebens. Die einzige Glücksmöglichkeit ist ein Nervenzittern, eine Sensation, eine künstlich hervorgerufene und ebenso künstlich befriedigte Erregung, der »Reizhunger« wird aber nicht gestillt, nur getäuscht und alles geht weiter bis zum Tode. Wer es nicht glaubt, lese z. B. die Berichte der gelehrten Akademien, er überfliege die zahlreichen, wissenschaftlichen Zeitschriften und wäge den ungeheuren, wirklich kolossalen *Umfang* dieser Arbeit ab gegen den kärglichen *Inhalt* derselben; er halte die Arbeit und die aufgewandte Energie gegen den Nutzeffekt derselben, sei es in bezug auf die Fortschritte in der wahren Erkenntnis der Wirklichkeit oder in bezug auf die Hilfsmittel, um welche diese Beschäftigung die arme Menschheit bereichert hat.

Meine Frau konnte mir darin nicht folgen, so wenig, daß sie mich mit mitleidigen Augen wie einen unheilbar Geisteskranken ansah und meine Worte oft nicht einmal ernst nahm. Bloß den sinnlichen Teil unseres Zusammenlebens nahm sie ernst und das erbitterte mich in hohem Maße. Dabei war ich ihr, darf ich das Wort wagen, hörig, trotz meiner Abneigung, ich war ihr verfallen, trotz meiner Fremdheit, angewiesen auf sie, die mich zwang, ihrem sinnlichen Drang nach Leiden nachzugeben, der auch mir eine Art Befriedigung gewährte. Und dabei, ich kann gar nicht ausdrücken, *wie* stark, *wie* mit jedem Tage unbezwinglicher der Wunsch nach Freisein, nach vollkommener Loslösung von ihr! (Von mir.) Das war die letzte Sensation, die ich erstrebte.

Auch meine Frau fand in ihrem Scheinglück keine vollkommene Ruhe. Wie wäre das auch möglich gewesen?

Sie verfiel sichtlich. Sie begab sich bei ihrem Schwiegersohn in ärztliche Behandlung, und er verabreichte ihr eine Arsenkur, um ihre Lebensgeister, die meiner Ansicht nach schon viel zu überhitzt waren, noch mehr auf Touren zu bringen. Sie dünstete jetzt oft einen knoblauchartigen Geruch aus infolge der Arsenabscheidung durch die Haut, ihre Augen blitzten noch heller und feuriger als früher, jähe Röte wechselte mit jäher Blässe hinter ihrer emaillierten Maske, eines Tages brach sie unter schlaganfallartigen Erscheinungen zusammen. Ich eilte zu ihrem Bett, vergoß Tränen, pflegte sie mit aller Aufopferung und dachte, in innerster Seele erlöst, es sei das Ende. Ich gab ihr aus einer kleinen Pravazspritze eine Morphiuminjektion. Dies tat ihr wohl. Ich wollte es ihr so leicht machen als nur möglich. Leider täuschten wir uns alle, mein Vater, ihre Tochter, mein Schwiegersohn und ich. Wir hatten nicht ihre übermenschlich zähe Natur erkannt. Sie war einer von den Menschen, die mit achtzig Jahren noch weite Gänge machen und mit neunzig Jahren über die Fünfzigjährigen triumphieren. Sie wurde gesund. Sie wurde gesünder als früher. Sie verreiste mit ihrer Tochter nach einem Badeort, und ich gab mich der unsinnigen Hoffnung hin, ein unvorhergesehener Zufall würde mich vor dem Wiedersehen bewahren. –

Und dabei haßte ich sie nicht.


# IX


Meine Frau, eines neuen Liebesfrühlings gewärtig, hatte es mir sehr zum Vorwurf gemacht, daß ich sie bei dieser Reise nicht begleitet hatte. Konnte ich es denn, ich, der ich mich nach nichts so sehr sehnte wie danach, der lästigen Nähe dieses Menschen möglichst lange enthoben zu sein?

Aber diese Zeit war trotzdem keine gute für mich. Meine Gläubiger gingen mir nicht von den Fersen, sie zwangen mich dauernd, ihnen auszuweichen, am Fernsprecher mich zu verleugnen, mein ganzes Leben umzustellen, den Kampf gegen ihre nur zu berechtigten Forderungen mit allen Mitteln aufzunehmen. Ein Teil von ihnen erklärte sich mit der Rückzahlung der Gelder ohne Zinsen, ein anderer Teil mit einem Ausgleich einverstanden, aber ich konnte nicht daran denken. Und dabei besaß ich keine Aussicht, sie jemals gänzlich los zu werden. Ein Teil von ihnen war sehr unverschämt und drohte mit allem möglichen. Aber es nutzte ihnen nichts.

Im Klub war ich nicht mehr so gerne gesehen, da häßliche Gerüchte über mich umliefen. Ich sollte als Arzt unzuverlässig und habsüchtig sein, sollte Tiere unnütz gemartert, ihnen Eau de Cologne in die Augen gespritzt haben, den Hunden, die ich bei Bekannten heimlich mitgenommen, also gestohlen hatte, sollte ich vor den Experimenten die Stimmbänder zerstört haben, um sie am Heulen zu hindern, etc.; ich sollte durch sadistische Mißhandlungen meiner Frau die letzten Reste (!) ihres Vermögens ausgepreßt haben, nachdem ich sie hypnotisiert und ihrer Willensbestimmung beraubt. Meine wissenschaftlichen Arbeiten sollten auf Bestellung und gegen Bezahlung von anderen, Begabteren, geliefert sein. Ich sollte auch Menschen in meiner Klinik qualvollen unnützen Experimenten unterzogen und mich nur durch ungeheure Geldopfer (daher angeblich meine Geldnot!) von der Strafverfolgung durch die

Hinterbliebenen meiner Opfer befreit haben. Ich konnte niemals den Ursprung dieser infamen Gerüchte direkt ausfindig machen. Es mußte jemand aus meinem engeren Kreise sein, aller Wahrscheinlichkeit nach war es der Mann meiner Stieftochter. Meine Briefe an meine Frau wurden nie ernst genommen, das heißt nie richtig beantwortet, ich schrieb täglich, empfing trotzdem von ihr Klagebriefe, in denen sie mir vorwarf, ich dächte nicht mehr an sie. Was sollte ich tun?

Aus meiner gewohnten Beschäftigung gerissen, (die Versuche mußten angesichts der vollständigen Geldebbe stocken und gerade jetzt hatte ich das Toxin Y fast isoliert, weißliche, hygroskopische Kristalle), irrte ich in der Stadt umher – auf der Suche nach etwas Neuem. Vor den Schwestern wußte ich mich zu schützen; die ältere hatte mich angesichts meiner Geldknappheit verlassen, die jüngere hing aber noch immer an mir. Ich konnte sie aber durchaus nicht brauchen. Ich sagte es ihr brutal ins Gesicht. Sie weinte auf offener Straße, aber sie begriff mich dann und zog sich zurück. Ich habe nie wieder von ihr gehört.

Ich traf durch Zufall einen Bekannten, einen ehemaligen Mitschüler. Einst war er einer der am wenigsten Begabten der Klasse gewesen, hatte aber die schnellste Karriere gemacht, war Mitdirektor einer chemischen Fabrik, die sich auch mit der Erzeugung von medizinischen Präparaten befaßte. Haarmittel, Kalkpräparate, Verjüngungsmedizinen. Sein Versuchslaboratorium befand sich in einer weit entfernten Stadt. Er machte mir ein Angebot.

Ich schrieb am Abend noch einmal meiner Frau. Ich legte ihr nahe, der Ehe ein friedliches Ende zu machen, da diese uns beide körperlich und seelisch zermürbe. Statt aller Antwort kam sie selbst. Sie hätte »zufällig« diesen Brief erhalten, die früheren hätte ihr die Tochter vorenthalten. Sie war aufgeregt, verängstigt, deutliche Zeichen körperlichen Verfalls waren nicht mehr zu übersehen. Manchmal griff sie mit ihrer reich beringten, runzligen Hand (Hände zu emaillieren hatte man noch nicht heraus) sich ans Herz. Mich durchzuckte der Gedanke, wie glücklich wir beide wären, wenn sie heute oder morgen einen schmerzlosen Tod fände. Ihre Krampfadern machten ihr Beschwerden. Einmal hatte sich ein Teilchen gestockten Blutes aus den Venen des Unterschenkels losgelöst und war in das

Gehirn gedrungen. Sie zweifelte, ob sie wieder ganz gesund würde. Vor einer Operation hatte sie Angst, vielleicht weil sie bei mir gesehen hatte, daß die Ärzte keine unfehlbaren Götter sind. Ja, nichts weniger als das. Ich kam durch eine seltsame Gedankenverbindung auf die eigentümliche Wirkung, die ich bei dem Toxin Y, meinem aus Scharlachkulturen gewonnenen Giftstoff in kristallinischer Form, beobachtet hatte; es waren ebenfalls abnormale Gerinnungserscheinungen, die bei den Versuchstieren einen plötzlichen Tod, einen Lungenschlag, einen Hirnschlag, einen Herzschlag hervorgerufen hatten. Man hatte es in der Wahl. Gelitten hatten sie nicht. Glaube ich.

Ich machte mich, es war Spätnachmittag, unter einem Vorwand von der durch die Reise und die Aufregung ermüdeten Frau frei. Sie wollte mich halten, wollte mir noch ausführlich anvertrauen, wie ihre Tochter und deren Mann ihr mit Entmündigung und Vermögensentzug gedroht hätten, wenn sie nicht von mir ließe. Sie wollte mich mit ihren bloßen Armen umfangen – mit Mühe rettete ich mich.

Die Dienstboten hatten keinen Lohn, der Hauswirt keine Miete bekommen. Ich mußte den unliebsamen Auseinandersetzungen mit meiner Frau entgehen. Meine Klinik stand fast ganz leer. Ich hatte keinen Patienten, und der Schwiegersohn, der sich an den Kosten hätte beteiligen müssen, fand Ausflüchte und legte seine Kranken in eine andere Privatklinik. Einen Augenblick lang überlegte ich, ob ich nicht meinen Vater aufsuchen solle. Seine Unterschrift auf einem Scheck war ebenso viel wert wie die eines Arztes auf dem Totenschein meiner Frau, der mich in den Besitz des Geldes setzte. Aber ich wagte den Besuch bei meinem Vater nicht.

Ich begab mich in das Laboratorium. Einige Briefe beruflicher Art lagen auf meinem Schreibtisch. Ich nahm aus dem versperrten Schrank die kleine Eprouvette, die etwa vier Zentigramm des Toxin Y enthielt. Ob ich einen klar umrissenen Plan meiner Tat schon jetzt faßte oder ob ich mich selbst nur auf die Probe stellte, wie es wäre, wenn . . . ich kann dies heute nicht mehr sagen, genausowenig wie ich den Grund sagen kann, der mich in die Gegend meines Geburtshauses, dem sogenannten Rattenpalais, führte, einer weitläufigen alten Villa am Flusse, wo ich mit meinen Eltern und Geschwistern meine Jugend verbracht hatte. Den Namen hatte das Haus von der Anwesenheit vieler Ratten. Um mich abzuhärten, hatte mich mein Vater einmal drei Nächte lang mit Ratten, (die er haßte), in einem Zimmer schlafen lassen. Jetzt war das Haus lange schon frei von Ratten, es diente Arbeitern und Angestellten zum Quartier, in viele kleinere Wohnungen aufgeteilt. Ratten mochten kaum mehr hier hausen, eher eine Überzahl von Kindern, sie wimmelten umher. Ungezogen, unterernährt, aber voll Lust und Lärm. Ich beneidete sie um ihre Jugend.

Der Garten bestand nicht mehr. Auf dessen Grund und Boden erhob sich, mit feuchten Flecken in den Mauern, eine Mietkaserne. Mich überkamen beim Vorübergehen Erinnerungen an meine Kinderjahre. Bitterkeiten, ergebnislose Grübeleien. Haßgefühle gegen meinen Vater, Neidgefühl gegen meine Geschwister. Mitleid mit meiner Frau und mit mir selbst.

Spät kehrte ich zurück. Ich hatte in der Stadt zu Abend gegessen und nahm an, daß meine Frau, von der Reise ermüdet, schon längst schlafen gegangen sei. In solchen Fällen übernachtete ich manchmal, um ihren leisen Schlaf nicht zu stören, auf einer bequemen Ledercouchette im Herrenzimmer. Auch ich war außerordentlich müde. Der Barometerstand war für diese Jahreszeit, Mitte August, ungewöhnlich niedrig, die Luft erstickend schwül. Feucht, aber ohne Neigung zu Regen. Bevor ich schlafen ging, nahm ich das kleine Glasgefäß mit dem Toxin aus der Tasche und stellte es abseits auf die Spiegelplatte einer Vitrine. Aber ich konnte nicht schlafen. Auch meine Frau hörte ich plötzlich in ihrem gerade über dem Herrenzimmer liegenden Zimmer hin und her gehen. Sie war erwacht oder noch nicht eingeschlafen. Sie sprach laut. Mit sich?

Ich fand keinen Schlaf. Ich war leise in das Badezimmer gegangen, wo in einem Wandschrank immer Pyjamas sich befanden. Der Schrank war aber abgesperrt, und ich hatte die Schlüssel meiner Frau übergeben. Ich kleidete mich also nicht aus. Die Schritte im Zimmer meiner Frau hatten jetzt aufgehört, ebenso das Geräusch ihrer Stimme. Eben wollte ich mich zur Ruhe begeben, als sie auf dem Treppenabsatz erschien, in ein lachsfarbenes, mit Glasperlen reich besticktes, kostbares Schlafgewand gehüllt. In ihren Augen lag ein Ausdruck, der mich stets in der unbegreiflichsten Weise sowohl angezogen, als auch abgestoßen hat, eine hündische Zärtlichkeit, eine Wollust, geschlagen zu werden. Ich zog die Schultern zusammen, ich senkte den Kopf. Die Wut gegen diese Frau, die jetzt noch *lächeln* konnte, stieg in mir hoch. Ich ließ es sie merken, daß ich nur den einzigen Wunsch hatte, allein zu sein. Sie hatte, in dem Herrenzimmer die Lichter andrehend, das blitzende Glasgefäß mit dem Toxin bemerkt. Sie hielt es für Morphin. Sie fing erst an, mir wegen tausenderlei Lappalien Vorwürfe zu machen, dann weinte sie, und ohne Übergang, läppisch lächelnd, stellte sie an mich die Bitte, ihr dieselbe Injektion zu machen, wie ich sie ihr vor ihrer Reise gemacht hätte.

Ich empfand die tödliche Ironie des Schicksals so stark, daß auch ich lächeln mußte. Oder ahmte ich nur ihre ungeschickte, gläserne Gesichtsgrimasse nach? Einerlei, das versetzte sie sofort in bessere Laune, sie umfaßte mich, ihren sinnlichen Trieben von neuem untertan, mit den kurzen, rosig gepuderten Ärmchen, sie schleppte mich mit sich nach oben in unser Schlafzimmer, zog die Vorhänge vor und umarmte mich. Ich stieß sie fest fort, und das war der Beginn. Sie wollte das, was sie immer gehabt hatte. Ich konnte ihr nicht widerstehen. Je ärger ich es trieb, desto verbissener ihr Ausdruck in ihrem Glück! Ich war in ungeheurer Erregung. Würde sie unter ihrem masochistischen Rausch vergessen, worum sie mich gebeten hatte? Die Injektion? Ich wollte es, ich wollte es auch nicht. Niemals widersprach so sehr ein Teil meines Ichs dem anderen. Denn die äußerste Notwendigkeit einer gewaltsamen Lösung von ihr bestand ja seit kurzem nicht mehr. Ich konnte die Stellung in einer entfernten Stadt annehmen und ein neues, ein bürgerliches Leben ohne sie beginnen.

Das Telephon schlug an. Ich dachte – warum gerade jetzt? – an meinen Vater. Das Signal wiederholte sich. In einer besonders schrillen, aufreizenden Art, wie mir schien. Aber weder ich noch meine Frau gingen an den Apparat. Das Klingeln muß bald aufgehört haben.

## X

Sofort nach dem Tode meiner Frau, den ich unumstößlich feststellen konnte, öffnete ich beide Fenster und weckte das Hausmädchen. Es sollte einem in der Nähe wohnenden Arzt telephonieren, meiner Frau sei übel geworden, sie habe Ohnmachtserscheinungen. Das Mädchen, im baumwollenen, kurzen Pyjama, die schwarzen Haare zerrauft, schlaftrunken, bleichen, käsigen Gesichts, führte den Auftrag aus. Der Arzt schien nicht sogleich an den Apparat gekommen zu sein, dann ließ er sich jedes Wort drei- bis viermal wiederholen, das Mädchen mußte alles buchstabieren. War er über Nacht schwerhörig geworden? Endlich verlor ich die Geduld und nahm selbst den Hörer in die Hand. Hatte ich mich so wenig in der Gewalt? Es schien so. Meine Mitteilungen verstand der Arzt sofort ausgezeichnet. Ich weiß nicht, wie es kam, aber dieser gänzlich unbedeutende Umstand, daß die telephonische Verbindung zwischen uns Ärzten jetzt einwandfrei funktionierte, gab mir ein Glücksgefühl, eine Art Übermut!

Der Arzt erinnerte sich sofort meiner als seines Kollegen. Er schien aber wenig Lust zu haben, jetzt in der Nacht zu kommen, fragte mich, ob ich nicht noch einmal selbst zu der Kranken sehen, den Puls zählen, die Atmung kontrollieren wolle. Das Dienstmädchen warf sonderbare Blicke auf das Lager und die regungslos daliegende Frau, ich schien es nicht zu beachten. Vielmehr tat ich so, als ob ich die von dem Arzt angeratene Untersuchung durchführte, dann deckte ich das Plumeau der Frau bis über den offenen Mund und setzte meine Unterredung mit dem Arzt fort. Befriedigt sagte der Arzt, das sei der normale Verlauf, (wessen?) er würde mir als Kollegen raten, ich möchte doch schnell eine Koffeininjektion machen und ihm dann noch Bescheid geben. Natürlich stehe er zu Diensten, wenn es unbedingt erforderlich sei, unter bewußter Betonung des »unbedingt«. Ich erklärte mich einverstanden, hängte ab, drehte die Lichter bis auf eins aus und schickte mit einem Gefühl der Erleichterung das Mädchen aus dem Zimmer. Dann ging ich vier- oder fünfmal durch die anschließenden Räume hindurch, setzte mich einen Augenblick lang auf den Lehnstuhl, schlich mich dann auf den Zehen in das Bade- und Ankleidezimmer meiner Frau, deponierte dort vorläufig das Gift, dann rief ich noch einmal an und teilte dem Arzt mit, die Frau hätte während der Injektion den Puls verloren. Der Arzt antwortete nicht sofort. Dann atmete er tief auf – oder er gähnte – und sagte endlich mit veränderter, ergriffen sein sollender Stimme, ob ich nicht, damit doch alles Erdenkliche versucht sei, auch noch Kampferinjektionen versuchen wolle? Mitten ins Herz?! Natürlich meinte er die Herzmuskulatur. Ich antwortete nicht. Dann fragte er, ob ich jetzt noch auf seinem sofortigen Besuch bestünde. Er selbst sei von den Kampferinjektionen bei Sterbenden abgekommen. Gerettet hätten diese noch keinen. Auch jetzt fand ich keine passenden Worte zur Antwort. In jedem anderen Falle, fuhr er fort, würde er am nächsten Tage um halb acht Uhr morgens erscheinen, um den gesetzlichen Formalitäten Genüge zu tun und den Schein auszufüllen, wovon ich Formulare doch sicher im Hause hätte. Und er brauche mir nicht zu sagen, daß er aufs tiefste bei meinem Verlust mitempfinde. Ich dankte kurz und hing ab.

Dann klingelte das Telephon von neuem. Ich meldete mich. Niemand antwortete. Fehlanruf? Nach zwei Minuten das gleiche. Noch ein drittesmal – dann wollte ich das Amt anrufen und mich beschweren. Ich wartete. Mein Herz schlug. Aber es blieb ruhig. Gut.

Ich glaubte die Folgen meiner Handlung auf einfachste Weise geordnet. Ich hätte alles nur zu gerne meinem Vater mitgeteilt. Aber das Absurde dieser Absicht wurde mir sofort klar und ich lachte hell auf.

Ich war glücklich. Aber nicht ruhig. Ich drehte im Schlafzimmer nochmals Licht an und holte ein ungebrauchtes Handtuch aus dem kleinen, reizend in Mandelgrün und Hellrosa gehaltenen Badezimmer meiner Frau. Ich legte es ausgebreitet über den noch unbedeckten oberen Teil des Gesichtes meiner toten Frau. Dann schlug ich das Plumeau zurück und breitete das Tuch auch über Hals und Brust aus. Das Fenster war noch offen, der heiße und feuchte Wind verfing sich in dem trockenen, glänzenden Linnen, hob die Stelle, die sich über den Wölbungen der Brust bauschte, empor. Rhythmisches Heben und Senken. Ich wußte aber, was war. Ich drehte das Licht aus. In einem eingebauten Schrank zog sich das Holz plötzlich mit einem knackenden, scharfen Geräusch zusammen.

Ich kehrte noch einmal nach dem Bette zurück. Das Handtuch fühlte sich lauwarm und seidenweich an. Ich faßte darunter an die Seitenteile des Halses. Auch hier Wärme und Seidenweichheit. Indessen war an der Halsschlagader nicht die Spur eines Pulses. Die Blutadern waren alle deutlich zu fühlen wie dicke Stricknadeln. Offenbar befanden sich hier wie in den anderen Blutadern Massen von geronnenem Blut. In solchen Fällen würde also die alte Mirakelprobe versagen. Mochte an das Bett der Toten treten wer wolle, das geronnene Blut würde niemals flüssig werden.

Das Toxin Y, in seiner Zusammensetzung niemandem außer mir bekannt, konnte von keinem Gerichtschemiker identifiziert werden, überdies wurde es innerhalb von weniger als vier Stunden, wie ich durch Tierversuche wußte, innerhalb des betroffenen Körpers abgebaut zu ganz unschuldigen Komponenten. Der sichere Nachweis organischer Giftstoffe ist überhaupt eines der problematischesten Kapitel der gerichtlichen Chemie, obgleich die Wissenschaft auf diesem Gebiete in den letzten dreißig Jahren riesige Fortschritte gemacht hat. Durch Versuche an lebenden Organismen, Mensch oder Tier, konnte der Giftwert ermittelt werden, der sogenannte *Test*. Aber nur dann, wenn es sich um bekannte Giftstoffe handelt. Meiner war unbekannt. Waren erst einmal vier Stunden verstrichen, so konnte man das Blut mit allen Methoden untersuchen – es konnte kein für mich belastendes Resultat geben. Wer aber sollte in den nächsten vier Stunden hierherkommen?

Ich schloß die Tür ab und legte den Schlüssel auf den kleinen Ecktisch an der Diele. Dann kam ich aus der Diele noch einmal (mit Widerstreben und in großer Unruhe) in das Badezimmer zurück; der Raum mit den süß hellrosafarbenen und mandelgrünen Wänden und den weißen Kacheln, den koketten Spiegeln, den blitzenden Nickelhähnen widerte mich an. Ich beeilte mich, ihn zu verlassen. Das Fläschchen mit dem Toxin Y versenkte ich hastig in das Becken und drehte den Lichtschalter aus.

Mir war, als hungere es mich. Ich hatte noch viel mehr als am Nachmittag das Bedürfnis, einen Menschen zu sehen und zu sprechen. Ich verließ das Haus. Ich begab mich auf die Straße. Vor dem Hause begegnete ich einem jungen Ehepaar, das die Wohnung auf der gleichen Etage wie wir (wie ich) bewohnte. Ich grüßte zuerst, sie sahen mich im Schein der gut leuchtenden Straßenlaternen freundlich an und dankten beide höflich. Offenbar kamen sie aus einer Gesellschaft. Ich ging zu einem Postamt, das Nachtdienst hatte, um meiner Stieftochter zu telegraphieren, von der ich annahm, daß sie mit ihrem Mann noch in dem Badeorte weile. Ich gab die Depesche als dringend auf, bemerkte aber im letzten Augenblick, daß ich kein Kleingeld bei mir hatte. Der Beamte war angesichts des Textes der Depesche so liebenswürdig, mir das Telegramm zu stunden. Ich hatte ihm meine Uhr als Pfand dalassen wollen, dies lehnte er lächelnd ab. Vielleicht war ihm auch der Name meines Vaters nicht unbekannt.

Mir fiel ein, daß ich vor allem meinen Vater benachrichtigen könnte, das heißt, es »fiel« mir nicht ein, sondern ich konnte dem wahnsinnigen Trieb nicht widerstehen. Ich mußte. Ich rief eine Autodroschke an und begab mich zu ihm. Sein langjähriger Diener öffnete mir, widerwillig entschloß er sich, den alten Herrn zu wecken. Ich trat schnell hinter ihm in das Schlafzimmer meines Vaters.

Wieder hörte ich, wie einst als Kind, sein wütendes Zähneknirschen im Schlafe. Es war dunkel und dumpf in dem mit kostbaren Möbeln und Antiquitäten vollgestopften Raum. Der Herr Staatsrat war unter die Sammler gegangen in seinen alten Tagen.

Mein Vater war schwer zu erwecken. Schwer schlief er ein, schwer wachte er auf. Er warf sich wütend umher, krächzte und schlug mit beiden geballten Fäusten auf die blauseidene Steppdecke. Endlich öffnete er die Augen. Warum wehrte er sich so gegen das Erwachen? Wie ein Huhn das Schlachtmesser, so starrte er die Lichter des Beleuchtungskörpers an, die ich angedreht hatte. Unten hupte der Droschkenchauffeur, den ich ohne Bezahlung hatte warten lassen. Auch ich sah meinen Vater, den alten, weißhaarigen, blauäugigen Mann starr an. Ihn haßte ich, meine Frau nicht. Ich bat meinen Vater um Geld. Viel Geld. Warum? Er sollte danach fragen, tat mir aber diesen Willen nicht. Er fragte nicht, warum kommst du mitten in der Nacht, weckst mich und verlangst Geld? Er biß sich auf die Lippen, legte sich mit dem Gesicht zur Wand und antwortete nicht. Auch der Diener, der bis an die Tür zurückgewichen war, schwieg. Er gähnte diskret. Mein Vater gähnte offen.

Endlich war er genügend klar geworden, er wandte sich mir zu, blickte mich an, als wäre ich sein halbwüchsiger Sohn, der ihn wegen Läpperschulden um einen Geldbetrag bitte. Mit seiner dürren Hand fingerte er auf der Nachttischplatte, wo loses Geld neben der alten Taschenuhr lag. Schließlich verlor ich die Geduld, gab dem Diener den Auftrag, sofort hinunterzulaufen und den Droschkenchauffeur auszuzahlen, und veranlaßte ihn auf diese Weise, mich mit meinem Vater allein zu lassen. Ich setzte mich an den Rand des Bettes. Mein Vater fuhr mit seinen Fingern durch das immer noch reiche, schlohweiße Haar, wickelte dann seinen hageren langen Körper enger in die Decke, rollte sich wieder etwas mehr an die Wand, als scheue er die Berührung mit meinem Rock. Dabei wußte er doch von nichts! War er immer ein so guter Beobachter und Menschenkenner gewesen? Ich nahm von dem Nachttischchen eine Karaffe mit Wasser, schüttete ein Glas voll. Ich stellte es vor mich hin, trank aber nicht. Mein Vater machte große Augen, sagte aber noch immer nichts. War er immer noch schlaftrunken? Wie kam ein alter Mann zu solch einem festen Kinderschlaf? Aber endlich mußte er wach werden. Ich gab das gefüllte Glas dem alten Mann. Ich ließ ihn trinken, und jetzt erst erwachte er zu vollständigem Bewußtsein und erschrak.

Was jetzt kommt, wird mir unvergeßlich bleiben.

Jedoch nur als bloße Tatsache. Mein Motiv, das, was mich dazu trieb, dies ist mir schon fünf Minuten nachher nicht mehr erklärbar gewesen, und fünf Minuten vorher war in mir auch nicht die geringste Vorahnung da.

Es kam wie aus einer Pistole geschossen oder, um einen zeitgemäßeren Ausdruck zu gebrauchen, wie aus der Pravaczspritze gespritzt, oder wie ein Torpedo aus einem Unterseeboot, oder wie eine Giftgasbombe aus heiterer Luft. Ich torpedierte den alten Herrn mit der lakonischen Mitteilung des Vorgangs. Unvorstellbar war denn auch die Wirkung dieses »Torpedos«. Es war die Antwort auf einen anderen »Torpedo«, der vor fünfzehn Jahren abgeschossen war. So wie ein Versuchshund aufheult, wenn ihm ohne vorhergegangene Schmerzbetäubung das Bauchfell mit einem ordentlichen Schnitte geöffnet wird, so heulte mein Vater los. Nur nicht so sehr laut. Aber so grauenerregend, daß ich ihm sofort die beiden Lippen zusammenhielt. Er biß zuerst in meinen Daumenballen, dann aber sah er die Notwendigkeit seines Schweigens ein, drückte sich krampfhaft selbst meine Hand noch tiefer an seine schlaffen Lippen und an seinen seidenweichen, warmen Schnurrbart.

Und so unsinnig meine Handlung gewesen war, genauso unsinnig die seine. Ohne mir einen Rat zu geben (in diesem Augenblick gab es noch viele Auswege, mich zu retten) sprang er schlottrig auf, kleidete sich in rasender Eile an, stürzte hinter meinem Rücken (ich stand zitternd am Fenster und blickte hinaus) zur Türe, dann durch das Entree die Treppen hinab, alles ging in solchem Tempo vor sich, daß er, trotz seiner alten Knochen in schnellem Tempo den Weg zurücklegend, den Droschkenchauffeur einholte. Denn dieser war, schlaftrunken, wie es die Chauffeure zu so später Stunde oft sind, in langsamster Fahrt losgetrudelt, nachdem er den Fahrlohn von der Hand des alten Dieners sorgfältig abgezählt und vorne in der Brusttasche seiner Lederjoppe untergebracht hatte. Mein Vater sprang in den alten Klapperkasten und los! Ich hörte nicht, was er dem Droschkenchauffeur zurief, ich sah nur, wie er dem alten Diener, der ihm nachgerannt war und entgeistert immer noch dastand, zuwinkte, dann ließ er die Droschke in schnellster Fahrt absausen.


## XI


Ich werde mich jetzt in äußerster Kürze fassen, obgleich das Kommende, das ich in diesem Kapitel, dem elften, abtun will, den Inhalt jener Literaturart ausmacht, die man in unserer Zeit für die spannendste hält, nämlich den Inhalt der Detektivromane. Was mich im eigentlichen Grunde beschäftigt, sind Tatsachen, wie z. B. jener »Torpedo«, die mindestens fünfzehn Jahre zurückliegen und meinen Vater zur Hauptperson haben, und sodann Tatsachen, die erst nach meiner Verurteilung in Erscheinung traten, und die sich später um die Gestalt meines Jugendfreundes (Freund darf ich ihn eigentlich erst nennen, seitdem er nicht mehr ist) Walter gruppieren.

Jetzt aber kommt meine Rückkehr in meine Behausung, (ich ging zu Fuß, machte Umwege und brauchte fast eine Stunde dazu), die Überraschung, im dunklen Treppenflur zwei stämmige Polizisten in Uniform aufgepflanzt zu finden, die sich brutal, aber geschickt meiner bemächtigten, kaum daß ich durch das Portal eingetreten war und das Treppenlicht angedreht hatte. Und während ich zwischen ihnen, halb besinnungslos, aber doch gefaßt, mit wahnsinnigem Herzklopfen, zusammengepreßten Zähnen und daher stumm, ihre Hände auf meinen Schultern, unsere Treppe mit dem sauberen, weichen, dunkelblauen Velourteppich hinaufstieg, hörte ich von oben durch die offene Tür meiner Wohnung die erstickten Schreie, das heulende Weinen meiner Stieftochter, dazwischen die begütigende, pastoral schleppende, schleimige Stimme meines Schwiegersohnes, die jetzt, als sie in voller Milde, in Güte und tröstender Männlichkeit ihre Phrasen von sich gab, in mir den Wunsch erweckte, mich zu übergeben.

Übergeben hatte ich mich aber schon, und zwar in anderem Sinne: der staatlichen Gerechtigkeit. Denn ich bin von dieser Minute angefangen nie mehr freigekommen.

Hätte mein Vater mich in dieser Nacht vernünftig angehört, statt feige fortzulaufen! In komisch wirkender Unordentlichkeit war der wackre Alte, während die Krawattenenden um seinen mageren Greisenhals herabhingen und er einen Hosenträger unter dem Mantel bis zur Erde nachschleppte und über dieses Hosenband stolperte, mir, seinem Sohne entfleucht, weil dieser ihm ein unliebsames Geständnis gemacht, auf welches der famose alte Menschenkenner nicht gefaßt gewesen. Ja, hätte sich mein Vater auch noch in dieser Stunde, zur Krönung seines ganzen anarchistischen Lebens, dem Dasein gewachsen gezeigt, wie es eben war, ist und bleibt, ja, und nochmals ja, hätte er sich mutig in dem zu erwartenden Kampf aller gegen einen auf die Seite seines besten Schülers, auf die Seite seines einzigen *Bluts*verwandten, eben zur Partei meiner Wenigkeit geschlagen, hätte er mich wenigstens zu begreifen *versucht,* wo ich doch ganz andere Versuche unter den Händen gehabt, dann wäre alles anders geworden.

Viel schwächere, moralisch mittelmäßigere, banalere Geister haben den Dingen viel sachgemäßer ihren Tribut entrichtet, mein Bruder zum Beispiel – über den er sich mir gegenüber immer lustig gemacht hatte, – aber davon ist jetzt noch nicht die Rede – jetzt, wo ich zwischen den beiden Polizeibeamten die Treppe hinaufmarschiere, um dem Schwiegersohn und der Stieftochter gegenübergestellt zu werden – und meinem Opfer. Arme, alte Dame, die mir vielleicht den Liebesdienst erwiesen hätte, *freiwillig* aus dem Leben zu scheiden, wenn damit ein besonderer Genuß für sie und ein besonderer Vorteil für mich verbunden gewesen wäre! Sie liebte mich ja. Sie war eben so geschaffen. Die gute Matrone hatte bald fünfzig Jahre alt werden und verschiedene Experimente, so ihre liebesleere erste Ehe, über sich ergehen lassen müssen, um sich selbst richtig zu verstehen. Ein Tod im Augenblick des größten Schmerz- und Lustempfindens war sicherlich in ihrem Sinne – darin hatten wir uns immer verstanden. Gar nicht verstanden haben aber ihre Angehörigen den »Vorgang«, und ebensowenig verstand ihn dann nachher die triviale, nicht einmal auf dem Niveau eines Dienstmädchens stehende staatliche Justiz, und am wenigsten die öffentliche Sittlichkeit, vertreten durch die Presse. Diese sahen in allem bloß einen gemeinen Mord, eine Art Versicherungsmord durch Gift, ich war ein Landru mit dem Toxin Y, und sie ließen nur die rohen Tatsachen in ihrer nacktesten Roheit für sich (und gegen mich) sprechen.

Wie aber konnte es möglich sein, daß diese Katastrophe so unmittelbar wie eine prompte Reaktion im Laboratorium über mich hereinbrach?

Nichts einfacher als das. Meine Frau, die einzige, die mich wenigstens einigermaßen kannte, die einzige, die mich von einer gewissen Seite wenigstens nahm, wie ich wirklich war, und die mich auch nur so brauchen konnte, hatte ihre trüben Wahrnehmungen, ihre Befürchtungen und psychologischen Erkenntnisse ihren Angehörigen seit langem nicht verhehlt. Sie selbst war es, die auf den Gedanken gekommen war, man solle sie vor meiner Gegenwart schützen, solle sie internieren, eventuell entmündigen. Sie wollte, klug oder töricht, vor sich selbst geschützt sein. Sie selbst hatte Auftrag gegeben, meine Briefschaften auf wesentliche Tatsachen hin zu lesen, sie ihr aber nicht vorzulegen. Die hundeartige Hörigkeit zu mir und die Angst um ihr liebes Leben, dies hatte in ihr miteinander gekämpft, sie hatte nicht weniger experimentiert als ich. Neben diesen Experimenten waren die üblichen Unterhaltungen, Amüsements, wie sie ihrem Alter, ihrer Vermögenslage und ihrer gesellschaftlichen Stellung entsprachen, und die man mit dem Begriffe *Bridge* zusammenfaßt, natürlich keine hinreichende Befriedigung gewesen. Sie hatte eines Tages ihrem Drange nach Zerstörung (Selbstzerstörung) nachgegeben, war zu mir gekommen. Das war am Nachmittag gewesen. Abends hatte sie, als ich schon die Wohnung betreten und mir unten im Herrenzimmer mein Lager zurechtgemacht hatte, ihre Tochter und ihren Schwiegersohn angerufen und in der Vorahnung ihres Verhängnisses beide zu sich beschworen. Auf diese Angehörigen ging der sonderbare stumme, dreifache (oder war es nur zweimal?) Telephonanruf zurück, der aber auf jeden Fall zu spät gekommen war.

Und ich, in meiner nachtwandlerischen Sicherheit, hatte mich idiotischer als alle Idioten benommen! Man denke! Ich verlasse den Tatort, ohne das wichtigste Beweisstück exakt vernichtet zu haben. Ich verschweige die Tatsache des Todes meiner Frau dem Dienstpersonal, den Nachbarn, denen ich nachts begegnet war. Nicht genug daran! Ich mache meinem Vater, einer in diesem Zusammenhang völlig nutzlosen Person, die überflüssigste Mitteilung, die sich denken läßt, und bringe bei ihm eine ebenso idiotische Reaktion zustande, nämlich die Flucht mit dem nächsten Zug der Nordbahn nach dem Ort X. Am nächsten Tage erscheint er (zum ersten und letzten Male in seinem Leben!) nicht in seinem Amt. Die Schlingen des Strickes um meinen Hals werden noch enger zusammengezogen – durch meine und seine Schuld. Hätte er mir wenigstens das Geld gegeben, wenn nicht hunderttausend, so doch soviel, um ein Auto zu nehmen, um zurückzufahren. Ich wäre eine Stunde früher am Tatort gewesen, hätte das Fläschchen rechtzeitig vernichtet. Nur die ersten vier Stunden waren kritisch. Nachher war mir nichts nachzuweisen. Diese vier Stunden hätte ich bei meiner Frau ausharren müssen.

Nein, wenn der Alte schuld hatte, so lag sie tiefer, lag weiter zurück. Jetzt waren es nur Nebensachen. Wozu ihn anklagen – ich hätte doch auch ohne Geld ein Auto nehmen und dieses bei mir zu Hause ablohnen können. Soviel Geld besaß ich stets. Ich war eben mit Blindheit und Torheit geschlagen. Denn wie anders kann man es nennen, wenn ein denkender Mensch, der sich so hoch einschätzt, daß er sich die Entdeckung des unsichtbaren Virus der Scarlatina zutraut, daß ein solcher Mensch die sichtbaren Beweise, die greifbaren Indizien seines kriminellen Tuns, die er doch verbergen will und muß, in voller Öffentlichkeit ausbreitet? Denn zu dem Husarenritt zu meinem alten Herrn, der durch meine Konfession *seine* alten Sünden abbüßen sollte, kam ja der erwähnte Versuchsfehler der gröblichsten Art. Was war mit dem Fläschchen mit dem Toxin Y geschehen? Statt es sicher zu zerstören (unter der Wasserleitung auswaschen, das Etikett abkratzen, das leere Fläschchen auf der Straße fortwerfen, und ebenso die Spritze), statt dessen werfe ich das Glasgefäß, verstöpselt, mit noch recht ansehnlichen Resten von Toxin Y darin, in das Becken der kleinen, mandelgrünen Privattoilette meiner Frau. Und ziehe ich wenigstens die Kette, um das Ding in den Hauptkanal hinabspülen zu lassen? Keineswegs. Und die Spritze? Nein, auch diese vernichte ich nicht. Sie bleibt im Schlafraum liegen auf einer Glasplatte. Ich hatte mich an das gute, präzis gearbeitete, feine, kleine Instrument zu sehr gewöhnt!

So gebe ich meinen Feinden die Waffen höflichst in die Hände. Der plötzliche Tod meiner Frau, mein Zögern, den Arzt aus der Nachbarschaft sofort trotz seines üblichen Zögerns zur Nachtzeit herbeizuholen, meine Weigerung, die angeratene Kampferoder Koffein-Injektion zu versuchen (Kampfer und Koffein hatten wir im Hause, schon deshalb, weil meine Frau nach der ersten Krankheit hypochondrisch war und von der Wirkung des Kampfers und Koffeins wußte), die auf der Nachttischplatte am Lampenfuß angelegte Spritze mit leicht blutiger Nadel, vor allem das kleine Fläschchen, das sich jetzt, säuberlich hervorgeholt, vor den Augen der Behörde mit bereits halb gestrocknetem Etikett auf der Spiegelglasplatte befand! – Und die immer schneller, durchs Trocknen etc. deutlich werdende Schrift war von keiner anderen Hand als der meinen. – Der Rest des weißlichen, kristallinischen Pulvers konnte an *meinen* Versuchstieren als höchst giftig, als Gerinnungsgift erster Güte erkannt werden – das Blut meiner Frau konnte und mußte analysiert werden – alles stimmte und so konnte jeder Dilettant den strikten Beweis dieser Tat führen. Nämlich beweisen, *was* geschehen war. Aber beweisen, *warum* es geschehen war? Das war Aufgabe des Gerichts. *Richten* aber konnte nur *der* Mensch, der dies alles verstanden hatte. Richten konnte diesen Mord letzten Endes nur ich.

## XII

Einer so hoffnungslos klaren Sachlage durch Leugnen begegnen zu wollen war von vornherein unmöglich. Eher konnte es als eine aussichtsvolle Methode erscheinen, über diese psychologisch zu begreifende Tat hinaus sich den untersuchenden Richtern als eine ganz entmenschte, pathologische Persönlichkeit zu präsentieren, die in einem Anfall entfesselter Raserei diese Tat begangen hatte und die deshalb – und hier ist das Ende dieser nur scheinbar gangbaren Methode – zwar nicht auf das Schafott, noch auch in das Zuchthaus oder die Kolonien auf Lebenszeit, aber doch dauernd hinter Schloß und Riegel gehöre. Vielen würde sicherlich die Aussicht auf lebenslängliche Internierung in einer geschlossenen Anstalt als das leichtere Los erscheinen im Vergleich zur Todesstrafe oder zur Deportation. Mir aber nicht.

Ich habe einige Wochen in der psychiatrischen Beobachtungsstelle der Krankenabteilung des Untersuchungsgefängnisses ausgehalten. Mein Vater hatte es mit Hilfe meines Anwalts durchgesetzt, daß man meinen Geisteszustand von Gerichts wegen untersuche. Ich habe Verhöre auf Verhöre von Ärzten über mich ergehen lassen, stundenlange Intelligenzprüfungen, die mich als Idioten erscheinen ließen, ich habe, in der ohne Aufhören sicht-, hör- und fühlbaren Nähe von wirklich Geisteskranken und Rasenden, Tobenden, Schreienden, Heulenden, Lallenden, sich selbst zerfleischenden und unratfressenden Menschen, ich habe in der Nähe von unheilbar geistig und seelisch Erkrankten mit aller gesammelten Kraft und Energie zu simulieren versucht. Aber ich habe nicht lange genug ausgehalten und ich sage: von hundert Männern sind neunzig nicht imstande, und hinge selbst ihr Leben daran, über einen gewissen Zeitpunkt hinaus eine schwere Geisteskrankheit zu simulieren, ohne ihr zu verfallen.

Für mich war das Weltgebäude niemals auf ganz unerschütterlicher Grundlage gebaut. Ich habe bereits gesagt, daß ich schon in meiner Jugend unter dem Einfluß meines Vaters Anarchist und Atheist und Negativist bis zum Zyniker geworden war – dazu noch der innere Druck (nennt es Gewissen, tut, was ihr wollt, ihr faßt es doch nicht), dazu der Mangel an Schlaf, dazu das ununterbrochen Beobachtetwerden, die wie mit einem scharfen Meißel in die Seele eines labilen Menschen hineingetriebenen stereotypen Fragen der Herren Gerichtspsychiater, wobei der Teil »Gerichts« Hauptbetonung hat, – dazu die schlechte Kost, der Schmutz, dieser um so ärger, je mehr man selbst in eigener Person dem Zerstörungsdrang nachgibt und alles Demolierbare in seiner Zelle demoliert (welchen Menschen lockt es nicht ab und zu, alles ringsum kurz und klein zu schlagen!)

Einer, der es nicht erlebt hat, kann sich das grenzenlos

Ermüdende und Entnervende des dauernd Sichselbstgegenübersitzens nicht vorstellen, diese Nächte, diese Träume, und nur die feindliche Atmosphäre um sich – ja, Georg Letham, der jüngere, hast du denn eine Ferienreise an die See erwartet?

Einerlei, es kommt der Tag, wo man im Widerstand nachläßt und sich ergibt. Ich sehnte mich wie ein Wahnsinniger danach, wieder vernünftig zu sprechen, normal zu essen, und es war höchste Zeit. Ich war zum Skelett abgemagert, und meine geistige Kraft war erschöpft. Meine harten Knochen drohten, die kümmerliche, dürre, trockene Haut auf meinem Kreuz und unter den Schulterblättern wund zu liegen.

Das Fürchterlichste war, daß ich einmal in einer Nacht gegen Morgengrauen begriff, daß ich keine Hoffnung auf Hoffnung mehr hatte. Und keine »Hoffnung auf Hoffnung« hatte ich nicht erst seit dieser regnerischen Nacht. Es war gegen Morgen, zu einer Stunde, da die wirklich geisteskranken Verbrecher und die Simulanten gleicherweise entweder durch natürliche Müdigkeit oder durch die Wirkung der Schlafmittel (meist Skopolamin in mächtigen Dosen) sich beruhigt haben und schlafen. Bloß bei mir hielt das Schlafmittel nie bis zum Frühstück (oder was man so nannte – ein Teller Suppe und ein Stück Brot, kein Löffel, keine messerartigen Eßinstrumente) durch. Nie konnte ich bis sechs Uhr durchschlafen. Es verwirren sich die Gedanken zwischen den Worten, das Denken wird ein träges Durcheinander, kaum zu schildern.

In dieser Nacht hatte ich, um die Haut auf dem Rücken zu schonen, mich auf den Bauch gelegt – mag sein, daß der Blutumlauf in dieser unnatürlichen Stellung besonders stark auf den Herzmuskel drückte, auf der Lungenschlagader lastete – ich weiß nicht, wie es kam, ich mußte heraus, ich ertrug mich nicht länger, ich meldete, schwer die richtigen Worte findend, meine »Gesundung« dem alarmierten Oberwärter, ich wollte den Arzt, den Untersuchungsrichter, meinen Vater, meinen Anwalt, was weiß ich, wen noch alles mitten in der Nacht kommen lassen, aber die Hausordnung hat hier ihre unumstößlichen Gesetze, man vertröstete mich – und ich war: ein geständiger Verbrecher und allein.

Nun beruhigte ich mich aber nicht, ich konnte es nicht, in mir war alles mögliche, das sich in Worte schwer fassen läßt, aufgespeichert, es trieb mich dazu, meine Hoffnungslosigkeit auszutoben, nutzlos, jetzt, sage ich, jetzt tausendmal nutzloser als je im Leben! Ich schrie, bis ich heiser war und rein physisch nicht mehr schreien, nur krächzen konnte; nur echte Tobsuchtskranke hatten das Geheimnis weg, ganze Nächte hindurch ohne Heiserkeit brüllen zu können, ich, der ich eben noch eingestanden hatte, zu simulieren, zerstörte alles, was ich fassen konnte. Es war nicht viel. Bloß meine Decken, wollene, nicht zu dünne Decken mußten daran glauben, ich biß hinein, ich riß mit meinen dazumal noch kerngesunden Zähnen Stücke heraus, es meldeten sich die niedrigen körperlichen Bedürfnisse – und ich – ich will es nicht aussprechen, ebensowenig, wie ich den Augenblick meiner Tat nicht ausdrücklich, nicht ausführlich bis jetzt habe schildern können, ich will nur andeuten, daß ich an diesem Morgen alle die viehischen Abscheulichkeiten beging, die ich als junger Student in dem Kolleg über Geisteskrankheiten bei Paralytikern gesehen hatte. An anderen – und nun sah ich sie, erlebte ich sie an mir selbst! Wie sich der Rest meines noch klaren Bewußtseins gegen dieses tierische Rasen und Toben auflehnte, das läßt sich in einfacher Sprache kaum schildern, kaum begreiflich machen. Wer das erlebt hat, steht einer schnellen, einer abkürzenden Strafe wie der Todesstrafe nicht mehr so schaudernd gegenüber.

Es sind diese furchtbare Nacht und dieser Morgen eine weitere Lektion in dem Abhärtungsprozeß gewesen, den mein Vater vor zwanzig und mehr Jahren begonnen hatte. Und alles ging nur zwischen mir und mir vor. Für das Personal, das dort wie in allen ähnlichen Anstalten riesig überlastet und abgestumpft zynisch geworden und verroht ist (und wohl auch so sein muß), war mein Fall eindeutig. Ich hatte mich ja *vorher* als geistesgesund gemeldet! Ich interessierte nicht mehr.

Ich (wie so manche andere vor mir) hatte zermürbt und zerbrochen den Hungerstreik aufgegeben, ich wurde daher von der Liste derer gestrichen, die mit der Gummisonde ernährt wurden. Ich hatte vernünftig gesprochen, und man mußte mir abends keine Skopolamindosis mehr einspritzen. Wenn ich jetzt tobte, war das mein Privatvergnügen. Ich erregte nicht um eine Spur tieferes Interesse als ein Hund in seinem Käfig in meinem Laboratorium, wenn er sich zwischen seinen Eisengittern wahnsinnig heulend um sich selbst dreht und (nachdem das Experiment vorbei ist) sich den Verband von seiner Wunde abreißt. So kehrt alles wieder in diesem kurzen Leben! Was würde erst in einer Ewigkeit wiederkehren!

Ich hatte meinen Vater benachrichtigen lassen. Er war es gewesen, der mir zwar nicht höchstpersönlich, aber durch meinen Verteidiger hatte nahelegen lassen, mich als geisteskrank hinzustellen. Er hatte in der Zwischenzeit um seine Pensionierung angesucht, das Gesuch schwebte noch, er sollte aber unentbehrlich, unersetzlich sein. Jetzt hatte er sich von aller Welt zurückgezogen (wurde aber trotzdem von den neuigkeits- und sensationslüsternen Zeitungen dauernd, ohne Ruhepause, belästigt). Vielleicht verbrachte er in seinen mit Kunstschätzen und naturhistorischen Kostbarkeiten vollgestopften Zimmern ebenso schlaflose, qualvolle Nächte wie ich. Mag alles sein, mag sein, daß er sich, in seiner Gesundheit erschüttert, ein alter, gebrochener Mann, nicht mehr die Kraft zutraute, mich zu sehen. Er kam nicht.

Mein älterer Bruder kam (offenbar hatte mein Vater ihm jetzt erst die Erlaubnis erteilt, denn welches Hindernis hätte er haben können, mich nicht schon längst aufzusuchen?) Er erschrak zu Tode, als er mich am Morgen nach meiner »Gesundung« hier sah, fast völlig nackt, beschmiert mit dem eigenen Unrat, zum Skelett abgemagert. Er bewirkte, daß man mich in eine andere Zelle transportierte, er setzte es mit außerordentlicher Energie durch (Energie, das einzige, was er von unserem Vater geerbt hatte – und doch war es nicht die gleiche unerbittliche Willenskraft), daß man ihn bei mir ließ, Tag und Nacht, bis ich ein menschenähnliches Aussehen und Einsehen wieder gewonnen hatte.

Wir sind uns vorher nie nahegestanden. Er war ein normales Subjekt, einer, von dem zwölf und ein halb auf ein Dutzend gehen, hier aber wog er ganz allein die ganze menschliche Gesellschaft für mich auf.

Zum erstenmal seit Jahren habe ich mit einem Menschen stundenlange Gespräche geführt – nein, es war etwas anderes als »Gespräche«, es waren Seelenverbindungen, Seelenwirkungen mit den Mitteln des Wortes und der menschlichen Nähe an sich. Wenn ich überhaupt wieder irgendwie lebensfähig wurde, verdanke ich es ihm. Zu seiner Ehre sei es gesagt, zur Ehre der Menschen überhaupt.

Ich wurde aber noch lange nicht der, der ich vor meiner Tat gewesen war.

Ich kehrte aus der Beobachtungsabteilung in das Gefängnis zurück.

In dieser ganzen Zeit, das heißt angefangen von meiner Rückkehr ins Gefängnis bis zu meiner Verurteilung, war ich von einer geistig-seelischen Lähmung befangen. Möglichst wenig von Vergangenheit, möglichst nichts von Zukunft, Hauptsache war die Gegenwart, der Augenblick. Es mag sein, daß das Leben, wie ich es gezwungenermaßen jetzt führte, die Ursache dieser Lähmung war. Nur unmittelbar Wahrnehmbares beschäftigte mich – was ich aus den Nachbarzellen hörte, wie mir und den anderen die Stunden des Tages vergingen, welcher Art die Kost war, die ich bekam, wie ich die Nächte verbrachte, welche Besuche ich empfangen durfte, was mein Bruder mir mitbrachte etc. etc.

Mein Bruder beschenkte mich eines Tages mit Blumen, hochgezüchteten Edel-Wicken, wenn ich mich recht entsinne. Früher hatte mich alles ästhetisch Schöne begeistert, ich war dem Schönen, dem Vollendeten, dem Fleckenlosen wie magisch verfallen gewesen – was man mir angesichts meiner Ehe und meines Berufes vielleicht nicht zutrauen wird –, aber es war trotz allem so. Jetzt erregten zwar die blaßrötlichen, in seidenartigem oder cremeartigem Glanz schimmernden Blumen mein Interesse, aber in ganz anderer Art. Ich begann sie lang hinzulegen, sie mit den Nadeln festzustecken, mit denen die Seidenpapierhülle zusammengehalten gewesen war, sie dann sorgfältig zu zergliedern, zu sezieren, wobei ich mich in Ermangelung eines Messers des langgewachsenen Nagels meines rechten kleinen Fingers bediente, den ich zu diesem Zweck während der Unterhaltung mit meinem verblüfft zusehenden Bruder an der Wand möglichst scharf und spitz zugeschliffen hatte.

Die Anatomie der Wickenblüte und des Stengels, die merkwürdige Verteilung der Gefäße der Pflanze (auch eine Pflanze hat Gefäße wie ein Tier) damit hätte ich mich stundenlang beschäftigen mögen. Mein Anwalt, der den Bruder an diesem merkwürdigen Tage bei mir ablöste, war weitsichtig, hatte ein

Monokel. Ich bemächtigte mich dessen und hatte eine nicht einmal üble Lupe in Händen. Ich verbrachte also einen weniger stumpfsinnigen Abend und eine friedlichere Nacht als sonst. Das ist nur ein Beispiel für die Wohltat, die mir mein Bruder mit seinen Besuchen erwies.

Meinem Bruder, nicht meinem Vater gelang es also allmählich, mich von dieser Art Umnachtung zu befreien –. Es kann sein, daß ich unmittelbar nach meiner Tat einer solchen Starrheit bedurfte, um überhaupt weiterleben zu können.

Es wäre mir aber auch jetzt, in dieser weniger kritischen Zeit, nicht gerade absurd erschienen, mir das Leben zu nehmen, und ich glaube, es wird nur wenige Rechtsbrecher geben, die vor einem Eingriff in das eigene Leben und Dasein grundsätzlich zurückweichen. Mehr als ein Mörder oder Einbrecher oder Wollustverbrecher würde, wenn man es ihm genügend leicht machte, seinem Leben freiwillig ein schmerzloses Ende setzen. Ließe man in den Zellen die Gashähne in erreichbarer Nähe, es würde der sogenannten Justiz manche Arbeit und oft sehr unfruchtbare Arbeit erspart. Aber keineswegs kann man unmittelbar nach dem jähen Umschwung in dem Augenblick der Tat, der höchst aktiv ist, bis zu der ersten Nacht in der Zelle, bis zu diesem schauerlich passiven, kastrierten, entmannten Dasein, auf eine derartige, glückliche Lösung hoffen. Nachher kommt erst das Stadium, das nur auf den aktuellen Gegenwartsmoment eingestellt ist und das ich jetzt hinter mir hatte. Und dann schließlich beginnt die Zeit des Wiedererwachens, die Rückkehr zu dem alten Adam, und erst dieser »alte Adam« begreift die schauerliche Wendung des Schicksals und möchte sich nur zu gern ihrem doch unentrinnbaren Zwange entziehen.

Vom Standpunkt der sogenannten Gerechtigkeit ist dies von Wichtigkeit. Die Verhandlung soll noch einmal alle schuldhaften Lebensmomente dramatisch aufrollen, die Tat soll in Gedanken *noch einmal* begangen werden, man will sie nicht begraben, ebenso, wie sich die Gerechtigkeit genarrt vorkommt, wenn ein Verbrecher sich selbst erhängt, bevor das Urteil erfolgt ist! Man will die Tat auferstehen lassen, durch das Geständnis des Täters, durch das Bekenntnis seiner Identität, ja sogar seiner Reuelosigkeit, und dann, dann erst soll zum Troste aller anderen die büßende Negation der Tat, die praktische Reue, das heißt die »richtige« Strafe des gebrochenen Sünders, folgen.

Mein Bruder (ich kann es nicht oft genug wiederholen, damit man die Illusionen versteht, die ich an ihn knüpfte) mein Bruder war es, der mich zum Leben zurückbrachte. Und warum soll ich es leugnen, er tat mir wohl. Nur zu wohl. Ich wartete mit Sehnsucht auf sein Kommen, ich hörte gerne seine Stimme. Es war Spätsommer, es war immer noch sehr warm, besonders in der engen, nur durch ein kleines Fensterloch mit der Außenwelt verbundenen Zelle. Er schwitzte, das Grübchen über seiner Oberlippe, im Schatten der etwas stämmigen Nase, füllte sich ihm mit kristallklaren Schweißperlen, die er mit verlegenem Lächeln fortwischte, dabei die breiten Schultern reckend und tief aufatmend. An seiner nicht gerade sehr hohen Stirn wuchs ihm (nie hatte ich das früher bemerkt und sicherlich hatte er doch diese Eigentümlichkeit seit Kindesbeinen) eine Unmenge goldblonder Härchen, mit einer kleinen Spitze nach unten zu, ein ziemlich dichter Flaum, der besonders bei schräger Beleuchtung in metallischem Flimmern erglänzte, ähnlich dem Glanz, den reife Felder von der Ferne bieten. Seine Zähne, die er beim Lachen (er konnte noch lachen, wenn auch jetzt, bei mir, nur selten!) entblößte, waren fest, durch kleine Lücken geschieden, gelblichweiß, niedrig, das gesunde hellrote Zahnfleisch reichte tief hinab. Das dunkelblonde Haar trug er wie eine Bürste hinaufgekämmt.

Auf seiner Stirn, unmittelbar unter den blonden Flaumhärchen, zogen sich aber schon recht tiefe Falten. Es wären aber keine Sorgenfalten, sagte er, als einst die Rede darauf kam, sondern sie kämen davon, daß er sich in jeder freien Minute mit seiner Frau und seinen Gören im Freien, besonders gern in praller Sonne aufhielte, und da er hier die Augen zusammenkniff, hätten sich ihm die Falten zwischen den Augen über der Nasenwurzel tief, viel zu tief für sein Alter, eingegraben. Ich sah es, wenn wir gemeinsam über ein Buch oder eine Zeitung gebeugt saßen und lasen. Beide stumm und sorgenvoll.

War es ein Wunder? Er mußte angesichts seines kleinen Gehalts und seiner schnell anwachsenden Familie Nahrungssorgen nicht nur vom Hörensagen kennen. Mein Bruder hatte ebensowenig Geld wie ich. Das vierte Kind war unterwegs. Mein Vater lachte nur darüber. Es gäbe kein Geld, sagte er, vor seinem Tode, damit sich seine Kinder nach ihm richteten.

Mein Bruder war oft bedrückt. Die Sorge, die Frau könne

durch die Aufregung meines Prozesses »verfallen«, das heißt, das werdende Kind durch eine Fehlgeburt verlieren, beschäftigte ihn mehr, als er es merken ließ.

Eines Tages hatte ich mich über eine Stunde lang mit meinem Verteidiger über meine Lage ausgesprochen. Auch der Verteidiger lebte in einem Gegenwartsrausch, wenn ich so sagen darf; ihn interessierte das Vergangene sowie das Zukünftige nur insoweit, als es mit der gegenwärtigen Sachlage in Zusammenhang stand und soweit es in meinem Falle den kommenden Prozeß und damit auch seinen Ruf als »fabelhafter« Kriminalverteidiger beeinflußte.

Er setzte also, was unseren Verkehr sehr erleichterte, alles Tatsächliche als gegeben voraus. Er fragte weder zuviel noch zuwenig. Er grub nicht in mir herum, stichelte auch nicht. Er machte sich keine Gedanken über meine Tat, schnüffelte nicht nach ihren psychologischen Motiven, sondern sprach nur darüber, wie die Tatsachen auf das Gericht und die Geschworenen wirken müßten – mit einem Wort, er war mehr aktueller Journalist als Ewigkeitsphilosoph, mehr der ruhige Naturwissenschaftler einer pathologischen Natur als ein Deuter und Richter des verletzten Rechtsgedankens. Er sah, im Gegensatz zu allen anderen, meine Lage als durchaus nicht verloren an.

Mein Bruder quälte mich oft mit dummen Fragen: um Gottes willen, wie konntest du . . . ein Mensch, wie du!, etc., es fehlte nur noch, daß er in mir, wie einst mein senil schwachsinniger Patient, ein »liebendes Herz« entdeckte. So täuschte er sich in mir. Aber täuschte ich, weder senil, noch schwachsinnig, wie ich war, mich nicht auch in ihm? Nur der Verteidiger wunderte sich über niemanden und nichts. Denn, da »es« geschehen war, hatte es geschehen müssen. Tatsachen = Gesetz, Wirklichkeit = Notwendigkeit.

Der Tod meiner Frau konnte, wenn es nach ihm ging, den Geschworenen, Männern von mäßigen Verstandeskräften, als Folgen einer groben Fahrlässigkeit meinerseits hingestellt werden. Ich hätte, darauf baute er sein System, seinen Plan auf, meiner Frau statt der verlangten schmerzstillenden Injektion aus unbegreiflichem Versehen eben eine andere Injektion verabreicht, hätte mich in der Dunkelheit, der Aufregung geirrt. Daher mein kopfloses Verhalten nachher. Wenn man ihm glaubte, war ich stets ein schlechter Arzt gewesen und hatte aus guten Gründen meine Praxis vernachlässigt – je weniger ich als Arzt unternahm, desto eher war ich ein Wohltäter der Menschen. Ich hatte mich eben in tragischer Weise »geirrt«.

Möglich war seiner Ansicht nach alles. Meiner Überzeugung nach war aber nur das wirklich Vorgefallene möglich. Die Tatsachen *mußten* einen Sinn haben, wenn auch einen zerstörenden, bösen. Eben den, der sich in den Folgen ausgewirkt hatte, die wieder zu wirkenden Ursachen wurden. Aber er rechnete mit meinem *Selbsterhaltungstrieb* und meinte, während er in Gedanken mein (sein) Monokel einklemmte, diese Rechnung habe nie getrogen, ich würde den zusammenbrechenden, reueerfüllten Sünder, den tolpatschigen Arzt, der sich bei seiner teuren Gattin vergriffen hat, vor Gericht spielen, um mich zu retten.

Was gibt es denn auch Natürlicheres, als daß ein Mann, um dessen Kopf es geht, von sich aus alles Menschenmögliche versucht, um die Todesstrafe von sich abzuwenden? Aber über diese Rechnung später. Jetzt beschäftigten uns noch andere Rechnungen, die mittlerweile eingelaufen waren, Forderungen meiner alten Gläubiger mit verhältnismäßig großen Summen, aber auch verhältnismäßig kleine Rechnungen für die Miete unserer Wohnung, das Leichenbegängnis meiner armen Frau, den Platz auf dem Kirchhofe, andere laufende Summen für den Lohn der Dienstpersonen, für die Beleuchtung, Telephon etc.

Mein Vater wollte nicht mehr mein Vater sein. Schwiegersohn und Stieftochter zahlten nicht einen Pfennig. Man konnte sie nicht dazu zwingen. Auch aus dem pathologischen Institut kamen an die Kanzlei meines Herrn Verteidigers allmonatlich Rechnungen wegen des Unterhaltes der Versuchstiere. Als der Verteidiger eines Abends mich verlassen hatte und mein Bruder erschien (ich hatte dank meines Namens und meiner früheren sozialen Stellung weit mehr Sprecherlaubnis als die meisten anderen) bot ich dem guten Mann die Versuchstiere, Meerschweinchen, Hündchen und einige Ziegen und Affen, als kleine Privatmenagerie für seine Jungen an. Wie er strahlte, daß ich daran gedacht hatte! Ich hatte früher niemals meinen Neffen das geringste als Geschenk zukommen lassen. Aber dann bekam er Bedenken wegen der Ansteckungsgefahr und der Erhaltungskosten. Wir überwiesen die Tiere dem zoologischen Garten der Stadt. Er schien glücklich darüber zu sein, daß er sie dem

Vivisektionstod entrissen hatte. Er hatte ein gutmütiges Naturell. *Wie* konnte er jetzt, da er den Optimismus des Verteidigers teilte, lachen, selbst hier – selbst in meiner Nähe! Er steckte mich an und machte mich einen Augenblick lang froh. Ich kopierte sein Lachen – und darüber lachte er noch mehr. Ich sezierte an diesem Abend (es war schon gegen den Herbst) seine Blumen nicht. Nachher war der Abend ruhig und der Schlaf tief.

## XIV

»Verteidigen Sie sich, lieber Doktor, ich verstehe Sie nicht!« sagte oft der Anwalt zu mir, wenn er erfahren hatte, daß ich bei den stundenlang fortgesetzten Verhören durch die Untersuchungsrichter fast stumm, scheinbar teilnahmslos und im innersten Kern unbeteiligt dagesessen war, eine Zigarette nach der anderen rauchend und meine trockenen Handflächen aneinanderreibend. Dieses Reiben gab einen sonderbaren, sengerigen Geruch, besonders bei trockenem Wetter. Ich atmete diesen Geruch ein, mechanisch führte ich die Handflächen gegen das Gesicht, kaum hörte ich auf das suggestive Drängen des Untersuchungsrichters hin. Vielleicht erinnerte mich dieser Geruch an den Geruch, den meine Frau einst um sich gehabt hatte und den ich auch als »sengerig« empfunden hatte.

Immer tauchte jetzt bei den Untersuchungsrichtern der Verdacht auf, daß ich die Tat nicht mit vollem Bewußtsein ausgeführt hätte – aber die Gerichtspsychiater hatten in meinem Geisteszustande nicht die nötigen Beweise für die Unzurechnungsfähigkeit gefunden, wie sie das Gesetz genau umschreibt.

Mein Vater setzte immer noch, und mehr denn je, alle Hebel in Bewegung, um mich dennoch als Geisteskranken zu internieren. Aber ich hatte die Zeit in der psychiatrischen Beobachtungsstation in so schauerlicher Erinnerung, daß ich mich mit aller Kraft dagegen sträubte. Lieber geköpft als enthirnt! Lieber tot als irr! Mein Bruder und der Verteidiger gaben mir recht. Mein Bruder rechnete in seinem naiven Glauben auf ein Wunder des Himmels, der Verteidiger verließ sich darauf, daß jeder Indizienbeweis genügend große Lücken offenließe, und er warnte mich stets nur davor, zuviel zu erzählen. Wie unnötig diese Aufforderung! Ich hatte gelernt, mich zu beherrschen. In den Verhören schwieg ich beharrlich, obgleich es im allgemeinen zu den schwersten, geistigen Martern gehört, wenn ein Mensch stundenlang durch immer wieder in anderer Form vorgebrachte Fragen irritiert wird. Die Richter, Kommissare etc. lösten sich ab, ich blieb. Selbst den Geistlichen hetzte man mir auf den Hals, und das immer von neuem. Die längst erledigten Dinge, wie die mißglückten Operationen, wurden in ungenauer, falscher Darstellung, der man widersprechen mußte, aber nicht durfte, vorgebracht und durchgesiebt.

Eine halbe Stunde lang macht es nichts aus, man hört weg, man beschäftigt sich irgendwie, etwa mit dem wollüstig hinausgezögerten, langsamen Aufrauchen der Zigarette oder mit dem Beobachten der Umgebung, der Tintenfässer, Löschblätter, der Gesichter, des Himmels, den man durch die schlecht gereinigten Fensterscheiben erblickt. Dann aber wird es schwer und schwerer. Nicht, daß es mich, wie der Verteidiger fürchtete, zu einer Beichte getrieben hätte. Damals nicht. Aber nach Ruhe sehnt sich der gefangene Mensch. Ruhe, Stille! Man könnte ja endlich dem bohrenden, immer und immer und immer wiederholten Gefrage ein Ende machen mit einer halben, zweideutigen Redensart, einer Lüge – oder mit der Wahrheit –, die Versuchung zu sprechen wird immer stärker. Nur damit der andere schweige! Mit aller Gewalt beißt man die oberen Schneidezähne auf die unteren – eine nicht ganz natürliche Abwehraktion, denn, wie jeder an sich ausprobieren kann, besteht das Aufeinanderpressen des Oberkiefers auf den Unterkiefer in der Regel nur darin, daß die untere Zahnreihe hinter der oberen einbeißt, etwa dreiviertel Zentimeter weit zurück. also nicht Zahnschneide auf Schneide. Was liegt daran? Ist nicht das eine wie das andere? Aber solche Berechnungen und Schrulligkeiten macht man, während die geistige Bohrmaschine des wißbegierigen Untersuchungsrichters zwar vergeblich, aber nichtsdestoweniger nervenmarternd weitersurrt.

Es sind nur dumme und wissenschaftlich wertlose Beobachtungen, die der mit Explorieren gefolterte Mensch da auf seinem Stuhle machen kann, aber es wurde mir nach und nach zum einzig erstrebenswerten Ziele, zum Ersatz für die verlorene Freiheit, die vielen Untersuchungen *ohne* ein Geständnis und ohne eine Lüge durchzuhalten. Aus jeder Lüge wäre nämlich

70

ein Geständnis geworden, denn ich habe immer Sinn für Logik und gesetzmäßigen Zusammenhang gehabt, ich hätte ein innerlich brüchiges Gebäude nicht aufrechterhalten können. Die Tatsachen standen auch gar zu massiv da –, und es war doch *meine* Tat!

Der große Altersunterschied zwischen meiner Frau und mir, die Ehe, die hauptsächlich aus Geldgründen geschlossen worden war, das Testament zu meinen Gunsten, die Versicherung, die den überlebenden Teil reich machte, wobei ich des Reichtums gar sehr, meine Frau dieses Reichtums fast gar nicht bedurfte, meine angebliche Neigung zu grausamen Handlungen, Ausbrüche eines gewalttätigen, rücksichtslosen Wesens, und vor allem die unmittelbaren Beweise meiner Tat, das Toxin Y, das ich am Unheilstage aus dem Arbeitsraum, aus dem versperrten Reagenzienschrank hervorgeholt hatte. Nur in vorbedachtem Plan konnte ich es in meine Wohnung gebracht haben. Der plötzliche Tod meiner Frau unter Gerinnungserscheinungen der Blutgefäße, der schlaganfallähnliche Zusammenbruch. Die plötzliche Flucht meines Vaters etc. etc.

Es paßte jeder Zahn des Rades in eine genau entsprechende Lücke, ja, er paßte sogar zu gut.

Ich sprach nicht. Mir wurde »der Stuhl entzogen«. Ich mußte stehen. Aber ich sah die Herren an und schwieg. Die Herren sahen mich an und zweifelten. Die Untersuchungsrichter und später ebenso die Geschworenen zweifelten am Ende der Beweisführung an der »Wahrheit«, weil sie gar zu einfach erschien! So stand es. Ernst, aber nicht hoffnungslos.

Ich hätte mich vielleicht doch noch retten können, es mag sein, hätte ich nur das Mitleid der Menschen in Anspruch nehmen können. Aber ich konnte es nicht. Erlöst atmete ich jedesmal auf, wenn ich nach den Verhören wieder in meiner Zelle war. Schrecklich war es mir, besonders nachts, plötzlich aus dem Schlaf geweckt wieder ein solches Verhör »stehenden Fußes« über mich ergehen lassen zu müssen.

Nicht ganz leicht war es mir auf die Dauer, mit meinem Bruder lange Gespräche zu führen über Dinge, die weder ihn noch mich so nahe angingen wie meine Tat und ihre Folgen. Und doch fiel kein einziges »aufklärendes« Wort von meiner Seite, obwohl er darauf wartete und selig gewesen wäre, wenn ich ihm gesagt hätte, wenn ich ihm auch nur *vorgelogen* hätte, ich sei unschuldig, und alles sei bloß eine Folge von Mißverständnissen oder Gott weiß was. Ich konnte es nicht! Ich konnte nicht!

Ich hatte seinen Besuch noch kurz vor der Verhandlung. Er brachte mir saubere Wäsche und nahm die gebrauchte in einer Aktentasche mit. Als er nach dem langen, vielstündigen Besuch, ohne daß ich etwas Ernstes, Wesentliches ausgesprochen hatte, wieder an der Tür stand und ich dem Schließer das Zeichen geben wollte, ihn hinauszulassen (ich sagte schon, daß die Sprecherlaubnis gerade in meinem Falle sehr human gehandhabt wurde, ganz im Gegensatz zu der Zeit nach der Verurteilung), da sah ich, wie seine Hände, die über der schäbigen, dick angefüllten Tasche sich gekreuzt hatten, mächtig schwitzten und daß sie stark zitterten. Er hatte die Augenlider gesenkt, sein Mund war halb geöffnet, auf seinem dichten, dunkelblonden, sauberen Haar, das bürstenartig aufwärts stand wie bei so vielen, guten, kleinen Beamten, schimmerte das Licht der elektrischen Birne, die ohne einen Schirm an der Decke der Zelle leuchtete.

Er wollte mir etwas sagen, vielleicht einen Rat geben, vielleicht mir ein auf einer Prozession geweihtes Amulett für meine Hauptverhandlung zustecken, ich weiß es heute nicht. Er war immer sehr fromm gewesen – wie mein Vater – und doch ganz anders als der böse alte Mann.

Wir hatten einander erst jetzt, ich in meinem vierzigsten, er in seinem dreiundvierzigsten Jahre, kennengelernt – aber er sprach nichts mehr und auch ich schwieg. Als die Schritte des Wärters auf dem mit Steinfliesen bedeckten Korridor schon zu hören waren (so spät war es noch nie geworden) sagte ich ihm, er würde noch etwas Gutes von mir hören. Seine Augen leuchteten auf, er breitete die Arme aus, die Aktentasche klatschte zu Boden. Aber er umarmte mich nicht, wir sprachen auch nichts mehr miteinander. Aber es schien, daß er mich getröstet verließ.

War es nicht eine verkehrte Welt, in der ein Mann am Vorabend seiner Verhandlung, bei der es um seinen Kopf geht, seinen älteren Bruder tröstet, statt dieser ihn? Mein sogenannter Trost bestand in einer übrigens ganz materiellen Angelegenheit. Für »liebende Herzen« die Urmedizin – Geld. Zum erstenmal machte ich einem Menschen ein größeres Geschenk, wie ich vielleicht auch bei ihm zum ersten Mal` mit einem

Menschen nicht experimentiert hatte. Meine Vermögenslage war nämlich durch den Tod meiner Frau eine andere geworden. Zwar wurde ich nicht ihr Erbe. Ob ich verurteilt wurde oder ob ich davonkam (wie sollte ich aber davonkommen?), auf keinen Fall konnte der geringste Bruchteil *ihres* Vermögens in meinen Besitz kommen. Anders stand es jedoch mit der Versicherungssumme. Ich fragte meinen Verteidiger, und dieser gab mir recht. In dem Versicherungsabkommen war nur von den Ansprüchen des Überlebenden die Rede, nicht aber war die Rede in den vielen Paragraphen des Vertrages von den Umständen, unter denen der eine Teil zum Überlebenden geworden war. Es konnte natürlich so kommen, daß sich die Gesellschaft verklagen ließ. Mein Anspruch stand dennoch fest. Ich hatte den Vertrag nicht geschlossen. Er konnte also nicht »unsittlich« sein, mochte ich nun ein Verbrecher sein oder nicht. Ich, oder im Falle meiner Verurteilung mein designierter Rechtsnachfolger, mußte in den effektiven Besitz der sehr großen Summe kommen. Ich verfaßte am Abend vor dem ersten Verhandlungstage eine letztwillige Verfügung, zugleich als Schenkungsurkunde formuliert. Ich setzte darin meinen Bruder und dessen Kinder als meine Erben ein. Ich nahm an, daß sie diese Erbschaft nach meinem »Ableben« unter allen Umständen annehmen würden. Auch nach meiner Verurteilung zu der Deportation oder zu einer längeren Gefängnisstrafe sollten sie *sofort* in den Besitz der Summe kommen.

Ich schlief in der Nacht vor der Verhandlung wie ein Stein.

XV

Das Prozeßverfahren nahm den Verlauf, den ich vorhergesehen hatte. Ich wurde wegen Giftmordes, begangen an meiner Ehefrau, verurteilt zu lebenslänglicher Zwangsarbeit in C. Alle meine Lebensumstände wurden mir als belastend angerechnet, mit Ausnahme meiner eifrigen Dienstleistung im militärhygienischen Komitee während der Kriegszeit. Diesem letztgenannten Umstande verdanke ich es, daß man von der Todesstrafe absah. Die einzelnen Phasen der übrigens in keinem Augenblick dramatischen, höchstens das eine oder andere Mal theatralischen Verhandlung führe ich hier nicht an. Was für einen Sinn sollte es denn haben, wenn ich meine Stieftochter auftreten lasse, die emphatisch den versammelten Gerichtshof fragt, »wie soll ich denn ohne meine Mammi weiterleben?«, oder meinen Schwiegersohn, der seine sauber behandschuhten Fäuste ballt und sich auf mich zu stürzen droht, auf den Mann also, der ihm durch seine Tat ein Millionenvermögen zugeschanzt hat? Was sollen die Aussagen meines Portiers über mein Privatleben oder der Bericht eines vollbärtigen, stotternden, dunkel bebrillten Abteilungsvorstandes aus dem pathologischen Institut, der sich ausweichend über meine wissenschaftliche Betätigung ausspricht und der mir erst auf Drängen des Staatsanwalts für meine wissenschaftlichen Experimente a) ein dilettantisches Können und Wissen, b) eine unregelmäßige, bald überhitzte, bald träge Arbeitsmethode und c) ein finsteres, verschlossenes, herrisches Wesen im persönlichen Verkehr zuschreibt, von dem ich bis jetzt frei zu sein glaubte, Was soll das besagen?

Schwerer wiegt schon, daß mein Vater, in dieser Zeit nun schon lange aus dem Staatsdienste ausgeschieden und in jeder Hinsicht sein eigener Herr, es verschmähte, mir an Gerichtsstelle entgegenzutreten und Zeugnis für oder gegen mich abzugeben. Er ließ sich bloß kommissarisch vernehmen und hatte sein Recht auf Zeugnisverweigerung (besaß er es denn?) in Anspruch genommen.

Was mich aber am schmerzlichsten traf, war der Umstand, daß ich meinen Bruder weder unter den Zeugen noch unter den Zuschauern sah. Er spielte in meiner Vergangenheit die kleinste, aber in meiner Gegenwart die größte Rolle. Ich habe es nicht verstehen können, daß er sich nicht zeigte.

Ich fragte meinen Anwalt danach, der über meine »Ungeduld« staunte. Vielleicht war ich weniger »verbrecherisch«, hatte ein kleineres Format, als er angenommen hatte. Er meinte, ich müsse doch andere Sorgen haben.

Im übrigen verlor er nach der Verurteilung bald sein Interesse an mir, er leitete zwar noch pflichtgemäß das formale Berufungsverfahren ein, versprach sich aber offenbar nichts mehr von diesem Schritt. Er kam nur noch selten in das Gefängnis. Alle meine Besuche wurden jetzt weit schärfer kontrolliert, ich erhielt die vorgeschriebene Tracht, ich unterlag der Gefängnisdisziplin, machte meinen Rundgang im Hofe, die Hände hinter dem Rücken gefaltet. Sonntags hörte ich (oder hörte ich nicht) die Messe, und die Zeit verging. Die Anzahl der Briefe, die ich absenden durfte, war geregelt, ebenso meine Tätigkeit, die Ordnung in der Zelle mußte in viel pedantischerer Weise aufrechterhalten bleiben – aber die geistige Starre, die mich befallen hatte, war immer noch nicht ganz gelöst. Dieser Umstand ließ mich noch nicht zur klaren, verantwortlichen Besinnung kommen.

Ich war seinerzeit aus der Geisteskrankenabteilung ins Gefängnis zurückgekommen, wie ein Mensch sich nach einer furchtbaren Katastrophe ins Kloster begibt. Mit dem Wunsche vor allem nach Frieden (oder geistigem Tod) und dann erst nach Freiheit. Sinn und Bedeutung einer »Strafe« waren mir seither nicht aufgegangen.

Nur die Langeweile wurde mir allmählich sehr drückend. Ich bat um Schreiberdienste in der Gefängnisverwaltung. Man antwortete nicht einmal auf meine Bitte. Vielleicht hatte ich sie nicht bei der richtigen Stelle vorgebracht. Den Geistlichen, der den größten Einfluß im Hause besaß, hatte ich bei seinen sabbrigen Bekehrungsversuchen nie einer Antwort gewürdigt. Sollte ich vor *ihm* mein Herz und meine geheimsten Beweggründe enthüllen, nachdem ich sie meinem Vater, meinem Bruder, meinem Verteidiger nicht enthüllt hatte? Vielleicht hatte ich aber seine Hilfe unterschätzt und ebenso seine Gefährlichkeit. Von ihm hing es ab, welche Art und Menge von Lektüre, die nach »Stufen« eingeteilt war, in meine Hände kommen durfte. Es gibt es jedem Betriebe kleine, aber auf die Dauer sehr fühlbare Begünstigungen und Benachteiligungen. In der scheinbar bis ins letzte geregelten »Hausordnung« gibt es Lücken, bissige Schärfen für die einen, ausgleichende, begütigende Hilfen für den anderen. Ein geistig anspruchsvoller Mensch trägt an der Einzelhaft, an der Einsamkeit, an dem Zusammensein nur mit sich ganz anders, als ein geistig träger. Aber – das war mein Glück – ich gehörte zu dieser Zeit keineswegs der Gruppe der geistig Lebensvollen an.

Nur sehr langsam begann sich meine Vergangenheit, von der Kindheit angefangen, in mir zu beleben. Ich war ein trister Mönch ohne Kloster und ohne Glauben geworden, und erst viel später entsann ich mich allmählich wieder meiner früheren Existenz, meiner Kindheit, der entscheidenden Jugendeindrücke, meines Vaters, meines Heimathauses.

Vor meiner Tat war ich oft schlaflos gewesen. Ebenso im Beobachtungslazarett unter den Geisteskranken. Aber nachher, auch während des Prozesses, bin ich schlafsüchtig, immer müde, apathisch geworden, – schwere Glieder, stumpfe Gedanken, kein Willen, kein Leiden – eben gelähmt. Daher auch mein Gähnen während der Schlußplädoyers – wahrhaftig keine Blague, keine zynische Geste.

Der Termin der »Seereise« war ungewiß. Wir verständigten uns miteinander, wie es in allen Gefängnissen der Fall ist. Wichtig war vielen, die Verbindung mit der Außenwelt aufrechtzuerhalten, um vor der Deportation nach C. die privaten Angelegenheiten zu ordnen, Liebesgaben zu empfangen, möglichst viel Geld zusammenzuscharren und es, da der Besitz unumgänglich, aber verboten war, auf das Schiff und nach C durchzuschmuggeln.

Oft wurde durch Klopfsignale von Wand zu Wand ein Abreisedatum kolportiert, die Leute bereiteten sich fieberhaft darauf vor, aber aus administrativen Gründen wurde nichts daraus.

Jetzt, wo ein jeder unter dem Regime einer staatlichen Einrichtung stand, erkannte man erst die unter allen Maßnahmen durchschimmernde Ungerechtigkeit, die stupide Selbstsicherheit, den schleppenden Geschäftsgang, die öde Wichtigtuerei, den bürokratischen Schlendrian. Dabei war es noch eine Musteranstalt, und Kommissionen aus fremden Ländern visitierten das Haus und seine Bewohner, machten sich Notizen, wollten hier lernen. Uns war solch ein Besuch eine Art Abwechslung und daher immer eine Freude.

Nach Freude sehnte sich ein jeder und wäre es auch nur Schadenfreude. Ich erkannte mit einer seltsamen Befriedigung, wenn ich es so nennen kann, daß ich ein starkes Empfinden der Schadenfreude erworben hatte. Ich beobachtete, daß geteiltes Leid für mich schon deshalb halbes Leid war, weil mich das Leiden anderer Menschen im Grunde kalt ließ und eher freudig erregte. Es tröstete mich! Ich hätte es früher bei mir nicht für möglich gehalten, aber es war so. Vielleicht hat meine vollständige Isolierung dazu das Ihre beigetragen.

Ich rede von vollständiger Isolierung, meine aber nur die Trennung von meinem Vater und ganz besonders die Trennung von meinem Bruder, ich denke an meine letzte und unglücklichste Liebe. Die meisten Menschen beginnen damit, ich endete damit, oder glaubte zu enden. Das Versagen, das Verstummen meines Bruders. Hätte ich doch nur das geringste von ihm erfahren! Ich wußte, daß meine Nachbarn Briefe bekamen, erlaubte und durchgeschmuggelte. Ich hörte, wie sie, besonders dann, wenn ein Termin angesetzt war, ab und zu auf Viertelstunden in die Besuchszellen geführt wurden. Mich ließ man niemals kommen.

Niemals? Nein, ich übertreibe. Mein Verteidiger suchte mich noch einmal auf, das war alles.

Einmal kehrte einer meiner Nachbarn schluchzend in sein Gelaß zurück. Ich hörte, wie er sich dumpf aufheulend auf den Fußboden warf. Dies war nicht erlaubt. Er mußte sich bald wieder erheben. Der Schließer achtete bei seiner Runde mit militärischer Pünktlichkeit darauf, daß die Häftlinge sich weder auf die Erde, noch auf das über Tag in die Wand eingelassene Bett niederließen. Aber dieser mußte von seinen Angehörigen eine böse Nachricht erhalten haben. War sein Kind, seine Geliebte, sein Herzensfreund krepiert? Ich weiß es nicht. Ich pochte, ich signalisierte nach Strich und Faden, er antwortete nicht. Er war von seinem tierischen Heulen und Auf-der-Erde-Herumwälzen nicht abzubringen. Mir war wohl zumute dabei.

Es gab also noch Menschen, denen es schlechter ging als mir. Solchen, die nicht so abgehärtet waren wie der Sohn meines Vaters. Plötzlich dachte ich an meinen Bruder. Was konnte ihn zu seinem furchtbaren Schweigen veranlaßt haben? Ich entfaltete eine Unmasse Phantasie und ergründete es dennoch nicht. Wahrscheinlich verstand ich ihn ebensowenig wie er mich. Oder war er tot? Tot? Von ihm sprach ich mit »tot«, von den anderen mit »krepiert«. Aber diese Nachricht, stilisiert wie immer, diese Nachricht hätte mir der Geistliche nicht vorenthalten. Sie hätte mir aus seinem Munde sicherlich »zur Lehre« dienen müssen!

Nachts schlief ich weniger als sonst gewohnt. Der Kerl in der Nachbarzelle stöhnte kläglich, und seine Bettstelle quietschte jämmerlich. Ich hörte alles deutlich in der totenähnlichen Stille des großen Gebäudes, in welchem bloß Ratten heimlich knisperten und huschten, wie einst in meinem lieben Vaterhause, die lieben Nagetiere. Oder in dem Schiff meines lieben Vaters auf seiner Reise, das fest im Polareise stand und an das ich jetzt oft dachte. Ich sah meinen Vater auf Deck des Schiffes stehen, zwei Ratten auf den Armen, und sie als seine Söhne, mich und meinen Bruder, liebkosend. Ich erwachte vor Schreck und lag lange wach. Endlich schlief ich ein. Mir träumte von einer mandelgrün gefärbten, schon etwas angewelkten, zarten Wicke, es war eine Blüte ähnlicher Art, wie ich sie im Untersuchungsgefängnis seziert und mittels des Monokels meines Verteidigers vergrößert hatte. Nun fügten sich die auseinandergeschnittenen Teile, Kelchblätter, Honigbehälter, faserige Zellstränge, Saftleiter und Atmungsorgane, weibliche und männliche Pflanzengeschlechtsteile zusammen, und es wurde eine lebendige Blume daraus, sie erhob sich steif und saftstrotzend von einem weißen, mit schwarzen Spiegelschriftzeichen bedeckten Löschblatte, als wachse sie in Wirklichkeit aus dem Boden. In dem gleichen Traum erschien leider auch meine Frau.

Zum erstenmal seit dem Tode kam mir ihr Bild zu meinem Bewußtsein. Ich sah sie, wie sie mit verwelktem Gesicht, in ein zerknittertes, hellrosafarbenes Kreppkleid gehüllt, aus einem Fenster meiner Wohnung heraussah, rechts und links von cremefarbenen, gestickten Gardinen flankiert. Mit der einen Hälfte des Gesichts lachend, mit der anderen weinend, den einen Mundwinkel gehoben, den anderen niedergezogen, wie ins Innere des großen Mundes hineingequetscht. Sie grinste, von Schmerzen und Wollustempfinden zugleich erfüllt, wie so oft im Leben. Die Zähne fielen ihr aus, vergebens wollte sie dieselben mit der langen Zunge zurückhalten, zurückschieben. Traurig betrachtete sie dann die Trümmer alter Herrlichkeit, sie sprach, ich nickte und verstand sie nicht, plötzlich trat sie hinter die Vorhänge zurück, kreuzte diese über ihrer starken, dunklen Brust, die sich deutlich kühl, tödlich kalt anfaßte. Ich mußte jetzt aber wohl hinter ihr stehen, etwa zu ihren Füßen, in Kniehöhe. Die Krampfadern an ihren Unterschenkeln waren so zusammengeschrumpft, daß die schweren goldbraunen Seidenstrümpfe um die Unterschenkel schlotterten. Es *mußte* einem dieses Wesen leidtun und doch konnte ich zu keiner *Reue* kommen. Meine Tat war also notwendig gewesen, war mir aus meinem Herzen gekommen. Ich dachte an meinen Vater wie an einen Richter. Aber ich bereute auch dann nicht. Tue einer etwas dagegen! Was sein muß, muß sein.

# XVI

Ein gefangener Verbrecher ist eine trübselige Angelegenheit. Die Tat, die er mit allen möglichen und unmöglichen Mitteln versucht hat, ist ihm mißlungen. Ich war zwar meine Frau losgeworden, und das war etwas wert. Aber ich begann zu begreifen, daß ich meine Freiheit von ihr nicht billig zu bezahlen haben würde Ich hatte meinen Plan wohl zu ihrem Schaden durchgesetzt, aber nicht zu meinem Nutzen. Mein Leben war vor der entscheidenden Handlung eine sehr fragwürdige Sache gewesen. Jetzt konnte oder vielmehr mußte es eine sehr erbärmliche werden, und ich bedurfte meiner ganzen Willenskraft, um nicht zusammenzubrechen wie in jener Nacht, wo mich das schauerliche Gebaren meiner Umgebung in der Geisteskrankenabteilung so verstört hatte, daß ich mich als gesund erklärt hatte. Nun begann ich öfters an meiner Gesundheit zu zweifeln. Ich war stumpf wie ein Stein, ich fraß, was man mir vorsetzte, ich verrichtete meine Bedürfnisse in einem ein paar Liter fassenden Kübel, da unsere Anstalt, die doch von Sachverständigen so unbändig gelobt worden war, nicht einmal die Vorteile eines W. C. kannte. Ich hatte in gesunden Tagen stets sehr auf Körperpflege gehalten. Ein Bakteriologe, ein Arzt (vom bürgerlichen Anstand ganz abgesehen) kann ohne die peinlichste Körperpflege nicht bestehen. Wie tief war ich jetzt gesunken! Der Bart wurde einmal in der Woche, die Haare jeden Monat einmal geschoren. Seife gab es sparsam, ein Handtuch mußte länger reichen, als mir lieb war. Ich hütete mich daher, es schmutzig zu machen, das heißt, es zu gebrauchen. Und so alles! Ich begann, an Zahnstein zu leiden, und eines Tages fiel mir eine bröcklige, übelriechende Kruste aus den Zähnen, Zahnstein, der sich infolge der schlechten Ernährung angesetzt hatte und abgefallen war. Meine Zunge, die an der Innenseite der Zähne entlangfühlte, glaubte eine hohle Stelle an dem rechten unteren Prämolarzahn gefunden zu haben.

Der Anstaltsarzt, der übrigens keiner von den schlechtesten war, wenn er mich auch nur mit derselben gleichgültigen Routine behandelte wie alle anderen, konnte keine Karies finden, trotzdem wälzte ich mich fast die ganze Nacht in bohrenden Zahnschmerzen umher, ließ mich am nächsten Tage nochmals vorführen – ohne daß etwas gefunden wurde. Dieselbe Geschichte den nächsten Tag. Endlich führte der überlastete Mann, der fahl war wie seine Patienten, den Spiegel an die Stelle, die ich ihm genau bezeichnete, und fand eine hohle Stelle. Ich erwartete, daß er den Zahn, das heißt die Wurzel, behandeln würde. Aber er zeigte mir ohne ein Wort seine primitive Einrichtung, zwei Zangen aus dem vorigen Jahrhundert, er wies, ebenso eine Erklärung, auf die lange Reihe abgemergelter, hustender, tiefäugiger, darmkranker und hautkranker Gefangener, die alle in einer halben Stunde abgefertigt sein mußten, denn in diesem mustergültigen Institut zur Aufbewahrung menschlicher Schädlinge gab es keinen hauptamtlich beschäftigten und besoldeten Arzt, sondern nur – außer zahlreichen inspizierenden und kontrollierenden höheren Beamten – diesen einen abgehetzten, müden medizinischen Tagelöhner, der die Gefangenenbehandlung nur im Nebenamte durchführte und vom Staat mit einem erbärmlichen Hungerlohn entschädigt wurde.

Er ließ mich abseits warten und bot mir am Ende der Sprechstunde nochmals an, den Zahn zu ziehen. Ich scheute zurück. War ich so feige, daß ich den Schmerz einer Zahnextraktion ohne Kokain fürchtete? War ich so eitel, daß ich in meinen sonst schönen, eng aneinandergereihten Zähnen keine Lücke haben wollte? Früher hatte ich meinen Zahnarzt alle drei Monate aufgesucht, ich hatte mein Gebiß auf die minutiöseste Art gepflegt. Ich schüttelte den Kopf und verließ das Sprechzimmer des Arztes, den kleinen, erstickend riechenden, von der Ausdünstung ungepflegter, schlecht gewaschener Männer erfüllten Raum, in dem stets künstliche Beleuchtung herrschte.

Anschließend waren drei kleine zellenartige Räume, die als Krankenzimmer eingerichtet waren. Nur die schwersten Patienten, die hoffnungslosen, wurden dem Inquisitenspital zugewiesen.

An diesem Tage empfing ich endlich auf meine immer wieder vorgebrachten Bitten noch einmal den Besuch meines Verteidigers. Er war in Eile, legte seinen Paletot nicht ab, verwechselte meine Angelegenheiten mit denen eines anderen Klienten, entschuldigte sich zwar mit Arbeitsüberhäufung, ließ mich aber nebenbei wissen, daß er sein Honorar nicht habe erhalten können, mein Vater hatte sich geweigert, etwas zu zahlen, wofür er nicht haftbar gemacht werden konnte. Der alte Herr sollte zwar mich mit phrasenhaften Worten bemitleidet haben, gleichzeitig hatte er seinen Entschluß angekündigt, für seine Person beim Ministerium des Innern um Namensänderung anzusuchen. Ich war viel zu stumpf, viel zu sehr auf meine ganz persönlichen Leiden beschränkt, als daß mich diese pathetische Geste hätte rühren können. Denn der Augenblick unserer Abreise nahte heran, ich bedurfte einer Ausrüstung, ich brauchte Geld. Der Verteidiger war erstaunt, daß ich *ihn* um Geld anging! Hätte er nicht das Menschenmögliche schon für mich getan und alles um Gotteslohn, eine bei vielbeschäftigten Rechtsanwälten unbeliebte Entlohnung?

Ich bedeutete ihm an, es müßten doch Vermögenswerte von mir da sein in solchem Umfang, daß die relativ geringfügige Summe für ihn und für mich keine Rolle spielte. Er, plötzlich von seiner Zerstreuung geheilt, nannte mir in Windeseile Zahlen über Zahlen. Über mein gesamtes Eigentum war der Konkurs eingeleitet worden, die kostbaren Möbel und echten Teppiche waren von meiner Stieftochter und ihrem Mann für einen minimalen Betrag aus der Konkursmasse aufgekauft worden. Meine Gläubiger hatten sich mit einer Summe abfinden wollen, die fünfzehn Prozent entsprach, aber es war zweifelhaft, ob dies erreichbar war. Mein Schwiegersohn und seine holde Gattin waren zu ausgekocht! Und meine Versicherung? Der Verteidiger, mit seinem glitzernden Monokel spielend, zuckte lächelnd die Achseln. (Ich war eines Lächelns so ungewohnt, daß ich es, sehr zu seinem Erstaunen, kopierte.) Die Versicherung hatte einen Einwand erhoben, der ihm, dem Verteidiger, sehr raffiniert erschien, sie hatte den Vertrag, den doch die höchst tugendsame Gattin eingegangen war, und nicht ich! als gegen die guten Sitten verstoßend angefochten. (Ich hatte es vorausgesehen und doch nicht glauben können!) Er hätte, schon in eigenstem Interesse, Protest eingelegt. Mein Bruder hätte sich dem Verfahren angeschlossen. Aber die Öffentlichkeit hätte sich in Gestalt der Presse entrüstet gegen mich auf die Seite der Versicherungsanstalt gestellt, mein Bruder hätte zwar alle Hebel in Bewegung gesetzt und hätte von sich aus große Opfer gebracht, um die Versicherung wenigstens zu einem Vergleich zu bewegen, wäre aber leer ausgegangen und seine Anwaltskosten wären größer gewesen, als ihm lieb war. Gut.

Das war zwar noch kein ausreichender Grund für sein Schweigen, aber er mußte mir genügen. Allen Ernstes. War das alles, was der Verteidiger mir zu sagen hatte?

Er war die letzte Brücke, die mich mit meinem bisherigen Leben verband. Er drehte den geriffelten Rand des Monokels in seiner fleischigen, mit einer Unmenge blonder Haare und bräunlicher Sommersprossen bedeckten Hand, als ob er eine Uhr aufzöge. Er hörte mir gar nicht mehr recht zu, nickte mit seinem Doppelkinn, schloß seine kostbare, nach Saffian duftende Aktentasche mit aller Sorgfalt, Druckknöpfe und Schloß, blickte sich im Raume um, ob er nichts vergessen habe. Als ich ihm die Hand geben wollte, wich er zurück, sich so tief verbeugend, daß ich meine Hand nicht schnell genug zurückziehen konnte und eine Geste vollführte, als wollte ich den glatzköpfigen, dicklichen, blonden, eleganten Herrn mit seinem Monokel nach kirchlicher Art segnen. Bedarf es eines Hinweises darauf, daß mir dieses fern lag?

Bis zum Tage des Abtransportes wartete ich sehnsüchtig, ich gestehe es offen, auf ein Lebenszeichen von seiten meines Bruders, dem ich ein »liebendes Herz« zugetraut hatte. Bedarf es eines Hinweises, daß dieses Lebenszeichen eines liebenden Herzens niemals eintraf?

## Zweites Kapitel

### I

Die Gefangenentransporte aus den verschiedenen Städten, die alle paar Monate fällig sind, sammelten sich im Laufe eines Tages in einer südlichen Hafenstadt, die ich von früher kannte. Es sollten, man wußte es nicht genau unter uns, hundert oder einige hundert zusammenkommen, um in eisernen Pontons auf den ausgedienten, aber auf neu hergerichteten Transportdampfer »Mimosa« gebracht zu werden. Unser aller Reiseziel war, ich sagte es wohl schon, C., die Strafkolonie.

Das breite, niedrige Schiff mit der kleinen, weißen, höckerartig vorstehenden Kommandrobrücke vorne und dem kurzen, schrägen Schornstein hatten wir schon am Morgen draußen auf der Reede liegen gesehen, als wir aus den vergitterten Viehwaggons, je ein Mann an einen anderen angeschlossen, über eine Rampe auf den Frachtenbahnhof zwischen zwei Reihen von Bajonetten auswaggoniert worden waren. *Wir* sage ich, als fühlte ich mich schon als eingewöhntes Glied unserer Gemeinschaft.

Vorläufig war diese Gemeinschaft mehr körperlich als seelisch. Ich habe schon gesagt, daß ich mich vor und nach meiner Tat in fast völliger Vereinsamung (von meinem Bruder vielleicht abgesehen) befand, die so weit ging, daß ich niemandem gegenüber mich aussprach, ja nicht einmal irgendeiner Menschenseele zutraute, daß sie mich, meine Motive und das, was man Schicksal nennt, begreifen könne. Nun wurde ich mit einem anderen Menschen zusammengespannt im wahrsten Sinne des Wortes.

Anfangs war ich benommen von den schweren, wie von Gewürzen erfüllten Luft, von der direkten, grellen Sonnenstrahlung, von dem Lärm, von dem Anblick des freien Himmels, der fauchenden Lokomotiven, der dröhnenden Lastautos, der arbeitenden Krane mit den rasselnden Ketten etc., – Staub, Sonne und Palmen überall –, kaum konnte ich begreifen, was mit mir vorging. Man muß Wochen und Monate in streng geregelter Lebensweise, eben mönchisch, von aller Welt abgeschlossen, verbracht haben, um zu begreifen, was es heißt, mit einem Male eine weite Eisenbahnreise zu machen, aus der kühlen, dumpfen, sonnenlosen, stillen Zelle in das Getriebe eines modernen Hafens zu kommen.

Tagsüber herrschte auf dem sonnenüberströmten Winkel des Hafenplatzes, wohin wir in langer Kolonne in früher Morgenstunde geschafft worden waren, großes Gedränge. Für die Kleinstadt (die Stadt hatte nur den allmählich versandenden Hafen, eine alte, aber unbedeutende Industrie, dafür aber eine ziemlich starke Garnison) war unser Abtransport ein aufregendes Ereignis, etwa wie die Ankunft eines großen Zirkus. Die Aufmerksamkeit schmeichelte vielen von uns.

So abgelegen die Stadt im allgemeinen war, so hatten sich doch ein paar Touristen hierher verirrt. Welch ein Ziel für die Kodaks! Auch ich war einmal hier gewesen und in meinem Album mochten Photos auch von dieser Stadt sich befinden. Und jetzt! Wir in unseren flohfarbenen, härenen Anzügen, dicke Säcke und schwere Bündel auf dem Rücken und unter den Armen, die Sträflingskappe schief auf dem rasierten Kopf, die Mäntel nach Soldatenart umgeschnallt um Achsel und Hüften, staubbedeckt, in unseren Gesichtern die Geschichte unseres Lebens, welch eine Sehenswürdigkeit! Wir waren den guten Leuten ebenso spannend wie ein Theater und viel billiger.

Ein Pressephotograph, der sich offenbar auf einer Urlaubsreise befand, machte seinen Apparat zurecht. Ehe er fertig war, waren wir vorbei. Ich sah mich um. Neben ihm stand ein älterer Mann, dem Photographen sehr ähnlich, vielleicht dessen Vater oder älterer Bruder. Beide schwammen geradezu in ihrem Schweiß, der ihnen, so leicht sie gekleidet waren, von den Gesichtern hinunterlief.

Die zwei Pressemänner versuchten, als wir uns schon dem Hafen näherten, uns nachzukommen und sich durch die Wachen zu uns hindurchzudrängen. Es reizte sie wohl, eine große Nummer, das heißt den Helden eines Sensationsprozesses, der während der Verhandlung schon durch alle Journale geschleppt worden war, jetzt beim Strafantritt festzuhalten.

Aber ihre Zähigkeit und ihr Eifer waren nichts gegen die gewaltigen Anstrengungen, welche die Angehörigen der Strafgefangenen machten, um an diese heranzukommen. Aus den vielen kleinen Straßen und Gäßchen, über Treppen, aus Gasthöfen und Schenken strömten sie schnell zusammen.

Ein etwa achtzigjähriger, gelähmter Mann wurde von einem braungebrannten, kräftigen Burschen im Rollstuhl herangefahren. Ein anderer, jüngerer, schien angetrunken zu sein. Eine dünne, hagere Frau in Schwarz hielt ihren käsebleichen Säugling im Arm und winkte mit der freien Hand.

Man hatte uns das Datum der Deportation bis zum letzten Abend geheim gehalten. (Ich hatte im Gefängnis an diesem Abend unbegreiflicherweise eine Art Heimatgefühl für meine Zelle empfunden, in der ich zum letzten Male übernachten sollte.) Trotzdem mußten die Angehörigen doch davon benachrichtigt worden sein. Nur die Stunde der Ankunft hatten sie nicht gewußt. Sie hatten uns erst gegen Mittag erwartet. Nun waren wir da, und sie waren in unserer Nähe.

Aber es war vergebens. Sie stießen gegen die Wachen wie gegen eine Mauer. Die Posten standen breitbeinig da. Die geladenen, entsicherten Karabiner hatten sie waagrecht in den schweren, bräunlichen Händen, wobei stets eine silbern blinkende Bajonettspitze und ein von langem Gebrauch glänzend und glatt geschliffenes Gewehrkolbenende von der Farbe einer Kastanie einander berührten. Jeder dritte Mann hatte an einem Riemchen links von dem Koppelschloß seine Eierhandgranate. Wir waren fast alle im Weltkrieg gewesen und wußten daher, was eine brisante Eierhandgranate, aus zwei bis drei Meter Entfernung geschleudert, bedeutet. Aber war es ihnen ernst? Die Sprengstücke hätten ebensoviel Opfer unter ihnen, den Wachsoldaten, gefordert wie unter uns. Sie fürchteten uns. Wir fürchteten sie. Und unter dieser Voraussetzung waren wir friedlich wie Lämmer.

Die Posten meinten es gut. Sie wollten uns vor der Liebe schützen. Spott beiseite! War denn nicht alles vergebens? Welchen Nutzen wollten Eltern jetzt ihren Kindern, Kinder ihren Vätern, Brüder ihren Brüdern gewähren? Welche himmlische Liebeslust wollten Mädchen und Frauen den Helden ihrer Herzen schenken, was sollte das späte Überangebot von Herz und Gemüt? Es änderte nichts. Nichts mehr. Ja, gehet hin in Frieden! Gut. Gut. Mag sein, die »liebenden Herzen« hatten alle unsere Untaten vergeben und vergessen. Sie dankten dem Undank mit Dank und hielten ihre Wangen zum Geschlagenwerden hin wie einst meine arme Frau. Aber waren deshalb die *Taten* ungeschehen? Wer gänzlich frei von Gewissen ist, trete vor! Ich bin nicht dabei.

Ihrer Lage wurden sich zwar die allermeisten nicht bewußt. Es hat ja nicht jeder das Unglück, leben und zugleich stets erkennen zu müssen, schuldig zu sein und dennoch nicht alle menschlichen Regungen in sich ausgerottet zu haben. Es waren die meisten keine rechnenden, grübelnden, ja nicht einmal streng logisch denkenden Wesen wie ich. Daß sie überhaupt noch auf der Erdoberfläche umherkrabbeln durften, war wohl das größte Plus ihres Lebens. Und dieses Gefühl, das letzte, was ihnen blieb, mußten die »liebenden Herzen« ihnen verbittern. Oder war es nicht so? Sollte es sie trösten? Liebe als Trost ohne eine größere praktische Wirksamkeit – war dies nicht eher eine Strafverschärfung?

Mein Bruder tröstete mich nicht. Er appellierte nicht an mein fragwürdiges Gewissen. Er verschärfte meine Strafe nicht. Er war jetzt aller Wahrscheinlichkeit nach wieder einmal glücklicher Vater geworden. Mein Vater hatte ihm wohl finanziell unter die Arme gegriffen und als Gegenleistung von ihm verlangt, daß er mich meinem Schicksal und meiner Einsamkeit überlasse. Ich weiß nicht, ob sich alles so zugetragen hat, aber es paßt zu meinem Vater ebenso wie zu meinem Bruder.

Mein Bruder kämpfte sich mit seiner mittelmäßigen Begabung wacker durch das Leben und hatte unter meine Existenz einen Strich gemacht. Noch in der pathetischen Geste meines Vaters, der meinen Namen verleugnen wollte, hätte ich eine Art verderbter Liebe, die an ihrem Objekt leidet und verblutet, sehen können. In dem Verschwinden meines Bruders sah ich nur die kälteste, weil diskreteste Vernunft. Ich war glücklich, daß er mich nicht belästigte und zugleich (immer der alte Widerspruch in mir) nagte etwas wütend in meinen Eingeweiden wie Hunger . . . und doch war es alles andere eher als körperlicher Hunger.

## II

Die »liebenden Herzen« ließen sich um alles in der Welt nicht abschrecken. Die alten verschwanden nicht, und immer neue tauchten auf. Ein altes Mütterchen, verspätet eingetroffen, schweißtriefend unter ihren ehemals kaffeebraunen, jetzt dick mit Staub inkrustierten Kleidern und wallenden Röcken, erhob quäkend ihre dünne Stimme und wimmerte einem dicken Lümmel in unserer Mitte durch den riesigen Lärm die Botschaft ihres Mutterherzens zu. Sie schrie so, von asthmatischem Husten unterbrochen und immer wieder verzweifelt von neuem ansetzend, wie sie vielleicht früher in ihrer Kleinbauernwirtschaft ein verlaufenes Zicklein, ein in Nachbars Garten fressendes Hühnlein hatte zu sich heranlocken wollen, vor ihrer baufälligen, mit verfaultem Stroh gedeckten Hütte auf ihren wackligen Beinen stehend.

Jetzt hebt sie die Gabe der Barmherzigkeit mit ihren knochigen Händen empor. Ein Paar neuangefertigter Schuhe, deren fingerdicke Sohlen, mit starken Zwecken ringsum eingefaßt, goldfarben glänzen. Sie läßt sie an den naturfarbenen, langen Schnürsenkeln aus Leder hoch über ihrem Kopfe schaukeln, der ein uraltes Kapotthütchen, mit großen Nadeln befestigt, trägt. Wie gut gemeint! Der Dorfschuster hat sie wohl aus besonders strapazierfähigem Rindsleder fabriziert, auf daß die armen Füße des verlorenen Sohnes bis an die Knöchel vor Schlangenbiß und Würmernagen geschützt seien, drüben auf der Deportationsinsel beim Bäumefällen im hohen Dornengestrüpp der Dschungel. Gott schütze dich, du schmerzensreiche alte Dame, und behüte deinen lieben Sohn!

Ein betrunkener Mann in mittleren Jahren läßt eine halbgeleerte Schnapsflasche, von der er sich nur ungern zu trennen scheint, lockend im Sonnenlicht funkeln.

Ein alter Bürgersmann, vielleicht ein Kleinbürger aus der Provinz, mehr breit als lang, hat sich auf die Zehenspitzen erhoben, er schwenkt über seinem weißbehaarten Kopfe, den eine niedrige, solide Melone bedeckt, eine sauber ausgenähte, schaffellfarbene Flanellweste, in deren Innenfutter er den letzten Sparpfennig eingenäht haben wird. Die Summe, welche die spät erwachte Vaterliebe dem Sohne zugedacht hat, ist wahrscheinlich größer als die Ausbeute des Verbrechens war, dessentwegen man den Jungen (es sind sehr viele ganz Junge unter uns) zu Zwangsarbeit und Deportation verurteilt hat. Und vor allem soll diese Wunderweste den Leib warm halten, sie soll vor Leberkrankheiten, vor Eingeweidewürmern und vielleicht gar auch vor dem gelben Fieber schützen – der Geistliche des Ortes hat sie feierlich eingesegnet nach dem Hochamt, und alle drei, der Küster wie der verlorene Vater und der Geistliche, haben Tränen vergossen. Welch ein Theater! Ich weiß als wissenschaftlich erfahrener Mann und früherer Arzt, ja, das kann ich dank meiner bakteriologischen Kenntnisse und Sicherheit aussagen: wenn am anderen Ufer des Meeres, auf der Insel oder Halbinsel C. das gelbe Fieber wirklich mit jener Heftigkeit wütet, von der die medizinischen Journale ebenso wie die Tageszeitungen seit Monaten berichten, dann schützt nach dem bisherigen Stand der Wissenschaft weder ein frommes Gebet, noch Tränen werden schützen und am allerwenigsten ein mit der Nadel der Liebe und dem Faden der Barmherzigkeit aus dem Mantel des Erniedrigten geschneidertes Kleidungsstück, wie es jetzt, einer Fahne der christlichen Liebe gleich, der bekümmerte Vater in der vor Hitze wallenden und zitternden Luft des Hafenplatzes umherschwenkt.

Das gelbe Fieber ist dort unten losgelassen. Es folgt naturwissenschaftlichen, noch nicht genau erforschten Gesetzen. Niemand weiß, wie es kommt. Niemand ahnt, wie es geht. Die Prozessionen ziehen langsam, und die Leichenbegängnisse laufen schnell. Die Leichenwagen sind den ganzen Tag und die ganze Nacht unterwegs, um ihrer Aufgabe gerecht zu werden. Und diese Sonne des Gelbfiebers, englisch yellow fever, scheint über Gerechte und Ungerechte. Das heißt, das Gelbfieber wütet und räumt in der Strafkolonie genau so unter den Verbrechern wie unter ihren Wachen auf. Desgleichen am Panamakanal unter den farbigen Arbeitern und den weißen Ingenieuren. In der großen blühenden Stadt Brasiliens Rio de Janeiro nicht anders.

Gegen die Seuche hilft nichts. Nichts und niemand.

Oben auf dem baufälligen Balkon des alten blaugetünchten schmalbrüstigen, kleinen Hotels »Zum König von Engelland«, das ich von einer früheren Reise her kannte (ich hatte mit meiner Frau einmal hier übernachtet, wir hatten auf dem Balkon gefrühstückt, und ich entsinne mich ihres seelisch verzückten und dabei doch unverkennbar lüsternen Gesichtsausdrucks, – bloß die Augen sprachen, der Rest des Gesichts war ja emailliert wie bei einer Porzellanpuppe) – jetzt hat sich auf diesem Balkon der Pressephotograph mit seinem Bruder

aufgestellt. Er hält unermüdet zum Schutze gegen die Mittags-
glut einen ausgespannten weißen Sonnenschirm über sich.
Seinem plumpen, viereckigen Apparat, einer Spiegelreflexka-
mera, hat er ein Fernobjektiv vorgesteckt. Das Objektiv ist wie
ein kurzer, dicker Revolverlauf (die kleinen Bulldogrevolver
haben solche Läufe) auf unsere Gruppe gerichtet. Oder besser
gesagt, auf mich und auch auf meinen blonden, hübschen
Kameraden, mit dem mich seit heute morgen ein inniges Band
(aus zähem englischen Stahl) verbindet. Und ein Sicherheits-
schloß.

Jetzt aber brennt die Sonne schon wie Höllenglut. Mag einer
sich drehen und wenden wie er will, mag er den Schädel
zwischen die Schultern drücken, es gelingt ihm nicht. Schatten!
Schatten! Nur noch eine Stunde im dunklen Gefängnishof an
einem Wintermorgen!

Der einzige Schutz wäre die braune Sträflingsmütze. Aber
trotz der sehr gefährlichen Sonne wollte ich mich lieber doch vor
dem Objektiv des Photographen verbergen. Ich sprach von
»drehen und wenden«, aber drehen kann ich mich nicht ohne
Bewilligung des Gefährten, und ich will nicht bitten. Soll dieses
Bild meinem Bruder in der illustrierten Beilage des Sonntags-
blattes vor Augen kommen?

Was ist äußere Not, was ist körperlicher Schmerz, was ist
moralische Demütigung? Nichts für einen Menschen, der abgehärtet ist. Das war das Testament meines Vaters, gegeben noch
zu seinen Lebezeiten Selbstbeherrschung ist der letzte, der
wichtigste Rest der Freiheit, der einem Manne bleibt.

So lange Zeit habe ich von mir gesprochen, so viel habe ich von
mir erzählt und bin doch die wichtigsten Angaben schuldig
geblieben. Ich bin der Sohn wohlsituierter, unbestrafter Eltern
(oder ist es für den alten Mann doch eine Strafe, einen Sohn zu
haben wie mich?), erzogen bin ich auf guten Schulen – aber am
besten hat mich das Leben erzogen, wie es mir mein Vater als
erster zeigte. Einmal ließ er mich mit Ratten im verschlossenen,
rabenschwarzen Zimmer nachts schlafen, damit ich mich nicht
vor Tieren fürchte. Aber vor Menschen fürchten? Soll man es,
soll man es nicht?

Ich darf nicht einmal fragen, hat mir mein Vater seine
Lehrmittel redlich alle gezeigt? Seine Rechnung wird aber
stimmen. Sie hat sich doch bisher leider oder glücklicherweise

immer und überall bewährt. Denn wer wie er die niedrigsten Motive bei seinen Nebenmenschen und bei sich selbst annimmt, hat sich in unserer Zeit noch nie getäuscht – und in unserer Zeit muß man ja leben, glücklich sein oder untergehen.

Glaube, der Berge versetzt? Güte, die das Harte weich und das Bittere süß macht? Großmut, der edle Kern in der gemeinen Lehmfigur des Menschen? Drei große G. Gut! In unserer Sprache sind Güte, Großmut, Glauben unübersetzbare Fremdwörter. Und obwohl ich dies weiß, warum tue ich dann so, als hätte ich mich zu beklagen? Nein. Dies nicht. Nicht mehr. Ich trete ohne Illusionen meine Strafe an.

Ich bin jetzt verurteilt wegen Gattenmord. Begnadigt zur lebenslänglichen Zwangsarbeit in der Kolonie. Kind meines Vaters, Gatte meiner Frau, Bruder meines Bruders – alles außer Diensten. Mensch außer Diensten.

Das Licht der Sonne sticht nun noch stärker als ich dachte. Die Haut und das Schädeldach müssen wie die wie Pfeile abgeschossenen Strahlen bis ins Innere des Hirnes gelangen lassen. Die Gelehrten haben sich noch nicht entschieden, ob als Schädlinge die kurzwelligen, ultravioletten, chemisch aktiven Lichtstrahlen oder aber die langwelligen Wärmestrahlen in Frage kommen. Rasende Kopfschmerzen, Krämpfe, Tobsucht bis zum Delirium, ein schwerer Tod in schwarzem Schweiß können die Folge sein – und doch scheue ich die indiskrete Linse des zudringlichen Photographen noch mehr als die Gefahr.

Ich mag sein, was ich will, mich zu schämen, habe ich noch nicht verlernt. Ich will den Meinen nicht so begegnen, – *ihm* nicht. Trotz aller Sonnenglut reiße ich mir die Mütze vom kahl geschorenen Schädel herab und halte sie mir vor das Gesicht. Lieber die fürchterliche Glut auf das ungeschützte Schädeldach herunterbrennen lassen, lieber den stickigen Schweiß- und Filzgeruch einatmen, der mir, zum Erbrechen reizend, aus dem bräunlichen, speckigen Innenfutter der ausgedienten, aber auf neu hergerichteten Mütze entgegendringt. Ja, der Staat muß sparen, und bei uns fängt man an. Vielen Männern hat die Mütze schon gedient, und vielen wird das herzige Mützchen noch *nach* mir dienen, wenn mich die Seuche, das gelbe Fieber drüben vor der Zeit abtun sollte. Nein. Gerade in diesem Falle wird das alte Museumsstück endlich hingerichtet und verbrannt, so wie bereits Anzüge, Kleider, Koffer, Möbel, Betten, Decken und Wäsche im Werte vieler Millionen verbrannt worden sind, um der Weiterverbreitung der gelben Seuche Einhalt zu tun. Umsonst. Die Decken und Federn verbrannten. Die Seuche blieb.

Einerlei, ob mich drüben das Gelbfieber oder die Malaria trifft, oder ob mich hier die stupide Hitze niederschlägt. Hoch die Scham, der letzte Rest eines ehemals männlichen Charakters, es lebe das Ehrgefühl, wenn auch der Held stirbt! Nur ruhig! Was soll dieser tolle Ausbruch sittlicher Hemmung? Zuerst leben! Ich habe mein Leben allem zu Trotz noch zu lieb. Ich füge mich. Ich gebe nach. Phlegmatisch bedecke ich nach diesem Experiment (an mir selbst) meinen bravsten, weil einzig in der Welt für mich dastehenden Schädel und zeige offen mein bezauberndes Gesicht. Nur zu! Los! Rassele hinunter, Schlitz der Kamera, mein Gesicht sei verewigt, wenn das Geschick es befiehlt. Ihr könnt mich nackend sehen, wenn ihr wollt, bei jeder Tätigkeit, wenn es die europäische Öffentlichkeit reizt und es euch eine Trockenplatte im Format zwölf zu achtzehn wert ist. Mich reizt es nicht, aus Schamgefühl meine Gesundheit zu riskieren. Ich habe nur die eine.

Ohnedies bin ich mehr tot als lebendig. Was ich trage, trägt meine rechte Hand. Alles bleibt ihr zu tun, denn die linke ist, wie gesagt, nicht mehr frei. Sie gehört dem hübschen, hochgewachsenen, aber nicht sehr muskelstarken, schweißtriefenden, knochigen semmelblonden Mann mit nicht unintelligentem, kindlich gebliebenem Gesicht. Er ist schlapp geworden, in der kleinen, herzförmigen Fläche seines Gesichts hängt das bißchen Fleisch fahl und müde herab. Nur ab und zu strafft es sich an in kindischem Ehrgeiz. Die Lippen zittern vor Trotz, aber sie lassen keinen Fluch, keinen Seufzer, kein Wort hervor.

Diesem Mann gehört also meine Linke an, dafür habe ich seine rechte Hand. Was mag diese rechte begangen haben? Fragezeichen? Rufzeichen! Gedankenstrich –. Wir haben uns gegenseitig nicht vorgestellt. Unsere Visitenkarten sind nur mit großen arabischen Ziffern auf den Monturen über unseren lieben Herzen aufgemalt. Und was darüber hinaus interessant ist und den Menschen vom Menschen unterscheidet, enthüllt sich dem Menschenkenner in den Physiognomien.

Galgen- oder Engelsphysiognomien? Bleibet beisammen, geliebte Brüder, nähret euch redlich. Was will man mehr? Es ist nicht gut, daß der Mensch allein sei. Dieses Band der Liebe hält uns zusammen, denn wir sind zu zweit schwächer als jeder allein.

Es lebe die Justiz! Sie wird immer der beste Ersatz für Gerechtigkeit sein, solange Menschen leben, um übereinander zu richten und Gott zu dienen in der Höhe.

Hand an Hand! So wird das unbotmäßige Individuum handgreiflich zum sozialen Nebenmenschen, zum primitivsten, aber echtesten Kollektiv erzogen. Seid gesegnet! Amen.


# III


Seit dem (mir jetzt nicht mehr) rätselhaften Verschwinden meines Bruders bin ich fest entschlossen, das höchstmögliche Maß von innerer und äußerer Freiheit zu erlangen. Der erste Paragraph dieses meines Freiheitsgesetzes lautet, daß ich mich nach Tunlichkeit ohne eine Ausnahme von meinen Mitgefangenen abschließe. Leicht wird es nicht immer sein. So darf es zwischen mir und meinem Handgefährten zu keinem Austausch von Zigaretten kommen, zu keinem Gespräch, obwohl sich alle ringsum in der größten Lebhaftigkeit unterhalten.

Und erst die Rufe nach außen! Nach Liebe schreien sie – und Tabak meinen sie. Aber das letztere bekommen sie nicht, und von dem ersten haben sie nichts. So lassen sie denn ihre Sehnsucht in besonders leidenschaftlichen Unterredungen und Streitereien untereinander aus.

Anders mein Gefährte, der große, hübsche Junge. Er ist still. Er hält sich zurück. Es geht von ihm, wie soll ich sagen, etwas allgemein Verständliches, etwas Erquickliches, etwas Liebenswertes aus, das einen an ihn ketten könnte. Man könnte zur Not sogar verstehen, daß dieser Mann seine Schuld um eines anderen willen auf sich genommen habe. Oder daß er aus einer fanatisch, kindisch festgehaltenen, irren Idee heraus gehandelt habe. Für ein Ideal ohne Gegenwert.

Der Mann sieht jetzt elend aus. Er leidet. Er hat gelitten. Er wird leiden.

Er fesselt mich und dennoch rede ich ihn nicht an. Wir sind zwei exklusive Fremde, bloß durch Zufall aneinandergeraten. Reisebekanntschaften. Wir sehen uns an, wir müssen ja einan-

der mit den Blicken begegnen. Hebt er die Hand, hebe ich die
Hand. Geht er zur Seite, folge ich ihm. Treue Brüder; treuer, als
die Natur die Brüder schafft. Denn, seien wir ehrlich, die besten
Brüder sind es nicht, welche die Mutter Natur uns gibt.

Nein? Ich bleibe allein, weil ich es will. Ich will es, weil ich
muß.

Jetzt ist der Augenblick gekommen, da ich mir meine Lage
zum erstenmal seit langem wieder klar überlege.

Was mir bevorsteht, ist in den Augen der meisten Menschen
ärger als Tod, wird aber doch dem Tode vorgezogen. Hier auf
dem von prallster Hitze und übelsten Dünsten erfüllten Hafenplatze im Rücken der Wachsoldaten mit den Eierhandgranaten,
hier beginnt es nicht. Noch auch endet es hier.

Zurück in die Vergangenheit und dann erst Suchen nach der
besten Methode für künftige Zeiten!

Die Wachsoldaten hören jetzt auf, sich träge wie Würmer zu
rekeln. Sie richten sich stramm zur Ehrenbezeigung auf. Denn
eine Anzahl von Schiffsoffizieren erscheint, bartlose, blühende
junge und ältere Herren in zwangloser Reihe, in Weiß oder
Khaki, frisch geplättet, die semmelfarbenen Tropenhelme auf
den Köpfen, lustwandeln, von der holden Damenwelt und einer
Unmenge dienstbarer Geister begleitet, an uns Parias vorbei zu
den Treppenstufen der Hafenmole, um die Staatsbarkasse zu
besteigen, die schon unter Dampf steht, um die hohen Herren
keine Sekunde im Sonnenbrand warten zu lassen. Stahlgrau,
blitzend blank geputzt, Messingstreifen um den kurzen Rauch-
fang gefügt, bullernde Dampfwölkchen in die vor Hitze vibrierende Mittagsluft ausstoßend, Fähnchen an den Antennen-
masten, wiegt sie sich, von kreischenden, schneefarbenen Möwen
umflogen, die mit einer Seite ihrer perlmutterartig schimmernden Fittiche das Wasser streifen und niedergleitenden Hydro-
planen gleichen, auf der klar spiegelnden Fläche der See.

Das hügelartige Gelände der Stadt wird durch silbern und grün
belaubte, nahe beieinander auf dem Platze stehende Bäume
verdeckt. Durch einen Spalt zwischen ihnen sieht man die
Gebäude an den Ausläufern der Stadt, kalkweiße Villen in
Gärten gebettet, dann, weiter hinaus, blechgedeckte Kasernen,
ins Wasser hinausgebaute, scheunenartige Hangars für die
Hydroplane der Seestation.

Wenn ich nur genug Willen habe! Wenn ich nur mitleidlos und

rücksichtslos genug bin gegen mich und andere im Kampfe aller gegen alle ums Dasein! Wenn ich fortfahre in der Schule meines Vaters . . . dann, aber auch nur dann habe ich niemandem außer der absoluten Notwendigkeit, meinen Tribut zu zollen. Dann bin ich praktisch auf der Höhe meiner Lage.

Der sühnende Staat will mich abschrecken? Dies ist nicht nötig. Denn eine Tat gleicher oder ähnlicher Art werde ich niemals begehen. Niemals mehr.

Der Staat will das Üble, das ich andern getan habe, an mir vergelten? Weil ich andere leiden gemacht habe, soll ich selbst leiden?

Der Staat schütze sich und seine »liebenden Herzen«, wie er kann. Ich habe mich selbst zu schützen. Laß mich mich behaupten! Ich soll nur zwei, drei Jahre, ohne zusammenzubrechen, dort ausharren, wo unzählige andere unter den Schwierigkeiten des abnormen Lebens, an Klima, Melancholie und Malaria zugrunde gegangen sind.

Die größte Strafe liegt in etwas anderem. Auf Menschen angewiesen sein und in ihnen alles andere als teilnehmende Gefährten des Leidens, in ihnen nur Todfeinde zu sehen, sehen zu müssen – ich habe erfaßt, was Deportation, was Zuchthaus bedeuten. Hier innere Konflikte, dort tödliche Seuchen. Aber trotz Tod und Teufel ungebrochen dastehen, solange ein Fünkchen Leben in dir ist, G. L. der jüngere, ist das nicht eine Aufgabe, die dir das Dasein lebenswert machen müßte, wo immer, wie immer? Ja! Vielleicht halte ich mich. Vielleicht kehre ich doch einmal von der Strafinsel zurück.

Wäre ich nur im tiefsten Grunde einig *mit mir selbst!* Ja, ja! Könnte ich doch nur dem Dasein als Gesamterscheinung meine Zustimmung geben! Könnte ich mich vor dem »Wunderwerk der Schöpfung Gottes« in kritikloser Anbetung beugen! Beten! Könnte ich endlich der logischen Verzweiflung Herr werden, die mich entwurzelt, mich aber auch klar gemacht, die mich gelähmt, aber auch geschützt und beschirmt hat seit den entscheidenden Versuchen meines Vaters an mir als Kind! Dann laßt mich heran an das Schicksalsrad! Ich werde es drehen. Die Toten stehen nicht mehr auf. Aber es erhebt sich einer vielleicht zu neuem Leben. Keine Schwierigkeit wäre mir zu groß. Ich wäre der erste nicht, dem eine Flucht geglückt wäre.

Ich habe meine linke Hand krampfhaft an das Herz gerissen in diesem Energieaufschwung. Die rechte Hand meines Gefährten muß folgen. Er lacht hellauf. Aber weshalb geht sein fieberhaft strahlender Blick an mir vorbei? Gilt denn das prachtvolle, herzerhebende Lachen nicht mir? Nein, dem Photographen hat er lachend zugenickt, dem Pressereporter hat sein Lachen gegolten, mit dem er protzt: Seht her, mit Ketten beladen, zu soundsoviel Jahren Zwangsarbeit verdonnert – und ich *lache* noch!

Eitelkeit ist der Grundzug auch dieses Charakters. Ist es der Grundzug auch des meinen? Jedenfalls endet dieser mein Aufschwung wieder in einer zerstörten Illusion. Nächstes Mal werde ich noch abgehärteter, abgebrühter sein. Der Alte hat recht gehabt. Wie er das Leben nach seiner verunglückten Nordlandexpedition sah, so war es.

Mein Gefährte nimmt von seinem schöngeformten, länglichen, glattrasierten Schädel die Mütze ab trotz der furchtbar stechenden Sonne, er wirft sie in die Luft, wobei sich das Ding wie ein brauner Schmetterling in der Luft um seine Achse dreht. Dann fängt er sie zwischen seinen Knien auf. Endlich richtet er sich stramm auf wie ein Schauturner am Reck bei einem athletischen Wettbewerb. Er bastelt an sich herum, um sich schön zu machen – und all das, obwohl er zu fiebern scheint. Ach, gut. Wir wissen es, *du* hast die Aufmerksamkeit der Presse auf dich gezogen, und die öffentliche Meinung des Tages hat es auf dich und nicht auf mich abgesehen. Lache! Zeige deine hübschen, perlengleichen Kinderzähne. So und nicht anders wird der Pressephotograph dein Konterfei der staunenden Mitwelt im Sonntagsblatte darbieten. Aufgepaßt: Eins – zwei – drei – los! Jetzt erst rasselt der Schlitz des Apparates, die Platte drüben in der Ferne ist belichtet, der dramatische Moment ist vorbei – und der Reporter hat so gut wie sicher seine fünf Dollars (mit Reproduktionsrecht sind es sogar zehn) verdient. Ihr könnt alle lachen und zufrieden sein! Und winkst du dem Reporter mit der Mütze, antwortet er dir vom Balkon aus mit seinem Taschentuch. Friede auf Erden. Allen Menschen ein Wohlgefallen und hoffentlich weder Kratzer noch Lichthof auf der Platte und die Entfernung richtig geschätzt und den Sucher, alles Dreck . . .

Als die Aufnahme gemacht ist, sinkt der schöne Mann zusammen. Ich fühle es ja, ich bin »mitfühlend« geworden, da ich an ihn festgenietet bin. Ich merke auch durch seine schwabbelige Sträflingsmontur hindurch seine erhöhte Temperatur. Niemals waren Patient und Arzt näher aneinander gebunden.

Als letzter hat sich ein hoher, hagerer Offizier mit Generalsabzeichen über den Laufsteg zu der wieder zurückgekehrten Barkasse hinbegeben. Sein storchenartiger Gang kommt mir bekannt vor, er erinnert mich an den Oberstabsarzt Carolus im Bakteriologischen Institut. Aber das Gesicht kann ich aus der Entfernung nicht erkennen.

Ein kleines Mädchen mit seiner Bonne, die ihn anscheinend begleitet haben, sind nun am Ufer zurückgeblieben und ebenso ein winziges, wollig behaartes Hündchen, mit einem himmelblauen Band und einer blitzenden kleinen Schelle geschmückt. Das Kind winkt dem langen General auf der Barkasse zu, er winkt zurück mit seinem Tropenhelm, wobei er einen Kahlkopf von kürbisartiger Form entblößt. Das muß doch Carolus sein!

Das Dienstmädchen hält das Kind, das sich aufgeregt vorgebeugt hat, an seinem seidenen Gürtelchen zurück. Das Hündchen bellt lebhaft und winselt, es reißt sich los, läuft mit erhobenem Schwänzchen, aufgeregt wie seine Herrin, am Ufer hin und zurück, jeden Augenblick bereit, ins Wasser zu springen und seinem Herrn, dem alten General oder Generalarzt zu folgen. Unermüdlich winkt das Kind. Das strohgeflochtene Hütchen verrutscht, das Kind setzt es mit einer schnellenden Bewegung des zarten Hälschens wieder zurecht. Das Hündlein hat sich zu Füßen des Kindes wieder getreulich eingefunden und streckt, atemlos vom Bellen und Rennen, das himbeerfarbene Zünglein heraus. Über Kind und Hund hält die Bonne einen dunkelblauen Leinensonnenschirm. Mit der freien Hand schwenkt auch sie ein Tuch. Leb wohl, leb wohl, du wackerer Krieger im Schmuck der Waffen!

Zwar trug er keinen Säbel, nur den Degen, er ist dann doch kein Held, sondern nur Verpflegungsgeneral oder Generalarzt. Welch eine rührende Familienszene! Und nicht minder ergreifend die Abschiedsszenen, welche die Angehörigen der Gefangenen, die »liebenden Herzen« aufführen. Ich rauche eine Zigarette, die erste am heutigen Tage.

# IV

Was bedeuteten diese sentimentalen oder idyllischen Szenen für den ironischen Zuschauer, wenn sich mit jeder Stunde die Hitze und der Durst stärker und qualvoller bemerkbar machten? Die gierig ersehnte Mittagsration bekamen wir erst gegen drei Uhr, in ungewöhnlich schlechter Qualität, dafür stark versalzen. Und wenn sie schlecht schmeckte, so war sie zum Trost auch nur in zu geringer Menge da. Sollte die löbliche Justizverwaltung mit einer geringeren Anzahl von uns gerechnet haben? Oder fraßen an unseren armseligen Rationen etwa noch ein paar subalterne Schmarotzer mit? Oder dachte man, der Anblick des Ozeans (tief indigoblau, von kurzen, fast metallisch ehern glänzenden, glattbäuchigen Wellen rhythmisch bewegt) dieser herrliche Anblick des freien flutenden Ozeans würde uns hungrige, festgebundene Deportierte satt und froh machen? Schön war dieser kleine Hafen mit dem versandenden Hafenbassin, in dem nur wenige und kleine Küstenschiffe von geringem Tiefgang, dafür aber um so mehr schlanke Segelboote mit schwarzbraunen, safranfarbenen, orangeroten, rostfarbenen, vielfach geflickten, ausgefransten Segeln sich wiegten. Und, an die Steine der Ufermole anklirrend, einige gußeiserne, plumpe Pontons, die auf uns warteten. Aber wie sie auf uns warteten, so warteten wir noch immer auf sie. Vergeblich.

Die Segel der Schifferkähne hingen matt und schlapp an den Masten und Rahen, die Bewegung der Wellen ließ immer mehr nach, vollständige Flaute breitete sich allmählich aus, bald herrschte eine bedrückende Stille weit ringsumher. Die Kehle schnürte sich einem zu. Man hockte apathisch inmitten des niedergeworfenen, unordentlichen Gepäcks auf den fleischwarmen, widerlichen Steinen. Die von Schweiß durchtränkten morschen Kleider standen von der Haut ab, als käme man aus dem Gewitterregen und wäre unter der Nässe zusammengeschrumpft. Man wundert sich, woher der ausgemergelte Körper noch so viel Flüssigkeit hernimmt.

Plötzlich gibt es Unruhe. Ein Mann ist hintenübergefallen. Sein Schädel ist wie ein toter Klotz auf den Boden geschüttert. Sein Hand- und Schicksalsnachbar ist mitgerissen worden. Er wälzt sich über den Zusammengebrochenen, als wolle er ihn umarmen, mit seinem Leibe decken. Man schafft die zwei Leute zusammengekettet, wie sie sind, zum Wasser, an die Steintreppe am Strande. Warum nicht den Kranken allein? Kann man es denn? Wegen solcher Bagatellen wird das Stahlband nicht gelöst. Der Transportkommandant, der die Schlüssel hat, ist übrigens mit den anderen hohen Herrschaften schon an Bord und mag wohl gerade beim Diner sein. Er allein führt die Schlüssel, welche binden oder lösen.

Es muß Sonnenstich sein, was den größeren von beiden betroffen hat. Er läßt sich von zwei Wachsoldaten schleppen, in ihren Armen liegt das große, gute Kind, während der andere nebenherhumpelt wie eine Fliege, der man von den sechs Beinen drei ausgerissen hat. Aber jetzt schlägt das liegende dicke Insekt auf das humpelnde, magere Insekt los. Welch ein Schauspiel für Götter und für die Farbigen! Nur vorwärts! Keine Scheu! Laßt euren Gefühlen freien Lauf, Genossen schönerer Tage. Nein, nicht diese Töne. Den beiden ist es heiliger Ernst.

Was bedeutet dieser unzeitgemäße Zweikampf, wie er sich jetzt, immer wilder und dramatischer, schon weit außerhalb des Wachpostenkordons, innerhalb des Kreises der »liebenden Herzen« entfaltet?

Hier, bei den liebenden Herzen liegt die tiefere Bedeutung. Der gesunde Gefährte, der magere Knirps, hat dem dicken und großen nicht gegönnt, daß er unter dem Vorwande des Sonnenstichs die Verbindung mit seinen Angehörigen aufnehmen wollte. Zwar haben sie einen Gaunerpakt vorher getroffen, die beiden Kumpane, aber schon während des Transportes der beiden unzertrennlichen treuen Kameraden haben sich Unstimmigkeiten ergeben, der Gesunde hat von dem sogenannten Kranken, der so gut simulieren konnte, daß er selbst den Arzt a. D. Georg Letham täuschen konnte, einen höheren Prozentsatz von den erwarteten Herrlichkeiten erpressen wollen, Geld, Tabak, Kleider, Wertgegenstände, eben das, was der Dicke von seinen ebenfalls dicken Angehörigen erhoffte und erträumte.

Und *wie* hat der Dürre seinen Erpressungsversuch durchführen wollen? Durch moralische Gründe? Gewiß nicht. Sondern dadurch, daß er dem großen, plumpen Laban die Hand mittels Drehens der Fessel im Handgelenk auszurenken versucht hat. Jiu-Jitsu – nach Treuekameradenart. Hätten sie wenigstens ihre Streitigkeiten vorher abgemacht! Es ist ein häßlicher Anblick (und doch lacht etwas in mir!) wenn der angeblich vom Sonnenstich Getroffene sich wacker und auf den giftigen Angreifer wirft, wenn der andere »zurückgibt«. Beide, jeder mit der einzig ihm verbliebenen Hand, versuchen zum Gelächter der abgehärteten Wachposten, zum Schrecken der aufschreienden »liebenden Herzen«, einträchtig brüllend, fluchend und tobend, tierisch Schaum vor den Mündern, einander zu ohrfeigen, einander die Glieder zu verrenken, bis sie über die Füße der nur langsam zurückweichenden Angehörigen, die ihren Sohn oder Verwandten vor den Angriffen von *seinesgleichen* nicht zu schützen vermögen, auf den abschüssigen Steinen hinabkollern, welche zu dem Hafenbassin führen.

Die guten Wachen, auf ihre blinkenden Bajonette gestützt, der eine mit der Handgranate spielend, sie aber wohlweislich nicht entsichernd, setzen phlegmatisch ihre Kopfbedeckungen zurecht, spucken aus und warten, bis die zwei Narren zur Vernunft gekommen sein werden.

Zu richtigen, verletzenden, tödlichen Schlägen sind die beiden nicht fähig. Sie sind, wie man es bei Boxern nennt, eiligst in den clinch gegangen, sie haben sich so ineinander verschlungen, daß sie einander nichts Ernstliches anzutun vermögen. Einträchtig trudeln sie hinunter, stoppen aber rechtzeitig ab, nun helfen sie sich gegenseitig wieder auf die Beine und trollen, ohne daß einer der Angehörigen ihnen hat genügend nahekommen und ihnen die erwarteten Sachen hat zustecken können, mit ein paar Schrammen und Hautrissen wieder in die Gemeinschaft zurück. Diese Gemeinschaft ist boshaft, schadenfroh und setzt ihnen nach verlorener Feldschlacht die Füße in den Weg, sie fallen darüber, erheben sich und finden unsicher Halt einer am andern. Sie blicken jetzt erstaunt um sich. Eitel Schadenfreude ringsum. Worauf haben sie gerechnet? Wer sollte denn Mitleid mit ihnen haben, wenn sie selbst keines miteinander haben?! Der Mensch ist nie schonungsloser als gegen seinesgleichen.

Oder doch? Ist die hohe Behörde nicht noch schonungsloser? Nur als stupideste Schonungslosigkeit kann man es bezeichnen, daß man uns bald zwölf Stunden im Schatten der Bajonette schmoren läßt. Alles menschliche Empfinden hört bei vierzig Grad Hitze auf. Wie ein Tier in dem Pferch vor dem Schlachthof verrichtet jeder seine Notdurft, wie und wo er kann. Die brütende Glut macht das Atmen dieser mefitischen Luft zu einer wahren Qual. Man möchte ohnmächtig werden und zusammensacken und darf doch nicht. Denn wer würde einem die echte Ohnmacht glauben? Jetzt kippen in unserer Nähe zwei, drei und dann weiter entfernt wieder ein paar verwetterte Kerle unter Sonnenstichserscheinungen um.

Sie krachen zusammen mit dumpfem Stöhnen, alle mit dem gleichen Tierlaut, einer Art Gurgeln, als hätte es einer dem andern abgelauscht und abkopiert. Und doch ist es keine Kopie, es ist das echte, es ist Natur. Bläulichrote Gesichter. Die Glieder zuckend und zusammengekrampft, die Augen mit den dicken Lidern und der lividen Bindehaut offen und glotzend. Auf diesen entmenschten Gesichtern der Ausdruck stupider Qual. Echt! Echt! Nichts aber rührt sich.

Mein Gefährte ist bereits so weit, daß er auf mein Rütteln nicht zusammenzuckt, auf meinen Anruf nicht antwortet. Ich kenne nicht einmal seinen Namen, so rufe ich ihn bei seiner Nummer. Ach, was Nummer, ach, was Namen! Schatten! Schatten! Schatten für uns Schatten! Nein und nein und dreimal nein. Und dabei gibt es keine hundert Schritt von hier schöne, tiefe Schuppen, geräumig, schattig, dunkel, leer, nach Kaffee und Gewürz riechend. Sie gehören dem Staat. Es gibt innerhalb des Freihafens hygienische Bedürfnisanstalten mit W. C. Wir dürfen nicht hin. So muß es denn bei uns sein wie beim »lieben« Vieh? Natürlich muß es so sein. Denn die Schuppen gehören einem andern Ressort, »Zoll und Finanzen«, und wir gehören nur zur »Justizverwaltung. Strafvollzug. Abschreckung und Vergeltung.« Nach dem herrschenden Gesetz abgeurteilt, auf dem üblichen Verwaltungswege zwecks Deportation auf die »Mimosa« zu verladen, so und so viel hundert Stück moralisch lädierter Menschen . . .

Ach, Menschen! Wenn nur die Sonne an diesem schrecklichen Tage sinken wollte! Es ist, als kreise sie nur in immer engeren Ringen oben am Himmel, der weißlich flammt. Man möchte die Hände vor das Gesicht schlagen, die rechte Hand vor die Augen halten, die linke um den Hinterkopf spannen, aber wie kann man das? Warum bringt man uns nicht endlich fort? Es muß dort drüben an Bord der im Lichte funkelnden, sich sanft auf dem ruhigen Meer wiegenden »Mimosa« unendlich viel besser sein als hier. Es wird luftig sein, schattig und kühl, wie in einem Keller. Im Schiff befinden sich keine richtigen Unterkünfte für uns, nur eine Art Schiffskasematten, ehemalige Viehställe mit Eisenbohlen als Trennungswände ... das herrliche Götterschiff hat früher zu Viehtransporten gedient, niemals ist es umgebaut, kaum jemals richtig desinfiziert worden, alles ist bekannt, die Gefangenen haben sich darüber im Gefängnis und im Zuge unterhalten, aber alles ist gut, nur fort! Tausendmal lieber dort in der Tiefe hausen, wohin die allerliebste Sonne nicht scheint, als hier! Nur nicht hier. Vergebens. Stupides Denken. Nutzloses Phantasieren. Mit wem sprechen? Bei wem sich beklagen? Man hat ja nicht einmal Speichel genug im ausgedörrten Mund, um zu fluchen.

V

Mein Nachbar begann vor sich hin zu lallen. Ich hörte etwas von »Kadetten«. Seine Lippen schnappten wie die Lefzen eines Hundes, der in der Sonnenhitze Fliegen happt. Seine Glieder, Arme und Beine, zuckten. Er richtete erstaunt den Blick seiner wasserblauen Augen darauf, als überraschten ihn die elektrisierten Bewegungen. Er faßte mit seiner (und meiner) gefangenen Hand nach seiner freien, an der die Krämpfe begonnen hatten, als könnte er diese bei ihren zuckenden Froschschenkelsprüngen festhalten, ihr gut zureden und sie beruhigen. Sein Gesicht wußte nichts davon. Was tut der Mensch nicht alles, wovon der Mensch nichts weiß?

Plötzlich wurde das hübsche Gesichtchen schlaff, der Schädel sank auf die Brust, als hätte man mit einer Schere ein haltendes Band zerschnitten. Sein Atem keuchte sich mühsam empor, das elende Essen kam ihm hoch, und die Augen schielten, bis in ihre Ecken gläsern leuchtend, nach verschiedenen Seiten.

Ich, der ich doch von Mitleid nichts wissen wollte und um meiner selbst willen nichts wissen durfte, hielt ihm den schweren, heißen, feuchten Kopf möglichst weit ab. Er röchelte, es rollte in seiner Brust, wie wenn Wasser siedet. Ich blies ihn an, als wäre er ein Milchtopf, der überlaufen will. Er wachte ein wenig auf unter dieser guten Brise und sah mich mit seinen treuen Hundeaugen seltsam von unten an. *Jetzt* müßte man dich in Photos verewigen, du Frosch, Jammerbild der geplagten Kreatur! Er schüttelte den Kopf ganz erstaunt, als erriete er meine Gedanken. Ein kleines Kind, dessen labbriges, winziges Kinn der gute Vater mit Zeige- und Mittelfinger hält, kann nicht unschuldiger aussehen als er. Er wollte sich ja zusammennehmen, gut und brav sein.

So war es auch gut. Er nahm seine Kraft zusammen, würgte es nieder. Er behielt das Seine bei sich. Wäre nur das gefahrdrohende Bläulichgrau fort, welches sein schlaffes Kindergesicht schiefrig verfärbt! Ich mußte ihm, ihm mit meiner und seiner Hand vor dem Gesicht und dem Hals herumarbeitend, den Rock und das Hemd vorn am Halse freimachen. Meine freie Hand konnte ja nicht von seinem Kopfe fort – und um so schwerer war alles, als er seinen Körper in der grauenhaften Hitze eng an mich lehnte.

Der Sonnenstichanfall war bei ihm glücklicherweise noch nicht zur richtigen Entfaltung gelangt. Er war nicht ohnmächtig, nur benommen. Ich konnte ihn dazu bringen, sich aufzurichten und an meiner Hand unter Aufbietung seiner ganzen Energie knieweich an den Rand der Menschenansammlung zu taumeln, dorthin, wo einige Kisten aufgestapelt waren, die eine Art Schatten geben mußten.

Die Sonne hat sich gewendet. Die Kisten sind groß, neu, sie riechen scharf, nach Desinfektionsmitteln, Kresol etc. Vielleicht sind sie für den Medizinaldienst drüben in der Kolonie bestimmt. Der Schatten, den sie geben, ist noch nicht so breit wie der einer hundert Jahre alten Korkeiche, er ist nicht breiter als zwanzig Zentimeter vielleicht, ist aber doch hinreichend, um ein müdes Haupt zu betten oder wenigstens die Augen zu schützen. Sein Haupt und das meine auch. Wir sind ja eine Interessengemeinschaft, ein Kollektiv. Bin ich altruistisch, dann bin ich egoistisch. So lege ich meinen bedenklich brummenden Schädel neben den seinen auf das dreckige Pflaster. Nur zu, Bruderherz! Laß liegen, was da liegt und scher dich nicht darum. Jetzt schnell dem Mann seine braune Mütze über die Augen gestülpt, mir die meine auch, nur schnell! Schon fliegen feurige Funken vor meinen Augen auch bei geschlossenen Lidern, und es war höchste Zeit – für ihn? Für mich! Es saust in den Ohren wie Sturm.

Aber bald wird es wunderbar! Bald merke ich, wie der süße Schatten der Kiste hinabwandert über meinen Nasenrücken, jetzt über Mund, Hals, Brust, Hüften und Knie, bis wir beide wie in Abrahams Schoß, bis zu den Fußspitzen im gelobten Lande des Schattens liegen. Wir sind nicht die einzigen. Nur die ersten. Paar bei Paar. Und kein Wort. Kein Fluch, kein Pfiff, kein Hieb und Stoß, bloß atmen und still. Das Gemurmel der »liebenden Herzen« hört sich an wie ferne Brandung, und die Brandung hört sich an wie das Gemurmel erregter Menschen, alles egal, alles eins.

Plötzlich Alarm. Alles schrickt aus tiefem Schlaf auf. Der Platzkommandant, das hohe Tier, lange erwartet, tritt auf. Dunkelbraunes, verwettert hübsches Lebemannsgesicht voll Schneid und Scharm. Weiße, buschige Augenbrauen, schwarzer, niedlich wie ein Bürstchen gestutzter Schnurrbart, glänzend wie Pech oder Schnurrbartfarbe. Es gibt ja keine Greise mehr. Hoch aufgerichtet. Selbstdisziplin oder Korsett? In seiner eng an der Taille anliegenden himmelblauen Litewka, sandfarbene, weite Breeches an den Hüften, schlotternd voll Eleganz, mit bis an die Knie reichenden, vorne von Messingheftln geschnürten Ledergamaschen, Orden an Orden über der Hühnerbrust, blinkendes Lederzeug und Revolvertasche um den Gürtel, Monokel im linken Auge, so stelzt er durch unsere Reihen, ein Gott unter der dummen Kreatur, die erstirbt, während er rückwärts die Schöße seines Uniformrockes auseinanderschüttelt, als hätte er Angst, es könne Ungeziefer von uns an ihm haften bleiben. Wie sollte es das wagen, Exzellenz?! Er hat Eile. Zwei blutjunge, weißhäutige (oder gepuderte), rotwangige (oder diskret geschminkte) Adjutanten schnellen in ehrerbietiger Distanz hinter ihm her. Gerade als die Gruppe durch einen Transport gelber Sträflinge hindurchgaloppiert, von denen manche an krustigen Hauterkrankungen leiden, wie sie in den Tropen häufig sind, verzieht sich das Gesicht des hohen Herrn und seiner schönen Begleiter zu einem Ausdruck besonderen Ekels.

Aber nicht doch! Diese gelben Strafkolonisten waren keine »gemeinen« Verbrecher, wie es das Strafgesetz zartfühlend nennt, es waren Menschen erster Klasse, politische Rechtsbrecher. Irregeleitete, aber idealistische, begeisterte, opferwillige Menschen waren es, die ihrem politischen Ideal zuliebe vor nichts zurückscheuten, auch nicht vor dem geheiligten Besitz der Nation, nämlich dem investierten Kapital des Mutterlandes. Ihre Einsicht: Fragezeichen. Ihr Charakter: Rufzeichen. Und dafür als Lohn: nun, ich sage nicht mehr, als daß sie unter

Mördern und anderen Schwerverbrechern im Dreck lagen.

Mit höchster Geschwindigkeit raste der alte, steifbeinige Generalhengst durch sie mitten hindurch. Es war eine reine Formalität. Nicht einmal die Zahl der Deportierten wurde festgestellt.

Durch Zufall verfing sich der Sporn eines der Salonoffiziere in dem Riemen, womit einer der politischen gelben Männer sein Kochgeschirr angeschnallt hatte, an seinem hageren Leibe. Aber der Offizier hielt sich nicht lange auf, er flitzte nur mit der Reitpeitsche (weit und breit kein Roß) hinter sich, dem armen Idealisten in die prompt rot anschwellende Visage, setzte dann seinen schnellenden Geschwindschritt eiligst fort, als brenne es unter ihm, und so schleppte er den eisernen Kochkessel und den damit verbundenen Weltverbesserer mit sich, bis einer von den dreien nachgeben mußte, natürlich der arme Teufel, der sich im wahrsten Sinne des Wortes mit seinem Töpfchen voll Essen im Staube wälzte.

Aber dafür hat der junge schöne Herr auch seinen Lohn, er ist rechtzeitig bei seinem hohen Herrn angekommen, kann ihm seinen eigenen Füllfederhalter reichen, damit der alte Mann seinen Namen auf einen amtlichen Zettel setzen kann, den ihm der diensthabende Unteroffizier auf die Kiste gelegt hat. Zum Lesen dessen, was auf diesem amtlichen Dokument steht, kommt der hohe Herr nicht. Der Unteroffizier hat es ja gelesen, also wird es richtig sein. Und sobald er seinen hehren Namen hingeschnörkelt hat, macht er wie ein ausgedienter Paradegaul im Zirkus auf den Hinterfüßen kehrt, und die drei Halbgötter schnellen zu ihrem Wagen zurück, einem knallroten, sechs Meter langen, schnittigen Auto. Ein Adjutant hält den Schlag, der General schlüpft hinein, gnädig mit dem Köpfchen dem Helfer zunickend, dieser huscht an seine grüne Seite, der dritte setzt sich ans Steuer, starten, ersten Gang hinein, Vollgas, und sie schnurren ab. Staub und übler Geruch. Auf *diesen* Besuch haben wir den ganzen Tag hier warten müssen. Müssen? Nein! Dürfen.

Zwei Einzelgänger schleichen jetzt unter Bewachung aus der Stadt zurück. Ihre Gefährten hat man von ihnen mittels einer Feile absägen und im Hospital unterbringen müssen. Einer hat im Anschluß an den Sonnenstich einen Malariaanfall, der andere epileptische Krämpfe bekommen, andere wieder gar nichts, nur den ewigen Frieden.

Nach allem, was man hört, ist es heute noch gnädig abgegangen. Die »liebenden Herzen« können dem Schicksal dankbar sein und frohlocken. Beim letzten Transport, auf demselben Hafenplatz, bei dem gleichen prächtigen, wolkenlosen, windstillen Wetter, an der gleichen Stelle beim Warten auf die gleiche Unterschrift durch den gleichen General sind nicht weniger, nein, du guter G. L. – paß doch auf! –, nicht *mehr* als nur vierzehn Menschen an den Folgen der Hitze erkrankt, davon sechs tödlich. Also haben wir von Glück zu reden.

Die zwei Einzelgänger haben sich zusammengetan. Vertragen sie nicht das Vereinzeltsein inmitten der geschlossenen Paare? Der eine ist ein kleines, flinkes, schauerlich abgemagertes, dauernd hüstelndes, glattrasiertes Kerlchen von unbestimmtem Alter, zwischen fünfundzwanzig und fünfzig, ein alter Zuchthausbruder. Der andere ist ein richtiger Bär, ein braungebrannter, breitschultriger Hüne, schwarze, fettige Locken, eine verwilderte Haaresfülle über der niedrigen, massigen, kupferfarbenen Stirn. Er hat ein orientalisches Aussehen, ich höre auch, wie er »Sultan« oder »Soliman« gerufen wird. Mit seinen breiten, schwarzen Pranken streichelt er das kleine Kerlchen an dem schweißüberströmten Nacken, wobei ein brutales Lächeln von fast tierischer Sinnlichkeit über seine wulstigen Lippen spielt. Der kleine Mann versucht sich den schweren Armen zu entziehen, der »Sultan« aber entblößt ein prachtvolles Gebiß und grinst in einer Art Glückseligkeit, als wäre er berauscht oder als läge er in den Armen einer persischen Prinzessin. Wie weit davon entfernt, du Narr des Glücks! Aber glaub es, solange du kannst.

## VI

Jetzt beginnt der allgemeine Aufbruch. Höhere Offiziere sind nicht mehr anwesend. Der Pressephotograph und sein Bruder haben sich verkrümelt. Die Unteroffiziere feiern Abschied in den Hafenkneipen ringsum. Auf einem benachbarten Platze in der Nähe einer Kirche hat sich die Militärkapelle wie an jedem Abend eingefunden.

Der Himmel beginnt sich ganz zart zu umziehen. Das Blau

wird eindringlicher. Ein leichter, schwebender Wind, warm wie aus einer Bäckerstube, bläht die Segel im Hafen, die sich zur Nachtfahrt rüsten. Auch die Besatzung der Eisenpontons bereitet sich zur Überfahrt auf den Dampfer vor. Man wartet nur das Zurückkommen der Dampfbarkasse mit den Angehörigen der Offiziere ab. Jetzt erheben die »liebenden Herzen« hier noch einmal ihre Stimmen. Es ist ein wichtiger Augenblick, der letzte. Sollen sie die weite teure Reise vergeblich gemacht haben? Sie rufen nach dem Herrn Transportkommandanten, um ihre Bitten vorzubringen. Wäre seine Exzellenz, der Herr General, hier, auch er würde sich vor ihnen nicht retten können.

Die meisten meiner Gefährten waren Genossen, Gleichgestellte im Unglück. Lebenslängliche. Aber wie lang ist schon ein Leben drüben?

Hatte aber einer eine leichtere Strafe, zum Beispiel fünf Jahre, dann hatte er nach dem unmenschlichen Reglement weitere fünf Jahre als Bewährungszeit drüben zu verweilen. Kein großer Unterschied scheint es, und in Wirklichkeit doch ein ungeheurer. Denn was soll der Arme drüben »freigelassen« beginnen? Ohne Arbeit, ohne Angehörige, ohne Geld? Wie furchtbar gering ist die Wahrscheinlichkeit einer Wiederkehr! Kein Wunder, wenn nun auch die Gefangenen in Jammern und Wehklagen ausbrechen. Die Müdigkeit, die Benommenheit, das *Sich-in-alles-Fügen* ist vorbei. Der stupide Gesichtsausdruck, wie ihn das Leiden mit sich bringt, wenn es über eine bestimmte Zeit und ein gewisses Maß ausgedehnt wird, ist verschwunden. Alles Leiden und alle Leidenschaften offenbaren sich in diesen ausgemergelten, aber krampfhaft verzerrten Physiognomien. Alles – nur nicht Ergebung ins Unabänderliche. Einige Leute pochen den Wachposten sachte in den Rücken, ernten aber dafür bloß ausgiebige Kolbenstöße vor die Brust, unter denen sie zusammensinken, über ihre armseligen Habseligkeiten (Seligkeit über Seligkeit) stolpernd. Andere recken sich auf die Fußspitzen und bitten den Nachbar, sie hoch emporzuheben, einen gleichen Liebesdienst versprechen sie dem Helfer, aber ihn zu geben vergessen sie oder entschuldigen sich dann mit Körperschwäche.

Die meisten verließen sich nur auf die eigene Kraft. Aber es ging ihnen wie den mit Starrkrampf geimpften weißen Mäusen im Laboratorium, die innerhalb hoher Einmachgläser gehalten wurden, durch deren Wände man die Krampfsprünge der Tiere und endlich ihre Todeszuckungen genau beobachten konnte. Sie hüpften hoch, aber nie hoch genug, um zu entkommen.

Vergebens hier das Gewinke mit den Doppelhänden, das Geschrei aus den von der Hitze und dem Staube heiseren Kehlen, es vermehrte nur das herrschende Getöse. Keiner konnte ein Wort verstehen. Man hörte nicht einmal die unweit postierte Militärmusik der hier stationierten Garnison, so laut war das Jammern und Wüten der gefesselten Sträflinge. Kein Kettenklirren. Die Handfesseln waren zu tief in die Haut über dem Handgelenk eingebettet, die Zwischenglieder waren zu straff gespannt, um ein Klirren zu ermöglichen.

Außer den vielerlei Dialekten hörte man die verschiedensten orientalischen Idiome. Hätte ich nur alles verstanden, was jetzt in die holden klaren Abendlüfte mit Orchesterbegleitung hinausposaunt wurde, ich hätte eine ausführliche Naturgeschichte des kranken menschlichen Herzens schreiben können. Alle diese Herzen sprachen die gleiche Sprache, eine klang wie die andere, die gaumigen, nasalen, die schnarrenden und die zischenden Laute, Vokale und Konsonanten verschwammen, es war nicht mehr der artikulierte Ausdruck menschlicher Sehnsucht, menschlichen Leidens, menschlichen Schmerzes, Reue und Empörung, Verzweiflung und Ergebung – sondern es klang das große Kollektiv der Männer hier ganz gleich dem unartikulierten, triebhaften Schreien und Heulen eingepferchter, scheugewordener, panisch erregter Tiere.

Mein Nachbar schwieg. Er hatte sich fast erholt. Seine Lippen waren etwas voller, er hatte eine frischere Farbe, er zeigte sich als ein etwas weichlicher, aber schöner Mensch. Er schnallte sich seinen Mantel aus eigener Kraft wieder auf.

Ein kühler Wind hatte sich erhoben. Die Wellen im Hafenbekken zeigten weißliche Kämme. Mit straff gespannten Segeln verließen die letzten Fischerboote das Hafengelände, während die ersten mit ihren steilen Segeln schon weit draußen am Horizont standen, sich wie Schmetterlinge über den Wasserflächen spiegelnd, wenn sie mit nebeneinanderstehenden Flügeln, ganz zart vibrierend, über dem Wasser eines stillen Teiches das Gleichgewicht bewahren.

Die frische Brise schien bei vielen das Gefühl des Hungers wach gemacht zu haben, und wenn sich manche Gefangene so aufgeregt gebärdeten, so war es vielleicht deshalb, weil sie neben der Sehnsucht des Herzens auch die Gier des leeren Wanstes quälte.

Ja, du Guter, es muß ein gallbitteres Gefühl sein, seine Mutter mit leckeren Lebensmittelvorräten winken zu sehen – und die Eingeweide von Hunger zerfressen zu haben – und nichts steht zwischen Mutter und Sohn – als nur die Wirklichkeit.

Also dann auf gut Glück! Pakete werden jetzt durch die Luftpost expediert. Durch die Luft segeln sie, aber in die richtigen Hände gelangen sie meistens nicht. Die Schuhe kommen, die Flanellweste segelt ausgebreitet heran. Wüste Kämpfe entspinnen sich. Rasendes und doch hilfloses Toben. Zwei Spießgesellen sind auf die Medizinalkisten gestiegen. Von dort schreien sie und winken sie los, trampeln auf den Brettern in voller Wut umher, signalisieren den Ihrigen mit den langen Diebesarmen wie mit optischen Telegraphen. Der eine mit dem rechten Arm, der andere mit dem linken. Es nützt ihnen nichts, der eine will rechts etwas abfangen, was einem Schinken ähnlich sieht, der andere links einen Gegenstand, der sehr wohl eine Schnapsflasche sein könnte, aber alle Liebesgaben schnurren an ihren Nasen vorbei. Endlich erwischen sie eine, öffnen sie und finden – eine Familienbibel. Eine besonders flotte Foxtrottmelodie ertönt, von der Militärkapelle mit Schmiß gespielt, und die zwei dummen Teufel, müde ihrer vergeblichen Wut, fassen einander unter und beginnen zu tanzen wie Irre.

Der erste Transport geht ab, etwa sechzig Mann. Das Bombardement mit Liebesgaben geht weiter.

Mein Gefährte erhebt seinen schön geschnittenen Kopf, wendet seine graublauen Augen nach allen Seiten. An der Jagd auf Freßpakete beteiligt er sich ebensowenig wie ich. Was sucht er also? Erwartet er einen Menschen (etwa den »Kadetten«), dem er und der ihm ein letztes Lebewohl sagen könnte? Oder liegt ihm die Angst vor der radikalen Veränderung seines Lebens schon jetzt so schwer auf der Brust? Abschied von der Heimat! Die geliebte Scholle, der schattige Winkel in einem Hofe eines Großstadthauses oder der kärgliche Herbstblumengarten in einem einsamen Gehöfte in den Bergen oder sonst ein Raum, ein Herd, eine Landschaft, eine Erinnerung? Der Tag des Auszuges in den Krieg, an Verwirrung vergleichbar mit dem jetzigen Augenblick und doch ganz anders! Heimat, Familie,

Sicherheit der Zukunft, Hoffnung steter glückseliger Verbesserung, womit der Reichste wie der Ärmste sich nur zu gern betäubt.

Jetzt merkt man bei allen den Wunsch nach Zerstreuung und Rausch. Wetten werden abgeschlossen, Geschäfte gemacht, Geldsorten eingewechselt, dies letztere heimlich still und leise, da Geldbesitz verboten ist. Der Klügere betrügt, gibt schlechte und wenig Ware für Gold und stopft dem Betrogenen den Mund mit der Faust, und dieser kann sich nicht beklagen, da ja der Besitz des ihm abgeschwindelten Geldes gegen die Reglements verstößt. Ehrlicher geht es bei der primitiven Form des Handelsverkehrs, beim Tauschgeschäft, zu, Eheringe gegen geräucherte Wurst, Andenken gegen Schnaps, schöne Gegenstände gegen eßbare. Man weiß, was man hat, und ist zufrieden. Freilich gibt es auch hier Bitterkeit. Einer hat sich unrechtmäßig ein Freßpaket angeeignet und hält es dank seiner Körperstärke und Brutalität fest. Der rechtmäßige Besitzer möchte es dem Gewaltmenschen abkaufen – da er aber kein Geld hat, bietet er ihm den schweren Ehering mit dem eingravierten Datum der Trauung. Einverstanden. Aber nur die Lebensmittel will er herausgeben. Sollte Geld oder Geldeswert mit in dem Paket sein, behält er sich das Eigentumsrecht vor, und jetzt muß der arme Teufel von rechtmäßigem Besitzer sehen, wie der Räuber sein Paket durchstöbert, dies und jenes herausnimmt und großmütig den Rest dem Besitzer abgibt. Sind denn nicht Wachen hier, Schützer der angeblich auf Recht und Gesetz aufgebauten Staatsordnung? Verwaltungsorgane. Mehr sind sie nicht.


# VII


Die Motorbarkasse ist wieder gelandet. Die Gäste sind ausgestiegen, und jetzt setzt das stahlgraue Boot wie im Sprunge ab, fliegt, wie ein Insekt auf dem Wasser gleitend, durch die ziemlich frei gewordene Fläche des Hafens nach Norden in die Gegend des Hydroplanhangars, eines riesigen, mit Blechplatten gedeckten Schuppens, auf dessen Dach sich die Abendsonne in Bronzetönen bricht.

Das Meer wird tief dunkelblau mit einem unbestimmten,

schillernden Stich ins Violette. Unser Schiff, die »Mimosa», steht weit draußen im Meer wie ein Haus. Ein bräunlicher, in den oberen Partien schon durchsichtiger, sich baumkronenartig verbreiternder Rauch steigt senkrecht aus dem kurzen Schlot empor. Das Abendlicht ist noch stark. Es verfinstert jeden Gegenstand. Wenn es jetzt schräg über uns und unsere Habseligkeiten fällt, auf den Schmutz und Unrat in der Nähe, auf die blitzenden Bajonette und Patronengurte der Wachen, auf die Häuserfassaden, den Kirchturm, auf die verstaubten Baumkronen, auf die nassen Stufen der Hafenmole und endlich auf die leicht bewegte, friedliche, starken Tangduft aushauchende See, da erscheint alles in einer Art unnatürlicher Wirklichkeit, grell, nie dagewesen, traumhaft nah und überdeutlich, das Stumpfe glimmt wie Samt, das Glatte glitzert wie Straß.

Mein Nachbar rüstet zum Abschied von der festen Erde. Er packt nicht ohne eine Art Stolz seine Siebensachen noch einmal aus und ein. Sauber gewaschene, vielleicht sogar etwas parfümierte, aber schon zerschlissene Wäsche, einige Stück Seife, ein Fläschchen Haarwasser, eine Tube Nagellack (!) und das Sonderbarste: einen kleinen, verschrammten Kasten mit einer Eisenkurbel rechts: ein Kindergrammophon und dazu, zwischen die Wäschestücke gelegt, eine geringe Anzahl kleiner, billiger Platten, wie sie zu einem solchen Miniaturgrammophon gehören. Eine davon ist zu seinem großen Leidwesen zerbrochen. Wie rührend, wenn der große, starke Junge die Stücke zusammensetzen will und dann sichtlich schweren Herzens schwankt, ob er sie zu dem anderen Dreck und Abfall werfen soll oder ob er sie aufbewahren und in die neue Existenz mit hinüberretten soll. Nein, er kann sich von dem nutzlosen Zeug nicht trennen, er umwickelt die Fragmente mit Seidenpapier, das als Umhüllung für die nahrhaften Herrlichkeiten der Freßpakete gedient hat. Ich helfe ihm mit. Ob ich will oder nicht. Wir sind ja ein Paar. Man glaubt nicht, wie sehr die kleinste Bewegung eines an Freiheit gewöhnten Menschen gehindert wird, wenn ein anderer daran hängt, wenn man nichts allein unternehmen kann. Schon jetzt graut es mir bei dem Gedanken, wie wir zu zweit das Schiff erklimmen sollen, der freien Verfügung über unsere Arme beraubt.

Es wird kühl nach der wolkenlosen Glut des langen Tages. Gegen Westen steigen um das sinkende Gestirn einige an den

Rändern flammende, kupferfarbene Wolken empor. In der Hafenstadt leuchten jetzt besonders grell die kalkweißen, kleinen, würfelförmigen Häuschen auf, die bis jetzt im Schatten gelegen sind. Oder haben wir einfach nicht auf sie geachtet? Jetzt bleibt der Sonnenglanz bis zuletzt an den Wänden der Häuser hängen.

Unten, weitab von hier am Strande, öffnet sich die riesige Tür des Hangars wie eine Scheunentür vor dem Erntewagen. Langsam schiebt sich ein großer, zweiflügeliger Hydroplan hervor. Er wiegt sich auf seinen polsterförmigen, schieferfarbenen Schwimmkörpern, die flachen Flügel einmal rechts, einmal links in das bunt schillernde Meer tauchend. Jetzt ist, selbst die Musik der Kapelle übertönend, wie Maschinengewehrgeknatter, nur nicht so taktförmig, das scharfe Klopfen der angelassenen Flugzeugmotore zu hören, und der Hydroplan schießt zischend, milchweißes Wasser in breiter Wasserwoge vor sich hertreibend, in den offenen Hafen hinaus, jetzt erhebt er sich, einen langen, dunkelblauen Schatten unter sich lassend, in die Luft, strebt mit den schräg nach aufwärts gerichteten Tragflächen nach oben in die Abendwolken, schwankt dann wie ein verwundeter Fregattenvogel, richtet sich auf, schwankt von neuem, torkelt von einer Seite wie betrunken nach der andern – und nun trudelt er schief in einer steilen Kurve hinab und planscht plump wieder ins Wasser zurück. Hätte er nicht unten bleiben können? Welch unnützes Manöver! Aber eine gute Zerstreuung in der Monotonie des Wartens.

Keiner schwätzt mehr in unserer kleinen Gruppe, keiner schreit.

Es wird empfindlich kühl. Mein Nachbar, zu Tode erschöpft von den Mühen des Tages, hockt sich still wieder auf den Boden hin. Er bringt sein Hab und Gut wieder in Unordnung, wühlt aus den Tiefen seines Sackes einen gestrickten Schal heraus, den er sich mit solcher Wut um den Hals windet, als wolle er sich erwürgen. Aber es ist nicht Lebensüberdruß, nur Frost. Er klappert mit den Zähnen wie ein Kind nach einem zu langen und zu kalten Bad und sieht mich intensiv an, als wolle er mich mit seinen blaugrauen Augen fressen. Aber er spricht nicht. Sein Blick geht mir durch und durch. Würde er mich berühren, könnte ich ihn fortscheuchen. Gegen diesen Blick bin ich wehrlos. Ich merke, daß ich erröte. Er wendet seinen Blick nicht von mir. Der Hydroplan hat sich wieder erhoben, er plant offenbar einen Nachtflug. Er sieht nicht hin. Die Musik spielt ein Potpourri aus »Bohème«. Er hört nicht hin. Er schweigt und sieht mich an. Liebe? Nein! Genug davon! Ich drehe nur den Kopf, als wenn mich etwas im Nacken kratze. Eine so prosaische Gebärde als Antwort auf sein »liebendes Herz«. Das nicht! Am wenigsten von allen. Er versteht mich, obwohl ich nicht spreche. Endlich läßt er von mir ab mit seinem stumm werbenden Blick. Er lächelt und zeigt seine hübschen, niedrigen, perlglänzenden Zähne.

So ist es gut. Lasse mich, und ich lasse dich. Ich wende den Kopf ab. Gut.

## VIII

Ich will an anderes denken. Die Vergangenheit taucht auf. Ich sehe meinen Vater vor mir.

Mein Vater, dieser kluge, alte Teufel (wie klug von ihm, nicht hierherzukommen!) machte manchmal Späße. Er hatte Humor, das heißt Distanz. Aus der Entfernung konnte er mit großem Vergnügen (er wußte, was Lebensgenuß ist!) zusehen, wie sich die Menschlein in ihrem Jammer und in ihrer Niedertracht mit grauenhafter Possierlichkeit bewegten. Aber diese Distanz war vorher für keinen leicht zu gewinnen. Man mußte sie sich abzwingen, und dazu erzog er mich. Aber wenn ich dann alles ertrug, im wahrsten Sinne des Wortes, ohne mit der Wimper zu zucken, dann war er stolz auf mich, der mit dreizehn Jahren ein Mann war und ein brauchbarer Kamerad. Und hatte er das herausgebracht und erreicht, enthüllte er mir zum Dank auch seine Späßchen, und ich sollte mitlachen.

So simulierte er einmal in der Zeit, als sich in mir die bekannten Pubertätskämpfe um den Sinn der Weltordnung abspielten und sich in religiösen und sozialen Zweifeln äußerten, eine Augenkrankheit und bat mich, ihm aus der Zeitung vorzulesen. *Er* hatte plötzlich Bindehautkatarrh und *mir* wurde der Star gestochen.

Vielleicht kam ich an diesem Tage gerade aus der Kirche. Mag sein. Der Religionslehrer unserer Gymnasialklasse, ein noch junger Mensch namens La Forest, Bruder eines Beamten meines Vaters im Ministerium, war nicht unintelligent, er hatte versucht, sich in mich hineinzudenken, hatte mir Trost zu geben versucht, hatte mir für meine Person »geistige Demut und Furcht vor dem Herrn« und für mein Verhalten zu anderen »hilfreiche und opferwillige, tätige, christliche Liebe« empfohlen. Die Sinnlosigkeit und Grausamkeit der Welt führte er auf die Erbsünde zurück, von der sich jeder Mensch kraft der Existenz des Heilands und kraft seines eigenen Willens befreien konnte.

Wie gern hätte ich meinem Vater gegenüber von diesen Tröstungen geschwiegen. Er brauchte mich aber nur flüchtig anzusehen aus seinen angeblich so kranken Augen, er brauchte nur an meinem Jackett zu riechen – und er wußte, ich kam aus der Kirche, ich kam aus der Schule eines »unerlaubten, widernatürlich optimistischen« Menschenfreundes.

Und was tat er? Keine spitzfindigen Diskussionen. Kein schneidender Spott. Nein, im Gegenteil! Er redete mir nur noch gut zu, nur ja recht oft in die heilige Messe zu gehen, zu beichten, zu beten etc. Also was tat er dann so Schreckliches, daß ich ihm das Beiwort »teuflisch« zulege? Er rieb sich bloß die Augen, bis sie wunderbar tränten, blätterte mit ratloser Miene in den Abendzeitungen (er war stets ein leidenschaftlicher Zeitungsleser gewesen), und er rief mich mit zärtlicher Stimme (sie zitterte nicht, seine tiefe, wohlklingende, leise und überdeutliche Stimme) und fragte mich, ob meine Zeit es mir gestatte, ihm aus der Zeitung vorzulesen. Ist es nicht merkwürdig, daß ich den Text heute noch Wort für Wort weiß? Nachts, aus tiefem Schlaf geweckt, könnte ich ihn exakt wiedergeben.

Schlagzeile: Schreckensszenen bei Nacht. Über dreihundert Sträflinge verbrannt. Eigenes Telegramm, New York, 22. April. Im Zuchthaus des Staates Ohio, in der Stadt Columbia, brach am gestrigen Spätnachmittag eine Feuersbrunst aus, die Hunderte von Gefangenen, in ihre Zellen eingesperrt, überraschte. Schrecklich, sagte er. Bitte lies deutlicher! Oder bist du müde? Warten die algebraischen Aufgaben? Dann laß dich nicht aufhalten, ich muß nicht alles wissen. Ich setzte fort: Während ein Teil der Gefangenen rechtzeitig durch den Gefangenenhof gerettet werden konnte, wurden die Sträflinge, die im alten Zellenblock untergebracht waren, vom Feuer eingeschlossen. Die Wärter und die Gefangenen . . . Nein, unterbrach er mich, du hast ein Stück ausgelassen. Interessiert dich wohl nicht! Wie hatte der alte Teufel das erraten? Und *wie* mich dieses Protokoll des wirklichen Lebens interessierte! Aber ich *wollte* die Güte der Allmacht und den Erlösertrost unseres Heilands nicht verlieren, ich wollte seine Himmelsgüte mit dem Bilde der Wirklichkeit vereinigen, ich wollte guten Gewissens beten können! Was sollte ich tun? Ich holte das Versäumte nach: Abends um acht Uhr wurden bereits zweihundertfünfzehn Tote bekanntgegeben. Um neun Uhr war die Zahl bereits auf dreihundertfünf gestiegen. Wir wollen für ihr Seelenheil beten, sagte mein Vater und sah mich treuherzig an. Er kniete nieder auf den schönen, weichen Teppich, nahm von seinem Schreibtisch einen kleinen, dreiteiligen Holzaltar, hinter dem ein altes, kleines Mikroskop stand und stellte ihn vor sich hin. Ich stand daneben. Ich kniete nicht nieder. Ich las weiter: Die Wärter und die Gefangenen versuchten gemeinsam, allein den Brand zu löschen. Erst eine halbe Stunde nach dem Ausbruch des Feuers erschien die Feuerwehr. Es war jedoch zu spät, die Unglücklichen, die in den vier alten Zellenflügeln wohnten, zu befreien. Groß gedruckt: Maschinengewehre gegen die Geretteten. Mehrere hundert Gefangene, die sich wegen leichterer Verbrechen in Haft befanden und die in einem gemeinsamen, großen Schlafsaal untergebracht waren, und dreitausend weitere Gefangene aus etwas entfernteren Flügeln wurden in den Gefängnishof geleitet und durch Maschinengewehre in Schach gehalten. Meine Stimme versagte, ich konnte nicht weiter. Ich sah alles vor mir. Mein Vater tat, als bemerke er es nicht. Immer nur Schaudergeschichten in den Asphaltblättern, als ob es nicht auch etwas Erquickliches gäbe. Genug der Greuel! Die Erde ist doch kein solches Jammertal. Was übrigens Schach betrifft, hätte mein lieber Sohn Lust auf eine Partie Schach? Wir können blind spielen, oder wenigstens ich. Denn meine Augen will ich nicht unnötig anstrengen. – Was sollte ich tun? Ich beherrschte mich. Ich war der Aufgabe, die er mir stellte, so gut gewachsen, daß ich diese Partie gegen ihn, den starken Spieler, nicht nur eine Stunde lang halten, sondern auch mit einem Remis abschließen konnte. Ich weiß nicht mehr, wie er mich für diesen Sieg belohnte. Hatte ich genug Distanz bewiesen? Hatte ich der Wirklichkeit ins Auge gesehen? Wer weiß? Aber ich weiß das eine, daß ich am nächsten Sonntag ihn und meine Mutter nicht in die Messe begleiten konnte. Es mußte eine weitere Folge von Abhärtungsversuchen kommen, bis ich nach außenhin mich beherrschen, bis ich heucheln, eine ebenso fromme und gottergebene Miene aufsetzen konnte wie er.

Ein sehr wichtiges Kapitel in seiner Schule war Menschenkenntnis und methodische Menschenbehandlung. Auch hier machte er es nicht mit trockener Weisheit, sondern an Hand praktischer Beispiele, mit eisiger Intelligenz und satanischem Humor. Er sagte, er wolle die Menschen nicht in gute und böse, in menschliche und unmenschliche einteilen (von dieser Einteilung hielt er mit Recht nichts), ebensowenig in erfolgreiche und erfolglose, weil der Erfolg sich im gegebenen Augenblick nicht immer genau abschätzen läßt, auch nicht in dumme und kluge, denn in jedem Menschen sei beides unzertrennbar gemischt, sondern er fragte mich ganz nebenbei, ob man die Menschen vielleicht (wir hatten in der Schule gerade das Frosch-Mäusegedicht des alten Homer durchgenommen, übrigens ein sehr umstrittenes Werk) in Frösche und – Ratten einteilen könnte. Von Mäusen wollte er nichts wissen, sie waren ihm zu farblos als Charaktere, Ratten aber kannte er, Ratten haßte er aus Herzensgrund, sie waren ihm klar, denn sie hatten Farbe bekannt. Die Ratten waren die klebrigen Charaktere, die Frösche die schlüpfrigen. Die einen die Mörder, die anderen die Betrüger. Die einen heiß, die andern kalt. Er sagte, von beiden Typen gäbe es im Menschenreich wenig reine Exemplare, man müsse daher herauszuspüren versuchen, wieviel Fröschiges und wieviel Rattiges in einem Menschen enthalten sei. Die Ratte war, wenn man ihm glaubte, monarchistisch, sie war Soldat und tötete frisch drauflos. Sie frißt und säuft gern und läßt andere leben, solange sie selbst genug hat. Sie erkennt einen Herrn und Führer über sich an, spielt am liebsten selbst den Herrn und Helden, sie liebt heiß und achtet die Familie; sie hat Mut, sie faucht nicht lange, sondern beißt zu. Der Frosch hingegen ist republikanisch, er ist für die Gleichberechtigung von jedermann. Er hat mehr Interesse an gefahrloser Tätigkeit, auch wenn diese ihn nur so schlecht und recht ernähren kann. Daher ist er anspruchslos, lobt Gott den Herrn, lügt und heuchelt aber bei Tag und Nacht, glaubt im Herzensgrunde nicht an etwas Höheres als an seine eigene fröschige Majestät. Seinen Laich setzt er still und leise ab und kennt seine Kinder nicht aus der

Menge heraus. Dafür frißt er sie auch nicht, wie manchmal ein Rattenvater. Die Ratte pfeift in Gefahr und stellt sich, der Frosch quakt immer nur seinen eigenen Namen und springt im gefährlichen Augenblick ins Wasser und sagt, ihm sei es draußen zu heiß gewesen. Die Ratte ist frech und zeigt sich ebenso gern in Massen wie allein, die Frösche sind bescheiden und machen sich aus ihresgleichen nichts, sondern ziehen die schmalen Schultern hoch. Er, der Frosch, hat den gefährlicheren geistigen Hochmut und tut am liebsten nichts und würde gern die dumme Ratte für sich arbeiten lassen, was diese aber nicht tut. Es sei denn: sie muß.

Ich weiß nicht, woher ihm diese Vergleiche kamen, ich kann auch nicht beurteilen, wieviel Richtiges daran war. Aber eine Zeitlang machte er seine Diagnose bei jedem der Menschen, die in unser Haus kamen und zwinkerte mir zu. Die Ratten sollten trockene und heiße Hände haben und sollten die dargebotene Hand nicht gern wieder loslassen, während sie einem unverfroren ins Auge sahen. Die Frösche hingegen nahmen die kalten, feuchten Flossen am liebsten schon wieder fort, bevor sie sie noch gegeben hatten und schielten in die Winkel oder zur Tür.

Am besten war es, sagte mein Vater, der die linke Hand des Ministers war (von der die rechte nie wissen durfte, was die andere tat), sich mit beiden Menschenarten gut zu stellen. War dies aber einmal nicht möglich, so mußte man es der Ratte sofort auf den Kopf geben und sie gar nicht erst frech werden lassen. Mit den Fröschen sollte man sich durch langwierige Verhandlungen so verhalten, sie ausnutzen, ermüden, fortwerfen. Wenn es sein mußte, sie durch einen Stich ins Hinterteil entwaffnen. Große Künstler verstünden den Umarmungsreflex in diesen kaltblütigen Tieren (denk, du hast es mit einer Dame zu tun, witzelte mein Vater) zu erwecken, wenn man nämlich einem Frosch zur richtigen Zeit mit dem Finger über das Brüstlein oder das Bäuchlein strich (ich habe das Experiment einmal angesehen), dann schloß es seine Pfötlein innigst und froschleidenschaftlichst um den Finger. Er hielt ihn, den Menschenfinger, für eine Fröschin. Doch zu solchen Zaubereien war nicht der tausendste geboren! Meist war der Frosch nachgiebig, wenn er sich durchschaut sah, während die Ratte, wenn man ihre Niedertracht herausbekommen hatte, nur mit noch größerer Unverschämtheit antwortete.

Ich erzähle dies, wie es mir jetzt durch den Kopf geht: Auf dem Hafenplatz, angekettet an einen Mann, der schwieg. So elend meine Lage war, ich mußte lachen. Es schüttelte mich und meine Handfessel mit, und ich weckte den hübschen Knaben an meiner Seite, ohne daß ich es wollte. Er schreckte auf und sah mich mit großen Augen an. In mein stilles, kicherndes Lachen stimmte er nicht mit ein. Ich kopierte so gern das Lachen anderer Menschen. Er hatte dies wahrscheinlich nicht notwendig, er hatte aus eigenem genug Galgenhumor und ein in allen schweren Lagen des Lebens quietschvergnügtes Gemüt . . . Er hatte eben eine andere Erziehung und eine andere Natur.

# IX

Jetzt in der Dämmerung schließt sich erst das ganze Bild der auf einigen Hügeln konzentrisch aufsteigenden Stadt zusammen. Die Glasplatten eines Leuchtturmes in der nördlichen Hafenumrandung funkeln in Abständen, unerwartet, unberechenbar, wie Wetterleuchten. Nur Lichtreflexe, keine regulären Leuchtfeuer.

Die Sonne ist noch knapp auf Horizonthöhe, sie gießt mit fast waagrechten Strahlen zauberhafte Lichtmassen ostwärts über den blanken Ozean. Die Luft schattet schnell. Ein helles Tuch, das sich, die verknäulten Falten erst allmählich von innen her entfaltend, in der Mitte zuerst, an den sinkenden Rändern zuletzt mit dunklerer Farbe ansaugt.

Die Metallinstrumente der Militärkapelle glitzern weithin im Abendstaub. Die Bogenlampen sind entflammt. Der Taktstock des Kapellmeisters bewegt sich, ein scharfes Auge wie das meine kann es sehen. Die Bürger, die Herren Offiziere und die Bevölkerung spazieren friedlich unter den Palmen zum Klange des klassischen und modernen Abendkonzerts. Jetzt entläßt die Kapelle einen hohen triumphierenden Trompetenton. Die Bürgerwelt applaudiert.

Der Wind steht ab von uns, so lösen sich nur die besonders intensiven Töne aus dem Zusammenhang der Melodie. Sie fliegen durch die Luft wie abgerissene Köpfe. Grausig und doch komisch, wie alles Echte im Leben.

Trotz alles Elends ist mancher stolz hier, innerhalb des

Postenkordons, daß er nicht so ist, wie alle andern dort. Einmal haben wir den Kordon gebrochen. Das muß ein besonders seltenes Glück gewesen sein, würde man uns sonst zwingen, es so teuer zu bezahlen?

Auch die Befriedigung des wissenschaftlichen Forschungstriebes kann ein exzeptionelles Glück verschaffen, von dem sich der gute Bürger und Offizier keinen Begriff macht. Aber natürlich ist auch dieses Glück nicht umsonst zu haben.

Plötzlich hat sich der Kordon, der uns den ganzen Tag umgeben hat, vor mir geöffnet, eine Gasse wird frei und kaum, daß ich mich besinne, bin ich schon mit meinem Gefährten und einigen anderen Leidensgenossen unten an der Hafenmole. Wir besteigen, alle Hände voll mit Gepäck, von den Wachen hin- und hergepufft, den Ponton, der gleichmäßig belastet werden soll. Weshalb halten sich fast alle am Heck auf, blicken nach dem Hafen zurück?

In der Eile des Abschieds habe ich nicht daran gedacht, mich nach rechts und links umzusehen. Es war schon halbdunkel, als wir zu den Pontons gekommen waren – Menschen hatten sich an uns herangedrängt, raunende Stimmen hatte man gehört, Hände hatten uns im Schatten der Dämmerung zugewinkt, und andere Hände hatten nach unseren Mänteln gefaßt. In der Dunkelheit, wer sollte da wen erkennen? Meinen alten Vater? Aber meinen Bruder hätte ich erkannt. Oder sollte er, nicht von mir erkannt, während des ganzen Tages unter den »liebenden Seelen« auf dem Hafenplatze auf diesen Abschiedsaugenblick gewartet haben? So unwahrscheinlich es ist – ich klammere mich an den Gedanken. Unwahrscheinlich? Unmöglich! Und doch! Ich folge dem Beispiel eines anderen Gefährten und winke, winke zurück nach dem Strand des Heimatlandes, mit einem weißen (weiß gewesen) Tuch.

Der Ponton stößt ab. Schwer stemmen sich die Ruderblätter in das Wasser. Es geht der »Mimosa« entgegen.

Unwillig kreischend haben Möwen unseren Transport begleitet. Jetzt sind die erleuchteten Luken der »Mimosa« nahe. An Bord des Schiffes sieht man einzelne Offiziere in Weiß. Einzeln, jeder für sich. Gefangene in schmutzigem Braun zu einem Haufen zusammengedrängt.

Die Strickleiter schwankt von oben herab, die Seile sind schwarz, glitzern, entweder sind sie aus Stahl oder aus Hanf, der die Feuchtigkeit des Meeres angenommen hat. Hanf wäre ein sicherer Halt.

Die Häuser des Ortes sind schon weit, liegen unten, irgendwo weit fort, zu meinen Füßen. In einem Tal des Meeres. Der Glockenton der Abendmesse dringt nur ganz gedämpft zu uns. Fischerboote ziehen flink vorbei. Die sanfte Brise füllt die geflickten Segel und läßt sie knistern und die ausgespannten Taue knarren. Die Boote liegen schräg auf dem Wasser. Ein bärtiger junger Mann läßt die Hand an der Wand des Kahnes im Wasser mitschleifen. Seine Zigarette glimmt. Er sieht nicht nach uns.

Wir stehen jetzt unmittelbar unter der »Mimosa«. Über unsern Köpfen schüttet ein Kochgehilfe aus einer kreisförmigen Luke Speiseabfälle heraus. Er hält den weiß emaillierten Kübel weitab, damit der Abfall nicht die saubere, dunkelgraue Schiffswand beschmutze. Neben uns prasseln die Reste hart ins stille Wasser, Krusten von Braten, Geflügelknochen, leere Konservenbüchsen, Früchte und Schalen von Obst und Gemüse. Die Möwen, die in immer engern Kreisen uns umflogen haben, stürzen, mit den Schnäbeln um sich hackend, in das aufspritzende, von weißem Schaum bedeckte Wasser, wo sie kämpfen. Sie stoßen einander, kreischend und scheltend wie Marktweiber, das Futter fort, mit einem Hieb ihres Schnabels bemächtigen sie sich der Brocken und heben sich fort, oder sie stoßen sie auf dem Wasser vor sich hin an einen entfernteren Ort, um sie bequem zu fressen. Die starken Flügel schlagen das Wasser. Zum Schluß bleiben bloß ein paar Sektpfropfen auf dem Wasser, auf das von oben das Licht des Schiffes fällt.


# X


Ich kehre zu meinem Vater zurück.

Zu den Untergebenen meines Vaters in seinem Amte gehörte auch ein gewisser La Forest, dessen Bruder der bereits erwähnte Weltpriester und Religionslehrer an unserer Mittelschule war. Ich weiß nicht mehr, aus welchem Grunde mein Vater auf diesen Mann seinen Haß geworfen hatte. Er, La Forest, mußte sich meinem Vater einmal zu sehr ungelegener Stunde überlegen gezeigt haben. Wieso, warum, erfuhr man nicht. Aber er war ihm zuwider wie die Ratten. Aber er war ihm zur gleichen Zeit so gut wie unentbehrlich. Er war ein Mensch von ungewöhnlichen Fähigkeiten, hatte Energie, Einsicht und Wissen, war im Besitze von eisernem Fleiß, unerschütterlichem Gleichmut, sehr starkem und zugleich restlos beherrschtem Ehrgeiz und war zu alledem noch mit einer ordentlichen Portion trockenen Humors gesegnet, eine Mischung, wie man sie selten findet. Auf ihn traf weder das Rattige noch das Fröschige zu, er war ein Mann.

Mit den Ratten in seinem alten Hause konnte mein Vater lange Zeit nicht fertig werden. Sie trotzten allen seinen Bemühungen, sie zu vertilgen, aber er gab den Kampf nicht auf. Ich erzähle das Schlußkapitel dieses Kampfes später. Nun hatte er sich ein anderes Ziel gesetzt, den jungen La Forest (etwa dreißig Jahre, also jung im Vergleich zu der hohen Rangstufe, die er bereits bekleidete) aus dem Amte zu entfernen. Und bei dieser Gelegenheit sollte ich, sein Sohn, längst schon mit den Intrigen und Schachergeschäften des Ministeriums bekanntgemacht, auch ein Exempel praktischer Menschenkunde und Menschenbehandlung erlernen. Unrecht Gut gedeihet nicht. Aber auch rechtes Gut kann man am Gedeihen verhindern, wenn man die Sache versteht, wie mein Vater sie verstand, dem La Forest zu tugendhaft war.

Das Ziel war, La Forest dazu zu bringen, selbst einzusehen, daß sein weiteres Verbleiben im Amte unzweckmäßig sei, so daß er selbst den Abschied nahm.

Vorerst tastete sich mein Vater an seine Aufgabe dadurch heran, daß er in der Ferienzeit des Beamten La Forest bei seinen Kollegen (unter dem Siegel strengster Diskretion) Umfrage hielt. Er äußerte sich nicht über den Zweck dieser Umfrage, es konnte sich ebensogut um Material zwecks schnellerer Beförderung als zwecks Ausbootung des La Forest handeln. Aber die subalternen Kreaturen haben eine feine Nase für die unausgesprochenen Wünsche ihrer Vorgesetzten, sie errieten, was mein Vater wollte, und als La Forest wiederkehrte von seinen schönen Urlaubstagen, war die Stimmung seiner Leute gegen ihn, er hatte Widerstände in seinem Ressort zu überwinden. Wichtige Schriftstücke wurden unrichtig expediert. Regelmäßig wiederkehrende Statistiken wurden nicht abgeliefert, und als Urgenzen kamen, entschuldigten sich die Untergebenen, sie hätten nur auf den ausdrücklichen Auftrag des La Forest gewartet und ihn nicht mahnen wollen.

Aber La Forest war ein guter Organisator. Er arbeitete Nächte hindurch, nicht, um die Aufgaben seiner Untergebenen selbst auszuführen, sondern um einen Arbeitskalender zu entwerfen, der keinerlei Versäumnisse zuließ. Er machte keinem der unbotmäßigen Kollegen und Untergebenen Vorwürfe, er stellte nur sein Programm auf und führte es durch.

Mein Vater war gescheitert. Er zog auf dem Schachbrett noch einmal. Er stellte La Forest neue Aufgaben, denen er hoffentlich nicht gewachsen war. Er wußte, ein La Forest würde sich ihnen nicht entziehen, sondern sie als Auszeichnung empfinden. Er rechnete damit, der Ehrgeiz des Beamten würde größer sein als seine Kraft. »Bestimmen Sie selbst einen Termin, zu welchem Sie mit dieser Arbeit fertig werden können.« Tatsächlich war die Aufgabe größer, als daß sie ein einzelner neben seinem regulären Arbeitsprogramm bewältigen konnte. Aber La Forest hatte Mitarbeiter gefunden (ich vermute, seinen Bruder, den Geistlichen, der zu jener Zeit leichenfahl und aufs äußerste abgespannt zum Unterricht kam und sich keinem von uns Schülern mehr »privat« widmen konnte), aber die Brüder hatten die Sache geleistet. *Mich* behandelte er (der Geistliche) von jetzt an mit größter Zurückhaltung und beschränkte sich strikt auf seine schulmäßigen Aufgaben.

Mein Vater tat den dritten Zug. Er setzte dem La Forest einen bekannten Streber (einen richtigen »Frosch«) zur Seite. »Sie sollen entlastet sein, müssen sich schonen«, sagte er mit seinem freundlichsten Lächeln, »Sie sind doch einverstanden?« La Forest sollte sich zur Puppe erniedrigt sehen. Die Folgerungen waren leicht zu ziehen. Und dennoch täuschte sich mein Vater; denn La Forest stieß sich niemals an der Person, er hielt sich an die Sache, drängte sich weder vor, noch gab er Anlaß zu Konflikten. Sein Charakter war so ausgeglichen, daß ihm selbst das schwierigste Kunststück gelang und er sogar den ordenshungrigen Frosch zu seinem Freunde machte. Als mein Vater dies erfuhr, warf er den Frosch in den Orkus zurück, versetzte ihn in eine Landstadt auf einen subalternen Posten, von dem es keinen Aufstieg gab.

La Forest war stark. Mein Vater machte seinen vierten Zug. Er reizte ihn. Er verärgerte ihn. Er nörgelte, machte spitze

Bemerkungen, ohne sie zu begründen, kritisierte die Arbeit des La Forest abfällig, bevor er sie geprüft hatte.

»Sie kennen aber meine Referate noch nicht«, wandte La Forest ein.

»Bitte, überlassen Sie die Entscheidung mir«, antwortete mein Vater von oben herab. Er machte persönliche, boshafte Bemerkungen, im gleichen Atemzug begütigte er den Beamten wieder, bagatellisierte ihn, kam mit Ironie, so daß jeder andere vor Wut geplatzt wäre.

»Beinahe hätte er heute auf den Tisch geschlagen«, sagte er zu mir, dem er alle Phasen dieses bürokratischen Zweikampfes berichtete, »beinahe! Zum Unglück wurde ich gerade zum Minister gerufen, und als ich zurückkehrte, war La Forest wieder guter Dinge und bot *mir* eine Zigarette an.«

»Hast du angenommen?« fragte ich.

»Warum nicht?« sagte mein Vater. »Aber ich werde in seine Beamtenqualifikation schreiben, ›La Forest läßt leider oft die nötige Distanz zwischen Vorgesetzten und Untergebenen vermissen‹. Ich werde ihm den Akt wie aus Versehen in eine leicht erreichbare Schublade legen und werde herausbekommen, ob er das Dokument mit seinem Namen auf dem Aktendeckel und mit der Aufschrift ›Streng geheim‹ liest.«

La Forest dachte nicht daran. Er las nie fremde Briefe, fremde Akten waren Luft für ihn, und von »Streng geheim« hielt er überhaupt nie etwas.

Jetzt versuchte mein Vater noch einen Zug. Er bat La Forest zu uns ins Haus. Ich lernte ihn endlich von Angesicht kennen. Er gefiel mir ausgezeichnet. Mein Vater hatte ihn absichtlich warten lassen, und der Mann war zu mir gekommen. Er war ein zwar abschreckend häßlicher, äußerst wortkarger, aber manuell sehr geschickter Mensch, der mir bei der Instandsetzung eines zerbrochenen, elektrisch betriebenen Spielzeuges half. Er kniete mit mir am Boden und hielt den Schraubenzieher zwischen seinen Zähnen. Wir brauchten eine halbe Stunde Arbeit, bis alles lief. Das kostbare Spielzeug war früher nie in Bewegung zu setzen gewesen, und alle Mechaniker hatten es aufgegeben, den verborgenen Fehler zu finden. La Forest war so methodisch, daß es ihm gelang.

Mein Vater hatte ihn absichtlich lange mit mir allein gelassen. Ich fragte La Forest allerhand, auch nach seinem Bruder, dem

Geistlichen. Er antwortete unbefangen, wie es schien, ohne die geringste Verlegenheit und behandelte mich wie einen Gleichaltrigen, was einem Jungen immer Freude macht.

Nun versuchte mein Vater es mit dem Überlob. Mein Vater schmierte dem Mann soviel Honig ums Maul, daß ich mich seiner schämte. Aber mein Vater war der Ansicht, daß kein Mensch jemals an diesem Honig erstickt sei. Lob könne jedermann in unbeschränktem Maße vertragen. Aber mein Vater rechnete dennoch auf eine besondere Wirkung dieser Lobhudeleien, der Untergebene sollte im Vertrauen auf seine anerkannte Tüchtigkeit einen Schnitzer begehen oder, was noch fluchwürdiger war, seinen Herrschaftsbereich, seine Kompetenzen übertreten. Mein Vater ging sogar so weit, daß er dem Minister von der besonderen Tüchtigkeit des La Forest berichtete, um dann im erwarteten Fall eines Versagens seiner Exzellenz sagen zu können: »*So* viel habe ich, wie Euer Exzellenz wissen, von diesem Mann erwartet, so weit bin ich ihm entgegengekommen und so schmählich sind wir getäuscht worden.«

Aber so sonderbar es klingt, mein Vater erlitt in diesem Fall Schiffbruch. La Forest überspannte auch seine gehobene Stellung nicht. Er tat seinen Dienst, war im Privatleben anspruchslos, bescheiden und frohgemut. Er sowie sein Bruder hatten sich systematisch durch große Entbehrungen emporgearbeitet, und das Resultat war, daß La Forest von dem Minister in eigener Person dem Leiter eines großen Industriekonzerns empfohlen wurde, der einen Organisator von ungewöhnlichen Fähigkeiten suchte. Die damit verbundenen Vorteile, Tantiemen, eigenes Haus, Auto, Aufsichtsratssitze in anderen Gesellschaften etc. waren so außerordentlich bedeutend, daß es meinen Vater wurmte, daß man nicht an *ihn* gedacht hatte. Warum hatte man ihm diesen Posten nicht wenigstens angeboten? Er hätte zwar nein gesagt (als reichen Mann lockte ihn Macht noch mehr als Geld), aber er hätte sich in der Pose eines staatstreuen, opferwilligen, hohen Beamten gefallen, der großmütig riesige Einkünfte laufen läßt, um für verhältnismäßig dürftigen Lohn – um der Ehre und des Vaterlandes willen – sein Leben in Mühe und Arbeit zu fristen!

Der Geistliche sollte mitkommen und die ausgebreiteten Wohlfahrtseinrichtungen der Werke organisieren. Er nahm von uns allen gerührten Abschied, schenkte jedem ein (von der wohllöblichen bischöflichen Presse approbiertes) Buch, das mein Vater daheim sogleich in die hintere, nämlich die zweite, die finstere Reihe des Bücherschrankes versteckte. Mit feuchten Augen drückte der geistliche Herr jedem von uns der Reihe nach die Hand und ging ab. Ich habe von keinem der Brüder nachher etwas gehört – oder doch, mein Vater erzählte einmal, daß La Forest wieder die Rückkehr in den Staatsdienst plane. Ob man ihn hatte zurückholen wollen – oder ob er des allzu dick bestrichenen, schwer verdaulichen Butterbrots der Industrie vorzeitig überdrüssig geworden war, darüber sprach mein Vater nichts, und ich fragte auch nicht danach. Mein Vater hat nie einen Ersatz für ihn gefunden.

»Ach, La Forest«, seufzte er oft, wenn er verärgert aus dem Amte kam. Es war und blieb ein empfindlicher Punkt für ihn. »Einmal und nie wieder!«


# XI

Was sollen die alten Erinnerungen? Sie bedrängen mich. Zum erstenmal seit langer Zeit. Am liebsten würde ich die Besiegung der Ratten erzählen. Aber dazu ist nicht mehr genug Zeit.

Jetzt ist die Reihe an meinem Gefährten und mir. Wir müssen auf das Schiff. Auch hier, wie bei allem auf der Welt, gibt es nur *eine* praktische Methode. Ich habe sie den anderen, sorgfältig beobachtend, abgesehen, während die meisten Gefangenen hungergeplagt im Ponton wie hypnotisiert auf die Möwen starrten, die den Abfall aus dem Schiffe fraßen. Es gibt viele Gefangene, aus deren Augen ein brennendes Hungergefühl spricht – im wahrsten Sinne des Wortes. Nicht einmal den Abfall gönnen sie den Tieren.

Ich habe, während ich an meinen Vater und La Forest dachte, die praktische, die ungefährliche Methode begriffen, wie man am besten an der Schiffsleiter emporklettert: wie man das Straucheln vermeidet. Straucheln hieße fallen, und fallen hieße untergehen. – Oder glaubt jemand, daß man zwei in den Wellen mit dem Tode ringenden Sträflingen Rettungsringe zuwerfen, daß man ihretwegen ein Boot herablassen würde? Ich fürchte, so weit ist die Behörde nicht interessiert an unserer Vollzähligkeit.

Aber bei mir kommt es sicher nicht dazu. Flinker als Eichhörnchen werden wir zwei hinaufkommen. Der Mann, der die rechte Hand frei hat (also ich), klettert voran, mit der rechten Hand hält er sich am rechten Seil fest, mit dem linken Fuß zieht er sich von der Bordleiste des Pontons aus auf die erste Querstange. Die Habseligkeiten trägt er zwischen dem linken Arm und der linken Hüfte angepreßt. Sein Blick ist nicht nach abwärts, sondern auf die nächsthöhere Sprosse gerichtet, immer strebend bemüht, damit ihm nicht jemand, der weiter oben ist, mit dem Fuße auf die Hand trete. Schräg unter ihm mit zwei, drei Quersprossen Distanz folgt der Gefährte, der alles in umgekehrter Reihenfolge tut und der ja nicht zu sehr an dem fremden Menschenarm zerren möge, der mit dem seinen durch die Stahlfessel verbunden ist.

Muß man das so pedantisch festlegen? So versuche doch der Leser dieser Zeilen sich mit seinem Bruder, Freund oder seinem Vater durch eine improvisierte Handfessel zu verbinden und mit ihm gemeinsam nur eine Tapezierleiter emporzusteigen, die gar nicht einmal wie unsere Leiter schlüpfrig zu sein braucht, die nicht hin und her schwankt und in der Abenddämmerung fast unsichtbar ist. Dann denke er daran, daß die Gelenke von Gefangenen durch die lange Haft eingerostet sind, daß jeder sein ganzes Reisegepäck mit sich führt, Decken und Säcke, alles, was einer für das Leben drüben für unbedingt nötig hält und wovon er sich auch unter Lebensgefahr nicht freiwillig trennen will.

Jetzt klettern wir empor. Sind es fünf oder fünfzig Sprossen, man zählt sie nicht, immer weiter in der Tiefe versinkt der Ponton mit den Gefangenen, die mit fahlen Gesichtern nach oben starren. In der Mitte des Weges empfinde ich einen zuckenden, zerrenden Schmerz in dem linken Handgelenk. Was ist los? Mein Rock ist mit dem Rande des rauhhaarigen Stoffes in den Fesselring geraten und scheuert die Haut wund. Stehen bleiben? In Ruhe den Schaden ordnen? Unmöglich, da von unten einer nach dem anderen nachdrängt! Und wie mit der rechten Hand das Stück des widerspenstigen Ärmels zurückschieben? Wenn man die rechte Hand dazu braucht, um Halt am Seil zu finden? Mein Gefährte könnte es mit Leichtigkeit in Ordnung bringen – nicht nur um meinet-, auch um seinetwillen, denn wenn ich stürze, reiße ich ihn mit. Schon erledigt! Hat er das bedacht? Oder tat er alles aus Erbarmen? Als Dank für meine Samariterdienste auf dem Platze? Er faßt im gleichen Augenblick mit seiner linken Hand zu und macht mich sachte frei, während er sich mit den Knien fester um die Strickleiter klammert. Denn mit der rechten Hand hat er sein Gepäck festzuhalten.

Endlich kriechen wir, mit den Knien uns anstemmend, mit den Händen am Eckgeländer Halt suchend, atemlos, schweißbedeckt auf Deck. Ein Unteroffizier steht da, der uns endlich, endlich die Handfesseln abnimmt und sie, eine nach der anderen, abgezählt in einen Korb wirft.

Was tun die Menschen mit den nun freien Händen? Man glaubt es nicht! Viele schlagen ein Kreuz.

Der Ponton hat allmählich seine Ladung gelöscht. Er stößt ab. Er holt den Rest der Sträflinge vom Hafenplatz. Die Ruder tauchen taktförmig ein. So regelmäßig zieht er seine Bahn, als gleite ein Kinderspielzeug, etwa eine hölzerne Ente, auf vier Rollen über das glatte Parkett eines Kinderzimmers, abends, vor dem Schlafengehen, wenn das Nachtgebet von dem frommen Vater vorgesprochen ist.

Die Gefangenen dürfen noch nicht schlafen. Sie warten weiter. Die meisten kauen etwas. Sie schmatzen und rülpsen mächtig. Aber sie kommen zu keiner Sättigung. Sättigung jeder Art läßt tief und langsam atmen. Diese aber atmen schnell und oberflächlich, wie gejagte Hunde. Auch das Gefühl eines gesättigten Wanstes ist eine Art Frieden. Hier ist kein Frieden.

Es riecht nicht gut. In das herbe Aroma des offenen Meeres, wie es mit dem Dufte von Tang und dem Geschmack von Salz von der Seeseite kommt, mischt sich der warme Dunst von Schmieröl, der von den Maschinen des Schiffes empordringt. Aber dann gibt es noch ein Aroma, das noch tiefer herkommt, vielleicht aus den ungesäuberten Kasematten unten im Schiff, dorther, wo früher die Pferche für das transportierte Vieh sich befanden. Es ist ein Mischmasch von Moder, Muff, Abtritt, – nein, es ist nichts anderes als der richtige, scharfe, ranzige, abgestandene Rattengeruch, wie ihn alte, verkommene Gefängnisse und Asyle haben und wie ihn, jetzt erkenne ich es wieder, mein geliebtes Vaterhaus hatte, obwohl dies kein überfülltes Massenquartier für Schwerverbrecher, sondern eine weitläufige Villa am Rande der Stadt war, in der Nähe eines träge fließenden Flusses, an welchen unser alter Garten grenzte.

Nur diesen einen Fehler hatte dieses Heimathaus meiner Jugend, daß sich die Ratten in ihm wohler fühlten als die Menschen. Ratten hatten, ich sagte es schon, in dem Leben meines Vaters eine große Rolle gespielt. Deshalb hat er die widerlichen Tiere (ihm widerlich, seiner Frau noch mehr und uns Kindern am meisten) solange in seiner Nähe haben wollen, bis er sich an ihresgleichen gerächt hatte. Es gelang. Spät, aber doch! Ich wurde erwachsen an dem gleichen Tage. Hat es sich gelohnt? Ich frage nicht. Ich blicke meinen Gefährten an. Sollte er mir ein Kamerad werden in den kommenden Zeiten, ein Ersatz für den Bruder, der tot ist für mich? Ich spreche nicht. Mein Gefährte spricht nicht. Zwei Schweiger sind aneinander geraten.

Die Nacht ist sternenklar. Sehr kühl. Die meisten haben auf Deck ihre Decken und Mäntel abgeschnallt und sich diese so eng wie möglich um ihre Glieder geschlungen, oft sogar kapuzenartig über die Köpfe gezogen. Bloß die Augen – und was für Augen! – lugen unter den Kapuzen der sonderbaren Mönche hervor. Aber jeder tut es nur für sich. Sie gesellen sich jetzt nicht zueinander. Und doch hätten zwei Menschen, die sich gemeinsam in zwei Decken einhüllen, eng aneinandergeschmiegt, es doppelt so warm. So aber hört man viel Zähneklappern.

Das Abendessen kommt nicht. Viele murren, schimpfen wutentbrannt in den rohesten Ausdrücken. Aber bloß des Rumorens wegen wetzen sie die Mäuler. Denn, kommt ein Unteroffizier in die Nähe, dann verstummen sie feige und ducken den Kopf zwischen die emporgezogenen Schultern.

Eine Laterne gleitet, sich ruhig im Wasser spiegelnd, vom Hafen zu uns: die Positionslaterne des Pontons mit den letzten Nachzüglern. Es heißt übrigens, daß die »Mimosa« noch eine Zwischenlandung ausführen und neue Gefangene aufnehmen wird. Jetzt erscheinen die Männer an Bord, einer schleppt einen nassen Mantel nach, der eine feuchte Spur auf den Planken hinterläßt, als wäre es Blut. Sanft halten er und sein Gefährte, zwei alte vertrocknete Männlein, ihre mageren Handgelenke den Unteroffizieren hin, damit man sie entkette. Und was beginnen sie dann? Mit der freien Hand faßt sich der ältere, eine mumienhafte, gelbgesichtige Gestalt, unter das Hemd, als wolle er Flöhe fangen. Aber bloß einen Rosenkranz holt er hervor, der ihm auf der zottigen Brust hängt. Er betet, mit den schlaffen Lippen mummelnd, einen Rosenkranz nach dem anderen ab.

Moskitos summen. Eine Azetylenlaterne zischt auf, und die Maschinen im Raum beginnen zu arbeiten.

## XII

Ich habe an Beten und Kreuzeschlagen niemals tief geglaubt. Wo das Ultramikroskop, wo die Mikrobenkultur, wo die pathologische Physiologie auf der Höhe stehen, dort spielt die überlieferte Religion meist keine entscheidende Rolle. Traurig, aber wahr. Tragisch, aber Tatsache.

Die Wissenschaft ist das auf dem voraussetzungslosen Tatsachenmaterial aufgebaute Evidente. Erst im Kontakt mit dem Lebenden erweist sich die experimentelle Naturwissenschaft. In dem Gebiete, das mich und einen Walter und einen Carolus interessierte, in der experimentellen Pathologie, wird sie evident durch die Vivisektion am Menschen und am Tier. Systematisches Experiment – sonst nichts. Das allein kommt ins Protokoll. Die Hilfe für die leidende Menschheit kommt dabei auch zu Ehren. Voran aber geht die Wissenschaft.

Kann man Wissenschaft trotz allem mit positivem Glauben verbinden? Der weltberühmte Gründer des Pathologischen Institutes, in dem ich gearbeitet habe, er konnte es, der Mann mit der gewaltigen, aber geglätteten Stirne, mit den Querfalten über der Nasenwurzel, mit dem durchdringenden und dennoch demütigen Blick. Er war ein das ganze medizinische Gebäude seiner Zeit erschütternder und grandios neu aufbauender Forscher – und zugleich ein frommer Katholik. Revolutionär, blutig und human in einem. Pasteur.

In dem Pasteurschen Institut, aber erst lange nach seinem Tode, lernte ich den hohen Militärarzt kennen, der jetzt in seiner Tropenuniform, einen vorne geöffneten, khakifarbenen Regenmantel darüber, aus seiner Kabine hervorsteigt und sich offenbar anschickt, uns zu untersuchen. Ich sehe ihm offen in das sonderbare, in die Länge gezogene, ausgeleierte, faltige Gesicht, aber er sieht mich nur flüchtig von der Seite an. Ich kenne dich, auch wenn du mich nicht kennst, Carolus.

Der gute Mann ist niemals ein Beobachter von Rang gewesen. Er war Statistiker, er war der Mann der breiten Literaturnachweise, ein wandelndes Lexikon der gesamten Bakteriologie,

Pathologie, Seuchenkunde und Hygiene. Folianten wälzen, Protokolle durchstudieren, mit statistischen Zahlen »operieren«, graphische Kurven über Inkubation und Seuchenbekämpfung zusammenstellen, das war es, wobei das Herz des Militärarztes Carolus aufging; hier hat er sich seine Sporen verdient. Oberstabsarzt war er damals, Generalarzt ist er jetzt. Sein Wissen muß stupend sein, denn alles wollte er erkunden.

Aber Hand anlegen wollte er nicht und wollte nicht heran an das lebendige Fleisch. Auch im großen Kriege wird er sich mit derlei Statistiken beschäftigt, von seinem Büro aus wird er Vorkehrungen getroffen haben, die uns an der Front und an den Seuchenorten Rußlands oder Kleinasiens meist zu spät kamen, denn nicht um Wissenschaft ging es, sondern um Handeln, um Wagnisse und Beweise durch die praktische Wirksamkeit. An keiner Front war er, das sehe ich, denn er hat zwar eine Menge Auszeichnungsbändchen an der linken Brustseite, aber die Frontauszeichnungen fehlen.

Sein Gesichtsausdruck ist noch trüber als zur Zeit, da er mein Arbeitskollege war am Pathologischen Institut. Auch er muß wenigstens vier Wochen auf dem Galeerenschiff hausen, auch er wird wohl diese Reise nicht gar zu gern, sondern nur pflichtgemäß auf höheres Kommando unternommen haben.

Für den Verbrechertransport würde man aber kaum einen Mann wie ihn, der im Generalsrang steht, bemüht haben. Dafür würde ein Assistenzarzt im Unterleutnantsrang völlig genügen. So hat Generalarzt Carolus eine andere Mission? Vielleicht soll er statt eines Walter, der sich so sehr um die Sache bemüht hat, die bakteriologische Erforschung des gelben Fiebers übernehmen?

Meinen Segen hat er, der Gute. Ich lasse dich in Frieden! Laß denn auch du uns in Frieden! Wozu uns arme Ritter untersuchen: hungrig und müde sind wir, das ist unsere ganze Krankheit, die einzige, die hier heilbar ist. Gib uns Futter zum Essen, einen Winkel zum Schlafen! Was soll unsere Untersuchung? Knusprig und kerngesund sollen wir im Hafen von C. abgeliefert werden. Aber wozu? Wir sind doch nur Futter für das gelbe Fieber.

Die Seuche ist frisch aufgeflammt. Von tausend Ankömmlingen, die in eine Gelbfieberregion kommen, wie beispielsweise zu den Erdarbeiten in den Sümpfen am Panamakanal bei der südamerikanischen Stadt Colón, sind nach einem Zeitraum von sechs Monaten nur noch die Hälfte am Leben geblieben. Wir sind aber nicht einmal solche ungebrochene »Ankömmlinge«. Wir sind minderwertiges Material, wir sind angebrochen.

Kommt einer ahnungslos aus dem gemäßigten Klima in die sumpfigen, überhitzten, von täglichen Regengüssen durchschauerten Inseln und Gestade, die sommers und winters unverändert eine Durchschnittstemperatur von mindestens sechsundzwanzig Grad R. haben, Tage und Nächte ohne Wechsel, in diese Tropenlandschaften, welche die höchste Niederschlagsmenge der Erde, nämlich drei Meter Niederschlagshöhe, auf sich niederprasseln lassen müssen, – ja, tritt etwa einer von Bord des Schiffes »Mimosa« auf den Boden von C., in dieses wie ein Dampfbad unerträglich schwüle Gelände, und ist die Möglichkeit der Ansteckung überhaupt gegeben – (und wo wäre das nicht im Umkreis der ganzen Seuchengegend?) –, dann kann man hundert auf eins wetten, daß das gelbe Fieber von dem armen Sünder so gründlich Notiz nehmen wird, daß nach Ablauf zweier Wochen von dem dummen Jungen nur noch der amtliche Totenschein und ein Klumpen verfaultes Fleisch und die Knöpfe an seiner Sträflingshose übrig bleiben werden.

Einen Mann wie mich macht diese Tatsache nicht schlaflos. In Lebensgefahr war ich bei tausend Experimenten. Denn niemand beschäftigt sich ohne Gefahr für sein liebes Leben mit den gefährlichsten Keimen, welche die bakteriologische Wissenschaft isoliert hat: Pest, Starrkrampf, Tuberkulose, Rotz, Cholera.

Man muß alles wagen. Man muß mit allem rechnen. Man muß allem gewachsen sein.

Sorgenvoll blickt der große Militärarzt Carolus vor sich hin. Die Azetylenlampe über seinem kahlen Kopf flackert, zischt und riecht übel.

Geht es hinter seiner hohen, aber nicht sehr gewölbten Gelehrtenstirn ebenso hell zu wie vor ihr? Der gute Mann blickt auf das immer weiter sich entfernende Gestade hin und setzt seine goldbestickte Uniformkappe auf. Vorhin hatte er den Tropenhelm aufgesetzt bei der Überfahrt. Aber jetzt ist er im Dienst, und man soll Kotau machen vor den Generalsstreifen. Oder friert ihn nur? Was bewegt deinen Sinn? Hat dein Nachdenken einen Erfolg gehabt, bist du dem Erreger des

Gelbfiebers auf der Spur?

Mein Jugendfreund Walter, von dem ich schon sprach, hat sich mit dieser Seuche beschäftigt. Er hat es zustande gebracht, Meerschweinchen mit einem Serum, das er von drüben zugeschickt bekommen hatte, zu impfen, und zwar mit Erfolg.

Man muß wissen, was Serum bedeutet. Das Serum ist ja nur ein wenig abgestandenes, geronnenes, geklärtes Menschenblut. Tierblut. Es ist klar wie Wasser oder leicht gelblich, wie Kognak mit Wasser gemischt. Das Brutale, das Trübe des Blutes haftet ihm nicht an. Unter dem Mikroskop ist das normale Serum frei von sichtbaren, färbbaren, züchtbaren Lebewesen, von Keimen. Gut. Aber spritzt man das kranke Serum unter Anwendung der äußersten Sauberkeit Meerschweinchen in die Blutbahn, dann erkranken sie, an ihren inneren Organen zeigen sich ähnliche Wirkungen, wie sie der Keim des gelben Fiebers »in Wirklichkeit«, das heißt, in der Natur und am Menschen hervorbringt, und diese Seuche pflanzt sich in unveränderter Stärke von einem Meerschweinchen auf das andere fort auf dem direktesten Wege. Von einem sterbenden Tier läßt sich das Blut auf ein gesundes übertragen und die geheimnisvolle Krankheit mit ihm. Könnte es nicht auch einen Menschen zwischendurch treffen? Gewiß, wenn ein Mensch den übermenschlichen Mut besäße, sich in seine Blutbahn einen Tropfen kranken Meerschweinchenblutes oder gar Menschenblutes einspritzen zu lassen.

Aber zu diesem experimentum crucis, wie man es nennt, kam es nicht im Pathologischen Institut. Walter mußte vorzeitig seinen Arbeitsplatz räumen, seine Experimente waren noch im Anfang, die Abteilungsleiter glaubten ihm nichts, weil die zwingenden, evidenten Beweise noch fehlten. Vielleicht konnten ja denn auch wirklich exakte Beweise nur im Heimatlande der Seuche und nicht viele tausend Kilometer weit vom Schuß geliefert werden. Walter, der jung verheiratet war, trug alles mit Stoizismus, ja mit Humor.

Vielleicht ist er »seiner« Seuche gefolgt, ist mit Frau und Kind nach den Tropen, möglicherweise gar nach C., ausgewandert, als Militärarzt zu besonderer Verwendung, wie es im Amtsstil heißt.

Noch ist das Blatt, auf dem die wissenschaftlich absolut unangreifbaren Tatsachen über das gelbe Fieber verzeichnet sind, jungfräulich weiß. Ja, es ist leer.

Theorien gibt es massenhaft, Experimente sind unzählbare gemacht.

Gewißheit gibt es aber nicht. Niemand kennt den Erreger.

Wüßte man wenigstens, wie sich der unsichtbare Keim des Gelbfiebers verbreitet, wo er haust und wie er wandert – viel wäre gewonnen. Niemand weiß, auf welchem Wege die Seuche sich verbreitet, von Mensch zu Mensch, oder von Mensch zu Tier und zurück. Man weiß zwar ebensowenig, wie man den Kranken rettet. Laßt ihn zugrunde gehen! Aber zum mindesten in Zukunft alle Gesunden vor dem gelben Fieber schützen – *das* wäre die Aufgabe, der bis jetzt kein Mensch gewachsen war.

Und dieser alte Herr mit dem langen, schmalen Gesicht, das einem sechsstöckigen Haus mit nur zwei Fenstern Straßenfront gleicht, er mit den überlangen, schläfrigen Augenlidern, den hängenden Ohrläppchen, die mit Haaren bewachsen sind wie ein alter Olivenstamm mit rauhen, grauen Flechten, dieser fahle Mann, dessen müde Augen nicht einmal das Licht des Azetylenscheinwerfers ohne Blinzeln vertragen, soll *er* der Natur hinter ihre Geheimnisse kommen?

Er soll sich doch lieber Ruhe gönnen und auch uns. Aber daran denkt er nicht. Er läßt sich ein Tischchen bringen, ein ausgedientes Pokertischchen, das, leicht gebaut, von den Vibrationen der angestrengt arbeitenden Schiffsmaschine erschüttert wird. Auch ein bequemer Stuhl wird ihm von seinen dienstbaren Geistern hingestellt, und er setzt sich in aller Bequemlichkeit hin, die langen, geraden Spinnenbeine in den schlotternden Beinkleidern vor sich hin streckend und den Mantel darüber deckend.

Uns sieht er kaum an. So geringschätzig habe ich in früheren Tagen nicht einmal meine Experimentalobjekte, die Hunde, Katzen, Ratten, Meerschweinchen und Kaninchen betrachtet, von den weißen Mäusen ganz zu schweigen.

Er läßt seine Augen in die Weite schweifen.

Lasurfarben erheben sich am Rande des Horizontes, von den ersten Strahlen des aufgehenden kupferfarbenen Mondes magisch umflossen, die Kuppen sanft gewellter, unbewaldeter Höhen, vegetationslose Höhen im Winde an der Küste des Ozeans.

Auf seinen Knien, auf dem Mantel zwischen den dürren Knochen hält er ein umfangreiches Protokoll, in dessen Blättern sich der Nachtwind fängt.

Es weht eine leichte, salzgetränkte Brise von Osten her. Oder ist es Westen? Es ist nachts. Man hat die Orientierung verloren.

Das Protokoll, unsere Generalliste, in der wir mit allem Um und Auf verzeichnet stehen, mit der Herkunft, den Vorstrafen, der Prozeßgeschichte, den persönlichen Beurteilungen von Seite der Gefängnisdirektoren und Strafanstaltsgeistlichen raschelt im kühlen Winde.

Der Generalarzt steckt sich nachdenklich eine Zigarre ins Gesicht. Die Nacht ist schön. Er kann den Blick nicht von der Perlenkette einer bogenartig gruppierten Lichteransammlung – (offenbar ist es eine kleine Küstenstadt) – abwenden.

Die Asche der Zigarre fällt wie Streusand über das Protokoll. Aber diese Schrift braucht keinen löschenden Sand, die Züge sind längst trocken.

Endlich sind die Lichter der Stadt wieder im Halbdämmer der wolkenlosen, aber etwas nebligen Mondnacht untergetaucht, die Rauchfahne aus dem schrägen Schlot fliegt niedrig über unseren Häuptern, Funken glühen sekundenlang in ihr nach, und die Sterne schimmern matt hindurch.

Der Hunger wird schärfer. Sollten wir die ganze Nacht hier draußen verbringen, die Sterne betrachten, die einem gesättigten Gemüte schöne Erquickung bringen mögen, aber nicht einem verhungerten Magen, einem überreizten Nervensystem? Das Murren unter den Sträflingen wird lauter, die Leute wollen in ihre Schlafräume, zu ihrer Abendausspeisung. Aber es hilft nichts. Methodisch geht der Arzt seinen Weg. Um seine Objekte, um ihre Stimmungen, Beschwerden und Schmerzen kümmert er sich wenig. Endlich ist er zum Beginnen entschlossen. Energisch verlangt er von seinen dienstbaren Geistern Gummihandschuhe. Man bringt sie ihm schnell aus dem Schiffslazarett. Er bläst sie auf, er prüft sie sehr genau. Sie müssen dicht halten. Er will uns nicht mit bloßer Hand berühren. Fürchtet er Ansteckung so sehr? Aber so tadellos sie sind, sie genügen nicht, er verlangt noch ein Becken mit desinfizierendem Sublimatwasser, das, bis an den Rand gefüllt, bei den träge schlingernden Bewegungen des Schiffes überschwappt.

Aber nun, werter Herr Carolus, kein Fackeln mehr, frisch ans Werk! Auf Sie warten an hundert Menschen, müde zum Sterben, gierig wie Hunde, denen man, um das Experiment des exakten Kohlehydrat-Stoffwechsels zu machen, zwölf bis vierzehn Tage lang nichts zu fressen gegeben hat. Wir bitten ergebenst um Eile! Worauf wollen Sie uns untersuchen? Unter uns künftigen Strafkolonisten kann gewiß mancherlei Anstekkungsstoff sein. Zwar keine Cholera, keine Pest, kein Bauchtyphus, wie alle die schönen Erfindungen des allmächtigen Weltschöpfers heißen. Aber Geschlechtskrankheiten? Vielleicht. Oder Aussatz, Lepra? Ein Teil der Strafgefangenen kommt aus den Tropen, es sind Farbige, es könnte also auch Lepra an einem der Menschen haften. Wer weiß das bei einer so vielgestaltigen, mystischen Krankheit? Aber dazu braucht es ein Mikroskop, um den Erreger dieser Krankheit, den Hansenschen Bazillus, nachzuweisen, und der Gedanke an eine solche minutiöse Untersuchung unter offenem Himmel, ohne Färbemaßnahmen, ohne gutes Licht, oben an Deck eines fahrenden Dampfers, nachts, ist grotesk.

Aber ganz so grotesk ist dieser Gedanke nicht. Die Haut über meinem linken Handgelenk ist durch die Handfessel aufgeschürft worden. Weiß ich, wer mich im Gedränge bei dem Transport gestreift hat? Die Haut an dieser Stelle ist besonders ansteckungsempfänglich.

Der Hunger wird stärker und bitterer, er ist aus dem Magen in das Kreuz hinabgestiegen, ich fühle ihn als Schmerz auch zwischen den Schulterblättern, es würgt mich vorne im Halse, es pocht in den Schläfen, es krampft sich zwischen den Fingern zusammen. Es ekelt mich vor Hunger, so intensiv empfinde ich ihn jetzt. Ich zittere innerlich vor Wut, ich möchte durch Aufstampfen meinen Groll entladen. Was soll ich unter diesen gemeinen Kerlen? Sind es meinesgleichen? Was soll ich unter der Hand dieses stupidesten aller stupiden Medizinalbürokraten? Monumentaler Ochse! Ich möchte aufstampfen, mich losreißen. Ich kann dieses endlose Warten nicht mehr ertragen. Nicht mehr! Aber – was bleibt mir? Stille sein, Zähne zusammenbeißen. Immer noch ist dieser Stubengelehrte sich über die idiotischste Untersuchungsmethode nicht im klaren, er blättert in den Papieren, die ganz unnütz sind, er befeuchtet beim Umblättern seine Fingerspitzen höchst unappetitlich mit Speichel von seinen gespitzten, dummen, schmalen Lippen und schlägt nervös Seite um Seite um. Aber mein Herr, weg mit den Händen, was soll das blödsinnige Getue, nicht unser Vorleben und unsere Verbrechen und Irrtümer sollen untersucht werden, sondern wir selbst, wenn es schon sein muß, und zwar sofort in drei Teufels Namen, du Vieh! Siehst du uns denn nicht, einen erbärmlichen Haufen abgezehrter, müder, ausgehungerter Teufel!

Immer noch eine Verzögerung. Er streift zwar die Handschuhe über, aber die Sublimatlösung ist ihm zu schwach. Er läßt noch eine Sublimatpille kommen und in der Flüssigkeit auflösen. *So liebt er sein Leben!* Hätte ich doch das meine nur ein Tausendstel so ernst genommen! Niemals wäre ich zu seinem Objekt hinabgesunken! Der Kerl da mit dem Gesicht wie ein faltiges, gelbsüchtiges Kinder-Hinterteil, der weiß es ja nicht, was es heißt, einen ganzen Tag und eine ganze Nacht im Viehwaggon auf den harten Bohlen zu verbringen, einen ganzen heißen Tag im glühenden Sonnenbrand auf freiem Platze durchzuschwitzen, die Nase voll von dem Unrat der Kameraden und seinem eigenen! Weiß denn jemals ein Mensch in Freiheit, was es heißt, sich nur nach dem Lebensminimum zu sehnen, wie man es doch dem lieben Vieh, der dummen Kreatur zubilligt! Aber! Billigt man es ihm zu? Habe ich es getan? Was war mir eine Kreatur? Das gleiche, was ich ihm jetzt bin, dem Generalarzt Carolus, der seine überlangen Augenlider hebt und seinen eiskalten, sachlichen Blick auf mich richtet – der ich diesen Blick nicht ertrage.


XIII

Jetzt wird einer der Gefangenen nach dem anderen vorgerufen. Die Leute, die es trifft, sind froh, glauben sie doch, daß es sofort nach der Untersuchung in die unteren Räume gehen wird, wo das warme Essen und die Pritsche auf sie warten. Keineswegs! Sie haben wieder in Reih und Glied zurückzutreten und zu warten, bis *alle* erledigt sind. Das hat Carolus so angeordnet. »Angeordnet?« Wo ist die Ordnung? Dumm! Sinnlos! Der bloße Schein der Ordnung ohne diese selbst, das ist die Pest der Menschheit, verkörpert in Verwaltung und Staat. Und wie gedankenlos geht der unfähige Chefarzt vor! Einem farbigen Gefangenen dreht er die Augenlider ungeschickt nach außen, um die Knötchen der ägyptischen Augenkrankheit zu suchen, aber der Mann hat, wie es ein Blinder mit dem Stocke fühlen könnte, zwar gesunde Augen, dafür aber eine kranke Haut, die mit einem pustulösen Ausschlag bedeckt ist und die nach einer Blutuntersuchung, einem »Wassermann« schreit. Einem zweiten Sträfling, dem flinken Kerlchen von vorhin, im Alter von fünfundzwanzig bis fünfzig, dem alten Knaben, dem das ganze melancholische Elend der Gefängnistuberkulose aus den riesigen, fiebrigen, schwarzen, blau umrandeten Augen springt, dem rückt er besonders sorgfältig auf die Haut, die kerngesund ist, dann prüft er durch Klopfen auf die Kniescheibe die Nervenreflexe des vor Husten und Hunger beinahe zusammenbrechenden Männchens – und so geht es weiter – stundenlang. Verantwortung hat Carolus nicht. Niemand kontrolliert ihn.

Das Verdeck zeigt nicht die Anwesenheit eines höheren Offiziers. Nur drei Unteroffiziere stehen müßig umher. Mit seinem Revolver spielend, legt einer wie zum Scherz auf eine vollgefressene Schiffsratte an, die mit dem spitzen Kopfe hinter einer Rolle von Tauen hervorlugt. Sagte ich es nicht schon? Ratten, diese widerlichen, höchst gefährliche Bestien, also auch hier! Warum denkt Carolus nicht daran, das Schiff von Ratten zu säubern? Meine Wenigkeit könnte ihm dabei raten. Aber was bin ich dem hohen Herrn?

Der hohe Herr hätte die Aufgabe, für möglichste Sauberkeit hier auf dem verrotteten Schiff zu sorgen. Aber Sauberkeit! Er weiß ja nicht, was das Wort bedeutet, er, der sich heute trotz eines guten Dutzend von Untersuchungen noch nicht ein einziges Mal bis jetzt die Pfoten im Sublimatwasserbecken gewaschen hat. Für ihn hat der Gründer seiner Studienstätte, des Pathologischen Instituts, Louis Pasteur, nicht gelebt, der Mann mit dem genialen Verstand – und dem positiven Glauben. Der Mann mit den Grübelfalten an der Nasenwurzel und mit der faltenlosen, gewaltig gewölbten Stirn.

*Vor* den Zeiten dieses bahnbrechenden Forschers waren die Menschen so weit, wie dieser elende Stümper Carolus es heute noch ist. Man wußte zwar, daß der gefürchtete Lazarettbrand auf Ansteckung beruht, aber man wusch sinnlos und gedankenlos, eine Vorsorge für die Ärmsten der Armen vortäuschend, die keine war, alle die eitrigen Wunden mit ein und demselben Schwamm. Nur *eine* Sache wusch der Arzt damals nicht, das war: sich selbst. Und wenn solch ein Heilkünstler abends nach seiner Arbeit zu seiner Frau ins Bett stieg, da faltete er die Hände zu einem kleinen Gebetlein, schlief ein und schnarchte –

in dem Glauben, an diesem Tage ein gutes, gottgefälliges Werk und eine notwendige Arbeit an der leidenden Menschheit vollbracht zu haben. Hätte er *nicht* gelebt, wäre es für seine Kranken ein Glück gewesen. Aber gilt denn dieses fürchterliche Wort nicht auch von mir? Und doch weiß ich nicht, ist der Rechtsbrecher und Ordnungsverächter das größere Verderben für die Gesellschaft – oder bedeutet das größere Verderben eine andere Art Mensch, nämlich der unter allen Umständen erquickliche, harmonische und selbstverständlich auch straffreie und bürgerlich geachtete Charakter, der brave Mann von Carolus' Geschlecht, der die Fürchterlichkeiten dieser Welt mit blöden Händen anfaßt und der nur den Stempel eines bürokratischen Aktenzeichens auf die Brandmale der unseligsten aller Welten zu drücken weiß?

Was er ist, dem Range in der Gesellschaft nach, das hätte *ich* werden können, das hätte ich sein müssen!

Aber auch jetzt beneide ich ihn nicht! Ja, aber wenn ich doch eine winzige Quantität Neid gegen diesen schlottrigen Idioten empfände, dann nicht um seine goldenen Schnüre, nicht um seine »liebenden Herzen« daheim und das Enkelkind am Strande der Hafenstadt beneide ich ihn, nicht um sein hohes Gehalt und seine schönen Orden – beneiden könnte ich Herrn Generalarzt Carolus nur um die Aufgabe, drüben in den Tropen den Ansteckungskeim und die Verbreitungsweise des gelben Fiebers zu erforschen.

Ja, kommt *er* tatsächlich dazu, ist ein Carolus dazu ausersehen?

Gewiß, Gift könnte ich darauf nehmen, hätte ich's nur zur Hand. Er und kein anderer. Kein Walter. Einen Carolus, der sich so blödsinnig dumm zu den einfachsten Verrichtungen der praktischen Hygiene anstellt, den hat sicherlich die hohe Verwaltungsbehörde aufgrund seines Ranges, seiner verblüffenden Literaturkenntnisse und seiner platten Anständigkeit ausersehen, dem Erforschungskomitee des gelben Fiebers zu präsidieren. Er ist der richtige Mann dazu.

Aber bin denn ich klüger? Ich bin noch stupider trotz meiner scheinbaren Intelligenz. Wenn eine solche wissenschaftliche Aufgabe zu meinen Lebenszielen gehörte, so habe ich es doch wie mit Plan und Bedacht darauf angelegt, daß dieser Wunsch mir niemals in Erfüllung gehen konnte. Mußte nicht alles kommen, wie es kam, und bin ich nicht hier? Mein Verhängnis war einzig und allein, daß ich auch mit mir gespielt habe, daß ich mein eigenes Leben und meine Zukunft nicht hoch genug hielt. So habe ich nicht nur mein ansehnliches Vermögen verspielt, sondern darüber hinaus auch mich selbst ganz und gar. Ich war abgehärtet, gut. Aber abgehärtet auch gegen das Mitleid mit mir selbst. Ich selbst war das Vivisektionstier, der kluge, gar zu gelehrige Hund, der aus eigenem Willen auf den Vivisektionstisch hinaufspringt und seine Pfoten hinhält, daß man sie ihm festsperrt. Da streckt er sich nun lang und länger auf den Rücken, das Nickelgebiß zwischen den zusammengebissenen Zähnen und der langsam verdorrenden Zunge, jetzt schlägt er seine intelligenten Hundeaugen auf und wartet, was die hohen Herren Menschen mit ihm beginnen werden!

Alles muß mir jetzt recht sein. Ich muß mich mit dem letzten Minimum an Lebensgütern begnügen, ich muß meinen Namen aufgeben, muß auf die Nummer 46984 hin vorschnellen, ich muß an die Grenze dessen hinabsteigen, was man dem blöden Vieh zubilligt, ja, wie einem Stück Vieh greift mir dieser schlabbrige, alte Kerl mit seinen schmierigen Pfoten, die schon im Institut wegen ihres Drecks berüchtigt waren, und mit denen ihm nie auch nur das einfachste Experiment gelingen konnte – wie einem Stück schlechten Viehs greift mir dieser grauhaarige, goldbetreßte Lümmel mit seinen dreckigen, klebrigen Gummipfoten ins Gesicht, an meine Augenbindehaut. Und ob der alte Schandbube eine Minute vorher eine Augenbindehaut mit ägyptischem Trachom angefaßt hat, was nur zu wahrscheinlich ist, oder ob ihm noch die Leprakeime des Herrn Professors Hansen an seinen Gummihandschuhen kleben, zwar nicht *seine*, aber *meine* Epidermis gefährdend, mir hilft nichts.

Ich weine fast vor Wut, und mein Nachbar bemitleidet mich. Aber die Tränen spülen den Ansteckungsstoff aus den Augen möglicherweise weg. Oh du Vieh, du! Monumentaler Ochse, du! Georg Letham! Nach allen deinen Spekulationen, Experimenten und Lebensraffinessen bist du nur ein passives Objekt. Was nützt dir der aufrichtige Herzenswunsch, du dürftest dem Carolus für jede der drei Silben seines verfluchten Namens dreimal mit deinem mit Menschenkot beschmutzten Absatz deiner Sträflingsschuhe in die lange, blöde Visage treten!

Einem Arzte ausgeliefert sein, einem Mann, von dem man von

Berufs wegen das Beste, das Höchste, die Besserung, die Tröstung, die Heilung erwartet – und seinen *Feind* in ihm erkennen! Aber auch dieses noch fürchterlichere Wort trifft auf mich zu, mich, Dr. Georg Letham den Jüngeren, den Arzt, seines Vaters Sohn. Ist es *das,* was man Reue nennt? Dann sei alles verflucht miteinander.

## XIV

Eben huschte wieder eine Ratte mir zwischen die Füße. Komm doch näher, geliebtes Tierlein, ich fürchte dich nicht, so fürchte denn auch du mich nicht.

Diese Tiere waren mir von Kindesbeinen an etwas Gewohntes, und trotz eines schauderhaften Widerwillens waren sie mir doch vertraut. Aber das Biest traut mir nicht und verkrümelt sich unter die Taue.

Für meinen Vater waren sie die Schicksalstiere. Er hätte nicht gerade ein Haus zu bewohnen brauchen, in dem die Ratten sich »zu Hause« fühlten. Aber er wollte zeigen und beweisen, daß er stärker war als sie.

Sie traten sporadisch auf. Es gab trockene und heiße Sommer, in denen man kein Exemplar der Gattung bemerkte. Dann wieder kamen sie in großer Zahl hervor, und zwar war es in den ersten Jahren meiner Kindheit die etwas zahmere Art, die auf dem Rücken gleichmäßig blaugrau gefärbt ist, und erst in den späteren Jahren erschienen nach einem besonders regenreichen, herbstartigen Sommer Ratten der anderen Abart, die etwas größer, kraftvoller ist und längs der Wirbelsäule einen dunklen Streifen trägt. Die sanftere Art waren die Hausratten, die andere, siegreiche, die Schwächeren ausrottende Art war die der Wanderratten. Kampf ums Dasein? Kampf aller gegen alle, Familie gegen Familie, seinesgleichen gegen seinesgleichen? – hätte mein weiser alter Vater, der kluge, listenreiche Teufel, mir die Gesetze des Lebens, wie *er* es sah, besser demonstrieren können als an diesen Tieren?

Ich erinnere mich noch des Jahres, der Juli war stürmisch und von Güssen und Stürmen erfüllt wie ein November an der See. Während des Regens sah man im Garten meist nichts von ihnen. Dafür trieben sie sich im Haus umher. Sie stürmten die

Speisekammer, minierten sich in die Kellerräume durch trotz aller Eichentüren, sie schlugen in den Dienstbotenbetten (mein Vater hatte aus Sparsamkeit einen Teil des Personals entlassen, und die Betten standen leer) ihr Wochenlager auf und veranstalteten Wettrennen und olympische Kämpfe auf den Dachböden, während der Sturmregen auf die Schieferplatten prasselte. Als dann die Regenperiode zu Ende war, strotzte jeder Winkel des Parkes von ihnen, die kostbare Hühnerzucht wurde über Nacht zugrunde gerichtet, im Gewächshaus wurde alles zernagt und auseinandergerissen. Mit Hunden wollte mein Vater (erst später erfuhr ich, warum) nicht gegen die Nager losziehen. Kammerjäger bemühten sich zwar, kamen aber gegen die Bestien nicht auf. Als Masse widerstanden sie allem. Es wurde bekannt, daß auch die früheren Besitzer des Grundstückes das Haus geräumt und es für ein Butterbrot an meinen Vater losgeschlagen hatten, weil sie der Ratten nicht hatten Herr werden können. Zu dieser Zeit lebte meine geliebte Mutter nicht mehr. Sie war die Schwester eines bedeutenden Gelehrten, der meinen Vater auf seiner Nordlandexpedition begleitet hatte. Aber der Geograph hatte es in der Heimat nicht ausgehalten, war später zum zweiten Male losgezogen und war verschollen, man hat nie wieder von ihm gehört.

Ab und zu fing sich ein Tier in einer Eisendrahtfalle. Ich erinnere mich eines solches Ereignisses. Mein Vater bemerkte mit seinen Falkenaugen von seinem Zimmer aus, daß sich unten im Hofe am Fuß der Plantane in einer Falle etwas regte. Es muß spät am Abend gewesen sein. Er ließ mich mit in den Hof hinabkommen. Er gab mir zum Schutze gegen die kühle Feuchtigkeit der Nacht seinen seidengefütterten Hausrock, der mir jungem Burschen bis an die Knie reichte.

Unter der Dachtraufe stand ein großes Regenfaß, welches das Wasser sammeln sollte. In der damaligen Zeit hielt man das Regenwasser für besonders rein und besonders geeignet zum Waschen der Haare. Wir kamen hinunter, und er ließ mich die Falle aufheben. Sie schien mir so leicht an Gewicht, als wäre das Tierchen (offenbar ein unerfahrenes Jungtier) aus Papiermaschee. Die Ratte rannte hinter den Drähten eilends im Kreise, blickte ängstlich umher, verrichtete im Laufen ihre Notdurft, knabberte mit den scharfen, vorstehenden Zähnen an dem Eisendraht, der ziemlich dick und vom Regen sehr verrostet war. Klug wie sie war, rüttelte sie sogar an dem Türchen, durch das sie hineingewutscht war, und schrillte ab und zu. Sie schnupperte an dem Häkchen, an welchem der Speckbrocken befestigt gewesen, und begann dann ihr Umherlaufen von neuem. Plötzlich hopste sie hoch, klammerte sich mit allen vieren wie ein Äffchen an das Dach der Falle an und sah uns mit ihren rötlich-schwarzen Augen, über welchen die Augendeckel auf und zu schlugen, von unten an. Ihr langer, staubfarbener Schwanz ringelte sich an die Drähte. Ich wurde weich.

»Ins Wasser damit«, sagte mein Vater. »Was sollen wir sonst damit beginnen? Ich werde dir *dann* die Geschichte meiner Reise wieder erzählen.« Ich konnte diese Geschichte nie oft genug hören.

Leicht ist mir das Umbringen des Tieres, so sehr es mich vor ihm ekelte, nicht geworden. Die Fenster, hinter denen meine beiden Geschwister bereits schliefen, waren dunkel. Der Mond schien stark, war aber durch den Rand einer muschelähnlichen Wolke verhüllt, der sich nach Osten verschob. Andere dunkelblaue Wolken zogen in einer höheren Schicht vorbei.

Das Fenster der Bibliothek meines Vaters war offen und erleuchtet. Ich sah, nach oben blickend, die goldbedruckten Rücken der Bücher und Atlanten.

Das Tier hatte sich wieder, mit seinen Krallen kratzend, auf dem Boden der Falle niedergelassen. Es rannte nicht mehr. Es saß nun da, den sehr langen, quergeringelten, nackten, häßlichen Schwanz um sich geschlungen, und drehte nur den Kopf in großer Eile und Unruhe.

Das Holz des Bodens der Falle ruhte auf meiner Handfläche. Ich fühlte ein taktförmiges, wenn auch nur sehr zartes Vibrieren. War es der Schlag des Herzens? Die Wolken hatten sich hinter Baumkronen und die nahen Schornsteine verzogen.

»Nun, zeige, was du kannst, Georg Letham«, sagte mein Vater mit kühlem, aber zärtlichem Spott.

Ich hob die Eisendrahtfalle mit der rechten Hand hoch und warf sie, während ich die Augen krampfhaft schloß, in den Bottich.

Das Wasser spritzte uns beiden ins Gesicht.

»Gut«, sagte mein Vater und lachte. Er legte den Kopf zurück, er wischte von meinem Gesichte zuerst, dann von dem seinen das mulmige Wasser mit einem feinen Taschentuch ab, das er der Brusttasche seiner seidenen Hausjacke entnahm, die ich gerade über dem bloßen Hemd anhatte. Ich fühlte an mir seine langen, mageren Hände.

Luftblasen stiegen aus dem Fasse noch ziemlich lange auf, etwa zwei bis drei Minuten. Die Augen meines Vaters hingen an meinem Gesicht mit einem brünstigen Ausdruck, den ich nie enträtselt habe. Liebe, Haß? War ich ihm alles oder nichts? Bloß ein Versuch? Wollte er mir gut? Er hatte mir beigebracht, wie man ein lebendes Wesen vom Leben zum Tod befördert. Und doch liebte ich ihn, wie er war – und mehr denn je zuvor.

## XV

Die Regentonne mußte nach der Hinrichtung der Ratte vernichtet werden. Man konnte das feuchte Holz zu nichts mehr verwenden, nicht einmal zum Heizen. Meinem Vater tat es leid, denn er rechnete trotz seines großen Reichtums mit jedem Heller.

Einfallsreich war mein Vater, das mußte ihm der Neid lassen, und um wieviel mehr mußte ich es ihm lassen, sein Sohn, der zu ihm wie zu einer Art Gottheit aufsah. Er hatte zu jener Zeit in seinem Amte (La Forest war damals noch da und spielte eine wichtige Rolle) allerhand Schwierigkeiten. Er hatte bisher immer die Hochschutzzölle verteidigt, und nun war der neue Minister ein Anhänger des Freihandels. Es war nicht so einfach, sich von einem Tag zum anderen umzustellen. Er versuchte, dem Inland gegenüber den Hochzoll zu verteidigen, dem Ausland gegenüber sich als Anhänger der Freihandelstheorie zu zeigen. So war er auch im Lande Patriot, nationalistisch – dem Ausland gegenüber international und liberal. Es gab kein Instrument, das er nicht spielen konnte. Ja noch mehr: bildlich gesprochen: mit den Beinen spielte er Fußball und zugleich mit den Händen Geige. Und da sollte er »den Feinden im eigenen Hause« nicht beikommen können! In seinen ersten Urlaubstagen ging er ans Werk.

Wie hat er die Ratten aus seinem Hause verjagt, diese bei aller Leidenschaftlichkeit so klugen Tiere? Ihre Intelligenz ist ja so groß, daß man sie des bösen Willens gegen die Menschen verdächtigt, und daher kommt die große Wut, mit der der

Mensch sie seit Urzeit (meist vergeblich) verfolgt. Aber Götter kennen keine Wut. Gegen diese Tiere hilft nur eines, was dem Menschen im allgemeinen nicht am besten liegt, nämlich der kühlste Verstand, der wissenschaftlich prüfende und experimentierende, die ratio, die auf dem starken Dogma des Kampfes aller Lebewesen ums Dasein aufgebaut ist.

Mein Vater ging folgendermaßen zu Werke: Eines schönen Tages stellte er mit Hilfe des Gärtners und der meinen eine große Falle auf, aber keine mehr aus Eisendraht.

Zwischen dem Hof des Hauses und dem Park, an einer Stelle, wo sich die Ratten bei Wetterwechsel massenhaft trafen, legte er eine quadratische Grube an von eineinhalb Meter Tiefe und etwas weniger Länge und Breite. Ein alter Ofen (aus dem nicht mehr bewohnten Schlafzimmer meiner armen Mutter) war im letzten Jahre auseinandergenommen worden und die guten Kacheln, weiße Porzellankacheln, lagen im Hofe umher. Eigentlich lagen sie nicht umher, sondern waren säuberlich an der Südwand des Hauses unter den Pfirsich- und Rosenspalieren übereinandergeschichtet und mit alten Brettern zugedeckt. Man kleidete die Basis der Grube mit den Kacheln aus. Die Seitenwände gingen nach oben etwas schräg zusammen. Die Kacheln so aneinanderzukriegen, daß dieser pyramidenartige Hohlraum entstand, war nicht einfach. Wir brauchten mehrere Abende dazu, die Kacheln genau abzupassen. Senkrechte Wände wären einfacher gewesen, aber es ist bekannt, daß Ratten in der Todesnot senkrechte Wände emporzuklettern vermögen, schräg überhängende Wände sind aber ein unüberwindliches Hindernis für fast jedes Tier, das nicht fliegen kann.

Mein Vater war mit ganzem Herzen bei dieser Arbeit, er vergaß alles, den Freihandel wie den Schutzzoll, den Minister und seinen La Forest, sogar seine Sparsamkeit.

Noch sehe ich ihn vor mir, wie er die Kacheln mit einem Meißel auseinanderbricht, um sie passend zu bekommen. Wie er nach getaner Arbeit in die Küche läuft, dann in die Speisekammer, die an die Küche sich anschließt und wie er eine Speckseite herunterholt, ein zwei Fäuste großes Stück abschneidet, wie er mich im Herd ein großes Feuer anmachen läßt (welche Wonne für mich!) – noch höre ich, wie der Speck in einem alten Eisentopf lustig prutzelt.

Endlich ist das Fett ausgelassen, die Krusteln schwimmen

oben. Dann kommt der Topf vom Herd und ans offene Fenster. Alles weit ringsum ist von dem prachtvollen Speckgeruch erfüllt. Mein Vater holt aus der Speisekammer eine große Kruke mit engem Hals, ein dickwandiges, rostrotes, tönernes Gefäß, seit Jahren nicht mehr gebraucht und mit Staub bedeckt. Es wird gesäubert, und in den engen Hals schüttet mein Vater mit Hilfe eines Trichters etwas ungebrauchtes Hühnerfutter (die Hühner sind bekanntlich im Magen der Ratten gelandet), dieses durchtränkt er mit einem Teil des Fettes, mischt es mit den Speckgrieben und gruppiert diese mit einer alten Gabel schön nach oben.

Den Rest des Fettes gießt er langsam in vorsichtigem Schwung, alle Ecken benetzend, draußen im Hofe in der Kachelgrube aus. Jetzt wird von oben die Kruke in die Mitte des Hohlraumes vorsichtig hineingestellt – und die Versuchsanordnung ist beendet. Er wäscht sich die Hände, gibt mir irgendein Buch zu lesen und geht.

Ich muß hier etwas einfügen, das scheinbar nicht zur Sache gehört. Gerade in dieser Zeit erwachten in mir die »inneren Triebe«, die mir aber gar nicht süß erschienen. Weshalb davon sprechen? Jeder, der jung gewesen ist, weiß, wie es ist: Im Anfang mehr Qual und Angst als Spaß und Vergnügen.

Ich saß über dem Buche am Fenster und beherrschte mich.

Ich mußte lange warten. Dann aber gegen Abend huschten sie heran, die Ratten. Von allen Seiten liefen sie los, wie an Fädchen gezogen, lautlos. Aus dem Kellereingang, durch die engsten Löcher, unter der Regentonne hervor, oft drei, vier auf einmal, große und kleine durcheinander, es war die stärkere Gattung, alle hatten dunkle Streifen auf dem schmutzigbraunen Rücken. Sie scharten sich um die vier Seiten der Grube. Sie zogen schnuppernd die spitzen Schnauzen hoch, die langen, helleren Borsten am Maule sträubten sich ihnen vor Gier, auch über ihren blitzenden, dunklen Augen und an den Eingängen der kahlen Ohren saßen die langen Haare. Ein häßlicher Geruch ging von ihnen aus. Sie pfiffen nicht und schrillten nicht und piepsten nicht wie sonst. Ganz still hoben sie ihre langfingrigen, fast unbehaarten Pfoten empor, sie gruben und scharrten beharrlich an dem etwas vorstehenden Wulst der weißen Kacheln, wie um sich einen Weg in die Grube zu bahnen. Die Augen hatten sie nach unten gerichtet. Die flachen, tütenförmigen Ohren legten sie zurück, als lauerten sie wachsam auf etwas. Sie klammerten sich am oberen Rand der Grube fest, sie wollten nicht weichen. Dann wechselten sie mit einemmal den Platz, drängten sich wild durcheinander, sie beugten die Köpfe über die Tiefe und sogen den guten Geruch ein, immer neue Ankömmlinge erschienen und drängten und stießen von außen gegen die vornestehenden. Aber diese ließen sich nicht hinunterdrängen. Dazu waren sie zu klug. Auch sie widerstanden der Versuchung. Sie sprangen nicht hinab.

Mein Vater blieb lange fort. Oder stand er hinter mir und bewachte mich? Ich redete es mir ein und bezwang mich.

Ich schlief in meiner schwülen Unschuld ein.

Als ich aufgewacht war, war das Blatt, das ich gerade gelesen hatte, ganz zerknittert. Mir tat es sehr leid. Mein Vater hielt pedantisch auf das Aussehen seiner Bücher und vertraute sie keinem außer mir an. Und nun! Ich blickte hinunter. Es war Nacht. Die Tiere umlagerten immer noch in großer Zahl die Grube. Sie waren nicht mehr so still. Sie befanden sich in großer Erregung, unaufhörlich wechselten sie ihre Plätze. Was vorne war, wollte zurück, was rückwärts war, drängte sich durch nach vorn.

Plötzlich wagte die erste Ratte den Sprung. Ich sah das graubraune Schmutzfell und den Dunkelstreifen am Rückgrat scharf abgesetzt gegen die schneeweißen Kacheln. Prasselnd kam das Tier unten an. Das Küchenpersonal, das vom Fenster der Gesindestube das Ganze verfolgt hatte, lachte triumphierend auf. Mein Vater fehlte. Die anderen Ratten verstummten, als wären sie erschrocken. Aber in einem ununterbrochenen Kreislauf, immer von links nach rechts, umkreisten sie die Grube. Eine Zeitlang hatte der Zustrom aufgehört; jetzt quollen wieder neue heran, auf dem Bauche kriechend, spürend, gedeckt durch die Masse.

Die Ratte unten sah ich ganz deutlich von oben, sie stand so tief im Fett, daß die Pfötchen fast unsichtbar waren. Erst verhielt sie sich still, versuchte ein Bein ums andere herauszuziehen, drehte und wendete den Kopf wie ihre Artgenossin, die ich umgebracht hatte. Aber dann faßte sie sich ein Herz und begann das Fett aufzulecken. Erst das Schmalz in ihrer unmittelbaren Nähe, dann weiter, bis in die Ecken, die man von oben nicht gut sah. Es war fast nicht zu glauben, aber in etwa einer halben Stunde hatte das Tier an zwei Liter Fett aufgefressen. Und hatte es dann genug? Es putzte sich zwar die Ohren, beleckte die Pfötchen und stocherte mit der Zunge an den Krallen herum, dann aber – dachte es dann an das Entkommen? Keineswegs. Zwar: gelungen wäre es ihm sicherlich nicht. Dazu war unser Versuch zu genau in Gang gesetzt. Aber das gefangene Tier hätte es doch wenigstens versuchen können! Das tat es nicht. Es war immer noch erfüllt einzig von Freßgier. Es rankte sich zuerst mit den Vorderpfoten an der aufrecht stehenden Kruke empor, wollte diese zum Wanken bringen. Als dies beim erstenmal mißlang, warf es sich von vorne mit dem Kopf und dann von der Seite mit aller Kraft gegen die starke, schwere Kruke, bis es der Ratte glückte, diese umzuwerfen. Dann fischte sie sich mit flinken, niedlichen Bewegungen, appetitlich wie ein Eichhörnchen, die paar Körner und die Fettbröckchen aus dem Halse des bauchigen Gefäßes heraus. Tiefer hinein kam sie nicht. Sie steckte das Schnäuzchen in die Öffnung, wetzte die Zähne am Ton, so daß es metallisch klirrte. Aber vergebens. Dann tröstete sie sich. Mit ihresgleichen trat sie nicht in Kontakt. Sie zog sich mit dick gefülltem Wanst in eine Ecke der Grube zurück, die dunkelste, rollte den nackten Schweif um sich, machte es sich bequem, bettete den Kopf in die weichen Partien der Lendengegend und schlief bald ein.

## XVI

Als ich am nächsten Morgen an der Grube vorbeikam, er- blickte ich in ihr eine Ratte. Aber es war nicht mehr dieselbe, welche die zwei Liter Fett vertilgt hatte. Denn sie war viel größer, hatte einen langgestreckten, hageren Körper. Sie war unruhig, rannte unaufhörlich umher. Die Grube war verunrei- nigt. Anstelle des Fettes waren Blutreste zu sehen, aber nicht solche von dunkler Farbe, eher verwässerte, hellrote. Auch Hautfetzen, Krallen und schlecht abgenagte Reste einer Wirbel- säule lagen hier umher. Die Ratte trieb sich zwischen diesen unappetitlichen Dingen herum, beroch das Blut, schüttelte ihre Barthaare, legte den Kopf auf die Seite, fletschte das starke Gebiß, warf sich dann gegen die schwere Kruke und rollte sie in den Winkel, schnupperte lange daran und stellte sich dann davor, als wolle sie die Kruke bewachen.

Ich ging in die Schule. Es waren die letzten Tage vor den Ferien, der Unterricht wurde nicht mehr so ernst genommen. Mittags kehrte ich heim, sah aber absichtlich nicht in die Grube hinein. Am Nachmittag begab ich mich wieder in die Schule, wo wir Turnen und Stenographiestunde hatten, nicht obligate Fächer. Nachher ging ich auf den Tennisplatz. Als ich abends heimkehrte, war mir, als ob mir die gefangene Ratte unten in der Grube nachliefe. Vom Hofe aus war übrigens die Höhle nicht so gut zu überblicken wie von oben. Oder ich bildete mir dies ein, es zog mich mit magischer Gewalt in das Zimmer meines Vaters, wo ich mich, was eigentlich verboten war, in den Lehnstuhl vor dem Schreibtisch niederließ. Als mein Vater kam, war ich wieder aufgestanden und bei meinen Lektionen. Der Abend kam. Ich schlief schwer und spät ein. Mit meinem Vater unterhielt ich mich nicht. Ich glaube, es war die Zeit, wo La Forest seinen Abschiedsbesuch machte, ich kann mich aber auch täuschen. Von der Ratte hörte ich nichts, als ich in meinem Bett lag. Aber die Kronen der Bäume rauschten. Plötzlich trat Windstille ein, und ich hörte den Springbrunnen in das kleine Becken plätschern. Weit entfernt klang es. Mein Vater hatte vergessen, den Hahn abzudrehen, was er im Hochsommer immer zur Nacht tat. Die Wassermenge, die auf diese Weise abgespart wurde, konnte man morgens zum Sprengen der Rasenflächen verwenden. Wasser kostete Geld, was ich lange nicht glauben wollte. Aber mein Vater, der sonst vor einer Lüge nicht zurückschreckte (nur gelernt will es sein, sagte er), belog mich nie. Keinem sagte er das, was er sich dachte, nur mir.

Die Vögel regten sich unruhig in den Zweigen der Platane, die vor den Fenstern stand. Die Luft war feucht, aber es sah nicht nach Regen aus. Sie duftete würzig, von dem Speckgeruch lag nichts mehr in der Luft.

Schon wenige Minuten später erwachte ich aus einer sehr tiefen Schlafbetäubung (ich glaube, es war schon gegen Morgen und es dämmerte) durch einen Todesschrei.

Wenn ein Tier stirbt, schreit es ganz anders als im Leben. Genauso der Mensch. Von den größten Schmerzen können sowohl Tier wie Mensch gemartert sein – solange aber ihr Schreien nicht das allerletzte ist, klingt es ganz anders. In dem Todesschrei liegt ein ganz eigenartiger Tonfall. Ein Anschwel-

147

len, ich möchte sagen, eine Art grauenvollen Jauchzens. Käme es doch nur endlich aus meinem Ohr, das Todesjammern meiner armen Frau!

Heute weiß ich es, als reifer, überreifer Mann. Damals ahnte ich es nur, als unreifer, überreifer Knabe. Aber ich erkannte es, obgleich ich damals noch kurze Beinkleider trug und auf der Schulbank unter Knaben saß.

Man wird sagen, so empfindet ein Kind nicht, so sieht ein halbwüchsiger Junge nicht die Welt. Vielleicht würde selbst ich das sagen, wenn mir ein anderer *mein* Leben erzählte. Und doch ist es so gewesen. Welchen Zweck sollte es haben, daß ich mich über mich selbst belüge?

Ich hatte ja ein normales Kind neben mir, meinen Bruder. Ich hatte noch an dem gleichen Tage gesehen, wie er abends, ohne sich um die »eklige« Rattenvertilgung zu kümmern und ohne mehr als nur einen neugierigen Blick in die Porzellangrube zu werfen, daran absichtlich stampfenden Schrittes, schellenklingelnd vorbeigelaufen war, als ihn meine kleine Schwester aus dem Garten rief. Sie hatten eben ihr altes, einfältiges Spiel gespielt, das darin bestand, daß mein Bruder, ein großer, vierschrötiger, sehr phlegmatischer Junge, eine Art Ledergeschirr, das mit Schellen aus Messing besetzt war, sich umspannen und dergestalt »ein Roßpferd« spielen sollte. Meine kleine Schwester hatte einmal etwas von Rassepferden gehört und dichtete das Wort so um. Das Geschirr war eigentlich für sie bestimmt gewesen und hätte denn auch ihr, einer pausbackigen, hellblonden, blauäugigen, etwas schielenden (und deshalb immer mit einer Weitsichtigenbrille bewaffneten) kleinen Kröte auf den Leib gepaßt, aber sie, trotz ihrer Jugend eine ganze Eva, sie hatte den um soviel größeren und stärkeren Bruder dazu veranlaßt, sich das Geschirr umzubinden, in das knapp seine beiden, parallel gehaltenen Arme, aber keineswegs sein Brustkorb hineinpaßte. So waren sie dabei, »Roßpferd« und »Kutscherin« zu spielen.

Vor mir hatten meine Geschwister Angst. Dabei waren *sie* es, die eifersüchtig ihren Schatz an Spielsachen hüteten, die ich nie berühren durfte, während ich die meinen ihnen nur zu gern zur Verfügung stellte. Aber sie nahmen sie nur in meiner Abwesenheit. Stehlen machte ihnen mehr Spaß als Beschenktwerden. Grotesk, aber wahr; mehr als wahr, normal. Ich war also von normalen, gesunden, quietschvergnügten Wesen umgeben. Aus meinen Geschwistern sind denn auch normale, gesunde Menschen geworden. War also dann meine Sünde keine Erbsünde? Wir hatten doch alle das gleiche Blut geerbt.

Meine Geschwister schliefen auch jetzt ruhig in den zwei Nebenzimmern rechts und links von meinem, ich aber war schon am Fenster und sah hinab. Es mußte eben zu regnen begonnen haben. Durch den Regenschleier sah man zwei Tiere übereinander. Die Tropfen machten die Felle der Tiere blank, dunkel. Eine Ratte lag oben und schien auf der anderen zu reiten. Mit den Krallen der Vorderpfoten hatte sie der untenliegenden die Kehle zusammengedrückt. Ich schrie leise auf. Das Tier hob seinen Kopf, wandte den Hals nach oben, äugte umher. Ich schwieg. Während durch das Rieseln des Regens ein leises, wie Miauen klingendes Klagen aus der Kehle der Besiegten drang, hackte die Siegerin der anderen ruhig und überlegt auf den Schädel und biß ihr die leise krachende Hirnschale durch, schmatzte das Gehirn heraus, warf dann den Kadaver auf die Seite und machte sich an die Baucheingeweide. Sie arbeitete darin leidenschaftlich umher. Der Regen hörte bald ganz auf. Der Wind scheuchte Blätter von der schönen, regennassen Platane in die Grube hinab. Eine tiefduftende Welle von feuchtwarmer, fast tropisch schwüler Sommerluft strömte vom Garten heran.

Ich schlief wieder ein, fast möchte ich sagen, ich schlief gegen meinen Willen ein.

Am nächsten Tag aber erlebte ich es, daß, was bis jetzt nie der Fall gewesen war, zwei Ratten friedlich in der Grube hausten, ein stärkeres Weibchen, das Tier aus der letzten Nacht, und ein schwächeres, ein Männchen, das sich eben hatte verlocken lassen, hinabzuspringen, wie so viele vor und nach ihm. Das Männchen war scheuer, das Weibchen lauter und frecher. Ohne Furcht vor mir und meinem Vater hob es seinen Kopf und entsandte seiner Kehle hohe, unangenehme, vibrierende Töne, etwa wie ein Pfeil durch die Luft pfeift, so klang es. Das Weibchen rannte mit kleinen Schritten um das Männchen im Kreise, ober besser gesagt im Halbkreise, denn das umworbene Wesen hockte in der Ecke und hatte Angst. Julius und Romea, spöttelte mein Vater. Das Weibchen ließ nicht nach, es hob sich bisweilen wie ein dressiertes Eichhörnchen auf den Hinterbeinen und umtanzte das Männchen, das hervorkam. Ich konnte den weiteren Verlauf des Spieles (es war ein schauerlicher und zugleich beglückender Anblick, diese schrecklichen Tiere *spielen* zu sehen!) nicht abwarten. Es war der Tag der Zeugnisverteilung in der Schule.

Der Plan meines klugen Vaters war darauf aufgebaut, daß sich die Tiere zuerst in die Grube hinabblocken lassen und dann in der Grube gegenseitig zu Tode beißen, vernichten würden. Kampf aller gegen alle um das Dasein. Jetzt lebten aber zwei Todfeinde – wie es schien, friedlich und lustig nebeneinander. Daß *sein* Lebensgesetz doch nicht in allen Fällen stimmte, war mir trotz aller meiner Liebe zu ihm, man glaubt es mir vielleicht nicht, ein Trost, ein befreiender Gedanke. Die Welt war vielleicht nicht so schlecht, nicht gar so schauerlich, wie er sie machte. Machte er sie schlecht oder war sie es? Ich hätte so gern *ihn* belehrt, eines Besseren belehrt. Was aber konnte ich bis jetzt einem Zyniker antworten, der mir sagte, die segensreiche Dummheit könne nicht erlernt werden und auch die Niedertracht müsse angeboren sein? Er kannte weiter nichts, hielt es für das größte Glück, dumm zu sein, was er nicht war, und für einen natürlichen Vorteil, noch niederträchtiger handeln zu können als die anderen.

Mein Vater merkte, daß ich ihm, vielleicht zum erstenmal bewußt, widerstand. Er war überhöflich wie immer, wenn er seine ganze Kraft zur Erreichung eines Zieles zusammenfaßte. Er gab mir in allem recht. Er widersprach mir nicht. Und doch log er nicht. Ich kannte ihn ja, wie er mich kannte. Er glaubte, daß die Welt besser unerschaffen geblieben wäre. Ich glaubte es nicht, wenn ich es nicht glauben mußte. Ich lebte ja so gerne. Ich war ein Kind. Ich wollte es endlich sein.

Aber er wollte es anders. Abends wurde es ernst, oder besser, gesagt, nachts. Mein Vater härtete mich ab. Er wollte mich zu einem tapferen Menschen erziehen.

Ich will nur die nackten Tatsachen berichten. Er nahm mich mit hinunter zu der Rattengrube und ließ mich da im Scheine seiner starken Taschenlaterne, als ob das Licht der Laterne im Hofe nicht ausgereicht hätte, in bengalischer Beleuchtung den wiederholt vollzogenen, schamlosen Geschlechtsverkehr der scheußlichen Tiere beobachten. Ich kann es nicht beschreiben. Unbeschreiblich ist mein Abscheu gewesen und ebenso unbeschreibbar mein wollustvoller Schauder. Nur noch einmal erlebte ich beides zugleich wieder. Der Leser weiß, wann und wo.

## XVII

Ich will versuchen zu schildern, was in mir vorging, und ich weiß doch, daß ich es nicht kann. Es muß irgendwie mit dem Hinscheiden meiner Frau zusammenhängen, denn auch dieses habe ich nicht beschreiben können. Was an Wollust in mir war, war zugleich Abscheu. Beides ging wild durcheinander. Mein Vater hielt meine Hand, und ich riß an ihr. Fast ebenso, wie ich vor einigen Stunden auf dem Hafenplatz der südlichen Stadt an der Hand meines Nachbarn gerissen habe. Er redete mir gut zu. »Während deine Altersgenossen dumme Bengel sind, bist du schon ein Mann. Wenn sie Männer sein werden, wirst du so weit vor ihnen voraus sein, daß . . .« Er vollendete seinen Satz nicht. Er mußte mich stützen, ich wand mich wie in Krämpfen, ich hielt, ohne zu wollen, meinen Atem in der Brust zurück, mein Gesicht wurde heiß und schwer, in mir regte es sich, und plötzlich schoß die feuchte, warme Nachtluft mir in einem zischenden Zuge tief in die zentnerschwere, enge Brust, etwas löste sich, und mit dem furchtbarsten aller Schrecken merkte ich, wie meine Zähne knirschten . . . Sie knirschten genauso, wie die Zähne meines Vaters knirschten, der auf diese Weise in einem halben Jahre eine kostbare Goldkrone auf einem seiner Bakkenzähne zerknirscht hatte und zu seiner Wut den teuren Zahnarzt doppelt bezahlen mußte. Aber ein Knabe hat ja starke Zähne, gesunde. Damals hatte ich sie noch.

Ich trat zurück an die Wand des Hauses, ich ballte die Fäuste, mit der linken Hand schlug ich wie ein Irrer gegen die Mauer, mit der rechten hieb ich gegen die neue Regentonne, in der das Wasser gluckste.

Mein Vater stand ruhig neben mir und hatte aus Sparsamkeit das Licht der kleinen elektrischen Birne seiner Taschenlaterne wiederum ausgeknipst. Ich preßte meine Hände jetzt vor die Augen, aber mein Vater löste sie sanft ab – (wie konnte er mit seiner schönen, mageren, aber nicht harten, nur durch einen alten Hundebiß von einer ovalen Narbe verunstalteten Hand einen Menschen liebkosen!) und sagte mir: »Du sollst dich nicht blind stellen. Und wenn ich dir nichts vererbe außer meiner Erziehung, muß aus dir ein glücklicher und großer Mensch werden. Man wird dich vielleicht manchmal hassen, aber nie über dich lachen. Was gibt es mehr? Lache du über andere! Hätte mein Vater mich so erzogen wie ich dich, dann wäre meine Expedition geglückt, und ich wäre einer der größten Entdecker meiner Zeit. Also: tu die Augen auf und sieh! Du glaubst an die Allmacht der Gefühle. Ich glaube an die Allmacht der Freßgier. Liebe regiert die Welt – oder Geld regiert die Welt? Wollen wir wetten? Ich setze tausend Dukaten wie ein Märchenkönig, und du brauchst bloß das vertrocknete Butterbrot zu setzen, das du in der Tasche herumschleppst.«

Das war richtig. Ich hatte meine zwei belegten Frühstücksbrötchen, in Papier gewickelt, heute wie an jedem Schulmorgen, mitgenommen. Es hatte die feierliche Verteilung der Zensuren stattgefunden, aber kein Unterricht. Ich zog die Brote aus der Tasche und gab sie ihm. »Gut!« sagte er. »Das ist dein Einsatz. Ich stehe dir gut für den meinen, denn soviel Geld habe ich nicht bei mir.« Gut! Er knipste seine Taschenlaterne wieder an, schwenkte das eine Weißbrötchen in der Luft und ließ es in die Grube hinabfallen.

Noch waren die Tiere miteinander nach ihrer Art vereinigt, wie sich eben Ratten im Geschlechtskampf vereinigen. Mir war ihr Haß gegeneinander nichts Neues gewesen. Den hatte ich schon studiert. Neu war mir das andere gewesen, ihre tierische Liebe. Vor einigen Minuten hatte ich erst begriffen, was sich die »dummen Bengels« im Schulhofe oder auf den Klosetts zuflüsterten und wovon ich mich in meinem törichten Stolz immer trotz aller Wissensbegierde abgewandt hatte. Ich hatte auch über die Liebe der Menschen nicht aufgeklärt sein wollen. Diese »liebenden Herzen« waren mir aber jetzt in einer schauerlichen, abschreckenden, naturwissenschaftlich nackten und brutalen Gestalt aufgegangen. Nicht bei Romeo und Julia, sondern bei Ratte und Rattin. Einerlei, aufgegangen war sie mir. Ich hatte sie erfaßt. Aber nicht fassen konnte ich armseliger dummer Junge das, was jetzt kam, den Kampf der (eben noch) »liebenden Herzen« um den erbärmlichen, vertrockneten Bissen Brot. Das Zerfleischen der »liebenden Herzen« in der unbarmherzigen Not des Daseinskampfes. Dieser Kampf wurde zwischen dem starken Weibchen und dem zarten Männlein mit einer Wut, Schnelligkeit und Brutalität geführt, die alles hinter sich ließ, was ich gesehen hatte.

Ich schildere es nicht. Man danke mir, daß ich diese Szene ebenso mit einem Schleier bedecke wie den Tod meiner Frau. Geschenkt! Genug der Greuel in der Welt! wie mein Vater sagte. Aus.

Siegreich blieb das Weibchen. Es schlang das verdreckte Brötchen in einem Bissen hinunter und lugte mit seinen scharfen, glitzernden Äuglein nach oben, wo mein Vater noch das zweite Brötchen festhielt. Noch schrecklicher als alles war der Umstand, daß der männliche Partner von seiner Liebesfeindin nicht einmal getötet worden war. Die arme Bestie blutete, auf der Seite liegend, und konnte sich gegen seine Geliebte nicht wehren. Die Zeit verging. Ich atmete schwer, die Kehle wurde mir eng. Mein Vater atmete ruhig, auch das Weibchen unten war still. Ich dachte endlich, alles sei aus, als ein leiser und doch so markerschütternder Laut erscholl, daß ich – ich weiß nicht, ich weiß nicht mehr, was jetzt geschah. Ich sah nichts und hörte nichts. Ich glaube, mein Vater hat mich später auf seinen Armen in die Bibliothek getragen und hat gewartet, bis ich frisch und munter erwachte. Er hatte, als ich die Augen aufschlug, den großen Atlas von Andrée in der Hand und zog, wie schon oft, mit der Spitze seines Kleinfingernagels die Route (auf der Karte: Polargegend – Arktis) nach, die er auf seinem Schiff vor Jahr und Tag in die Nordgewässer unternommen hatte. Ich stand auf, sagte ihm gute Nacht und er antwortete: Gute Nacht. Ich verbrachte diese Nacht nicht schlaflos. Ich schlief wie ein Toter.

Ich war jetzt der Mensch geworden, der *das* tun konnte, was ich getan habe und was mich auf dieses Sträflingsschiff gebracht hat. Ich träumte nicht mehr. Wie Hamlet hatte mein Vater mich erweckt. Ist nicht auch Hamlet ein Mörder? Er tötet »nur« Polonius, er tötet den zudringlichen Vater seiner Geliebten wie zum Spaß, spießt ihn wie eine alte, kluge, aber doch nicht genügend kluge und erfahrene Ratte auf, hinter einer Tapete, um zu hören, wie sie aufquiekt. Und er war doch Hamlet!

Der Rattenkampf bei uns ging gut vorwärts.

Eines Tages rafften sich die Tiere auf, sie hatten sich untereinander endlich verständigt. Sie folgten der Versuchung nicht mehr, sondern verließen ihre Heimat, den Hof, den Garten, das

Haus. Nachts müssen sie sich in einem Zuge auf dem Flusse weiterbegeben haben. Viel weiter flußabwärts sollten Rattenzüge aufgetaucht sein, ob es »unsere« waren, ist sehr die Frage, denn das Wandern ist nun einmal ihre Lust. Neben anderen Lüsten.

Wie viele hier bei uns sich gegenseitig gemordet hatten, konnte man nicht ermessen. Man hatte zwar angefangen zu zählen, war aber dessen bald müde geworden. Mit Schaufeln hatte man die Überreste der Tiere Tag für Tag herausgeholt, bis plötzlich keine mehr da waren. Diese sterblichen Überreste kamen mit der Schaufel zusammen in ein zu diesem Zweck gegrabenes Loch unweit des Springbrunnens und ergaben einen sehr guten Dünger. Denn über dieser Erdgrube wuchsen im nächsten Frühjahr Blumen, wie man sie in solcher Pracht, Fülle und Schönheit der Farben in dem sonst etwas dürftigen und allzu schattigen Garten nie gesehen hatte.

Mein Vater zeigte denn auch dieses Wunderbeet mit besonderem Stolz dem Käufer unseres Hauses. Da das Grundstück rattenfrei geworden war, war natürlich sein Wert bedeutend gestiegen, und mein Vater meinte, es sei Übermut, ein so riesiges, wertvolles Haus von nur vier Personen (ihm, meinen beiden Geschwistern und mir) bewohnen zu lassen. Er verkaufte es um den dreifachen Bettag dessen, was es ihn gekostet hatte. »Hat sich die Speckseite nicht gelohnt?« sagte er mit einer Anspielung auf die schöne Speckseite, aus der er eigenhändig ein zwei Fäuste großes Stück herausgeschnitten hatte. »Außerdem habe ich meine Wette gewonnen. Hab ich das, mein geliebter, großer, dummer Junge?« fragte er und fuhr mir mit seiner mageren, trockenen, narbengeschmückten Hand durch mein je nach dem Wetter sprödes oder weiches Haar . . . Ja, mein Junge! *Ich* war nicht mehr jung.

Er hatte übrigens auch die Kacheln aus der Grube wieder verwendet. Sie wurden mit Seife und Soda gereinigt, und mit Hilfe des Gärtners baute er in dem früheren Schlafzimmer meiner Mutter den Ofen wieder auf. Nur etwas kleiner als früher, da sich einige Kacheln, nämlich die zerbrochenen Stücke, nicht mehr verwenden ließen. So war in dem alten Ofen eine Bratröhre eingebaut gewesen, in der man Äpfel und Kastanien braten konnte. In dem neuen Ofen konnte man dies nicht mehr . . .

Aber der neue Besitzer des Hauses hatte keine Kinder.

## Drittes Kapitel

### I

Wenn ich begreiflich machen soll, wie aus mir durch meinen Vater der Mensch wurde, der ich bin, muß ich bei der Geschichte meines Vaters beginnen, bei dem Mann, der auf meine Jugend bestimmend eingewirkt hat. Auch er hat sich einmal auf einer langen, entbehrungsreichen und, wie ich gleich sagen will, letzten Endes ergebnislosen Schiffsreise befunden. Diese große, seine Reisesehnsucht völlig sättigende Fahrt hat ihn nicht nach Süden in die Äquatorgegend, sondern nach Norden geführt. Zum Pol.

Er war schlank, muskulös, ausdauernd, hatte in jungen Jahren die schwierigsten, gefährlichsten Bergpartien gemacht, hatte Höhen erreicht, die noch kein anderer betreten hatte. Er war wissenschaftlich gut vorgebildet, ein hervorragender Geologe und ein großer Botaniker, der der damals neuen Wissenschaft der Pflanzengeographie mit anderen Gelehrten die Grundlage zu bilden geholfen hatte. Physikalische Erdbeschreibung war sein spezielles Gebiet, hatte er doch eine Doktorarbeit über den magnetischen Erdpol und über die Zusammenhänge des Erdmagnetismus mit den variablen Luftströmungen verfaßt und sich darin als ideenreicher Meteorologe bewiesen. Das alles in dem Alter unter dreißig Jahren. Hätte man glauben können, daß aus diesem vielseitigen, hoffnungsvollen Gelehrten und Naturforscher einmal ein Verwaltungsbeamter im Ackerbauministerium und die »linke Hand« der jeweilig wechselnden Minister werden würde? Und der Erzieher eines so hoffnungsvollen Sohnes wie ich? Mit staatlicher Unterstützung wurde er in seinem einunddreißigsten Jahr in den Stand gesetzt, einen großen Dreimaster nach den letzten Erfahrungen der Nordlandfahrer auszurüsten, sich die notwendigen Mitarbeiter in Gestalt von Geographen, Navigatoren, Meteorologen, Zoologen, Botanikern, Sprachforschern und Ethnographen auszuwählen. Womöglich sollte ein Gelehrter mehrere Fächer beherrschen. Eine Akademie im kleinen. Dazu eine auserlesene Mannschaft und einen schönen Hund, Ruru.

Mit großen Lettern stand sein Name als der des Führers in den Tagesblättern, als er abreiste. Man hatte Vertrauen zu ihm. Man glaubte an seinen guten Stern. Die amtlich besoldete Wissenschaft, die sich sonst bekanntlich jedem wahren Fortschritt entgegenzustemmen pflegt, stand ihm hilfreich zur Seite. Vor dem Antritt seiner Expedition ließ er sich mit seinen Gefährten einsegnen. Er war ein ebenso schöner wie kluger, ein gewinnender Mensch. Er konnte kommandieren, alle fügten sich ihm gerne.

Wer ihn dann später kennengelernt hat nach dieser Reise als einen verschlossenen, überhöflichen, maßlos eitlen Mann unter seiner Maske der Bescheidenheit, krankhaft geizig unter dem Anschein der Freigebigkeit, von sinnlichen Leidenschaften in aller Heimlichkeit umhergetrieben, als Atheisten von reinstem Wasser und dabei Frömmler und Kirchengänger, Anarchisten für sich und Anbeter der Autorität für die Welt, streng gegen die andern, aber viel zu milde gegen seine eigenen Schwächen, die Menschen aus dem tiefsten Herzensgrunde verachtend und sie mit Souveränität beherrschend – wer meinen Vater als den Dr. Georg Letham den Älteren gekannt hat, wie er außer seiner amtlichen Laufbahn, seinen niedrigen Leidenschaften, seinem Machttrieb und seinen Seelenexperimenten nur noch das Bankkonto anerkannte und seinen zweiten Sohn –, der hätte in ihm nicht den Georg Letham wiedererkannt, wie er vor der Jahrhundertwende mit reinem Willen, mit guten Gaben, scheinbar unter den günstigsten Schicksalssternen ausgezogen war, um den Nordpol geographisch zu erobern. Zwei Jahre beinahe blieb er fort – aber was für Jahre! Das Ergebnis war ein nur fünf Seiten langer Bericht an die Akademie der Wissenschaften, der leider mehr aus Stimmungsbildern und allgemeinen Theoremen als aus streng wissenschaftlichen Tatsachen bestand. Es war eine Katastrophe. Millionen hatte die Reise gekostet. Einige Phrasen waren das Resultat.

Und doch! Welche Meisterschaft in der Behandlung von Menschen und Ausnutzung von gegebenen Verhältnissen mußte man ihm zubilligen, wenn er geschlagen, nach schauerlichen Entbehrungen und Irrfahrten zurückkehrend, dennoch auch aus diesem Ergebnis sich retten, behaupten, sogar vorwärtshelfen konnte. Er bekam nachher einen hohen Posten im Ackerbauministerium, wobei ihm seine meteorologischen Erfahrungen angerechnet wurden. Er heiratete die Schwester seines Reisegefährten, reich, aber nicht sehr glücklich; und ich war sein zweiter Sohn.

Seiner Seele nützten diese Laufbahn und diese »meteorologischen Kenntnisse« nichts. Er war so enttäuscht worden, daß sich das Grundgewebe seines Wesens geändert hatte. Zum Nichtwiedererkennen.

Nicht der Mißerfolg allein war es, was ihn stürzte, sondern der Abgrund, nicht zu überbrücken, zwischen seiner Aufgabe und zwischen ihrer Durchführung.

Wissen, wozu man lebt, und es können, das war sein primäres Lebensziel, sein Glaube, der seiner katholischen Kindheitsreligion nicht widersprach. Und daß er späterhin zwar wußte, aber nicht konnte, lag das an ihm? War er schuld? Welch eine Frage! Nur der Tatbestand war schuld, das, was im Protokoll steht. Und was war nun dieser Tatbestand, welche gewaltigen Katastrophen waren in dem grandiosen Protokoll verzeichnet? Wäre es doch derartiges gewesen! Aber es waren nur tragikomische Tatsachen, an kleinen Tierchen lag alles, an lieben Bestien, die nur gar zu anhänglich sind, an zutraulichen Wesen, die den guten, reichen Menschen als Vater und Versorger ansehen, an solchen geliebten Gotteskindern, wie sie eben jetzt im Dunkel zwischen den Medizinalkisten und den Tauen an Deck der »Mimosa« hin und her huschen, die langen Schwänze hinter sich herschleifend – habe ich nicht schon von ihnen genug und übergenug erzählt? –, an Ratten.

Von dieser Reise her kannte er sie und kannte die Welt. Vom Naturforscher war er zum Menschenkenner geworden.

Der Nordpol liegt in ewigem Eise. Wenn überhaupt, ist er nur auf Schneeschuhen, durch Hundeschlittenexpeditionen zu erreichen. Aber die weite Eisfläche ist im Sommer von Schrunden und Spalten durchzogen, die unter den Strahlen der kärglichen Sonne aus der Eisdecke herausgetaut sind. Im Winter aber, wenn diese Rinnen zugefroren sind, sind die Unbilden der Witterung zu hart. Vier Monate lang herrscht völlig Nacht. Man muß also die kurze Sommerzeit benutzen.

Am besten auf dem Wasserwege nach dem Pol, hatten doch gelegentlich einmal wagemutige Forscher einer riesigen schwimmenden Scholle ihr Leben anvertraut! Sie haben aber diese

Methode nicht glücklich gefunden. Denn sie wanderten auf der Scholle (sie war unabsehbar) nordwärts, die Scholle trieb südwärts, und alles war vergebens. Aber ein weltberühmter Nordpolfahrer (mein Vater war es nicht) ist in jenen Jahren, zu Ende des neunzehnten Jahrhunderts, dem ersehnten Stück kalter Erde doch so nahe gekommen, als es bei dem damaligen Stande der Technik, das heißt also noch ohne radiotelegraphische Einrichtungen und ohne Aeroplane und Luftschiffe, möglich war. Seine Methode war die gleiche wie die meines Vaters, es gab wie in vielem auch hier nur *einen* praktischen Weg. Ihm ist es geglückt. Meinem Vater nicht. War der andere klüger? Vielleicht nicht. Nur hat er weniger Ratten an Bord gehabt.

Was war nun die Methode? Viele Schiffe hatten vergeblich die Donquichoteausfahrt nach dem sagenhaften Pol unternommen. Alle waren gescheitert, aber jedes auf eine andere Weise, an anderer Stelle.

Eines dieser Schiffe, genannt Jeanette, war nördlich der nordsibirischen Inseln vor Jahren an eine Stelle gekommen, wo es im Packeis nicht weiter ging. Mannschaft und Führer verlassen das Schiff. Retten sich. Der Dreimaster bleibt zurück. Gigantisch türmen sich Eisblöcke auf Eisblöcke. Immer neue Berge nahen sich, unwiderstehlich getrieben, der ganze Horizont, die weite stahlblaue Meeresfläche ist von ihnen erfüllt. Grünlichblau schimmernd, mit langen Bärten geschmolzener Eismassen behangen, im Nordlicht funkelnd, so segeln sie von allen Seiten allmählich an die Wände des Schiffes heran. Eines Tages verbinden sie sich, von ungeheuren Kräften lautlos gegeneinander gepreßt. Das kleine Schiff wird zerquetscht wie ein Ungeziefer zwischen zwei glatten Fingernägeln. Es kracht. Es ist aus. Die kompakte Eismasse steht wie ein in Jahrmillionen gewachsenes Gebirge da. Eisbären, Polarfüchse, Schneehasen, Robben, vereinzelte Vögel und weniges anderes Getier zieht heran und vorbei. Die Balken des zertrümmerten, verlassenen Schiffes, die Rahen und Ketten, die Bretter und Kisten, die Seile und Segel, alles friert in den Eismassen ein. Schnee legt sich darüber. Alles ist still. Der Mond, eine gläserne Kugel, dann ein Halbmond, dann ein feines Sichelchen und das alles wieder zurück – er verschwindet vom Himmel nie, wenn nicht Schneestürme ihn verdecken. Dann hellt es sich auf: Die Sterne stehen und leuchten. Die Eisfüchse schnüren ihre Fährte.

Einsame Vögel schweben in der nebligen, düsteren Luft, weit die perlfarbenen Flügel ausgebreitet, den langen Hals vorgestreckt.

Frei wird die Schiffsruine erst im Frühjahr, wenn das Eis sich unter den schrägen Sonnenstrahlen und den wärmeren Winden wieder auflöst. Das Meer wird offen.

Demzufolge müßte man alle Schiffstrümmer nach Jahren noch in der gleichen Gegend wiederfinden? Nein. Ungeheuer weit von diesen nordsibirischen Inseln entfernt findet man sie auf. An der Ostküste von Grönland, also *jenseits* des Nordpols. Tausende von Meilen Reise. Blind, unbemannt, fanden die Trümmer des Schiffes den einzigen praktischen Weg. Die Menschen mit allen ihren wissenschaftlichen Kenntnissen und Erfahrungen hatten ihn nicht finden können. Es muß also eine zwar langsame, aber stetige Strömung von Nordsibirien über den Nordpol nach Grönland führen. Was war zu folgern? Man mußte ein Schiff so solid bauen, es an Seitenwänden, Spanten und Kiel derart verstärken, daß es selbst dem gigantischen Druck der anpressenden Eismassen widersteht. Wenn man den Pol nicht auf den ersten Anlauf während der kurzen Sommerzeit erreicht, muß man sich dort einfrieren lassen, wo »Jeanette« unterging. Bei der nächsten Tauperiode wird dann die »Drift« das Schiff in die Gegend des Pols hintreiben, so nahe, daß man ihn vielleicht mit Hundeschlitten erreichen könnte, die man von den Eingeborenen bekommt.

Das ist jenem weltberühmten Polarforscher Fridtjof Nansen geglückt. Meinem Vater wäre es vor Nansen geglückt, wären die Ratten nicht gewesen.

Kein größeres Schiff ohne Ratten. Aber auch die kleineren haben genug Prachtexemplare davon. Neue Schiffe, wie das meines Vaters, werden ebensowenig von ihnen verschont wie alte, verlotterte, mit allem Hafenschmutz getränkte Schaukelkästen wie die »Mimosa«, *mein* Schiff. Aus den alten Kähnen die Ratten auszurotten, weiß man keinen sicheren Weg, und die neuen Schiffe werden von diesen kühnsten Seefahrern aller Kontinente augenblicklich besetzt, sobald diese ihre erste Ladung einnehmen. Auf den langen Seereisen vermehren sie sich in geometrischer Progression, wenn sie nur genug zu fressen haben. Auf Segelschiffen wie dem meines Vaters finden sie kolossale Vorräte, die für jahrelangen Aufenthalt eingerichtet sind.

## II

Aber ein Optimist rechnet nur mit einem geringen Verlust durch Parasiten; und das war mein Vater, Dr. Georg Letham der Ältere. Ein blühender Optimist, so wie er zum düstersten, giftigsten Pessimisten wurde nach seiner Rückkehr aus dem Norden. Aus der Natur in das Amt.

Solch ein Optimist kalkuliert mit einem gewissen Verlust, aber er stellt sich einen legalen Ausgleich zwischen dem Besitz des Menschen und der Zerstörungslust und Freßgier der unerwünschten Tiere vor.

Schwierigkeiten hatte er in Betracht gezogen, er war kein Narr, und ihm war viel anvertraut. Er war kein Feigling und Schwächling und glaubte, seiner Aufgabe gewachsen zu sein.

Eine Nacht von vier Monaten Dauer schreckte ihn nicht. Anwesend waren nur Männer; es war bei aller geistigen Kultur eine öde, trockene Gesellschaft, die auch nicht viel amüsanter wurde, als sich ihr in einem Nordlandhafen ein freiwilliger Passagier, ein norwegischer Missionar protestantischen Glaubens, zugesellte, für den kein Platz vorgesehen war und der sich bereit erklärte, die Stelle des erkrankten (oder zu seinen »liebenden Herzen« daheim zurückkehrenden) Proviantmeisters einzunehmen. Das ist die Gesellschaft. Dazu die Mannschaft, der Hund meines Vaters, die Papageien des Geographen, meines späteren Onkels.

Dieselben Worte wiederholen sich bei denselben Anlässen, mechanisch abgeschnurrte Phrasen, Fragen und Antworten. Die gleichen Erinnerungen werden zusammenhanglos reproduziert, die gleichen Wahrnehmungen gemacht. Die gleichen Hoffnungen und Befürchtungen erfüllen die Herzen aller Expeditionsgenossen. Schauerliche Langeweile. Stundenlanges Kartenspiel ohne irgendwie wertvollen Einsatz. Kein Kontakt mit der Außenwelt, außer wissenschaftlichen Beobachtungen und außer der in höheren Breitengraden immer selteneren Jagd. Kein Blau des Himmels während so langer Zeit, künstliche spärliche Beleuchtung bei Tag und Nacht. Keine Blume. Enges Hausen in dumpfen Kajüten, die man der Kälte wegen nie richtig lüftet. Süßes Wasser nur in minimalen Mengen. Denn man spart mit den Heizstoffen, welche den Schnee zu Süßwasser auftauen. Auch das Petroleum der Lampen, von der Kälte zu Klumpen gefroren, muß mühsam aufgetaut werden. Eine seltene Vergünstigung, um die bald Eifersuchtskämpfe beginnen, stellt ein warmes Bad in einem Holzbottich vor; es wird in unbequemster Haltung genommen, zusammengekauert, die Knie bis ans bartumwallte Kinn emporgezogen. Kein frisches Gemüse, kein Obst (eine reife, gelbe, aromatische Butterbirne »Prince of Wales« ist der Lusttraum vieler Nächte), kein Grün als das fahle Grün der Löschblätter in den Herbariumsfolianten, die man höchst unnötigerweise in diese unwirtlichen Gegenden mitgenommen. Denn was für Pflanzen sollen hier getrocknet, gepreßt werden? Was hier oben noch kümmerlich wächst, Algen, Flechten, Moose, ist ohnedies trocken und hart wie Stroh. Daher finden die Blätter des Herbariums »andere Verwendung«, sehr zum Verdrusse des Gelehrten, der schließlich mit den Bänden in seine Koje steigt und auf ihnen schläft.

Außerhalb des Schiffes, schon in wenigen Metern Entfernung von dem Segelschiff, Totenstille oder das knirschende Krachen der Eisplatten, das Mahlen und Knarren der Schollen, das hohle Brausen der eisigen, messerscharfen Winde, das explosionsartige Knallen der berstenden Eisberge und das ziehende, schlurfende Ächzen der Schiffswände, die unter dem Druck des Eises sich winden.

Die Menschen (ich spreche von der Zeit des Wartens, des Eingeschlossenseins am vorbestimmten Breitengrad), die Menschen an Bord ächzen, nicht wie Menschen seufzen, sie ächzen wie eine Holzplatte, die beim Tischler im Stock eingespannt und unter Druck gesetzt wird. Sie verlernen überraschend schnell das Zuhören, sie verlernen das sinnvolle Sprechen. Trägheit, Lebensschwäche, Apathie. Müde, müde. Sie brummen und knurren unartikuliert, beim Erwachen schon gereizt, stumm, verbissen, ironisch, mißmutig bis in die Tiefe des rebellierenden Magens. Nur der Norweger und mein Vater haben noch Laune, der erste mit Hilfe des Alkohols. Immer ist einer der anderen Gefährten auf der Kippe, dem man eine Waffe mit Gewalt fortnehmen muß. Drei Tage später nimmt er sie dann einem anderen fort, und so macht der gleiche Revolver die Runde durch einen großen Teil der Besatzung. Ernst ist es keinem, sie machen nur »Theater«, sie spielen mit dem Gedanken, und es besteht sogar der Verdacht, daß sie durch dieses »Theater« Kostverbesserungen anstreben, die nur für die Kranken und

Entkräfteten bestimmt waren. Schließlich kann mein Vater alles in Ordnung bringen. Im Grunde *glauben* sie alle noch an das Gelingen. Nur haben sie es sich nicht so schwer gedacht. Die Kälte lähmt. Schauerlicher, ans Herz greifender Frost. Endlich friert das Schiff über Nacht auf dem achtzigsten Breitengrad ganz fest ein. Es schaukelt nicht mehr, wiegt sich nicht, es steht wie ein Haus, es ist wie festes Land. Gut.

Dieses sind die voraussehbaren Schwierigkeiten. Man hätte sie überwunden. Aber die Ratten! Sie begannen sich etwas stark zu vermehren. Anfangs hatte man sie nicht weiter beachtet. Einer der Gelehrten hatte sich sogar zwei ganz junge Ratten zu zähmen versucht und dieselben in einem strohgeflochtenen Körbchen großgezogen, oft kindisch vergnügt lachend, wenn sie an seinen Fingern bissen und wenn sie mit ihren länglichen Vorderzähnen raspelten, sooft er ihnen die Hand hinhielt. Aber Ratten waren keine Spielzeuge, sie waren unangenehme Überraschungen.

Wenn man es am wenigsten vermutete, steckten sie, mit den klugen, scharfen, bösen Augen blinzelnd, ihre spitzen, dünnbehaarten Schnauzen, ihre schmutzfarbenen Köpfe mit den langen Schnurrbärten und den nackten, fledermausartig kahlen Ohren hervor. Sie meldeten sich. Sie verständigten sich untereinander. *Sie* hatten die gegenseitige Verständigung noch nicht verlernt. Sie schossen hierher und dorthin, zielbewußt. Sie waren nicht apathisch. Ihnen fehlte kein Blau und kein Grün, sie schwitzten nicht und froren nicht. Sie lebten und waren frech. Aber dem Führer der Expedition schienen sie zu dieser Zeit nur sehr lästig, aber ungefährlich.

Das waren die ersten Monate im Packeis, ein Aufenthalt, der sich nach den Umständen auf lange Zeit erstrecken konnte.

Auch diese Gegend ist nicht ganz von Menschen verlassen. Es erschienen ältere und jüngere Eskimos, von dem Licht in den Kajüten weither angezogen, mutige Felljäger, die mit ihren Kajaks oder mit Hundegespannen in die Nähe des Schiffes gekommen waren, je nach den Wetterverhältnissen. Der Missionar war wie elektrisiert. Auch die Eskimos zeigten viel Lebhaftigkeit. Sie wußten bereits oder lernten sehr schnell, was Tabak und Schnaps ist, und wußten auch den Weg zu diesen Herrlichkeiten: die Bekehrung. Sie küßten die Bibel, tranken den Schnaps und kauten oder fraßen den Tabak. Und lachten breit.

Es waren in kostbare Felle gekleidete, nach faulendem Tran stinkende Menschen mit herrlichen Gebissen im schmutzdunklen Gesicht; unkultiviert, stumpf gegen Gefahr und Tod, vom Aberglauben besessen. Man predigte ihnen das Christentum, und sie erzählten großartige Märchen und Mythen. Die gleichen Männer gaben klare, wissenschaftlich präzise Berichte von den Wetterverhältnissen, den Strömungen, der Richtung, welche die Eisberge einschlugen, von der Regelmäßigkeit der polaren Lichterscheinungen. Sie konnten berichten von ihren Jagdabenteuern, sie wußten viel über die Lebensgewohnheiten der Polartiere, mit denen sie und ihre Vorfahren auf den Jagdfahrten vertraut geworden waren. Nur von den Jagden auf Schiffsratten wußten sie nichts, sie kannten nicht einmal den Gebrauch von Mäusefallen und daß man die Ratten mit Speck lockte, schien ihnen frevelhafte Verschwendung.

Man konnte sich auf Umwegen mit ihnen verständigen. Der Sprachforscher und der Norweger erlernten zuerst ihr Idiom, und ihre lebhafte Zeichensprache tat das übrige. Ihre Geschichten hörte jedermann mit Vergnügen, und man zog sie zu sich durch allerlei Leckerbissen, durch Mundharmonikaspiel und vor allem durch Alkohol, den sie in jeder Form und Menge schätzten, eßlöffelweise und literweise, – und faßweise. Eines Abends waren sie besonders heiter, und zwei von ihnen führten den berühmten Trommeltanz auf. Der eine ahmte einen spielenden Seehund nach, der zweite einen wütenden Eisbären. Ihre Belohnung bestand wieder in Alkohol. Nach einer Zeit verschwanden sie, ohne Abschied zu nehmen, ohne Spuren zu hinterlassen.

Nach längerer Zeit erschien ein zweiter Trupp (meist älterer Männer), der ein etwas anderes Idiom sprach, nicht so mitteilsam und kindlich war wie der erste, mit dem man sich aber auch bald freundschaftlich verständigte. Ein alter Mann aus dieser Gruppe ließ geheimnisvolle Andeutungen hören von einem weißen Mann, der nach dem nördlichsten Norden wollte. Ein Europäer? Aber doch nicht ein Europäer, ein Mann wie diese Gelehrten da – die plötzlich blaß geworden, sich im Kreise um den Sprecher scharten? Doch. Alle verstummten bestürzt. Keiner ließ aber etwas merken. Es war kein Pelzjäger. Kein Robbenfänger, kein Walfischtöter, kein Kapitän, kein Missionar. Ein zweiter Nordpolfahrer mußte es sein.

Meinen Vater befiel furchtbare Ungeduld. Er wollte sich mit den Kameraden beraten. Er hatte zu kommandieren, auch der Schiffskapitän hatte ihm zu gehorchen, aber bei diesem Schiffsrate hatten alle gleiches Stimmrecht, Mannschaft und Offiziere, Gelehrte und Ungelehrte.

Man konnte ihm aber keinen Rat geben, und er konnte keine Befehle geben. Man mußte warten.

Der Vater änderte sich, er wurde reizbar, versteifte sich oft auf seine Autorität, spielte mit Erfolg die Männer gegeneinander aus, wurde überhöflich und launenhaft.

Alle begannen mit jeder Stunde mehr unter der unnatürlichen Art des Zusammenlebens zu leiden. Die Streitigkeiten häuften sich, mein Vater hatte zu entscheiden und urteilte vielleicht oft parteiisch, bisweilen wollte er sich dem Urteilen entziehen, seine Ruhe haben, nicht belästigt werden – geschah aber dann etwas ohne sein Wissen, wurde er empfindlich und zog sich zurück, persönlich gekränkt. Der offene kameradschaftliche Ton hatte aufgehört.

## III

Gerade jetzt begann sich die Rattenplage ins Ungemessene zu entwickeln, im wahrsten Sinne des Wortes stank sie zum Himmel. Das schwergebaute Schiff konnte sich nicht von der Stelle rühren. Höchste Sauberkeit war vonnöten, die Latrinengesetze mußten von Mannschaft und Offizieren genau eingehalten werden, was oft zu Gerichtssitzungen führte, bis alles geordnet war – nur die Ratten setzten sich darüber hinweg und erfüllten alles mit ihrem Schmutz und dem scharfen, übelriechenden Wasser.

Sie gingen ihrem Werk nach, sich außer den Vorräten des Schiffes auch das Schiff selbst zu Gemüte zu führen, in aller Seelenruhe nagten sie an den guten Bohlen, fraßen tiefe Löcher in die gereefften, starken, vom Eis starren Segel, sie machten sich intensiv an die Lebensmittel, weder Fässer noch Kisten waren sicher. Sicher waren nur die in Blechbüchsen eingelöteten Konserven, die Weinflaschen und Rumfässer und die Schiffsapotheke. Sicher waren auch Waffen, Munition und die vielen wissenschaftlichen Instrumente. Was nützte das?

Der Schlaf der gesamten Bemannung wurde schlecht. Während der Schlafenszeit standen die Leute auf, irrten durch die Gänge des Schiffes, machten Jagd auf Ratten, schossen mit Karabinern ins Dunkle, und es war ein Glück, daß keiner einen Kameraden verwundete.

Der Missionar erschien kurz nach dieser Mitteilung der Eskimos ernsten Gesichts bei meinem Vater. Er hatte sein Amt als Proviantverwalter gewissenhaft aufgefaßt und fürchtete, die Ratten könnten einen großen Teil der Vorräte angegriffen haben. Auf seinen dringenden Wunsch wurde neuerlich ein Schiffsrat einberufen. Einige der Herren waren nicht aus ihren Kojen zu bekommen, viele führten zu dieser Zeit schon ein vegetatives, völlig geist- und willenloses Dasein, wollten es nur warm und satt haben. Endlich gelang es, sie mit dem Hinweis auf das Verhängnis aufzuscheuchen und zu dem Schiffsrat zusammenzubringen. Zehn Stunden diskutierte man ununterbrochen. Die Leidenschaften waren schließlich erwacht. Der Lebenswille war neu aufgepeitscht worden. Man beschloß, die Ratten zu Tode zu räuchern. Mein Vater unternahm es, eine besonders giftige Gasmischung zusammenzustellen. Man erfand den Giftgaskrieg lange vor dem Weltkriege. Arsengift hatte man in fester Form reichlich zwecks Konservierung wertvoller Säugetiere und Vogelbälge mitgenommen. Schwefel gab es ebenfalls in großer Menge, zwecks Reinigung der Trinkwassergefäße.

Es sollten alle Vorkehrungen getroffen werden, den Ratten das Leben auszublasen. Nur zwei wurden auf den flehentlichen Wunsch des Geographen ausgenommen, die zwei gezähmten Rattenmännchen, die er bei sich hielt und mit denen er seine kargen, eintönigen Rationen teilte.

Er soll sie behalten dürfen, sofern die zwei Tiere wirklich gezähmt sind, was allgemein bezweifelt wird. Doch er behauptet, es gäbe kein Tier, das man nicht durch Güte zähmen könne, selbst den Menschen eingeschlossen. Gut, solange die zwei Männchen sich nichts zu schulden kommen lassen. Der Geograph ist beglückt. Hat mein Vater seinen Hund Ruru und besitzt der Missionar seine zwei kleinen, meerblauen Papageien, die er aus dem Hafen mitgenommen hat, so hat er seine gezähmten Ratten. Aber allen anderen gilt der Krieg. Man will das Giftgemisch (Arsen plus Schwefel) auf altem Leder, den Resten von Schneestiefeln etc. verqualmen lassen. Hier wird das gelblichweiße Pulver auf einem Ledertellerchen unter eine Treppe verteilt, dort in dem Magazin in der Nähe eines Brutplatzes der Ratten ausgelegt. Man weiß, daß hier in der Nähe ein Rattennest ist, denn man hört die jungen Rattlein wie Vögel zwitschern; man kann es nur nicht ausfindig machen. Aber der giftige Qualm soll überallhin dringen, wohin der Blick des Menschen nicht hat dringen können. Methodisch werden alle Luken verschlossen. Nicht die geringste Öffnung nach außen darf offen bleiben. Mein Vater als der strategische Leiter des Unternehmens gibt die Parolen aus, alle arbeiten mit Feuereifer, alles ist aufgeheitert, jedermann faßt an, die Schlafstunden werden jetzt pünktlich eingehalten, die Leute vertragen sich. Der Appetit ist besser, der Gesundheitszustand hebt sich, und bei einigen Herren entschließen sich die Zähne, die infolge der eintönigen, blutlosen Nahrung und des damit verbundenen Skorbuts auszufallen drohten, nun doch bei ihren alten Besitzern zu bleiben, worüber diese armen Teufel glücklich sind. Alles bewirkt die Freude, die Hoffnung auf Hoffnung, der seligmachende Glaube – an den Glauben. Nachts ist es ruhiger, man sieht und hört und riecht die Ratten weniger, sie sind nicht so frech wie bisher, vielleicht haben sie Angst vor dem Schicksal, das sie bedroht. Nur die zwei »gezähmten« Ratten machen eine rühmliche Ausnahme. Das stärkere Männchen verwundet das schwächere durch Halsbiß und nicht genug daran, wird es dabei betroffen, wie es den zwei Papageien des Missionars listenreich nachstellt, seine scharfbekrallte Pfote zwischen die Stäbchen des Vogelgitters zwängend. Die kleinen Papageien rufen sich durch ihr aufgeregtes Kreischen Hilfe herbei. Die Ratte wird abgefangen und ebenso wie der schuldlose Gefährte zum Tode durch Erschießen verurteilt. Der Geograph ist tiefbetrübt, die Tränen kommen ihm, aber er stimmt, in einer Ecke der Schiffsmesse hockend, schweigend dem Hinrichtungsbefehl über seine zwei übelriechenden Lieblinge zu, verschwindet vor der Exekution vom Schiff und treibt sich draußen in der Dunkelheit mit seiner Laterne auf den schneebedeckten Schollen umher, wo die Eskimos ihre Zelte aufgeschlagen haben.

Zwei Schüsse. Aus.

In seiner Abwesenheit werden nun die Giftbomben mittels Lunten in Brand gesetzt, eine Schelle, die an einer Rahe hängt, wird angeschlagen, Alarm, das verabredete Signal, alle Mannschaft, alle Offiziere an Deck. Die Mannschaften kriechen aus ihren Kajüten hervor, schwer bepackt. Die Polarnacht ist eiskalt, sie haben ihr ganzes Hab und Gut bei sich, als wäre es ein Abschied auf immer. Die Herren haben bloß Decken und Pelze bei sich, der Missionar außerdem seine zwei Papageien, deren Käfig er vorsorglich unter die Säume seines schweren Pelzmantels untergestellt hat, die Vögel zirpen leise, kaum zu hören; sie frieren, zum erstenmal in die Kälte an Deck gebracht. Früher, vor dem Attentat der eben hingerichteten Ratten, waren sie sehr laut, flatterten oft kreischend in dem geräumigen Käfig hin und her. Von dem Schock haben sie sich noch nicht erholt.

Die Mannschaft sitzt auf den bereits von Ratten angeknabberten Schiffskisten, auf angefressenen Rollen von Tauen unter den zerfetzten Segeln, die von den Rahen herabhängen. Die Eskimos sind, vom ungewohnten Schauspiel angelockt, ebenfalls an Bord mit ihren wolligen, klugen, starken Hunden, die still beisammenhocken, bisweilen bloß leise aufknurrend, an ihren Ketten zerrend, bis sie ein Fußtritt eines Eskimos schnell beruhigt.

Völlig dunkel ist sie nicht, diese Nacht, obwohl Neumond ist. Ein besonders prächtiges Nordlicht zieht sich in weich geschwungenem Bogen über den ganzen östlichen Himmel. Ein vielfach gefaltetes, zerrissenes Band von grünlichem, zauberhaftem, unwirklichem Licht. Es löst sich scheinbar an den Rändern los, hängt in vielen Schichten hinab. Ein blauer Stern von besonderem Feuer scheint durch den wallenden Nordlichtnebel hindurchzuschimmern. Das kalte Feuer in der starren, eisigen Luft wogt und beruhigt sich allmählich.

Mein Vater mußte das Licht photographieren. Er wagt sich, sein eigenes Gebot umstürzend, in seine Kabine hinab, findet sie noch frei von Giftgas, und bald stellt er an Bord des feststehenden Schiffes ein dreibeiniges Photographierstativ auf und richtet das Objektiv des Apparates auf die Lichterscheinung, bittet alle Anwesenden um äußerste Ruhe, um eine Erschütterung des Apparates zu vermeiden. Niemand darf eine Laterne, eine Zigarre anzünden. Ich erinnere mich noch des Bildes, das mein Onkel uns Kindern oft gezeigt hat. Zu sehen war nur ein verwaschener Lichtstreifen, eine Art in die Breite gegangenen

Lichthofes, alles andere mußte die Kinderphantasie dazu tun. Aber es war eine der ersten Photographien des Nordlichts, die Expositionszeit betrug bei ganz geöffneter Blende eine Viertelstunde.

Auch das Eis, terrassenförmig auf den Schollen aufgebaut, unten in Schiffshöhe angefressen und zerklüftet, in den höheren Teilen scharf und kühn gezackt, war zu sehen, wie es ein fahles Licht aussandte. Nichts rührte sich. Nicht die Eskimohunde, nicht der schottische Schäferhund meines Vaters. Nicht das Nordlicht. Nicht das Schiff. Nicht die Menschen.

<br>

## IV

Während noch alles in einer sonderbaren Schlaftrunkenheit verharrt, fällt plötzlich ein kleiner Gegenstand mit schwachem, dumpfem Geräusch irgendwo nieder. Ruru, der Hund meines Vaters, springt empor, dreht seinen schönen, länglichen Kopf hin und her und will sich nicht beruhigen. Auch mein Vater schrickt auf, beeilt sich, den Deckel der photographischen Kassette zu schließen, um die kostbare Aufnahme zu retten. Im gleichen Augenblick erfolgt noch einmal dasselbe dumpfe Zubodenfallen. Es klingt, wie wenn ein aus Kork und einigen aufgesteckten bunten Federn bestehender Federball, womit Kinder mittels kleiner Schläger über den Tisch hinweg eine Art Tennis spielen, auf der Tischplatte aufprallt.

Aber es spielen hier keine Kinder, es sind Erwachsene, die sich nur mühsam beherrschen, denen es schwer ums Herz ist, deren Augen zu tränen beginnen, die auf das Brodeln und Huschen und Schmoren im Innern des Rattenschiffes hinhorchen und die jetzt alle nach Licht verlangen. Mit einemmal haben sich die Eskimohunde freigemacht, sie haben ihre Herren unter wahnsinnigem Bellen, Knurren und Aufheulen mit sich gerissen, und schon sausen die Hunde und hinter ihnen ihre Herren über die Laufplanke auf die freie Schneefläche hinab.

Die Besatzung des Schiffes bleibt zurück. Da beginnt einer schwer aufzuatmen, zu stöhnen, er übergibt sich, ein anderer krächzt, von schrecklichem Hustenreiz gepeinigt, aus den Augen schießen ihm Tränen in Güssen, die Nase, die Mundschleimhäute beginnen zu schwimmen, zwanzig Leute klagen über Kopfschmerzen, Brennen im Rachen, Würgen im Halse, Übelkeiten im Leib, Angst, Todesangst, Dunkelheitsangst, Nordlichtangst, alles drängt sich zur Laufplanke, aber es geht nicht in glattem, jagendem Zuge wie bei den Naturkindern, den Eskimos und ihrem Getier, sondern die Kulturmenschen stolpern im Dunkeln, die Stahltrossen schneiden ihnen in die Handflächen, sie stoßen gegeneinander, zwei von den Gelehrten gleiten plötzlich unter einer der glatten Stahltrossen seitlich von der vereisten Laufplanke ab und bleiben am Fuße des Schiffes auf den Schollen unter winselndem Jammern liegen, alle sind wie von Wahnsinn besessen. Nur mein Vater nicht und ebensowenig der Geograph, mein künftiger Oheim, der mit seiner Laterne draußen auf der Schneefläche spazieren gegangen war, während sich dies an Bord ereignete. Jetzt zündet er die Laterne an, die bei dem hastigen Zuhilfe-Eilen erloschen war, er hilft den zwei auf dem Schnee sich wälzenden Männern der Wissenschaft, denen bloß das Kreuzbein geprellt war, wieder auf die Beine, unterstützt die andern beim Verlassen des Schiffes. Ruhe, nur Ruhe! Es ist ja nichts! Aber nur ein kleiner Teil folgt seinen Anordnungen, ein anderer, größerer wälzt sich oben in einem wirren Knäuel auf den Schiffsplanken, die Fäuste gegen die Bäuche gestemmt, in ihrem eigenen Erbrochenen sielen sie sich, und keiner sieht etwas vor Tränengüssen. Immer stärker werden die Qualen, die Laterne beleuchtet ein scheußliches Bild. Zwischen den leidenden Menschen treibt sich auch der Vogelbauer umher. Zwei kleine, meerblaue Federbällchen rollen leblos auf dem Boden, dem nackten Blech (denn Vogelsand hatte man schon lange nicht mehr in der Eiswüste) erfroren oder vergiftet – die Papageien leben nicht mehr.

Die Hündin Ruru umkreist unermündlich meinen Vater, schnappt nach seinen hohen Stiefeln, als er sie fortzustoßen versucht, sie rennt hundertmal über die Laufplanke voraus und wieder zurück, will ihn gleichsam auffordern, das gleiche zu tun. Mein Vater als Führer der Expedition kann das Schiff nur als letzter verlassen.

Was ist geschehen? Die giftigen Dämpfe, Arsen mit Schwefel gemischt, auf feuchtem Leder langsam schmorend, müssen unsichtbar durch winzige Fugen emporgestiegen sein. Die brenzligen Gerüche des Leders hätten warnen sollen, man hat aber nichts gespürt. Die Leute liegen leise stöhnend da. Giftiges

Gas. Das Nordlicht leuchtet über ihnen, von stummen Blitzen durchzuckt. Kein Windhauch erhebt sich.

Alles von Bord. Die am tiefsten benommen sind, zuerst. Sie sind in einer Art Raserei, stampfen mit den Beinen, wehren sich gegen die Retter, schlagen mit den Köpfen auf. Männer der Wissenschaft weinen und schluchzen und – beten! Der Missionar, sonst ein lustiger Bruder, immer voll Humor, greift schmerzverzerrten Gesichts meinem Vater ins Gesicht, zerrt an dessen langem Bart, reißt ihm die goldgefaßte Brille von den Augen fort, aber mein Vater und der Geograph nehmen den Mann energisch zwischen sich, der eine packt die Arme, der andere fesselt die Beine, und schnell fort mit dem schweren Mann, heraus aus der unsichtbar von Gift geschwängerten Atmosphäre. Dann folgen die andern, und in zehn Minuten ist das Schiff endlich von Menschen frei. Das Gift kann wüten, die Ratten sollen ersticken, bis zur letzten untergehen.

Alle drängen sich nun draußen auf dem Eise in die Eskimozelte, aber die Eskimos rüsten schon zum Aufbruch, sie behaupten, ihre Vorräte seien zu Ende, sie reden dies und reden das. Man muß mit Mord und Totschlag drohen. Zwei Tage und zwei Nächte halten die Expeditionsteilnehmer in den Zelten aus, notdürftigst ernährt, frierend, vom Schmutz der Menschen und Hunde belästigt, von den Nachwehen der Arsenvergiftung benommen, leidend, entweder besonders apathisch oder besonders gereizt und böse. Man haßt meinen Vater, weil er gesund geblieben ist. Aber er hat doch den gleichen Giftbrodem eingeatmet. Kann er für sein Glück?

Man muß sich aufs äußerste einschränken, aber man tut es, allmählich beruhigt, in der Hoffnung, beim Wiederbetreten des Schiffes dieses frei von Ratten zu finden.

Nach fünfzig Stunden betritt mein Vater als erster das Schiff. Die Planken dröhnen dumpf unter seinen hohen schweren Lederstiefeln. Er hat eine Pike in der Hand, wie sie die Eskimos verwenden, um die Hunde beim Laufen anzustacheln, in der anderen Hand eine Laterne, er pocht auf den Boden des Decks, scheinbar antwortet ihm nichts. Die Tiere sind also hin, dem Himmel sei Dank. Seine Freude, seine Zufriedenheit lassen sich nicht beschreiben, er zieht ein weißes Tuch aus seiner Tasche, winkt den Kameraden auf der Scholle zu: alles geht gut. Er zieht eine Falltüre in die Höhe mittels eines Eisenrings, in welchen er den Widerhaken der Pike gesteckt hat, er steigt den Haupteingang in die Lebensmittelmagazine hinab. Kaum ist er über einige Stufen hinab und hat mit der Laterne um sich geleuchtet, da erscheint hinter seinem Rücken ein zweites Licht. Gegen den Befehl hat der Geograph meinen Vater nicht allein hinabsteigen lassen wollen. Während die beiden noch darüber streiten, was wichtiger sei, Disziplin oder Kameradschaft, huscht schon eine dicke, große Ratte frech an den Beinen meines Vaters vorbei in die Höhe auf Deck, rennt flink, schwirrend wie ein Kreisel, um den Hauptmast und kehrt wieder zurück, in einem gewaltigem Sprunge über den Rücken meines Vaters hinwegsetzend. Mein Vater und mein Onkel leuchten mit ihren Laternen in die Tiefe. Himmel! Überall hocken und schlüpfen und huschen sie, die unverwüstlichen Ratten. Nur vier- oder fünfmal stoßen die Füße meines Vaters gegen einen halbzerfleischten Kadaver. Auf den Vorratskisten und auf den Fässern halten sich die Bestien jetzt wie immer, sie knabbern, die weißen Zähne vorgebleckt, oder sie putzen sich, frech ins Licht der Laterne starrend. Und nicht nur von *einer* Stelle erklingt das vogelartige Piepsen der jungen Ratten, sondern von vielen, ja aus allen Ecken der Magazinsräume. Das alte Geschlecht ist nicht verreckt, und das neue ist glücklich auf dem Weg! Was wird werden? Wie werden sie sich die Mägen füllen? Selbst jene Lunten, die nicht angebrannt waren, hatten die unverschämten Tiere verzehrt. Leben, fressen, zeugen. Unverschämt! Nein, genügsam. Dem Leben gewachsen, auf der ansteigenden Linie, Gegner von Rang. Wie soll man sie vernichten, ohne auch die Menschen mitzuvernichten, denen sie sich eingegliedert haben?

Das war also das Ergebnis: nur zweiunddreißig Tiere waren krepiert, man mußte sie recht weit abseits vom Schiff im Eise verscharren, damit die Hunde sich nicht daran vergifteten. Aber die Hauptsache ist: tausende und aber tausende Ratten leben und gedeihen. Das Schiff sitzt im Eise fest. Die berühmte, altehrwürdige Schiffswerft hat beste Arbeit geliefert. Das schwere Schiff widersteht, zwar ächzend und knarrend, aber unzerstört den dauernd nachpressenden Packeismassen.

Den Nagetieren in seinem Bauche widersteht das Schiff nicht. Sie leben lustig weiter. Sie suchen keinen Pol. Sie interessieren sich nicht für Meteorologie, nicht für Idiome, nicht für Eskimomärchen, nicht für das Christentum. Nicht das Meßbare, nur das

Eßbare ist für sie da. Wenn ein schwächeres, wohlschmeckendes Wesen lebt und sie es erwischen können, dann töten sie es. Und ist es tot, dann sezieren sie es nicht, sondern fressen es auf. Sie leben nicht ehelos, nicht entbehrungsreich, nur den hohen Zwecken und hehren Zielen der theoretischen Wissenschaft dienstbar wie mein Vater und seine Gefährten, sondern sie sind eben natürlich. Mann und Weib, Vater, Kinder, Mutter und Großmutter, alle bis ins vierte und fünfte und siebente Geschlecht, alles eine Familie, riesengroß und immer noch nicht groß genug. Sie überschwemmen den von Menschen errichteten kunstvollen Bau mit ihrem Fleisch und Blut, mit ihrem Schmutz und ihrem Gerüchlein. Wohin man sieht, überall ist ihre Uniform zu sehen, dieser graubraune, längs der Wirbelsäule dunkler geströmte, flaschenähnlich anschwellende Körper, dem vorne der scharfe Kopf und rückwärts der wurmartige, hellere, haarlose Schwanz mit den zweihundert quergestellten Ringeln angesetzt ist. Sie sind froh, daß sie sich mästen können. Sie folgen konsequent dem zähen Trieb der Weiterexistenz. Sie setzen alles an ihr Dasein und kennen anderes nicht. Man nennt sie *Wander*ratten, aber sie können auch einem Ort treu bleiben, solange der Ort und das Futter daselbst *ihnen* treu bleiben.

*Hier* studierte mein Vater die Tiere, die später als Gäste in seinem Hause wohnten.

Aber wenn eine Gemeinschaft sich ungemessen vermehrt, welche Nahrungsmenge wird auf die Dauer reichen? Keine. Schon entbrennen scharfe, leidenschaftliche Kämpfe unter den Tieren um Futter, zwar vorerst selten, aber doch. Und dabei gab es doch unermeßliche Vorräte auf dem Schiff, unermeßlich mit den Augen einer einzelnen, verhältnismäßig kleinen Ratte gesehen. Aber ihre Gier ist nicht klein. Nichts ist vor ihnen zu retten.

Sie begnügen sich nicht mehr mit den unteren Magazinen. Sie dringen, unter den geänderten Lebensverhältnissen zu einer mutigeren, männlichen Rasse geworden, nach oben in die Kajüten der Gelehrten und des Kapitäns vor, in die gemeinsame Schiffsmesse schleichen sie, erst zur Schlafenszeit, dann auch bei Anwesenheit von Menschen, denn dort ist es immer warm, es wird geheizt. Sie finden den Weg in die Schränke, zerschleißen den dicksten Pelz, sie nehmen, Mutter, Kind und Kindeskind, warmes Winterquartier zwischen Futter und Fell von Bibermützen mit langen Ohrschützern. Man muß sie mit Knüppeln erschlagen, mit Messern abstechen, sonst weichen sie nicht. Sie bewohnen Vorratskisten aller Art wie Häuser und Dörfer. Was sie kauen, benagen, hinunterschlingen können – alles ist ihnen recht. Mehl, Fett, Dörrobst, getrocknete Frucht, gedörrter Fisch, Zucker, Tee, Reis, Tabak, Gewürze, aber auch Holz, Wolle, Leder, Segeltuch – alles mit Ausnahme von Eisen und von Rum und anderem Alkohol. Mehr als ein Rumfäßchen haben sie schon angebohrt, aber ausgesoffen haben sie es nicht, sondern sie sind darin ertrunken oder sind vergiftet worden davon, sehr zur freudigen Genugtuung des Missionars. Ach – – »freudig«? Freude kennt man in der Menschenkolonie schon lange nicht mehr, keine friedliche Stimmung kommt zustande, und doch kleben die Menschen stunden-, tagelang aneinander.

Mein Vater geht stumm in bleicher Wut umher. Er ist abgemagert, seine Wangen sind abgezehrt, die Augen hohl wie die der andern. Er hat sehr höflich gebeten, man möge ihn nicht ungefragt anreden, aber diesen Befehl wollen seine Gefährten nicht als berechtigt anerkennen, sondern sie behelligen ihn mit allen möglichen und unmöglichen Fragen, Bitten, Vorwürfen, Beschwerden. Es kommt vor, daß sie ihn (alle in einem gänzlich abnormen Geistes- und Gemütszustand) für die »unmöglichen Zustände« an Bord des Schiffes verantwortlich machen. Er hätte mehr Vorsorge treffen sollen – aber welche? Andere wieder vertrauen ihm ihre letzten Familiengeheimnisse an, andere ihre wissenschaftlichen Pläne und Ideen, einige, glücklichere, kehren in die Gefilde der Kindheit zurück, sie spielen kindliche Spiele, Wettrennen an Deck, aber nicht nach vorn, sondern nach rückwärts stolpernd – oder auf allen vieren, als wollten sie mit den flinken Tieren konkurrieren – und dies tun erwachsene, bärtige Männer, die daheim Frau und Kind haben! Mein Vater wagt nicht, den strikten Befehl auszusprechen, sie mögen dies unterlassen, da er nur Widerspruch fürchtet. Womit kann er drohen – wie soll er strafen – wie etwas durchsetzen? Andere haben die Kindersprache eingeführt, unterhalten sich wie dreijährige Mädchen, flechten einander bunte Bändchen in die Bärte, küssen einander, versteigen sich zu verlogenen, unnatürlichen Liebkosungen, aber auch zu verbissenen Eifersuchtskämpfen.

Und vor allem die Ratten. Es nützt ja nichts, sich vorzureden, ihre Zahl nehme wieder von selbst ab oder sie würden einander in ihren wüsten Kämpfen automatisch vom Erdboden vertilgen. Sie sind da. Überall. Immer.

<br>

## V

Und dabei wissen, daß man, wenn der wichtige Augenblick kommt, wo das Schiff flott wird, und wo man mit jeder nur denkbaren Anstrengung dem Pol zustreben müßte – hier an das verfluchte Schiff gekettet ist, das nur den Nagetieren, aber nicht den Menschen ein Heim ist! Den Hunger vor Augen haben – denn selbst hundertmal größere Magazine hielten diese dauernden Raubzüge der Rattenheere nicht aus.

In der seelischen Qual, in der fressenden Ungeduld, in dem Bewußtsein, jemand anderer kommt dir auf dem Pol zuvor und alles ist vergebens, – da wird alles verständlich. Zwischen der Mannschaft und den Gelehrten und den Offizieren fallen die letzten Schranken. Von dieser Zeit hören die Balgereien, die Hiebe, die Ohrfeigen und Küsse, die Wutausbrüche, das Schabernackspielen, die vergeblichen und deshalb verbotenen, wilden Rattenjagden nicht auf, und die Ordnung, die innere wie die äußere, ist nur noch ein leeres Wort, über das man lachen muß.

Bei diesen zum Nichtstun und zum Warten verurteilten, von Langeweile geistig und körperlich Gequälten, meldete sich das Zwangsweinen, das Zwangslachen, das Zwangsbeten. Nichts kam aus ihrer Natur. Keiner sah jetzt noch ähnlich seinem Ich, wie es vor einigen Monaten ausgezogen war, ganz anderer Gefahren und Schwierigkeiten gewärtig.

Lustig und lebensfroh bei allen ihrem Kämpfen ums tägliche Brot bleiben die Ratten. Sie haben, was sie brauchen und haben sie es nicht, dann holen sie es sich.

Wie aber holt sich der Mensch das, was er braucht? Die Bibeln in allen möglichen Sprachen waren in drei großen Kisten mitgeschleppt worden, auch sie sind bis auf die stählernen Heftklammern, womit die Druckbogen geheftet gewesen, den Ratten zum Opfer gefallen. Aber die Privatbibel des trinkfesten Missionars ist ihm noch geblieben, sein Einsegnungsgeschenk, eine persönliche Reliquie – bis sie plötzlich verschwand. Wer hat sie? Hat ein Kamerad sie bloß, eines kindischen Schabernacks wegen, versteckt oder hat sie einer gestohlen? Aber der Betreffende kann Gottes Wort doch nur in der »Messe« lesen, hier allein gibt es ausreichende Beleuchtung und Beheizung, Licht und Wärme, und dorthin kann er mit dem gestohlenen Gut nicht kommen. Ein Zettel mit der Bitte um Rückgabe wird auf dem Hauptmast angeschlagen, aber nach einigen Stunden ist auch er verschwunden, entweder herabgerissen, oder von den Ratten aufgefressen. Von der Bibel nach wie vor keine Spur.

Mein Vater schweigt. Sein Gesicht ist so fahl unter dem dichten Bart, daß es nicht blasser werden kann. Was soll ihm *jetzt* das Evangelium? Die anderen haben es leichter. Der Missionar tröstet sich mit Alkohol, die leeren Weinflaschen wirft er nach den Ratten im Magazin, doch diese mißverstehen das und spielen zutraulich damit.

Eine neue Eskimogruppe ist gekommen. Auch sie hat etwas von dem anderen Nordpolfahrer vernommen, ja sie scheint sogar genaueres zu wissen, aber sie will nicht mit der Sprache heraus. Sie ist unersättlich in Forderungen, tritt habgierig und berechnend auf, hält sich mit jedem Wort zurück, schließt sich ab. Nur der Älteste steht Rede und Antwort, die anderen Eskimos fügen sich ihm.

Ist der Pol bereits entdeckt? Sie die *andern* am Ziel? Die Herren sehen einander an, aber auch jetzt erfahren sie nichts Endgültiges. Die Expedition ist nicht mehr reich genug, den Eskimos einen genauen Bericht abzukaufen.

Bei den Gelehrten ist eine neue geistige Krankheit ausgebrochen. Sie haben endlich die grausamste Strafe erfunden, die es für sie unter den bestehenden Umständen geben kann. Es straft einer den andern mit Schweigen. Besonders Raffinierte bewegen die Lippen, als wollten sie gerne sprechen, aber sie lassen keinen Laut vernehmen. Sie wollen nicht reden. Andere haben schon seit Monaten kein richtig geformtes Satzgebilde hervorgebracht, sie sind geistig auf dem Niveau einjähriger Kinder und ebenso weinerlich wie diese. Sie können nicht reden.

In dieser Zeit wird auch der Gesundheitszustand rein körperlich von Tag zu Tag schlechter. Die Kälte ist enorm, der Wind stürmt durch die schauernde Dunkelheit, am liebsten möchte niemand das Schiff verlassen. Aber es muß versucht werden, frisches Fleisch zu erjagen, es gibt Enten und Eidervögel, Eisbären, Robben, Schneehasen, Polarfüchse in der Umgebung, man sieht ihre Spuren auf dem Schnee der Scholle. Das Auge hat sich an die düstere Dämmerung gewöhnt, die Jagd könnte erfolgreich sein. Aber wen soll man kommandieren, wenn keiner, auch der gesundheitlich Widerstandsfähigste nicht, vom Schiffe fortgehen will, um zu schießen? Da bleibt nur eins übrig: die Ratten zu jagen und ihr frisches, fettes Fleisch zu verzehren, um sich vor dem Skorbut zu schützen. Aber so gerne die Männer auf die verbotene Jagd gingen, im Dunkel wie toll mit Pistolen und Karabinern umherknallten, der befohlenen entzogen sie sich mit allen Mitteln. Wozu? Nur das Verbotene reizt sie. Töten – ja. Essen – nein. Man scheut die widerlichen Tiere wie die Pest, die Rattenpest, man will sich nicht mit ihnen beschmutzen, geschweige denn ihr abscheuliches Fleisch zu sich nehmen. Aber wenn Blutungen über Blutungen aus dem Zahnfleisch die Männer furchtbar schwächen, wenn ein leichter Druck schon breite Blutmale auf der bloßen Haut zurückläßt, wenn Zahn nach Zahn stillschweigend ausfällt, wenn übler Geruch den kranken, elenden Menschen entströmt, die sich trotzdem unter die Gesunden mengen, ja dieselben weniger denn je zu verlassen beabsichtigen – was dann? Was noch? Und über allem das Schweigen des Polarhimmels, das Schweigen der Männer untereinander.

Der Proviantmeister hält eine neue Inventur in den Magazinen ab, schreckensbleich steigt er aus der Tiefe hervor, noch auf der Schiffstreppe nach wilden Ratten tretend. Er muß etwas geschehen, die besten, wichtigsten Vorräte sind im Schwinden, wenn es so weiter geht, kann es nur wenige Wochen dauern, und der Schiffskoch hat nichts, um die Mahlzeiten zu bereiten. Wen die Kälte, der Skorbut und die Entbehrungen bisher geschont haben, den wird der Hungertod fassen. Könnte man aber den Bestien zu Leibe, dann wäre die nötigste Proviantmenge zu retten, damit die Expedition wenigstens ein halbes Jahr sich über Wasser halten kann. Und nach diesem halben Jahr, was kann da nicht alles Gutes kommen? Kann der Himmel nicht das Schiff den Pol erreichen lassen (sechs Wochen) und kann das Schiff dann nicht durch einen vom Pol südwärts treibenden Strom (zehn bis zwanzig Wochen) wieder an die Küsten bewohnter Länder gebracht werden?!! Doch! Doch! Alles ist möglich. Nichts ist aussichtslos – Hoffnung auf Hoffnung – wenn nur die Ratten vom Schiff verschwinden. Mein Vater geht mit sich zu Rate. Er hat die Verantwortung, ihm steht der Entschluß zu. Er muß ihn fassen.

## VI

Mein Vater ist bis jetzt gesund geblieben, seine Zähne sind fest und weiß, vollzählig; seine Haut zwar blaß, aber nicht bräunlich, erdfarben wie die Haut der Skorbutkranken und nicht mit lividen Blutunterlaufungen getigert. Wie soll er die Kameraden zu dem Heroismus bekehren, der dazu gehört, Rattenfleisch zu essen oder, noch besser, warmes Rattenblut zu trinken? Dies ist die eine Gefahr. Die andere besteht in der unaufhaltsamen Vermehrung der widerlichen Tiere. Beides ist nichts Neues, nur das Alte in täglich schwerer zu ertragendem Maße. Man *muß* ein Ende setzen, man muß wenigstens ein Ende zu setzen *versuchen.*

Mein Vater hat noch einen letzten Freund. Mit diesem spricht er. Mit seinen Kameraden kann er nicht mehr sprechen. Sie würden es als Schwäche ansehen, würden ihn verachten, weil er das Schweigen nicht mehr hat ertragen können.

Dieser Freund war der Hund Ruru. Es war ein intelligentes Tier, voller Lebensmut und ungebrochen an Leib und Seele. Dieser schöne, mit langen, weich gelockten, goldfarbenen Haaren bedeckte, grauäugige, schlanke, hochgewachsene Hund war nicht nur prachtvoll anzusehen, er hatte auch noch sein altes Feuer, seinen Mut. Wenn die Gefährten in der Messe einander anödeten und es kam eine freche Ratte daher, besann er sich nicht lange. Die Menschen waren bereits zu apathisch, um nach dem Biest zu treten. Sie waren keine rechten Menschen. Der Geograph zeichnete in den weißen Fleck auf der Landkarte, der das unentdeckte Gebiet rings um den Pol darstellt, selbsterfundene Inseln, Berge, Gletscher, Vulkane ein, nannte eine Bucht nach seinem Namen und trieb so Spott mit sich selbst. Oder war er bereits geistig so geschwächt, daß er daran glaubte? Andere Herren schnitzten aus Nußschalen Spielzeug für imaginäre Kinder oder legten Dominosteine aneinander, spielten mit sich selbst aus zwei getrennten Steinhäufchen kombinierte Partien.

Ein anderer schreibt Brief auf Brief an die Leute daheim, die nie ankommen können, ein anderer nimmt die abgelegten Dominosteine und baut sich ein Häuschen daraus, ein anderer betet ununterbrochen die Gebete und notiert die Zahl der abgehaspelten Vaterunser etc., die Zeitdauer mit der Stoppuhr abstoppend, als gälte es, einen Rekord zu brechen. Und der schauerliche, scharfe, ranzige Geruch der Ratten wird vertrieben von dickem Tabaksgewölk und dem durchdringenden Geruch des Arraks und Rums, den die Herren und Mannschaften in riesigen Quantitäten vertilgen, ohne es zu einem richtigen Rausch zu bringen. Es bleibt bei öder Benommenheit, bei einem Glucksen, einem idiotischen Grinsen, bei einer plumpen, verkrampften Umarmung eines ebenso benommenen Kameraden, man weiß nicht, ist es unnatürliche Liebe oder verwechselt der Betrunkene seinen Nachbarn mit der geliebten Braut, dem geliebten Vater, die er daheim gelassen hat.

Was bedeutet diesen Menschen in der bald vier Monate dauernden, schauerlichen Polarnacht noch die Wirklichkeit! Sie waschen sich nicht, sie kämmen sich nicht und werden so sehr zu Tieren, daß sie gegen die Rattentiere keinen echten Haß mehr aufbringen. Die Gesunden werden krank, die Kranken bleiben krank, überall an Bord sieht man Blutspuren, das Sitzen bei Tisch, wo die Leute mit zahnlosen, schmutzigen Mäulern schmerzlich träge kauen, wird zur Marter. Aufrecht halten sich nur noch ganz wenige, mein Vater, der Geograph, der Missionar.

Aber der Hund ist noch der gleiche, der er bei der Abreise war. Naht sich eine freche Ratte und schnuppert mit der Nase an den pelzgefütterten, tranbeschmierten Stiefeln eines der stupiden Herren, da schießt Ruru, die Hündin, unverzagt gegen die gar zu selbstbewußte Ratte los. Schon hat der Hund sie am dunkelgeströmten, graubraunen, glatt behaarten Nackenfell, ein kurzer Quieker, dann pocht er ihr den Kopf drei oder viermal an den Boden auf, wartet dann, dumpf knurrend und heftig schweifwedelnd, ob sie sich etwa noch meldet, ob sie noch zuckt, dann hebt er sie fein säuberlich mit den blitzblanken, langen Zähnen auf und schleudert den Kadaver über die Bordwand aufs Packeis hinab. Als mein Vater dies zum ich weiß nicht wievielten Male sieht, faßt er einen großen Entschluß. Er will ein moralisches Beispiel geben. Er will den verunreinigten Kameraden erstens beweisen, welchen Opfers er für die Gemeinschaft fähig und willens ist, zweitens will er auch den Ratten im Schiffsbauche eine Lektion geben, damit diese widerlichen Tiere wissen, daß es doch etwas gibt, was ihnen gewachsen ist. Und durch diese moralische Mustertat will er den Kameraden neuen Lebensmut einimpfen; sie sollen mutig Rattenblut trinken, damit sie den Skorbut loswerden, und vielleicht gelingt es, der Ratten überhaupt Herr zu werden, die Lebensmittelvorräte im letzten Moment durch Ruru zu retten und damit auch das Schicksal der heroischen Expedition.

## VII

Welch ein törichtes Experiment! Sich von dem letzten sicheren Besitz im Leben trennen bei einer so geringen Aussicht auf Erfolg! Kann denn der Mensch über die Natur triumphieren? Nie. Er, der Mensch, ist doch nur ein Experiment von seiten der Natur, der furchtbaren.

Man schickt den Hund nach unten, in die Unterwelt. Vorher soll er aber einen Tag fasten, damit er um so besser Furcht und Schrecken unter die Bestien unten verbreite. Die meisten Gefährten sind ganz apathisch.

Der einzige, auf den dies Experiment Eindruck macht, ist der Geograph. Er gibt meinem Vater die Hand. Wenn er dabei schweigt, ist es nicht eine Strafe, sondern weil er in Wahrheit vor Ergriffenheit keine Worte findet. Der Geograph streichelt das Rückenfell des Tieres. Ruru ist ihrem Herrn so gehorsam, daß sie die Nahrungsbrocken, welche die anderen Gelehrten ihr von dem Tische in der Messe hinabwerfen, nur beriecht, aber nicht frißt. Hunger, gut! Ruru drückt ihre Flanken an die Stiefel meines Vaters, schüttelt den Kopf, so daß das Halsband klirrt und will sich legen. Aber gegen das Hinabgelassenwerden in die Magazine sträubt sich der Hund. Ratten? Nein. Er beißt nicht nach der Hand seines Herrn, die ihn am Halsband die Stufen hinabführt, er dreht und zerrt nur den Hals fort. So stark, daß es ihn würgt, daß er keine Luft bekommt. So sehr muß es dem Hund vor der Rattenwelt da unten grauen. Hilft nichts. Die Lukentür von oben zugeworfen. Mit den schweren Stiefeln darauf gestampft. Dem irrsinnig umhertobenden, bellenden Hund unten ein paar Worte zugerufen: »Hussasasa los! Machs gut!« Und dann selbst fort vom Schiff, die Flinte auf die Schulter und auf die Jagd.

Nach einer Stunde kehrt mein Vater heim. Schon von weitem tönt ihm das jammervolle, fast schluchzende, seelenverlorene Heulen des Hundes entgegen aus den tiefen Räumen des Schiffes, durch den Widerhall schauerlich verstärkt, wie die Stimme von Hamlets Vater aus den Tiefen der Erde, das böse Gewissen.

Die andern läßt es kalt. Die Hölle könnte sich auftun unter ihnen und sie, die Gelehrten würden weiter um Bonbons, die sie in einem Glasgefäß gefunden haben und die den Rattenzähnen entgangen sind, stundenlange Kartenpartien und endlich Würfelspiele spielen. Die Mannschaften würden, und wenn der Satan selbst unten heulte, nicht aus ihren Kojen kommen, wo sie betrunken fast den ganzen Tag im Halbschlummer verbringen.

Was ist sie denn im Weltenlauf, was ist sie im Gange der wissenschaftlichen Expedition, diese Hündin Ruru? Nur ein Opfer mehr, ein nutzloses. Angstvoll und höchst schmerzensreich jammert dieses Tier und klagt den Menschen an, an den es geglaubt hat und der auf seine Kosten ein moralisch sein sollendes Experiment gemacht hat.

Keiner wagt in den Laderaum hinabzugehen. Mein Vater am wenigsten. Der Geograph und der Missionar streiten sich, wer es übernehmen soll, schließlich würfeln sie, der Gewinner muß zwei Bonbons zahlen und der Verlierer muß in den Laderaum hinabgehen und darf sich den schweren Gang durch die zwei Zuckerzeltchen versüßen.

Der Geograph steigt die Treppe hinab, der ruft Ruru, er lockt sie mit seiner jetzt wahrhaft süßen Stimme. Eben hat Ruru noch wütend gebellt, man muß sie doch finden?! Ja, er findet sie, ohnmächtig von Schmerzen und Blutverlust der Länge nach daliegend, die Ratten haben sich an Kopf und Beinen der armen Kreatur festgesetzt und kaum vermag sie der kräftige Mann durch brutalste Fußtritte zu verjagen, das Opfer ihnen zu entreißen und an Deck zu bringen.

Auf seinen Armen bringt er das blutüberströmte, heftig schnaufende Tier. Es schlägt die verklebten Augen auf, blinzelt durch die Blutbröckchen hindurch, streckt die schmale, lange Zunge weit heraus und winselt herzzerbrechend. Er läßt es hinabgleiten. Ruru kann nicht laufen. Kopf, Bauch und Schweif an die Deckbohlen angepreßt, aus dem Maule blutend, aus den Pfoten blutend, kraucht Ruru auf dem Oberdeck umher und heult ihr Elend den Eisbergen und dem schon zart bläulich angehauchten, nicht mehr streng winterlichen Polarhimmel entgegen. Frühlingsahnen liegt in der Luft. Es gibt wieder Helligkeit, und die Zeit des sogenannten immerwährenden Tages rückt näher und näher. Die Eisberge sind blanker als sonst, von den Schollen ist der Schmutz hinabgespült.

Was nützt es der lamentierenden Ruru? Die Ratten haben ihr die Fersen angefressen, ein Stück Fleisch zwischen Lefzen und Nase ist dahin auf alle Ewigkeit. Ruru jault und streckt die Zunge so weit als möglich vor, um die Wunde zu lecken. Ruru will nicht fressen. Oder kann nicht. Sie muß die Nahrung mit einem hölzernen Löffel eingeflößt bekommen. Zur Schlafenszeit stört sie alle durch ihr röhrendes, schluchzendes Heulen. Ruru ist böse, kratzt und beißt alle Menschen, meinen Vater eingeschlossen. Den hölzernen Löffel hat sie störrisch zwischen den Zähnen zerknackt, die Nahrung verweigert sie, dennoch lebt sie weiter. Niemand will mehr mit ihr zu tun haben, nur mein Vater kommt täglich unter stürmischem Herzklopfen an die Schlafstelle seines Lieblings, wagt sich aber nicht zu nahe heran, spricht aus der Ferne. Die Kameraden lachen, ein betrunkener Matrose zieht einen Handschuh aus und wirft ihn dem Tier an den Kopf. Ruru blickt auf und knurrt, fletscht die Zähne, der Matrose wagt nicht, sich den Handschuh zu holen, auf dem Ruru sitzt und den es dann wie in Zorn und Wut zerstückelt.

Das Wetter wird besser, die Stürme haben sich gelegt. Nachts treiben unter sanftem Dämmerlicht gründurchleuchtete Wolken von nie gesehenen Formationen vorbei. Ruru bellt zum Himmel empor, die Augen geschlossen. Die Wunden glitzern im Widerschein der Schiffslaterne, und wenn das Tier über Deck geht, zieht es eine Blutspur nach sich. Aber es lebt.

Die Herren und die Matrosen haben sich erholt. Vollzählig sind sie wie bei der Abfahrt. Die Skorbuterscheinungen sind fast ganz verschwunden. Vielleicht hat jeder heimlich für sich eine Ratte geschossen und das Blut als Medizin geschluckt. Darüber schweigen sie.

Aber der Hund ist ihnen im Wege, sie können nicht in seine Nähe kommen, ohne daß er nach ihnen schnappt. Auch sie würden nach ihm schnappen, denn sie hassen und verachten ihn, da er (für ihr Wohl!) unterlegen ist. Mein Vater ist sehr freundlich, sehr sanft und sehr unbeliebt. Die Rationen sind in letzter Zeit spärlicher geworden. Es ist nicht so einfach, in die Magazine zu gehen und die von den Ratten bewachten Vorräte heraufzuholen. So wollen die Herren wenigstens ihre ungestörte Nachtruhe. Solange Ruru lebt, ist keine Nachtruhe möglich.

Ein Schiffsrat tritt zusammen. Jetzt, da es gegen meinen Vater geht, haben die Herren ihre Stimme wiedergefunden, das Schweigen ist gebrochen, sie begrüßen einander mit Ernst und Feierlichkeit, ihre Vollbärte schüttelnd, wie Menschen, die *gemeinsam* Schweres erduldet und überstanden haben. Sie hören auf, kindisch zu sein – oder werden sie es erst recht? Sie klagen meinen Vater in dessen Abwesenheit der Tierquälerei an und mit allen gegen zwei Stimmen (die sich auf eine verringert, da man den Missionar durch Alkohol und Bonbons kirre macht) also mit sämtlichen gegen die Stimme des Geographen bestimmen sie, »Ruru wird erschossen«. Ruru ist unheilbar und eine Belastung für die Expedition, nächtlicher Ruhestörer und unnützer Fresser. Mein Vater, herbeigerufen, hört gesenkten Blickes, den Mund unter dem dichten Bart zu einem verlegenen Lächeln verzogen, das seine herrlichen Zähne entblößt, das Verdikt, daß sein Hund aus Menschlichkeitsgründen zu schmerzlosem Tode verurteilt sei von der Majorität. Er verbeugt sich höflichst, aber er legt Berufung ein, er tut den Schuß nicht und wehe dem, der sich an Ruru vergreift. Sie trauen ihm alles zu und lassen ab. Ruru lebt.

Mein Vater schleicht sich im wolkenlosen Mondschein nachts zu Ruru und erzählt ihr, sich in angemessener Entfernung von ihrem scharfen Gebiß haltend, daß die bösen Menschen ihren Tod beschlossen hätten. Daß er aber Ruru nicht hergeben werde. Die Wunden würden vernarben und sie würden noch viel schneller vernarben, wenn Ruru vernünftig und klug sein wolle, ihn heranzulassen, um seine Behandlung auf sich zu nehmen. Das Tier antwortet nur durch Knurren, seine scharfen Zähne sind zu fürchten, die Hände kann man zwar durch Pelzhandschuhe schützen, aber Ruru ist imstande, dem Menschen das Gesicht da in der Gegend um Mund und Nase zu zerfleischen. Sie haßt alle Menschen, meinen Vater besonders. Sie sieht ihn an, die Augen glosen, das früher seidenweiche, jetzt struppige

Haar sträubt sich, besonders in der Halsgegend und – das erschrecklichste, trotz seiner wunden Pfoten will Ruru gegen seinen früheren Abgott losgehen. Früher Herr und Abgott, jetzt Feind. Und nie hatte mein Vater dieses Tier mehr geliebt, nie hatte er es so sehr wie *jetzt* der Gesellschaft seiner Gefährten vorgezogen. Er ahnte jetzt, was der Mensch ist. Aber der Hund und er kamen nicht zueinander. Mit abweisendem Blick, die herabrollenden Tränen mit dem etwas gesträubten Schnurrbart aufnehmend, eine lustige Pfeifmelodie versuchend, um die höhnisch feixenden Matrosen über seinen Gemütszustand zu täuschen, so geht Tag für Tag mein armer Vater von dem Hunde fort. Der Hund hat sich auf den wunden Pfoten aufgerichtet und mit böse funkelndem Blicke, leise, aber fast ununterbrochen knurrend, sieht er meinem Vater nach, bis dieser in der Kochkombüse verschwunden ist, wo er mit dem Koch bespricht, wie man den Ratten die Proviantmittel entreißt und wie man das Essen für die Herren und die Mannschaft und die schmarotzenden, aber jetzt besonders unentbehrlichen Eskimos und deren Hunde zusammenstellt. Sie essen alle das gleiche, wenig und schlecht, aber sie sind insgesamt glücklich, wenn sie vollständig satt geworden sind.

## VIII

Das Wetter hat sich indessen fortlaufend zum Bessern gewendet. Plötzlich ist der immerwährende Tag da. Man muß die unbeschreibliche Freude der bisher so gedrückten Mannschaft gesehen haben – wie zum Beispiel ein Matrose dem andern die Pelzmütze vom flachshaarigen Schädel nimmt und seine Hand zwischen die Sonne und den Kopf hält, um zum erstenmal wieder einen *Schatten* zu bewundern, den ein Gegenstand auf eine Fläche wirft und dann den *Glanz*, den die Sonnenstrahlen auf dem strubbligen, blonden Haar seines Kameraden hervorzaubern. Und bei den Gelehrten welche Glücksgläubigkeit, welches Vertrauen auf das Gelingen! Wer wird es wagen, sie aufzuklären! Die Tiere in der Unterwelt sind inzwischen beinahe die Herren des Schiffes geworden – sind sie es ganz, beherrschen sie die Räume vollständig – dann ist alles zu Ende.

Inzwischen schlürft jedermanns Brust die laue Luft. Kleider und Pelze werden von Zeit zu Zeit fortgelegt, gelüftet, die Polster und Decken unter Bewachung in der Sonne ausgebreitet.

Das Packeis rührt sich. Manchmal geht ein Vibrieren durch die durchscheinender gewordenen Massen. Ein zackiger Spalt reißt durch. Ein dunkelblauer Blitz durchfährt das in der Sonne funkelnde Gebilde, der Berg spaltet sich unter Donnergetöse, riesige Eistrümmer stürzen hoch aufschäumend in das mit vielen Schollen wie mit Fischschuppen bedeckte, kobaltblaue Wasser. Das Schiff ist mit einem Male frei geworden – die Insassen sind vom Schlaf erwacht und haben gemerkt, wie das Schiff sich unter ihnen wiegt. Das Schiff? Ein Schiff ist es nicht mehr – alle wissen es, keiner will in dem kurzen Sonnenrausch zugeben, daß es ein wanderndes Rattenheim geworden ist. Das warme Wetter hat die Tiere aus dem Bauch des Schiffes herausgelockt, sie sind buchstäblich überall, man tritt allerorts auf sie. Sie glänzen gemästet und rund in der Sonne, ihr Pelz ist glatt, und sie haben sogar eine Art Schönheit, wie sie die gute Nahrung und das Mitderwelteinverstandensein selbst in häßlichen Individuen hervorruft.

Sie fauchen und zischen empört, wenn man sie mit Füßen tritt. Sind sie durch Karabinerschüsse verwundet, so quieken sie markerschütternd, andere Tiere schaffen das verwundete Biest fort, man weiß nicht, ob deshalb, um es zu retten, oder um es zu verzehren. Der Proviantmeister (Missionar außer Diensten) und der Schiffskoch besprechen mit meinem Vater, ohne den andern Gefährten genaue Mitteilung zu machen, die Lage. Die Ratten lassen niemanden ohne Waffengewalt in die Nähe der Tonnen und Fässer, Säcke und Kisten, wo die letzten Lebensmittelvorräte eingelagert sind. Sie verteidigen *ihren* Besitz.

Kein Schiffsrat mehr. Es gibt nur *einen* Ausweg. Die Lebensmittel mit Gewalt provisorisch auf die riesige, unabsehbare Scholle hinbringen, die vor dem Schiff nach Osten zu sich erstreckt und die vor Ablauf einiger Monate nicht zerfallen wird – wenn das Glück es so will. Aber ohne Schiff sind sie als Gesamtheit verloren, nur *im* Schiff können sie es versuchen, sich polwärts triften zu lassen – oder südwärts, der Heimat zu, zu den »liebenden Herzen«, zum Daheim. Sind die Vorräte erst einmal vorläufig auf der Scholle, dann los mit aller Energie gegen die schauerlichen Bestien. Man will mittels Kohlenoxyd gegen sie vorgehen. Das Schiff *muß* zu retten sein.

Kohlenoxyd wirkt sicher. Man hätte es längst verwenden sollen. Es sind noch einige Säcke mit guter Kohle da. Jetzt, in der wärmeren Jahreszeit, sind sie zu entbehren. Auf eisernen Becken, auf Kupferpfannen aus der Schiffsküche sollen sie unten im Raum verschmoren. Kohlenoxyd ist für alle Säugetiere unbedingt tödlich. Unten im Rattenheim, im untersten Raum des Schiffes wird sich das Gas zuerst ansammeln, da es schwerer ist als Luft. Es wird nicht, wie seinerzeit das unselige Arsen, nach oben entweichen.

Also zuerst die Vorräte von Bord. Die Schiffswache, zu gleichen Teilen aus Gelehrten und Mannschaftspersonen ausgewählt, geht in den Raum, ein Teil schafft Kisten und Fässer fort, ein anderer knallt währenddessen in das Rattengewimmel hinein. Und wenn eine Kugel zwei oder drei und vier Tiere auf einmal trifft, – nach einigen Stunden, als alles zu Ende ist und die Vorräte so gut wie möglich in einem der zwei Rettungsboote fortgeschafft sind und der Missionar mit der Laterne unten umherleuchtet, dann sind scheinbar genau so viele Tiere da wie zuvor. In dem tiefstgelegenen Winkel des Laderaumes entzündet man die Kohlenbecken und nun: auf dem zweiten Rettungsboot fort vom Schiff.

Drei Gruppen sind auf der Scholle, etwa dreihundert Meter vom Schiff: Erstens die Offiziere, Mannschaften und Gelehrten von der Expedition, zweitens die Eskimos mit ihren Hunden, drittens Ruru, die sich als letzte vom Schiff geschleppt hat, auf drei Beinen hinkend, eine feuchte Spur hinter sich herziehend, und die sich nun am Rande der Scholle auf einer alten, halbzerfransten Decke gelagert hat, sich rücklings wälzend, um die Pfoten zu schonen und sich dabei die wunde Schnauze mit der Zunge beleckend.

Das Schiff steht blank da, die durchlöcherten Segel sind straff gerefft, der Eisbehang ist vom Takelwerk überall abgeschmolzen. Es weht ein leichter Wind.

Ein winziges Rauchwölkchen pufft vom Deck auf. Später schwelt ein dunkler Nebelschwaden von unten her um die Maste, verflüchtigt sich in der Luft.

Ruru heult. Das Maul aufgerissen, stöhnt sie ihren Schmerz aus. Die Mannschaften haben viel Rum und Arrak mit sich genommen. In Kesseln kochen sie unter den Eskimozelten Punsch. Die Gelehrten haben den Ernst der Lage erkannt, sie gehen an dem Rande der Scholle hin und her, unter ihnen herrscht düsteres Schweigen.

Der Geograph, der Missionar und mein Vater treffen sich bei Rurus Schmerzenslager. Sie bemitleiden das Tier. Die tausende und aber tausende von Ratten, die im Schiffsraum langsam schmoren und ersticken, bemitleiden sie nicht. Sie würden die Ratten auch nicht bemitleiden, wenn sie alle verbrennen würden. Und das Schiff mit ihnen? Brennt es? Brennt es? Brennt es aus? Immer stärker wird die Wolke, dunkler, von Fünkchen durchzuckt. Viertelstunde vergeht auf Viertelstunde in dem gleichbleibenden fahlen Licht des Polartages, bis aus der schweren, schieferfarbenen Rauchwolke mit einem Kanonenknall eine hellfeuerfarbene Lohe herausschlägt.

Zum erstenmal, seit Menschen leben und die Erde fest gegründet ist und seit Schnee und Eis hier unter dem siebenundachtzigsten Breitengrad die Erdkrume und das Gestein unten umpanzert halten, bekommt diese Eis- und Wasserwüste helles Feuer zu sehen.

Die Gelehrten wollen es nicht sehen. Auf den letzten Kistenbrettern wird von der Mannschaft der letzte Kessel Arrakpunsch erhitzt. Diesmal trinken die Herren mit. Unter ihren hohen, schmutzigen Pelzkappen, welche über den Nasenwurzeln abschneiden, zeigt sich auf ihren dunklen oder fahlen, ausgemergelten Gesichtern ein entrückter Ausdruck, der ebenso die Miene des fassungslosen Grauens als die Miene einer durch den heißen Alkohol bewirkten dumpfblöden Fidelitas sein kann. Viele sind zahnlos. An den verwahrlosten Bärten hängen Tropfen des starken geistigen Getränkes. Nur Verzweiflung ist es, die allem zugrunde liegt. Stumme Verzweiflung, als sie, einer vom andern lautlos darauf aufmerksam gemacht, ihre Blicke noch einmal dem von Flammen geschüttelten Schiffe zuwenden: sie sehen, wie die Ratten, so dicht an dicht gepreßt, daß sie einander den Platz im Wasser streitig machen und eine die nächste fast heraushebt, ein glattes, glitzerndes, dunkler geströmtes Rückenfell an dem nächsten und so fort, – die scharfen Köpfe weit vorgestreckt, die schwarzen Rattenaugen aufgerissen, – sie sehen, wie die Rattengemeinschaft, ohne einen Vorboten vorauszuschicken, in *einem* Zuge, als wären die zehntausend Tiere ein einziger Körper, in dem Zwischenraum auftaucht, der nun im Frühling zwischen der westlichen Bordwand und dem östlichen Schollenrand herausgetaut ist. Aus allen Luken stürzen ihnen Rattenvölker über Rattenvölker nach, erst an Deck und von da in das eisblau-goldene Wasser, in dem sich die Flammen wogend spiegeln.

Die Tiere haben ein einziges Ziel, einen einzigen Willen, sie schwimmen mit ruhiger, ausgeglichener Kraft. Die kleinen Eisschollen schieben sie gewaltig vor sich her. Sie streben dem Lande zu. Den Menschen zu.


## IX


Mein Vater steht am Rande der Scholle. Er faßt sich an die Brust. Er ertastet hier ein Etui, das eine ausgezeichnete Zigarre enthält, die letzte aus einem großen Vorrat. Die anderen hatten die Ratten vertilgt. Mein Vater hatte sich versprochen, diese Havannazigarre im »kritischen Augenblick« zu rauchen. Dieser Augenblick ist da.

Die Eskimos entfalten eine fieberhafte Tätigkeit, schirren die Hunde an, brechen die Zelte ab. Sie sehen zu dem rötlich angeglänzten Himmel auf, in dem nach ihrem Aberglauben die bösen Götter wohnen sollen. Auf das brennende Schiff, auf die immer näher heranrückenden Rattenkolonnen verschwenden sie keinen Blick.

Die Matrosen, die unter den Zelten gesoffen haben, stehen unter freiem Polarhimmel, sind plötzlich ernüchtert und frieren. Ihre gröhlenden Gesänge sind plötzlich verstummt wie abgehackt.

Sie umstehen meinen Vater, aber in gewisser Entfernung. Zwischen meinem Vater und seinen Gefährten (den Gelehrten und dem Schiffskapitän) und den Matrosen ist ein Raum von etwa dreißig Metern. In diesem Raum von dreißig Metern befindet sich das Lager des Hundes.

Alles, die vom Trunk geröteten Gesichter der Menschen, die zusammengerollten Lederwände und hölzernen Pflöcke der Zelte, die Geschirre der Eskimohunde, die schon in Reih und Glied dastehen, die auf den Schlitten aufgeladenen Boote, alles ist überglänzt von dem Feuerschein.

Vom lichterloh brennenden Schiff kommt Krachen. Man hört das zischelnde Flüstern der Matrosen.

An der Scholle, in einer Art Bucht, befinden sich die beiden Schiffsboote. Das eine ist mit dem letzten Proviant und den Gewehren, der Munition und den Decken beladen. Das andere, eben noch zum Transport der Menschen verwendet, ist jetzt leer. Wer das erste Boot hat, der hat noch Aussicht, sein Leben zu retten – wenn man sich vor den Ratten schützt, wenn es gelingt, die Proviantmengen vor ihrer Gier zu schützen.

Das andere Boot ist wertlos.

In einer Sekunde hat sich die Scheidung der Lager gebildet. Die Mannschaft hat sich zu einem Knäuel zusammengerottet. Für alle zusammen ist nicht Platz und Nahrung genug da. Nur für eine Minderheit unter guter Führung, nur für den stärksten Kollektivegoisten gibt es Lebensraum.

Die ersten Ratten versuchen zu landen. Mit den bekrallten Pfötchen bemühen sie sich, sich an dem Rand der Scholle festzuhalten, nach oben zu kommen. Zuerst vergeblich.

Mein Vater will die Zigarre anzünden. Noch bevor er sich Feuer gibt, merkt er, wie jemand hinter seinem Rücken sich nähert. In seine linke Hand, die mit der Zigarre zwischen Zeigefinger und Mittelfinger hinabhängt, wird ein viereckiger, kleiner, warmer Gegenstand, an dem etwas Klirrendes befestigt ist, sachte hineingelegt. Überrascht hebt er die Hand zu den Augen. Es ist das so lange vermißte Evangelium. Der Mann, der es gestohlen hat, hat in dem kritischen Augenblick Gewissensbisse bekommen. Er hat sich von dem Diebstahlsgut trennen wollen. Er hat es unter dem Hemd hervorgeholt. Wer es war, ob der Geograph oder der Kapitän, habe ich nie erfahren. Zwischen den Seiten des Büchleins steckt ein Rosenkranz.

Mein Vater muß sich fassen. Besinnen. Entschluß ist alles. Er schlägt, mit seinen Gedanken ganz anderswo, das Buch dort auf, wo der Rosenkranz gelegen hat. Es ist die Bergpredigt. Seine Augen lesen den Beginn des fünften Kapitels des Evangeliums Matthäi: die Bergpredigt Jesu. Die ersten Ratten huschen über seine Füße. Ihre Landung ist gelungen.

Mein Vater liest, aber er liest nicht weiter. Er ergibt sich nicht. Er betet nicht. Er speit die Zigarre aus, tritt nach den Ratten, faßt nach dem Revolver, sammelt mit einem kurzen Kommando seine engeren Kameraden um sich. Die soziale Frage ist aufgeworfen, der Kampf der Klassen ist eingeleitet. Hier die Offiziere, Gelehrten und der Kapitän. Die Köpfe. Dort die Matrosen. Die Masse. Vor ihnen das Kampfobjekt, die Boote. Unerreichbar und nutzlos das brennende Schiff. Zu den Füßen die Ratten. Über ihnen der Polarhimmel und sonst nichts.

Die Eskimos sind in wilder Flucht, peitschen mit langen, scharfgespitzten Stäben die Hunde, schlagen ihnen die Flanken wund, grätschend stehen sie auf den niedrigen Schlitten. Mit scharrendem Geräusch gehen die Schlitten auf den Kufen ab. Und unter immer wiederholten, aber leiseren, verhallenden Peitschenschlägen jagen die Kinder der Natur fort vom Schauplatz des letzten Kampfes zwischen den Mitgliedern der unseligen Expedition. Auf der Scholle sind sie gekommen, auf der Scholle sind sie gegangen.

Mein Vater schleudert das kleine Buch zur Erde. Ratten werden es fressen, wie sie die letzte Zigarre gefressen haben. Tabakblätter, Papierblätter, ihnen ist alles gleich im Kampf ums Dasein. Dem Kohlenoxyd sind sie entgangen, ebenso dem Feuertod. Auch ertrunken sind sie nicht.

Für Sentimentalität ist keine Sekunde Zeit.

Etwas Sonderbares begibt sich. Der Hund hat sich von seinem Lager aufgemacht, ist mit langem Hals, gesenkten Ohren, eingekniffenem Schwanz zu meinem Vater hingehinkt, hat sich, zum erstenmal seit jener Wiederkehr aus der Rattenunterwelt, an ihn geschmiegt. Was in der Seele des Tieres (auch das Tier hat eine Seele, wenn auch eine ganz andere als der Mensch) vorgegangen ist, läßt sich auch nicht im entferntesten erraten.

Was in der Seele meines Vaters vorgegangen ist (auch mein Vater hatte eine Seele, wenn auch eine ganz andere als die der meisten Menschen), läßt sich nicht erraten.

Wie ich sie bis jetzt wiedergegeben habe, so ist mir seine Erzählung in Erinnerung geblieben. Seine Worte waren präzis, und er hat sich nie widersprochen, so oft ich diese Erzählung gehört habe. Auch meine Mutter, die durch ihren Bruder davon wußte, hat mir die Tatsachen bestätigt.

Von dem Endkampf gegen die Menschen und Tiere schwiegen alle, zeit ihres Lebens. Es muß grauenvoller gewesen sein als alle Jagden gegen gefährliche Tiere im Innern eines wilden Landes, bei denen man rühmlich untergeht. Ein wahrhaft unbeschreibliches Gegeneinander muß sich bei dem Kampf zwischen vierfüßigen und zweifüßigen Bestien um die letzte Lebensmöglichkeit abgespielt haben. Mein Vater hat ihn bestanden.

Er hat den Menschen kennengelernt, wie er ist. Wie ich bin.

Er ist nicht nur vor der Anwendung brutalster Gewalt nicht zurückgeschreckt, er hat gewiß auch psychologisch alle Methoden erschöpft, um mit den Menschen, deren Hilfe er unbedingt brauchte, um *sich* zu retten, fertig zu werden. Es spricht für die wilde, hemmungslose Energie meines Vaters, ebenso wie für sein geniales Spielen auf der Seelenklaviatur, das mit präzisester Vorausberechnung jeder menschlichen Handlungsweise arbeitete wie der Operateur mit dem Messer oder der experimentelle Bakteriologe mit dem auf ein millionstel Milligramm abgewogenen Giftversuch, daß er ... daß er als Kollektivegoist ...

# X

Jetzt zischt es vorne über dem wackligen Tischchen des Generalarztes Carolus. Eine Sekunde lang sind sein Gesicht, seine von den Gummihandschuhen bedeckten, lachsfarbenen Hände und der magere krumme Rücken des gerade von ihm gründlichst untersuchten Sträflings in kalkweißes Licht getaucht. Dann spritzt eine Stichflamme hervor aus dem zackig zerberstenden blechernen Kalziumkarbidbehälter der alten Azetylenlampe. Alles weicht in bengalischer Beleuchtung auseinander. Dann ist alles in Dunkelheit gehüllt. Ohne eine Verabredung haben alle Sträflinge den kritischen Moment erfaßt. Sie rasen vor den brillenbewehrten Augen des schreckerstarrten Generaldilettanten die offenstehende Schifftreppe hinab, das Becken mit dem Sublimatwasser in der Finsternis umschüttend, in einem Zuge in die Unterkunftsräume, zwei einander gegenüberliegende, nach der Mitte zu mit starken Eisenbohlen versehene Säle oder Ställe, an deren Decke je eine altgediente, schaukelnde, geruhsam blakende Petroleumlampe hängt.

Im Kampf um die besten Plätze, die in den Ecken, bin ich den Ellenbogen der anderen nicht gewachsen. Aber mein Handgefährte ist es. Er zieht mich mit unwiderstehlicher Gewalt durch das Gewühl, er schiebt uns beide hindurch, während er sich so fest an mich gepreßt hält, daß ich seine Körperwärme halb angenehm, halb widerwillig, empfinde. Er wendet sich hin und her, auf seinen Rücken oder auf seinen Sack, den er trägt, prasseln die Püffe und Schläge, aber er erobert einen Eckplatz und hat er ihn einmal, wird ihm niemand ihn entreißen. Ich empfinde, während er mich stumm, aber tief aufatmend anblickt, ein selten erlebtes Gefühl der Beruhigung. Daheim. Ruhe. Hier? Jetzt? Bei ihm? Und doch! Oder ist es nur Müdigkeit? Ich kann keinen klaren Gedanken fassen und doch will das Bild meines Vaters nicht aus meinem Bewußtsein weichen. Liebe ich *ihn* immer noch so tief? Ich weiß es nicht. Aber ich will seinen Bericht zu Ende nacherzählen.

Es spricht für die hemmungslose Energie meines Vaters und für seine Menschenkenntnis, die sich von jetzt an nur noch auf die niedersten Motive der Menschennatur gründete, auf Gier und Eitelkeit, Grausamkeit und Stupidität, daß er zu den drei Überlebenden der Expedition gehörte, die von einem Walfischfänger bei Skoreby aufgenommen wurden. Er, der Geograph und der Missionar, der Missionar mit getrübtem Geist, vielleicht im Alkoholdelirium. Mein Vater war nicht im Delirium. Er war nur allzu klar. Ein anderer Mensch. Er haßte und haßt die Menschen, mich und sich ausgenommen. Aber auch die Menschen mögen mit ihm nicht zum besten umgegangen sein. Die Weltordnung hatte ihm nicht gerade ihr Angesicht zugewandt.

Wenn ich ihn bat, mir auch das glücklichere Teil seines Abenteuers, seine Rettung, mitzuteilen, schwieg er, sagte, er sei diesmal zu müde. Nein sagte er nicht, sagte er überhaupt selten.

Auch von dem Ende seiner Hündin Ruru schweigt des Sängers Höflichkeit. Eine ovale Narbe an dem linken Handrücken, dort, wo die Venen in ihrem Zuge von den Fingern in weicher Schwellung sich unter der Haut dahinschlängeln, mochte möglicherweise die Spuren eines scharfen Hundegebisses nachzeichnen; ob aber dieser Hundebiß vor oder nach der Versöhnung im kritischen Augenblick zustande gekommen war, habe ich nie erfahren. Mag sein, die Ratten haben Menschenfleisch und die Menschen Hundefleisch gefressen, er sagte nicht ja, nicht nein, sondern er strich mit seiner linken, schweren Hand mir durch das damals sehr volle, je nach dem Wetter weiche oder spröde, straffe oder etwas gewellte blonde Haar. Jetzt, wo es nicht mehr so voll ist und sein helles Blond einem gedämpften Nußbraun gewichen ist, kann es meinen Handgefährten verlocken, mir durch das Haar zu streichen. Erstaunt sehe ich ihn an, spreche aber nicht, sage nicht ja, nicht nein.

Ich muß ein schönes Kind gewesen sei. Ein glückliches nicht. Mein Vater wurde zum unverbesserlichen Menschenfeinde. Auch der Bruder meiner Mutter, die er sechs Monate nach seiner sang- und klanglosen Rückkehr aus dem hohen Norden geheiratet hatte, auch der war nicht sein Freund. Er ließ ihn ruhig ziehen und forschte dem Verschollenen nicht nach. Meine Mutter grämte sich sehr. Er nicht. *Ich* sollte sein Freund sein.

Er wollte mich mit sieben Jahren als vierzehnjährigen Jüngling haben, er mochte nicht warten, er brauchte mich, als Vierzehnjähriger sollte ich wie ein Zwanzigjähriger sein, wissen, was Freihandel, Niedertracht und Rattensieg durch List ist, ich sollte ihm Kameradschaft leisten. Ich war sein Lieblingssohn. War? Bin ich es jetzt vielleicht erst gerade geworden? Er hat mit mir experimentiert - und was weiß das Experimentobjekt, *wann* der Versuch zu Ende ist? Das weiß nur der Versucher und der liebe Gott weiß es.

Um mich gegen das Leben, sinnlos und unbarmherzig, wie es ist, abzuhärten, scheute er kein Mittel bei mir, seinem Sohn.

Ich möchte mich weiter meiner Jugend erinnern, aber die Augen fallen jetzt mir zu. Ich habe ein Kissen, das mir mein Nachbar vorbereitet hat, es ist der Kindergrammophonkasten, in einen Mantel eingewickelt. Auch eine Decke hat der unbegreifliche Mensch um meine Knie gewickelt. Ich bin zu allem zu schwach, selbst zum Essen. Ich sehe und rieche das Essen, ich empfinde den Geschmack der mit Gewürzen angemachten, kräftigen Suppe auf den Papillen meiner Zunge, aber ich kann nicht. Schlafen, schlafen und nicht mehr erwachen. Nie mehr erwachen als der Sohn meines Vaters, jetzt steht er bei mir, verschwimmend in dem flackernden Licht der sich wiegenden Petroleumlampe, nicht mehr als der Witwer meiner Frau, nicht mehr als der Bruder meines Bruders, jetzt hat er mich endlich erreicht und flüstert mir alles zu, was ihn seit jener letzten Begegnung gehindert hat, zu mir zu kommen . . . er ist vom gelben Fieber erfaßt worden, er ist zwar gerettet, aber noch nicht erholt, er zeigt mir seine abgemagerten Hände, die sich aber unter dem stärker anwachsenden Lichte der Petroleumlampe allmählich ins Nichts auflösen. Er rüttelt mich an der

Schulter, hebt meinen Kopf, läßt ihn wie ein Stück Blei fallen und, über die Schulter zu einer großen Menge von Zuschauern oder Schülern gewendet, spricht er meinen Namen aus, er, der Gründer des Institutes, den ich nie gesehen habe, nennt mich Dr. Georg Letham den Jüngeren ... Georg Letham, Doktor der Philosophie, war mein Vater, war er ...

## Viertes Kapitel

### I

Was mochte mein hübscher Gefährte sein? Vielleicht war er ein Mensch aus gehobenen Schichten. Ich faßte am nächsten Morgen beim Erwachen nach seiner Hand. Sehr im Gegensatz zu dem knochigen, rassigen Gesicht hatte sie etwas Schlaffes, Weichliches, aber man mochte sie doch gern anfassen. Wenn man über die innere Handfläche strich, war es, als ob man über die von der Frühlingssonne erwärmte, trockene Schädeldecke eines Neugeborenen striche, unter der es pulst, wo die Knochen noch weich sind, gummiartig, nicht ganz endgültig ineinandergefügt.

Es bereitete Vergnügen, die innere Handfläche des Schlafenden kitzelnd mit dem Zeigefinger zu berühren, ohne daß der Schläfer davon wußte. Aber der Junge schlief gar nicht, er hatte gesehen, was ich getan hatte, oder ich hatte es nicht spontan getan, und *ihm* war es gelungen, mich zu einer Liebkosung zu verführen.

Er nannte mir seinen Namen, March, und ich sagte ihm den meinen.

An der Decke unseres Käfigs entlang zogen sich dicke, eiserne Heizschlangen, wie sie die Dampfheizungen in den Korridoren der Kellerräume haben. Dampfheizungen in dem Laderaum eines Schiffes, das in die Tropen ging? Wo schon jetzt in den Morgenstunden die Temperatur eines Dampfbades herrschte? Wenn sich das Auge an das Halblicht gewöhnt hatte, sah man, daß diese Dampfleitungen offen mündeten. Waren sie vielleicht an die Kessel der Maschine angeschlossen und sollten im kritischen Moment kochendheiße Dämpfe ausströmen lassen, um uns zur Räson zu bringen? Disziplin oder Verbrühen, das war die Wahl. Es war keine Wahl. Wir wollten alle wohlgesittet sein und bleiben.

March blickte mich an, aber er hielt sich von Liebkosungen zurück. Er zog den Grammophonkasten hervor, musterte die Platten, krampfhaft liebkoste er die eine, die in der Mitte durchgebrochen war, fuhr mit seinem scharfen Fingernagel den mikroskopisch feinen Rillen nach. Die anderen warfen begehrliche, geradezu feurige Blicke auf das abgenützte kleine Spielzeug. Niemand hatte etwas Ähnliches in seinem Besitz.

Ihm war es wertvoller als Geld. Ich sollte bald erfahren, was es ihm bedeutete.

Jetzt ließ er mich nur eine Inschrift lesen, oder besser gesagt, zwei Unterschriften, je eine auf einem abgebrochenen Teil der Platte eingeritzt. Louis und Lilly. Es waren ähnliche Schriften, steil, regelmäßig, vielleicht von Bruder und Schwester.

Inzwischen war im Raum III die Arbeit verteilt worden. Einige Leute hatten in der Küche zu helfen, andere mußten während der »Luftrunde«, das heißt während der halbstündigen Spaziergänge an Deck, unten die verlassenen Räume von allem Schmutz reinigen. Von den Vorrichtungen zum Waschen, bei deren Gebrauch man beinahe schmutziger wurde statt sauberer, spreche ich nicht. Es wasche sich erst mal einer unter einer Dusche von Seewasser – und schildere das Ergebnis! Aber auch diese primitivsten Vorrichtungen, wie sie in dieser Art etwa zu Zeiten des seligen Kolumbus zur Körperpflege seiner wasserscheuen Bemannung ausgereicht haben mögen, mußten in Ordnung gehalten werden.

Die Tröge für Trinkwasser mußten innen ausgerieben werden mit Blechspänen und Meerwasser. Beides zusammen erzeugte eine fressende Säure, und die Hände der mit diesem Reinigungswerk betrauten Sträflinge waren in kurzer Zeit zu jeder Arbeit unfähig oder doch nur fähig unter erbärmlichen Schmerzen. Das war meine Aufgabe.

Ich wollte lachen, aber es ertönte nur ein falsches Lachen, das heißt Gekrächz. Diese Arbeit verbitterte mich zu sehr! Die anderen sahen mir höhnisch zu und lachten »echt«.

Erst am dritten Tage trat ich zu der Luftrunde an. Wie ein Geschlagener schleppte ich mich in der Reihe dahin.

Das Meer schäumte. Die Offiziere lagen rauchend, trinkend, Karten spielend unter rotweiß gestreiften Sommerdächern. Der Generalarzt Carolus war nicht zu sehen. Über unseren Schädeln war nur ein Dach: die wehende Rauchfahne des schwer gegen die Wellen arbeitenden Schiffes und der gute, erbarmungsreiche, blaugoldene, unermeßliche Himmel mit seiner schon fast tropischen Glut. Die Holzpantinen der Sträflinge klapperten im

Takt auf den Bohlen des Schiffes. Der Boden war schlüpfrig. Weshalb? Viele waren seekrank, wußten die Wohltat der frischen Luft nicht zu schätzen. Ich stolperte über das nasse Zeug und hielt mich mit meiner wunden Hand an der meines Gefährten an. Er erwiderte meinen Druck. Meinen Druck?

Mein Gesicht war aus Stein.


Ich hatte das Alter meines Kameraden überschätzt, ich hatte ihn für weit über die Mitte der Dreißig gehalten, er war aber erst am Ende der Zwanzig. Wie er seine Neigung zu mir verstand, sollte ich an einem der nächsten Tage erkennen.

Ich war sehr gedrückt, litt außerordentlich unter körperlichen Beschwerden, es juckte mich bis aufs Blut. Ich hatte erwartet, daß man mich zur Pflege der Kranken ins Schiffslazarett beordern würde, dort wäre ein leichteres Leben, nahm ich an; ich hatte geglaubt, Carolus würde ein menschliches Fühlen seinem ehemaligen Laboratoriumsgenossen gegenüber empfinden.

Ich hatte mich, wie es schien, getäuscht. Die Tage vergingen, und nichts änderte sich. Aber ich sprach nicht.

Schweigen ist der stärkste Magnet. Nie hat der Zurückhaltende, der Schweigende eine Abweisung zu fürchten. Er ist sicher. Er hat es gut oder immer doch noch besser als der, den es zur Aussprache treibt.

Mein hübscher Gefährte war einer von denen, die sprechen müssen. Auf dem Hafenplatz hatte er sich noch zurückzuhalten vermocht. Wir waren über zwölf Stunden aneinandergebunden gewesen, und doch hatte er kein Wort an mich gerichtet. Jetzt verbanden uns keine Fesseln, und doch ahnte ich bald, wie er hierher gekommen war. Dieses Verbrechen mußte eine Beziehung zu seinen Gefühlen mir gegenüber haben.

March wollte, ich nicht. Es war so leicht, ihn abzuschrecken, ein kalter Blick, das war schon genug. Als er zum zweitenmal zum Beichten ansetzte, sprach ich von meiner Hand, die nun schon ein schmerzhaftes Ekzem von dem Hantieren mit Blechspänen und Meerwasser aufwies. Dazu war der Schorf von dem rechten Handgelenk abgegangen, an jener Stelle, wo mich beim Besteigen der Schiffsstrickleiter die Handfessel wundgedrückt hatte. Aber wäre es nur dies allein gewesen! Mein ganzer Körper brannte, als trüge ich das Brennesselhemd aus dem

Kindermärchen. Hatte ich also genug? Sicherlich. Aber was tat ich? Ich schloß die Augen und gähnte laut.

Der gute March hing mit saugenden Blicken an mir. Glaubte er vielleicht, daß er an *mein* Mitleid, an mein warmes Mitgefühl appellieren konnte? Mitnichten. Nichts isoliert mehr als Leiden. Er konnte es mir nicht abnehmen. Ich schwieg auf seine Fragen, ich lag mit dem Bauch auf der Pritsche, ich rollte mich herum, ich konnte nicht mehr Ruhe finden. Von Schlafen keine Spur.

Durch das runde Glas der Luke drang nachts der Schein des Mondes zu mir. Die Petroleumlampe schaukelte und stank. Die Sträflinge schliefen fast alle nicht, bloß wenige dösten dahin. Einer kraulte dem anderen den Kopf wie ein Affe. Andere spielten Karten, viele erzählten Geschichten, aber immer blieb eine Gruppe für sich, es gab plötzlich Schlägereien, Boxkämpfe mitten in der Nacht, fast ohne Wortwechsel, bloß Schlagwechsel, blutige Duelle von unvorstellbarer Roheit. Ein Meister der Tätowierkunst bot sich den verehrten Herren an, vertrat die schönen Künste, verlangte aber Summen dafür, die nicht von jedem gezahlt werden konnten. Aber das ersehnteste Objekt war (nach den Lederschuhen und der Flanellweste, die ihren Weg auf das Schiff gefunden haben mußten), Marchs altes Kindergrammophon. Wunderdinge stellten sich die Herren unter der Musik dieses Kinderleierkastens vor. Himmelsklänge erwarteten sie von den zerkratzten, alten Platten – und March hätte verlangen können, was er wollte, ihm würde man es gegeben haben. Aber er tat es nicht. Was war ihm Hab und Gut? Er dachte nicht daran. Er lebte nur seinem Gefühl.

Und der Beweis seiner Neigung zu mir? Ein Kuß? Ein warmer Händedruck? Eine Liebeserklärung, ein gefühlvoller Sermon, ein Versprechen ewiger Freundschaft, Blutsbrüderschaft bis zur gemeinsamen Flucht aus C. nach Brasilien? Liebevollste Pflege, wenn mich das Gelbfieber anstecken sollte? Nein! Etwas viel Größeres und viel weniger Großartiges. Man errät es aber nicht, wenn ich es nicht erzähle.

Fast alle hatten drei oder vier Garnituren Wäsche bei sich. Sauber war nach der langen Eisenbahnreise nur das geblieben, was in der Tiefe des Sackes ruhte. Aber was dann, wenn einer nichts darin hatte als zwei Büchlein von höchstem kulturellen Wert, aber ohne Gebrauchswert – Hamlet und Evangelium –, was dann, wenn er sich auf die Vorsehung der löblichen

Behörden verlassen hatte, was sein leibliches und unterleibliches Wohl anlangte? Wenn er auf das Kommen eines lieben Herzensbruders gerechnet hatte, damit dieser ihm außer erschütternden Abschiedsworten noch einige saubere Unterhosen und Unterhemden spätestens nach der Verschiffungsstation, nach der Hafenstadt brächte? Ja? Nein? Nein!! Dann hatte er sich eben stupid verrechnet, und der Idiot mit der schlechten Rechnung war ich, eben meines Vaters Sohn, der sich jetzt nur des Besitzes einer einzigen gesunden Unterhose und zweier, aber nicht sehr sauberer Hemden rühmen konnte. Wer ein Mann war, versuchte sich zu helfen. Mensch und Schicksal waren eines, eine schmutzige Hose sollte kein Felsen sein, woran ein furchtloser Experimentator zerschellte. Zeit war genug, was soll er tun? Er gehe zur Wasserquelle und wasche trotz seiner wunden Hände die Wäsche im reichlich strömenden Naß. Ja, das wäre ein guter Rat gewesen! Hätte doch erst einer versuchen sollen, den Rat zu befolgen.

Ich tat es ja in der zweiten Nacht schon. Und was kam heraus? Ja, zuerst war freilich ein Teil des Schmutzes aus der Wäsche gekommen, da ich blödsinnigerweise mit meiner kostbaren, vorläufig unersetzlichen Seife nicht gespart hatte. Aber weder die Reste der Seife waren herausgekommen, als ich mit dem Waschen meiner Dessous fertig gewesen war, noch weniger leider die Reste des Meerwassers. Und nun trockne man dieses alles eher als blütenweiße Linnen an einer Schnur, die man zwischen den Rahmen zweier Luken ausspannt oder, noch besser, an den Eisenbohlen sinnreich befestigt. Am nächsten Morgen ziehe man das Hemdchen und Höschen über und schwitze fest darin. Und eine Viertelstunde später befindet man sich in der Hölle. Aber nein, lieber Georg Letham, nur keine großen Worte, es ist ja nur eine leichte Krankheit, genannt der Rote Hund, prickly heat. Was sagt der Arzt, Dr. Georg Letham, der Jüngere? Er tritt zu Dr. Georg Letham, dem Jüngeren, läßt sich die Leidensgeschichte erzählen, betrachtet den Kerl von Kopf bis Fuß und sagt:

»Der Rote Hund ist eine Krankheit, mit der zur heißen Jahreszeit fast jeder Neuankömmling der Tropen – meist schon während der Seereise – Bekanntschaft macht. Es handelt sich um eine durch starkes Schwitzen und dadurch entstehende zu starke Hautfeuchtigkeit verursachte heftige Entzündung. Oft reizt auch das gewählte Material der Unterkleidung und manchmal auch die schlechte Entfernung der Seife aus dieser beim Waschen. An denjenigen Körperteilen, an denen die Kleider am dichtesten anliegen und scheuern, also zunächst an der Hüftgegend und den Vorderarmen, später auch an den Schultern und der Brust, Rücken und Hals bilden sich kleinste, dicht nebeneinander auftretende, leicht über die Haut hervorragende Knötchen. Sie jucken äußerst heftig und beeinträchtigen infolgedessen das Allgemeinbefinden im höchsten Grade, besonders der nächtliche Juckreiz kann starke Schlaflosigkeit verursachen . . .«

Starke Schlaflosigkeit? Gibt es auch schwache, Herr Doktor Letham?

» . . . Durch das beständige Kratzen wird meistens die Entzündung noch gesteigert, es wird bis aufs Blut gekratzt, und dadurch entstehen leicht weitere Entzündungen, Infektionen mit Eitererregern und Furunkel bis zur Ekzembildung.«

Brennheißen Dank, verehrter Arzt und Helfer der Menschheit! Wo wären wir ohne dich, Mann des Geistes und Herr des medizinischen Wissens? Was rätst du uns? Einpudern? Woher den Puder nehmen? Häufige Waschungen mit reinem, nicht salzhaltigem Wasser? Woher das reine Wasser nehmen? Auch Alkoholumschläge sollen trefflich sein, aber hier im Raum III Alkohol zu Umschlägen verwenden, welch groteske Phantasie!

Oh, ihr liebenden Herzen, jetzt lache ich nicht über euch! Ich gähne nicht. March hat alles, was ich brauche, und er gibt es mit Wonne.

Er hatte längst erfaßt, an welchem Leiden ich krankte, er hatte Puder, er hatte reines Wasser, denn seinen Süßwasservorrat, der uns täglich nach der Luftrunde literweise in unseren Feldflaschen zugeteilt wurde, hatte er aufgespart. Er hatte selbst stark unter dem Durst gelitten, und mehr als einmal war seine Zunge, lang und schmal und purpurfarben wie die eines Hundes, über die ausgedörrten Lippen gestrichen.

Er war eines Opfers fähig, sein Ideal war ihm etwas wert. Aber erwartete er einen Lohn dafür? War er imstande, einem Ideal zu dienen ohne Gegenwert?

Was soll man da lange fragen? Muß man da nicht dankbar sein? Es hilft, ja! Es tut gut, ja! Es ist eine Wohl-Tat. Tauschen wir die Rollen. Sei du der Arzt und ich der Patient. Auf jeden Fall schlief ich in dieser Nacht gut und tief, sehr tief.

## II

Ich hatte March damals »Gummi« getauft. Gummi ist ja etwas Herrliches, es gehört zu den Dingen, die die Welt regieren. Für die zur Gummifabrikation notwendigen Kautschukplantagen werden weite Landstriche in den Kolonien urbar gemacht, der paradiesische Müßiggang der farbigen Herren wird ausgerottet. Die farbigen Proleten werden zu Tode gearbeitet, und wenn sie sich empören, wenn sie zu den nationalen Sitten des tropischen Müßiggangs zurückkehren wollen, dann wird der Krieg gegen die Kolonie eröffnet, man scheut vor der Verwendung von Fliegergeschwadern mit Giftgasbomben nicht im mindesten zurück. Mensch vergeht – Gummi besteht.

Was ist der einzelne? Mußte nicht ein Mann wie March froh sein, wenn er als einzelner ernst genommen wurde, wenn er einen neuen Namen bekam, nein, zwei neue Namen? Denn sobald ich sein süßliches, gar nicht enden könnendes Lächeln sah, nannte ich ihn nicht nur Gummi, sondern auch Bonbon, »Gummibonbon«. Sein warmes Herz war eben nichts anderes als ein Gummibonbon, und dabei blieb es. Tritt man einen Gummibonbon mit Füßen, oder schleckt man ihn voll Liebe ab – er bleibt immer, was er ist.

»Mein Liebster, Sie langweilen mich«, sagte ich ihm, wenn er nachts wieder einmal zu einer Erzählung seines Lebensromanes ansetzen wollte. Ich war müde, ich hatte Pflichten aufgehalst bekommen, man hatte mich zwar von der Reinigung der Wasserkübel entbunden, aber wenn ein typhuskranker Verbrecher im Lazarett ein Klistier ersehnte, dann rief *mich* der Wärter.

Man erinnerte sich also meiner glorreichen Leistungen als Arzt. Hatte ich mir das nicht gewünscht? Man glaubte, ein alter Arzt wie ich wäre diesen herrlichen Aufgaben am besten gewachsen. Die amtlich bestellten, für ihre Leistung viel zu reichlich bezahlten Wärter waren so träge, daß sie beim Zusehen sogar einschliefen. Die Hitze war denn auch mörderisch. Selbst oben unter freiem Himmel nahm einem die

Schwüle den Atem. Aber gar erst unten bei uns oder im Schiffslazarett, in dem kleinen Raum, wo Menschen neben Menschen lebten, wie Ratten bei Ratten! Schweigen war das beste!

Als ich in einer Nacht von meinem Werk der tätigen Liebe zurückkehrte, überraschte mich ein frischer Luftzug. Über meinem Kopfe strich so ein feines, salzhaltiges Lüftchen dahin. Welch eine Wendung durch Gottes Güte! Der Gummibonbon, den sein Innenleben nicht richtig schlafen ließ, von der äußeren Hitze ganz abgesehen, sah mich mit schwimmenden Augen an. Plötzlich fühlte ich salzhaltiges Naß über meiner Oberlippe. Wer wird denn weinen? Aber nicht doch! Echtes, schönes, salzhaltiges Meerwasser war es, die Luke über meinem Kopf war in meiner Abwesenheit eingeschlagen worden. Ich hatte die herrliche Wohltat der frischen Brise.

Strenge Untersuchung. Wer hatte das Fenster eingeschlagen, das nicht geöffnet werden durfte? Drohendes Strafgericht.

Was strafen? Wen strafen? Wie wollte man den armseligen Passagier noch besonders strafen? Nichts leichter als das! Es gab nahe der Maschine einige fast hermetisch mit Eisentüren abgeschlossene Kammern, wahre Höllenkammern, aufrecht stehende Dunströhren, nicht viel breiter als ein mittelstarker Mann; in diese konnte man die disziplinarisch zu Strafenden einschließen und im eigenen Safte belassen. Die Heizer wurden alle drei Stunden abgelöst, und ein Gummibonbon wurde achtundvierzig Stunden lang geröstet.

Wie hatte nun Gummibonbon seine Tat fertiggebracht? Mit der Eisenkurbel seines Grammophonapparates. Oh, dieses Grammophon, welch ein Wunderwerk der Technik! Die schönsten Melodien in seinem Innern. Eine rührende Reliquie aus dem vergangenen Leben. Und auch noch ein Werkzeug, auf daß ich, der Herzensfreund, in frischer Luft schwelgen konnte.

Gut! Gummibonbon wanderte in die Dunstkammer. Das war der Lohn für seine gute Tat!

Aber was tut Liebe nicht alles für Liebe! Er wankte nach achtundvierzig infernalischen Stunden zurück, zwar schmutzbedeckt und fast blind vom langen Aufenthalt im Dunklen, äußerlich kaum mehr einem Menschen ähnlich. Aber in seinem Herzen war er freudiger denn je! Verzweifelt und freudig zugleich, hörig und doch mit außerordentlicher Energie begabt,

Mann und Weib, eine Mischung einander widersprechender Seelenkräfte, die einen Experimentator reizen könnte. »Armes kleines Kerlchen«, sagte ich ihm, als ich ihm das anvertraute Gut, den Grammophonapparat und seine übrige Habe treulich zurückerstattete, »liebes, armes Tierchen, du!« Und glückselig lächelte Gummibonbon.

Das Schiff schlingerte wild. Die zerbrochene Scheibe des Bullauges war während der Fahrt nicht zu ersetzen. Die Kühle und die reine Luft taten gut und würden mir während der ganzen Fahrt eine Wohltat sein, aber vor dem Meerwasser hatte ich seit dem so unrühmlich bestandenen Kampf mit dem Roten Hund allen Respekt. Aber wozu hatte man einen Gummibonbon? Er stopfte bei stürmischem Seegang *seinen* kostbaren Sack in die Öffnung, mochte das bittere, scharfe Meerwasser dringen, wohin es wollte. Hauptsache, *ich* war geschützt und ruhte sanft in seinen Armen. Ja, in seinen Armen, das wünschte er wohl, aber er sollte es nie erleben. Vor *dieser* Liebe, schwor ich mir, würde ich mich zu schützen wissen.

Ich ahnte, daß *diese* Liebe ihn hierhergebracht hatte. Ich wollte ihm nicht mehr den Mund verschließen, ich wollte ihn nun erzählen lassen. Und wenn er seinen Roman heruntergeleiert hatte, wozu ihn sein übervolles Herzchen drängte, dann wollte ich ihn voller Liebe ansehen, ich wollte die Lippen zum Kusse spitzen und würde mit der zärtlichsten Stimme, deren ein ausgekochter Anarchist und Liebesfeind fähig ist, zu ihm sagen: Nein! *Das* muten Sie mir zu?

Oder war es besser, ihn gar nicht so weit kommen zu lassen? Vergewaltigen würde *er* mich nicht. Das *er* habe ich unterstrichen, nicht das *mich!* Andere Männer sind von anderen Männern hier in diesem Raum III der »Mimosa« vergewaltigt worden, ich habe es ja gesehen, und die anderen haben es gesehen, und die Wachen haben es gesehen, und es hat Schreien und Jammern und Lispeln und all die albernen keuchenden und schluchzenden Ausbrüche einer seit Monaten zurückgestauten Sinnlichkeit unter diesen vertierten Herzen gegeben, und der gute Gummibonbon hat mir die Hand vor die Augen halten wollen, damit ich diese Scheußlichkeiten nicht sehe. Hat er vier Hände, damit er mir auch die Ohren zustopfen konnte? Was Augen und Ohren?! Die Seele! Was war mir das!!

Der Generalarzt hatte mich am nächsten Vormittag mit einem

Blick gestreift. Er hatte zwar nicht auf meinen de- und wehmütigen Gruß geantwortet, aber er hatte, als ich ihn daraufhin fixierte, den Kopf abgewendet. Oh, an *mir* ist es, beschämt zu sein, Herr Generalarzt!

Er war der König des Schiffes, aber wie alle Könige schon wegen seines überhohen Ranges einsam. Selbst der Schiffskommandant stand um viele Dienstgrade unter ihm, der Kommandant unserer Gesellschaft war gar auf den untersten Stufen der Dienstleiter, während Carolus sich hoch oben langweilte.

Ich drängte mich ihm nicht auf. Ich wartete ab. *Ein* Wort von ihm war Goldes wert. Aber solange ich das nicht hatte, hielt ich mich an das, was ich besaß, an das »liebende Herz«, hier dieses da, March, der mich umschmeichelte. Ich verstand zwar nicht, wieso ich, nicht mehr jung, nicht mehr schön, diesen armen Teufel »verzaubert« hatte, wie er es nannte, aber es war so gut, verwöhnt zu werden, die besten Bissen zugesteckt zu bekommen, gepflegt zu werden wie ein Kind! Es rührte mich, wenn er mir anbot, für mich das Grammophon, das bis jetzt noch keinen Ton von sich gegeben hatte, in Gang zu setzen. Einer der Sträflinge, Soliman, der Zweieinhalbzentnermann, der kupfergesichtige Koloß mit einem Mund, der unter einer kühnen Raubvogelnase breitwulstig und blaßrot vorschwellend fast den ganzen unteren Teil der brutalen Physiognomie ausmachte, eine Riesennummer, die trotz Gemeinheit (Lustmord, Kinderschändung), einer gewissen orientalischen Majestät und zynischen Überlegenheit nicht entbehrte, hatte ihm ein schönes Stück Geld für den Apparat angeboten. Vergeblich. Dann mehr. Die Menschen sind Kinder. Nicht ernst zu nehmen. Gummibonbon war nicht anders als »Sultan Solimann«, der Koloß, der reiche Mann. Alles Trieb und sonst nichts. Warum sollte ich mich gegen Gummibonbons Liebe sträuben? Her damit! Decke auf! Erzähle, beginne! Zirpe deinen Song!

## III

Gummibonbons Ehrgeiz ist es, kein Gummibonbon, sondern ein Diamant zu sein. Seine stolze Haltung am Hafenplatz, seine wieder in der letzten Zeit besonders krampfhaft geübte Zurückhaltung, aus der aber doch immer eine unbeherrschbare Leidenschaftlichkeit durchbricht – immer ist es das Gleiche. Ein Verbrecher? Nein. Aber ein gefährliches Kind? Ja, das ist er. Seine Geschichte war viel weniger romantisch, als er glaubte. Er gehört ja zu den »liebenden Herzen«, und wie er andere bemitleidet (z. B. mich), bemitleidet er sich selbst. Wie er andere belügt (z. B. mich), belügt er sich selbst.

Er erzählt von seiner Verlobung. Sie ist die Tochter eines Obersten (eines mittleren Magistratsbeamten), er nennt sie einmal beim Vornamen, das anderemal wie unabsichtlich, sich daraufhin sofort verbessernd, die Komtesse. Der dritte im Bunde ist der Kadett, aber in Wahrheit ist es nicht ein Anwärter hoher militärischer Würden, sondern ein künftiger gehobener Kommis oder Bankbeamter, der jetzt noch die Handelsschule besucht, besuchen würde, wenn er noch lebte. Quod non.

Gummibonbon kann auf die Dauer nicht lügen.

Alles andere ist wahr. Wahr ist Marchs Gefühl. Wahr ist Gummibonbons Motiv. Wahr ist der tragische Endeffekt. Wahr sind die zwei Stücke einer Grammophonplatte »Unter den Brücken«, welche die beiden Geschwister, Louis und Lilly, jedes auf einem anderen Plattenfragment, in alten Kinderzeiten mit ihrem Namen feierlich bekritzelt haben. Und er, March, der sich anfangs als Sohn eines Fabrikanten, eines Großindustriellen ausgab, und zwar als der einzige Sohn, entpuppt sich nach und nach nur als einer der Sprößlinge aus der großen Kinderschar eines stets am Rande des Bankrotts stehenden Drogisten, der in Zeiten schlechten Geschäftsganges einem Kinobesitzer die Bücher geführt oder sich um die Fabrikation neuer Schuhputzmittel oder Kräutertees vergeblich bemüht hat. Aber wenn die Not der Familie noch stärker stieg, so beschäftigte er sich auch mit dem Rauschgifthandel, verschaffte sich zuerst echte Drogen und gab sie gegen teures Geld weiter, dann aber ersetzte er sie durch Kreidepulver und trieb einen so plumpen Betrug, daß er denunziert wurde. Die Denunzianten hatten ihrerseits selbst nicht das reinste Gewissen, die Sache schlief ein, der Drogist konnte nur wegen Übertretung gegen das Preisverordnungsgesetz bestraft werden; er hatte ja keine Rauschgifte weitergegeben.

Und so windet er sich eben immer wieder nur so durch.

In dieser Atmosphäre wächst der junge March auf. Der Vater hatte aber in höherem Alter selbst Appetit auf diese Rauschgifte bekommen, er verkauft sie, gewitzigt wie er ist, nicht mehr mit Wucherzinsen an andere, sondern verwendet sie selbst. Stockend nur erzählt der Sohn von den Szenen, die sein morphiumsüchtiger Vater aufführte, von den großen Kosten, welche seine tapfere, lebenstüchtige, gesunde, dem kranken Gatten völlig ergebene Mutter nicht scheute, um dem schnell alternden Mann seine Leidenschaft abzugewöhnen.

Endlich gelingt es. Jubel im trauten Heim über den verlorenen und wiedergefundenen Vater. Aber in der Heilanstalt, in der die Entziehungskur vorgenommen worden ist, hat der Drogist ein junges Mädchen von Bühne und Film kennengelernt, hat sich brennend in sie verliebt. Neue, diesmal endgültige Flucht des Vaters aus der Familie, für die jetzt March, der älteste Sohn, zu sorgen hat.

March wird ein kleiner Beamter, ein ordentlicher, fleißiger Mensch mit dem Streben nach Höherem. Zehn Jahre Arbeit, Sparsamkeit. Häuslicher Frieden. Amen. Seine Mutter heiratet nach diesen zehn schwierigen Jahren zum zweitenmal, seine Geschwister sind im Beruf, ein jüngerer Bruder in der Uhrmacherlehre, eine jüngere Schwester verlobt. Gott sei Dank – und March atmet auf.

Er ist als Beamter der Stadt kein Kirchenlicht, aber gut angeschrieben, immer und überall gut gelitten, ein solider, schüchterner, zurückgezogen lebender Mensch, der am Schlusse seiner Amtsstunden in Gedanken schon bei den Seinen daheim ist und stets nur daran denkt, wie er ihnen das Leben sicherstellen und darüber hinaus angenehme Überraschungen bereiten könnte. Zu Frauen fühlt er sich noch nicht sehr hingezogen. Er hat ja seine Mutter, seine Schwester. Vatergefühle werden wach in ihm gegenüber seinem kleinen Bruder, der sehr schwächlich ist, vielleicht von dem Vater in der Morphiumperiode gezeugt wurde.

Das Leben des jungen March ist also von der Familie ausgefüllt, es kommt nicht zur Entfaltung irgendwelcher Leidenschaften, die einzige erkennbare Abnormität ist eine kindliche Eitelkeit, Kleider, Wäsche, Körperpflege; dazu ein Besorgtsein um ein Mehrerscheinen, ein Streben nach höherer Geltung in der Gesellschaft. Und dann eine gewisse Naturschwärmerei und eine Anbetung, ein seelischer Kniefall vor männlichen hochgestellten Personen, zum Beispiel vor einem jungen Geistlichen, der aus gräflichem Hause stammt und sein »Schloß« verlassen hat, um eine Missionsreise nach Afrika zu unternehmen, dann malariakrank zurückgekommen ist und den Pfarrer des Sprengels vertritt, in dem der brave March mit den Seinen wohnt. Dem Abbé ist nichts Gräfliches geblieben. Er hat ein hageres, ausdrucksloses Gesicht, an dem die Haut auf den Knochen festgewachsen scheint, von Schweiß feuchte, kalte, sich weichlich anfühlende Hände, und seine Tonsur erstreckt sich nicht nur auf den Hinterkopf, sondern auf den ganzen eckigen Schädel, denn der aristokratische Christ hat kein einziges Haar mehr, trotz seiner jungen Jahre.

Dieser Abbé ist die erste Liebe des March. March weiß zwar nicht, daß er Männer mehr liebt als Frauen. Aber er fühlt es. Er grämt sich über die düstere Gleichgültigkeit des Abbés, er leidet an der Leere und Langeweile seines bürokratischen Daseins. Es bietet sich ihm eine Veränderung, zwar keine Reise nach Afrika zu schwarzen Missionskindern, sondern nur eine etatmäßige Beförderung aus Rangklasse 6a nach 6b und damit verbunden eine Übersiedlung in eine kleine Landstadt im Norden des Landes. Also Abschied von Mutter, Stiefvater und Schwester, Bruder und Verwandtschaft und auf und davon! Nach der letzten Beichte bei dem Grafen drückt der hübsche, schüchterne Junge in tiefer Erregung die Hand des wackeren Geistlichen, dieser sieht ihm erstaunt in die aufgerissenen Augen, fährt in seinem langweiligen, stereotypen Sermon fort und wischt sich die Hand mit einem groben Taschentuch wieder ab – entweder, weil sie zu sehr schwitzt oder weil ihn der Händedruck eines kleinbürgerlichen, dümmlichen Staatsbeamten in seinen Gedankengängen irritiert oder einfach nur so aus Gedankenlosigkeit. Es tut auch weiter nichts zur Sache. Höchstens das eine, daß, wenn der gräfliche Abbé als Menschenkenner und Menschenfreund den Beamten sofort ernstlich zur Rede gestellt hätte (zwischen Beichtkind und Beichtvater sind Händedrücke zärtlicher Art durchaus nicht Sitte), dann die andersartige Veranlagung des armen March zu seinem Heil vielleicht noch rechtzeitig aufgeklärt worden wäre. So aber mußte ein schweres Unglück passieren, damit der im wesentlichen Punkt so stupide junge March wußte, mit welchem Geschenk ihn die gütige Mutter Natur begnadet hatte.

Und das mag auch den Wunsch erklären, den der arme Frosch

hegt, nämlich den Herzenswunsch, *mir* alles zu erzählen, weil er sich jetzt, nur viel zu spät, erkannt hat und weil er eine neue Leidenschaft in sich keimen fühlt und weil er sich und (so will ich hoffen, du Guter!) auch mich vor den Folgen seines *rasenden Temperamentes* schützen will. Aber ich sehe dich doch, Kerlchen! Menschenkenner bin ich zu einem gewissen Grade, wenn auch kein Menschenfreund! Ich sehe dich, wie du bist!

Du und rasendes Temperament! Nichts als ein Mißverständnis! Kinder sind keine Verbrecher, gewiß. Aber lassen wir alles austoben, was in ihren schattigen Gehirnchen sich regt, dann ist Gefahr. Der Umarmungsreflex interessiert mich nicht. Ich bin keine Fröschin. Vorbeugen ist der beste Schutz. Deshalb darf es gar nicht weiter kommen.


## IV


Leider kann mir das, was March in der schwülen Dämmerung der subtropischen Nacht vor sich hinsabbert, nicht jenes Interesse abnötigen, das er erwartet. Was soll mir sein Abbé? Was sind mir seine geheimen Regungen? Dabei sind sie gar nicht mehr so geheim, der gute Junge kann aus seinem warmen Herzen keine Mördergrube machen, er kann mir keine Rätsel zu raten aufgeben. Er ist langweilig. Am interessantesten war er, als er an mich gekettet war und schwieg.

Also weiter im Text, du allerliebster Mann, du Herzensbrecher aus der Kleinstadt, der nicht genug hat, die Tochter eines wohllöblichen Obersekretärs zu heißer Liebe zu entflammen und sich feierlich im Kreise der aus weiter Ferne zusammengeströmten Familie mit der jungen Dame, einer Goldblondine, zu verloben – sondern der es fertig gebracht hat, auch im Herzen ihres Bruders, des brünetten Kadetten, Verwüstungen anzurichten.

Welch ein Glück hat dieser recht hübsche, aber wenig interessante Mann bei den Menschen! Auch hier, im Raum III hat er schon, ohne es zu wollen, Eroberungen gemacht. Feurige Blicke wirft ihm der kupferfarbene Orientale, der Pascha, der Sultan Soliman zu. Der Kaufpreis für das alberne Grammophon soll offenbar auch den Lohn für March selbst enthalten, wenn er sich dem Sultan, dem reichen, grob sinnlichen Verbrecher gnädig zeigt. So tue es doch, March! Ich werde nicht eifersüchtig sein. Liebe in jeder Form ist für den Durchschnittsmenschen schön und erholsam, so nimm sie doch, wühle nicht verzweifelt in alten Erinnerungen! Das Leben lacht, es liebt die Lust. Laß deinen Louis den Schlaf des Gerechten ruhen!

Aber ein Mensch meiner Art predigt hier tauben Ohren, der gute March kann sich von seinen Erinnerungen nicht losreißen. Zum zehnten Male leiert er seine Litanei herunter, die bei dem ewigen Treueschwur zwischen der Schwester, Komtesse Lilli, und dem Bruder, dem Kadetten Louis, beginnt, den die zärtlichen Geschwister wie in der alten Heldensage durch eine in der Mitte durchbrochene Grammophonplatte symbolisierten, und die nie richtig endet. Beide haben sich im letzten Frühling an March gehängt und haben, vielleicht an geraden und ungeraden Tagen abwechselnd, den Überglücklichen mit ihrer Liebe überschüttet. Aber der Arme! Bei der bildhübschen, von Gesundheit und Sinnlichkeit strotzenden, üppigen, goldblonden und grauäugigen Schwester ist ihm das eine Qual, was ihm bei dem blassen, hoch aufgeschossenen, etwas blasierten, brünetten Bruder, dessen dunkle Augen tief in den Höhlen liegen, ein heiß ersehntes Glück wäre. Er, March, schwankt nicht einen Augenblick zwischen beiden, er hat sich für den Bruder entschieden, seitdem er dessen Angesicht zum erstenmal erblickt hat, ihm ordnet er sich unter, läßt sich durch dessen gelangweiltes, schlaffes Lächeln mit hinabgezogenen, spöttisch eingerollten Lippen martern und martert ebenso mit hinabgezogenen, spöttisch eingerollten Lippen die Schwester, das sinnliche, gesunde, brave Mädchen, seine Braut. Sie ist viel zu stolz, es zu zeigen, aber sie ist zu sehr Weib, um es hinzunehmen. Ihre Eitelkeit ist getroffen, sie vernachlässigt sich, ein Zeichen dafür, daß sie ihrem Bräutigam March gegenüber nur noch kameradschaftliche Gefühle hegen will, und daß sie wie Schwester und Bruder mit ihm leben möchte, in aller Unschuld!

Und er, March, behandelt sie daraufhin, von der glatten Lösung des Konfliktes beglückt, mit kameradschaftlicher Offenheit, er verrät ihr, was er sich selbst nicht verraten hat, daß er an Louis leidenschaftlich hängt, daß er von ihm »verzaubert« ist. So poetisch drückte er sich aus, der schüchterne Beamte in Rangklasse 6b. Und sie, Komtesse Lilli, streichelt ihren Bräutigambruder March über das Haar, sie ist ihm ja herzensgut, er ist ihr Augapfel, und sie ist sein eigen von Kopf bis zur Zehe, und wenn sie ganze Nachmittage in der Kirche kniet und betet, dann kniet sie nur für ihn, betet nur für ihn – und der Frosch seufzt und glaubt.

Dann schickt sie ihm plötzlich den Verlobungsring zurück. Sie liebt ihn leider zu sehr, sie kann sich mit dem wenigen nicht zufriedengeben, das er für sie übrig hat. Aber der Kadett nimmt March ernst ins Gebet und bleibt dabei, die Heirat müsse stattfinden, March müsse sich mit der Komtesse versöhnen, sonst . . . und zum erstenmal spielt der blasierte, blasse Junge mit dem Gedanken, er könne March vernichten oder vielleicht auch, er könne March gehören, – mag sein aus Herrschsucht, aus Neugierde, vielleicht aus Mitleid, aus Eitelkeit, aus Freude am Spiel. Es ist nicht klar. Vielleicht aus echter Liebe zu seiner Schwester, die die Hauptsache in seinem Leben ist. Und bleibt. Und March, der einmal ein einfaches sorgenloses Leben an der Seite des geliebten Mädchens Lilli, unter dem Schutz des hochstehenden Schwiegervaters erwartet hat, ist mit seinem guten Herzen, seinem schwachen Willen, seinen krankhaften, aber starken Trieben jetzt in der furchtbarsten Verwirrung. Er vernachlässigt sein Amt. Er schläft nicht mehr. Endlich kehrt er zu der Schwester zurück – und verspricht ihr – aus Schwäche, aus Mitleid, aus christlichem Erbarmen – mit dem Bruder zwar nicht zu brechen, aber in Louis von jetzt angefangen nur noch den künftigen Schwager zu sehen –. So schwört er, daß er Louis nur einmal in der Woche in Lillis Gegenwart sehen werde, sie würden vielleicht tanzen, einer wird das neue Schrankgrammophon aufziehen, und das eine Mal wird er, March, mit Lilli tanzen, das andere Mal soll Louis mit Lilli tanzen. Unschuldiges Kindervergnügen. Herrliche Lösung von salomonischer Weisheit! Aber es kommt natürlich anders. Lilli zieht das Grammophon auf, aber es tanzen nur Louis und March miteinander, und plötzlich scheint es, als ob Marchs leidenschaftliche, fanatische Liebe, gegen welche die schematische Tagesarbeit des armen Louis in der Handelsschule nicht ankommt, auch das kühle, schlaffe, blasierte Herz eines altklugen, kränklichen, abgebrühten, trotz seiner Jugend schon welken Jungen angesteckt hätte.

Und Lilli soll zusehen? Soll nachher das verräucherte Zimmer lüften und in Ordnung bringen, während Louis und March im Sommerregen spazierengehen, unter *einem* Regenschirm, nachher in der Kneipe, im Café eng umschlungen und doch so keusch einander anstarrend, nebeneinander hocken, im Kino in der Dunkelheit sich drücken. Louis und March lieben einander, ja, aber rein und wahrhaft keusch wie Engel oder Frösche.

Lilli, sinnlich, gesund und jung, ungebrochen, glaubt es nicht. *Sie* will nicht mehr teilen. Aber weder bei dem Kadetten noch bei dem Bräutigam verfangen ihre Drohungen, und eines Tages erscheint in Louis Zimmer bei einem Besuche des Herzensfreundes noch ein Dritter, der Vater, der hochgestellte Magistratsbeamte, ein Mann von Grundsätzen. March fliegt mit Engelsflügeln. Er wird aus dem Amte gejagt, das Zimmer wird ihm gekündigt, er unterliegt der allgemeinen Verachtung und Lillis Abschiedsbrief ist endgültig. Und zum Unglück erscheint jetzt auch noch sein Vater, der morphiumsüchtige Drogist außer Diensten: verkommen, ein Bettler – March soll helfen und hat so gut wie nichts im Besitz, denn, eitel wie er ist, hat er fast alles an seinen äußeren Menschen gewendet.

# V

March macht eine Pause. Die anderen Sträflinge amüsieren sich nachts nach ihrer Art. Nur die zahmsten spielen Karten, oder sie rülpsen ihre tierische Natur auf ihre Weise hervor, oder balgen sich umher. Was die meisten tun, Männer unter Männern, seit Monaten ausgehungert nach »Liebe«, das will mir March verbergen, er will mich durch seine keusche Erzählung fesseln, und wenn ich ihn kühl frage, »liebes Herz, warum erzählen Sie mir das?« senkt er die Augen, schmiegt sich unmerklich an mich und antwortet mit etwas heiserer Stimme: »Damit Sie mich nicht für *ihresgleichen* halten!" Soll ich ihn also nicht für einen gemeinen Verbrecher halten wie die anderen Kumpane? Oder soll ich ihn nicht für einen Mann der Männerliebe halten?

Ich schließe die Augen. Ich versuche zu schnarchen, aber er hat feine Ohren und Augen. Trotz des Halbdunkels unterscheidet er die Maske des Schlafs vom echten Wesen des Schlummers und das echte Schnarchen von dem künstlichen. So gebe ich es auf. Ich erhebe mich auf den Ellenbogen, blicke durch die offene, von zackigen Scheibenresten ausgekleidete Luke an der

Schiffswand hinauf in den lilafarbenen Tropenhimmel, der von fast krankhaft leuchtenden Sternen, Licht bei Licht, erfüllt ist.

Das Meer geht stark, ab und zu gischt ein scharfer Spritzer hinein und fällt auf mein wüstes Haar, verfängt sich in meinem starken, ungepflegten Bart. March erzählt plötzlich etwas von einem Hotelzimmer. Man hatte ihm wegen des Skandals seine gemütliche Behausung gekündigt. In der kleinen bigotten Stadt will ihn niemand als Untermieter aufnehmen. Und dabei ist seine Liebe zu Louis, dem Kadetten, so rein, so keusch, so verhalten. Ein wenig mehr Geduld! Ein ganz klein wenig Milde für ihn! Und er, March, hätte sich in alles gefügt, wäre ein braver Beamter und guter Bürger geworden – so verspricht er wenigstens jetzt, wo alles vorbei ist für immer.

Er liegt also in seiner Verzweiflung bis Mittag im gleichen Bette wie sein Vater, der sich wie eine Klette an ihn gehängt hat. Es ist Schlechtwetter, er liegt in seinem Hotelzimmer, die Ellbogen aufgestützt. Und blickt seinen Papa an. Elend und unaufhaltsamer Verfall sind auf den Zügen des ehemaligen Drogisten und Rauschgifthändlers geschrieben. Es ist nicht schön, sein Bett mit ihm zu teilen. Auch das Hotelpersonal ist damit nicht einverstanden. Aber Not kennt kein Gebot. Bis jetzt hat sich March immer auf die Seite der tapferen, lebensbejahenden Mutter gestellt; da war sein Platz, sein Herz. Aber jetzt, wo er geschlagen und diffamiert ist, wo er das Elend der von Gott verpfuschten und vom Satan nicht rechtzeitig zu Pech und Schwefel verbrannten irdischen Welt an sich selbst, an seinem eigenen, von Kummer zerfressenen Herzen empfindet, wo man ihm auf der Straße ausweicht, wo man ihn von einem Tag auf den anderen geküdigt hat, wo man ihm den Eintritt in die Büroräume verwehrt, wo er nicht daran denken kann, Louis und Lilli wiederzusehen – jetzt begreift er den *Vater*, und beide beschließen, sich – an die Mutter zu wenden.

March schildert, wie seine Blicke sich auf den Schrank aus braunlackiertem Fichtenholz klammern, der fast das einzige Mobiliar des ärmlichen Hotelzimmers bildet, abgesehen von einem wackligen Stuhl und einer verrosteten, eisernen Waschgelegenheit. Auf dem Schrank befinden sich zwei Koffer und eine Schachtel in bläulicher Pappe. Der eine Koffer ist aus Leder, der andere aus gepreßter Fiber, beide sind sein Eigentum. In dem Lederkoffer ist das berühmte Grammophon, »das

Geschenk der Kinder«, untergebracht. Die Schachtel in blauer Pappe gehört dem Vater und enthält die Reste von Wäsche, die der alte Herr aus dem Untergang gerettet hat. Waschsachen besitzt er nicht, aber er hat wenigstens Sinn für Reinlichkeit (auf fremde Kosten) behalten.

Der Sohn kann ihm nicht verwehren, wenn er, der Vater, sich mit Marchs teurer Seife wäscht, mit seinem englischen Rasiermesser rasiert und mit seiner Zahnbürste die Zähne putzt. So hat denn der Vater nichts mitgebracht? Doch, einen Revolver hat er, (außer reichlichem Morphiumvorrat), er hat ihn in besseren Tagen von einem herabgekommenen Fürsten aus dem Baltikum erworben, um immer »einen Notausgang« zu besitzen. Man könnte ihn verkaufen, um Reisegeld zur Mutter zu gewinnen, aber niemand nimmt das alte Gerümpel. March besitzt eine gute goldene Uhr. Keine massiven Deckel, aber echt und mit Monogramm geziert. Aber von diesem einzigen Geschenk seiner teuren Mutter trennt er sich nie. So müssen die letzten Pfennige heran. Vater und Sohn nähren sich von Brötchen und sitzen nach dem Mittagsmahl aus dem Bäckerladen im öffentlichen Park und gähnen einander in nebliger Kälte vor Hunger an.

Nachts geht der Sohn mit dem Vater an *dem Haus* vorbei und zeigt ihm die Fenster, hinter denen sein Louis und seine Lilli wohnen. Aber sein Vater klappert vor Kälte und Hunger mit den Zähnen, die Zeit ist fortgeschritten, in einer halben Stunde soll der Zug gehen. Die Nacht will man in der Eisenbahn zubringen, und so wird das Geld für eine Hotelnacht gespart. So geht March wieder trübselig unter Musikbegleitung ab, immer mit den Augen an den Fenstern hängend, über die Katzenkopfsteine stolpernd, die Augen voller Tränen und das Herz voll Kummer.

Frühmorgens kommen die beiden bei der Mutter an. Sie ist glücklich, das heißt, sie ist vorderhand friedlich verheiratet, sie ist Frau eines kürzlich verwitweten Dentisten geworden, und offen gesagt, schämt sie sich jetzt vor ihrer neuen Familie und fürchtet sich vor ihr, als die alte Familie in Gestalt ihres verstörten Sohnes und des herabgekommenen ersten Gatten hier in diesem bürgerlichen Hause erscheint, wo alles nach Sauberkeit und nach dem vulkanisierten Kautschuk der künstlichen Gebisse riecht.

Weder Sohn noch Exgatte wagen die ganze Wahrheit mitzuteilen. Sie geben ihr zwar zu verstehen, daß sie im Druck sind, und sie nickt nur und stellt sich taub. March ist wie vom Schlage gerührt. Undank! Undank! Hat er *deshalb* seine besten Jahre zu Hause vertrauert, hat er deshalb seinen letzten Pfennig der Mutter an jedem Monatsersten abgeliefert, hat er ihr deshalb durch bald zehn Jahre eine sorgenfreie Existenz ermöglicht, damit sie ihn mit einem Butterbrot (im wahrsten Sinne des Wortes) abspeist?

Sie kann ihn aber doch nicht brauchen. Die beiden unliebsamen Gäste auf anständige Weise los zu werden, ist ihre erste Sorge.

In diesen Vormittagsstunden, während vom Laboratorium des Dentisten her das leise surrende Rollen der Bohrmaschine und die unterdrückten Aufschreie der geplagten Patienten herüberdringen und die drei Mitglieder einer gewesenen Familie, Vater, Mutter und Kind einander gehässig schweigend gegenübersitzen, da wird das Gefühl des armen March zu *seiner* Familie, nämlich der des Obersekretärs, elementar, es wird überwältigend, er ist wie im Dusel, wartet kaum das Mittagessen ab, das wegen des Dentisten und seiner Patienten verspätet eingenommen wird – March liebt, liebt und muß zurück zu den Seinen. *Dort* wird man ihn verstehen. Die Verlobung ist zwar aufgehoben, das Amt ist vergeben, das Zimmer gekündigt, aber die »*liebenden* Herzen« dort existieren weiter und zu ihnen muß Gummibonbon, süß und zäh, wie er ist, zurück.

Mit dem Zynismus der Hoffnungslosigkeit sieht der alte Morphinist dies ein, pumpt noch die Exgattin an (er muß neues Morphium haben) und verschwindet aus dieser Geschichte.


## VI


Mit dem alten Morphinisten verschwindet aber noch etwas anderes, und dies führt weiter in die Geschichte dieses großen Kindes, March, genannt Gummibonbon. Es verschwinden die zwei guten Koffer mit Wäsche und Kleidern und es bleibt zurück der Pappkarton mit der schmutzigen Wäsche und dem noch brauchbaren, aber unverkäuflichen, unansehnlichen, altmodischen Revolver. Ein diabolischer Witz des humoristisch veranlagten Vaters ist es, daß er diesen Gegenständen auch noch das »Andenken« des Sohnes, den alten Kindergrammophonkasten, hinzugefügt hat. Dafür aber verschwindet auch die goldene Uhr des braven Sohnes March. Der Vater hat sein liebes Kind zum Abschied zärtlich an seine moosige Brust gedrückt, Tränen sind an seinen mageren Wangen hinabgeflossen, und er hat seine dicken Augenlider, die wie ein Schwamm im Wasser aufgequollen sind, geschlossen, aber die Hände haben nicht gezittert und haben flink dem gerührten Sohne das letzte Wertstück, die goldene Uhr, aus der linken unteren Westentasche stibitzt. Jammer über Jammer! Was sage ich, Jammer? Abgrundtiefe Verzweiflung, unermeßliche Enttäuschung. So können Menschen handeln! So kann ein Vater handeln an seinem Sohn! Unbeschreiblich die Sehnsucht nach Louis, nach Lilli, selbst nach dem gestrengen, aber sittlich gefestigten Magistratsbeamten, der ihn, March, aus dem Paradies vertrieben hat und jetzt mit feurigem Schwert vor diesem steht.

March rafft die letzten Reste seiner Energie zusammen, er erscheint noch einmal am Spätnachmittag bei seiner vor Schreck versteinerten Mutter und sagt ihr alles. Die Mutter steht da, die Hände in den Taschen ihrer blauweiß gestreiften Wirtschaftsschürze verkrampfend und flüstert entgeistert ihrem Sohne immer nur zu: Leiser! Leiser! Damit der ehrbare Dentist nichts höre. Jetzt erst begreift sie, was vorgefallen ist. Mit einem Mann! Warum? Mit einem Mann! Wieso? Gibt es nicht schöne und junge Frauen genug? Und du warst doch verlobt! Du warst doch *versorgt!* Ich war es, gibt March in seiner Verzweiflung zu. Er weiß sich keinen Rat.

Die Mutter durchsucht den Pappkarton. Wenn »wenigstens« die goldene Uhr noch da wäre! Vielleicht hat sich der Papa, ihr Exgatte, nur einen Scherz erlaubt, hat das Ührchen dort versteckt. Nichts. March sagt kein Wort mehr, er beißt die Zähne in die Unterlippe und will gehen, zerstreut faßt er in die Westentasche, um nach der Uhr zu sehen, obwohl ihm jetzt nichts gleichgültiger sein kann als die Stunde und Minute dieses Unglückstages. Die Mutter denkt nach. Könnte man nicht die Polizei hinter dem Gauner und Exgatten herhetzen? Nein, sagt March, es wäre nutzlos und würde das (im Grunde sehr problematische) Eheglück und den Familienfrieden seiner Mutter zerstören. Also was dann? fragt die Mutter. Um eine Ausrede zu haben, wirft March hin: ich gehe nach Amerika.

Diesen Plan greift die Mutter auf. Sie sieht einen Ausweg, sie verschafft ihrem Sohne durch die abenteuerlichsten Anstrengungen noch am gleichen Abend das nötige Geld, wäscht und flickt ihm über Nacht die Hemden und Strümpfe des verlorenen Vaters, in aller Heimlichkeit bringt sie alles in Ordnung, und beide berechnen zum zehnten Male mit Bleistift am Rande der Zeitung, ob der von der Frau bei einer gutgesinnten Verwandten ihres Mannes (des Dentisten) als unverzinsliche Schuld ausgeliehene Geldbetrag bis zum anderen Ufer des Weltmeeres ausreichen wird. Er muß, sagt March endlich, dem die Augen vor Müdigkeit zufallen.

Er schläft ein, er träumt von seinem Freund.

Am Nachmittag des nächsten Tages ist er natürlich nicht im Hafen, wo das Schiff zur Abfahrt nach Südamerika bereit liegt, sondern er wartet vor dem Portal der Handelsschule auf seinen Louis. Sie begrüßen einander forsch, als ob nichts wäre. March spricht zuerst ironisch von seiner Lage, beiläufig wirft er hin, er gehe nach Amerika. Der Junge Louis meint ebenso beiläufig, wer da mitkönnte, ich wäre gleich dabei. Bei diesem unüberlegten Wort, dieser dummen Jungenphrase, packt ihn March. Er legt ihm den Arm um den Hals, seine Stimme zittert, aber er weint nicht. Er sagt ihm, er hätte immer gewußt, welcher Unterschied zwischen Louis und der eigenen Familie wäre, ein Manneswort sei ein Manneswort, Treue sei Treue, Liebe überwindet alle Hemmnisse, die Botschaft klingt, und ähnlichen Unsinn, und er könnte dafür Louis die Hände küssen etc.; er redet absoluten Nonsens. In Gegenwart seines Herzensgefährten, der nach Hause zum Abendessen eilen möchte, ist er seiner Sinne nicht mächtig, nie und nimmer wird er ohne ihn leben. Er beschwört ihn bei allen Heiligen und Unheiligen des Kalenders, unbedingt mitzukommen, Louis, der Kadett, soll das Schiffsbillett im Zwischendeck benutzen, March wird Kohlen tragen, wird Geschirr waschen, wird sich Geld verschaffen, wird seine Uhr versetzen. Aber die ist gar nicht mehr da. Der Junge ist verschüchtert. Trotz seiner Blasiertheit rührt ihn diese hündische Anbetung, wie mich einmal die Anbetung meiner Frau gerührt hat, er lächelt verzeihend, wie man einem hübschen, blondgelockten Kind zulächelt, wenn es die ersten Gehversuche macht. Sie verabreden sich für den Abend im Park bei einem Monument. March ist da, Louis nicht. March wartet die ganze Nacht. Er hungert. Lieber verrecken, als das Reisegeld »seines Louis« in Brot und Wurst umsetzen. Vater und Schwester haben wohl den armen Louis in Ketten gelegt – sonst wäre er doch längst da! Doch!!! March lernt, was Verzweiflung ist, wenn er es bis jetzt nicht kennengelernt hat.

Am nächsten Morgen kommt er zu dem Entschluß, das Haus seines geliebten Jungen aufzusuchen. Maßlos erstaunt öffnet auf sein aufgeregtes Klingeln seine ehemalige Braut. Sie läßt ihn eintreten, sie sieht ihm seinen Kummer, seinen Hunger an den einst geliebten Zügen an, sie kocht ihm Kamillentee, um ihn zu beruhigen. Beruhigen Sie sich, beruhige dich! Sie und du durcheinander. Wäre doch der gute March nur etwas Menschenkenner, etwas Diplomat! Lilli, die Komtesse, ist in einem dunklen Winkel ihres Herzens immer noch für ihn. Aber er wittert nur Verrat, sagt, man möge ihm Louis herausgeben, sonst würde ein Unglück passieren. Herausgeben? Wen? Louis. Ein Unglück? Ja, und er hebt seinen Karton und läßt ihn fallen, wobei der schwere Revolver ein dumpfes Geräusch verursacht. Sie sollen vor ihm zittern, dem Idioten! Lilli verliert endgültig die Geduld. Nachsicht will sie mit March nicht mehr kennen, aber sie beherrscht sich, sie bläst spöttisch mit ihren gespitzten, gesunden, roten Lippen über den heißen Kamillentee und sagt dann, March soll »in aller Ruhe« austrinken und ein paar Kekse essen und endgültig verschwinden. Nicht ohne Louis. Louis ist in der Schule. Unmöglich! Louis in der Schule wie an jedem anderen Tag?! Er will die Wohnung durchsuchen, Lilli läßt ihn gewähren, aber sie schiebt ihn, als er bei diesem stupiden Rundgang im Flur bei der Ausgangstür angelangt ist, schleunigst und nicht gerade sanft bei der Tür hinaus und – sperrt hinter ihm zu.

Alles Bisherige hat March in ruhigem Ton vorgebracht. Bloß bei der Erwähnung des Zusperrens wird sein Blick bestialisch, und man versteht das, was noch am Abend dieses Tages gekommen ist. March hat Louis auf den Knien angefleht, mit ihm zu kommen – oder ihn zu erschießen. Als der arme Louis zu weinen angefangen hat, hat March – der eine Sekunde vorher noch nicht wußte, was geschehen sollte, die Waffe von unten her auf die Brust seines Herzlieblings gerichtet, und bevor der Junge den Lauf wegstoßen konnte, ist das alte, aber immer noch gebrauchstüchtige Gerümpel losgegangen und der erste Schuß ist gefallen. Gefallen ist der arme Liebessklave Louis. Der zweite Schuß war gegen Marchs eigene Brust gerichtet und versagte. Natürlich! Zu einem dritten fehlte, noch natürlicher, der Mut. Traurig, aber wahr. So endete diese keusche Liebesgeschichte eines Frosches mit zwanzig Jahren Zwangsarbeit.

## VII

Wer könnte es wagen, einem so reinen Herzen gegenüber mit den Lehren der alten Moral zu kommen? Wer sollte so hartherzig sein, nach einem solchen Bekenntnis dem guten March ironisch lächelnd in das zerfurchte Gesicht zu sehen und ihm zu sagen, daß ihn (mich) diese Art von exzessiver Liebe ebenso anekele wie jede andere. Man wagt es nicht. Zu diesem Experiment fehlt mir der Mut.

Ich muß versuchen, auf andere Weise aus der Nähe dieses allzu zärtlichen Herzens zu entkommen.

Ich möchte gerne als Pfleger in das Schiffslazarett. Lieber von Kranken umgeben sein als von einem allzu heiß liebenden Herzen. Wie komme ich fort? Sollte Geld nicht auch hier etwas vermögen? Vielleicht durch Vermittlung eines älteren, im Kolonialdienst ergrauten Unteroffiziers, der angesichts seiner Familiensorgen für ein paar Goldstücke alles Krumme gerade und alles Gerade krumm machen würde. Andeutungen dieser Art hat er sehr schnell verstanden. Nur das Bargeld fehlt noch.

Wie also nun zu Geld kommen? Mein Bruder hat mich im Stich gelassen. Mein Verteidiger hat sich kühl auf seine Pflicht beschränkt. Mein Vater hat das Weite gesucht. Aber wenn mir das Schicksal geradewegs ein »liebendes Herz« in Gestalt »Gummibonbons« gesandt hat? Und wenn Gummibonbon einen Schatz mit sich führt, von dem er sich nur zu trennen braucht, um soviel Geld zu erhalten, als ich brauche, um zu flüchten? Und vor allem zu flüchten vor ihm, vor March?

So komm doch, du gutes Herz! *Mir* sprichst du nicht von deinen Gefühlen.

Jetzt ist es Morgen, und du hast besser geschlafen als ich, der fast dauernd Schlaflose. Du streichelst meine Hand und machst dich dann wieder an die Arbeit, die zerbrochene Grammophonplatte zu kitten. Und was vermögen nicht alles geschickte Hände, was macht nicht alles eine Tube Fischleim wieder ganz! Während wir, ausgerechnet mittags, zum halbstündigen Spaziergang in die schauerlich brütende Sonne auf Deck hinausgeführt werden, schleppst du deine Platte mit, stellst sie vorsichtig in einen Winkel nahe einer halboffenen Kajütentür und nimmst sie bei der Rückkehr in den Raum III selig wieder mit, trägst sie wie das Sakrament auf deinen Händen, und auf deinen Lippen spielt ein Lächeln, wie man es in diesen Räumen, auf diesem Schiffe lange nicht gesehen hat, selbst nicht unter den hohen Herren und Göttern, den Schiffsoffizieren, dem Generalarzt.

Sobald es dunkel wird, hier in den Tropen mit großer Schnelle, ziehst du zum erstenmal an Bord der »Mimosa« dein Instrument auf, legst die geleimte Platte auf den Plattenteller und läßt das Werk surren. Und die Platte spielt. Nicht ganz die rechte Musik kommt zwar heraus, denn die Rillen differieren um eine Windungsbreite, so daß sich die Melodie nach wenigen Takten in höchst belustigender Weise stolpernd unterbricht. Der Riß geht mitten durch die ganze Platte. Aber im Grunde ist es doch die alte, herzigsüße Melodie, die alten, synkopierten Paukenschläge, die alten Saxophonklänge, die alten Trommelwirbel, und das höchste Entzücken malt sich auf den Gesichtern der werten Anwesenden, den dicken Soliman nicht ausgenommen, dessen Lippen sich wie das Innere einer üppigen, dunkelroten, überreifen, halbverfaulten, angegorenen Frucht geil vorwulsten. Sogar draußen vor den Eisenbohlen sammeln sich die Wachen, und ich kann dem Unteroffizier einen Blick zuwerfen.

Also dann ans Werk. Das Stück ist zu Ende, die Sträflinge warten auf weitere Musik und auf das Abendessen. Ich aber schließe das Grammophon zu, ziehe March in eine dunkle Ecke, ich bitte ihn mit leiser Stimme, er möchte mir zuliebe sein Wort halten und das Grammophon verkaufen. So fasse ich ihn an seinem unüberlegten Knabenwort. Er überlegt. Es fällt ihm nicht leicht. Er traut mir doch nicht ganz, denn er ist nicht dumm. Aber vermag nicht doch das »liebende Herz« alles über den denkenden Kopf? Er richtet sich auf, zieht auch mich aus der halb hockenden Stellung empor, wir sollen nebeneinander vor der offenen Luke stehen, die gefährlichen Mündungen der Dampfleitung über unseren Köpfen, sollen das Meer, den

dämmernden, veilchenblauen Tropenhimmel in eitel Verliebt-
heit und Seligkeit betrachten, und die seidenweichen Haare
seines kräftig wachsenden Bartes streicheln mit leise knistern-
dem Geräusch meine Haare. Und wie raffiniert sind die
Liebkosungen des Unglücklichen und wie keusch sind sie bei
aller Sinnlichkeit, seine Froschhand schiebt sich mir zwischen
die Haut vorne an der Brust und mein Hemd, das er selbst in der
letzten Nacht so sauber wie möglich gewaschen hat. Er flüstert
mir zu, er habe schon daran gedacht, »drüben« eine Hauslehrer-
stelle anzunehmen oder eine Stellung in einem Büro. Er stellt
sich alles so leicht vor. Das Bagno ist eine Fabel. Auch das gelbe
Fieber und die Malaria etc. existieren nicht für ihn. Nicht das
tausendfache Elend, das teuflische Klima, die Umgebung der
Verbrecher. Ich habe davon geschwiegen – er aber glaubt, er
hofft, er liebt.

Nur wer ins Innere meines Wesens geblickt hat, kann ermessen, wie schauerlich mir diese Beweise seiner hingebenden
Liebe sind. Nicht daß sie von einem *Mann* kommen, ist das
furchtbare. Liebe kennt keinen Unterschied zwischen natürlicher und unnatürlicher Art. Aber ich *kann* nicht. Er erinnert
mich an etwas, das ich in der tiefsten Tiefe meines Innern
vergraben möchte, das nie mehr auferstehen darf – an meine
dahingegangene, arme Frau erinnert er mich und an ihr Ende.
Ihn kann ich nicht brutal von mir stoßen, ich kann ihn nicht
mißhandeln und dabei selbst in Wollustkrämpfen erschauern,
für mich bleibt Liebe und sinnliches Begehren auf alle Zeit
verloren und dahin. Ich muß ihn verraten, ich muß freikommen,
und zwar heute noch. Er ergreift mich ja, er geht mir nahe, und
eine Nacht vielleicht nur noch und etwas mir Unerträgliches
begänne von neuem und darf *niemals* sein. Nicht ohne Grund
habe ich jetzt so lange von meiner Frau geschwiegen.

Liebte ich ihn, vielleicht stieße ich ihn zurück. Da ich ihn aber
nicht liebe und nicht lieben darf, lasse ich ihn gewähren. Nimm
dir, was du kannst! Und als er sich umwendet und mit
verzücktem Blick um sich sieht, trifft sein Auge den geilen Blick
des Sultans. In *dessen* Hände sein Grammophon, die Reliquie,
die Erinnerung an Louis! Er, March, ist aber großzügig. Was er
hat, ist wenig. Was er aber gibt, ist ganz.

Könnte ich doch so sein wie er! Er hebt das Grammophon von
der Pritsche auf, dreht die Kurbel heraus, öffnet den Deckel mit

der linken Hand, während er mit der rechten den Kasten an seine schwer atmende Brust gepreßt hält. Zuviel hast du dir zugemutet, altes Knabenherz! Die eben so mühsam gekittete Platte fällt auf den mit Eisenplatten belegten Boden des Raumes III und zerschellt. Einerlei. Auch Sultan ist großherzig. An dem gebotenen Kaufpreis wird nicht geschachert. Aus Solimans sehr unappetitlichem Geldversteck wandert der Betrag in hartem Gold zu March und von March sofort zu mir, und noch am gleichen Abend von mir zu dem Unteroffizier, und in der gleichen Nacht werde ich zu der Pflege des typhuskranken Sträflings 3334 beordert, packe meine Siebensachen und hoffe March nicht mehr wiederzusehen, bevor wir auf der Insel landen, alle.

## VIII

Wolkenlos leuchtet die Sonne hoch im Scheitelpunkt des Himmels. Die Klinke der Tür des Schiffslazarettes ist so stark erhitzt, daß ich sie nur mit einem Taschentuch öffnen kann, wenn ich von einem kurzen Gang über das Oberdeck zurückkomme. An den Sohlen der Schuhe klebt der Teer aus den Bretterfugen des Verdecks. An Ruhe bei Tag ist nicht zu denken, wenn auch das Befinden der Kranken sich nicht mehr so hoffnungslos anläßt wie zuerst, als ich in das Schiffslazarett hinüberkam. Nachts kann niemand schlafen.

Delphine in großen Scharen folgen dem Kiel des Schiffes, tummeln sich im Mondschein, spritzen silbern leuchtendes Wasser um sich. Kein Land. Aber es muß nicht allzuweit sein, denn wir sind schon über zwei Wochen an Bord. In einer Zwischenstation hat die »Mimosa« eine Viehherde, Hammel, Schweine, Ochsen, an Bord genommen. Täglich wurde ein kleineres Stück geschlachtet, alle paar Tage ein größeres. Jetzt ist die Herde auf wenige Stücke zusammengeschrumpft. Die Hammel sind jämmerlich abgemagert. Sie mahlen mißmutig das trockene Heu mit den langen Zähnen, ziehen die trockenen Zungen den leeren Wasserbottich entlang und blöken zitternd und kläglich. Die zwei Rinder liegen mit aufgetriebenen Bäuchen schwer atmend da, und wenn man sie nicht bald schlachtet, werden sie an Entkräftung eingehen. Sie sind mit Stricken und

Ketten fest angeschnallt, damit sie nicht bei stärkerem Schlingern des Schiffes von Deck abgleiten. Niemand kümmert sich um sie außer dem Schiffskoch, der sie längs des hageren Rückgrats verachtungsvoll befühlt, und dem Sträfling March, der sie füttert und tränkt, so gut er kann. Man muß mit dem Futter und dem Süßwasser sparen. Aber selbst bei reichlichem frischen Futter und reichlichem frischen kühlen Wasser wäre die lange Fahrt auf dem schwankenden Schiff in der sengenden Hitze für die Tiere eine unnatürliche Qual. Qual oder nicht, sie erfüllen ihren Zweck. Ihr mageres, saftloses Fleisch ist besser als nichts.

Eine große Meerschildkröte treibt im freien Meere in der hellen, heißen Nacht vorbei. Auf ihrem holzbraunen Rücken trägt sie einen silberfarbenen Vogel, einen Reiher. Die Schildkröte ist an zwei Meter lang. Flink und doch seelenruhig paddelt das Tier mit den langen Schwimmfüßen dahin, den winzigen Kopf vorgestreckt, ihn unter die weichen, tiefblauen Wellen tauchend und wieder hervorhebend. Der Schiffskoch signalisiert das Tier den Offizieren, die noch spät nachts im Lichte des (reparierten) Azetylenscheinwerfers eine Jagd versuchen. Aber sie mögen so eifrig knallen, wie sie wollen, diese Beute entgeht ihnen.

In großer Ruhe erhebt sich der Reiher von seinem schwankenden Sitze. Schon schwebt er in der monddurchleuchteten Luft, den langen Hals vorgestreckt, den spitzen Schnabel vorgestoßen, die riesig klafternden Flügel kaum bewegend. Er wendet sich, zieht immer höhere Kreise.

Nach langer Zeit, weit hinter unserem Schiff zurückgeblieben, klein wie ein Schmetterling, läßt er sich mit unbewegten Fittichen wieder auf seinem Schiff nieder, der treibenden Meerschildkröte der Gattung Chelisdoria aus Galapagos oder aus dem Golf von Panama. Ihr winziger Kopf ist lange schon völlig in dem hellen, mondglitzernden Kielwasser der »Mimosa« verschwunden, und die Offiziere, gähnend, müde und schlaflos, kehren in die beleuchtete Messe zurück und lassen die Gläser klirren.

Andere Zeichen des sich nähernden Landes mehren sich, Strünke von Urwaldbäumen, ebenso lang wie das Schiff, treiben nachts vorbei. Knorrige Kronen ohne Blätter. Zähe Schlingpflanzen mit lilafarbenen Blüten hängen aber noch wie Nester in den glatten Zweigen, olivfarben oder dunkelgrün. Viele Vögel sitzen auf den Baumstämmen, die aus den großen südamerikanischen Flüssen dem Meere zugeschwommen sind. Rosenfarbene Flamingos, auf einem Beine stehend, die Köpfe unter die Flügelgelenke der Achsel geduckt, schlafend, reisen mit dem ästereichen Floß auf treibendem Meer, im bläulichweißen Lichte des beinahe taghell leuchtenden Mondes.

Könnte man ruhen! Könnte man schlafen! Seit der ersten Nacht hier auf der »Mimosa« habe ich nie wieder die tödlich auflösende, himmlisch beruhigende Wirkung des tiefsten Schlafes an mir erfahren.

Kein Wind bewegt die heiße Nachtluft. Die Ketten des Steuerruders knarren, der kleine Steuermotor pafft, die große Schiffsmaschine arbeitet regelmäßig, die Schraube dreht sich unter dem Schiffslazarett, am Stern des alten Dampfers. Aus der Schiffsmesse kommt das laute Lachen und Sprechen der Offiziere, die in der Tropennacht keinen Schlaf zu finden vermögen, sowenig wie ich. Auch unten in den Verliesen der Sträflinge ist keine Ruhe. Das Grammophon Marchs wird ohne Aufhören gespielt, das Gequäke der abgeleierten Platten nimmt kein Ende. Aus meiner Luke, die der treue March seinerzeit eingeschlagen hat, der einzigen, die offen ist, weht ein weißes Tuch hervor. Vielleicht Wäsche, die ausgewrungen worden ist und die draußen trocknen soll.

Eine Ratte huscht an meinen Füßen vorbei zu den unruhigen, hart angeschirrten Schlachttieren und verschwindet dort unter den zerstreuten Heubündeln. Ein leises Quieken, ein müdes Mä-ä-hä aller Hammel, ein Klirren der Kette der Rinder –.

Von der Kommandobrücke hört man leise und gedämpft die Kommandos des Offiziers durch den Schiffstelegraphen an den Steuergänger, und darauf antworten prompt die rasselnden Züge der langen Ketten, die das mechanische Steuer bedienen, und mit einem Male weicht in weitem Borgen der Kurs des Schiffes, der meilenweit eine schnurgerade Linie in dem Kielwasser gebildet hat, nach Backbord ab.

Die treibenden Baumstämme sind verschwunden. Am Horizont zeigen sich die Konturen von etwas Festem im schwebenden Glanz, entweder hügeliges Gelände auf einer der vielen Inseln oder bloße Wolkengebilde.

Nur eine Stunde Ruhe! Sich auf den Boden des Decks

hinlegen, die Augen gegen den unbeschreiblich klar ausgestirnten Himmel erheben, Sternbild neben Sternbild, die Milchstraße wie ein breites, beiderseits ausgebuchtetes Flußbett von mildester, alles erlösender, tödlich ruhevoller Leuchtmasse. Beim Schwanken des Schiffes begegnet der Blick oben immer neuen Partien des an Licht, Kraft und Herrlichkeit unerschöpflichen Himmelsgewölbes.

Ein Kranker in seiner Koje stöhnt. Ich mache mich von dem Anblick des Himmels los und gehe zu ihm.

Aber er scheint der einzige zu sein, der in dieser fast greifbar schwülen, stern- und monderhellten Nacht schläft. Er wenigstens mag den lange entbehrten Schlummer nachholen, er soll nicht gestört werden. Stirb, wenn du kannst, lebe, wenn du mußt. Du entgehst dir nicht, gemeines Herz und dennoch mitleidswert!

Himmel, Sterne und Firmament, Schildkröten und Reiher und Baumstämme, mit lebender Besatzung im Wasser friedlich reisend, ein großes Rudel von Delphinen, in weiter Entfernung unermüdlich tanzend und spielend und Wasser zu Fontänen versprühend – wer diesem Zauber glauben könnte! Aber es ist nur die geschminkte Larve der Natur! Alles ist schön, und nichts ist wahr. Die überirdische Schönheit der Natur ist ebenso quälend wie Marchs Liebe. Was ist das mir? Was kann es sein? Der Traum eines verlorenen Menschen vor seiner Hinrichtung. Morphium ohne Einspritzung. Könnte man glauben! Wissen *muß* man! Glauben kann man nicht. Ich kann es nicht.

Besser ist es für mich, zu dem übelriechenden, scheußlich anzusehenden Typhuskranken zurückzukehren, seinen Schlafraum gründlich zu desinfizieren, mich in der atemraubenden Schwüle und Hitze der nicht endenwollenden Nacht der schwersten körperlichen Arbeit zu unterziehen – nur um mit mir selbst nicht lange allein zu sein.

Dann in einem Winkel des Vorraumes, in den die Türen zu den Kojen der Kranken, zu der Schiffsapotheke und dem Klosett der Kranken münden, sich ein Lager aus Decken und einem ausgedienten Strohsack zurechtmachen, sich niederwerfen und hier den Schlaf des Gerechten suchen, bis er, der herrlichste von allem, dann gegen den purpurglühenden Morgen kommt, zu der einzigen erträglichen Stunde des Tages. Denn um diese Zeit, fünf Uhr morgens, weht ein stärkerer, herberer, schattenkühler, erfrischender Wind, ein tröstender.

Um sieben Uhr erwache ich wieder und erhebe mich schnell, um in allen Räumen des Lazaretts Ordnung zu machen. Die Tür des Klosetts ist nicht verschlossen, ich öffne, und da sitzt – der gute Generalarzt hinter unverschlossener Tür auf seinem Thron, raucht eine Zigarre, die nicht brennt, und ist tief in Gedanken versunken. Er rührt sich nicht. Könnte sein tiefes, hingegebenes Nachdenken die Wissenschaft und das zeugende Genie ersetzen, dann wäre seiner Reise der große Erfolg beschieden. Gott mit ihm! Leise schließe ich die Türe, wasche und füttere meinen typhuskranken Straßenräuber und denke über nichts nach.


## IX


Der Generalarzt hantiert im Schweiße seines dürren Angesichts mit Zettelchen von verschiedener Farbe, teils runden, teils quadratisch ausgeschnittenen. Er durchstöbert einen Berg von medizinischen Journalen, steckt die Zettelchen (mit den Stecknadeln zwischen den langen Raffzähnen ist der Gute wie eine alte Hausschneiderin anzusehen) an einer großen Landkarte ab, zum Entsetzen des Kapitäns, der seine kostbare Landkarte nicht zu *diesem* Zwecke hergeliehen hat. Aber der Rang eines Generalarztes ist zu gottähnlich. Da beugt sich jeder in Ehrfurcht und Gehorsam.

Zwei Feststellungen sollten nun dem braven Carolus in fortgesetzter angestrengter Arbeit gelingen. Zwar nicht die Entdeckung des Gelbfiebererregers. Diese kann *nur* mitten auf dem Schlachtfelde der furchtbarsten, nach der Bubonenpest gefährlichsten Seuche gelingen. Wenn sie überhaupt gelingt. Auch nicht die Entdeckung der Seuchenverbreitung, die exakte Epidemiologie. Darin haben wir so viele Theorien, als es Forscher gibt, die sich mit dieser tropischen Sphinx beschäftigt haben.

Einer von ihnen, ein alter Arzt in C., hat sogar die Stechmükken verantwortlich machen wollen. Natürlich, ohne es zu beweisen. Mücken! Stechmücken! Anopheles! Stegomyia! Als ob diese Krankheit, die »gelbe Pest«, eine Art Malaria wäre, die bekanntlich durch Mückenstiche verbreitet wird von Mensch zu Mensch. Welch ein Unterschied, welch eine Verwirrung, welch eine *Phantasie!*

Wenigstens *ein* Gutes hat Carolus. Er hat keine Phantasie. Er hat ungeschickte Hände, mehr noch, er hat unsaubere Pfoten, er kann keinen Bakterienstamm rein isolieren, er hat Angst vor dem lebenden Fleisch, vor den Schmerzen seiner Opfer! Er fährt armen Sträflingen mit infektiösem Material in ihr wehrloses Angesicht, er läßt sie hungernd und todmüde stundenlang warten, während er unnötige, theoretische Aufzeichnungen statistischer Art aufnimmt – aber *ein* Gutes hat er: er glaubt nur das, was er weiß.

Ein einfaches Prinzip. Und doch der einzige sichere Unterschied zwischen einem Mann der exakten Wissenschaft und einem Dilettanten.

Die erste der zwei Feststellungen des Carolus bezieht sich auf die Lufttemperatur aller Orte, in denen Fälle von Gelbfieber sicher festgestellt worden sind. Das gelbe Pestfieber bedarf demnach einer Temperatur, die im Durchschnitt der Nachttemperatur nicht unter zweiundzwanzig Grad sinkt und in der Tagesmitteltemperatur mindestens über fünfundzwanzig Grad bleibt.

Die zweite Feststellung betrifft das geographische Verbreitungsgebiet der Seuche und ihre Geschichte, die er mir in die Feder diktiert wie folgt:

»Das Gelbfieber, auch gelbe Pest, englisch Yellow Fever genannt, ist eine Infektionskrankheit, von der die ersten Nachrichten schon bald nach der Entdeckung Amerikas nach Europa gelangten. Die ersten Berichte, welche die Seuche unverkennbar darstellen, stammen von dem Pater Du Tertre aus dem siebzehnten Jahrhundert, als das gelbe Fieber auf den Antillen in ausgedehntem Maße herrschte. Das eigentliche Heimatland ist das tropische Amerika. Von hier aus erfolgten die weiteren Übertragungen nach dem nördlichen Amerika, Westafrika und Europa. *Das Hauptgebiet liegt zwischen den beiden Wendekreisen.* Also in der Äquatorgegend.

Innerhalb der beiden Wendekreise, also unter dem dreiundzwanzigsten nördlichen und südlichen Breitengrade sind es die einander gegenüberliegenden Küsten Amerikas und Afrikas, die Gelbfieberfälle aufzuweisen haben. Also die Westküste Afrikas und die Ostküste Amerikas. Geographisch gesprochen, die Gegend des Golfes von Panama mit weiterer Umgegend und in Afrika die Elfenbeinküste und Goldküste. Erhebliche Ausbreitung in gemäßigten Zonen ist ausgeschlossen.

*Empfänglichkeit* der verschiedenen Menschenrassen: Europäer stärker empfänglich als Mischlinge. Afrikanische Neger und Mongolen scheinen immun zu sein, das heißt, sie können in verseuchten Gegenden leben, mit Kranken zusammen sein und werden doch nicht angesteckt. Am empfänglichsten (wie sardonisch ist dein Lächeln, du alter Pharisäer mit dem Generalsabzeichen, glaubst du, die werden dich vor der Krankheit schützen, mehr als uns arme Schächer? Nein!) – am empfänglichsten ist der neuangekommene Europäer, und zwar in um so höherem Maße, aus einem je kühleren Lande er kommt. (Wir alle! Gerechte und Ungerechte, dem Himmel sei Dank!)

Männer leichter empfänglich als Frauen. (Schade!) Erwachsene mehr als Kinder. (Traurig!) Kräftige junge Leute mehr als alte schwache. (Ewiger Irrsinn der Natur, die sich mit den Worten ›gütig‹ und ›liebevolle Mutter‹ schmeicheln läßt, die alte geschminkte Dirne.) – Die arme Bevölkerung mehr empfänglich als die reiche!« (Also auch hier, von den Stufen der Hölle bis zu den Höhen des Paradieses, die Bevorzugung der kapitalkräftigen Klasse!)

Fertig, alter Kratzer? Er kratzt sich, während er Wort für Wort aus seinem langgestreckten Munde hervorzieht, mit den affenartig behaarten Händen bald die Brust, bald den Kopf, der ein Büschel fahler, graublonder Haare scheinbar an falscher Stelle trägt, ganz so, als hätte er eine verrutschte, fuchsig gewordene Perücke auf dem langen, turmartig aufgebauten Schädel. Nein, er hat noch viel Theorie zu diktieren, noch viel an der Karte abzustecken, ich muß das Schälchen mit Stecknadeln in der einen Hand, in der anderen Hand das Schälchen mit feinen quadratischen und kreisförmigen Zettelchen halten, außerdem sollte ich womöglich noch eine dritte Hand haben, um die wichtigen, gelehrten Entdeckungen aufzuzeichnen.

Der Generalarzt hat als Haupt der Kommission Befugnisse eines Gouverneurs. Darf ich an seiner Seite bleiben, wird alles, alles gut. Ich darf es, ich soll es, ich muß es. Mit strenger Miene kommandiert er an mir herum, befiehlt mir, mich bei der Landung den anderen Deportierten zwar anzuschließen, dann aber mich bei ihm zu melden. Als wissenschaftlicher Assistent? O nein! Nur als stummer Diener, der z. B. bei den Sektionen der Gelbfieberleichen assistieren soll. Gott verläßt die Seinen nicht. Er verläßt sie nicht. So werde ich der erste sein, der sich an frischen Gelbfieberleichen anstecken und in kürzester Frist verrecken darf. March, du mein Liebling, du bist gerächt. Laß dein Grammophon spielen, wenn man mich alten Sünder zu Grabe trägt. Und weine mir nicht nach. G. L., der Jüngere, verdient es nicht!

X

Mein Patient, der Typhuskranke, ist glücklicherweise auf dem Wege zur Besserung, und auch der Generalarzt ist mir gnädig. Wieder einmal richtet er aus den Tiefen seiner engen Beamtenbrust das Wort an mich. Und was sagt er? Dankt er mir für meinen Eifer? Bedauert er mich? Wundert er sich, daß ein Mensch meiner Herkunft, meines (seines) Standes nichts anderes ist als ein rechtskräftig verurteilter Verbrecher? Oder sieht der brave Mann mit der Hornbrille gar voraus in die Zukunft und möchte kameradschaftlich die Maßnahmen besprechen, die er in Bälde drüben zu treffen hat? Nein, von alledem nichts. »Sie verdanken Ihrem Herrn Vater viel.« – Lange Pause. Seine Augenlider heben sich hinter den rauchfarbenen Gläsern, er fixiert mich und sagt nochmals: »Viel verdanken Sie Ihrem Vater.« – Das ist alles, und schon wendet er, der große dürre, sture Kerl, notdürftig bekleidet, wie er ist, mir seinen endlos langen, steifen Rücken zu und storcht in seine Kajüte, wo er Bände von Enzyklopädien wälzt, englische, amerikanische, deutsche und französische Broschüren durchstudiert und sich Auszüge aus ihnen anfertigt.

Meine Plage hört aber nicht auf. Endlich kann zwar der Typhusrekonvaleszent, mit seinen knochigen, scharfkantigen, schwarz behaarten Beinen unsicher über den Bettrand steigend, an meiner Hand taumelnd die ersten Schritte unternehmen, endlich nimmt er (und in welch ungeheuren Mengen) wieder feste Nahrung zu sich, ist geistig klar (auf Diebereien bedacht) und hält sich einigermaßen sauber –, da bekommt das Schiffslazarett neuen Zuwachs. Der Mann, der mir bei der Generaluntersuchung durch den Chef aufgefallen ist durch seine großen, fiebrig glühenden Augen und hohlen Wangen, die das ganze Elend der Zuchthausschwindsucht in roten Kreisflecken angesiegelt trugen, ist von einem starken Blutsturz überfallen worden, wie er bei dem Eintritt in sehr heiße Gegenden durch Blutüberfüllung des Lungenkreislaufes bei schwer lungenkranken Menschen keine Seltenheit ist. Es ist ein junger Mensch, noch nicht viel über zwanzig, ein Großstadtkind, ausgekocht, niederträchtig, aber lustig, von unzerstörbarem Humor, »im Himmel ist Jahrmarkt!« – von unbändiger Freude am Leben erfüllt. Liegen? Ruhen? Sich schonen? Stille sein? Wozu? Er treibt sich, seiner ungewohnten Freiheit froh (er hat lange Jahre in Zuchthäusern gesessen und lustig Tüten geklebt), an allen möglichen und unmöglichen Orten der »Mimosa« umher und stört sogar den Frieden von drei Lepraverdächtigen, die abgesondert in einem Lazarettraum für sich hausen, einander die bösen Wunden pflegend und die meiste Zeit im Halbschlaf verdämmernd, und die sich selbst das bißchen Essen bereiten, wunschlos wie ruhende Tiere. Sogar singen hört man sie nachts oder am frühen Morgen. Um so mehr Wünsche hat der Lungenkranke, er läßt mir keine Ruhe, nachts steht er an der Geländerbrüstung und schwärmt das Meer an, während er Zigarettenstummel hinabspuckt, vom Rauch fast erstickt, tagsüber huscht er an den Wachen höflich lächelnd vorbei in die Schiffsküche der Offiziere und erbettelt vom Offiziersküchenchef appetitliche Brocken. Könnte er sie nur verdauen! Aber er behält nichts. Es ist ein Wunder, daß er, von Lungen- und Darmtuberkulose gleichermaßen todgeweiht und deutlichst gezeichnet, überhaupt noch lebt, spricht und sich regt. Wieso brennt denn diese Kerze weiter, an der weder Docht noch Stearin existieren? Einerlei. Sie brennt.

Und dabei ist er noch Mensch, das heißt, er ist eitel. Er hat aus seinen Habseligkeiten sein Rasierzeug (einen verbotenen Besitz) aufgestöbert und will sich schön machen für die Ankunft auf C. Sind dort Frauen? fragt er. Und was für welche!! verspreche ich ihm. Nicht Frauen, Weiber, meint er. Mehr, du armer Hund, als du jemals brauchen kannst. Aber er freut sich dennoch und hofft. Weder in dem Schiffslazarett noch in der Schiffsapotheke ist ein Spiegel. Aber das kluge Kind weiß sich zu helfen. An jedem Mikroskop ist zum Zwecke der Lichtzufuhr durch Reflexion des Sonnenlichtes unterhalb des Lichtsammlers, des Kondensors, ein drehbarer Spiegel angebracht – und diesen hat der patente Junge sich zurechtgedreht. Der Holzkasten des Mikroskopes war verschlossen, den Schlüssel hatte der Generalarzt. Aber ein so guter Dieb, pfiffe er auch aus dem letzten Loch, weiß sich zu helfen. Ein Endchen Draht, und jedes Schloß öffnet sich ihm. Und da sitzt er, sich beim Schwanken des Schiffes mühsam aufrechthaltend, von Husten geschüttelt und zitternd vor Schwäche, auf dem Laboratoriumsstuhl, blickt sich verliebt mit seinen großen schönen Augen im Mikroskopspiegel an und macht Toilette. Wer sollte ihn stören? Sogar der Generalarzt übersieht gütig den armen, abgemagerten Narren, der die Tasche seine Sträflingskittels voller zusammengebettelter Leckerbissen hat. Er *trägt* sie nur, er, der nichts davonverträgt. Aber er *hat* sie doch wenigstens.

Er macht auch Musik. Auf einem durch langen Gebrauch bereits zahnlückig gewordenen Kamm aus dem Besitze des Straßenräubers, dem durch den Typhus alle Haare ausgegangen sind, spielt er zirpende, süß summende Gassenhauer, »Unter den Brücken« und »Carmencita, du süßeste der Frauen!«, wobei er mit den abgemergelten, in den Holzpantinen schlotternden Füßen den Takt auf den Schiffsbohlen schlägt. Er lächelt, er ist glücklich, friedlich schläft er trotz Hitze, trotz des Hustens, der ihn unaufhörlich plagt. Er hustet und würgt Tag und Nacht, und dabei schläft er wie in Abrahams Schoß.

Kein anderes Lebewesen ist so glücklich wie er auf dem Schiff. Die Offiziere haben das Schießen nach Delphinen aufgegeben, womit sie sich ein paarmal vergnügt haben. Ihre Schiffsköche plagen sich, ihnen Leckerbissen aus Konserven zusammenzustellen, aber sie mögen nichts, sondern hocken nur in der Schiffsmesse mißmutig beieinander, schurigeln die Mannschaft, meiden die Sträflinge wie die Pest, trinken Whisky, spielen Poker, und ihr Geld macht jeweils die Runde bei allen, den Generalarzt ausgenommen, der nicht spielt, nicht trinkt und sich nicht langweilt.

Die Ochsen oben an Deck sind auch freßunlustig. March, der arme, bemüht sich vergebens, sie zur Annahme von Heu und Wasser zu bewegen. Sie schnaufen nur, brummen unwillig, heben die dicken Schädel, zerren an den festen Ketten, mit denen sie an den Masten und anderen Stangen festgehalten werden. Ich möchte beim Schlachten dabeisein und aus dem Blut, das fast keimfrei aus dem Tierkörper abströmt, einen Nährboden für eine Bazillenkultur bereiten. Wir haben noch einige Tage Reise vor uns, und ich muß arbeiten, muß mich beschäftigen.

March muß von meiner Bitte an den Proviantmeister erfahren

haben. Er, dem Blut ein Greuel ist, hat sich zu dem Dienst des Schlachtens gemeldet. Anderen Verbrechern wäre er ein reiner Genuß gewesen. Denn Blut ist nun einmal Blut.

Und jetzt plagt sich dieser unselige March, dieser ganz verblendete, eben wegen seiner Verblendung mit Recht aus der menschlichen Gesellschaft zu entfernende Mensch mit dem Abtun eines freßunlustigen, ehemaligen Mast-, jetzt nur noch Sträflingsochsen. Bloß, um mir begegnen und in die Augen sehen zu können. Aber ich sehe ihm in seine Augen nicht. Ich halte ein mit Brennspiritus keimfrei gemachtes Blechgefäß vor den ausspritzenden Blutstrom und entferne mich damit ohne Worte, wie ich gekommen bin. Er ist verzweifelt. Was hat er gehofft? Was soll ich ihm sein? Was er mir?

Ich, ein hartes Herz? Nur eines, das endlich der Welt gewachsen ist.

Im Schiffslazarett nehme auch ich, bevor ich das Mikroskop in den Kasten zurückstelle, den Spiegel vor. Er ist eben, herrlich geschliffen auf der einen Seite; konkav, herrlich geschliffen auf der anderen Seite. Präzision ist Präzision. Ich sehe mich an. Warum soll ich es nicht tun? Ich wollte es immer. Nie kam ich in Ruhe dazu.

Ich sehe mich an. Ich sehe mich, wie ich immer war. Ich habe mich nicht geändert. Mein Vater hatte auf seiner Reise nach dem höchsten Norden sicherlich auch Spiegel mit. Auf der Rückreise vom Norden nicht. Daß ich mich, unbewegten Angesichts, in diesem Spiegel sehen kann, ohne Liebe, ohne Haß, ohne Lächeln, ohne Schmerzgrimasse, ohne Hoffnung, ohne Gefühl, habe ich auch dies *ihm* zu verdanken?


# XI

Der Lungenkranke hat sich endlich gelegt. Er kann nicht mehr rauchen, bitter leidet er unter der Enthaltsamkeit. »Rauch du!« – sagt er zu mir. Ich rauche eine schwarze, durch die Hitze fast völlig auseinanderfallende Zigarette und blase ihm den Rauch in die Nasenlöcher, die er mir entgegenhält. Ist der brenzliche Rauch (Papier ist die Hauptsache, Tabak nur so nebenbei) ihm zu stark, zieht er das nur aus Haut und Knochen bestehende wachsbleiche Köpfchen zurück, dann aber breitet er es mir

wieder lüstern entgegen. Essen will er nicht. Kann er ja nicht. –
»Friß du!« – sagt er, und ich esse, und er blickt meine Gurgel
gierig an und schnüffelt lüstern mit brennenden Augen den
Speisengeruch durch die Nase ein. Es reizt seine wunde, von
Kehlkopftuberkulose angegriffene Kehle ebenso wie der Tabak-
dunst, aber er begeistert sich doch an der kräftigen Brühe, die
wir dem gestern geschlachteten, lebensmüden Ochsen verdanken, und mit seiner hölzernen, urkomisch klingenden Stimme
rasselt der Sterbende mir zu: »Weiter!« – Er klammert sich mit
seiner abgezehrten Hand an mich, sieht mich mit seinen großen,
schönen, dunkelblauen Augen an. Er wittert Unheil, glaubt aber
doch nicht daran. Die Bazillen, die ihm Lunge, Magen, Darm,
Kehlkopft etc. demolieren, erzeugen nebenbei ein wunderbares
Gift, den Extrakt der Euphorie, der bewirkt, daß er *immer hofft,
immer glaubt, immer froh ist, immer lacht!* Im Himmel ist
Jahrmarkt. Er schlummert ein, im Einschlafen bittet er mich, die
Luke zu öffnen. Aber sie ist schon lange offen.

Die Nacht ist blau vom stillschwebenden Mond. Auch nicht
der leiseste Windhauch. Die Heizer werfen Schaufeln mit Kohle
in die Feuerbuchsen. Die Schiffsoffiziere streiten sich, dann
lachen sie, und man hört Gesang. In den Katakomben der
Sträflinge geht es besonders wüst zu. Aber keine Musik,
sondern Toben und Raufen, schrilles Pfeifen, dumpfes Krachen.

Am Horizont schimmert es wie oxydiertes Silber. Wolken-
berge erheben sich in vielfach aufeinandergetürmten Architek-
turen, wie indische Tempel mit unzählbaren Schnörkeln, Türmen, alles fest umrissen, von zauberhaftem Mondweißblau
umflossen.

Im Wasser unten an den Wänden des alten Schiffes zieht es in
geisterhaftem Schimmer vorbei, winzige Funken zucken. Flach
hingewehte Flämmchen phosphoreszieren auf und nieder. Sie
alle leuchten nur in dem von dem Schiff gebildeten Schattenbe-
zirk hervor. Sie kommen aus der Helle. Sie schwimmen und
zittern hell aus der wie ein einziges Stück gegossenen Erzes
schimmernden, mondspiegelnden Wasserfläche hervor und
dunkeln schon hinter dem Schiff, wo im Kielwasser nur die
glitzernden, glatten, silberblau-grauen Rücken der Delphine
sich heben und senken, die plätschern, tanzen und springen. Seit
heute nacht folgen sie wieder in einer großen Herde dem
Schiffe. Im milden Schatten rechts und links neben dem

gleitenden Schiff spielen aber die kleinen Meerestiere, die Phosphorfunken sind wallende Medusen, jagende und gejagte Tintenfische, winzige Lebewesen, welche die heiße, stille Nacht an die glimmernde Oberfläche der See gebracht hat.

Der Lunkenkranke ist erwacht. Sein Körper fühlt das kommende Ende. Aber sein vom Gift der Glückstoxine verworrener Geist hat bloß ein blindes Wohlgefühl. Er bittet mich um seinen Mantelsack, und aus den Tiefen desselben holt er die Fetzen illustrierter Magazine. Photos von nackten und halb bekleideten jungen Mädchen, in zuckersüßen Farben koloriert, in aufreizenden Posen gestellt. Er blättert mit seinem bleistiftdünnen, tabakbraunen Zeigefinger, und plötzlich beginnt er diese Figuren mit seiner Nagelschere auszuschneiden und vor sich hin auf die schmuddlige Bettdecke zu legen. Kinderspiel? Du Lämmchen, weiß wie Schnee! Also ist er ein harmloser Mensch, nur durch seinen Leichtsinn auf das Verbrecherschiff gekommen? Im Himmel ist Jahrmarkt? Ich fürchte, in der Hölle auch. Man muß nur mitten in seiner ausgezehrten fahlen Physiognomie seine von geiler Zerstörungslust verzerrten dunkelroten Lippen sehen, in deren Winkeln noch Reste des Blutes liegen, das er am Morgen verloren hat! Man muß nur den Ausdruck dieser krankhaft leuchtenden blauen Augen sehen, wenn er mit der Schere, vorsichtig, wie abgemessen, als wäre es lebendes, leidendes Material, diese Papierfigurinen wollüstig zerstückelt. Erst das linke Füßchen ab, das im Spitzentanz sich der Länge nach emporreckt, dann das rechte Füßchen, jetzt den linken, schlangenartig feinen Unterarm. Der Typhusrekonvaleszent sieht schmunzelnd zu. Fort, hinaus mit ihm! Aber den Sterbenden störe ich nicht. Jetzt – da schwankt er, soll er zuerst den Kopf quer abschneiden, oder dem papiernen Lebewesen einen gewaltigen Längsschnitt in den von Spitzenwäsche verhüllten, zarten Unterleib versetzen? Das nackte Böse so im Spiel aus unmittelbarer Nähe zu sehen, ist ein aufregender Anblick. Für den, der es versteht. Freue dich, du arme Seele! Ich tue ihm den Willen, lasse ihn allein. Eine Viertelstunde später, und er ist wieder im tiefen Schlaf, die Mundwinkel zeigen keine Blutreste mehr. Am nächsten Morgen hat er keine Luft mehr. – »Muß ich sterben?« – krächzt er. Da ist er schon dahin! – Keine Papierschnitzel liegen umher. Aber als er aufgehoben wird von dem schweißesfeuchten Bettlaken, finden sich die zerstückelten

Menschenbilder auf seinem Leintuch, und ich gebe sie ihm auf den letzten Weg mit. Der Mensch muß haben, was er braucht.

Der Generalarzt kommt zur Totenbeschau. Er sieht ihn mit weiser Miene an. Wie ein chinesischer Medizinmann berührt er die eingefallene Brust des Toten mit einem Stäbchen, nämlich seinem schwarzen Füllfederhalter, und gibt den Toten zur letzten Ruhe frei. Und in die Liste kommt ein Kreuz. P. B. 4431 ist gewesen.

Wir sind in der Nähe festen Landes. Vielleicht ist eine Insel nicht allzuweit entfernt.

Dem toten Jungen wird ein viel zu weit gewordener Ring vom Finger gezogen, aber er ist nur unechtes Gold und falscher Stein. Der Unteroffizier sieht auch im Munde nach, um nach echten Goldkronen zu fahnden, aber wie schade, der Junge hat noch seine zweiunddreißig Zähne, blütenweiß, ohne Makel. Also kein Federlesen mehr. In der herrschenden höllischen Glut kann dieser von innen her zersetzte Körper nicht eine Stunde länger an Bord bleiben. Wohin mit ihm? In den Himmel nicht. Nach unten, wohin wir alle müssen. Ab.

Vereinzelt wehen Schmetterlinge, groß wie Weinblätter und ebenso zackig geformt, purpurrot und saphirblau, oder matt mauve, durch die Takelage des Schiffes »Mimosa« auf das Vorderkastell. Dort stoßen sie sich an den Hindernissen, hocken, mit ihren langen, taubengrauen Antennen vibrierend, hinter Taurollen, Winden, Kisten, die jetzt nur dürftigsten Schatten geben in der prallen Sonne der Äquatornähe.

Hinter dem Schiff ist tolles Leben, die Herde von mehreren hundert prachtvollen Delphinen. Mit jeder Stunde werden ihrer mehr.

Sie drängen ihre wie Tulasilber schimmernden Körper eng aneinander, heben eines das andere fast aus dem dunkelblauen Wasser hervor, schnellen spiralig in die Luft, drehen sich wie Libellen über dem Bach. Breite Köpfe, weite Mäuler, kleine Äuglein, wippende Rückenflossen, peitschende, blattartige, das Wasserleuchten wie Spiegel reflektierende Schwanzflossen. Möwen und Pelikane über ihnen, schrille Schreie, wehende Flügel, Schrägflug, machtvolles Aufwärtsstreben, blitzartiges In-die-Tiefe-Hacken, wo es aus dem Wasser geschleuderte, fingergroße, silberbäuchige, schlanke Fischlein gibt. Über der freudeerfüllten Wanderschar der Tümmler steht der Himmel in unnahbarer Pracht.

Es ist die Stunde, wo die Sträflinge an Deck geführt werden, Abteilung auf Abteilung, alle paarweise geordnet, ein Knabenpensionat mit dem Präfekten. Bajonette an der Spitze, an der Seite, im Rücken. Trab! Trab! Macht euch Bewegung! Ein sanfter Kolbenschlag in den Rücken, ein Fußtritt ins magere Gesäß, vorwärts, los! Stärkt die Glieder! Bewegung ist alles! Ich beschreibe die grauen Gesichter nicht.

Keine Glocke kündet ihnen das Leichenbegängnis ihres Kameraden. Die Sträflinge haben kein Interesse. Sie haben einen gequälten, verbissenen Ausdruck, viele schleppen sich hin wie kranke Vögel, wie gelähmte Kreaturen. Aber was ist doch noch an Lebenskraft in ihnen! Kraft zum Leiden!

Den lungenkranken Verbrecher, die Leiche, die noch nicht kalt geworden ist, hat der Unteroffizier mit meiner Hilfe in eines der vom Typhuskranken gebrauchten Laken gehüllt. Ein Stück Eisenstange dazu, und das Ganze ins Meer! Eins, zwei, drei, hopp! Aber das Eisenstück hat sich gelöst. Es plumpst für sich in das Wasser, und die federleichte Leiche treibt seitlich des Schiffes ins Kielwasser zu den Delphinen ab.

Sie spielen mit dem leichten Gewicht. Der lustige Junge schwebt zwischen Himmel und Erde, die vor Lebensfreude tollen Tiere werfen einander seine sterblichen Überreste zu, von vorne nach rückwärts – bis endlich der weißliche, nackte Leichnam zwischen den dunklen Silberfarben der vielen Delphine verschwindet.

## XII

Schreie weckten mich auf. Schüsse knallten. Ich sage, weckten mich auf, und doch konnte ich nicht richtig erwachen. Die Luft fehlte mir, auf der Herzgrube lag es wie ein mannskopfgroßer Klumpen Blei, und ich träumte davon, wach zu sein, mir mit den Händen die wenigen Kleider vom Leibe zu reißen, die sich trotzdem immer von neuem eng um meinen schweißgebadeten Körper schmiegten. Eine unnatürliche, krankhafte Willensregung war in mir, der Halbschlummer hob sich nicht fort und ich (ein schlafender Geist neben einem wachenden) mußte wahrnehmen, wie die Schüsse aufhörten, die Schreie verhallten, ohne daß ich die Kraft fand, zu erwachen. Und dies nach fast drei Wochen beinahe vollständiger Schlaflosigkeit.

Als ich nach einigen Stunden endlich zu mir kam, dachte ich, es sei immer noch Nacht. Der Kajütenraum, in dem ich schlief, erschien mir sonderbar düster, auf dem Schiff herrschte jetzt auffallende Ruhe. Der Horizont war rundherum mit schwarzbraunen Wolken, die wie gebrauchte, grobfädige Säcke aussahen, verhangen. Die Luft war dunkel, nur selten brach mit giftigem Leuchten die Sonne auf einen Augenblick durch. Hier und da sprühten draußen am Horizont gegen Westen und Süden kleine Regenfälle aus zerfransten, sich auflösenden Wolkenrändern, von Spektrumfarben durchleuchtet, nieder.

Das Meer ist nicht bewegt. Plötzlich zucken aber weiße Wogenkämme auf, das Schiff erzittert, als sei es auf eine Sandbank geraten – der Herzschlag setzt aus, aber die Maschine geht träge pochend weiter. Vor dem Schiffe nach Norden und Nordosten bildet sich ein dichter Vorhang von zartlila Farbe.

Die Meeresoberfläche ist fahl, eben, schmutzig, grau. Ohne eine Vorbereitung stürzt ein prasselnder Wolkenbruch aus dem niedrig hängenden Himmel auf die Planken des Schiffes, alle Decks sind überflutet, knöcheltief waten im lauwarmen Wasser der Unteroffizier und die farbigen Wachen, die auf einer Tragbahre einen scheinbar leblosen, schweren Mann transportieren.

Der Typhusrekonvaleszent, glücklich, nicht unten im Massenraum sein zu müssen, macht sich nützlich, bettet ein Lager im Schiffslazarett auf, bläst den Staub von dem Nachttischchen. Der leblose, schwere Mann ist Soliman, der Sultan. Er atmet schwer, röchelt, sein Kopf bewegt sich unter einem blutigen Lappen, er faßt mit seinen verkrampften, blutigen Fäusten nach seinem Gesicht, das eine formlose, blutige Masse geworden ist, eine wallende, zuckende Fläche nackten Fleisches. Die Träger der Bahre bringen ihn vorsichtig in das Schiffslazarett. Er dreht den Kopf in die Runde, will etwas sehen und kann nicht.

Sein Gesicht ist nicht wiederzuerkennen. Es ist »dem Erdboden gleichgemacht«. Von der kühnen Hakennase, die ehemals den Stolz ihres männlich schönen Besitzers ausmachte, sieht man nur Fleischklumpen und die zwei Nasenlöcher, durch die ein Strom von Blut, Luft und Wasser, lauwarm, ekelerregend, körperwarm hindurchstreift. Knochen stehen spitzgezackt hervor, weiße Zahntrümmer bewachen den Eingang zu dem Raum, der früher die Mundhöhle war, und ein nicht endender Strom von Wasser träufelt von oben durch die Bartwildnis auf die Erde. So sonderbar es klingt, es sind Tränen! Der Tränennasengang ist angerissen. Man kann den unzeitgemäßen Tränenstrom nicht stillen.

Der Regen prasselt von oben mit der Gewalt eines Hagelwetters. Des Verletzten schmutzige Fäuste versuchen vergeblich, die geschwollenen, bläulich blutunterlaufenen Augenlider zu heben. Wissen will er, ob er blind ist, sägt er hervor. Er ist vollkommen bei Bewußtsein.

Man hat in dem Raum III bei einer Schlägerei nachts auf ihm herumgestampft. Es kann sein, daß das Augenlicht verloren ist, es kann sein, daß er Glück gehabt hat. Auch auf seiner Brust sind seine guten Freunde umhergetrampelt, drei Rippen sind gebrochen, und er spuckt zu allem Überfluß schaumiges Blut.

In dem Schiffslazarett muß Licht gemacht werden, so düster ist es geworden. Der Mann liegt auf dem improvisierten Operationstisch. Viel ist nicht zu helfen, alles hängt vom Zufall ab. Aber die Knochensplitter sind kunstgerecht mit der Pinzette zu entfernen, die Wunde mit Jodoform einzustauben. Es ist ein scheußlicher Anblick, wenn sie die wurstartigen, ebenfalls blutunterlaufenen Finger krampfhaft bei der recht schmerzhaften Prozedur bewegen und wie plötzlich der von seinesgleichen mißhandelte Verbrecher wutentbrannt die Hand hebt und sie gegen den Arzt hin schüttelt. Jetzt bemerkt der Arzt, daß außerdem der linke Daumen gebrochen ist und an der plumpen, blau tätowierten Hand baumelt, wie ein gebrochener Zweig im Wind, nur durch eine Faser Bast gehalten.

Während die Wunde vorsichtig gesäubert und der Finger geschient wird, erhellt sich plötzlich vor dem Kajütenfenster die Regenfinsternis. In der Ferne lüftet sich das düstere, bläulich fahle Dämmern wie ein Vorhang, man erblickt wieder die weite, unabsehbare Fläche des saphirblauen Meeres.

Der verhangene Himmel reißt mitten durch, die Sonne strahlt.

Die Bohlen des Deckes rauchen von verdunstendem Wasser. Ein Ochse oben an Deck, der letzte seines Stammes, hebt sein lackglänzendes, schweres Haupt, muht laut auf und rasselt mit den regennassen Ketten, die Hammel schütteln die Tropfen aus ihrer schmutziggrauen, dicken Wolle und blöken und – March erscheint wie an jedem Tage, im Sonnenschein nur noch elender aussehend und noch kummervoller in seinem Liebesschmerz, schweißbedeckt und blaß, um sich mit den Schlachttieren abzugeben. Oh, diese sehnsüchtigen Blicke!

Eine Kommission, bestehend aus dem Generalarzt, dem Kommandanten der Wachen und dem Schiffskapitän, hält ein Verhör mit dem verletzten Sultan Soliman ab. Aber dieser will nicht. Er schüttelt nur den wüsten Kopf, spuckt ab und zu ein kleines Knochenstückchen aus seinem zerfleischten Munde oder schüttelt es grob aus seinem zerstörten Nasenbau, flucht bestialisch, aber er nennt keine Namen. Verrät keinen Genossen. Er röchelt nur, mit der geschwollenen Zunge anstoßend, »Sunde sind es, Sunde! Wartet nur, bis ich euch wiedersehe! Wartet nur!« Das H kann es noch nicht richtig aussprechen, das holdselige Baby. Aber auch dieser entmenschte Kerl ist einmal ein unschuldsvolles Kind gewesen. Das sind wir alle gewesen.

Mit scheuem Blick mustert ihn March, der sich hereingeschlichen hat, als die Herren Offiziere das aussichtslose Verhör abgebrochen haben. Er tritt nur zaghaft auf seinen schweren, mit Zwecken versehenen Schuhen auf. Der Sultan kann ihn nicht sehen. Ob der Wüterich überhaupt je wieder sehen wird, ist die Frage. Aber selbst vor dem gestürzten Riesen hat der March große Angst. Sollte man es aber für möglich halten, daß er selbst es war, der (mit den anderen gemeinsam, aber im Herzen ihr eigentlicher Anführer) auf diesem jetzt nicht mehr menschenähnlichen Antlitz herumgestampft hat, heute nacht, als man sich der bestialischen Angriffe des krankhaften, an Satyriasis leidenden Schwerverbrechers nicht anders erwehren konnte? Mensch gegen Mensch!

In einer kurzen Zeitspanne entstanden und vergingen draußen am Horizont Dutzende von kleinen Gewittern, die Luft wurde noch drückender, nach jedem Wolkenbruch schien es heißer geworden zu sein.

Die Behörde ist unruhig geworden. Hatte sie Grund? Ich weiß es nicht. Die Dampfleitungen zu den Räumen sollten ausprobiert werden. Die Sträflinge kommen in Eile zum Probealarm an Deck. Unten werden die siedend heißen Dampfströme in die Räume geleitet. Man läßt die guten Kinder zuhören, wie es zischt, demonstriert ihnen, was ihrer harrt, wenn sie revoltieren, wenn sie an verbotener Stelle morden. Morden darf nur ungestraft das Schicksal. Der Staat als Krieg. Die Natur als gelbe Pest, als Typhus, als Krebs, als die Lungentuberkulose und andere herrliche Erfindungen Gottes. Hunger und der Kampf ums Dasein. Sie bleiben alle, solange die Welt besteht.

Aber diese Dampflöschprobe hat doch eine gute Wirkung. Zwei gute Dutzend fetter Ratten wurden durch den Dampf von hundert Grad verbrüht. Als der Alarm abgeblasen ist, wirft man sie mitten in einem neuen Gewitter ins Meer, sie vorsichtig an den Schwänzen haltend und darauf achtend, daß die verbrühte Haut sich nicht vom Körper löst. Die Sträflinge lachen und kehren in Raum Nr. III zurück, während dasselbe Exempel in I und II versucht wird.

Vier Tage später kommen wir wohlbehalten ans *Ziel*. Jetzt darfst du endlich wiederkehren, March! Jetzt kann ich wiederkehren zu dir. Auf festem Lande bin ich sicher, und wir werden die besten Freunde sein, wenn du vernünftig bleibst.

## Fünftes Kapitel

### I

Ich schildere nicht das Leben der Deportierten auf der Inselwelt. Es ist bereits von anderen besser und ergreifender geschildert worden, als ich es beim besten Willen vermöchte.

Das Verlassen des Schiffes war weniger aufregend als seinerzeit das Besteigen. Soliman lebte noch, er war halb blind und konnte nicht gehen, man trug ihn auf einer Bahre die Lauftreppe hinab. Er fluchte mörderisch. March war bleich vor Angst und hielt sich dicht bei mir.

Als wir ankamen, hatte die Seuche, die ich der Kürze halber von jetzt an statt Gelbfieber nur Y. F. nennen werde, scheinbar einen Höhepunkt bereits überschritten. Unter den Gefangenen, die in großen Lagern, Camps, weitab von der Stadt C. lebten und auch auf den anderen kleinen Inseln dieses Archipels angesiedelt waren, hatte sie übrigens noch nicht gewütet. In viel höherem Maße waren die bürgerlichen Einwohner der Stadt ergriffen gewesen. Vor kurzem hatte aber eine Regenperiode eingesetzt – das heißt, eine der vielen Regenperioden, die nur eine Zeitlang sich durch riesige Wassergüsse manifestieren, denen aber kurz darauf eine sengende, dabei aber düstere, ungesunde, bösartige gleißende Hitze zu folgen pflegt – und damit war das Y. F. abgeflaut.

Die Stadt hatte vor fünf Jahren bei der letzten Volkszählung an zwölftausend Einwohner gehabt. Vor dreißig Jahren hatte sie vierzigtausend gezählt. Ihr Schicksal ähnelte jenen Charakteren, von denen man bei zwanzig Jahren sagt: ein Genie!! Bei dreißig Jahren: eine Hoffnung! Und mit vierzig nennt man sie einfach mit ihrem Namen.

Als wir spät abends durch die von fast schwärzlichem, massenhaft stürzendem Regen erfüllten, verwahrlosten Straßen geführt wurden, war alles übelriechend, dunkel, schwül und fast menschenleer.

Im Lager, wo ich, meinen alten March an der Seite, die erste

Nacht verbrachte, war es nicht viel anders als auf dem Schiff. Am nächsten Morgen wurden die Strafgefangenen um vier Uhr geweckt, um fünf Uhr begann die Arbeit, Holzfällerei und Bearbeitung und Fortschaffung der Stämme im Mangrovenwald, die Rodungsarbeit und Anlegung von Knüppeldämmen auf der ebenfalls schon vor vielen Jahren abgesteckten, aber niemals weit gediehenen Kunststraße, welche die großen Waldungen durchqueren sollte etc. etc.

Einige Männer wurden aber vorher von den Arbeitskolonnen abgesondert, entweder um zu Kanzleidiensten in der sehr umfangreichen Verwaltung herangezogen zu werden, oder um wie ich in einem Lazarett einen »speziellen Dienst« anzutreten. Es ging dabei nicht nach schwächlich oder robust. Es war Zufall oder Willkür. Auch March (als ehemaliger Beamter?) gehörte zu den Auserwählten. Ein Widerspruch war nicht möglich, es fragte kein Beamter nach unseren Wünschen, Kräften und Fähigkeiten.

In den Lagern herrschten die interessantesten Krankheiten, Hautkrankheiten aller Art, Malaria in den schönsten Formen, Tuberkulose und die schleichende, ihre Opfer zu wahren Skeletten ausmergelnde Eingeweidewürmerkrankheit – aber durch ein freundliches Spiel des Zufalls war in letzter Zeit nicht ein einziger Fall von Y. F. in einem der zahlreichen Sträflingslager festgestellt worden.

March wich mir nicht von der Seite. Er wußte, daß ich von Carolus zu dem sehr gefahrvollen Dienst als Leichendiener im Epidemiespital bestimmt war, das sich auf einer Erhebung mitten in der Stadt befand. Es war ein groß angelegtes, noch aus den besseren Zeiten der Stadt stammendes, von geistlichen Schwestern geführtes Sammelkrankenhaus, hauptsächlich für Y. F.

Das gute Kind March verstand wohl nicht, was das bedeutete. Sonst hätte nicht sein ganzes hübsches Gesicht auf dem Wege vor Vergnügen geglänzt. Oder er vertraute seinem Stern.

Wie sollte er auch von mir weichen? Er hatte sich gegeben. Und ob ich nahm oder nicht – er blieb. Man hätte ihn niederschießen oder seine Hand, die sich an meinen Rock klammerte, mit einem Messer abschneiden müssen. Aber die Verwaltung dachte an solche barbarische Maßnahmen nicht. March hatte vielleicht auch trotz seines Kindergemütes in passender Weise vorgesorgt. Auf seine Vergangenheit als Beamter hatte er sich nicht verlassen. Gott weiß, *wie* er sich wieder etwas Geld verschafft hatte. Aber er hatte es besessen. Seine klingenden Argumente mochten bei den listenführenden und listenreichen Unterbeamten der Camps nicht weniger beweiskräftig gewesen sein als sein Herzenswunsch, mich unter keinen Umständen allein zu lassen.

So wurden wir denn Arm in Arm in das alte Kloster gebracht, das oben mit seinen gelben Kranken mindestens ebenso scharf bewacht wurde wie unten das Camp mit seinen Verbrechern. Denn die Angst vor der Seuche war und blieb maßlos und hilflos im höchsten Grade.

Jetzt am Tage sah die Stadt fast noch trostloser aus als am vergangenen Abend. Überall Verfall und faulende Mauern, viele Kirchen, wenig Läden und Gaststätten, hier und dort ein Lagerhaus, Schuppen am Wasser, Kisten, Fässer und Ballen im Freien, ohne Bewachung im Regen und in der dampfenden Sonnenglut der wechselvollen Jahreszeit; hungrige Hunde, rabenähnliche Geier auf der Suche nach Nahrung. Überall Kot und Unrat, elendes Pflaster, zerlumpte Menschen in Eile, die Köpfe zwischen die Schultern geduckt. Herrliche Anpflanzungen, Alleen von Palmen und Brotfruchtbäumen etc. Aber vier Leichenbegängnisse begegneten uns auf der kurzen Wanderung, die nicht länger als eine dreiviertel Stunde gedauert hatte. Wie mochte die Seuche erst in den schlechteren, eben verflossenen Zeiten unter den Leuten gehaust haben! Der Regen setzte plötzlich aus und die Sonne brannte nieder. Das Meer leuchtete, die Hunde kratzten sich, die Geier stiegen empor, und die Vegetation zwischen den Steinen duftete balsamisch – oder wüst.

Wir kamen an einer verlassenen, noch schwelenden Brandstätte vorbei. Ich erfuhr, daß die Menschen sich vor der Seuche dadurch zu schützen versucht hatten, daß sie einige der Häuser, die verseucht waren, in Brand gesteckt hatten, nachdem sie diese dem Eigentümer in gutem Gelde sehr teuer hatten abkaufen müssen.

Aber die Seuche kümmerte sich um diese kostspielige Schutzmaßnahme nicht, sie schlüpfte flink um die Ecken, hier ein Haus und dort ein Haus, hier drei Fälle, dort fünf. Und man hätte die ganze Stadt niederbrennen müssen, vom Hafen bis zu den letzten Häusern, die sich schon im schwappenden, giftgrünen Waldsumpf verloren, von den Kasernen bis zum Verwaltungsgebäude, vom Bankhaus bis zum geistlichen Kolleg, alles hätte wie Sodom und Gomorrha in Flammen aufgehen müssen, um des Y. F. Herr zu werden. Was sage ich, die Stadt? Der ganze Küstenstrich, soweit das Auge blickte und noch viel, viel weiter bis an den Perlengolf, bis an das Gelände des Panamakanals nach Norden und eine ebenso ungeheure Strecke nach Süden! Und immer noch nicht genug!

Als wir den Hügel emporkeuchten, sahen wir aus dunklen, nach dem Regenguß dampfenden, kleinen Nebenstraßen Horden zerlumpter, hohläugiger, leichenblasser, halbverhungerter Männer auftauchen. Es waren Freigelassene, ehemalige Strafgefangene, die sich vor der Seuche in einem Winkel des Urwalds versteckt und von rohen Früchten und von erjagten roten Affen ernährt hatten und die nun nach dem scheinbaren Erlöschen der Seuche den Weg zu den imaginären Fleischtöpfen und Schnapsgläsern der Stadt wiederum suchten. Sie beneideten uns beide, die wir nebeneinander, von Wachen vorn und rückwärts begleitet, das winklige Gäßlein zum Klosterhospital emporkletterten, wenigsten drehten sie die hageren, nackten Geierhälse nach uns und blickten uns lange nach. Einer machte sogar den Versuch, uns nachzulaufen, uns anzubetteln, aber von diesem stupiden Beginnen hielten ihn die anderen ab. Jedenfalls nahmen sie an, für uns sei gesorgt, da wir noch in der Obhut des mütterlichen, treu sorgenden Staates uns befanden. Sie wußten nicht, daß uns etwas wenig Beneidenswertes blühte.

Die Schelle an der Hospitalspforte klang. Zwei alte farbige Damen und eine streng blickende weiße Pflegerin in blauem, steifem Kattun, alle mit großen silbernen Kreuzen auf der Brust, kamen träge mit einer Tragbahre heraus, sie waren sehr erstaunt, daß Gesunde Einlaß suchten. Auch die Garden, die als Quarantänekordon das alte Hospital bewachten, konnten sich von ihrem Erstaunen nicht erholen, sie lachten schallend, so daß es in den weißgekalkten, streng riechenden Gängen und Korridoren des alten Klosters nur so widerhallte.

Aber dieses Gelächter galt keineswegs uns. Mit uns war ein alter Herr gekommen und hatte sich uns beim Gange in die Untersuchungsräume angeschlossen, ein Mann, der das originellste Maskenkostüm trug, das ich je in einem Karneval gesehen hatte. Etwa siebzigjährig, hochgewachsen aber gebeugt, schmalschultrig, olivenfarbenen, lederartigen Gesichts, mit dunklen, tief liegenden Augen von ungebrochenem Feuer, die man aber keineswegs von Angesicht zu Angesicht zu sehen bekam. Denn dieses energische und charaktervolle Greisengesicht umhüllte ein verschossener, gelbgrünlicher Nonnenschleier, was sage ich, ein Schleier? Zwei sind es, hintereinander gespannt, von halbkreisförmigen Weidenruten vorne in ausgespanntem Zustand erhalten, so daß kein unkeuscher Blick dieses jungfräuliche Großpapa-Antlitz beleidigen kann. Ach, nicht vor indiskreten Blicken hatte diese alte männliche Nonne Angst, sondern, man denke und staune, vor den Moskitos! Und vielleicht nicht einmal das. Es war Vormittag und niemals stechen diese Tiere am hellichten Tage. Also war es etwas anderes: eine Demonstration.

Denn er, der aristokratische, charaktervolle Herr, ist niemand anderer als der alte Magister und Stadtarzt v. F., der ruhmvolle Begründer der Moskitotheorie des Y. F., der eben im Begriffe steht, unserem Herrn Generalarzt als dem Präsidenten der Kommission und dem Militärarzt Walter als ihrem wissenschaftlichen Leiter seine erste Aufwartung zu machen. Daß Walter hierher gekommen war, erregte mein Staunen im höchsten Grade. Es war der größte Zufall, das Unbegreiflichste von dem vielen Unbegreiflichen, das mir in meinem Leben widerfahren war. Und doch logisch. Diesem Menschen hier begegnen! Aber wie? Als alter Kamerad? Als gefallener Mensch? Als ewiger Sünder? Als wissensdurstiger Forscher? Ich hatte Angst. Aber es kam dann alles wie von selbst.

So treten wir alle in eine saubere, ehemalige Klosterzelle ein, wo bereits die beiden hohen Herren, umgeben von prachtvollen, funkelnagelneuen Untersuchungsgeräten, versammelt sind. Es sind also: Generalarzt Carolus, das Haupt, die staatliche Würde, das menschliche Wissen in Personaleinheit. Sodann Walter, mein alter Kamerad, das Idol meiner Jugend. Er erkennt mich. Ich verbeuge mich, und er nickt mir zu. Er ist etwas sehr abgeäschert, vom Zahn der Zeit nicht unbenagt, aber immer noch der good fellow von einst, ein Mann von allerhand Graden, der viel mehr weiß und kann, als es den Anschein hat. Ihnen schüttelt voll Herzlichkeit nach viel zeremoniöser Verbeugung und Redensart die Hand der Magister und Stadtarzt a. D. Dr.

Felizian von F., der Herr hinter dem Schleier, der ihnen als zarte Aufmerksamkeit in einem Zündholzschächtelchen einige kleine Moskitoeier mitgebracht hat, die wie Krümchen von zermahlenen Kaffeebohnen aussehen. Er lächelt still und stolz, als wären diese eine Sehenswürdigkeit ersten Grades. Sodann reicht er March die Hand und meiner Wenigkeit. Die Tür wird geschlossen, draußen verklingen die Glocken der Kapelle, wir sehen einander an. Das Komitee ist versammelt, und die große Sphinx, Y. F. genannt, wartet bloß darauf, von uns entjungfert zu werden. Ich bin müde und gähne diskret.

## II

Der Krankenhausdirektor ist in der Messe. (Wochentags!) Seine Stütze, ein junger Assistenzarzt, ist zur Erholung verreist. Aber der alte Magister v. F. ist hier wie zu Hause. Seit Jahren fleht er, der Sohn und Enkel eines Arztes, dessen Kinder aber das Ärztehandwerk verlassen und sich dem Kommerz zugewandt haben, die Behörden, gelehrten Gesellschaften, Patentämter und Ärzte an, seine Theorie ernst zu nehmen. Aber wer diesen komischen Fanatiker einmal von Angesicht zu Angesicht gesehen hat, kommt aus dem Lachen nicht heraus. Feierlichen Schrittes, nicht eigentlich gebeugt, sondern steif wie ein Stock trotz seiner geknickten, knarrenden Kniegelenke, seine Schachtel mit den Moskitoeiern in der behandschuhten Hand, geht er uns voran, die winkligen Korridore entlang und führt uns zur Leichenkammer. Aber irrt er sich nicht? Halt, du Guter! Was sollen uns deine Erzählungen, daß du die Eier der Stegomyiamücke, dich mit schmerzendem Rückgrat mühselig bückend, sorgfältig in Sumpftümpeln aufgelesen hast, achte doch besser auf den Weg und führe uns nicht in die Abfallkammer, wo stinkende Fleischabfälle sich im Zustande blühendster Verwesung befinden müssen. Aber er kehrt uns sein weises Angesicht zu, mit der linken Hand hält er seinen Schleier zusammen, verbeugt sich und läßt uns, von Kopf bis Fuß ein altspanischer Grande, den Vortritt in die Sektionsräume.

Ein Gestank, für den es keinen Namen gibt, den man sich nicht vorstellen kann und wäre man selbst mit einer Danteschen Höllenphantasie begnadet, so ekelerregend und unerträglich schlägt er uns aus dem kleinen, relativ kühlen, unterirdischen, elektrisch beleuchteten Raum entgegen. March klammert sich leise aufschreiend an mich an, selbst der lederne, phlegmatische Carolus zittert an allen Gliedern, bloß Walter und ich verlieren nicht die Haltung.

Es liegt in seiner Duftwolke ein blondhaariger Toter da, quittengelb, giftig gelb, mit weißen Handschuhen angetan, einen Frack am Leibe, ein ehemals weißes, aber sehr häßlich gewordenes Frackhemd über der eingefallenen Brust. In den behandschuhten, feinen, langen Händen den silbernen Kruzifixus.

Hier und heute begegnete ich zum erstenmal in meinem Leben dem Y. F. in Natur und bezeugte ihm in meinem Inneren die gebührende Reverenz.

In der Tat hat sich von diesem Tage an mein Leben von Grund aus gewandelt – zum Besseren? Zum anderen auf jeden Fall. Und das ist schon viel bei einem Mann, der bis zu einem solchen Grade mit sich und der Welt zerfallen war, daß er überzeugt war, er, der verkorkste Mann des Geistes und des Zweifels, und sie, die Welt der Sinnlosigkeit, des trügerischen Scheins und der unleugbaren Stupidität, würden nie mehr zusammenkommen und sein Dasein würde daher das überflüssigste Ding auf dieser überflüssigen Welt sein und bleiben ... Doch wozu Gedanken und Erinnerungen, zurück zur Gegenwart, aufregend war sie genug.

Ich müßte lügen, wenn ich sagen sollte, daß meine würdevolle Haltung ganz echt war. Der Geruch, der rein sinnliche, nein, widersinnige, empörende, ganz unbeschreiblich abscheuliche Gestank brachte mich – man höre und staune, zum Weinen. Nein, um es ganz exakt zu sagen, zum Tränenvergießen. Ich wollte, ich durfte mich nicht übergeben. So stark mußte ich mich in der Gewalt haben. Ich mußte der Erziehung durch meinen Vater Ehre machen, und ich konnte es. Und so sonderbar es klingt, es war mir gerade in diesem kritischen Augenblick die geheimnisvolle Anziehungskraft wissenschaftlicher Forschung bis in die letzten Nervenfasern bewußt geworden. Tausend Gründe, mich zu beherrschen und den Würgreiz mit aller Willenskraft bis zu Tränen zu überwinden.

Es war, als hätte ich geahnt, daß ich in der nächsten Zeit alle meine Willenskräfte bis an die äußerste Grenze anzuspannen hätte, um das Schicksal zu biegen oder um selbst zu zerbrechen.

Ich überwand meinen Ekel. Ich drückte dem bebenden, sich vor Grauen schüttelnden March (der vielleicht vor dem Tode seines Herzensfreundes Louis nie eine Leiche gesehen hatte) die Hand. In meinem Herzen erwachte widerwillig, aber doch, ein Gefühl der Sympathie für ihn. Es hat schon sein Gutes, in einer kritischen Minute einen lebendigen Menschen neben sich zu haben.

Und noch etwas Sonderbares passierte in dieser einen Sekunde. Ich sah nicht nur diese goldgelbe Leiche in ihrem häßlichen, verfärbten Frackhemd und nicht nur das schwere, silberne Kruzifix zwischen ihren bloß übergezogenen, aber nicht zugeknöpften Glacéhandschuhen vor mir, sondern durch eine sonderbare Ideenverbindung eine Szene aus meiner Kindheit, in der mein Vater und (in der gleichen Größe und Deutlichkeit wie er) drei oder vier Ratten vorkamen, ferner eine Szene aus den guten Tagen mit meiner Frau, von der ich bis jetzt noch nicht berichten konnte, und zuletzt erschien in meinen zu sehr zerstreuten (oder zu sehr konzentrierten) Gedanken das flammende herrliche nächtliche Himmelsrund, wie ich es vor dem Tage der Landung an Bord der »Mimosa« gesehen hatte und angesichts dessen mir die Gedanken von der trügerischen, allzuschön geschminkten Larve der Natur gekommen waren.

In diesem Augenblick läßt der alte Magister, der seine transportable Moskitogaze bis zur Brusthöhe niedergelassen hatte, sein Schächtelchen mit den Moskitoeiern fallen, ich, als höflicher Mann, bücke mich gleichzeitig mit ihm, wir stoßen mit den Köpfen zusammen, ich finde die kleine Schachtel zuerst, und während der alte Grande sich in tausend verschnörkelten, altmodischen Entschuldigungen ergeht, bringe ich das Schächtelchen in der Brusttasche meiner Sträflingslivree unter.

Doch jetzt genug mit diesen Nebensächlichkeiten. Die Arbeit begann.

Walter war nicht umsonst durch die methodisch exakt arbeitende Schule des Instituts gegangen. Er hatte bereits für die bakteriologische Untersuchung alle nur erdenklichen Vorbereitungen getroffen, ein gutes Mikroskop, Brutschränke waren vorhanden. Als aber Carolus bemerkte, er wäre im Besitz eines besonders starken und mit allen Neuerungen (Dunkelfeldbeleuchtung!) versehenen Instrumentes, das sogar zwei Okulare hätte, während das dem Epidemielazarett gehörende nicht zu den letzten Modellen rechnete, einigte man sich, daß er es holen solle, während wir inzwischen die ersten Züchtungsversuche machen wollten. *Wir* sage ich zum zweiten Male. Zum ersten Male gebrauchte ich dieses Wunderwort in bezug auf meine Gemeinschaft mit den Deportierten, die durch gemeinsames Leiden, gemeinsames Ausgestoßensein aus der bürgerlichen Gesellschaft eine Art *Wir* aufgestellt hatten. Aber ein Wir voll Stumpfsinn, voll Schadenfreude, Bosheit, Zynismus, Freßgier und Lust an brutalem Boxen, voll unnatürlicher Liebe und unnatürlichen Hasses, vergeblichen Aufmurrens gegen die Behörde, die es freilich nicht besser um sie verdiente. Hier, an diesem ersten Vormittag auf C., in dem pestilenzialischen Gestank der Y. F.-Leiche, bei den ersten Vorbereitungen zur systematisch exakten bakteriologischen Untersuchung gab es auch ein Wir, aber ein anderes. Ich habe weder an diesem Tage noch an den folgenden zwischen *uns* ein Wort des Streites gehört. Keines des Kommandierens. Alles ging von selbst, in fabelhaftem Tempo. Freilich waren *wir* nicht immer eines Sinnes, vielleicht sogar niemals. Aber *wir* arbeiteten dennoch zusammen, um das *Möglichste* zu erreichen.

*Ich* persönlich glaube nicht und konnte nicht glauben, daß man den Erreger des Y. F. noch mit den üblichen Methoden ergattern könne. Zu vielen und zu guten Untersuchern war es mißglückt, Pasteur eingeschlossen. Dennoch arbeitete ich, nachdem ich mich der lästigsten Kleidungsstücke ebenso wie der gute March entledigt hatte, von der ersten Minute an mit Feuereifer an der bakteriologischen Untersuchung mit. Zum erstenmal seit Jahr und Tag war ich wieder mitgerissen, kannte keine Müdigkeit, ich hatte ein wahrhaft durchdringendes Gefühl der positiven Notwendigkeit meiner Existenz und – der Notwendigkeit der Existenz auch der anderen. Wollte das Schicksal, daß es so bliebe! Nur das! War es zuviel verlangt?

Zur Sache also. Zwei primitive Brutschränke waren in dem anschließenden Laboratorium vorhanden. In Kürze waren über hundert Kulturen angelegt.

Es handelte sich bei dem Dahingeschiedenen um den gewesenen Direktor des kleinen Elektrizitätswerkes der Stadt C., der im ersten Stadium der Krankheit, das ist am vierten Tag nach den allerersten Erscheinungen, dahingegangen war. Er war drei Wochen vorher auf dem Paketdampfer mit einem Schub von verschiedenen Verwaltungsbeamten etc. eingetroffen, hatte seine Antrittsbesuche beim Gouverneur etc. gemacht und hatte gerade begonnen, in das etwas verwahrloste Werk etwas Ordnung zu bringen, als er an Y. F. erkrankte und starb. Er mußte, nach dem blonden Haar und der Hautfarbe zu schließen, ein Nordländer, vielleicht ein Schwede, gewesen sein, darauf deutete auch sein Name: Olaf Ericson.

# III

Ich kehre zurück zu dem ersten Vormittag, denn ich muß geordnet und methodisch berichten.

»Schreiben wir, bitte«, sagte Walter dem etwas erstaunten Carolus, »und zwar recht deutlich!«, als dieser mit dem Mikroskop im Arm wiederkehrte und Gott weiß welche ehrfurchtsvolle Dankbarkeit dafür erwartete. Aber zu seiner Ehre sei es gesagt, er zog sich weder schmollend zurück, noch wies er diese untergeordneten Dienste mir, dem Strafgefangenen, zu, sondern er setzte sich an den kleinen Tisch, holte seinen schwarzen Füllfederhalter heraus aus der Brusttasche seiner alten Uniform und schrieb: erstens den genauen Sektionsbefund des Schweden, der das typische Resultat ergab, und sodann die Reihenfolge der verschiedenen aus dem Herzblute, aus der zerstörten Leber, aus den angegriffenen Magen- und Darmwandungen, der entzündeten Nierenrinde etc. etc. herzustellenden Bakterienkulturen.

Sollten gerade wir vom Glück begünstigt sein, wo so viele und der hochherrliche Louis Pasteur selbst in höchsteigener Form an diesem Y. F.-Problem gescheitert waren?! Wunder gibt es, aber nicht in der Bakteriologie. Nicht eine einzige Bakteriensaat ging uns im Lauf der nächsten Tage, Wochen und Monate auf. Die Kolben mit Nährflüssigkeit im stets auf siebenunddreißig Grad gehaltenen Brutschranke sollten keimfrei bleiben. Bei uns wie bei allen Forschern, die sich bisher mit dieser Krankheit beschäftigt hatten.

Wir hatten alle vier, Walter, March, Carolus und ich, an diesem einen Fall bis Mitternacht zu tun, und die farbigen Krankenschwestern, die mit unserer besonderen Pflege beauftragt waren, kamen ein ums anderemal, um uns zum Essen zu rufen.

Essen! Nichts, was uns ferner gelegen wäre. Es arbeite erst einer eine Stunde lang in diesem menschenmörderischen, pestilenzialischen Gestank, wie ihn die Y. F.-Krankheit an sich hat, und setze sich dann zum Essen. Und stünden Nektar und Ambrosia auf alten Limoges-Porzellantellern vor ihm –, in seinen Geschmackspapillen, in seiner Mundschleimhaut wird sich nur dieses satanische Parfüm eingenistet haben. Man steht vor der Wahl, entweder sich daran zu gewöhnen, indem man es negiert – oder nie wieder in diese Räume zurückzukehren. Mir wie den anderen blieb auf die Dauer nur das erstere übrig. Ich aß, ich badete, ich wechselte die Wäsche, ich schlief, ich begann täglich meine Arbeit zu früher Stunde und beschloß sie erst spät abends. Es war übrigens eine optimistische Falschmeldung, die das Abflauen der Krankheit gemeldet hatte. Das Stück war wohl schön, aber sie spielten es nicht, die Musikanten, wie es im alten Sprichwort heißt. Aber es blieb bei dem seltsamen Befund, daß zum Beispiel von der neuen Verbrecherfracht bis jetzt kein Fall Y. F. gemeldet worden war. Was war davon zu denken? Nichts außer dem einen, daß, wie der weise Carolus es schon vorher aus seinen Büchern theoretisch festgestellt hatte –, – aber davon später!

So mysteriös der Erzeuger war und so rätselhaft die Verbreitungsweise der tückischen Krankheit, so klassisch schön stellte sich fast in jedem Falle das klinische Krankenbild ein. Hohes Fieber aus heiterem Himmel (heiterer Himmel? Regengüsse von unvorstellbarer Fülle, dazwischen tropisch blühender Sonnenschein und schwüle, bleischwere Glut!), exzessiv schnelles Anfiebern, Gelbsucht. Scheinbare Erholung nach dem dritten oder vierten Tage und dann neues Losgelassensein der Hölle, Erbrechen, wahnsinnige Leibschmerzen in der Lebergegend. Hals-, Magen-, Darmbeschwerden. Kopfschmerz. Lendenschmerz. Überwältigendes Krankheitsgefühl, blitzend rote Augen mit lebhaft entzündeter Augenbindehaut – alles war da, soll ich sagen leider, soll ich (im Interesse unserer Forschungen) sagen *Gott sei Dank?* – die Seuche trat in aller Seelenruhe wie seit Jahrhunderten zu ihrer Zeit auf, ebbte dann wieder ab, Krieg und Frieden, und es war kein Ende abzusehen.

Die hohe Obrigkeit mußte natürlich auch ihren Teil dazugeben. Das Kabel spielte, Walter und Carolus steckten die

Köpfe über Depeschen zusammen, die nichts Schmeichelhaftes enthielten. »Besondere Beachtung den Fragen schenken, welche auf die Ursache des Gelben Fiebers und seine Verhütung Bezug haben.« Erst können vor Lachen! Wir hatten nach und nach achtzehn Fälle untersucht, vom Kopf bis Fuß, innen und außen, wir hatten Kranke in allen Stadien des Leidens aufs Korn genommen, das berühmte Doppelmikroskop wurde (zur Kontrolle) von je zweien benutzt, Carolus und Walter, ich und March, wir blickten uns die Augen wund und waren am Ende dieser schrecklich mühevollen Tage so klug wie am ersten Tag bei dem mit seinen weißen Handschuhen und seinem Frackhemd längst begrabenen alten, gelben Schweden.

Walter und Carolus hätten keine Schüler der klassischen Schule sein dürfen, wenn sie nicht auch Tierversuche angestellt hätten. Affen aus der nahen Wildnis, Meerschweinchen, die bei uns in der Heimat ein sehr leicht erlangbares, hier ein schwer zu erhaltendes Material darstellten, Ratten, Mäuse, selbst Papageien und anderes exotisches Getier bis zu einem alten, lebensmüden Gaul in einem Schuppen des alten Klostergemäuers, alle erhielten Injektionen aus dem Blut des Kranken, aus den Leichenteilen, Einspritzungen aus den Extrakten, die man aus der beschmutzten Wäsche hergestellt hatte. Man, sage ich, als wären wir alle vier gleichmäßig daran beteiligt gewesen an diesen Vivisektionsexperimenten.

Aber es hatte eine ganz unbegreifliche und jedem Leser dieser Zeilen sicherlich höchst sonderbar erscheinende Änderung in den Rollen stattgefunden. Carolus, der sich früher vor dem lebenden Fleische »stets gescheut«, der sich vor Vivisektionsversuchen stets gedrückt hatte, war jetzt mit Feuer und Flamme dabei – und ich, ich, Georg Letham der Jüngere, konnte jetzt meinen inneren Widerwillen dagegen nicht überwinden. Ich weigerte mich nicht direkt, aber ich war gewandt genug, um diese peinlichen Aufgaben den Mitarbeitern zu überlassen und mich mit dem anderen Teil der Arbeit, den Züchtungsversuchen, den Färbungsmethoden, der Herstellung der Schnitte aus den Organen, deren Fixierung, Härtung, Aufhellung und genauen Durchmusterung zu begnügen.

Ich kann die Ursache nicht sagen, Aber ich rührte kein Tier an. Auch Ratten nicht, obwohl diese Art Bestien in meinem Leben auf der Sollseite des Kontos stand und ich diese Geschöpfe nach wie vor als ein Ärgernis der Natur empfand, als eine leider nicht verhinderte Mißschöpfung, eine Schleuderarbeit der Natur. Ich ließ im Notfalle lieber den alten Carolus an den Meerschweinchen die Injektionen machen, und die Folgen zeigten sich denn auch pünktlich. Eines der Meerschweinchen ging zugrunde als das einzige Opfer unter den Tieren dieser Versuchsreihe. Aber war es den unbekannten Erregern des Y. F. erlegen oder bloß der Unsauberkeit und der schlechten Technik des vom lieben Gott im Zorn zum Bakteriologen bestimmten Generalarztes? Mußte es nicht so sein? *Mußte* ich dieses Vorurteil gegen ihn nicht teilen? Ich spreche noch davon.

Dafür aber bekam der ganz sachlich arbeitende Walter einen unerwarteten Helfer in – March. Von der Anstelligkeit dieses jungen, ungebrochenen Menschen, von seiner Lernbegierde, von seiner manuellen Geschicklichkeit, seinem unermüdlichen Fleiß, ja seiner Leidenschaft für die Arbeit, die ihn doch hätte abstoßen, anekeln müssen – macht sich keiner eine Vorstellung, der den tapferen, hübschen, kleinen Kerl nicht am Werk gesehen hatte.

Dabei war er durch das negative Ergebnis seiner Arbeit nicht abzuschrecken. Er stand morgens mit dem Gedanken an die Arbeit auf, er verlor infolge des Gestankes nicht den Appetit, während Walter und ich in dieser Zeit (es war Juli, stets eine scheußliche Zeit in der Äquatornähe) beide sehr stark abmagerten und oft vor Erschöpfung Weinkrämpfen nahe waren. Aber wir hielten uns aufrecht.

Ob mit oder ob ohne March, Walter mußte seiner Behörde das Resultat kabeln, das Resultat – daß er nichts Positives zu melden habe.

Die Erkrankungen der Menschen schwankten weiter nach Zahl und Stärke, aber Material war immer da.

Wir arbeiteten, oft war es zum Verzweifeln.

Die geimpften Tiere aber erfreuten sich, von dem einen Opfer des Carolus abgesehen, bester Gesundheit.


# IV


Wir hatten uns alle von Beginn an mit der äußersten Leidenschaft in die Untersuchung vertieft, um so größer mußte der

Rückschlag werden und wurde es auch. Ich sagte es schon, alle geimpften Tiere (ein einziges Meerschweinchen ausgenommen) überlebten die Einführung des infektiösen Materials ohne einen merkbaren, für das Y. F. charakteristischen Schaden.

Der Generalarzt sah sich nach einer anderen Arbeit um und besann sich auf seine statistischen Aufzeichnungen, in denen er, hier wie in Europa, zu Hause war. Und überall, wo ein Zettelkasten, wo eine graphische Kurve, wo Fähnchen und Stecknadeln existierten, da war seine Welt, da fühlte er sich wohl, der alte Narr. Aber wenn ich da sage »der alte Narr« und wenn ich ihn früher »monumentaler Ochse« genannt habe – ich muß mich selbst fragen, spricht da nicht etwas der Neid aus mir? Neid nicht auf seine militärische Würde, nicht auf die Generalsabzeichen, sondern purer Neid auf seine philisterhafte Sicherheit? Daß er das Leben ertrug, wie es war. Aber dasselbe tat auch der wackere Walter, und diesen nannte ich nicht so.

Hier könnte ein Widerspruch in meinem eigenen Wesen liegen, ein doppelter Boden, wie er sich mir bei der Begehung meiner Tat zu meinem Verderben selbstzerstörerisch gezeigt hatte und wohl bei jeder wichtigen Entscheidung meines Daseins immer zeigen würde – unergründlich, aber mit der Stärke eines Naturgesetzes. Das heißt, im letzten Grunde ebenso unverständlich wie jedes *Gesetz*. Ich spräche nicht in so großer Ausführlichkeit darüber, wenn nicht diese meine Abneigung gegen einen Carolus mich um einen großen Erfolg gebracht hätte. Doch davon später. Jetzt bloß die bereits angedeuteten Feststellungen unseres alten Medizinalstatistikers.

Er beobachtete (immer an Hand seiner Karten, Pläne und statistischen Methoden), daß zum Beispiel ein Fall echten Y. F. in der Stadt C. hier an dem dritten Hause rechts von einer Ecke (rechts, vom Hafen aus gesehen) sich ereignet hatte. Der nächste (gerade jetzt, wo die Fälle spärlicher waren, konnte man es glücklicherweise exakt beobachten), der nächste Fall wurde nicht etwa im Nachbarhaus, also im zweiten oder vierten von der Ecke, beobachtet, ebensowenig direkt gegenüber, sondern um die Ecke herum in einem anderen Straßenzug, oder gar auf einer anderen Seite des Häuserblockes, der von dem ersten Seuchenherd durch einen großen, unbebauten Hof geschieden war, in dem sich Haufen von Abfällen, zisternenartige Wassergruben, Tümpelchen und Lachen, Hügel von Müll und Konservenbüchsen, Tierkadaver und Sägespäne, Ställe für Kleinvieh und kleinere verwahrloste Beetanlagen befanden. Man konnte feststellen, daß zwischen dem ersten Fall, zum Beispiel dem des schwedischen Ingenieurs und dem folgenden, der Frau eines Verwaltungsoberbeamten, keine Berührung stattgefunden hatte, sie hatten einander nie gesehen. *Wie hatte sich das Kontagium verbreitet?* Auf Engelsflügeln? fragte ich hämisch. Den einzig richtigen Schluß konnte damals noch keiner von uns ziehen. Er war wohl *zu einfach.*

Zweitens wurde festgestellt, daß die Leute im Krankenhause relativ selten erkrankten. Das Haus lag auf der Höhe. Es war der in dieser Zeit mörderisch sengenden Sonne besonders stark ausgesetzt – welcher Idiot hatte das Jesuitenkloster zum Lazarett bestimmt? Die Krankenzimmer waren also wahre Höllenkammern, den »Dunstkammern« auf der »Mimosa« seligen Andenkens (erinnerst du dich, liebes Herz, schöner, teurer March, und lächelst du mir deshalb zu?), den Folterkammern auf dem Schiff waren sie zu vergleichen, und einige Untersuchungsräume mußten in die kühleren Kellerlokalitäten verlegt werden, wo man bei künstlichem Licht zu arbeiten hatte, am besten in den Abend- und den ersten Nachtstunden.

Aber wer konnte sich dies immer so bequem einrichten? In den Krankenzimmern, besonders in denen, die unter dem flachen Dache lagen, war es fürchterlich. Und doch erfolgte höchst selten eine interne Hausansteckung, das Pflegepersonal blieb heil und ebenso die farbigen Weiber, die sich mit der Reinigung der meist gar schauderhaft verunreinigten Wäsche etc. beschäftigten. Also: warum hatte hier in diesen Hallen, wo doch oft genug in der Kapelle das Sterbeglöcklein läutete, das schauerliche Kontagium seine ansteckende Kraft eingebüßt? Kreuzworträtsel lösen sich leichter. Wir fanden keine Antwort.

Die dritte Beobachtung war die, daß die Kranken oft in ganzen Schüben kamen. Als wir eingetroffen waren, hatte eine Pause stattgefunden. Dann erfolgten drei bis vier Fälle, dann setzte eine Pause von etwa zehn Tagen ein, dann ging es mit erneuter Vehemenz los. Ja, handelte es sich vielleicht um eine Pflanze, die zehn bis vierzehn Tage brauchte, um zu blühen und etwa aus den prangenden, überüppigen Staubgefäßen das Gift der Gelbfieberpest zu versprühen? Die statistische Kurve des Carolus war sehr charakteristisch. Aber wofür charakteristisch? Feine Kenner der Sache, wie der gute Magister F., der alte Mann mit der transportablen Moskitomaske um seinen Patriarchenkopf, wurden herangezogen. Er wurde eingehendst über seine Erfahrungen in diesen drei Punkten befragt. Aber er dachte nur an seine Moskitos und deren Finessen, die er minutiös genau beobachtet und studiert hatte, er hatte aber die uns besonders interessierenden drei Einzelheiten weder selbst beobachtet, noch hatten ihn andere darauf aufmerksam gemacht, noch auch konnte er ihnen beim besten Willen irgendeine wesentliche Bedeutung beimessen. Kaum, daß er unsere Fragestellung begriff. Es mußte eben das Auge eines begnadeten Statistikers auf diese drei Einzelheiten fallen, um sie überhaupt zu sehen – und das war Carolus. Und mehr noch war er. Keineswegs in allen Lebenslagen der monumentale Ochse, wie ich ihn in erbärmlichem Neide genannt. Denn zu meiner Schande sei nun endlich folgendes berichtet:

Man erinnert sich, daß als einziges Opfer unserer vielfachen Versuche eines von den drei von ihm geimpften Meerschweinchen zu erwähnen war. Ich war durch den Korridor in den Kellerräumen gegangen, wo die Tierkäfige in Reih und Glied standen. Alle Tiere wohlauf und gesund, bloß dieses eine Meerschweinchen, ein rostrot und gelbweiß geflecktes Männchen, wollte nichts fressen, hatte gelb gefärbte Augenbindehäute und schien Fieber zu haben. Ich maß es, und es zeigte neununddreißig Grad. War es ein Wunder? Die ungeschickte Hand eines Carolus hatte die Impfnadel geführt, es waren offenbar verunreinigende triviale Keime in die Blutbahn gekommen. Das Tier wimmerte leise und kläglich und streckte alsbald alle viere von sich. Ich sagte es Walter, der trübselig zu meinem wahren (falschen) Befunde: allgemeine Blutvergiftung mit Leberschwellung etc. nickte, und von dem negativen Ergebnis aller seiner (unserer) Bemühungen sehr niedergedrückt schien.

»Haben Sie weiter nichts gefunden?« fragte er.

»Überzeugen Sie sich selbst!« antwortete ich und wies die Präparate vor. Und er, der doch selbst in früheren Zeiten die Impfbarkeit der Meerschweinchen mit Y. F.-Serum festgestellt oder doch wenigstens sehr wahrscheinlich gemacht hatte, gab sich mit meinem oberflächlichen Befunde zufrieden. Er verließ sich sträflicherweise auf mich, und ich wollte mich auf mein Vorurteil verlassen. Aber ich konnte es nicht. Ich war gewissenhafter. Ich färbte die stark erweichte, entzündete Leber des Meerschweinchens und fand in den Gewebsschnitten unter dem Mikroskop statt der üblichen Eitererreger eine Art verdächtiger Mikroorganismen, blasse, mehr geahnte, als wirklich exakt erfaßte Dinge von spirochätenähnlicher Gestalt, also korkzieherförmige Gebilde – und dies an einer einzigen Stelle, in einem einzigen Schnitt von sechsen. Nun wäre es doch das Naheliegendste gewesen, dem Carolus und dem Walter auch diesen problematischen Befund zu melden. Ihm nachzugehen. Das Präparat mit besonderer Sorgfalt zu behandeln. Die Färbung zu wiederholen, alle bekannten Methoden zu versuchen, von der Geißelfärbung und Beizung mit Osmiumsäure angefangen bis zu den bekannten Spirochätenuntersuchungen, wie es Pflicht und Aufgabe jedes anständigen, redlichen Bakteriologen ist.

Tat ich es? Keineswegs. Ich schämte mich, einzugestehen, daß meine erste Meldung ungenau gewesen sei. Ich gönnte auch dem Carolus, den ich als Stümper kannte, nicht den Erfolg. So schnell war das Kollektiv gesprengt. Ich hielt einem Ochsen gegenüber alles für erlaubt. Lieber redete ich mir ein, daß das, was ich gesehen hatte, »Schatten« von Bakterien, Reste von Spirochäten eines anderen Falles gewesen waren. Denn die Verwaltung sparte, und die Glasplättchen, auf denen wir die Ausstriche färbten, waren gebraucht; March hätte sie in heißer Sodalauge vorher sorgfältig reinigen sollen, was ich eben bezweifelte, verbohrt, wie ich war. Aber aus Abneigung gegen ihn (die natürliche Reaktion auf seine von mir ungewollte, aufdringliche Liebe) und aus Haß gegen Carolus (Reaktion auf sein unzerstörbar sicheres, beschränktes, stupid glückliches Wesen) unterließ ich alles, was meine Pflicht gewesen wäre. Ich war genauso leichtsinnig und borniert wie so manche mittelmäßige Forscher, und deshalb entging mir ebenso wie ihnen das, was ich suchte.


V


Hätte ich getan, was ich sollte, und hätte ich unterlassen, was ich getan, so hätte ich mir viele bittere Stunden erspart. Ich bin nicht weichherzig. Auch gegen mich nicht. Aber ich hatte meine Aufnahmefähigkeit für Leiden nach allem Vorhergegangenen für erschöpft gehalten, und jetzt sollte ich – doch wozu vorgreifen, die Tatsachen müssen wie bisher einzig und allein meine seelischen Leiden und Freuden verständlich machen.

Ich hatte bisher nur mit dem toten Material zu tun gehabt – und mit den Tieren. Als sich nun (dank meines Versagens) die Aussichtslosigkeit unserer bisherigen Bemühungen ziemlich deutlich herausstellte, hätte ich damit rechnen müssen, wieder in einen Camp zu den anderen Schwerverbrechern transportiert zu werden und von jetzt angefangen entweder grobe körperliche Arbeit, etwa beim Straßenbau, zu verrichten, oder bestenfalls in eines der Büros der Stadt als Schreiber oder Buchhalter geschickt zu werden. In der Umgebung der Stadt und auf den umliegenden Inseln gab es nicht unbedeutende Gummiplantagen, es bestand in der Nähe ein ansehnliches, aber wegen der klimatischen Verhältnisse nicht genügend ausgebeutetes Goldvorkommen aus Quarz, die wertvollen Hölzer in den ungeheueren, zum Teil jungfräulichen Wäldern der Halbinsel waren ein internationales Handelsobjekt einer Holzverwertungs-Gesellschaft, aber auch innerhalb der zahlreichen Strafgefangenenkolonien, zu denen auch ein Lepra-Asyl gehörte und einige mehr oder minder primitiv eingerichtete Krankenhäuser (auch ein modern eingerichtetes war darunter), wäre für einen akademisch vorgebildeten, arbeitswilligen Menschen Beschäftigung zur Genüge gewesen. Und doch war es mir bestimmt, in dem alten Klosterlazarett, der Sammelstation für Y. F., sein und bleiben zu müssen – und warum? Nicht *ein* Wort hatte ich gesagt, nie *eine* Bitte ausgesprochen, aber mein hochgestellter Vater hatte seinerzeit durchgesetzt, daß man mich bei der Deportation »nach Tunlichkeit in meinem Berufe beschäftige«. Mein Beruf war in erster Linie experimentelle Bakteriologie. Hier in C. wurden Experimente gemacht. Hier handelte es sich um einen Bazillus X, genügte das nicht? Natürlich genügte es. Und als im Laboratorium nicht mehr genügend Arbeit für mich war und der Müßiggang für einen Menschen meiner Art die allerschwerst zu ertragende Strafe bedeutet, beauftragte man mich, nicht anders als seinerzeit auf der »Mimosa«, mit der sachgemäßen und gewissenhaften Pflege einiger schwer Erkrankter.

Ich hatte immer das unselige Glück besessen, Vertrauen zu erwecken. Der alte, nicht übertrieben kluge, aber in seinem Fache tüchtige und erfahrene Krankenhausdirektor ließ mich also jetzt zu sich kommen, betrachtete mich lange Zeit, ohne ein Wort zu reden, und gab mir dann den Auftrag, die ärztliche Pflege in einem der zahlreichen, jetzt übrigens meist leerstehenden Trakte des Hospitals zu übernehmen. Wir verständigten uns, es sollte eine Probe sein. Und das wurde sie auch, aber in ganz anderem Sinne, als er und ich es erwartet hatten. Er traute mir. Ich sah es.

Ich sollte vor allem, um der Krankheit von der klinischen Seite, das heißt von der Beobachtung am Krankenbette aus, näher zu kommen, die letzten frischen Fälle studieren. Ich verbeugte mich mit höflichem Lächeln tief vor dem alten, braungebrannten, seine gute Zigarre rauchenden Herrn mit dem schlohweißen Haar und Bart. Dabei senkte sich mein Kinn auf den Halsteil meines Laborantenkittels, und ich spürte in der Brusttasche einen viereckigen Gegenstand. Erst in dem Krankenzimmer, in das ich geführt wurde, besann ich mich dessen, es war die Streichholzschachtel des Magisters F. mit den Moskitoeiern, die aber inzwischen ausgeschlüpft waren und sich zum Teil in kleine Moskitokinder verwandelt hatten. Ich beschreibe diese sonderbaren Insekten später mit aller Gründlichkeit, welche diese sonderbaren Kinder der wahllosen Mutter Natur verdienen. Jetzt nur das eine, daß eines von ihnen vorwitzig aus einem winzigen Spalt der Schachtel sich herauszwängte und schwirrend, mit dem eigentümlichen, hohen, durch Mark und Bein gehenden, piependen, saitenartig sirrenden Laut das Weite suchte. Aber nicht fand. Der Raum, das Krankenzimmer meine ich, war in Halbdunkel gehüllt. Man hatte nicht nur die grünen Holzrolläden herabgelassen, sondern außerdem die Fenster mit roten, wollenen oder seidenen Tüchern zugehangen. Ich mußte wenigstens die Tücher entfernen, um die erste Untersuchung des kranken Kindes vornehmen zu können. Denn um ein Kind handelte es sich, so hatte mir der Direktor des Krankenhauses angedeutet. Es befand sich noch eine zweite Person in dem kleinen Raum, der, wie aus seiner Bauart, den hohen gotischen Gewölbebildungen etc. hervorging, ehemals eine von den Einzelwohnzellen der Klosterinsassen gewesen sein mußte.

Bevor ich die halb versteckte, furchtsame Kranke zu Gesicht

bekam, zeigte sich mir ihre Begleitperson, die Aya oder Amme. Es war eine Frau von Mitte sechzig, in bordeauxrotem Sonntagsstaat, Unterröcke aus frisch gestärktem, weißem Kattun, weiße, breite Stulpen um die abgearbeiteten, knorrigen, kaffeebraunen Hände. Die enganliegende Taille war bis zum Hals zugeknöpft, ein kleines, dreieckiges Fransentuch lag um die infolge Alters nach vorne zusammengesunkenen Schultern. Aus den Ohrläppchen, die tief hinabgezogen waren, baumelten lange Ohrgehänge aus grünem Glasfluß, in Goldfiligran gefaßt. Der breite, wulstige Mund war vor Erregung zusammengekrampft. In großer Unruhe bewegten sich die knochigen Finger, zwischen denen ein absonderlicher Rosenkranz aus großen silbernen Kugeln klirrte. Ihre Augenbrauen waren struppig wie bei einem alten Manne, grau wie Streusand und ebenso rauh. Die schwarzen, lebhaft funkelnden Augen gingen abwechselnd von dem Direktor und mir zu ihrem Schützling, von dem man erst den Nacken sah, da das Kind das Köpfchen aus Angst vor mir, oder vielleicht nur das lebhafte Licht scheuend, in seine himmelblaue, seidene Bettdecke vergraben hatte. Wenn man näher zu dem Bette trat, an dessem Rande die Alte stand, dann bemerkte man vor allem den etwas scharfen, etwas an Tierausdünstung mahnenden Geruch der schwarzen Rasse der Mulattin, dann aber spürte man, und zwar mit jedem Augenblick stärker, einen anderen Geruch, und zwar jenen, nur nicht in ganz so penetranter Art, wie ihn der alte Schwede und die anderen Leichen gehabt hatten, die auf unseren Tisch unten im Souterrain gekommen waren. Y. F. Es konnte nach allem kein Zweifel sein.

Der Direktor sagte mir nur kurz, um wen es sich handle. Es war ein Mädchen von vierzehneinhalb Jahren, Monika-Zerlina-Aglae etc., der Familienname, ein spanisch klingender, aus zahlreichen Einzelnamen bestehender Name tut nichts zur Sache. Er gab mir zu verstehen, das junge Ding sei das einzige Kind sehr vermögender portugiesischer Eltern. Der Vater war seit drei Jahren hier als Direktor der großen Holzverwertungsgesellschaft in der Altstadt tätig. Das Kind war in Europa im Kloster erzogen. Aber auf flehentliches Bitten der unvernünftigen, ihr Kleines äffisch liebenden Mutter hatte man es durch die alte Amme hierherkommen lassen. Hierher? Gewiß! Lag es nicht da vor uns und sah uns mit seinen schönen, samtbraunen, von der Krankheit bereits entzündeten Augen flehentlich lächelnd an?

Die Mutter hatte von der Y. F.-Gefahr gewußt, ja, sie selbst zitterte Jahr und Tag ununterbrochen in dieser Angst. Weshalb dann hierbleiben? Ja und warum in Satans Namen gar ein unschuldiges Kind in dieses teuflische Klima, diese weltbekannte Hölle der Verbrecher kommen lassen? Der Gatte war Wachs in ihren Händen. Er mußte bleiben und konnte ohne die Frau nicht leben. Und sie nicht ohne ihre Monika. Ist das nicht logisch? Er mußte viel Geld verdienen. Die Frau hatte in den letzten Jahren in Paris einen außerordentlichen Luxus getrieben, wahnsinnig viel Schmuck etc. gekauft, der Mann konnte hoffen, gerade hier, auf einem so exponierten Posten, in kurzer Zeit ein großes Vermögen wieder heranzuschaffen.

Das Kind war drüben offenbar in guter Obhut gewesen. Alles in Frieden und Freuden, hätte nicht die alberne Dame jeden Augenblick gefürchtet, selbst an Y. F. angesteckt zu werden. Und sterben müssen, ohne ihr Einziges, ihr Kind nochmals gesehen zu haben! Und der Mann, wie Männer oft geliebten Frauen gegenüber, selbst zu deren Unheil schwach geworden, gab nach. Er ließ die Wahnideen in dem Puppenhirn der einfältigen, stupiden Affenmutter gelten und gab Auftrag, das Kind solle kommen. Auch die Aya, die ihr Küken nicht länger missen wollte und konnte, hatte darauf gedrängt.

Als das Schiff schon auf See war, war die Seuche besonders heftig nach einer Pause losgebrochen. Was tun? Kabeln? Vergeblich. Man konnte nichts rückgängig machen (oder wollte man es gar nicht? Drahtlose Telegraphie erreicht doch jedes Schiff!), bloß Gelübde tun. Die Mutter in ihrer Angst (um sich? um das Kind?) versprach dem Himmel alles, ein zehnmaliges Jahresgehalt des Mannes, ihren ganzen prachtvollen Schmuck (ich sollte Teile davon kennenlernen), aber der Himmel hatte kein Einsehen. Warum auch gerade er?

# VI

Der Himmel hatte kein Einsehen, sage ich, aber hatte *ich* es?

Ich muß reden, ich muß erzählen, wie alles sich ereignete – und zum erstenmal ergreift mich eine mir selbst unerklärliche Scheu, ich weiß nicht, wo beginnen und wo enden.

Zum erstenmal seit dem Tode meiner Frau geht jetzt mein innerstes Gefühl mit, ich spreche von dem einzigen Menschen, dem gegenüber ich das empfunden habe, was mir von anderen als »Liebe« geschildert worden ist. Unglückliche Liebe? Ich weiß es nicht. Ganz unglücklich kann ein so positives Gefühl wie die Liebe niemals werden, wenn es nur echt ist. Eine so ungeheure Kraftprobe des menschlichen Herzens kann nie ganz verloren sein. Aber das alles sind schwankende Begriffe, sentimentale Worte, und ich habe doch versprochen, mir selbst zugesagt, nur von Tatsachen zu reden.

Das erste, was ich von dem Kinde hörte, war ein heiserer, kurzer Schmerzenslaut. Was ich jetzt an ihr sah, war ihre kleine bräunliche, gut gepolsterte, aber langfingrige Hand, wie sie unter den pagenartig geschnittenen, dunkelblonden Haaren an ihrem zarten Hälschen umhertastete. Aber das, was sie suchte, fand sie nicht. Nur ein wenig Blut blieb an der Fingerkuppe kleben, die sie mit ihren großen, noch ganz kindlichen, und doch schon frauenhaften Augen erstaunt betrachtete. Es war wohl einer der jungen Moskitos aus meinem Streichholzschächtelchen, der das junge Mädchen gestochen hatte und der dann, nicht zufrieden mit dem bißchen Blut und zu früh gestört bei seinem Mahl, noch weiter um das Bett umherschwirrte, jenen unberechenbaren Zickzackkurs einschlagend, wie man ihn von den Motten in unseren Gegenden kennt, und der das Fangen der Tiere so schwer macht. Dabei bewegte sich das kleine, silbrig und schwarz glänzende Insekt, seiner neuen Freiheit froh, ganz unbekümmert um das Nachtkästchen, wo allerlei Früchte, Tellerchen mit Kompott, Mineralwasserflaschen und ein Schüsselchen mit Eisstücken in ziemlich großen Klumpen standen. Endlich gelang es der Mulattin, die Mücke mit einem ihrer Kattuntücher zu verjagen, das Insekt schwirrte aus dem Fenster in den Lazaretthof, wo es in der Nachmittagssonne die Flügel blitzend dahinschießen ließ und verschwand.

Die kleine Portugiesin hatte sich aufgesetzt und sah mich an. Trotz ihres fieberhaften Zustands war sie über die Jagd nach dem Moskito belustigt, ihre erdbeerfarbenen, angeschwollenen und deshalb vielleicht jetzt etwas sinnlich wirkenden Lippen mit dem schattenartig angedeuteten dunklen Flaum über dem Munde kräuselten sich zu einem Lächeln, in dem sie sich über sich selbst lustig zu machen schien, etwas so Geringfügiges wie den Stich einer Mücke im Nacken ernst genommen zu haben. Gerade diese Tapferkeit, diese schelmische Ironie bezauberte mich an ihr. Ich sah sie mit einem Blicke an, der nicht enden konnte, und sie erwiderte diesen Blick – oder sah sie mich nur mit kindlicher Neugierde als ihren neuen Arzt an? Ich habe schon gesagt, daß ich die Gabe hatte, Vertrauen zu erwecken, und kann es für ein so junges, schwerkrankes Wesen Wichtigeres geben, als daß es an einen Arzt gerät, der ihm auf den ersten Blick tiefstes Vertrauen einflößt? Dann hofft es, glaubt und vertraut.

Diese Eigenschaft besitzen viele Ärzte. Man kann es erleben, wenn man in der Kinderklinik die schwer mitgenommenen winzigen Dinger betrachtet, die im Gefühl ihrer unverstandenen und daher um so fürchterlicher wirkenden Leiden beim Anblick eines bestimmten Arztes augenblicklich mit all ihrem Jammer aufhören – und die sich mit den Händen, die fast zur kleinsten Tätigkeit schon zu schwach sind, die Tränen abwischen – und sich mit einem unbeschreiblichen Ausdruck des schlichten Hingegebenseins, des Mutes, ja des Vertrauens und sogar des Entzückens mitten im Leid dem Arzt überlassen, der, bloß die Krankheit, nicht das kranke Kind seines Blickes würdigend, sich anschickt, es zu untersuchen.

Mir war das gegeben, wie vielen anderen. Ich weiß nicht warum. Es kann nicht das ehrwürdige Alter oder der große Bart oder die langjährige Routine eines Arztes oder Kinderfreundes die Ursache dieses geheimnisvollen Vertrauens, Hingegebenseins, dieses rührenden Aufgehens der leidenden kleinen Kreatur im fremden Ärzte bilden.

Aber wozu diese theoretischen Ausführungen? Doch nur deshalb, weil ich es nicht über mich bringen kann, von meiner Liebe zu dem Kinde zu berichten. Keine neuen Schauergeschichten fürchte der Leser! Er erwarte auch keinen tränenseligen Roman. Es handelt sich um eine typische Krankengeschichte eines etwas über vierzehnjährigen Mädchens und um die vergeblichen Bemühungen eines mit sich und der Welt zerfallenen älteren Mannes, es zu retten und mit sich und der Welt wieder einig zu werden.

Es war, so grotesk es klingt, eine Liebe auf den ersten Blick. Kann das ein Zufall sein? Oder wagte ich, Dr. G. L. der Jüngere, der ich zu lebenslänglicher Zwangsarbeit auf C. verurteilt war, dieses absolute, von vorneherein ganz aussichtslose Sichaufgeben, weil ich ahnte, daß es sich niemals und nirgends erfüllen konnte? Daß Monika in ihrer Art genauso verloren war wie ich in der meinen? Oder hoffte ich nicht doch noch in irgendeinem Winkel meines Herzens? Es ist die Frage.

Ich weiß es nicht und dachte auch nicht darüber nach. Ich dachte nicht vor. Mein Herz schlug, ich war bei ihr. Das ist alles.

Ich stellte mich links an das Bett und begann die Untersuchung. Die Mulattin, auf der rechten Seite, aufgeregt schnaufend, sah gespannt zu. Sie wollte stets in dem Zimmer anwesend bleiben, wollte sich wohl auch hier über Nacht in dem kattunüberzogenen Lehnstuhl, wie er für die rekonvaleszenten Patienten zur Verfügung gestellt zu werden pflegt, eine Art Lager improvisieren. Sooft ich bei Monika war, war sie da. Wir waren nie auch nur eine Minute allein – oder doch, vor dem Schluß – so gut wie allein.

Meine Untersuchung ergab folgendes Bild: es handelte sich um ein normal entwickeltes, normal großes Mädchen von südwesteuropäischem Typus, mit guter, kräftiger Muskulatur und schlankem, regelmäßigem Knochenbau. Die Zähne waren vollständig und schön. Das Fieber war mittel, 38.9, die Lippen und der Rachen geschwollen, wenn auch nur erst in geringem Maße, die Zunge belegt, trocken, die Augenbindehäute gerötet und stark lichtempfindlich. Daher die roten Tücher vor den Fenstern. Die Leber war nur unwesentlich vergrößert, nicht druckempfindlich, der Leib aber etwas aufgetrieben und dumpf schmerzhaft. Die Erkrankung bestand wahrscheinlich schon seit drei oder vier Tagen. In diesem Punkte hatte die Statistik des Carolus recht behalten, die Neuangekommenen aus kühleren Gegenden, die gesunden, kräftigen, muskulösen Naturen, die Weißen waren der Infektion besonders leicht ausgesetzt – nur, daß Männer mehr dazu neigten als Frauen, ein Umstand, den ich zynischerweise auf dem Schiffe bedauert hatte – damals hatte ich die Männer als das höher organisierte Geschlecht unter den Menschen wegen ihrer Anfälligkeit gegenüber dem Y. F. bedauert – jetzt war ich erbittert über diese Ungerechtigkeit. Denn *jetzt*, da ich dieses blütenhafte, keusch sinnliche, wahrhaft zauberhafte Geschöpf mit den leicht gerunzelten, erdbeerfarbenen Lippen und dem Schatten eines Flaumes über den Lippen sah, als ich dieses zu allem großen Unheil des Y. F. auch noch von dem kleinen Unheil eines Mückenstiches betroffene Wesen vor mir hatte, zum Greifen nahe, und wo ich fühlte: jetzt, hier ist das in deinem Leben, wonach du dich von jeher gesehnt und wovor es dir Tag deines Lebens gegraut hat, – jetzt hätte ich es gewollt, daß alle Männer der Seuche unterworfen und dafür alle Frauen ungefährdet gewesen wären. Welch ein Wahnsinn ist doch das Gefühl!

Aber was sagen Worte? Zum ersten Male begreife ich die Dürftigkeit, ja die Verlogenheit dessen, was ich zu Beginn das »Protokoll« genannt hatte. Was ich hier von »zum Greifen nahe« und »keusch sinnlich« gefaselt habe, ist verlogen und sentimental. Denn das eigentliche, das was sich wirklich begab und was sich banal nach außen, und doch unergründlich innen im letzten Grunde, hier wie oft im Leben ereignete, kann ich nicht durch Worte kenntlich machen. Jetzt zweifle ich und wohl mit Recht, daß jemand mir diesen Teil meines Lebens nachempfinden kann, denn ich weiß, daß wohl niemand mich begreifen wird.

Das Kind war wieder, ohne den Blick von mir zu wenden, in die niedrigen Hospitalkissen zurückgesunken. Die prall gefüllten Daunenpolster mit den gestickten Batistüberzügen, die man ihm ins Krankenhaus mitgegeben hatte, trieben sich umher auf dem Lehnstuhl, der, mit hellem Rips oder Kattun bespannt, in der Zimmerecke stand und den ich bereits erwähnt hatte.

Die Augen hatten die glitzernden Pupillen, die blutdurchschossenen Augenbindehäute, wie man es bei Trinkern im Stadium eines seligen, vorgeschrittenen Rausches beobachtet. Habe ich es nicht schon einmal berichtet? Aber Trinken! Rausch! Davon war Monika weit entfernt. Nicht einmal das Fieber berauschte sie jetzt, sie war klar und beantwortete meine Fragen in französischer Sprache mit so großer Genauigkeit, als sie nur konnte. Sie war klug über ihre Jahre und ahnte vielleicht, worum es sich handelte. Das Sprechen machte ihr bereits Mühe. Aber sie hob sich sogar, wie um sich deutlicher verständlich zu machen, aus den Kissen, zog ihren Pyjama aus bunt geblümtem, cremefarbenen Chiffon, der um den Hals mit einem grünen Bändchen zusammengezogen war, noch enger zusammen, so daß ihr etwas zu dünner Hals wie ein Blütenstengel hervorstieg.

Man sah unter der feinen, blond umflaumten Haut die Halsschlagader zucken, der Puls war hart, 125 Schläge die Minute, das Herz in normalen Grenzen, kräftig, wie es in diesem blühenden Alter meist der Fall ist.

Sie legte bald die Hand an die Stirn, hinter der sie starke Schmerzen empfand, und ich beeilte mich, ihr einen Eisbeutel, der schon vorbereitet war, mit Eisstückchen zu füllen, diese aber vorher möglichst klein zu zerdrücken und ihr auf die Stirn zu legen. Zum Zerdrücken der Eisstückchen gehörte einige Kraft, man macht es meist nicht mit der bloßen Hand, sondern man nimmt einen Holzhammer dazu; aber ich tat es, als wäre es leicht.

Ich hatte andere Kräfte als beim Eintritt in diesen Raum.


# VII

Ein junger, blühender Mensch, konnte ich nicht hoffen, ihn zu retten? Was menschenmöglich war, sollte geschehen. Trotzdem konnte ich mich aber nicht nur dieser einen Kranken widmen. Es wurden noch im Laufe des gleichen Tages zwei andere Y. F.-Kranke eingebracht, oder vielmehr ein Y. F.-Kranker und ein zweiter Mann, der unter ähnlichen Erscheinungen erkrankt war, wie ihn die mit Y. F. Angesteckten boten, der aber ein anderes, weniger gefährliches Leiden hatte.

Es handelte sich um einen Ende der Fünfzigerjahre stehenden, durch Alkohol- und Nikotinmißbrauch vor der Zeit verbrauchten Menschen, einen Schenkenbesitzer aus der Hafengegend. Sein Lokal sollte klein, ertragreich und verrufen sein, da sich die verdächtigsten Elemente der Stadt bei ihm trafen, Freigelassene, Diebe und Halunken, häufiger waren es Betrüger als Mörder; dann Leprakranke, die ihre auf ihrer (offiziell) hermetisch abgeschlossenen Leprafarm gezüchteten Hühner bei ihm heimlich in Absynth und Whisky umsetzten, Halbblutweiber und dergleichen mehr. Er hatte die besten Beziehungen zur Verwaltung, der er gegen Geld und gute Worte Spitzeldienste leistete. Denn wer außer ihm war so genau informiert über das Treiben und Lassen des Abschaums der Bevölkerung? Natürlich nützte er dieses Vertrauen der Behörde dazu aus, Erpressungen aller Art an seinesgleichen zu begehen. Schamlos drückte er den Leuten, um sich dessen später zu rühmen, die

Kehle zu, er war einer der reichsten, aber auch bestgehaßten Menschen der Stadt. Er war stolz auf seine selbstgeschaffene Existenz und machte mir gegenüber kein Hehl aus ihr. Er hatte übrigens auch einen Teil des Tiermaterials an uns geliefert und nicht schlecht dabei verdient.

Man hatte ihn, als er plötzlich unter Schüttelfrost und blutig gefärbten Urinausscheidungen erkrankt war und als sich auf seinen schwammigen, flachen Zügen eine Art gelblicher Färbung gezeigt hatte, gegen seinen Willen in das Gelbfieberkrankenhaus eingeliefert. Er war in heller Angst, man könne sein Haus in seiner Abwesenheit anzünden und er könne, werde sich inzwischen hier anstecken. Er tobte, schrie, spuckte unaufhörlich, wollte sich trotz seines offenbar schwerkranken Zustandes nicht im Bette halten lassen und brachte durch sein tumultuöses Wesen das für Schwerleidende bestimmte, ruhige, traurige Haus in die größte Verwirrung. Brüllend wie ein bei lebendigem Leibe im Stall an der Kette verbrennender Stier, wollte er gegen den Direktor, gegen die alten Krankenschwestern los, und es bedurfte meiner ganzen ruhigen Überredungskraft, ihn wenigstens dazu zu bringen, daß er sich gründlich untersuchen ließ.

Ich habe es schon gesagt, daß ich sowohl bei Kindern als selbst bei tobenden Kranken eine gewisse Suggestionskraft besaß. Auch hier versagte sie nicht. Sie lag wohl in meinem Blick und in meinem wortarmen, aber willenskräftigen Wesen. Er fügte sich mir, sich nur mit größter Mühe bezwingend. Seine Glieder zuckten immer noch. Seine Blicke rollten, als spiele er einen Bösewicht auf der Dilettantenbühne, und er schleuderte seinen mit öligen, glatt anliegenden Haaren besetzten, nach rückwärts fliehenden Schädel auf der Lagerstatt unter meinen Händen hin und her. Kaum hatte ich aber die ersten untersuchenden Griffe getan, als er sich wie ein magnetisierter Hahn zusehends beruhigte. Ja, er grinste mich an, packte meine Hand, sah mir ins Gesicht und legte los. Er hielt mich für seinesgleichen, hatte sofort erfaßt, daß ich nicht zu den berufsmäßigen Ärzten des Hospitals gehörte, sondern ein Strafgefangener war (wie er selbst einer gewesen), und daß ich mich der unverdienten Protektion der Behörde erfreute (genau wie er). Auch er war ein halber Arzt, hatte seine Erfahrungen in achtzehn Jahren auf der Insel gemacht, wo es stets mehr Kranke als Gesunde, mehr Sterbende als Neugeborene gab. Denn die Gegend war nun einmal nicht gesund. Er nahm mich beim Handgelenk, führte meine Hand unter seinen linken Rippenbogen und ließ mich daselbst einen mäßig harten, bis in die Mitte der linken Oberbauchseite vorspringenden Geschwulstkörper unter der fieberheißen, dunkel behaarten Haut anfühlen.

Anfangs hatte er gewütet, hatte sprudelnd, Speichel im Schwung verspritzend, seine Angaben gemacht, hatte die Fäuste geballt und mit den langen, rissigen Nägeln in das weiche Holz des Nachtkästchens Furchen eingegraben. Jetzt aber hatte er, schnell beruhigt, schweigend meine Hand geführt.

Er war ein Verbrecher, ein gemeiner Schädling der menschlichen Gesellschaft, aber keineswegs dumm und selbst bei einer Temperatur von über vierzig Grad Herr seiner selbst.

Und er hatte recht. Er litt an allem, nur nicht an Y. F. Es war aller Wahrscheinlichkeit nach eine schwere Tropenmalaria, die ihn krank gemacht hatte, und zwar, wie sich herausstellen sollte, nicht der erste und nicht der letzte Anfall. Was tun? Ihm dies loyal zugestehen? War denn *er* loyal, begriff er überhaupt, was dies *loyal* bedeutete? Er war nicht unerfahren in tropischen Krankheiten, ich sagte es schon, denn wer lange Jahre unter diesem teuflischen Himmel im Dunstkreis der Dschungeln, in einem Kreis einander ablösender und nebeneinander einträchtig bestehender Seuchen gelebt hat (wenn man das noch leben nennen kann), weiß mit allen Plagen dieses gesegneten paradiesischen Landstriches Bescheid. Was er meiner Hand zu fühlen gegeben hatte, das hatte er für die infolge schwerer Malaria geschwollene Milz gehalten, und das war sie auch!

Nochmals, was tun? Durfte man ihn entlassen? Nun war er, ob mit Recht oder mit Unrecht, innerhalb des Y. F.-Kordons, ließ man ihn hinaus, wer garantierte den Hütern der Gesundheit hier in der Stadt, daß er die unbekannten Keime nicht etwa unter dem schwarzen Rande seiner rissigen Nägel, die sich in das Holz des Nachtkästchens eingebohrt hatten, mit sich in die Stadt unten hinausschleppte? Wenn es Bakterien waren, konnten sie sich nicht gerade hier versteckt gehalten haben und allen Desinfektionsversuchen entgangen sein? Fragezeichen über Fragezeichen.

Und ihn hierbehalten? Auf seine Gefahr? Wer garantierte *ihm*, der doch auch ein Mensch war und dessen moralische oder unmoralische Qualitäten bei seinem Leiden und dessen Beurteilung niemals mitsprechen durften, daß er sich hier nicht wirklich an Y. F. ansteckte? Durfte man sagen: Sieh, du alter Wucherer, Menschenlieferant a. D., Tierlieferant, Blutsauger, du gemeines Vieh, du zwar bestrafter, aber keineswegs gebesserter Verbrecher, du geschwollene Zecke am kranken, armen, geplagten Leibe der bürgerlichen Gesellschaft, hörst du, wir, die hier im Krankenhaus Dienst tun, sind genauso der Gefahr des Y. F. ausgesetzt wie du. Es opfern sich: der Generalarzt Carolus, ein hoher militärischer Würdenträger, unbescholten, ein Mann des Geistes und der Wissenschaft, hat sich ohne weiteres dem öffentlichen Wohl zur Verfügung gestellt, nicht bedenkend, daß er Frau und Kind und Kindeskind hinter sich zurückließ. Desgleichen Walter, ein Mann weit über dem Durchschnitt, Gelehrter und Menschenfreund, ebenfalls Gatte und nicht weniger als fünffacher Vater, ein Mann von höchstem Wert, ebenso als Mensch wie als Wissenschaftler? Vom Direktor des Hauses, dem Anstaltsgeistlichen und den opferwilligen, völlig selbstlosen Schwestern des Hauses ganz abgesehen, sie alle, von der alten Oberin bis zu den Wäscherinnen, die die beschmutzten Laken und Pyjamas der Y. F.-Kranken reinigen müssen, denn einer muß sie ja doch reinigen, und bis zu uns, March und mir, wir alle nehmen die Gefahr des Y. F. auf uns, tue du doch desgleichen und folge uns nach!

Was tun, wiederhole ich. Das, was ich eben gesagt habe, konnte man jedem philanthropisch angehauchten Menschen in seinem blöden Dusel, ich sage es offen, zumuten. Diesem Manne nicht. Er war im Recht, das war sicher. Man hatte ihm unrecht getan. Denn man hätte ihn ohne genaue Untersuchung nicht zwangsweise hierher transportieren (und inzwischen seine Habseligkeiten durchschnüffeln) dürfen.

Aber geschehen war geschehen. Ich zuckte die Achseln, machte mich von seinen ordinären Anbiederungen, plumpen Beteuerungen und Schmeicheleien frei und zog ab. Ich fragte den Hospitaldirektor. Dieser war zu keiner Entscheidung zu bringen (obwohl sich Fälle wie dieser schon oft hier oben ereignet haben mußten), sondern er gab die Entscheidung weiter an Carolus. Dieser hätte nicht Carolus sein müssen, wenn er sich zu einem eindeutigen, mannhaften Entschluß hätte durchringen können. Also weiter an Walter. Auch dieser Mann, der das Wunschbild meiner jungen Jahre gewesen war, dem ich alles zugetraut hatte, was mir selbst an ungebrochenem Lebenswillen und positiver Haltung und Glauben fehlte, sollte diese meine hochgesteckte Meinung von seiner Willensstärke heute bitter enttäuschen. Er schwieg, legte die Spitzen der Zeigefinger aufeinander, sah uns aus seinen grauen, ernsten, männlichen Augen an und machte sich dann, ohne ein einziges Wort gesprochen zu haben, wieder an die Durchforschung seiner Präparate. Er hatte das Laboratorium mit allem Nötigen hier eingerichtet, und es herrschte mustergültige Ordnung. Wenn es sich bloß um *seine* Person gehandelt hätte, er wäre vielleicht schnell zu einer Entscheidung gekommen, denn er gehörte zu den glaubensstarken, heroischen Männern, denen man große Aufgaben stellen darf, die sie erfüllen, soweit es *sie* selbst betrifft. Aber nicht, wenn es andere betrifft.

Aber er zog sich auf sich zurück, zuckte die Achseln, mit einer zerstreuten Bewegung streifte er seinen breiten, goldenen Ehering ab und tat ihn in die Brusttasche seines weißen Kittels zwischen die Blätter eines in rotes Leder gebundenen Notizbuches. Plötzlich erinnerte ich mich bei dieser unbewußten, mechanischen Bewegung Walters, daß ich noch immer die Schachtel mit den Moskitos (Stegomyias) des Magisters v. F. bei mir hatte. Ich machte der Diskussion ein Ende und bat Walter um die Erlaubnis, die Moskitos aufziehen zu dürfen. Er hatte nichts dafür und nichts dagegen, und ich machte mit Marchs Hilfe, der ebenfalls schweigend der Diskussion gefolgt war, ein breithalsiges Gefäß aus Steingut, oben mit dichter Gaze verschlossen, für die niedlichen Libellen zurecht. Dann kehrte ich zu meinen drei Kranken zurück.

# VIII

Welche Wonne wäre es mir in alten Zeiten gewesen, den Schicksalsgott zu spielen! Nun hatte es stark an Reiz verloren. Ich kehre bescheiden zu dem alten Kaschemmenwirt zurück. Mit seinen fiebrig glänzenden Rattenäuglein sieht er mich frech und ängstlich an. Er, der doch in achtzehn Jahren auf C. wahrhaftig abgebrüht sein sollte gegen alle Schrecknisse dieses Erdenlebens, zittert vor nichts so sehr als davor, sich hier am Y. F. anzustecken. Will er denn ewig leben? Aber es ist für das Wohl der schönen Stadt C. genau das gleiche, ob er wieder von hier fortrennen darf oder bleiben muß. Da man nicht im entferntesten weiß, wie sich das Y. F. fortpflanzt, könnte man den Kordon um unser Haus ruhig aufheben, die Wachen nach Hause schicken und vor allem, man könnte den guten Mann da mit seinen hündisch bettelnden Glotzaugen seinem edlen Beruf, seiner teuren Familie, seinen »liebenden Herzen« unten in der Altstadt wiedergeben.

Vorher wird man vor ihm keine Ruhe haben. Er wird die armen Schwestern und mich stets umherhetzen, er wird aus Wut und Rache hier oben mehr toben als die wirklich schwerkranken Y. F.-Patienten es in ihren Delirien tun. Also fort mit ihm! Wenn aus keinem anderen Grund, dann schon deshalb, damit die arme kleine Monika im Zimmer nebenan Ruhe hat und etwas Schlaf finden kann.

Ein anderes, mir bis jetzt noch unbekanntes Gefühl ist in mir. Nun frage ich mich nicht mehr, ob ich des Gefühls der Liebe überhaupt fähig bin. Mein Leben ist ein anderes geworden. Selbst der Ton meiner Stimme, mit der ich nun zu ihm rede, muß ein anderer geworden sein. Ist es so? Kann es sein? Wäre es denn denkbar, ist es denn jemals in den Annalen der menschlichen Herzen vorgekommen, daß ein Mensch, weit über die Mitte seiner Lebensjahre fortgeschritten, noch einer radikalen Änderung fähig wäre? Oder ist auch das nur Selbstbetrug? Daß einer mit über vierzig Jahren *das* erleben und erleiden und dessen sich erfreuen sollte, was er bis dahin in seinem bewegten Dasein niemals gekannt hat? – – –

Ich frage den Wirt mit dem gleichen Eingehen auf sein Wesen, als wenn es sich um einen Menschen handelte, ob er sich denn überhaupt kräftig genug fühle, nach Hause transportiert zu werden? Denn wenn er auch sicherlich frei von Y. F. ist, so hat er doch gut und gern seine schwere tropische Malaria. Seine von Tabaksaft gebräunten, durch große Lücken getrennten, aber festen Zähne schlagen im Frost aneinander – aber er schwankt nicht. Einerlei, was kommt, er will fort und wäre es nur, um dort unten zu sterben. Wenn er schon krepieren soll, so wünscht er nicht an der ihm aufgezwungenen Krankheit zu krepieren, die man ihm vielleicht um der Idee der großen menschlichen Gesellschaft willen hier beigebracht hätte.

So erhebe dich denn, gürte deine dicken Lenden und zieh ab! Welch eine Freude, welch ein Jubel!

Wenn es nur das Schicksal wollte, daß auch das kleine liebreizende Wesen im Zimmer nebenan lebend dieses unselige Haus verließe, lebend, lebend!! Nur das eine erbitte ich vom Schicksal, das mich doch bis jetzt gnädig vor dem Allerbittersten bewahrt hat! Aber kann ich an ein *sinnvolles* Schicksal glauben, kann ich es, der ich doch vom ersten klaren Augenblick die Sinnlosigkeit und stupide Grausamkeit des Weltenlaufes habe erkennen müssen! Hat denn mein Vater vergeblich mich gelehrt, wie es im Leben zugeht? Hat er vergebens unter Ratten gehaust und ist ihr mit all seiner Klugheit und all seiner Energie doch elendiglich unterlegen, dieser Seite der Natur?

Plötzlich geht das Licht aus. Seitdem der Leiter des Elektrizitätswerkes der Stadt, der Schwede Ericson, hier das Zeitliche gesegnet hat, kommt es öfters vor. Die Strafgefangenen, die dort an der Waldgrenze unter Aufsicht ihrer Unteroffiziere die Maschinen bedienen und mit frisch gefälltem Holz die Kessel des Werks heizen, wissen häufig nicht mit den Spannungen und Schaltkästen Bescheid und oft flackert das Licht, bisweilen geht es auf Minuten aus.

Ich eile zu dem jungen Mädchen, aber schon an der Tür sehe ich, wie in der kleinen grünen Krankentischlampe wieder der golden leuchtende, in sich verschlungene Faden aufblitzt und nach einigen Flackerwellen ruhig weiterbrennt.

Ein gutes Omen soll es sein! Und ich, der ich nie abergläubisch war, klammere mich an dieses unbedeutende Vorzeichen, ich freue mich, daß das Kind in ruhigem Schlaf zu liegen scheint, während die alte Mulattin mit dem Strickstrumpf in den braunen Händen emsig, ohne den Blick zu heben, weiterarbeitet. Bisweilen scheucht sie mit geschwungenem weißen Strickstrumpf die Fliegen fort, die um das Licht und um den Kopf der Kleinen ihre Kreise ziehen.

Der Kaschemmenwirt ist inzwischen bereits mit dem Ankleiden beschäftigt. Unsicher tastet er sich in seinen Sachen zurecht, schwankend erhebt er sich auf seinen niedrigen, bärenartig plumpen Beinen und versucht die ersten Schritte. Plötzlich faßt er sich mit einem unterdrückten Fluche an dem bordeauxroten, fleischigen, aus dem niedrigen, schmierigen Hemdkragen herauswulstenden Specknacken. Ein Insekt scheint ihn gestochen zu haben, er hat zugefaßt, und das Tierchen, berauscht von so viel feinem Blut, hat sich lieber totdrücken lassen als seine

Beute aufzugeben.

Er hält nun die sterblichen Überreste der Mücke zwischen seinen wurstartigen Fingern, murmelt etwas von seinem süßen Blut, dessen Lockung weder die Mädchen noch die Moskitos widerstehen können. Aber was sind sie ihm, die beiden? Da er Geld genug hat, kann er sich die allerfeinste Liebe (wie er sich »Liebe« vorstellt) kaufen, und was den sonst so gefährlichen Moskitostich anbetrifft, so haben sie ihm ihren Liebesdienst bereits erwiesen, hat er doch bereits seine schwere Malaria, die bekanntlich stets durch Mücken von Mensch zu Mensch verbreitet wird.

Dieser letzte Mückenstich wird das Kraut nicht fett machen. Er, der so viel Malariaanfälle mit massenhaftem Chinin und massenhaftem Whisky niedergekämpft, knock out geschlagen hat, hofft, daß er auch diesmal nach wenigen Tagen wieder auf den derben Beinen sein wird – oder unter der Erde.

Noch ein dritter Kranker ist gleichzeitig mit ihm eingeliefert worden. Mit diesem habe ich mich bis jetzt noch am wenigsten beschäftigt. Erstens, weil die Diagnose Y. F. unverkennbar war, und zweitens, weil alle menschliche Hilfe vergeblich schien, das heißt, die Hilfe von seiten des Arztes.

Es war mir schon in den ersten Tagen hier im Y. F.-Hause aufgefallen, daß sehr wenig Ärzte, aber viele Pflegeschwestern hier beschäftigt waren. Es stand nämlich dem alten Krankenhausdirektor, der mit Verwaltungsarbeiten außerordentlich überhäuft war, nur noch ein junger Hilfsarzt zur Seite, und dieser befand sich gerade auf Urlaub.

Diese Krankheit hat es nämlich an sich, daß die Aufgaben des *Pflege*personals oft viel wichtiger und bedeutsamer sind als die des Arztes. Ich hatte es nicht glauben wollen, daß die menschliche Kunst und Wissenschaft gegen Y. F. so vollkommen hilflos sein sollten. Und doch waren sie es. Die Anzahl der Ordensschwestern, der älteren und der Anwärterinnen, die man Postulantinnen nannte, war bedeutend, und das war recht so. Denn der Arzt mußte sich mit allgemeinen Anordnungen begnügen. Aber die hilfreichen und geschickten Hände der Schwestern, die Bemühungen der Krankenhausküche, die Versorgung mit Eis etc. – waren die Hauptsache. Die Hilfe der Wissenschaft war nichts; Pflege des mitleidigen Herzens alles.

Und der geistliche Trost! Jedem Kranken wurde in den ersten Stunden seiner Anwesenheit hier der geistliche Trost in Gestalt der Sakramente zuteil, ganz gleich, ob der Zustand schon bedrohlich war oder nicht. Aber man muß das trotz des Fiebers von Lustigkeit und Frechheit strotzende Gesicht des alten Kaschemmenwirts sich vorstellen, als dieser an der Tür dem Geistlichen begegnete und dem verblüfften, weißhaarigen Pater grinsend entwischte.

## IX

Zwei alte geistliche Schwestern geleiteten den Wirt in die Kanzlei des Hauses, die Förmlichkeiten der Entlassung bedurften einiger Zeit. Inzwischen hatte man seine Angehörigen benachrichtigt und er sollte abgeholt werden. Aber wie? Den mit einem Esel und einem Maultier bespannten Krankenwagen des Hospitals nochmals zu betreten, weigerte er sich, immer noch von der panischen Angst vor dem Y. F. ergriffen, und so blieb nichts anderes übrig, als vom Hafen her zwei stämmige Kerle, entlassene Verbrecher, heraufzuholen, die den dummen Teufel auf ihren Armen (wortwörtlich) in seine Behausung brachten. Er soll nach drei reichlichen Chinindosen schon am nächsten Tage sich wieder erhoben und hinter der Zinkplatte seiner verräucherten Schenke seines Amtes weitergewaltet haben.

Ich hatte noch jenen Mann zu erledigen – zu betreuen, will ich sagen, den ich als verloren betrachtete und den auch Walter nach einer summarischen Untersuchung als aufgegeben ansah. Es war ein Mann von nur vierunddreißig Jahren, aber bereits greisenhaft im Wesen und Aussehen, weißhaarig, abgemergelt, Haut und Knochen, wohnungslos, arbeitslos, der kärgliche Rest eines Menschen, der bei den Kanalarbeiten am Panamakanal eine Zeitlang beschäftigt gewesen war. Er war safrangelb vom Haaransatz bis zu den verkrüppelten Zehen und befand sich jetzt im Zustand des Deliriums.

Wenn man ihn fragte, wo der Hauptsitz seiner Schmerzen liege (denn lindern wollte und mußte man, wenn auch jede wahre heilende Tätigkeit aussichtslos erschien), dann wies er mit seiner Hand bald auf den Kopf mit der niedrigen Stirn, bald auf die Lendengegend; seine dürren, stark behaarten Beine zuckten, als peinigten ihn Wadenkrämpfe. Die Augenbindehäute waren gelb, von rot strotzenden Äderchen durchschossen. Auch von ihm strömte der widerliche, aashafte Gestank aus, der der Krankheit eigentümlich ist. Jedes Lallen bereitete dem armen Sünder Pein, jede Nahrungs- oder Flüssigkeitsannahme war mit wütenden Schmerzen verbunden. Kein Wunder. Denn wenn man ihm den Mund unter dem wirren, grau-strähnigen, verfilzten Bart öffnete und feststellte, daß Zunge und Mundschleimhaut von scheußlicher Nacktheit waren, wie mit dem Reibeisen bis aufs nackte Fleisch abgerissen, der oberen Schichten beraubt, da begriff man das Maß seines Leidens.

Und hätte er wenigstens in Ruhe leiden und enden können! Aber ohne Aufhören wogte es in seinem Leibe, die Bauchmuskulatur wurde im Spiel von Krämpfen über Krämpfen eingezogen, an das Rückgrat herangepreßt und der Magen, von unaufhörlichem Erbrechen gemartert, behielt nichts, nicht einmal die Eisstückchen, welche die alte Lazarettgehilfin ihm bot. Anfangs war das Erbrochene wässerig, nachher mit dünnen Blutlinien tingiert, endlich bräunlich wie Kaffee-Ersatz, dunkel und körnig.

Kein Augenblick der Ruhe war ihm gegönnt. Der Geistliche, der eben eintrat, versuchte vergebens, ihn an die Bedeutung seiner religiösen Mission zu mahnen, um ihn mit den Sterbesakramenten zu versehen.

Der Kanalarbeiter hörte nicht zu, seine matten, von der Krankheit bis zum Unerkennbaren entstellten Gesichtszüge zeigten, wenn überhaupt etwas, nur vollkommenen Kräfteverfall.

Mit äußerster Anstrengung erhob er sich von seinem Lager, zog sich hoch, daß die Gelenke knarrten, als könne er im Sitzen es leichter haben, sogar aufzustehen versuchte er, sich an sein Nachtkästchen mit beiden Händen anklammernd, ein gelbes Skelett mit blutrünstigem Munde unter dem bluttriefenden Barte, aus roten Augen glotzend, von dem Adel des menschlichen Geistes nur noch die Leidensfähigkeit behaltend. Ein grauenvolles, nicht mehr menschenähnliches Etwas.

Brennender Durst peinigte ihn, und es war ergreifend zu sehen, wie er zwischen dem Wunsche zu trinken schwankte und der Angst, alles unter den jammervollsten Krämpfen wieder von sich geben zu müssen.

Der Geistliche, von himmlischer Geduld erfüllt, ein guter Kenner der Krankheit (übrigens auch er ein Mann von seltsamer Vergangenheit) hielt ihm das silberne Kruzifix zum Kusse hin, und der arme Teufel legte seine nackten Lippen an das kühle, silberne Metall und kühlte seine von den obersten Schichten entblößte wunde Zunge an dem Symbol des großen menschlichen Leidens.

Ich konnte diesen Anblick nicht länger ertragen. Ehrlich gesagt: Wollte ich es denn? Meine Anwesenheit hier bei ihm war vorläufig überflüssig. Ich begab mich in meine Schlafstube, gewärtig, man würde mich im Laufe der Nacht zu den letzten Augenblicken des Armen rufen.

In dem Zimmer der kleinen Portugiesin herrschte Ruhe, bloß durch das zarte Klirren des Rosenkranzes unterbrochen. Ich trat nicht ein.

Carolus und Walter, in immer noch ungebrochenem Wissensdrange mit ihren bis jetzt ganz vergeblichen Untersuchungen beschäftigt, kamen an diesem Tage ebenfalls erst spät zur Ruhe.

Sie bewohnten gemeinsam das Zimmer des beurlaubten Assistenzarztes, während ich und March in einem Kellerraum untergebracht waren, der auch zur Aufbewahrung von Holz, Kohle, Essig, Öl und dergleichen diente.

March war von rührender Zärtlichkeit gegen mich. Wozu soll ich von seinen vielen, mir gerade damals ganz unersetzlichen Diensten sprechen, den stummen Handreichungen seiner Hand und seines Herzens! Ich müßte das ganze Um und Auf unseres täglichen Lebens in allen Einzelheiten schildern, um klar zu machen, *wie* er für mich sorgte. Ich hatte Ähnliches nie gekannt. Und ich sage offen: *ich* hätte Ähnliches nie gekonnt!!

Und dennoch liebte ich ihn nicht. Ich war ihm gut, ich achtete ihn, ich brauchte ihn. Ich nahm seine Hand in meine und streichelte sie – aber mein Blick und meine Gedanken waren anderswo, sie gingen an ihm vorbei, und kurz vor dem Einschlafen erhob ich mich, um noch einmal nach meiner Kranken zu sehen.

Sie schlief nicht. Die Negerin nickte in ihrer Ecke, sitzend eingeschlummert; aus den vielen kapriziösen Spitzenkissen und Deckchen schimmerte ihr kupferfarbenes, schweißbedecktes Gesicht hervor. Ich weckte sie und herrschte sie ungeduldig an. Wenn sie die Pflege ihres Lieblings auf sich nehmen wollte, durfte sie nicht schlafen. Sie murrte etwas in ihrem Kauderwelsch und setzte mit ihren harten Fingern vor allem ihren silbernen Rosenkranz klirrend in Bewegung. Ich nahm ihr ihn fort. Begriff sie denn nichts? Vom Zimmer nebenan hörte ich dumpf das Toben und Rumoren des Arbeiters und die Handreichungen der Schwester und das Zureden des alten Geistlichen, der noch nicht zur Ruhe gegangen war.

Meine Kranke bot glücklicherweise ein etwas besseres Aussehen als am Spätnachmittage. Es war jetzt gegen elf Uhr abends. Das Fieber war gesunken, der Puls voll und regelmäßig, die Schmerzen erträglich. Sie lächelte mich an, als sei sie geheilt erwacht. Auf ihrer schönen Stirn – nein, ich will von ihrer Schönheit nicht sprechen. Es ist ebenso unmöglich, das Wesen der Musik in Worte zu fassen, wie das Wesen der Schönheit wiederzugeben. Und mehr noch, selbst wenn ich diese rührende Schönheit hier deutlich zu machen vermöchte, was *in mir* vorging, würde ich doch nicht in Worte zu fassen vermögen.

Die tiefste Verzweiflung, meine trostlose Lage, die eines auf Lebenszeit Verschickten, meine ganz furchtbare Vergangenheit, die Aussichtslosigkeit, daß mein Gefühl von diesem Kinde in seiner Unberührtheit je begriffen werden könne, geschweige denn erwidert, ich ein abgetaner Mann von über vierzig, sie ein verwöhntes, liebreizendes Muttertöchterchen von wenig mehr als vierzehn. Schweigen. Schluß.

Alles aber wäre noch himmlisch gut gewesen, hätte nicht ihr schwerer Krankheitszustand bestanden. Oder war er denn nicht schwer? Lag sie denn nicht wie eine kleine Nonne im Sarge, den Gummibeutel aus weißem Gummistoff ausgebreitet über ihrer schönen, sammetartigen, cremefarbenen Stirne? War es Schlaf, war es Ohnmacht, war es die wunderbare Ruhe der beginnenden Rekonvaleszenz – ich empfand das Zusammenströmen meines und ihres ganzen Lebens gegen alle berechnende Vernunft in einem Gefühl von Glück.

Ich war glücklich in diesem einen Augenblick, als zum zweitenmal an diesem Abend die elektrische Beleuchtung versagte. Ich hatte mich eben über das Kind gelehnt, um den Gummibeutel zu wechseln, noch stand ich da, meinen Kopf über den ihren gebeugt, da fühlte ich, wie sie in der Dunkelheit ihre beiden Arme ausstreckte, sie faßte mich um meinen bloßen Hals – ich hatte mich abends nicht mehr ganz angekleidet und hatte über meinem Hemd nur den Ärztekittel wegen der Hitze –, die Ärmel ihres Chiffonpyjamas schlüpften raschelnd bis zu den

Ellenbogen zurück, und ihr Gesicht mit den etwas aufgeworfenen, halb geöffneten Lippen näherte sich von unten her langsam, aber deutlich meinem Gesicht. Aber lange bevor ihre Lippen meine Stirn oder meinen Hals berührt hatten, sank ihr Köpfchen, während die vollen, seidigen, ausgebreiteten Haare sich entfalteten, in den Kissen wieder zurück, in dem gleichen Augenblick zuckte das Licht wieder auf, um nach einigen Stromschwankungen wieder seine alten, gleichmäßigen, messingartigen Strahlen auszusenden.

Wir hatten kein Wort miteinander gesprochen, ich weiß bis zum heutigen Tage nicht, ob sie mich deshalb nicht geküßt hat, weil sie fürchtete, mich mit ihrem schweren Leiden anzustecken, oder ob deshalb, weil ihre Kraft nicht mehr dazu ausreichte. Denn ich sollte zu meinem Schrecken nur zu bald sehen, daß ich die Schwere ihres Zustandes unterschätzt hatte.

Ihre Besserung war nur Schein. War meine echt? Ich wußte es noch nicht.

Ich tat jetzt alles, was in meiner Macht stand. Viel war es natürlich nicht. Dann kehrte ich mit dem bedrückten Herzen, das übergroße Freude ebenso wie übergroßes, unfaßbares Leiden mit sich bringt, wieder zu March zurück.

Ich weinte nicht. Ich erzählte nichts. Ich nahm nur Marchs Hand von den groben Kissen fort, die er eben zu glätten versuchte und sagte zu ihm: »Bleibe mir gut, March, wie ich dir«.

In der gleichen Nacht ward ich geweckt, aber nicht zu dem Erdarbeiter führte man mich über die totenstillen Korridore und Stiegen, sondern zu ihr, die eben um Hilfe gerufen und nach mir verlangt hatte.


X


Wird man mir glauben, wenn ich sage, daß ich diesen Gang nur zögernd und langsam antrat? Ich hatte ein böses Vorgefühl. – Ich hätte doch eilen müssen. Ich tat es nicht.

Ich mußte, wenn ich die Krankenzimmer im zweiten Stockwerk erreichen wollte, auch jenen Korridor im Souterrain durchschreiten, wo sich das Tiermaterial befand. Es war gegen Morgen, das elektrische Licht brannte, die meisten Tiere lagen ruhig da und schliefen. Die Affen hatten sich, da ihre Käfige nebeneinander standen, so hingelagert, daß die Köpfe auf beiden Seiten an die trennenden Gitterwände gelehnt waren und einige hatten sogar die Krallen in den Wänden des Nachbargelasses stecken. Auch die Hunde (einige sehr hübsche darunter), die einzeln untergebracht waren, schliefen Wand an Wand. Die kleineren Tiere waren in gemeinsamen Käfigen gefangen. Sie waren durch kleine, viereckige Blechmarken gekennzeichnet, die an den Ohrknorpeln mit Zwecken befestigt waren. Die Meerschweinchen, nur noch zu zweit in einem sehr geräumigen Käfige, waren erwacht, sie knabberten an den Überresten ihres Futters, sahen sich neugierig nach mir um mit ihren kleinen glitzernden Äugelchen und fielen dann stumm wieder in ihren Schlummer zurück. Sie lassen ihre pfeifenden Töne in der Gefangenschaft bloß selten hören. Ein Hund heulte mit hohlem, unterirdischem Ton auf, aber dieses Jaulen war kein Ausdruck des Leidens, denn das Tier lag in tiefem Schlaf und meldete sich so, wie es träumende Hunde tun. Ein Rhesusaffe reckte den Kopf mit der flachen, nackten, braunen Nase und den sichtbaren breiten schwarzen Nasenlöchern, er hob den linken Hinterlauf und kratzte sich flink ein Ungeziefer vom Nacken. Dabei heftete er seinen seltsamen, in so merkwürdiger Weise an Menschenblick mahnenden Blick aus den kreisrunden, bernsteinklaren Augen auf mich. Wir hatten ihm vor einiger Zeit eine schmerzhafte, aber folgenlose Einspritzung gemacht. Aber er schien dies vergessen zu haben oder erkannte mich nicht als einen seiner Quälgeister wieder. (Ich war nur dabeigestanden – aber unterscheidet das ein Tier?) Schläfrig senkte er, während die langen nackten Zehen seiner Hinterpranke mit den hornigen, längsovalen Nägeln nach einem anderen lästigen Insekt tasteten, um es dann zu zerknacken, seine kreisrunden, gegen das dunkle, braune Gesicht hell abstechenden Augen nieder. Er drehte und wendete seinen Hals und Nacken so geschmeidig, daß er wieder an die Käfigwand zu liegen kam. Und mit einem wohligen Seufzer, der sich in nichts von dem Seufzer eines müden Schulkindes unterschied, schickte er sich wieder zur Nachtruhe an. Er zog die schwere heiße Luft der Kellerkorridors langsam und tief durch seine Nüstern. So verließ ich die Tiere alle in Ruhe und Schlaf, bloß ein paar Ratten, von ihrer bekannten Unruhe getrieben, rumorten in ihren drahtvergitterten Käfigen und rannten plötzlich hinter mir in ihrem Gefängnis im Kreise, kratzten und bissen wütend an den Drähten.

Aus den Fenstern des Krankenzimmerkorridors erblickte man tief unter sich die Altstadt, den Palmen- und Pisangsaum am Ufer der ruhelos wogenden See, die Häuser mit ihren roten, flachen Dächern, auch sie durch Alleen von Bäumen voneinander geschieden. Alles in dem perlmutterartigen, opalisierenden Dämmern, wie es in den Tropen kurz vor Sonnenaufgang herrscht. Denn der Übergang von der Nacht zum Tage vollzieht sich hier sehr schnell. Weiter entfernt von der Stadt sah man die Batterien am Strande, umgeben von den mit blinkendem Blech gedeckten Baracken der Wachmannschaften. Und jetzt, als sich das Licht von Osten her mit plötzlich sich steigernder Röte füllte, gewahrte man im steigenden Nebel im Innern des Landes am Rande der ungeheuren Waldungen die gewaltigen Siedlungen, die Barackenlager der Camps, wo die Sträflinge zu Hunderten und Tausenden mehr oder weniger friedlich im Schatten der geladenen Gewehre hausten. Nach der Seeseite sah man, nun schon hell besonnt, eine felsige Insel aus schwarzem, matt schimmerndem Gestein.

So kurz die Zeit gewesen war, angefangen von meinem Aufstehen von der Seite Marchs bis zu dem Erreichen des Krankenkorridors, hatte ich doch dies alles gesehen, die Ruhe der Tiere und die Ruhe der Inselwelt und das schieferblaue, zum Ufer leise hinbrandende Meer, die Häuser am Hafen, die Inselkette in der nebelhaften Ferne – ahnte ich, daß ich mich auf einen fürchterlichen Anblick vorzubereiten hatte?

Nicht schrecklicher war der Anblick Monikas jetzt morgens als am Abend der des am Y. F. erkrankten Kanalarbeiters. Aber was soll ich sagen? Es war schauerlicher als der Tod. Worte versagen.

Das Mädchen hatte das bekannte kurze Intermezzo der dramatisch gesteigerten Krankheit Y. F. hinter sich, in dem bei fast allen Fällen das Fieber auf (leider nur) kurze Zeit nachläßt, die Schmerzen sich trügerisch besänftigen, die klare Besinnung wie zum Hohn wiedergekehrt und die Temperatur gesunken ist. Der Himmel empfängt seinen Dank. Denn da glaubt sich der Patient gerettet.

Das war der Augenblick gewesen, wo sie ihre Arme nach mir

ausgestreckt hatte. Sie hielt sich für geheilt, war mit ihrem
Herzen bei ihrer Mutter, bei ihren Pensionatsfreundinnen, bei
ihren Puppen gewesen, was weiß ich? Wer will eine impulsive
Geste deuten? Hatte sie an ihre törichte, äffisch liebende
Mutter gedacht, aus deren Armen man sie ein paar Tage vorher
mit Gewalt hatte fortreißen müssen? Oder hatte sie sich doch an
*mich* anklammern wollen, im Vertrauen auf meine Hilfe? Denn
mit meinem Erscheinen war der jähe Wechsel zum Besseren
erfolgt.

Nur zu jäh, zu kurz. Nur zu mephistophelisch war der Natur-
verlauf. Das Fieber war jetzt wieder in unbesiegbarem Aufstieg,
es war höher als vierzig. Die Leiden setzten wieder ein.

Als ich die Quecksilbersäule über jenem roten Strich sah, der
den vierzigsten Grad bezeichnet, wußte ich, daß nichts mehr zu
hoffen war – als ein Wunder.

Aber jetzt an Wunder glauben können, wenn man es zeit
seines Lebens nie gekonnt hat? Ich hatte ja gewußt, hatte es
gelernt und nicht vergessen, wie das typische Y. F. verläuft, wie
man daran zugrunde geht. Und doch wollte ich es jetzt nicht
glauben. Statt der Wissenschaft nahm ich, nicht der erste und
nicht der letzte, zu dem Kinderglauben meine Zuflucht. Aber
schon hatte das erste Erbrechen sich eingestellt, das bloß
Wasser heraufbrachte. Das Kind verstand es nicht. Es hatte
eben gegen den üblen Mundgeruch Pfefferminztabletten eingenommen, und nun stieg eine helle Flüssigkeit mit starkem
Pfefferminzgeruch ihr die Kehle hoch. Sie wollte nicht brechen,
sie wehrte sich dagegen, sie schämte sich, gut erzogen wie sie
war, vor ihrer Amme und – vor mir. Sie hatte kaum eine Minute
Ruhe. Noch hatte ihr die alte Negerin mit einem Seidentüchlein
die jetzt auffallend blassen Lippen, die aus dem kanariengelben
Gesichtchen hervorstachen, nicht ganz abgetrocknet, als der
Würgreiz von frischem begann. Nicht! Nein! Nicht! Sie wollte
tief atmen und ausruhen, von nie gefühlter, schmerzensvoller
Mattigkeit ergriffen. Es ließ sie nicht. Dem Erbrochenen waren
bald dünne Blutstreifen, dann schwarze Krümelchen beige-
mischt, und nach sehr kurzer Zeit sah ich, daß sie bereits fast
reines Blut von sich gab.

Sie konnte nicht klagen, nur wimmern – ohne richtige Worte
zu bilden. Welcher Mensch hätte denn auch mit einer blutenden, geschwollenen Zunge Worte zu bilden vermocht?

Ich tat, was mir der Chefarzt des Lazaretts gestern als Hilfe, als Therapie angegeben hatte. Diese Therapie konnte aber nur mildern, helfen nicht. Ich wäre selig gewesen, wenn sie wenigstens gemildert hätte. Aber selbst daran konnte ich nicht glauben.

Es hätte jedem, aber auch jedem noch nicht völlig entmenschten Herzen weh getan, einen niederträchtigen Satan, einen Soliman zum Beispiel, *so* leiden zu sehen wie jetzt dieses blühende, liebreizende, unschuldsvolle, kindliche Wesen –. Ich biß die Zähne zusammen. Die furchterfüllten, saugenden, verzweifelten Blicke des verlorenen Wesens von seinem Leidenslager beantwortete ich mit einem tröstlich sein sollenden Lächeln, aus dem aber nur eine häßlich grinsende Grimasse wurde.

Da es sich um ein in die Blutbahn eingedrungenes Gift handelte, mußte man darnach trachten, es durch möglichst intensive Durchspülung des Nierensystems nach Kräften wieder auszuscheiden. Das Erbrechen war durch Serum? nein, durch Medizin? nein, nur durch horizontale Körperlage zu bekämpfen. Das war die Therapie! Und wenn sich auch immer wieder der schwellende Leib im Bette emporkrampfte, wenn immer wieder neue Würgreize ihn aufbäumen ließen, ich hielt das Kind mit den Händen sanft in der gepriesenen, einzig richtigen horizontalen Lage fest. Welcher Hohn! Y. F. mit zweiundvierzig Grad – und die hauptsächlichste Hilfe soll die horizontale Körperlage und das Eisstückchen-Schlucken sein!!

Ich redete dem Kind gut zu. Ich sparte nicht mit Versprechungen, von denen ich wußte, daß sie lügnerisch waren. Die Mulattin, deren Gesichtsfarbe unter diesen schauerlichen Eindrücken so fahl geworden war, als es bei einer Farbigen nur möglich ist, wollte das Kind nicht verlassen. Ich drängte sie zur Tür hinaus, jagte sie in die Küchenräume des Krankenhauses hinab, damit sie eisgekühlte Limonade heraufbringe. In den Küchenräumen hatte man zu diesem Zwecke Gefäße mit doppelten Wänden, deren Zwischenräume mit kleingehacktem Eis gefüllt waren. War es doch nicht der erste, nicht der letzte Fall dieser Art. Das Kind mochte nicht. Ich schickte die Amme, die noch nicht richtig verschnauft hatte, wieder hinunter, ließ Champagner aus dem Privatkeller des Direktors kommen und schnitt mit einem Taschenmesser den Draht durch, der den

Stöpsel festhielt. Der Champagner schmeckte dem Kind ebensowenig wie die Limonade. Vielleicht verursachte die Kohlensäure beim Sekt, die Zitronensäure bei der Limonade eine neue Reizung der entzündeten, offenliegenden Mund-, Rachen- und Magenwände. Die Amme mußte nochmals hinunter. Sie murrte und sah mich mit ihren braunen Hundeaugen gehässig an. Diesmal ließ ich Fruchteis kommen und flößte es dem Kinde geduldig ein, nachdem ich den Löffel der ungeschickten Amme hatte aus den Händen nehmen müssen. Ich versuchte, ihr das Eis so zu geben, daß der Löffel nach Möglichkeit weder die Lippen noch die geschwollene Zunge berührte.

Ich wurde zu dem anderen Kranken, dem Erdarbeiter, gerufen, dem es jetzt etwas besser, aber immer noch elend genug ging. Ich kam nicht. March stellte sich ein, wollte mich zum Frühstück begleiten, ich lehnte ab, er ging und kam dann (das Kind!) wieder mit Früchten und mit einem frisch gewaschenen Taschentuch. Ich schickte ihn fort. Ich dachte an nichts und konnte an nichts denken als an das kleine Wesen, dessen Händchen und Füßchen sich kalt anfühlten, obwohl das Fieber immer noch im Steigen begriffen war. Über dreiundvierzig Grad.

Irgend etwas schien sich die kleine Portugiesin zu wünschen, wir, die Mulattin und ich, vermochten das gestammelte Wort, das die blutende Zunge hervorbrachte, bei dem dauernden Würgen und Brechen nicht zu verstehen. Die farbige Frau hing dem Kind ihren silbernen Rosenkranz um das Hälschen und darüber noch die kostbare Perlenkette der Frau Mama, ein Schmuckstück, welches die alberne, von Gott verlassene Mutter dem Opfer ihrer Affenliebe in das Lazarett mitgegeben hatte. Aber nichts von diesen Dingen war das, was das Kind sich gewünscht hatte. Ein letzter Wunsch – und unerfüllbar wie alle echten Wünsche!

Oder ist es nicht so?

# XI

Wir, das heißt die Mulattin, die ehemalige Amme der Portugiesin, und ich, als ihr Arzt, verstanden lange nicht, was das gestammelte Wort bedeutete. Endlich erfaßten wir es, es hieß *Wein*. Es dauerte keinen Augenblick und ich besorgte statt des Champagners eine Flasche milden, goldgelben Weins. Aber sie schüttelte nur das Köpfchen, erbrach sich mühsam und, schon halb genommen, wiederholte sie ihren Wunsch mit erlöschender Stimme. Endlich begriffen wir. Sie wollte Weintrauben. Es kann ja sein, daß der Saft frisch ausgepreßter Trauben so über alles mild, süß, so sanft für ihre von der Oberhaut entblößte Zunge war – oder auch nur, daß sie sich dies jetzt so vorstellte. Warum auch nicht? Vielleicht war sie bei ihrem Aufenthalte in der Schweizer Erziehungsanstalt einmal gelegentlich einer harmlosen Erkrankung mit dem ausgepreßten Saft frisch gepflückter Trauben gelabt worden, die dort in den sonnigen Teilen der Schweiz, besonders im Waadtland, gut gedeihen. Aber hier, beinahe unter dem Äquator?

Aber sollte es ganz unmöglich sein, solche Früchte aufzutreiben? In der Wirtschaftsabteilung des Lazaretts schüttelte man bloß den Kopf über diesen ausgefallenen Wunsch. Es bedurfte meiner bis aufs äußerste angespannten Energie, daß man wenigstens den Versuch machte, von dem Obst- und Gemüsemarkte Weintrauben herbeizuschaffen. Was half es? Alles wurde angeschleppt, nur nicht Trauben. Riesige gelbe Mangopflaumen, die wie Kalvilläpfel aussahen, und aus deren zerrissener, geplatzter Schale einige dicke, klebrige Tropfen quollen wie Harz aus einer Rinde. Gute Sache. Herrliches Obst. Wir mischten den ausgepreßten Saft mit Eisstückchen, aber das Kind wollte ihn nicht. Wir brachten das frische, landesübliche Zuckerrohr, mandelgrüne, etwas holzige, faserige, ellenlange Stangen, die einen sonderbaren, vielleicht am ehesten mit Wein vergleichbaren Duft an sich hatten und die von der einheimischen Bevölkerung bei jeder Gelegenheit genossen werden, da sie durststillender sein sollen als jedes alkoholische Getränk und dennoch die körperschwächende Schweißabsonderung nicht zu sehr vermehren. Sie wollte nicht. Sie begann zu weinen. Es begann aus ihrer Brust und Kehle ein unnatürliches, langgezogenes Weinen zu dringen, wie es müde Babys aus ihren schlaff herabhängenden, speichelnden Lippen entlassen, wenn sie der Welt und des Lebens müde sind, bevor sie diese noch in ihrer ganzen Herrlichkeit kennengelernt haben. Dieses Geschluchze setzte sich mir in das Ohr, schauerlich. Es war nicht das Weinen eines halberwachsenen Menschen. Es war das vielleicht seelenlose, maschinenmäßig abrollende, aber deshalb um so ergreifendere Schluchzen eines ganz kindlichen Wesens. Das Herz krampfte sich vor Bitterkeit zusammen. Was hätte man nicht alles getan, um wenigstens dieses Weinen beenden zu können? Also noch mehr Früchte aus den paradiesischen Gärten. Wir brachten ihr große westindische Bananen, die hier nicht den faden Geschmack der nach Europa unreif importierten Frucht haben, sondern nach Bienenhonig und Gewürznelken schmekken. Sie öffnete den Mund nur, wie wenn sie sich übergeben mußte, aber sie wollte weder die Bananen noch auch frische, bläuliche, mit weißem Reif angehauchte Datteln, hier in dem tropischen Klima eine Seltenheit, die zu verschaffen die Oberschwester des Hauses sich große Mühe gegeben hatte. Wir boten ihr Ananas, frisch aus den Beeten vor der Stadt am Morgen gepflückt, noch im Kranze ihrer stachligen, saftgrünen Blätter. Mit einem silbernen Messerchen schnitt die Mulattin sie durch. Ihr selbst rann, grotesk mitten in all dem Jammer, der Speichel vor Appetit von den wulstigen Negerlippen, denn sie hatte seit den letzten achtundvierzig Stunden nichts zu sich genommen, so sehr war sie von der Sorge um ihren Liebling erfüllt. Aber auch mit den frischen Ananas hatten wir kein Glück.

Durch Zufall war auch eine schöne Blume mitgekommen, eine wilde Waldorchidee von köstlichem, vanilleartigem Duft, von himmlischem Farbenzauber in den langen, fahnenartig niederhängenden, lila-rosaroten Blättern und den feuerstrahlenden, safrangelben, strotzend gefüllten Fruchtstempeln.

Dieses eingesunkene Auge sah nichts mehr von den Herrlichkeiten dieser fürchterlichen Welt.

Am schrecklichsten war es, als wir alles Erdenkliche herbeigebracht hatten und nun nichts mehr an Neuem zu bringen hatten.

Das monotone, ziehende, nicht enden könnende Schluchzen erfüllte den kleinen, beengten, schwülen Raum, nur unterbrochen von dem Schwirren der Insekten, die von dem penetranten Obstgeruch herbeigelockt waren und welche die arme, wehrlose Kranke so belästigten, daß man die Früchte forttun mußte. Die Mulattin, zwar ein »liebendes Herz« erster Güte, aber eine nur mittelmäßige Krankenpflegerin und an Ordnung nicht zu gewöhnen, schleuderte einen Teil der Früchte aus dem Fenster in den Hof, wo sie klatschend niederfielen. Die Oberin trat ein und sandte ihr einen strengen Blick zu. Die Mulattin errötete und warf den Rest der Herrlichkeiten in einen Kübel. Auch sonst herrschte nach Ansicht der Oberin nicht soviel Ordnung als notwendig gewesen wäre. Mürrisch machte sich die Mulattin an die Arbeit. Die Hitze war schauerlich.

Jetzt mischte sich der verfaulte Fleischgeruch der Krankheit, der aus dem lieblichsten Munde drang, den ich zeit meines Lebens gesehen, mit dem Dufte der schnell welkenden Orchidee, der wir kein Wasser gaben, denn wozu sollte sie leben, wenn das Kind sterben mußte.

Rettungslos und Arzt – selbst Gott findet keinen Reim darauf, habe ich einmal gesagt. Aber jetzt in meiner Verzweiflung klammerte ich mich daran, es müsse »bei Gott« einen Ausweg geben, eine gewaltsame Handlung, etwas Ungeheures, das die Welt aus den Angeln heben müßte – zu ihrer Rettung. Torheit! Wahn! Es war nur der Größenwahn der Verzweiflung in mir. Sonst nichts. Das Thermometer konnten wir an der Kante des Tischchens zerschlagen, das Fieber blieb. Wir sahen zu und schwiegen.

Walter erschien, und daß er nur da bei ihr stand, gab mir einen Funken Hoffnung. Hatte ich nicht mit Recht immer zu ihm emporsehen dürfen, hatte ihm Kräfte zugetraut, die ich mir selbst nicht zugetraut hatte? *Er* war für mich der europäische Typus des genial praktischen Menschen, dem Leben gewachsen, unsentimental, aber hilfreich und human, er war, mehr als ich, der natürliche, helle Menschenverstand, die hohe Summe allen ärztlichen Wissens und Könnens. Er repräsentierte den klaren, die Wechselfälle der Natur beherrschenden Geist, das Ingenium des großen Arztes. Aber er setzte jetzt nur mit seinem Vierfarbenbleistift, den er als Linkshänder am liebsten mit der linken Hand führte, die Temperatur mit einer roten Schrift, den Puls mit einer blauen in die Krankentabelle ein. Und während diese beiden Linien die rhythmisch gegliederten Konturen einer steilen Welle mit immer höherem Ausschlag aufwärts nachzogen, sank die Kurve der Urinausscheidung, schwarz, mit jeder neuen Aufzeichnung tief und tiefer.

Die Vergiftung stieg. Die Entgiftung sank. Sie war mit schwarzen Linien angezeichnet. Sie wies wie ein nach unten deutender Finger nach dem Grunde.

Am Abend dieser Tage (ich wußte endlich nicht mehr, wie lange dieser Zustand angehalten hat und ob das Schluchzen und Würgen, Fiebern und Verfallen drei Stunden oder drei Tage angedauert hat), am Abend eines dieser Tage fragte mich Walter, ob ich schon die übliche Blutprobe gemacht hätte. Eine Blutprobe? Was sollte sie helfen können? Warum sie dann machen? Bloß des Wissens wegen? Bloß der klinisch-wissenschaftlichen Genauigkeit wegen? Ich sollte den Arm des Menschen anstechen, den ich mehr liebte als mich selbst? Ja, sogar jetzt, wo die Todeserscheinungen schon unverkennbar wurden und wo das einstens so liebliche Gesicht in seiner verzerrten, giftgelben Maske eine schauerliche Häßlichkeit angenommen hatte, ja, bloß das seidige, dunkelblonde Haar war noch etwas von der Monika des ersten Tages – alles andere war abgrundhäßlich, abstoßend, abscheulich, der rissige, mit blutigen Borken bedeckte Lippenrand, die von Haut entblößte Zunge, die geschwellten, blutenden Zahnfleischteile, die Mundöffnung, die ich bei der ewig schluchzenden gelben Kranken wie bei einer Leiche auseinanderklaffen sah, es war nichts Liebliches, nichts Anbetenswertes mehr an dieser Erscheinung – es war nicht mehr ein denkender Mensch, das Leiden war dumpf, wortlos, ein schauerliches Phänomen, ihr Schluchzen kein Ausdruck des bewußten Kummers, sondern ein passiver Reflex der durch das Y. F.-Toxin überempfindlich gewordenen Vagusnerven, und doch, selbst jetzt, als alles so war, wie es klinisch sein mußte – ich setzte zwar dem Auftrag Walters entsprechend den Schnäpper an, um etwas Blut zu entnehmen, ich ließ Aya den safrangelben, mageren Arm über und unter der Ellenbogenbeuge zusammenpressen, um etwas Blut an der Einstichstelle zu sammeln –, aber ich drückte nicht zu. Ich stach nicht ein.

Bloß des Scheines wegen mogelte ich. Ich nahm von dem aus dem Zahnfleisch geflossenen Blut ein winziges Tröpfchen und verteilte es auf der Glasplatte, um Walter ein Präparat »als ob« vorweisen zu können.

Am Abend dieses Tages griff sich Monika oft nach der Kehle, bald mit der Linken, bald mit der Rechten, sie röchelte, als ersticke sie. Die Pflegerinnen nahmen die kostbare Perlenkette von dem Hälschen des Kindes und reinigten mit warmen Wasser beides, erst den Hals, dann die Kette und legten ihr die Kette wieder um.

Sie hatte großen Wert, sie war echt.

Ich erinnere mich, daß ich in meinem alten Leben eines Tages Geld die Urmedizin genannt hatte.

Ein anderer Mensch war es, der dies gesagt, eine andere Seele, die dies geglaubt hatte.

Ich will noch etwas sagen, da ich mir versprochen habe, ganz ehrlich zu sein, so ehrlich, als es der vom Mutterschoß an lügenhafte Geist des Menschen nur zu sein vermag.

## XII

Diese Einzelheit bestand im Grunde aus einer ganz unwesentlichen Sache, ich erwähne sie hier mehr der Vollständigkeit wegen.

Von vielen Ärzten wird bei Blutungen aus den Schleimhäuten, wie hier aus Mund-, Rachen-, Magen- und Darmschleimhaut, die Anwendung von Nebennierenextrakt empfohlen. Um nichts unversucht zu lassen, hatte ich mir das Präparat aus der Lazarettoffizin holen lassen. Ich hatte die übliche, einen Kubikzentimeter fassende Pravaczspritze mit der farblosen, wasserklaren Flüssigkeit gefüllt. Die Spritze hatte ich mit der Nadel nach außen und oben auf das Nachtkästchen gelegt und hatte mit der Reinigung der Einstichstelle begonnen.

In diesem Augenblick hatte sich das schauerliche Schluchzen der armen Kleinen verstärkt. Ich hätte alles andere leichter ertragen, selbst das kreischendste Geschreie und das wütendste Umsichschlagen. Bloß nicht dieses monotone, seelenlose Schluchzen. Ich konnte es und konnte es nicht mehr ertragen.

Ich streichelte dem Kinde das Haar, ich flößte ihm etwas zergangenes, gelbliches, mit winzigen Vanillestäubchen gemischtes Vanilleeis ein, das bei den Mundwinkeln, mit Blutschaum vermischt, wieder abfloß. Vergebliche Mühe, vergebliche Quälerei.

Ich sah ja ein, daß alles verloren war. Noch etwas anderes sah ich. Die Apothekenschwester, die in Ermangelung eines eigens angestellten Apothekers die Verschreibungen in der Lazarettoffizin besorgte, hatte meine Schrift nicht richtig entziffern können, hatte eine zehnfach stärkere Lösung angefertigt und diese abnorm starke Konzentration als solche auf dem Fläschchen gewissenhaft mit einem Rufzeichen! notiert. Ich spritzte sofort die tödliche Dosis wieder durch die Injektionsnadel in die Luft, und da ich nicht vorsichtig genug war, benetzte ein Tröpfchen davon das Etikett, so daß die schwarze Tintenschrift von der Hand der Apothekenschwester verwischt wurde. Eine Null nach dem Dezimalpunkt mehr oder weniger - es war nicht mehr zu erkennen. Gutes Gift – oder hilfloses Medikament?

In diesem Augenblick entsann ich mich meiner Gattin. Ich sah das Fläschchen mit dem Toxin vor mir, mit dem ich meine arme Frau ermordet hatte, ich sah die alte, feine, glitzernde Spritze auf einer Spiegelglasplatte mit der leicht blutigen Nadel nach außen und oben gerichtet, wie ich sie bei meiner Tat verwendet hatte. Das Wort: wie kehrt doch alles wieder in diesem kurzen Leben, ging mir auf. Es ging mir auf wie ein Licht, und ich sah.

Eine Sekunde zögerte ich. Ich begriff meinen Herzenswunsch, dieses schauerliche Schluchzen, dieses tierhafte, sinnlose Leiden eines absolut verlorenen Wesens möge nur enden. Es koste, was es wolle. Warum nicht noch einmal die Spritze füllen, ein blitzschneller Stich in diesen gelben, ausgemergelten Arm – ein tiefer Atemzug und alles ist zu Ende. Schrecklich zu Ende, aber doch zu Ende. Nur wer Wochen oder auch nur Tage oder selbst nur einige Stunden neben einem rettungslos Verlorenen gesessen hat und dessen Ohr und Auge und Herz und Seele wütend sich aufgebäumt haben gegen die unnütze Quälerei, der wird mich verstanden haben.

Aber versteht man denn auch, daß ich diese blitzschnelle Bewegung dann doch nicht machte? Daß ich, Georg Letham der Jüngere, dem Schicksal seinen Lauf ließ?

Ich glaube beinahe, jetzt war mir der Sinn meiner Strafe aufgegangen. Ich war der einzige, der sich richten konnte. Ich war auch der einzige, der sich strafen konnte. Ein Teil meiner abzubüßenden Strafe war es, dem qualvollen Ende meines Lieblings zusehen zu müssen und nicht helfen zu können. Nie ist mir eine Tat schwerer geworden in meinem allzulangen Leben als das »Keinen-Finger-Rühren« jetzt. Aber ich begriff, daß ein Menschenleben einen absoluten Wert hat. Ich begriff den Zusammenhang zwischen dem früheren und dem späteren. War das so schwer? Es war schwer. Bis zum heutigen Tage unmöglich, so schwer war es. Erst als ich mein törichtes, irrendes Herz an einen Menschen gehängt hatte, unlösbar, gegen alle Vernunft (was sollte ich erwarten und was kannte ich denn von dem geliebten jungen Kind mehr als das längst verfallene Gesicht, die erloschenen Züge, hatte ich doch kaum den Klang dieser Stimme gehört, hatte ich das Kind doch nie gehen, tanzen, sich über etwas freuen gesehen!), jetzt erst, als ich der unendlichen Zahl leidender, *sinnlos* verlorener Menschen als ihresgleichen eingegliedert war, jetzt konnte mich ein Verlust treffen, konnte ich Buße tun. Konnte? Nein! Nein! Mußte.

Hätte ich nie gemordet, hätte ich nie hier landen können.

Ich gab der Welt meine Zustimmung. Ich mußte. Ich tat, was recht war, und nicht, was quer war. Es mußte sein.

Als ich die Lösung richtig verdünnt hatte, war der Puls bereits unfühlbar geworden. Die Einspritzung war jetzt offenbar nutzlos. Und so ließ ich sie vollends sein. Das Kind lebte noch viele Stunden, denn es war jung, war nie ernstlich krank gewesen – ungebrochen an Leib und Seele war es nach C. zu seinen Eltern gekommen. Es brauchte viele Stunden der Giftwirkung durch das Y. F., bis Leib und Seele der kleinen Portugiesin gebrochen wurden. Ich saß dabei und sah sie an. Ich würgte meinen Willen, zu handeln, etwas zu tun, in mich hinein. Ich legte die Hände in den Schoß. Nicht auf die Stirn der Sterbenden, nicht auf ihren krankhaft aufgeblähten, knallgelben Leib. Hätte ich nicht von meiner seligen Frau gehen können, auch von ihr, *ohne* das zu tun, was ich getan hatte?

Wozu dem Menschen, der vom ersten Tage seines Lebens an in biologischem Abstieg begriffen ist, der von seiner frühesten Jugend, vom Mutterleibe an, welkt und stirbt, noch einen Stich versetzen? Wozu morden, wozu einen Menschen leiden machen? Laß! Laß sein! Denn alle Schätze Golkondas lohnen es nicht.

Morden soll die erbarmungslose Natur oder Gott. Steh dabei, du trefflicher Arzt Georg Letham, du bezaubernder, vielgeliebter Sohn, Gatte und Herzensmann, falte die Hände und schweig! Verzweifle, schweig und stirb! Es ist alles, wie es ist. Du betest nicht mehr, weil du es nicht vermagst, und man hilft dir nicht. Wozu auch nachher um Mitleid flehen? Was sollen diese dummen Tränen, die der alten Mulattin aus dem rot umränderten Negeräuglein über die sammetartigen, braunen Altweiberwangen fließen?

*Ich* kann nicht weinen. Ich hatte dem Schicksal ein Angebot gemacht, ich war bereit gewesen, sofern ich den Gegenwert erhielt, mich für mein Idol zu opfern. Opfer – du altes, pathetisches Drehorgelwort! Und doch, laß gut sein! War denn der unaufhörliche Aufenthalt neben der hoch fiebernden, infektiöses Blut etc. ausscheidenden, also ansteckenden Kranken nicht auch ein Experiment? Und zwar ein nicht ungefährliches? Aber das Schicksal hatte auch mir (wie meinem armen Vater einst) nicht ihr holdes Antlitz zugewendet. Ich hatte dem Schicksal angeboten: Gib sie mir, heile sie und schlag zu – und es hatte zugeschlagen. Getroffen hatte es aber nicht mich. Denn es hatte das Tauschobjekt, Georg Letham jun., nicht als gültig akzeptiert, und *ich* blieb am Leben, ich verließ das Krankenzimmer, zwar gebrochen, zwar verzweifelt, wie vor den Schädel gehauen, von unbeschreiblicher Müdigkeit belastet. Aber kerngesund.

Was war sie denn im Weltenlauf, die kleine Portugiesin? Was war sie im Gange unserer hehren, wissenschaftlichen Expedition? Nicht mehr und nicht weniger als was Ruru war, die brave Hündin, die meinem Vater in die Gegend des Nordpols gefolgt war.

Ich wollte, ich mußte einen Sinn in meinem Leben finden, ich ahnte ihn ja, ich hatte den Glauben, daß er zu finden, daß er zuversichtlich zu fassen sein müsse, und doch, ich ging stumm, mit gesenktem Kopfe, zusammengebissenen Zähnen – ja, so war es, knirschend mit den Molarzähnen machte ich mich aus dem Staube, wie es mein Vater in den kritischen Augenblicken seines späteren Lebens immer getan hatte. So entschwand ich aus dem vom blödsinnigen Geheul der alten Amme erfüllten Sterbezimmer und ließ die fassungslos (aber eben nur wie ein trauererfüllter, hemmungsloser, primitiver, farbiger Mensch) schreiende und heulende Mulattin mit dem toten Kind zurück. Um es würdig zur letzten Ruhe einzukleiden.

Kurz danach mußte mir der Geistliche begegnen. Er sah mich an, und ich nickte. Ich sah ihn an, und er schüttelte den Kopf und lächelte. *Er* hatte sich mit besonderer Liebe der Pflege des alten Kanalarbeiters gewidmet. Nun war es ganz so, als wenn dieser sich auf dem Weg der Besserung befände! Ja, der geistliche Herr hatte eine gute Telephonverbindung mit dem Weltenlenker oben, und das zeigte sich in seiner »glücklichen Hand«. Der Arbeiter sollte leben bleiben. Welch ein Glück! So konnte der mit vierunddreißig Jahren schon senile, kinderlose Proletarier in ein bis zwei Wochen das Lazarett verlassen, blaß, aber geheilt, zu leichter Diät bestimmt und sehr erholungs- und schonungsbedürftig. Ja, leichte Diät, wenn er nicht einmal trockene Brotrinden genug hatte, um seinen dürren Leib vor dem Verhungern zu bewahren, kein Dach über dem struppigen Haupte, um es vor den kommenden Regengüssen der tropischen Regenzeit zu schützen – einerlei! einerlei! Er mußte der Menschheit zurückgegeben werden, und sie . . . sie!

. . . Ich sagte nichts. Aber der Geistliche schien mich zu verstehen. Er zog mich in einen Winkel, in eine vor unberufenen Spähern und Lauschern geschützte Ecke (die ständigen Wachen im Hause patrouillierten in der Nähe stampfenden Schrittes in den fliesenbedeckten Korridoren des Hauses auf und ab, da es hier kühler war als vor dem Hause, wo eigentlich ihr Platz war), und dort offenbarte er mir – sein Geheimnis? Nein, nicht ganz. Er schlug nur seine nicht mehr ganz saubere, recht abgenutzte Soutane auseinander, er öffnete das grobe Hemd am Halse und zeigte mir, daß er quer von der linken Seite der Halswurzel zur rechten mit blauen Lettern ein Wort eintätowiert hatte: *Amen.*

Zwischen uns wurde kein Wort gewechselt. Ich hätte antworten können, warum auch nicht? Auch nur ein Wort: *Omen.*

Er schloß schnell, gesenkten Blickes, seine Kleider und ging, um die Anordnungen wegen der Einsegnung und Bestattung des Kindes zu treffen, die Treppe empor, die ich hinabgekommen war.

## XIII

Weshalb soll ich es verschweigen? Ich schämte mich meines Unglücks. Ich verkroch mich in mein unterirdisches Gelaß mit den Öl- und Essigflaschen und überließ die Behandlung der eben neu ankommenden Kranken dem Assistenzarzt, der gerade zurückgekehrt war, und dem Chefarzt des Hospitals.

Ich habe, wie ich glaube, zuerst an zwanzig Stunden ununterbrochen geschlafen. Als ich erwachte und mir zum Bewußtsein gekommen war, was sich ereignet hatte, hätte ich am liebsten verzweifelt. Hätte?

Nichts auf der Erde konnte mich, wie ich jetzt glaubte, von

meiner tödlichen Verzweiflung befreien. Ich aß nicht, ich trank nicht. Ich schwitzte, schwieg und litt. In vielen sehr unglücklichen Menschen lebt die Vorstellung, daß sie, wenn sie sich körperlich durch Fasten und Kasteien über die Maßen schwächen, auch ihr seelisches Leid viel schwächer, sanfter, erträglicher empfinden. Aber von Sanftheit war leider noch lange nicht die Rede, ich knirschte in der zweiten, völlig schlaflosen Nacht (warum hatte ich auch blöderweise meiner Müdigkeit in der ersten Nacht so ausgiebig gefrönt?) mit den Zähnen, so daß der treue March erwachte und sich im Pyjama zu mir setzte. Wie sollte ich einem Menschen diese verzweifelte Liebe zu einem wildfremden toten Mädchen erklären? Ich sah ein, daß ich selbst alles das, wenn man es mir von einem anderen erzählte, schweigend anhören und nie im Leben begreifen würde. Und wie sollte mich dann ein March verstehn? Und selbst wenn er mich verstand, wie sollte er mich dann trösten? Wie sollte er mir den Menschen ersetzen, an den ich unbegreiflicherweise alles gewandt hatte, was an Gefühl in mir war?

In unserem Gelaß brannte kein Licht. Von oben drang durch die Kellerluke nicht viel Helligkeit hinein. Sehen wollte er mich. Daher brannte er sein Benzinfeuerzeug an und leuchtete mir in das Gesicht. Sein Schlaf war wohl auch nicht der seelenruhigste gewesen, denn er hatte schlimme Nachrichten von daheim, die seinen jüngsten Bruder, den Uhrmacherlehrling, betrafen. Und dabei hatte er so oft in Liebe an ihn gedacht, hatte von allen Postsachen die fremden Marken für ihn abgelöst, hatte Orchideen zwischen Filtrierblättern getrocknet und gepreßt für das Herbarium des »kleinwinzigen Brüderleins«. Jetzt war das kleinwinzige Brüderlein krank oder es hatte Schulden oder hatte gestohlen oder war arbeitslos – was weiß ich? War mir etwa die Freude an seinem Kummer eine Erleichterung? So zynisch das klingt (der Zynismus der Hoffnungslosigkeit), auch sein bedrücktes Wesen half mir nicht im geringsten. Wenn ich mir überdachte (ich wollte nicht denken, aber mußte es gegen meinen Willen), daß ich in einem Raume lebte, der gerade unterhalb ihres Sterbezimmers liegen mochte (ein Irrtum übrigens, aber ich mußte alles mit ihr in Zusammenhang bringen), oder daß ich an einem rostigen Nagel an der Kellerwand unten meinen Kittel hängen hatte, der noch Spuren von ihren schrecklichen Leidenstagen trug, so grub und bohrte dies unmenschlich

291

in mir. Und doch schwieg ich und sagte March kein Wort. Er sah, wie ich die Stirn krampfhaft zusammenzog, wobei sich bei mir regelmäßig über der Nasenwurzel zwei tiefe Furchen bilden. Deshalb strich er die Haut an dieser Stelle sachte auseinander, oder vielmehr versuchte er, dies zu tun. Kaum hatte er die Stirn in seiner kindlich albernen Güte geglättet (als wäre damit auch der Grund meines infamen Schmerzes fortgewischt!), da zog sie sich unwillkürlich wieder zusammen. Konnte ich denn dafür? Wollte ich es?

Er hatte Takt. Was er niemals in seiner Beziehung zu seinem Kadetten bewiesen hatte, nun bewies er es *mir,* der nicht danach fragte und dem es blutwenig bedeutete.

Er fragte mich nicht, denn er wußte, daß ich, wenn ich überhaupt etwas sagen wollte, es von selbst täte. Er las mir, immer wieder sein dummes, rasselndes, funkensprühendes Benzinfeuerzeug in Bewegung setzend, aus einem für ihn wichtigen Briefe etwas vor. Ich verstand sein Gewäsch gar nicht, sondern nickte bloß.

Warum hatte ich denn keine Ruhe? Ich hatte sie nie.

Inzwischen dämmerte es. Ich sah, wie die korbgeflochtenen Hüllen der Essigballons und die staubbedeckten, dicken Ölfäßchen aus dem wesenlosen, grauen Lichte Konturen bekamen.

Er erhob sich, kleidete sich an, holte in einem Bottich Wasser, nahm aus einem Faß mit grüner Schmierseife zwei Handvoll von dem glibbrigen Zeug, panschte es in das Wasser und wollte meinen Mantel hineinlegen, den weißen Ärztekittel, den ich an ihrem Sterbebette getragen hatte. Ich nahm ihn ihm sanft aus der Hand. Halbangekleidet standen wir zwei Narren da, und plötzlich begann *er,* der von allem nichts begriff, zu weinen. Vielleicht in Gedanken an seinen albernen kleinen Bruder, der ihm nicht helfen konnte und dem er nicht mehr helfen konnte. Oder war es um mich? Mich faßte ein bitteres Gefühl des Hohnes, ich verzerrte ebenso meine Gesichtszüge, wie er es tat.

Weinen setzt bekanntlich die gleichen grotesken Gesichtsverzerrungen voraus wie das Grinsen, es unterscheidet sich von diesem nur durch das Tränennaß. Ich kopierte in Selbstironie sein Geplärr, wie ich manchmal in guten, nie mehr wiederkehrenden Zeiten das Lachen eines glücklichen Menschen kopiert hatte – ich habe bereits davon gesprochen. Und, wird man es glauben, aus dieser Grimasse des vor Verzweiflung grinsenden

Georg Letham jun. wurde ein echtes Weinen, ein Schluchzen! Das nicht endende Geschluchze, wie es aus einem dumpfen, zum Sterben hinleidenden, halb bewußtlosen Wesen hervorbricht. Es war das Weinen, wie ich es geschildert hatte in der Agonie des Y. F., das dem eigenartigen Reflex der vergifteten Vagusnerven entspricht. Wer lacht da nicht mit? Ich hatte nichts anderes zu tun, in meinem einundvierzigsten Lebensjahre, nach allem, was ich gesehen und erlebt hatte, als das Schluchzen der kleinen Portugiesin, die sich vor meinen Augen vorgestern zu Tode geschluchzt hatte, zu kopieren.

Inzwischen hatte der gute March sich schamhaft von den Äußerungen meines exzessiven Gefühls (darf man es anders nennen?) abgewandt. Er hatte unter Tränen das weiße, hemdartige Kleidungsstück in der grünlich schimmernden, schäumenden Flüssigkeit eingeweicht, Luftblasen drangen bullernd an die Oberfläche, er rieb die Ärmel des Kittels mit den Perlmutterknöpfen der Vorderseite klappernd aneinander, die unteren Partien scheuerte er an den oberen, um den Schmutz zu entfernen, mit einem Male quiekte er leicht auf, er hatte sich mit einem scharfkantigen Gegenstand in den Finger geschnitten. Es war der Objektträger, der das Blut meines Lieblings trug. Diese kleine Glasplatte war, in weißes Löschpapier eingewickelt und mittels Blaustiftes mit dem Namen der Kranken und dem Datum der Blutentnahme gekennzeichnet, in meiner Brusttasche vergessen geblieben. Die seltsamste Reliquie, die ein Liebender als Andenken an seine verewigte holde Julia zurückbehalten hatte oder vielmehr nicht zurückbehalten sollte.

Nun versiegten meine Tränen, ich erhob mich, bekleidete mich, ging nach oben, badete und frühstückte und machte mich an die Arbeit im Laboratorium wie vor der Zeit, die ich am Bette Monikas verbracht hatte. In einer Ecke sah ich ein Einmachglas mit Moskitos, March hatte die Stegomyias aus dem Steinguttopf herausgenommen, vielleicht auf Wunsch des jetzt auf einmal ordnungsliebenden Generalarztes Carolus oder auf Wunsch des wißbegierigen Walter, der die süßen, wirklich niedlichen Insekten, die man so übel verleumdet hatte, durch die durchsichtige Glaswand beobachten wollte. Aber was war schon an ihnen zu sehen? Wir fanden nichts Besonderes an ihnen.

Walter war übrigens im Innern ebensowenig bei der Sache wie

ich. Wenn nämlich eine wissenschaftliche Untersuchung über eine gewisse Zeit angedauert hat, ohne auch nur die geringsten positiven Resultate ergeben zu haben, ergreift den Forscher eine Art Lähmung, eine intellektuelle Verzweiflung, eine sture Apathie. Man sitzt wohl noch emsig und brav über dem Mikroskop, man steckt die Nase fleißig in die Kulturen, oder besser gesagt in die keimfreien Nährböden, die man pünktlich jeden Morgen aus dem körperwarmen, wohlverschlossenen Brutschrank heraushebt; aber nur, um immer wieder das Nichts, das Null, Komma Null zu konstatieren. Das sind die keimfreien inneren Organe, der ungetrübte Spiegel der Bouillon, die glatte, jungfräuliche Oberfläche des festen, gelatineartigen Nährbodens, an dem ähnlich wie alte Skispuren auf einem Gletscherschneefeld die leichten Kratzer zu sehen sind, die von der Platinimpfnadel auf dem Nährboden zurückgeblieben sind. Ein sehr netter, aber auf die Dauer zur Raserei bringender Anblick. Sterile Arbeit im wahrsten Sinne des Wortes.

Kein Wunder, wenn die Nase des guten Carolus, von Natur lang genug, mit jedem Tag länger wurde, obwohl er doch persönlich noch den größten Nutzen aus dieser Zeit gezogen hatte. Denn er hatte unter den Augen eines so glänzenden Lehrmeisters wie Walter von alpha bis omega die Methodik einer präzisen, exakten, wissenschaftlichen Bakterienforschung sich zu eigen gemacht. Und wenn er auch hier und jetzt mit leeren Händen von C., der Stätte der neuerlich stark aufflackernden Seuche hätte abziehen müssen, so konnte er in einem anderen, leichter zugänglichen Wissengebiet künftig an Hand seiner Kenntnisse möglicherweise etwas Ersprießliches leisten.

Vorderhand aber lastete das Mißgeschick der Expedition so stark auf uns allen (den unverwüstlichen March vielleicht ausgenommen), daß eine Nachricht, die der Magister F. als Unglücksrabe brachte, wie ein Blitzstrahl wirkte, sie ließ uns alle geradezu vernichtet zurück. Wie bei der Expedition meines alten Herrn war nämlich auch hier (wie kehrt doch alles wieder in diesem kurzen Leben!) eine Konkurrenzkommission, mit großen Geldern und starkem wissenschaftlichen Stab ausgerüstet, auf den Beinen; sie war von den Staaten aus nach den amerikanischen Seuchenherden unterwegs, um endlich das Y. F. zu ergründen. Denn die Seuche kostete in Havanna so viele teure Menschenleben, daß sowohl die Kolonisation weiter

Landstriche als auch die Anlage wichtigster, den Kontinent umwälzender Kanalanlagen unmöglich war, solange man nichts Präzises über diesen Feind der amerikanischen Menschheit wußte. Ja, amerikanische Menschheit! Amerikanische Nation, hehre Schwester der europäischen und deren große Konkurrentin! Welch ein Prestige für den Union Jack, wenn unter der glorreichen Flagge der Sterne und Streifen der Erreger des Y. F. entdeckt würde! Und wir – mit leeren Händen! Unwissend gehen müssen, wie wir unwissend gekommen waren!


## XIV


Die große Gefahr lag also nahe, daß unsere kleine Kommission, die nur aus Carolus, Walter und uns untergeordneten Geistern bestand, ihre Mission notgedrungen als beendet ansah. Es gab zwar noch für eine oder zwei Wochen Laboratoriumsarbeit, warum nicht? Man konnte noch hundert oder fünfhundert Schnitte von erkrankten, entzündeten Lebern, Magenwänden, Nieren etc. pedantisch in Formalin fixieren, mit allen möglichen raffinierten Färbemethoden tingieren, etikettieren und dann im Schweiß des Angesichts unter dem Mikroskop bei tausendfacher Vergrößerung durchforschen (nie wurde dieses biblische Wort vom Schweiß des Angesichts so wörtlich befolgt wie hier, in dem Dauerdunstbad von nie weniger als dreißig Grad, aber sehr oft auch mehr als vierzig Grad im sogenannten Schatten), das alles konnte man methodischerweise tun, man konnte die negativen Resultate genauso systematisch verbuchen, als man es mit den positiven getan hätte. Und wenn in der experimentellen Forschung ein Walter großer Meister war, so war es in der statistischen, ordnenden Zusammenfassung ein Carolus nicht minder. Aber aus Null plus Null wird nie eine Eins.

Alle standen durch Briefe, Walter auch durch den Fernsprecher, mit der Außenwelt in Verbindung, mich ausgenommen.

Mich hat in dieser Zeit kein einziges Lebenszeichen erreicht. Und wäre es nur eine kitschig kolorierte Ansichtspostkarte von einem Dampferausflug gewesen, den mein Bruder mit seinen Kindern und seiner Frau unternommen! Sooft man von dem hochgelegenen Hospital ein Post beförderndes Schiff, durch die Inselwelt hindurch vorsichtig lavierend, an den Bojen vorbei den versumpften Hafen der Stadt C. ansteuern sah, belebten sich die Mienen der zwei hohen Herren nicht minder als das Gesicht des treuen March, und wenn auch seine so sehnsüchtig erwartete Post (im übrigen genau zensiert) fast nur unerfreuliche Nachrichten enthielt, die seine Familie ihm nicht vorenthalten zu dürfen glaubte (die Scheidung der Ehe wegen seiner *Schande,* die gefahrdrohende Erkrankung des Nesthäkchens, des »kleinwinzigen Brüderchens«, Erwerbsschwierigkeiten der anderen Geschwister etc.) –, so war er doch wenigstens von allem Lebenden nicht so völlig abgeschlossen wie ich.

Ich machte keinen Versuch, diese Mauer zu durchbrechen. *Ich* hätte ja mit dem Schreiben beginnen können. Die Briefe wurden zwar gesiebt und mußten das Büro des Direktors offen passieren, aber ich, wie jeder Deportierte, hatte die Erlaubnis, monatlich einen Brief auf Kosten der Gefangenenverwaltung abzusenden. Nicht ein einziges Mal habe ich sie in Anspruch genommen. Ich hatte meinen Briefumschlag sogar meist weitergegeben, und zwar an March, dessen Glück über diesen Beweis meiner Anteilnahme gar nicht zu beschreiben ist. Nie ist mir ein Geschenk leichter gefallen – und nie hat mir jemand mehr gedankt.

Ich wiegte mich damals in dem Glauben, daß die zwar lästige, aber eben durch ihre Stetigkeit mich innerlich beruhigende Neigung des borniertem Jungen ewig anhalten würde und daß ich ihm paschaartig gelegentlich einen Brocken würde hinwerfen können. Er war ja für alles *so* dankbar. Wenn ich ihm z. B. einen Rat gab, derart, wie *er* seiner Mutter einen Rat geben sollte, wie sie den Erwerbsnöten seines arbeitslosen Schwagers, eines Versicherungsagenten, beispringen solle – ja, dieses Null Komma Null an Liebe, war das nicht eher etwas, wofür *ich* hätte *ihm* danken sollen? Denn es stellte für mich eine wenn auch noch so notdürftige Verbindung mit der Welt außer unseren vier wohlbewachten Mauern dar. Er bewahrte mich vor völliger innerer Erstarrung.

Denn so unbegreiflich es klingen wird, so wahr ist es doch: mein jetziger Zustand glich fast bis in die letzten Einzelheiten der geistigen Lethargie, der seelischen Lähmung, die mich unmittelbar nach Begehung meiner Tat umfangen hatte. Aber: damals war es ein so folgenschweres Verbrechen, das mich mit einem Schlage mitten aus den bisherigen Gesellschaftskreisen, aus meinem akademischen Stande, meinem angesehenen Beruf, meinen Vermögensverhältnissen, meinen erotischen Beziehungen herausriß, das mich bis hart an den Rand des Schafotts brachte, um diesen pathetischen Ausdruck zu gebrauchen – jetzt nichts als der trivale Tod eines sammethäutigen, vierzehneinhalb Jahre alten Portugiesenmädchens, mit dem ich nie ein Wort gesprochen hatte, welches außerhalb des rein ärztlichen Vokabulars gewesen wäre. Ich war an ihrem Hinscheiden so unschuldig wie ich unschuldig gewesen wäre an ihrer glücklichen Heilung.

Was war ich ihr gewesen? Was konnte sie mir sein?

Und doch, wenn ich den Erdarbeiter, den Rekonvaleszenten von Y. F., im Lazarethofe einherhumpeln sah oder ihn beobachtete, wie er seine blau und rot mit Ankern und nackten Weibern tätowierten, stark abgemagerten, knochigen, muskelschwachen Arme, über denen noch ein deutlicher Schatten von Gallengelb lag, wehmütig betrachtete – dann stieg ein Würgen in mir hoch. Es bedurfte meiner ganzen, nicht schwachen Willenskraft, um nicht aus Groll das Würgen und Erbrechen der Y. F.-Kranken zu kopieren, wie ich das Weinen der armen Kleinen vor einigen Tagen im Leiden kopiert hatte.

Wäre wenigstens die Möglichkeit dagewesen, sich mit *Arbeit* zu betäuben! Aber dies stand außer meiner Kraft. In die Krankensäle durfte (Bedenken der Deportiertenverwaltung!) und – offen gesagt – wollte ich nicht mehr zurück. Und so stand ich halb oder ganz müßig umher. Ich verkam in dem ungeheuerlichen Klima trotz aller Liebe und Güte meines Freundes immer mehr.

Ich brauche das nicht auszuführen, was von allen Beobachtern über die opiumartige Wirkung der mit Feuchtigkeit gesättigten und dauernd überhitzten Landstriche und Klimate innerhalb der Wendekreise festgestellt worden ist. Für manche Naturen (und ob nicht auch wir zu ihren gehörten, besonders Walter und ich, war noch nicht sicher) sind die Äquatorgegenden einfach eine Krankheit, und zwar eine auf die Dauer tödliche. Eine Krankheit selbst dann, wenn die betreffenden Personen von Tropen-Krankheiten, das ist: Fieber, Malaria etc. etc. bis zur Ruhr und Zuckerkrankheit, um das ganze Alphabet einzuschließen, frei bleiben.

Das war nicht nur mir bewußt, sondern auch der Gattin des

Walter, die ich auf indirektem Wege bald kennenlernte, nämlich durch den Fernsprecher.

Es befand sich eine Telephonzelle in einem Korridor, der an unseren gemeinsamen großen Arbeitsraum (das ehemalige Refektorium der Klostergeistlichen) angrenzte. Die Dame war, wie ich hörte, eine Frau von über vierzig, also gleichaltrig mit unserem guten Walter, glückliche Mutter von fünf Kindern. Sie wohnten in der Altstadt oder besser gesagt, sie hausten dort wie das liebe Vieh, denn welche Fehler hatte dieses Quartier nicht? Welche Mängel die Waschküche! Welcher Schmutz lag auf den Treppen aus zerfallenden Ziegeln! Was für scheußliche, nackthalsige Geier patrouillierten frech auf den Straßen und versahen einzig und allein die Säuberung der Avenuen! Nirgends ein guter Laden, in dem man erstklassige Wäsche, Strümpfe, Kleider, Briefpapier, Kölnischwasser, Insektenpulver erhielt! Welches verbrecherische, durch Laster und Not entmenschte Gesindel trieb sich bettelnd, lungernd und drohend vor der Schwelle umher! Alles, alles hörte ich dank dem kräftigen, sonoren Organ der Frau Walter und der guten Akustik der nur zu durchlässigen Telephonzelle, deren Wände sich infolge der Feuchtigkeit geworfen hatten und nur unvollkommen schlossen! Auch ihr Gatte, sonst die Ruhe und Gemessenheit in Person, die leibhaftige Geduld, – der nobelste Gentleman, wie er im Buche steht, erhob oft ungebührlich laut sein schönes Organ, um sich der unglücklicherweise schwerhörigen Mutter seiner Kinder verständlich zu machen. Denn weil sie schlecht hörte, schrie sie aus Leibeskräften in den Fernsprecher –.

Als ob es die Stärke der Stimme ausgemacht hätte! Aber er ließ sich anstecken. So paradox es klingt, sprach er langsam und akzentuierte die Endsilben und hielt dabei seine Stimme zurück, dann hörten wir nur die Stimme seiner Frau aus der Fernsprechzelle. Wir verstanden ihn dann nicht, aber seine Frau hatte ihn offenbar verstanden, und darauf kam es an. Begann er aber zu schreien, so tönte immer wieder das entfernte, aber doch deutlich kreischende, in den höchsten Fisteltönen herausgestoßene Wie? Wie? Wie doch? der Frau aus der geheiligten Kammer. Gedämpft durch die Wand und das Mikrophon, aber doch zu hören oder leicht zu erraten. Walter, erfindungsreich wie immer, hing öfters den Hörer ab und setzte sich an den Schreibtisch, um seiner Frau das Wichtigste mit seiner deutlichen, aber etwas flüchtigen Schrift zu *schreiben*. Er schob sanft, aber bestimmt die massenhaften Schriftstücke der Kollegen zur Seite und schichtete die medizinischen Bücher, in die der unverbesserliche Unordnungsmensch Carolus seine gebrauchten Zahnstocher als Lesezeichen zu stecken sich nicht abgewöhnen konnte, säuberlich aufeinander. Und wären es bloß unappetitliche Zahnstocher gewesen! Aber Carolus legte sogar Kulturröhrchen hierher, und wären diese nicht so keusch und unberührt gewesen wie eine vierzehnjährige Jungfrau, dann hätte leicht das größte Unheil geschehen können.

Aber einerlei, kaum hatte sich der gute Walter zu seinem Schreiben hingesetzt, da läutete wiederum das Telephon mit unverschämter Hartnäckigkeit und Walter mußte kommen.

Es gibt nichts, was die gute Frau und treue Mutter unversucht ließ, um ihren Gatten zum Abbruch seiner ergebnislosen Arbeit zu bestimmen. Daß hier oben bei uns noch nichts herausgekommen war, wußte sie. Das gab ihren Worten immer soviel Gewicht, daß Walter ganz kopfscheu und betroffen das Kämmerchen verließ und uns wortlos um Rat zu fragen schien. Noch ein Anruf! Zu wenig Wirtschaftsgeld. Drohung mit der Scheidung. Bulletins über den schlechten Teint seiner Tochter, über die geringen Fortschritte seines sonst so hoffnungsvollen Sohnes in dem Privatunterricht. Und die horrenden Preise von Lebensmitteln und Kleidung. Die »schauerliche Gesellschaft« – Verbrecher und ihre Häscher! Die Misere der Wohnung. Die Sehnsucht der Frau nach ihrem Gatten. Was sollte er tun?

Und was blieb uns übrig? Was war unsere Aufgabe? Unsere Pflicht?

## XV

Aufgabe und Pflicht waren im Fall Dr. Walters nicht unbedingt das gleiche. Was die Aufgabe anlangt, so erschien sie ihm wie uns allen, obwohl wir darüber in der letzten Zeit nicht sprachen, mit den zur Verfügung stehenden Mitteln, das heißt also bei dem derzeitigen Stande der wissenschaftlichen Bakteriologie, als wahrscheinlich unlösbar. Was jedoch die Pflicht betraf, so mußte für uns, ich meine March und mich, dieses große Wort einen ganz anderen Sinn haben als für die beiden unbescholtenen Männer Walter und Carolus. Und auch zwischen ihnen waren die Rollen nicht gleichmäßig verteilt.

Carolus durfte weiterhin bis an sein seliges Ende das tun, was er bis jetzt getan hatte. Es war sein gutes Recht gewesen, Frau, Kind, Enkel und die schöne Bibliothek, die er sich angelegt und die prachtvolle Kakteensammlung, die er sich in unermüdlicher Geduld großgezogen hatte, zu verlassen, um dem ehrenden Rufe des teuren Vaterlandes zu folgen. Hier hatte er sich mit allem löblichen Eifer und Fleiß, wie deren ein Mensch seiner Art nur fähig ist, der Sache angenommen. Erfolg oder nicht, ein ehrenvoller Empfang in der Heimat war ihm sicher.

Er stand dauernd in lebhafter Korrespondenz mit allen gelehrten Gesellschaften der allgemeinen Pathologie, Bakteriologie und Biologie des Inlands und Auslands (March sammelte die Marken für den »kleinwinzigen« Bruder), und er konnte darauf rechnen, bei seiner glückhaften Heimkehr Ehrenmitglied dieser hohen Gesellschaften zu werden. Daß sich auch die oberste Gesundheitsbehörde, das heißt das Ministerium des Innern, bei diesen Ehrungen nicht ausschließen würde, war diesem wackeren Bürger sicher. Er hatte, ohne daß er einen Finger dazu rührte, sogar Orden und Ehrenzeichen zu erwarten. Und schließlich verdiente er diese Gunstbeweise eines großmütigen Staates (wenn es diesen nichts kostet, ist er ja gerne generös) ebensogut wie jeder Büropascha, der sein rundes Lederkissen auf seinem drehbaren Bürostuhl platt sitzt, bis es im Laufe von dreißig Dienstjahren einer Oblate gleicht, nur nicht so wohlduftend wie diese. Aber darauf kommt es bei ersessenem Rang und treuer Kanzleitätigkeit nicht an. Wußte ich doch, mit welcher Verachtung mein Vater von solchen Herren sprach. Er nannte diese Art Menschen Schildkröten und sagte, es gäbe kein Mittel, sie auszurotten. Man mußte sich auf sie setzen und auf ihnen reiten.

Ganz anders war die Lage Walters. Für diesen Mann stand viel mehr auf dem Spiel. Aber er (und sonderbarerweise der niedliche, kleine March) blieben trotz der Ergebnislosigkeit ihrer aufgewandten Mühe immer noch geradezu eisenstirnig bei der Sache.

Walters Leben war nicht leicht. Seine Zweifel waren wie bei jedem hellen Kopfe größer, seine Zuversicht war kleiner als bei einem selbstgewissen Dummkopf. Er vergeudete, so sagte er sich wohl, vielleicht seine Zeit, und sicherlich fehlte es ihm oft an Geld. Der treffliche Carolus arbeitete hauptamtlich, sein Gehalt, um die Tropenzulage vermehrt, lief weiter. Aber Dr. Walters amtliche Stellung war nicht ganz klar, ich habe seinen wirklichen amtlichen Rang (bei der Küstenbatterie »eingeteilt«, aber nicht »zugeteilt« oder umgekehrt) nie richtig begriffen. Unsere Kommission war eine ehrenamtliche. Es gab natürlich Aufwandsentschädigungen. Aber ein Walter war zu geldfremd und zu tief in seine Arbeit vergraben, als daß er die kniffligen Berechnungen über entgangenen Verdienst, erhöhte Ausgaben für die Familie etc. zu seinem Vorteil hätte energisch aufnehmen können.

Dabei war ihm der Wert des baren Geldes nicht unbekannt. Wenn jemand, war er sich seiner Verantwortung seiner Gattin gegenüber bewußt, welche jetzt nach über zehn Jahren ungetrübten Eheglücks ihm gegenüber den Standpunkt des exzessiv Praktischen vertrat. Er befand sich daher in allerhand Konflikten, und dabei war es nur der Anfang der Schwierigkeiten. Die »liebenden Herzen«, wenn das schöne Wort erlaubt ist, erschwerten ihm das tägliche Leben ebensosehr, als sie ihm den Schwung und den großen Zug des Gedankens bei seiner Arbeit nahmen.

Was war ich doch für ein Glückspilz! Ich war so geartet, daß mir nichts den Schwung und den großen Zug des Gedankens bei der Arbeit nahm.

Ja, das sah ich jetzt. Ich sah auch etwas anderes. Ich sah die letzten Augenblicke, was sage ich Augenblicke, die letzten Stunden meiner dahingegangenen Geliebten, die in eitel Unrat, Nässe und Schmutz gelegen war. Und ich hatte vor diesem noch lebenden und schluchzenden Leichnam gestanden. Und hatte jedermann und jederweib abgehalten, ihn zu stören.

Keine Gefühlsexkurse! Kehren wir zur Wirklichkeit zurück! Walters Frau hatte nur den einen Wunsch, ihr Gatte möge seinen aussichtslosen Bemühungen endlich ein schnelles Ende setzen. Er sollte mit ihr und den Kindern, die man hier, weitab von aller Kultur, nicht richtig erziehen, ja kaum anständig erhalten konnte, schleunigst zu den Fleischtöpfen der zivilisierten Welt zurückkehren. Gelegenheit zu wissenschaftlicher Betätigung würde er auch als guter, vielbegehrter Praktiker immer in der Heimat finden, nach des Tages Müh und Plage sich bei seinem Mikroskop erholen können, wenn ihm dies lieber war als Bridge zu spielen oder Familienangehörige bei sich zu sehen oder mit seiner Frau über die Dinge des Haushaltes zu plaudern oder über die beste Art, sich billig und doch schön zu kleiden. Sie ließ ihm als kluge, reife Frau und treue Kameradin jede Freiheit bis auf die, von der er jetzt, zu seiner Familie Verderben, wie sie glaubte, Gebrauch machte. Aber Walter war nicht der Mann, bei aller seiner Liebe und Güte gegen seine Laura, der nachgab.

Er stellte sich taub. Seine Frau war es.

So mußte es dahin kommen, daß die Gattin sich am Fernsprecher heiser schrie und daß wir alle wieder Willen Zeugen dieser trivialen Auseinandersetzungen wurden. Walter hielt seine zehn bis zwölf Arbeitsstunden Tag für Tag durch, wenn es sein mußte. Was das heißen will in einem Klima, wo man aus dem Schweiß, dem erstickenden Dunstbad nicht herauskommt und wo man trockene Wäsche, ungestörten Schlaf, gute Verdauung und eine Ruhestunde in kühler Luft nur von Hörensagen kennt, das begreift jeder, der einige Monate in C. gelebt hat. Nicht ohne Grund war es eine Strafkolonie.

Ich war froh, daß ich schon auf der »Mimosa« den »roten Wolf« kennengelernt hatte. Ich baute jetzt vor, ich schonte mich, wo es nur ging. Was war aber schließlich erreichbar? Vor Kälte kann sich jeder schützen, da gibt es (ich erinnere nur an die Erzählungen meines alten Herrn) pelzgefütterte Mäntel und Stiefel und Mützen. Und wenn es trotzdem über dem Eise nicht mehr auszuhalten ist, so verkriecht man sich unter das Eis, dorthin, wohin die beißenden Schneestürme nicht zu dringen vermögen. Man gräbt sich Höhlen unter der Oberfläche und wartet ab.

Vor der Hitze und vor der übermäßigen Luftfeuchtigkeit hier aber gibt es keinen Schutz. Nur die Flucht davor in ein kühleres, trockeneres Klima. In die Höhen, die Berge – oder die Flucht in den Alkohol und das Morphin.

Man muß aber einen Mann wie Walter nur eine Stunde lang beobachtet haben, um zu wissen, daß er derartiges vom Herzensgrunde verabscheute. Wenn er flüchtete, dann höchstens in den Schoß der Kirche. Jeden Sonntag konnte man ihn im Schmucke seiner von den Krankenhausschwestern sauber gewaschenen und geplätteten weißen Tropenuniform in die Messe gehen sehen, die in der Kapelle des alten Lazaretts abgehalten wurde und aus der er nach ein und einer halben Stunde zwar mit windelweichen Leinenanzug und rotem, schweißtriefendem, hageren Angesicht, aber innerlich gestärkt, wiederkehrte. Ein frommer Mensch, der der Religion seiner Jugendjahre treu geblieben war und ihr bis ans Ende treu bleiben mußte.

Wieweit ihn dieser Glaube bei seinen inneren Konflikten gestützt hat, entzog sich meinem Wissen. Er sprach zu mir darüber ebensowenig, wie ich ihm von meinem nie aufhörenden Leid, meiner niemals erlöschenden Erinnerung an das arme Kind erzählte. Erst kurz vor seinem Ende hat er mich an seinen Schwierigkeiten teilnehmen lassen.

Mit Gott war er stets in Frieden. Ihm war leicht zu helfen. Ihm wäre leicht zu helfen gewesen, meine ich.

Aber jetzt war er zwar gleichmäßig freundlich gegen mich, er nannte mich Doktor Letham und gab mir die Hand, wenn wir uns morgens begegneten. Sonst aber wurde kein privates, persönliches Wort gewechselt. Er war nicht zu stolz. Er war viel zu bescheiden, um einen anderen, und sei es auch einen wegen Gattenmordes rechtskräftig verurteilten Rechtsbrecher wie mich, mit seinen Privatangelegenheiten zu behelligen. Trotzdem waren wir andern genauso unterrichtet über seine Privatverhältnisse wie er, ja in manchem sogar etwas besser.

Ich sagte bereits, daß wir durch die lautschallende Stimme der schwerhörigen und deshalb oft sich überschreienden Frau mehr erfuhren, als dem zurückhaltenden und stolzen Walter recht sein mochte. Bald aber änderte sich die Sache.

So wurde unser armer Doktor gleich zwei- oder dreimal am Tage angerufen. Die Stille des Arbeitsraumes (die höchstens durch die Laute der Experimentaltiere unterbrochen wurde) wurde durch das hier besonders grell klirrende Telephon unterbrochen. Angerufen wurde er also zur Genüge. Aber seine Frau schien dann auf seine Fragen ausweichend zu antworten. Zuerst vag und phrasenhaft, später aber nur mit einem stereotypen Ich-weiß-nicht. Ob der Doktor sich nach dem Befinden seines ältesten Jungen erkundigte oder danach, ob der langweilige, juckende Hautausschlag seiner zweitältesten Tochter verschwunden sei, oder ob das Wirtschaftsgeld in der letzten Dekade (alle Amtsärzte rechnen nach Dekaden) ausgereicht habe, oder danach, wie die Eisenwarengeschäfte in der lieben

Heimat gingen, von denen die Angehörigen der lieben Frau lebten – auf alles erfolgte immer nur diese tödlich leere Antwort: *Ich weiß nicht.* Es erfüllte mich, den Unbeteiligten, mit einer Art Entsetzen und ich verglich im Stillen seinen Zustand der erfüllten Liebe mit meinem der unglücklichen Liebe, wenn ich den glücklichen Gatten und Vater, äußerlich in Schweiß zerflossen, aber innerlich nicht wie nach der Sonntagsmesse hochaufgerichtet, sondern unterminiert und jämmerlich gequält aus der Telephonzelle zu seinem Experimentiertischchen zurückeilen sah. Seine Frau hatte es nicht zu unterlassen vermocht, die Gute, auch auf des Doktors Abschiedslebewohl mit ich-weiß-nicht zu antworten. Er war aufgewühlt, verzweifelt, es trieb ihn zu fluchen, die Tür der Zelle mit Krach zuzuschlagen, aber dieser Gentleman in allen Lebenslagen beherrschte sich. Er legte die Tür sanft an, schwieg, machte sich mit behutsamen Händen an sein Werk und, man glaubte es nicht, mit dem gleichmütigsten Gesicht der Welt ließ er sich dieses Spiel täglich des öfteren gefallen. Er gab dem schrillen Telephongeklingel immer nach, statt die Leitung umstellen zu lassen, was von der Hauptkanzlei aus ohne weiteres möglich war. Aber er hielt es nicht für recht, sich seiner Frau gegenüber zu verleugnen. Lieber unterwarf er sich ihren teuflischen Beeinflussungsversuchen. Er versuchte, sie zu verstehen. Sie ihn nicht.

Oder gab er ihr gar noch recht? Sie war im Glauben, seiner Halsstarrigkeit gegenüber sei im Interesse der zugrundegehenden Familie alles erlaubt, ja sogar geboten. Sie glaubte es eben, und die felsenfest Gläubigen sind nun einmal immer im Vorteil.

Warum hatte Walter die Seinen mit hierhergeschleppt? War er besser – das heißt, handelte er vernünftiger als Monikas Mutter? War nicht alles Wahnsinn? Die Frau Walters war die reine, mehr als das, die praktische Vernunft. Und sie war ein Mensch mit lebendigen Frauenwünschen und Begierden.

War sie eine normale Frau, dann erwartete sie in Walter einen normalen Mann. Hatte sie nicht schon Opfer genug gebracht und hatte es nicht immer geheißen, es solle das unwiderruflich letzte sein?

So hörte er sich ihr satanisches Ich-weiß-nicht geduldig an und ging dann still und gottergeben wieder an seine Arbeit, um zum tausendhundertsten Male festzustellen, daß das Gelbfieber eine zwar fürchterliche, aber im Wesen und in der Verbreitungsweise noch ganz unbekannte Krankheit sei. Das war denn alles.

## XVI

Der Geistliche besuchte uns manchmal am Spätnachmittag, berichtete die Neuigkeiten aus der Stadt und lud uns schließlich zu einem Spiel Karten ein, Puff-Puff, wenn ich es recht verstand. Er war sehr besorgt um unsere Gesundheit und unsere Stimmung, aber wir nicht so sehr um die seine. Wir lauschten scheinbar andächtig seinen Reden, bald machte sich aber der eine und dann der andere wieder fort an seine Arbeit. Was blieb ihm übrig? Er verabschiedete sich in seiner stillen, höflichen, undurchsichtigen Art, wie sie ältliche Priester öfters an sich haben. Er störte uns nicht, denn eine kurze Unterbrechung war angesichts der zwar leerlaufenden, trotzdem aber sehr angespannten Tätigkeit im drückend heißen, nach allen Scheußlichkeiten der Welt duftenden Laboratorium in dieser unbeschreiblichen feuchten Glut nur nützlich.

Weniger zartfühlend benahm sich ein anderer Besucher, der den Doktor dieser Tage aufsuchte. Es war ein Agent, der sich Generalagent nannte, aber nur Subagent der verschiedenen Schiffahrtslinien war, die alle heiligen Zeiten einmal einen schiffbrüchigen Kahn hier anlegten, wie es die »Mimosa« war. Außerdem hatte er die Vertretung einiger großer nordamerikanischer Lebensversicherungsgesellschaften inne und hatte sich durch allerhand mehr oder weniger legale Geschäfte (natürlich mit den Verbrechern hier oder gegen sie) ein nicht unbedeutendes Vermögen gemacht.

Der Subagent erschien in geschäftlicher Mission. Er ließ sich nicht abschrecken, das Laboratorium zu betreten. Jedermann kannte ihn, mußte ihn doch kennen! Er hatte keine Angst, da er das Y. F. bereits vor drei Jahren bei einer gewaltigen Seuchenwelle, gegen welche die jetzige nur ein Kinderspiel war, überstanden hatte und seitdem nicht von hier gewichen war. Entfernt man sich nämlich von dem Boden des Y. F.-Ortes, erlischt die Immunität und die heitere Komödie kann von neuem beginnen. Aber vor dieser Gefahr war der geschniegelte, mit einer Brillantnadel, goldenen Manschettenknöpfen und ähnlichen Herrlichkeiten geschmückte Kavalier geschützt. Er war ein Ritter im Tropenhelm ohne Furcht und Tadel, denn er setzte sich für eine bedrohte, beleidigte, gefährdete Dame ein. Und diese Dame war keine Witwe, ihre Kinder waren keine Waisen, sondern es war Frau Doktor Walter selbst, die ihn, wenn er es auch in seiner vornehmen Art leugnete, als Sendboten der Versöhnung hierhergesandt hatte. In dem Schnabel einen Palmenzweig des Friedens tragend, leider aber gleichzeitig einen Giftpfeil unter dem linken Fittich verbergend, wenn ich so sagen darf. Der Palmenzweig bestand darin, daß der gute Mann die Grüße der sehnsuchtsvollen Frau und Gattin überbrachte. Das war keine überraschende Neuigkeit angesichts der Situation, die den Mann nun schon bald zwei Monate in Quarantäne hielt und noch unabsehbare Zeit andauern konnte. Darüber war man sich denn auch schnell einig, und Walter bekomplimentierte den im wahrsten Sinne öligen, kleinen Gentleman bald zur Tür hinaus.

Aber schon hinter der Glastüre des Laboratoriums schnellte der Subagent seinen Giftpfeil vor. Es war die Versicherungspolice, die der tüchtige Subagent im Namen seiner Gesellschaft formell kündigte. Walter hatte sich nämlich als vorsorglicher Familienvater für seine Frau und seine fünf Kinder im Ablebenfalle mit fünfzigtausend amerikanischen Dollar versichert, zu besonders günstigen, ausnahmsweise niedrigen Prämiensätzen, wie der Subagent übersprudelnd behauptete.

Nun, die fällige Prämie war doch nicht etwa unbezahlt geblieben? Gewiß nicht, gab der Subagent zu. Ja, was denn sonst? Wir haben Eile, sagte Walter mit einem Anflug von Ungeduld. Kein Wunder, wenn ein Versuch im Gange war, der auf Zeit eingestellt war und den man, wenn der richtige Augenblick nicht wahrgenommen wurde, nächsten Tages wiederholen mußte. Der Subagent verbeugte sich. Er hatte die Tür ins Laboratorium nicht geschlossen, er blieb zwischen Tür und Angel. Er wollte nicht gehen, denn er war erst am Beginn seiner Mission. Die Versicherungsgesellschaft könne *dieses* Risiko nicht eingehen, sagte er ernst wie ein Psalmodist und wies durch die Korridorfenster auf den Hof des Hauses, wo gerade eine Y. F.-Leiche, in ein weißes Laken eingeschlagen, in die im Souterrain gelegenen Sektionsräume transportiert wurde.

Walter verstand. Nein, ich verstehe nicht, sagte er aber, ich

dächte, das übliche Risiko bei einem Arzt in einer Seuchengegend einzugehen, sei Sache der Gesellschaft und in den Paragraphen inbegriffen. Ja, aber knapp nur das übliche, antwortete der
Subagent. Wenn ein Mensch sich in einem Lederkajak die
Niagarafälle hinabschaukeln läßt, wird meine Versicherungsgesellschaft eventuell, eventuell, auch dieses Risiko eingehen, aber
sie muß es *vorher* wissen und wird die Prämie dementsprechend
hoch einsetzen. Alles andere wäre wirtschaftlicher Selbstmord
und kann keinem geschäftlichen Unternehmen zugemutet werden. Daß Sie sich monatelang direkt dem Y. F., der gefährlichsten Ansteckung, wie mit Willen und Absicht aussetzen würden,
war der Gesellschaft nicht bekannt, als die Gesellschaft durch
mich die Unterschrift unter dieses Dokument setzte, sagte er
pathetisch, auf seinen Wisch hinweisend, den er unter seiner
bocksartig riechenden Achsel trug. Schön! Ich werde mich
danach richten, antwortete Walter und verbeugte sich. Dem
Subagenten blieb nichts anderes übrig, als endlich zu gehen. Die
Wachen vor dem Lazarettportal grüßten ihn sehr ehrerbietig
und standen stramm, denn er hatte, um in die isolierten Räume
der Forschung eindringen zu können, mit dem Geld nicht
gespart. Er war »ein schöner Mann«, ein Mischling, und wie
viele seiner Rasse von großem gesellschaftlichen Ehrgeiz
geplagt. Was waren uns seine Schönheit, seine Rasse, sein
Ehrgeiz, sein Geschäft? Trotzdem war Walters Gesicht sehr
verdüstert. Aber er schwieg und arbeitete weiter.


XVII


Ich konnte mich in die Lage unseres Mitarbeiters Walter um so
eher einfühlen, als ich ja meine Erlebnisse mit meiner Frau nach
dieser Richtung noch klar in Erinnerung hatte. Denn gerade zu
dieser Zeit beschäftigte mich eine unsinnige, aber nichtsdestoweniger sehr intensive Gedankenkette, die sich teils um meine
verstorbene Frau und meinen alten Vater, teils um die verstorbene Portugiesin drehte. Was aus diesen Menschen geworden
wäre, wenn . . . Wer kennt nicht diese lästigen Gedankengänge,
die sich von dem armen gemarterten Herzen und Gehirn nicht
lösen wollen, man mag sich noch so sehr anstrengen? So lösen
sich auch im stärksten Herbststurm nicht die spinnwebeartigen

Behänge, die man in poetisierenden Ländern Altweibersommer nennt, von den Haaren eines wandernden Menschen und von seinen, vom Herbstwind durchwehten Kleidern. Freiwillig lösen sie sich nicht. Man muß milde Gewalt anwenden. Aber wie und wo gibt es milde Gewalt gegenüber schauerlichen Erinnerungen?

Die Liebe und Treue des guten March waren mir nur ein schwacher Trost. Hätte er wenigstens ganz auf Gegenliebe verzichten können, hätte er alles mir überlassen, hätte er sich leicht, statt schwer gemacht – was hätte alles passieren können. So aber passierte nur das eine, daß ich ihm zum tausendhundertstenmal klarzumachen versuchte, daß ich jetzt weniger denn je sein unsinniges Gefühl erwidern könne. Und warum, fragte er naiv. Was sollte man darauf antworten? Nur ihm übers Haar streichen und über seine Schulter fortsehen.

Aber ebenso quälend und ebenso lähmend war für Walter die Liebe seiner guten Frau, dieser mustergültigen, normalen Frau und Mutter, die ihren Mann für sich und ihre Kinder zurückhaben wollte. Die Entsendung des schönen Mannes, des Subagenten, blieb nicht ihr letzter Versuch. Sie packte ihren Mann an einer anderen Stelle, an der er viel empfindlicher war als an seinen materiellen Interessen, die bei diesem vollkommenen Altruisten nur anderen Menschen zugute kamen. Geld blieb *nur* Geld für ihn. Von wieviel Prozent der europäischen Menschheit läßt sich dies sagen, bei der Geld absolut als göttlicher Lebenswert angebetet wird?

Die Gespräche am Telephon wurden jetzt nur sehr kurz. Die Dame gab an, sie wolle ihren Herrn und Gebieter nicht aufhalten, sie sei viel zu gering, zu klein, zu unbedeutend, viel zu sehr ein Aschenputtel, um ihren Mann bei seinem wichtigen, segensreichen und erfolgversprechenden, weltbewegenden Werk stören zu dürfen. So billig diese Ironie war, so verletzte sie doch den Doktor sowohl in seinem Stolz als in seiner Neigung zu der Frau. Aber er war, wenn er auch auf den ersten Blick weich und rücksichtsvoll erschien, doch ein Mensch von unbeugsamem Charakter, der genau wußte, was er wollte und es auch bis an die Grenze des Möglichen durchführte.

Grenze des Möglichen? Nur nach Möglichkeit? Hier setzte die Frau an, die sich geradezu teuflischer Mittel bediente, um ihren Mann von seinen hirnrissigen, zeitraubenden, lebensgefährlichen Experimenten abzuhalten. So verlangte sie dieser Tage ganz ruhig und sogar mit einer Art fröhlicher Gefaßtheit ihren Paß. Ihren Paß? Sie hatte niemals einen besessen. Es gab nur *einen* Paß, und zwar den, der auf den Namen des Doktors Walter, dessen Frau Alix Rosamunde Gabriele Therese und auf den der fünf Kinder ausgestellt war. Ja, eben dieses Dokument wünschte die Frau. Sie drohte nicht mehr mit Scheidung, nicht mit Selbstmord, sie gab an, daß sie und ihre (ihre!!) Kinder sich dem mörderischen Klima, das für Galeerensträflinge gerade gut genug sei, nicht gewachsen fühlten, daß sie zu ihrer Mutter und ihrem Bruder, die das alte Eisenwarengeschäft des vor drei Jahren verstorbenen Vaters so recht und schlecht weiterführten, übersiedeln wolle. Er, ihr Mann, solle sich keine Sorgen machen, er würde auf dem laufenden gehalten werden und könne dann in aller Seelenruhe seine humanen Forschungen zu Ende führen.

Man kann sich denken, daß der gute Doktor, in seinem Innersten getroffen, keine schlagfertige Antwort darauf gab. Dieser Ton, so ruhig, so gefaßt, so genau berechnend, stach ganz und gar von der gewohnten vehementen Art seiner Gattin ab, gegen die allein er abgehärtet war. Der Plan stammte denn auch nicht aus ihrem Affengehirn, sondern aus dem Gehirn des Subagenten, der ein besserer Menschenkenner war, als der Doktor zuerst angenommen hatte. Übrigens war von ihm kaum die Rede, bloß, daß die Gattin so hinwarf, der Doktor solle sich um die wirtschaftliche Lage seiner Familie keine unnötigen Gedanken mehr machen, der Subagent habe ihr die schwersten Haushaltsorgen abgenommen, besorge alles für sie und die Kinder, denn sie selbst sei mit der Vorbereitung zur Übersiedlung nach London vollauf beschäftigt. Und Schluß. Rrrr – und fort! Der gute Walter war so verblüfft, daß er (vor dem Telephonapparat) förmlich zusammensackte und dann stumm mit verbissenem Gesicht vor dem Mikroskop saß. Es war das Mikroskop letzter Konstruktion mit den zwei Okularen, in welchem zwei Menschen gleichzeitig das gleiche Gesichtsfeld durchforschen und beobachten konnten. Der Generalarzt hatte es aus Europa mitgebracht und Walter hatte dem guten Carolus mehr als ein schönes (aber uninteressantes) Bazillenpräparat an diesem prachtvollen Gerät demonstriert.

Auch jetzt trat der lange, schlaksige, dürre Carolus auf Walter zu, faßte ihn leicht an der Schulter an und stützte sich auf diese, um neben ihm einen Blick in das Gesichtsfeld zu werfen. Aber Walter ertrug die Berührung nicht, oder er war zu apathisch. Er stand auf und überließ das Mikroskop mit dem Doppelokular dem Carolus allein, der nichts damit anzufangen wußte. Aber Carolus hatte mehr Takt, als ich diesem monumentalen Ochsen (?) zugetraut hätte. Er fragte nicht und hielt auch March ab, irgendeine Frage an den armen Gatten und Vater zu richten, der sich erst spät am Abend faßte, nachdem er am Nachmittag mit dem ehrenwerten Amen-Mann eine Partie Puff-Puff gespielt und mit Glanz verloren hatte. Denn seine Gedanken waren weit fort.

Dieser arme Märtyrer sollte am langsamen Feuer geröstet werden. Für ihn mochte die unselige Telephonzelle ein ähnlich qualvoller Aufenthalt sein wie die berüchtigten Dunstkammern an Bord der »Mimosa«, in welche der gute March zum Lohn für seine treue Liebe eingesperrt worden war, um im eigenen Dunst geschmort zu werden. Es kam nämlich nun noch ein Anruf, und dieses Telephongespräch war von lakonischer Kürze. Wir hörten bloß einen erstaunten Ausruf des Doktors und darauf die drei Worte der Gattin: Ich weiß es. Darauf hielt der gute Walter den Hörer entgeistert in der linken Hand, die Tür der Zelle hatte er mit der anderen geöffnet und starrte uns alle an. Ich weiß es? Was *wußte* die Frau? Wir sahen fort. Wir schämten uns für sie. Es konnte nur *ein* Geheimnis sein, das die Frauen ihren Männern mit solchem Aplomb ins Ohr flüstern – man hat es längst erraten. Ein *süßes* Geheimnis.

Jetzt war alles sonnenklar. Ultimatum. Entweder sofortiges Aufgeben der Experimente und Forschungen, Aufbruch von der verseuchten Insel mit ihrem besonders für hoffende Frauen weißer Rasse verhängnisvollen Klima und Rückkehr in gemäßigte Zonen – oder unabsehbare Folgen. Unabsehbar? Eigentlich nein. Man konnte genau vorhersehen, was kam.

Den Schauplatz seiner Tätigkeit bloß mit den bisher so ganz negativen Resultaten verlassen, die nicht einmal so viel Raum in den gelehrten Zeitschriften der allgemeinen Pathologie würden füllen können wie die Resultate der merkwürdigen Nordpolexpedition von Georg Letham dem Älteren in den gelehrten Journalen der beschreibenden Erdkunde – abgehen und der zweiten Kommission das Forschungsgebiet überlassen –, das war der eine Weg. Und der andere? Gab es überhaupt noch einen? Hatte man denn noch etwas *unversucht* gelassen?

Ruhelos trieb sich Walter zwischen den Mikroskopen, den zwei Brutschränken, den Flaschen und Gläsern mit Untersuchungsmaterial umher. *Er* brachte die Bücherreihen, die der treffliche Carolus nun schon prächtig zu ordnen gelernt hatte, (bloß ein winziges Ohrlöffelchen aus gelblichem, rahmfarbenem Horn ragte an einer Stelle aus der Enzyklopädie der gesamten Bakteriologie hervor), in Unordnung. Er, Walter, schlug die Protokolle auf und die Augen nieder, er wandelte in seinem weiten, unordentlichen, flatternden Mantel mit ausgebreiteten Armen wie ein zweifelnder Priester zwischen den Käfigen mit dem lebenden (nur viel zu lebenslustigen und gesundheitlich unversehrten) Tiermaterial umher, und es war sehr ergreifend, wie er einen Hund, der ihn eines Morgens besonders mitleiderweckend angebellt hatte, abends aus dem Kotter herausließ und mit ihm im Spitalsgarten umherging, immer noch mit den Händen gestikulierend und stumme Zwiesprache mit seiner Gattin oder mit dem Schicksal haltend. Der Hund bellte, sprang und freute sich.

Der Magister v. F. war schon lange nicht bei uns gewesen. Noch sehe ich das von Entsetzen verzerrte Gesicht des Walter vor mir, als dieser Tage die Telephonklingel wiederum schrillte. Aber es war nur blinder Alarm. Magister v. F. versprach zu kommen, womöglich an diesem Abend, mit einer wichtigen Neuigkeit, sonst am nächsten Morgen.

Es sollte der nächste Morgen werden und vielleicht war das gut so. Denn an diesem Abend war Walter völlig erledigt (es mußte doch wieder eines dieser infernalischen Telephongespräche stattgefunden haben, ich weiß es nicht), er war unzugänglich für Vernunft und Logik. Er hätte wahrscheinlich den Entschluß gefaßt, die Untersuchung abzubrechen und in den Kreis der Familie und in das bürgerliche, geordnete Leben wiederzukehren, uns aber zu verlassen. Hatte es ihm doch seine Frau besonders zum Vorwurf gemacht, daß er die Gesellschaft »erklärter Mörder und Banditen« aus freiem Antrieb oder, besser gesagt, aus Herzlosigkeit der »treu sorgenden Wärme« seiner »liebenden Herzen« vorzöge. Was tun Menschen nicht alles aus Liebe?

## XVIII

Der unverwüstliche Doktor und Magister v. F. (für den die
Vorschriften der Quarantäne nicht zu bestehen schienen) zeigte
sich uns diesmal ohne seinen berühmten Moskitoschleier. Aber
er hätte sich als Salome verkleiden können und hätte uns doch
nicht gereizt. Selbst Carolus wandte sich gelangweilt ab, Walter
hörte mit halber Aufmerksamkeit zu, und March hatte Augen
und Ohren nur für mich. Ich allein ließ mir mit wohlwollendem
Lächeln, so wie man eben die Sermone eines Monomanen über
sich ergehen läßt, die Erzählung des uralten Herren gefallen. Er
berichtete vor allem von sich selbst. Wie viele sehr alte
Menschen setzte er ein unbeschränktes Interesse an seinen
Privatangelegenheiten bei anderen voraus. Walter horchte nach
der Telephonzelle hin, die heute auffallend still blieb, Carolus
bohrte sich Obstreste aus seinen Raffzähnen mit einem aus
einem Zündholz geschnitzten Zahnstocherchen und betrachtete
das aus der Mundhöhle herausgeförderte Zeug mit einer
liebevollen Aufmerksamkeit, die weiß Gott einer besseren
Sache würdig gewesen wäre. Die Stimmung unter uns war also
dem alten Magister nicht günstig. Aber er saß da und schnurrte
sein Pensum ab.

Wenn man übrigens eine gewisse Anteilnahme aufzubringen
vermochte, konnte es die Viertelstunde sogar lohnen. Denn er
machte gleichsam vor uns als vor vier Zeugen sein Testament.
Der letzte Wille eines in den Tropen alt und gelb gewordenen,
menschenfreundlichen, leider nur mittelmäßigen und von der
modernen Zeit lange schon überholten Medizinmannes wurde
uns offenbar. Er hatte viel gesehen, mehr noch sein Vater und
sein Großvater, von welchen längst vermoderten Ärzten verschiedene Aufzeichnungen vorlagen, wie er uns berichtete.

In dieser Ärztefamilie hatte jeweils der Sohn dem alt und
gebrechlich werdenden Vater bei seiner letzten Krankheit
beigestanden, hatte rechtzeitig den Urheber seiner Tage auf das
kommende Ende vorbereitet – bloß Magister v. F., dessen
Kinder andere Sorgen hatten, hatte sich seine Diagnose (chroni-
sche Nierenschrumpfung sowie Arteriosklerose) selbst stellen
müssen. Aber er war glücklicherweise frei von Sentimentalität.
Die Gefaßtheit, mit der er seinem in etwa drei bis vier Monaten
zu erwartenden Ableben (er täuschte sich nicht) ins Auge sah,

nahm mich für ihn ein. Ich muß es gestehen, ich (der alte Neidhammel) beneidete die Kinder dieses komischen, alten tropenfesten Menschenfreundes um ihren Vater. Sie verstanden ihn nicht. Verstanden auch wir ihn nicht? Ich nahm seine Moskitoeier, die er auch diesesmal und zwar in einem goldpapiergeränderten Pillenschächtelchen auf Watte vorsorglich untergebracht hatte, in die Hand und wog das federleichte Ding.

Wäre nur bei diesem Menschen ein gegenseitiges Verstehen möglich gewesen! In seiner Familie gab es eine klinische Tradition. Seine Beobachtungen, wenigstens was die Lebensweise verschiedener Moskitos anbetrifft, hatten alle wünschenswerte Exaktheit, die man nur von einem modernen Naturwissenschaftler erwarten kann. Er unterschied seine Moskitos, die Y. F.-Moskitos, Stegomyia fasciata, genau von den Anophelesmücken, den wohlbekannten Trägern der Malaria. Er wußte, wie diese sich hinsetzten, wie jene mit den Hinterfüßen wippten etc. Auch die Ablagestelle der Eier war bei beiden Unterarten eine ganz verschiedene. Welchen Eifer, welche minutiösen Beobachtungen mußte der alte Mann neben seiner hier in den Tropen besonders schweren Berufstätigkeit aus reinem Idealismus aufgebracht haben?!

Er erkundigte sich, rührend in seiner senilen Naivität, nach den Schicksalen seiner ersten Moskitoeier. Ich wußte im Augenblick bloß von dem einen Insekt, das in Monikas Zimmer ausgeflogen war und sie gestochen hatte. Möglicherweise war es dasselbe Exemplar gewesen, das sich nachher an den Kaschemmenwirt herangemacht und dessen süßes Blut genossen hatte. Wäre dieser hierauf an Y. F. erkrankt, dann wäre die absurde Theorie des Magisters bewiesen gewesen. Ja, »wenn«! Ein ungeheurer Schritt nach vorne wäre getan gewesen. War es aber nicht. Ich fragte ihn aus Neugierde danach. Er wußte von nichts. Wir gingen sogar der Sache nach, gründlich, wie wir waren, und riefen in der Stadt an. Der Kaschemmenwirt befand sich gesund und wohlauf, einige Schrammen und Hautwunden abgerechnet, die er in einer Balgerei vor drei Tagen von seinen Spießgesellen abbekommen hatte. Also war es damit nichts. Das triste, schon mit dem Stempel des Todes gezeichnete Gesicht des alten Narren hätte man sehen müssen.

Von seiner ersten Moskitoportion waren nur die sterblichen Überreste da, die auf dem Grunde des gazebedeckten Glasgefäßes in einer schmierigen Flüssigkeit schwammen. Es klebten noch an den Wänden Krümel von Zuckerstaub, der ihnen zur Nahrung gedient hatte – und auf dem Boden befanden sich Reste von Chloroform, mit denen sie der gute, alte Carolus, ein verspielter alter Hans, in das bessere Jenseits der guten Tiere Gottes hinüberbefördert hatte.

Ich muß sagen, selbst die leiseste Erinnerung an die Portugiesin (der Stich durch die Mücke und ihr schelmisches, tapferes, sonnenhelles Wesen), brachte immer noch eine Erschütterung in mir hervor. Ich war von dieser Liebe nicht geheilt. Ich fühlte sie noch. Und so konnte ich dem flehenden Blicke des alten Mannes, der seinen Herzenswunsch erfüllt haben wollte, bevor er starb, schwer widerstehen. »Lassen Sie die Insekten wenigstens an Kranken ansaugen und bringen Sie sie dann unters Mikroskop. Was kostet es Sie?« bat er. Die Erinnerung an die Portugiesin hatte mich weich gestimmt.

Aber ich antwortete ihm ganz anders, als er es nach dem Ausdruck meines Gesichts erwartet hatte. »Warum haben Sie sich denn nicht einmal selbst von der Stegomyia stechen lassen?«

»Habe ich es denn nicht schon oft versucht? Leider ist mir dieser Gedanke erst gekommen, als ich schon zu alt war. Was soll ich tun, mein Blut schmeckt ihnen nicht, und ich glaube auch, unsere Religion verbietet solche Experimente . . .«

Als er das Wort »Experimente« aussprach, durchzuckte mich eine sonderbare Ideenverbindung. Ich hatte mir in Gedanken immer gesagt, er verstehe uns nicht, wir ihn aber auch nicht. Für uns waren seine Worte einfach nichts als unbewiesenes und unbeweisbares Gefasel, und er, der alte Praktiker der unmittelbaren Beobachtung, wiederum wußte nicht, was er mit unseren statistischen Feststellungen über die Verbreitungsweise der Krankheit anfangen soll, diesen drei Einzelheiten, die der alte Carolus ausgetüftelt hat, dem funkenartigen Überspringen . . . was heißt »funkenartig«? Nichts! Weg damit! Aber was heißt Überspringen? Überfliegen?! Kann man in diese Wortmetapher einen naturwissenschaftlichen Sinn bringen? Ich, der Mann eines verläßlichen Gedächtnisses, entsann mich meines ironischen Ausdrucks »auf Engelsflügeln«, was!? wie? Ja, nein, auf Engelsflügeln nicht, wohl aber auf Moskitoflügeln konnte, ja, was konnte? mußte die Krankheit von einem Leidenden zum

Gesunden sich fortpflanzen, und wenn tausendmal der Kaschemmenwirt *nicht* durch den Mückenstich angesteckt worden war, was konnte nicht alles die Ursache einer negativen Tatsache sein?! Hatte der Wirt das Y. F. einmal gehabt? Ist er vielleicht immun? fragte ich den Maigster F. Ich wartete aber seine Antwort nicht ab. Ich wollte sie nicht wissen. Ich wollte das Problem durch Experimente erhellen.

Nicht mehr sezieren! Aber experimentieren! Ich zog ihn an dem Ärmel seiner blauen, dünnen Seidenjacke, unter der ich die Fasern seines weitmaschigen Netzhemdes fühlte, zu dem Arbeitstische, wo bereits wieder Carolus und Walter je an einem Objektiv gemeinsam ein einziges Blickfeld vergeblich, aber emsig durchmusterten, und sagte zu den Kameraden in leisem Ton: Was Herr F. angibt, könnte aber doch mit unseren Beobachtungen übereinstimmen. Die Krankheit könnte durch ein Ding, das durch die Luft fliegt, übertragen werden. Über einen Hof hinweg, ja möglicherweise von der Ostküste eines Kontinents auf die Westküste eines anderen, der das gleiche, feuchtwarme Tropenklima hat, fünfundzwanzig bis dreißig Grad, weder Norden noch Wüste noch Europa. Dies zu Punkt eins.

Und wenn die Erkrankungen in Schüben kommen, und das war Ihre Einzelheit Nummer zwei, Herr Generalarzt, dann könnte das unsichtbare Virus möglicherweise im Leibe einer Mücke reifen, wie man das bei anderen Seuchen, besonders von der Malaria und dem Ankylostomum, auch kennt.

Und wenn, Einzelheit Nummer drei, die Krankenpfleger und die Wäscherinnen etc. frei bleiben trotz ihrer unappetitlichen Hantierung, so beweist das, daß die Kleider und die Ausscheidungen der Kranken das Virus *nicht* enthalten. Oder wenn sie es doch enthalten sollten, dann in unwirksamer Form.

Das war sehr einfach. Deshalb schwer zu glauben. Einem anderen hätten die Herren ins Gesicht gelacht. Mir nicht.

Habe ich nicht schon erzählt, daß die gütige Mutter Natur mir als Ersatz für Güte, Heiterkeit und Schönheit und ein gutes, warmes, menschlich fühlendes Herz eine ordentliche Portion Logik gegeben hat? Aber diese wäre nutzlos geblieben, hätte ich nicht auch die Gabe dazu bekommen, Vertrauen zu erwecken. Unter Kranken und Gesunden. So auch hier.

# XIX

Die Herren, zu denen sich eben noch der Kaplan mit seinen Spielkarten zu einem sehr unzeitgemäßen Plauder- und Spielstündchen gesellt hatte, sahen mich mit großen Augen an und schwiegen still. Ich setzte meine Rede fort: »Was ich gesagt habe, ist nur Theorie. Es müßte bewiesen werden.«

»Was? Wie bewiesen?« fragte der alberne Carolus.

»Welch eine Frage, durch Experimente natürlich!«

»Ja, haben wir nicht bereits genug experimentiert? Affen, Kaninchen, Meerschweinchen, Hunde, Ratten, ja was denn noch?«

»Was noch? Menschen!«

»Menschen?!«

Der kleine March, der offenbar diesen Ausspruch als Scherz auffaßte, schlug eine blöde Lache auf. Dies war mir sehr unangenehm. Die anderen Herren waren im Begriffe, sich abzusondern, um jeder für sich die Sache zu überlegen. Wäre es dazu gekommen, hätte ich meinen Plan fallenlassen müssen. Das war mir unmöglich. Ich war, das fühlte ich im Augenblick mit nicht zu erschütternder Gewißheit, nun bereits ebenso fanatisch, so borniert, so gläubig wie der alte F. Ich war dabei. Ich blieb dabei: diese Spur war die Mühe wert. Es war meine Sache, es war *mein Krieg*, wie man sagt, oder, weniger pathetisch ausgedrückt, meine Aufgabe.

Ich faßte jeden bei seiner schwachen Seite, erst Carolus. »Tiere sind in der Natur sicher gegen Y. F. immun. Menschen nicht. Wenn es also ans Experimentieren geht, wird jede Kommission, mag sie welcher Nation immer angehören, über kurz oder lang notwendigerweise vor dem Menschenexperiment stehen. Sie wissen, hochverehrter Herr Generalarzt, daß in diesem Augenblick bereits die amerikanische Expedition das Schiff verläßt. Sie ist von Regierungsseite gestützt, hat unbeschränkte Geldmittel, man muß annehmen, daß ihre Teilnehmer, von wahrem Patriotismus erfüllt, bereit sind, wozu die vielen Worte – zu allem!«

Carolus war weniger dickhäutig, als ich angenommen hatte. »Wenn es nur darum geht« (worum?), »bin ich dabei, mich durch einen oder zwei Stiche von Stegomyiamücken infizieren zu lassen. Ist die Theorie richtig, so riskieren wir es mit Erfolg und erzielen ein positives Resultat. Ist sie falsch, ist es ein Mückenstich und darüber wollen wir doch nicht viele Worte verlieren.« Gut gebrüllt, Löwe. Du bekommst deinen Orden auf deine dürre Heldenbrust, eine Kriegsauszeichnung am goldenen Brustband mit Schwert und Klistierspritze. Erledigt, diesen Mann haben wir!

»Aber, meine Herren, das ist doch unmöglich«, sagte mit sentimentalem Augenaufschlag der Diener Gottes mit dem blaueintätowierten Amen über seiner heiseren Kehle. »Bedenken Sie! Sie haben ja gesehen, was die Krankheit ist. Die Sterblichkeit ist fünfundvierzig Prozent bis . . .«

»Ach, wissen wir das nicht schon längst?« sagte Carolus gereizt. Hier war *er* Fachmann.

Magister F. saß ganz entgeistert da und spielte mit seinem Schächtelchen wie ein alter Abbé mit seinem Schnupftabakdöschen. Seine Augen wanderten von einem zum anderen, er begriff scheinbar nichts. »Wie immer es sei«, sagte der Gottesmann mit Nachdruck, und seinem Tonfall konnte sich niemand entziehen, March ausgenommen, der immer noch grinste, der Tölpel, »wie immer es sei, ich kann es nur als Frevel ansehen, denn man darf Experimente an lebenden Menschen nicht machen, man darf der göttlichen Vorsehung nicht in den Arm fallen.«

»An welcher Stelle des Evangeliums sollte das verboten sein?« fragte ich. Und als er still war und sich die abgeschabten, leinenbespannten Knöpfe seiner alten, staubgrauen oder altersgrünen Soutane (zwischen braun und grün schillerte sie) abwechselnd auf- und zuknöpfte, kam wie aus der Pistole geschossen das Wort des Walter:

»Ich auch.«

»Ich?« wiederholte ich nachdenklich. » *Wir* wollen und können diese Untersuchung nicht als einzelne führen. Entweder sind alle damit einverstanden oder sie unterbleibt.«

»Herr Walter«, sagte der Geistliche, »ich spreche nicht für mich. Wenn ich mit meiner unbedeutenden Existenz der Wissenschaft und dem menschlichen Allgemeinwohl einen Dienst erweisen kann, stehe ich nicht zurück. Ich schlage Ihnen vor, beschränken Sie sich auf diejenigen unter uns, die keinen Anhang, keine Familie, keine Verpflichtung haben. Ich stehe allein in der Welt. Auf die Rückkehr von Ihnen beiden« (er wies auf March und mich) »haben die Angehörigen in der Heimat unter keinen Umständen zu rechnen (?). Sie aber, Herr Doktor Walter, haben hier unten in der Altstadt Frau und fünf Kinder. Was uns anderen erlaubt, ja vielleicht bei einer großzügigen Auslegung der Heilsworte der Schrift sogar sittlich geboten wäre, das gleiche wäre für den . . . wäre für das Oberhaupt einer hilflos zurückbleibenden Familie . . .«

»Eins, zwei, drei, March, Sie und ich, das ist zu wenig«, unterbrach ich ihn kurz. »In dem Augenblick, wo wir auf das Persönliche gehen, kommen wir nie zu einem Schluß. Ich schlage vor, jeder von uns sechsen nimmt ein schwedisches Zündholz. Will er mit bei der Partie sein, wirft er das Zündholz, so wie es ist, in dieses Marmeladeglas, wo die Leichen der Stegomyias in Zuckerwasser und Chloroform schwimmen. Hat er aber irgendeinen Grund, sich auszuschließen, dann reißt er – nein, um es ganz genau zu sagen, dann bricht er das Zündholz am oberen Rande durch und wirft bloß den Überrest in das Glas. Die Wahl ist geheim. Hier sind die Hölzchen, eins, zwei, drei, vier, fünf, sechs. Das Töpfchen steht in dieser Ecke. Sind nicht alle fünf (mit meinem zusammen sechs) Hölzchen unversehrt da, unterbleibt die Sache, Einstimmigkeit ist notwendig. Einer muß wie alle sein. Alle müssen wie einer sein, sehr einfach.«

»Sehr einfach«, echote der tapfere March, dessen hübsches Gesicht vor Feuereifer glühte.

In diesem Augenblick schrillte das Telephon. Es war die Zeit, zu der die teure Gattin anzurufen pflegte. »Will einer der Herren so gütig sein«, sagte der Gentleman Walter mit vor Erregung zitternder Stimme, »meiner Frau zu sagen, ich könne im Augenblick nicht kommen und würde morgen zuverlässig sehr früh am Tage anrufen?«

»Sehr gerne«, sagte Carolus und begab sich zur Telephonzelle, die er hinter sich schloß. Sehr bald nachher ertönte das Gezirpe der schwerhörigen Gattin, des lebenden Lautsprechers, ihr altes Wie? Was? Wie? zwar gedämpft durch die weite Entfernung, aber doch deutlich erkennbar. Doch ein Carolus war nicht der Mann, seine Ruhe zu verlieren. Wer zu nächtlicher Stunde auf einem fahrenden Schiff bei Azetylenbeleuchtung seine statistischen Studien an ein paar hundert hundemüden Schwerverbrecher machen kann, verliert nicht so schnell die Geduld. Er nickte mit seinem langen gelben Kopf wie eine geknickte Feuerlilie, die man auch Türkenbund nennt, aber als er den Telephonraum verließ, hatte er alles in Ordnung gebracht.

Es war Abend und plötzlich ging, wie schon oft, die Beleuchtung aus.

»Wunderbar«, sagte ich, »ein Wink des Schicksals! Möge es uns immer hold sein. Jeder kann jetzt, unbeobachtet vom anderen, seine Stimme abgeben. Ich möchte nur eines erwähnen. Diese verschiedenen Zündhölzchen haben nicht den gleichen Wert. Meines wird stammen von einem wegen Gattenmords zu lebenslänglicher Zwangsarbeit verurteilten Manne, das meines Kameraden March stammt von einem, der seinen Freund niedergemacht hat, wie man ein Kaninchen kaputt macht. Doch wozu reden? Ich will nur dieses Argument vorausnehmen, damit man es später nicht uns gegenüber macht. Kein Spieleinwand. Moralische Bedenken zu erheben ist jetzt noch Zeit, nachher nicht.«

Ich brauche nicht zu sagen, daß ich in dem Marmeladetopf – fünf Streichhölzchen vorfand, die noch ihren braunroten Kopf hatten. Also nicht sechs? War der Entschluß nicht einstimmig? Doch, gewiß war er das. Der alberne Hund March hatte statt des Hölzchens sein Benzinfeuerzeug hineingeworfen und holte es jetzt, über sein ganzes gutmütiges Gesicht feixend, wieder heraus. Er wollte damit kundgetan haben, daß er nicht bloß ein Zündhölzchen, sondern ein ganzes Feuerzeug zum Beweise seines guten Willens in die Wahlurne warf! Aus lauter Freude (ich war wie berauscht und sah erst später klar) konnte ich es mir nicht versagen, ihm eine ordentliche Backpfeife zu verabreichen, ich glaube, die einzige, die ich in meinem vierzigjährigen Leben jemals ausgeteilt habe.

## XX

Ich will unseren Entschluß nicht größer machen als er ist. Seitdem die Heilkunde besteht, sind immer von Zeit zu Zeit von Ärzten Experimente an Menschen gemacht worden. Es war nicht gerade die Regel, aber auch keineswegs die Ausnahme, daß die Ärzte *an sich selbst* zu experimentieren wagten. Wir waren nicht die ersten und werden sicher nicht die letzten gewesen sein. Ob dieses Beginnen juristisch mit Mord (vorsätzlicher Tötung?) oder mit Selbstmord zu tun hat, war unsere (meine) letzte Sorge.

Auf Schwierigkeiten waren wir gefaßt. Aber nur auf Schwierigkeiten, nicht auf etwas schlechthin Unerreichbares. Zu unserer Aufgabe gehörte kein Genie. Bloß Mut. Methode. Disziplin. Sollte man bei dem Kollektiv von uns sechs Menschen nicht diese Eigenschaften voraussetzen können?

Leider nein. Die ersten Hindernisse kamen von dem Mann, von dem ich es kaum angenommen hätte. Von dem alten Doktor v. F. Seine Aufgabe und Pflicht fielen zusammen, und dennoch entzog er sich ihnen. Er hätte in Ehren untergehen können für seine Idee, zog es aber vor, die Endfolgen seiner chronischen Alterskrankheit abzuwarten und den Becher seines Lebens bis zum letzten Tropfen auszuschmatzen. Er hatte weder Mut, noch fügte er sich der Methode, noch bewies er Disziplin. Ich habe gesagt, daß er mir frei von Rührseligkeit erschienen war. Aber schon die sentimentalen Tränen, die ihm jetzt die eingefallenen, lederartigen Backen hinabliefen, hätten mich eines anderen belehren sollen. Pasteur wird vor seinen Experimenten nicht geweint haben. Aber sei dem alten Schwachkopf F. dieser Erguß gegönnt, verdankten wir ja ihm den entscheidenden Fingerzeig.

Wichtiger war ein anderer Punkt: Wie es sich von selbst versteht, mußte unverbrüchlichstes Schweigen der Außenwelt gegenüber innegehalten werden. Solche experimenta crucis, wie sie die Wissenschaft nennt, erwecken nun einmal bei den vorurteilsbehafteten Durchschnittsnaturen sittliche Bedenken, ferner kamen auch Vermögensangelegenheiten (wie zum Beispiel die Versicherungssache) in Betracht, die Rivalität der hohen Behörden war zu fürchten. Niemand aber brauchte das Wohlwollen der Herren am grünen Tisch so sehr wie wir, die wir uns für das gelbe Pestfieber richtig interessieren wollten.

Ja, waren wir denn nicht Herren und Meister über uns? Ja doch, gewiß. Aber, das versteht doch jeder, mit uns *begannen* wir. Indessen war mit einer Versuchsreihe von nur sechs Exemplaren des homo sapiens ein Problem wie das vorliegende nicht zu lösen. Wir mußten früher oder später auch auf anderes „Menschenmaterial«, wie man es unverblümt nennen muß, übergreifen, und wenn der freiwillige Entschluß, sein Leben auf dem Altare der Wissenschaft zu lassen, sodann vielleicht in einem oder dem anderen Falle nicht mehr ganz freiwillig und selbstverständlich war, dann rückte der Begriff des Mordes in immer größere Nähe. Was konnte uns geschehen? Mir nicht viel, gewiß. Viel mehr unserem Werk, das wir vollenden wollten und mußten. Ich mußte zugeben, daß March und ich als bürgerlich verlorene Existenzen nichts zu fürchten hatten, denn disziplinare Bestrafung konnte uns nicht ins Bockshorn jagen. Wir hatten nichts zu verlieren. Wer C. kennt, weiß, daß es so ist. Aber die andern vier? Davon war einer ein Mann in höchster sozialer Position, der mit seinem Generalsrang alles zu decken hatte, der zweite war ein Gatte einer treuen, unversorgten Frau und Vater von fünf Kindern, er war human, Gentleman und Christ, der dritte war ein geistlicher Herr mit alten Gewissensskrupeln und einem ungenügenden Verständnis für die Ethik der Bakteriologie, und der letzte war der alte Magister v. F.

Ich hatte ihn einen Menschenfreund genannt. Und das mochte er bis dahin immer gewesen sein, wenigstens war Gegenteiliges nicht bekannt. Aber mit seiner Eitelkeit hatte ich nicht gerechnet. Und viel zu sehr hatte ich übersehen, daß er das Experiment, das uns allen bevorstand, doch schon längst hätte an sich machen können, zu Zeiten, wo sein edles Hidalgoblut noch frisch und süß und den hungrigen Stegomyiamücken eitel Nektar gewesen wäre. Er hatte es damals unterlassen, weil seine Angst vor der Ansteckung noch größer war als seine Eitelkeit und sein Wunsch, seinen Namen F. in der Welt berühmt zu machen. Von seiner Humanität sprechen wir nicht. Denn er stellte sie nicht unter Beweis. Und ob man es glaubt oder es sich nicht vorstellen kann, dieser dem Tode an seiner chronischen, unheilbaren Krankheit verfallene Mensch wehrte sich mit Händen und Füßen schon am nächsten Morgen nach der »Zündholzprobe« gegen unsere Absicht, ihn in unsere Versuchsreihe einzubeziehen.

Ich hätte es verschmerzt. Auch fünf ist für den Anfang eine gute Zahl. Aber der unselige Mensch brachte es nicht über sich, seinen Triumph, endlich ernst genommen zu werden, bei sich zu behalten. Während seine Moskitoeier noch im Brutkasten ausgebrütet wurden und wir uns über die richtige Methode, ein Insektuarium für sie einzurichten, den Kopf zerbrachen bei verschlossenen Türen und Fenstern, und während der tiefbekümmerte, aber fest entschlossene Walter sich seiner Frau am Telephon unter stets erneuerten und immer unglaubwürdiger werdenden Ausflüchten entzog, hatte das alte Kamel F. unseren Plan schon längst in C. ausgeplaudert. Walter erfuhr von seiner Frau, daß seine Absicht bekannt war. Er mußte es sich anhören und wir anderen auch, daß die schwangere Frau in heller Verzweiflung sich mit ihren Kindern zum Fenster hinaus auf die Straße zu werfen drohte. Was blieb ihm übrig? Er schwor ihr bei allen Heiligen, daß dies alles irres Gerede des Magisters sei. Man hätte den alten, kranken Narren F. auf seine alten Tage erfreuen wollen, man dächte nicht daran, seinen Phantasmagorien eine Minute zu opfern, und als Beweis dafür schlug er ihr vor, sich auf drei Tage mit ihr zu treffen, wenn sie den Mut aufbrächte, in seine Nähe zu kommen. Ja! Wie selig war sie! Liebend gerne wollte sie, die treue, teure Frau! Er wollte ihr bei der längst geplanten Übersiedlung von C. behilflich sein. Sie sollte mit den Kindern endlich das furchtbare Land verlassen dürfen. Er unterdrückte seine Seufzer, er entwarf scheinbar seelenruhig die Reisepläne. Und die Frau war froh, überglücklich, das zu hören. Sie rechnete im Innersten damit, den Mann dann endgültig mit sich zu nehmen, sie traute der Gewalt ihrer Liebe alles zu.

So desinfizierte sich denn der gute Walter eines Tages, nachdem er unter vier Augen eine lange Unterredung mit Carolus gehabt, von Kopf bis Fuß, und prächtig frisch geplättet und ordensgeschmückt wie ein Bräutigam, nur nicht nach Eau de Cologne, sondern intensiv nach Kresol duftend, wollte er uns verlassen, um sich in die Arme seiner sehnsüchtig harrenden Frau zu begeben, während die Kinder vorläufig noch am ersten Tage nicht mit ihm in Verbindung treten sollten, bis er als ansteckungsfrei sich bewiesen hätte.

Ja, wie lange hätte er dann warten sollen, ihnen den Vaterkuß auf die Stirne zu pressen? Gerade das wußte keine Sterbensseele auf der bewohnten Welt. Jeder machte es so, wie er es verantworten konnte, und man stellte es, wie soll ich sagen, der himmlischen Güte Gottes oder dem Zufall anheim . . .

Der gute Walter versprach uns nicht, pünktlich in Wochenfrist (soviel hatte die Frau aus den ursprünglich bewilligten drei Tagen bereits gemacht) wiederzukommen. Er war nie ein Mann von besonders viel Worten gewesen.

Wir rechneten damit, daß die Insekten nach sechs bis acht Tagen (es dauerte aber länger) ausgewachsen und ausgepuppt sein würden und fähig, sich an dem Blut der Y. F.-Kranken anzusaugen und hungrig genug, uns fünf Menschen nachher zu stechen. Das heißt: da jeder von uns nur einmal zu dem wichtigen Experiment herangezogen werden konnte, andere aber da sein mußten, um die notwendigen Beobachtungen, Proben und Untersuchungen, Feststellungen etc. zu machen und protokollarisch niederzulegen, so wurde in letzter Minute, während Walter schon ungeduldig aus dem Fester auf das Meer, das Schiff und die Inseln hinausblickte, ein Plan entworfen, demzufolge zuerst ich und March sich zu den Experimenten hergeben sollten, während Carolus und Walter an uns ihre Beobachtungen machen und die Pflege übernehmen sollten. Der Geistliche war als Reserve gedacht. Er sollte entweder für das Experimentalobjekt oder für einen Protokollführer einspringen. Aber er hätte nicht einmal einen Carolus, geschweige denn einen Walter ersetzen können.

Was ich sage, klingt brutal und abstoßend. Aber ich kann es nicht anders ausdrücken, als es den Tatsachen entsprach. Bei unserem Pläneentwerfen wurden wir leider auch jetzt von dem geschwätzigen albernen Magister gestört, der gar nicht begriff, was er angerichtet hatte. Wir gaben ihm zu verstehen (und zwar Carolus mit der sanftesten Schafsmiene von der Welt), während wir anderen gleichgültig mit den Achseln zuckten und die Augen niederschlugen, daß wir uns die Sache doch noch überlegt und unseren Entschluß fallengelassen hätten, die Experimente zu machen. Damit sei auch *er* von seinem Versprechen entbunden. Gehe in Frieden? Segne uns und schieb ab! Aber man hätte nur das entsetzte Gesicht des alten Narren sehen sollen beim Empfang dieser Hiobsnachricht! So sicher hatte er darauf gerechnet, *wir* würden bei der Stange bleiben und seinen Namen weltberühmt machen.

Walter stand endlich auf, nachdem er March gebeten hatte, einen von den Versuchshunden, denselben, den er schon früher einmal ausgeführt hatte, aus dem Käfig zu holen. Er wollte ihn seinen Kindern mitbringen. Welch weiches Gemüt! Magister F. lächelte, aber er ging nicht. Der Magister F. blieb. Wir sahen ihn von der Seite an, aber er schämte sich seiner Zudringlichkeit nicht. Er wurde sogar lästig wie eine Wanze. Das Gute daran war noch wenigstens, daß er uns über die Lebensweise des verdächtigen Insekts seine neuesten, eingehendsten Beobachtungen mitteilte. Wenn diese aber ebenso verläßlich waren wie seine Selbstbeherrschung und Diskretion, dann waren sie unverwendbar. Es zeigte sich aber, daß jemand eine schwache Persönlichkeit, ein eitler und feiger Charakter sein kann, ohne daß deshalb seine Beobachtungen in der Natur der Genauigkeit, Treue und Feinheit entbehren. Wir prüften, soweit es möglich war, seine Angaben über die Biologie der Stegomyiamücke nach. Sie stimmten fast alle haargenau.

Mit diesen Dingen vertrieben wir uns die Zeit. Wir mußten auf Walter warten. Er kam zurück, dessen waren wir alle, ohne ein Wort zu sagen, sicher.

Er brauchte uns, wir ihn.

## Sechstes Kapitel

### I

Ich brauche nicht zu sagen, daß ich in dieser Zeit nachts sehr wenig schlief. Mir gingen unsere Pläne nie aus dem Kopf. Wenn ich auf einige Augenblicke eingeschlummert war, weckte mich der Gedanke an die beste Versuchsanordnung. Ich wußte genau, daß wir mit dem höchsten Einsatz zu arbeiten hatten. Vieles konnte mißlingen. Alles vielleicht. Aber es stand felsenfest, daß uns aus Nachlässigkeit und Gedankenlosigkeit nicht das Geringste mißlingen durfte. Aber wie schwer es ist, sich vor Fehlern zu schützen, wie fast aussichtslos der Versuch ist, alles Voraussehbare eben auch wirklich rechtzeitig vorauszusehen, das weiß nur der, der ein solches oder ähnliches Unternehmen von Anfang an durchgeführt hat.

Wie vieles ist beim ersten Denken bestechend! Hier ist die Lösung. So und so wird es gemacht. So und nicht anders stelle ich die Disposition fest. Ein Wort unter uns wird genügen, den Kameraden und Mitarbeitern meinen Plan plausibel zu machen. Aber nur ein paar Minuten später, da hat sich bei mir selbst der Zweifel gemeldet. Man hat Bedenken, man überlegt. Zögert. Widerspricht sich selbst. Jeder denkende Mensch ist ein Stück Hamlet, wenn es an die Tat geht.

Man ist unsicher – und alles ist einem Mann, der eine Aufgabe unbedingt durchzuführen hat, erlaubt, nur nicht Unsicherheit. Und sich beraten? Auch einem anderen ein Wort im Rat gönnen? Gewiß ja! Die Verantwortung teilen? Wie gerne! Aber es wäre nur Walter in Betracht gekommen. Von dem Mann der Statistik war nichts anderes zu erwarten als seine passive Hingabe. Hundert Prozent Gewissenhaftigkeit. Nicht ein Prozent Initiative.

Aber hatte ich Walter nicht schon bis jetzt viel zu sehr überschätzt? Nicht, daß ich an seinem Opfermut, seinem Heroismus, wie man es nennen will, gezweifelt hätte. Darin waren wir einig. Keiner zweifelte am andern. Keiner verdächtigte den andern, er wolle den leichteren Teil in Gestalt eines gefahrlosen Experiments (auch solche würde es geben und es gab sie!) auf sich nehmen. Was war denn schließlich auch der leichtere Teil? Hatten es die Menschen schwerer, die die ersten waren, oder die letzten, die das Leiden und eventuelle Sterben der früheren Experimentalobjekte hatten mitansehen müssen? Wer konnte das Risiko, das der einzelne mit seiner Körperdisposition, seiner Widerstandskraft gegen das Virus des Y. F. einging, vorausberechnen!

Es gab viel wichtigere Einzelheiten zu regeln. Je länger und gewissenhafter ich mir die Sache in diesen schlaflosen Nächten überlegte und nach dieser und dann nach jener Richtung auseinanderfaltete, desto komplizierter wurde das Gebäude unserer Theorie. Hier war und blieb ich allein. Es war keine einfache Sache, und ich atmete auf, als ich zum Schluß einen Arbeitsplan hatte, der sich auch als praktisch durchführbar erwies. Jedenfalls hatte der Plan das eine Gute (oder Schlechte, wie man es nimmt), daß er vom einfachsten bis zum komplizierten aufstieg und daß die Fülle der noch ungelösten Probleme mit jedem Zuwachs an positivem Wissen wuchs. Die Tatsache: »Stegomyiamücken stehen mit der Verbreitung des Y. F. von Mensch zu Mensch in direktem Zusammenhang«, diese Theorie, die ich als Axiom I bezeichne, war der Anfang, die Grundbasis, die erste Stufe.

Aber welches Werk unter uns unvollkommenen Menschen ist so weit zu fördern – selbst dann, wenn man sich bis zum letzten Lebensrest dafür einsetzt –, daß man sagen kann: So ist es? So bleibt es. Alle Fragen sind gelöst. Alle Rätsel entschleiert.

Dabei hatten wir noch keinen Finger gerührt.

Wir hatten alle nach den langen negativen Versuchen eine Erholung notwendig. Wenn wir (March und ich) bisweilen mit Deportierten in Berührung kamen und unseren Gesundheitszustand mit dem ihren verglichen, mußten wir sagen, daß wir uns gegenseitig nichts vorzuwerfen hatten. Ob einer die schauerliche, zermürbende Holzfällerarbeit oder die geistarme Bürotätigkeit in der Gefangenenverwaltung ausübte – oder ob er, wie wir, hier in den schwülen Laboratoriumsräumen und in dem erstickend riechenden unterirdischen Sektionslokal seine Zeit verbrachte, das Ergebnis war bei allen sehr ähnlich: eingefallene Wangen, starke Gewichtsabnahme, Verfall, höchste Reizbarkeit bei den lächerlichsten Anlässen, zu deren Schlichtung es aber glücklicherweise aus Walters Mund nur eines Wortes bedurfte. Jetzt freilich fehlte es uns sehr.

Während fast der ganzen Zeit quälte uns der Durst; nie hatte man rechten Hunger; Müdigkeit beim Erwachen; ein zerbrochener, elender Körper Abend für Abend, und oft so große Verzweiflung, daß sie einen nicht zum Schlafen kommen ließ.

Was die anderen Deportierten mit ihrem Dasein begannen, begriff ich nicht. Was konnte ich tun? Ich mußte selig sein, daß ich nicht mit ihnen leben und sterben mußte.

Dabei war es noch nicht sicher, ob mir nicht doch schließlich der Tod in ihrer Mitte bevorstand. Aber die Entscheidung lag nicht bei uns. Es mußte mir gleichgültig sein.

Wichtig allein war es, daß Walter wiederkam, daß ich und meine Stütze, mein Assistent March, bei Kräften blieben und daß auch der in seiner Pedanterie beharrliche und (eben wie ein die Mühle treibender Ochse) geduldige Carolus sich soweit wieder erholte, daß er den moralischen und physischen Anstrengungen der kommenden Zeit gewachsen blieb.

Carolus ordnete in Abwesenheit Walters, der mit seiner Frau auf der »Mimosa« abgereist war, um sie bis auf eine nahe, fieberfreie Insel zu begleiten, an, daß die Räume des Laboratoriums nur täglich auf eine Stunde geöffnet blieben. Wir wollten und mußten die Entwicklung der Stegomyiamücke biologisch und anatomisch verfolgen; zu dieser Kontrolle reichte eine Stunde täglich aus.

Wir nahmen die Exemplare in den verschiedenen Stadien der Larven-Entwicklung aus den Gläsern, töteten sie durch Alkohol, Kälte, Hitze, Dampf, Schwefelrauch, Petroleum oder Chloroform (auch darüber machten wir systematisch Versuche, um Richtlinien für die künftige Entmückung zu haben), sezierten sie, stellten Präparate über Präparate her. Aber länger als eine geschlagene Stunde täglich sollte diese vorbereitende Tätigkeit nicht dauern.

Aber schon diese Regel, die wir uns selbst gesetzt hatten, vermochten wir nicht an einem einzigen Tage einzuhalten.

Den Rest der Zeit brauchten wir zur Erholung. Wir erhielten die Erlaubnis, den kleinen, abgesperrten und wie ein Schmuckkästchen sauberen Garten der Klosterschwestern zu besuchen und dort im Schatten der Bäume spazierenzugehen, was in den späten Abendstunden und sehr früh morgens eine wahre

Erholung bedeutete. Die Stunde war genau festgelegt, denn wir durften nicht mit den geistlichen Schwestern in deren Freizeit zusammentreffen.

Von der exotischen Pflanzenpracht dieses Fleckchens Erde mitten in diesem mit trügerischem Glanz gesegneten Landstrich macht man sich nur eine Vorstellung, wenn man sie gesehen hat. Aber unser aller Sinn stand nicht danach. Meiner sicherlich nicht, obwohl ich früher das reinste Glück in dem Genuß der Schönheit und Allgewalt der Natur gefunden hatte. Ebensowenig könnte man von einem leidenschaftlichen Spieler, solange die Kugel im Roulette rollt, verlangen, daß er den Schönheiten des Hamlet oder den Weisheiten des Evangeliums oder auch nur, um etwas Näherliegendes zu nennen, dem Duft der Blumengärten der Riviera gerecht werde. Ich hatte keine Augen dafür, und wenn March schwärmerisch wie ein Poet auf mich einsprach und mir diese Blume, jenen Stern, diesen Nachtfalter oder jene Wolke zeigte, ließ ich ihn reden und hörte ihm zu mit der gleichen Aufmerksamkeit, wie ich einem Zeisig bei seinem Gezwitscher gelauscht hätte. In meinen Gedanken stellte ich mir die wichtigsten Merkmale der Mücke Stegomyia in naturwissenschaftlicher Beschreibung zusammen. Ich kam etwa zu folgendem Bilde:

Wie auch Carolus an Hand seiner Bücher feststellte, gehörte das Insekt, das den wissenschaftlichen Namen Stegomyia calopus oder Stegomyia fasciata trägt, zu einer Mückenart, und zwar zur Familie (auch hier gibt es Familien und Sippen wie in unserem trauten Familienheim!) der Culiziden. Es ist ein zierliches, lebhaftes Insekt von brauner bis schwarzbrauner Färbung, die durch auffallende weiße Partien unterbrochen wird. Besonders charakteristisch sind die lyraähnlichen, hellen Zeichnungen auf dem Brustkorb und die bandartigen Streifen an den langen, vielgegliederten, spinnenartig dünnen Beinen. Und zwar sind die am Körper anliegenden ersten zwei Glieder noch einfarbig schwarz, die nächsten Glieder aber weißgestreift. Am deutlichsten ist diese sehr wichtige Einzelheit, an der man das Insekt stets erkennen kann und muß, am letzten der drei Beinpaare. Und dieses merkwürdige letzte Beinpaar wird von der Mücke beim Sitzen stets in der Luft schwingend erhalten. Die Stegomyia sitzt also nur auf vier von sechs Beinen. Die Ringe um den Bauchteil der Mücke sind mit silberglänzenden

Strichen und Flecken versehen. Die Flügel liegen beim Sitzen der Mücke übereinander. Sie sind etwas kürzer als der Leib. Sie irisieren in allen Regenbogenfarben. Das Männchen ist vom Weibchen durch eine Art Schnurrbart unterschieden. Es soll (nach v. F.) bloß das *weibliche* Tier stechen, das *männliche* nicht. Es mag etwas über zwei Millimeter lang sein, wenn man aber die langen Beine mitrechnet, etwa fünf Millimeter. Sobald die Insekten aus dem Puppenzustand in den der fertigen Insekten übergehen, werden sie sofort befruchtet.

Das geographische Gebiet, in dem es diese Mückenart gibt, umfaßt vor allem den Raum zwischen den Wendekreisen, aber es reicht noch weiter. Man findet die Mücke in Japan und Ostafrika.

Die Arbeiten, die der gute Carolus auf der »Mimosa« mit seinen Fähnchen und Nadeln unternommen hatte, um die räumliche Verbreitung der Seuche festzustellen, erwiesen sich nicht als so gänzlich sinnlos, wie ich zuerst angenommen hatte.

Aber die Rechnung stimmte insoweit nicht, als nicht überall dort, wo es Mücken gab, auch die Krankheit Y. F. auftrat.

Wohl aber umgekehrt: Wo die Krankheit auftrat, gab es unbedingt Mücken. Diese Tatsachen unterstützten natürlich die Theorie des Magisters F., unser Axiom I, sie hätten aber als solche allein nie auch nur zur Erreichung einer wissenschaftlichen Wahrscheinlichkeit genügt.

Man mußte der Sache durch Experimente auf den Grund gehen. Die ersten Schwierigkeiten waren folgende: Wenn die Insekten ausgeschlüpft waren, mußte auch ein frischer Fall von Y. F. da sein. Das war das erste. Und Walter mußte zurückgekehrt sein, denn ohne ihn waren unsere Pläne nicht durchzuführen.

Er hatte nach vier bis acht Tagen zurück sein wollen. Er war es nicht. Die Dampfer verkehrten nach Bedarf, wir hatten bereits die ungünstigste Verbindung kalkuliert. Und bald konnte ich mir in den Nächten überlegen, was ohne ihn aus unseren Plänen und Hoffnungen werden sollte.

Raten und helfen konnte mir dabei niemand. Ich war sehr ungnädig gegen March, der mich mit seinen stummen Zärtlichkeiten und unzeitgemäßen Beschwichtigungsversuchen wahnsinnig reizte. Carolus gegenüber benahm ich mich nicht anders als auf dem Schiff, worüber er sehr erstaunt war. Der Geistliche leistete mir Gesellschaft, die ich trotz der Langweile, die der gute Pater um sich verbreitete, besser ertrug, als ich gedacht hatte. Der Verkehr mit ihm erinnerte an den Genuß kalt gewordener Suppe. Seine beste Zeit lag hinter ihm. Aber gerade dieser Umstand machte ihn erträglicher als einen March, der wie über offenem Feuer kochte und dampfte.

## II

Der Geistliche hatte Vertrauen zu mir gefaßt. Offensichtlich hatte er den Wunsch, sich mir anzuvertrauen. Aber wenn ich auf der »Mimosa« noch Geduld genug gehabt hatte, mir den »Song« des guten March vorzirpen zu lassen, so war ich jetzt nicht dazu imstande, den Beichtvater des Beichtvaters zu spielen. Ich sagte nicht geradeaus nein, sondern vertröstete ihn auf ruhigere Zeiten. Welche Verwirrung der Begriffe! Ich, ein Mörder, ein Zweifler, ein Atheist und Anarchist, ich sollte einem verhältnismäßig unangekränkelten Mann wie March eine Stütze und einem moralisch hochstehenden, seinen Samariterdienst mit Hingabe ausfüllenden Priester in einem Y. F.-Hospital gar ein Beichtiger sein! Dann sollte ich die geistige Leitung wichtiger Versuche am lebenden Menschen mit einem sentimentalen, hoch-, aber auch weichherzigen Mann teilen, mit Walter, der endlich viel elender und hinfälliger wiederkehrte, als er gegangen war. Aber eines mußte ihm der Neid lassen, geschweige denn die Verehrung, die ich, ohne zu wissen wie, für ihn zu empfinden begonnen hatte: ich hatte ihn nicht überschätzt. In vier Worten: Er war ein Mann.

Er behielt das Seine bei sich. Nur aus kleinen Anzeichen konnte man entnehmen, *wie* er gelitten hatte und woran er jetzt noch litt. Der Fernsprecher durfte nur sein erstes schrilles Klingelzeichen von sich geben und Walter begann zu zittern wie Espenlaub. Und dabei war doch seine teure Ehegattin viele Meilen weit von hier auf einer »einsamen Insel«, wie es im Liede heißt, einem Eiland ohne Telephonverbindung. Bloß ein Telegraphenkabel führte hin zu ihr.

Seinen Ehering trug er wieder an seiner Hand. Er hatte sich wohl mit seiner Gattin ausgesöhnt und hatte ihr das Versprechen abgenommen, sie solle ihm glauben, wenn er, wahrscheinlich zum erstenmal in seinem Leben, log. Denn sie wäre ihm nicht von der Seite gewichen, wenn sie geahnt hätte, daß er mit dem gleichen Entschluß zurückgekehrt war, den er beim Verlassen unserer Laboratoriumsräume gefaßt gehabt: nämlich nicht früher von hier zu weichen, bis nicht unsere Arbeitsanordnung, wie ich sie ihm jetzt in der ersten Stunde systematisch entwikkeln mußte, von Anfang bis zu Ende am Menschen durchgeführt war. An uns. Und an ihm. Aber keine persönliche Andeutung kam aus seinem ernsten Munde, erst zu einem sehr viel späteren Zeitpunkt bekam ich Einblick in seine Gedanken. So schön sein Ehebund gewesen war, so schwer war es gewesen. Walter war für die Menschheit da. Seine Gattin entbehrte seine alles umfassende Liebe zu ihr und den Kindern – und dabei gab er doch bis an die Grenzen seiner Kraft!

Jetzt wollte er vor Beginn der Versuche, das heißt, am Vormittag seiner Ankunft, noch seine Geldverhältnisse regeln. Er setzte sich mit Carolus an einen Tisch des Laboratoriums, der am Fenster stand und von wo man den Hafen und das Schiff sehen konnte, mit dem er im Morgengrauen zurückgekehrt war. Es war nicht die »Mimosa«, sondern ein anderer Kahn. Die »Mimosa« war auf der Reise nach Europa begriffen, um von dort einen neuen Schub von Deportierten an diese Küste der Seligen abzuführen.

Carolus zeigte dem Walter die Präparate von dem Leibesbau der Stechmücke, im besonderen schön gefärbte Gewebsschnitte durch die Beißorgane, Saugrüssel und Speicheldrüsen des Insekts, aber Walter war nicht bei der Sache. Schließlich tat es im Augenblick relativ wenig zur Sache, wie die Freß- und Beißwerkzeuge der lieblichen Libelle beschaffen waren, das waren Fragen zweiten Ranges. Daß sie beißen konnte, wußten wir alle. Also dann ans Werk!

Wer zur Eile drängte, war diesmal Carolus, den ein hitziger Forscherdrang beseelte, und Walter, der wahre Gelehrte, war es, der noch zögerte.

Forschertätigkeit ist ein Glück, das an Tiefe nur dem Lieben (nicht dem Geliebtwerden!) zu vergleichen ist. Ich, Georg Letham, habe in meinem Leben beides kennengelernt und kann diese Aussage machen, ohne zu lügen.

Aber wozu soll ich hier von den Beglückungen des Forscherdranges und von seinen Enttäuschungen lang und breit erzählen? Ich könnte es eher in einer kleinen Szene bildhaft machen, etwa indem ich schildere, wie ein isolierter Beißrüssel unter fünfzigfacher Vergrößerung aussieht und welche sonderbare Flüssigkeit an Stelle des erwarteten roten Blutes aus den zackig zerrissenen winzigen Gewebsteilen eines Insektes heraussickert. Aber einerlei. Wer dieses Glück der Forschertätigkeit, sei sie primitiv oder genial, nicht erlebt hat, wird es ebensowenig verstehen wie das Glück der Liebe.

Selbst ein so phlegmatischer, am Schreibtisch und bei randvollen Zettelkästen alt und gelb gewordener Mensch wie Carolus war jetzt, wo er eine erfolgversprechende Versuchsreihe vor sich sah, Feuer und Flamme. Weshalb war es dann nicht Walter, der geborene Experimentator? Weil ihn Geldsorgen drückten. Sorgen um die Seinen. Die »liebenden Herzen« brauchten Geld, und daran haperte es.

Seine Einkünfte waren beschränkt. Seine Ausgaben nicht. Er sah voraus. Er sah trübe. Er rechnete mit dem Versuch an sich selbst, und obgleich er kein geschulter Statistiker und kein Pessimist war, konnte er sich sagen, daß die Todeschancen höher waren als die Lebenschancen. Er glaubte an unser Axiom I. Er hoffte schließlich, wie jeder hofft, der noch lebt und atmet und sich der Sonne freut. Aber es wäre in seinen Augen ein Verbrechen gewesen, seine Familie ohne Brot zurückzulassen.

Carolus war sehr reich, vielleicht ein Millionär. Er war persönlich bedürfnislos. Seine Kinder waren mehr als üppig versorgt, seine Verwandten berechtigten zu den schönsten Hoffnungen. Seine Vermögensverhältnisse waren, soviel aus den Abrechnungen seiner Bank hervorging, wahrhaft ausgezeichnet. Denn er hatte hier für seine Person noch nicht einen Pfennig ausgegeben, und seine Papiere waren gestiegen. Er lag auf der richtigen Seite.

Alles anders als bei Walter, dessen Vater, der verabschiedete Kriegsheld und Generalleutnant a. D. von seiner Pension als hoher Offizier lebte, aber jedes Jahr um die Hälfte mehr verbrauchte, als er einnahm, und der sich von Jahr zu Jahr in gewagtere Geschäfte, in Rennwetten, in Baissespekulationen mit unbezahlten Papieren und andere undurchsichtige Geldaffären einließ, von denen der Sohn nur dann erfuhr, wenn sie fehlgeschlagen waren, wie es leider meist der Fall war. Warnungen in Briefen und Telegrammen nützten nichts. Der Vater wollte sich nicht raten lassen, und außerdem kamen sie viel zu spät.

Und diesem Vater sollte Walter, wenn er dieses Y. F.-Haus auf dem Berge über dem Hafen von C. nicht mehr lebend, sondern »mit den Füßen voran« verlassen sollte, die Obhut über seine Witwe und seine unmündigen fünf (oder sechs!) Kinder anvertrauen? Nein. Die Verhältnisse bei den Verwandten seiner Frau waren nicht besser, eher noch unsicherer, da zu dem Mangel an Geld und Gut noch die Abneigung dieser Familie gegen Frau Walter dazukam, die ihren Mann gegen den Willen ihrer Verwandten geheiratet hatte. Man hatte es ihr sogar als Verbrechen angerechnet, daß sie ihm mit ihren Kindern in die Tropen gefolgt war. Und hatte ihre Familie von ihrem Standpunkt nicht recht? Und dazu noch das Kind, das auf dem Wege war! War das genug? Nein! Zu allem anderen noch die Kündigung der Versicherung oder besser gesagt, der Vorschlag des Subagenten, das Übereinkommen mit der Gesellschaft nur unter ganz anderen, ungünstigeren Bedingungen zu erneuern. Das heißt, er hätte von jetzt an eine doppelte Prämie zahlen sollen, während er schon die bisherige nur mit Hängen und Würgen seinem kleinen Einkommen abgezwackt hatte, und dazu kam erschwerend eine sehr komplizierte Feststellung des »Schadensfalles« oder wie die Sache versicherungstechnisch hieß. Sollte er die neue Police unterschreiben? Oder sollte alles beim alten bleiben? Dann war wiederum die jetzige Lage nicht berücksichtigt.

*Das* war der Grund, weshalb Walter so elend aussah, und nicht das feuchte ungesunde Sumpfklima und die elenden Unterkunftsverhältnisse, die er und die Seinen, wie er berichtete, auf der angeblich so hygienischen, herrlichen Berginsel vorgefunden hätten. Geldsorgen waren es und weiter nichts.

Er war mit seiner Frau übereingekommen, sie solle, wenn sie sehe, daß das Klima ihr und den Ihren unbekömmlich sei, noch weiter nach Süden, nach Rio de Janeiro gehen, und zwar auf eine Höhe bei der Stadt, wo ein weit und breit berühmtes, garantiert moskitosicheres Hotel sich befand. Und dorthin wollte er ihr nachkommen. Ja, aber wann? Ja, aber wie? Zeit! Zeit! Zeit! Rio de Janeiro war nur durch eine siebentägige Reise zu erreichen.

Geld, Geld, Geld. Schon vor der Abreise hatte sich Walter an

Carolus mit der Bitte um ein Darlehen gewandt. Carolus war damit zwar zögernd, aber doch ohne Schwierigkeiten herausgerückt. Inzwischen war der Monatserste gewesen, der Zahltag Walters und Carolus'. Beide erhielten ihre Gehälter gleichzeitig. Carolus packte stillvergnügt nicht nur die großen Banknoten zusammen, die seine hohen Bezüge ausmachten, er nahm auch, ohne lange zu fragen, die kleinen Banknoten von Walters Monatsgehalt. Er entblödete sich nicht, die Rückzahlung einer Schuld zu akzeptieren, die Walter als Gentleman ihm trotz der Bedrängnis der Seinen loyal angeboten hatte. Aber anbieten heißt noch lange nicht wünschen, daß das Angebot auch angenommen würde! Hatte Carolus keine Augen? Doch, die hatte er. Ein so monumentaler Ochse, wie ich ihn eingeschätzt hatte, war er nicht.

Er war eben ein Mensch, wie die meisten sind, um diesen banalen Gemeinplatz zu gebrauchen. *Sein Leben* wollte Carolus für die Wissenschaft, die Menschheit, den Ruhm des Vaterlandes riskieren. Seine Goldfüchse nicht.

Das war die Stimmung, in der wir am Nachmittag nach der Ankunft Walters zu unserem ersten Experimente antraten.


# III


Der erste Versuch sollte am Spätnachmittag beginnen. Es traf sich günstig, daß ein frischer Fall, der sich im ersten Fieberstadium befand, eben aufgenommen worden war. Wo sollten nun die Versuche stattfinden? Es rächte sich, daß Walter während der letzten Zeit abwesend gewesen war und daß wir in unserer ersten Besprechung nachher nicht alle Einzelheiten mit ihm hatten festlegen können.

Sollte man die Glasgefäße mit den jungen Mücken in die Krankenzimmer hinaufbringen? Oder sollte man den Kranken heimlich, still und leise in das Laboratorium hinabtransportieren?

Wie würde es gelingen, die Mücke erst einmal richtig zum Ansaugen zu bekommen? Und wie sollte man sie dann dazu bewegen, unmittelbar darauf (oder später?) ein zweites Mal zu stechen?

Sollte man günstigenfalls den Übertragungsversuch sofort an

Nummer eins (March) und zwei (mir) durchführen oder sollte man sofort differenzieren? Das heißt, sollte man bis zum Erreichen des ersten positiven Ergebnisses immer die Versuchsanordnung die gleiche bleiben lassen oder dieselbe sofort abändern? Zum Beispiel mich erst am zweiten oder dritten Tage stechen lassen? Ja, hätte man »Hekatomben« von Experimentalwesen, etwa ein paar hundert Kaninchen oder Tausende Mäuse oder Ratten, zur Verfügung gehabt, dann hätte man die Versuche nicht vorher bis ins letzte ausklügeln müssen. Wie die Sache aber stand, konnte man nicht genug vorsichtig sein, und alle Eventualitäten mußten gründlich erwogen werden, bevor man auch nur ein einziges Experiment wagte.

Es erscheint nur natürlich, daß alle unruhig waren. Ob man aber das Gefühl, das uns erfüllte, mit *Angst* im gewöhnlichen Sinne bezeichnen darf, bezweifle ich. Wir wollten ja alle das Experiment, und was mich anbelangt, muß ich sagen, daß es meine ersten lichten Minuten seit dem Ableben der geliebten M. waren, als ich, in den Armen die Glasgefäße mit den jungen Mücken, vorsichtig die Treppe zu dem Krankenzimmer hinaufging, gefolgt von meinen Freunden. Waren diese Augenblicke deshalb »licht«, weil ich nicht Nummer eins war und noch eine Gnadenfrist vor mir hatte? Ich war damals noch wie im Rausch, später wurde es anders.

Walter war nicht der gleiche, wie ich ihn früher gekannt. Eine Kleinigkeit konnte ihn aus dem Gleichgewicht bringen.

War es denn mehr als eine Kleinigkeit, war es etwas anderes als eine Bagatelle im Vergleich mit unseren großen Plänen, wenn es mit dem Assistenzarzt zu Differenzen kam? Der junge Arzt war zurückgekehrt, er hatte pflichtgemäß die Kranken übernommen. Er arbeitete angestrengt und wollte nachts seine Ruhe, seine gute Matratze. Aber wie ich schon sagte, bewohnten nun der Generalarzt und Walter seine Dienstwohnung, die er sich so behaglich wie nur ein kleiner Pfahlbürger mit Decken, Kissen, Photos an der Wand, einer koketten Seidenschirmlampe auf dem Nachtkästchen, mit Ventilator und sogar mit Moskitonetzen über seinem Bett und vor dem Fenster ausgestattet hatte. Nun war er zurückgekommen und hatte sein Nest von anderen Gästen eingenommen gefunden. Man hatte ihn nur notdürftig anderenorts untergebracht. Die Oberin, eine bigotte, materialische, aber sehr tüchtige Person, hatte alles versucht, was sie konnte, um den verwöhnten, hübschen, jungen und nicht einmal ganz untüchtigen Arzt zufriedenzustellen, dessen Dienst in dem Infektionslazarett, abgeschnitten von der Welt, nicht der allerleichteste war. Aber was war viel zu tun? Alle mußten sich in Geduld fassen und vielleicht hätten einige höfliche Worte Walters Wunder getan. Aber Walter hatte, als der Assistenzarzt seine ehemalige Behausung aufgesucht hatte und sich einige Gegenstände, Bücher, Ventilator, Lampe und Schreibzeug etc. hatte herausholen wollen, ihn brüsk angefahren. Dabei war doch *er* der Gast, der andere der Besitzer! Es war zu einer erregten Unterhaltung gekommen, und wir hatten vielleicht einen Gegner mehr. Und gerade dieser junge Arzt, der doch die unmittelbare Pflege und klinische Behandlung der Y. F.-Kranken zu leiten hatte, wäre uns ein sehr brauchbarer Helfer gewesen. Wir hatten ihn übrigens unterschätzt. Er erwies sich später als verschwiegen und loyal, half mit und trug uns nichts nach.

Wie sehr wir die Hilfe einer jeden wahrhaft hilfreichen Hand benötigten, sollte sich sofort zeigen, als wir nun das Krankenzimmer betraten. Der Patient war ein halbwüchsiger Junge mit sehr ausgesprochenen Krankheitserscheinungen. Die Gelbsucht fehlte noch, aber die Augen zeigten das bekannte entzündete, tränende Aussehen. Er war benommen, fast somnolent, und es war nicht einmal leicht, ihn ohne fremde Hilfe richtig zu entkleiden. Davon, daß wir *ihm* unsere Absicht klarmachen konnten, war natürlich keine Rede. Endlich war es so weit. Sein schlanker Oberarm war entblößt, die Adern standen hervor. Die Haut zeigte nicht allein die leichte Röte mit dem bei Y. F. häufigen Stich ins Bläuliche, sondern auch den etwas selteneren nesselartigen Quaddelausschlag, wie ihn sehr schwere Fälle gleich im ersten Stadium haben.

Wir zogen die Vorhänge vor den Fenstern zusammen, trotzdem war das Zimmer, das nach Westen lag, noch hell.

Carolus hatte ein Merkblatt für Nummer eins angelegt und zeichnete mit seinem schönen Füllfederhalter den Namen, das Alter etc. des ersten Versuchsobjektes auf. Die Feder wollte auf dem rauhen Papier nicht fließen. Der gute Carolus beleckte daher in seiner ganzen Naivität die Iridiumspritze und – jetzt schrieb die Feder. Solche Dinge waren ihm ebensowenig abzugewöhnen wie es ihm anzugewöhnen war, zum Beispiel die

Türen richtig hinter sich zu schließen. Ob es wie auf dem Schiff die Tür des Klosetts war oder wie jetzt die Tür des Krankenzimmers, er ließ sie offen. Auf dem Schiff war das ohne Folgen gewesen, denn was er dort vollbrachte, war kein Geheimnis. Aber hier?! Zum Unglück ging gerade Dr. P., der junge Assistenzarzt, vorbei, gewahrte durch den Spalt der Tür unsere ansehnliche Versammlung, diese fremde Ansammlung von Ärzten und Helfern mit Glasgläsern etc. in *seinem* Bereich, bei *seinem* Kranken, zu Gott weiß welchem Eingriff entschlossen. Was sollte er sich denken, der von unserem Plan nichts wußte?

Aber Dr. P. hatte das gentlemanmäßige Empfinden, sich nicht um Geheimnisse zu kümmern, deren Zeuge er gegen die Absicht der Beteiligten geworden war. Er blickte uns offen an, verbeugte sich sogar leicht vor uns allen, schloß aber dann sachte die Tür von außen und ließ uns ungestört. Wir hatten in Zukunft an ihm einen zuerst nur diskret helfenden, dann aber mit allem Eifer für unsere Sache sich einsetzenden Unterstützer. Ohne ihn und ohne die alte Oberin des Hauses, der ich später einige Worte widmen will, hätten wir nicht einmal die ersten, die geringsten Schwierigkeiten überwunden. Man glaubt vielleicht, es wäre schon viel damit gewonnen gewesen, daß wir auf dem richtigen Wege waren. Aber dieser richtige Weg war bis jetzt nichts als eine unbewiesene Theorie. Wie schwer sie exakt zu beweisen war, sollten wir sofort sehen.

Eigenartig war die Situation, wo wir gleichsam mit der Uhr in der Hand uns selbst einer Krankheit ausliefern wollten, deren Schrecklichkeit uns eben ad oculos demonstriert wurde.

Mir wenigstens klopfte jetzt das Herz beängstigend bis zum Halse, obgleich noch nicht ich, sondern nur March heute an der Reihe war und bis zum nächsten Experiment, dem meinen, die Welt untergehen oder sonst ein Wunder geschehen konnte. Vom Standpunkt der experimentellen Forschung war es nichts besonderes.

Endlich waren also alle Vorbereitungen getroffen. Wir suchten eine weibliche Mücke heraus (die Männchen unterscheiden sich ja sehr deutlich von den Weibchen, und nur die Weibchen sollten beißen oder stechen, hieß es) und siedelten sie vorerst in einem Glasröhrchen an, wie man es zur Urinuntersuchung und zu allen chemischen Experimenten in der internationalen Welt der Gelehrten verwendet. Die Mücke hockte sich bucklig an die glatte Wand des mit einem Wattepfropfen verschlossenen Röhrchens und schwang das letzte Beinpaar rhythmisch auf und nieder. Wir hatten dafür gesorgt, daß sie seit zwei Tagen kein Zuckerrohr, keinen Zucker etc. bekommen hatte, und es war anzunehmen, daß sie sehr ausgehungert sein würde. Dann nahm ich den Wattebausch von dem Röhrchen und hielt dieses mit der Mündung nach unten über die Haut des Kranken, der, schon in der charakteristischen, aashaften Dunstwolke seiner fürchterlichen Krankheit, schnell und oberflächlich atmete und uns kaum beachtete. Seine Hände hielt Carolus fest, während Walter mir behilflich war. March, Nummer eins unserer Versuchsreihe, stand mit entblößtem Oberarm daneben und lächelte mir zu, wie um mir Mut zu machen.

Aber ich hatte keine moralischen Bedenken. Die technischen Schwierigkeiten füllten mich durchaus aus. Jetzt war das Insekt zu der Haut des Kranken hinabgeglitten, so schnell, als falle es auf die Haut hinab: mit immer schnelleren, wippenden Bewegungen des Beinpaares hielt es sich im Gleichgewicht. Den Hinterleib, weißgestreift, hielt es etwas erhoben, das winzige Köpfchen senkte es hinab. Die winzigen Antennen, befiederten Zweigen vergleichbar, preßten sich an die Haut, den nadelförmigen Stachel bohrte es in das Gewebe. Die Stegomyia durchdrang es mühelos, und während der nur scheinbar bewußtlose Kranke aufzuckte, so daß wir ihn festhalten mußten (nur ein Mückenstich!), sog sich die Stegomyia fasciata an.

Voll und toll. Das war gut. Es war fünf Uhr dreißig Minuten am ... 192 ..., an einem Wochentag; Dienstag, glaube ich. Das Zimmer war übrigens das gleiche, in dem meine Portugiesin gelebt hatte.

## IV

Die Schwierigkeiten, die sich bald in ungeahntem Maße steigern sollten, begannen schon jetzt. Sollte man die Mücke sich an dem Blut des ungeduldig werdenden Jungen übersatt trinken lassen bis fast zum Platzen oder sollte man sofort ein zweites, drittes, viertes bis xtes Insekt an dem Jungen saugen lassen? Ich war dafür, nicht lange zu warten, Walter dagegen. Vielleicht ahnte er, was kommen würde, er wollte es bei einer Mücke bewenden lassen und wollte dem kranken Jungen, der schon ungeduldig wurde und sich ungeschickt wehrte, den zweiten Anstich ersparen. Er hatte eben anscheinend mit Menschen noch nicht experimentiert, oder er war durch die Aufregungen der letzten Zeit weicher geworden, als es die Lage gestattete. Ich nahm also die Mücke nach etwa drei Sekunden ab, wobei ich mich eines kleinen Stückchens Papier bediente, um sie sanft von der quaddelartig aufgeschwollenen Haut des jungen Y. F.-Kranken zu entfernen. Dieses Papier stammte aus der englischen Taschenausgabe des Hamlet, die ich am Morgen des Tages unter meinen Habseligkeiten zufällig gefunden und zu mir gesteckt hatte. Es waren die Worte am Beginn des zweiten Aktes: . . . doch wozu das Zeug zitieren, genug, es tat seinen Dienst, und das Insekt mußte notgedrungen ablassen. Sein Hinterleib wies jetzt gerundete Konturen auf, durch die das Blut, rubinartig schimmernd, hindurchleuchtete.

Erster Akt – aus, Beginn des zweiten. Nämlich Stich an Marchs entblößtem Oberarm. Das Insekt hatte nun reichlich Y. F.-Blut in seinem Leibe, in seinen Speicheldrüsen, seinem Beißstachel – es sollte also dieses Blut auf den gesunden, kräftigen March durch einen Stich übertragen.

Vorsichtig transportierte ich das Tierchen, es einerseits mit dem Wattebausch des Glasröhrchens, andererseits mit dem Hamletfragment festhaltend, auf Marchs Oberarm, und wir warteten alle gespannt (auch der kranke Junge guckte trotz seines Fiebers jetzt, wo die Mücke fort war, interessiert zu, seine Somnolenz war gewichen), ob die Stegomyiamücke ein zweites Mal anbeißen würde, um die Keime zu übertragen – aus dem Blut – durch das Blut – in das Blut?

Sie saß da, das letzte Beinpaar wippte nicht, sie hatte den Kopf gesenkt, der winzige Stachel, feiner als die feinste Nadel, berührte Marchs Haut. Aber stechen tat sie nicht. Beißt sie? fragte immer wieder einer der anwesenden Herren. Sie lächelten, vielleicht nur aus Nervosität, und doch empörte es mich. Offenbar zweifelten sie im Herzensgrund an unseren Experimenten, oder ich bildete es mir ein. Ich hatte oft Zweifel *vor* einem Experiment, ich hatte ebensooft Zweifel *nachher*, aber nie, *während* ich meine Pläne in die Tat umsetzte. Carolus, der lederne Gesell, konnte das dumme Witzwort nicht unterlassen, die Mücke, als weibliches Wesen, müsse doch an einem so leckeren Mann anbeißen. Tatsächlich war March ein hübscher, wenn auch etwas weiblicher, jedenfalls aber wohlgestalter Mensch, dem schon wegen seines auch jetzt gepflegten und ansehnlichen äußeren Wesens immer die Sympathien sicher waren.

Tatsache aber war und blieb, daß die Mücke zwar unbeweglich bald zwei Minuten dahockte, aber nicht stach. Plötzlich tat sich die Tür auf, die Oberin trat ein. Der elende Carolus hatte wieder einmal vergessen, die Tür, wie Walter ausdrücklich angeordnet hatte, hinter dem Assistenzarzt *abzusperren*. Die würdige Dame konnte einen Ausruf des Staunens nicht unterdrücken und wahrhaftig, ein Bild für Götter! Hier der im Bette sich aufsetzende Junge, mit vor Fieber und Neugierde blitzenden Augen, der sich freute, daß nun auch einer der Ärzte (denn für einen Arzt hielt er March) gestochen werden sollte, wie er selbst gestochen worden war. Dann March und Carolus und ich und der Geistliche, alle um ein blutgeschwollenes winziges Insekt im Kreise versammelt und es im Herzen beschwörend, es solle wacker stechen.

Ich hatte jetzt Walter die Eprouvette, das Glasröhrchen, anvertraut, das er über dem Insekt halten sollte, damit es keinesfalls entwische. Aber ich habe schon gesagt, die niederträchtigen Familiengeschichten hatten ihn entmannt, er konnte nicht einmal richtig assistieren, und sobald die alte Schwester oder Oberin, oder was sie war, ins Zimmer trat, vergaß er sich, blickte empor, hob das Röhrchen unwillkürlich in die Luft, und das Biest entschwirrte mit seiner kostbaren Ladung im Leibe, ohne March gestochen zu haben. Welche Verwirrung! Wir jagten jetzt alle der Mücke nach. Sie schwirrte im unerträglich dumpfen Zimmer hin und her, im Zickzackfluge, Haken schlagend wie ein alter Hase, so jung sie war. Und wir hinter ihr her, zum Ergötzen der Oberin, die ihre schönen, gepflegten Nonnenhände in der Tasche ihrer frisch gestärkten Schwesterntracht versteckte und nach Herzenslust lachte.

Ich brauche nicht zu sagen, daß wir das Biest nicht fanden. Wir schalteten (es wurde Abend) das elektrische Licht an, wir leuchteten auch mit Taschenlaternen in alle Winkel und Ecken des Zimmers, aber das Tier mochte von uns genug haben, es hatte sich in einen dunklen Winkel verkorchen, verdaute, war dort in seiner Winzigkeit sicher vor uns und kam nicht hervor.

Was war zu tun? Ich bat die Schwester sehr höflich, sehr liebenswürdig und bestimmt, uns noch eine Viertelstunde allein zu lassen und traf weitere Anordnungen. Ich sah jetzt ein, daß man entweder die ganze Versuchsreihe aufgeben müsse – aber ich hätte jetzt lieber Selbstmord verübt, als meine Idee loszulassen – oder aber ich mußte alles in meine Hände nehmen.

Was war ich? Ein auf Lebenszeit verschickter, abgeurteilter Verbrecher, ein rechtloses Individuum, ein passives Objekt der Gefängnisverwaltung. Aber sobald ich meine Energie entwickelte (und es war noch ein Rest der alten Willenskraft in mir), fügten sich mir sonderbarerweise die Lebensumstände und vor allem selbst *die* Menschen, die sozial und nach Recht und Gesetz jetzt hoch über mir standen. Denn ich besaß noch etwas anderes außer meiner Energie, nämlich die Logik, den ungehemmten Forschungsdrang und ein ungetrübtes Urteil. Ich kann dies, ohne unbescheiden zu sein, sagen, denn meine Ansicht hat sich bewährt. Vielleicht konnte nur ein Mann meiner Art diese Aufgabe hier lösen, ein Sohn meines Vaters und seiner Erziehung.

Es handelte sich einfach um folgendes. Sollte man den Versuch abbrechen? Und wenn nicht, sollte man jetzt noch mehrere hungrige, junge, weibliche Mücken an dem kleinen Jungen da saugen lassen? Oder sollte man unter diesen Umständen lieber andere Patienten dazu heranziehen?

Ich war dafür, bei dem Jungen zu bleiben. Und zwar aus folgenden Gründen: Es war ein frischer Fall. Ich hatte den Eindruck (der sich freilich nicht auf logische Erwägungen, sondern mehr auf Intuition stützte), daß im Blute der *frisch* erkrankten Menschen das gefährliche, krankmachende, ansteckende Virus am sichersten zu finden sein müsse. Wenn überhaupt eines, war ihr Blut am geeignetsten, eine Infektion von Mensch zu Mensch im Experiment hervorzurufen. Die Sache mit der kleinen Portugiesin war für mich nicht bloß ein sentimentales Liebeserlebnis gewesen, sondern auch eine genaue ärztliche Studie.

Ich habe davon gesprochen, daß der ersten, der Anfieberungsperiode, eine fieberfreie Zeit folgt und nachher eine Art Vergiftung. Ich hatte gesagt: die Vergiftung steigt, die Entgiftung sinkt. Ich entsann mich der nach oben weisenden Linien der Temperatur und des Pulses und der nach unten weisenden

Kurve der Harnausscheidung. Diese Tatsachen sind bis jetzt noch jedem Beobachter aufgefallen oder, besser gesagt, nicht aufgefallen. Denn nur ich schloß aus diesem merkwürdigen Verhalten, daß die Keime *nur* bis zur ersten Entfieberung (an die sich bei manchen glücklich verlaufenden Fällen gänzliche Heilung anschließen kann) unbedingt noch frisch und wirksam im Blute kreisen. Dann werden sie durch Gegengifte im Körper zerstört und diese zerstörten Y. F.-Keime, die im Blut sich auflösenden sterblichen Überreste dieser Keime, diese erzeugen erst Gifte. An dieser Vergiftung leidet der Kranke im dritten Stadium. Und so geht er unter Vergiftungserscheinungen wie die arme Portugiesin zugrunde.

Wenn man aber lebende, quellfrische Keime haben will, wenn man sie, wie wir hier, zur Übertragung braucht, dann muß man sich an die frischen Fälle halten, und ein solcher war der Junge. Er war müde? Die Oberin klopfte nach der nur zu pünktlich eingehaltenen Frist von zwanzig Minuten an der Tür. Er wollte sich nicht von einer Mücke nach der anderen stechen lassen? Er wollte schlafen, seine Bedürfnisse befriedigen, einen Eisbeutel auf die Stirn bekommen, kühlende Limonade oder Eis zu sich nehmen? Seine Medizin schlucken?

So schlafe, trink und iß, verrichte deine Bedürfnisse, aber nachher! Alles, was du dann willst, aber störe uns nicht!

Ich nahm keine Rücksicht. Walter schüttelte ärgerlich den Kopf. Er gab mir nicht recht. Ich sah es deutlich. Der General-arzt leistete passiven Widerstand. Der Aufenthalt in der unter dem Dache gelegenen Zelle war schauderhaft. Allen. Ich ruhte aber nicht, bevor ich nicht weniger als zehn junge Mücken an den Brunnen zur Tränke geführt hatte. Wir plagten uns dann noch stundenlang ab, eine von diesen zehn Mücken zum Beißen an Marchs Oberarm zu veranlassen. Keine tat uns den Willen. Aber das war meine geringste Sorge. Hunger war der beste Koch. Und wenn sie sich heute, gesättigt, abweisend verhielten, würden sie, ausgehungert, schon morgen anbeißen.

Ich riet March, Zucker, Obst und dergleichen reichlich zu sich zu nehmen, um sein Blut zu versüßen.

Da das erste Experiment teilweise schon zu Beginn fehlgegangen war und die Haut des guten March, die dieser so mutig zu Markte getragen, am Abend des ersten Tages keinen Einstich von einer Mücke aufzuweisen hatte, mußten wir, was niemals sehr angenehm ist, mitten in der Arbeit unsere Dispositionen ändern. Auf Carolus konnte man rechnen, soweit man wollte. Er bemühte sich denn auch nach Kräften, seinen Eigenwillen aufzugeben und sich dem Diktat zu fügen. Aber wer sollte diktieren, Walter oder ich? Wäre Walter noch der gleiche gewesen wie in seinen Jünglingsjahren, als er an jenem Junivormittag, den ich beschrieben habe, auf der Bank des Vorlesungssaales neben mir saß und dem mißlungenen Hundeexperiment den einzig richtigen Abschluß gab, ich hätte ruhig meine Hände in den Schoß gelegt, oder ich hätte diese Hände und Arme in aller Gottergebenheit zu dem Stich der Stegomyiamücke hingehalten. Aber ich zweifelte, ob Walters Energie noch ungebrochen war. Ich wußte nicht, ob er sich soweit von dem Schwergewicht seines weichen Herzens und der kleinbürgerlichen Atmosphäre seiner Frau freigemacht hatte, um souverän seine Maßnahmen zu treffen.

Ich hätte mich der Disziplin sofort gefügt, hätte ich nur sicher gewußt, daß System und Methode hinter Walters Anordnungen standen. Aber es schien mir, als ob er schwanke. Nicht, daß er sich geweigert hätte, mitzuarbeiten: aktiv als untersuchender Bakteriologe, passiv als Experimentalobjekt. Dazu war er zu sehr Pflichtmensch; er hatte uns sein Wort gegeben. Er hielt es. Aber wenn ich ihn sah, wie er zum Fenster des Laboratoriums auf die See hinaussah, wo sich bei schwerem Wellengang wieder ein kleiner Küstendampfer durch die zahlreichen felsigen Inseln an den versumpften Hafen der Stadt durcharbeitete und wie sehnsüchtig (und wie vergeblich) er Nachrichten von den Seinen erwartete, da kam ich zu dem Entschluß, selbst zu kommandieren, mochte ich auch nur der deklassierte Rechtsbrecher und er der makellose, ideale Charakter sein. Darauf kam es im Augenblick nicht an.

Die Probe, die ich auf das Exempel machte, stimmte denn auch. Ich schlug den Kameraden vor, von der ursprünglichen Disposition radikal abzugehen. Bevor ich noch ausgeführt hatte, worin diese Änderung meiner Ansicht nach bestehen solle, stand Walter zuckenden Mundes auf, ging, immer mit dem Blick auf den Küstendampfer vor den Fenstern hin und her und sagte schließlich zu mir, *ich* solle disponieren, schön. Dann aber auch die Verantwortung für alles tragen. Ja natürlich! Warum nicht? Immer recht und unter allen Umständen. Arbeiteten wir *innerhalb* des Gesetzes, war es mir recht. Traten wir aber mit unseren Menschenexperimenten über den Rahmen des Gesetzes, ich war auch dann dabei. Seit die Portugiesin tot war, konnte mich nichts mehr schrecken. Walter war erstaunt, daß ich diesen Vorschlag sofort annahm. Und es blieb dabei.

Es war mir nur eine sonderbare Überraschung, daß er mir die Usurpation des Oberkommandos, die er mir doch nahegelegt hatte, nachher doch zum Vorwurf machte. Nicht, daß er meine Dispositionen gestört hätte. Dazu waren sie zu sachlich, zu genau den Tatsachen angepaßt. Aber er zog sich im Privatleben von mir zurück. Er gab mir nicht mehr die Hand. Er redete mich nur mit dem Worte »Herr« an, also weder mit meinem alten akademischen Titel (den ich doch nur für die dumme Welt verwirkt hatte, nicht aber für ihn, der meine Fähigkeiten als Experimentator gerade jetzt anerkannte) noch auch mit meinem Namen Georg Letham. Aber wozu sich über solche Kleinigkeiten den Kopf zerbrechen? Ob er mich jetzt von der gemeinsamen Tafel ausschloß und mich zwang, nur in Marchs oft kindischer Gesellschaft unten im Essig- und Ölraum meine Mahlzeiten hinunterzuschlingen, bei künstlichem Licht, dafür aber in aller Ruhe trotz aller Störungsversuche des allzu lustigen March eines meiner zwei Bücher lesend – – oder ob er meinen ahnungslos freundlichen Gruß nur durch ein Wegsehen beantwortete, viel wichtiger war die Änderung der Schlachtordnung, wenn ich so sagen darf, während der Schlacht, was immer seine Bedenken hat, wenn es sich auch nur um eine Mückenschlacht handelt. Ich ordnete an, daß erstens die Reihenfolge geändert würde, in der wir bei der Impfung darankommen sollten. Jetzt wollte ich der letzte bei dieser ersten und zugleich wichtigsten Versuchsreihe sein. Man wird mich deswegen nicht feige nennen dürfen. Ich behaupte, es war eine viel stärkere seelische Anspannung notwendig, auf das Geimpftwerden zu warten. Ich habe es erlebt. Die Wartezeit hat mich beinahe zerbrochen. Jeder Mensch, der vor einer wichtigen, gefährlichen Entscheidung steht, wird es am liebsten haben, daß es *sogleich* losgeht, wenn es schon sein muß.

Aber ich wußte, warum ich mich aufsparte. Ich mußte die Anordnungen bis in die unscheinbarste Einzelheit treffen und alles andauernd überwachen, bevor ich mich der Krankheit auslieferte. Ich mußte alles, am besten schriftlich, so festlegen, daß auch nach meinem Hinscheiden oder während meiner Fiebertage die Untersuchung in systematischer Weise ihren Fortgang finden könne.

Die zweite Änderung bestand darin, daß wir die Überimpfung durch Mückenstiche in Zwischenräumen von mindestens zwei Tagen, nicht, wie bisher beabsichtigt, in Intervallen von höchstens vierundzwanzig Stunden vornahmen. Wir waren wenige. Man mußte das Material ausnützen.

Die mit Blut getränkten Mücken wurden jetzt einzeln in ihren Gläsern gehalten. Später setzten wir immer Tiere, die den gleichen Versuchsbedingungen entsprachen, zueinander und bezeichneten die Glasgefäße genau durch Anschriften mit Fettstift.

Durch die Glaswände der Röhrchen sahen wir sie jetzt teils in ihrem engen Kerker umherschwirren, aber nur in ganz steilen Spiralen sich nach oben und unten bewegen, teils unten in der Kuppe, ruhig mit den Hinterbeinen wippend, dasitzen. Wir fütterten sie, aber nur mit sehr geringen Mengen von Zucker, damit sie ihren Appetit auf Menschenblut behielten. Durch Zucker oder dergleichen konnte er übrigens doch nie befriedigt werden, Blut lockte sie mehr als alles andere, da sie echte Blutsauger waren, besonders die Weibchen, die wir zu den Experimenten auserlesen hatten.

Diese Versuchsanordnung bewährte sich. Am dritten Tag nach Beginn des ganzen Unternehmens wurde endlich March gestochen und zwar von drei Exemplaren nacheinander und sehr ausgiebig. War es, weil er Obst in Massen gegessen hatte, oder war es, weil die Mücken ausgehungert waren, oder deshalb, weil sie wieder Blut haben wollten, denn sie hatten ja leider in ihrem Leben erfahren, was Hunger ist und was Blut ist – – einerlei, sie konnten sich von seiner weichen, blond umflaumten Haut nicht trennen, sie sogen und sogen, mit den Antennen sich fächelnd, und wären vielleicht am liebsten bis zum Schluß ihrer Tage auf dem schwellenden Oberarm des hier in Gefangenschaft Fett ansetzenden March verblieben. March hatte nämlich trotz der tropischen Glut an Gewicht zugenommen, ebenso Carolus, während Walter und ich abnahmen. Das spielte keine Rolle, solange wir nur überhaupt am Leben blieben.

Am fünften Tage ließen wir die Mücken an Carolus stechen, am siebenten am Geistlichen, am neunten war Walter an der Reihe.

Er hatte nun endlich mit irgendeinem Schiff Nachricht von seiner Gattin erhalten. Aber er verschwieg uns, was der dicke Brief enthielt. Oder war es der Brief seines Anwalts? Unsere Sorge war es nicht. Aber wenn die Mücke oder ihr Appetit einen Maßstab für sein »süßes Blut« abgab, mußte man sich sehr über die Frau beklagen, die ihm sein Leben im wahrsten Sinne des Wortes verbitterte. Die Mücke saß mißmutig auf seinem abgemergelten Oberarm, wetzte mit dem Kopfe hin und her, wippte mit dem letzten Beinpaar und wollte trotz ihres Hungers um keinen Preis der Welt anbeißen. Als uns die Sache zu lange dauerte, brachten wir sie durch ein Tröpfchen Chloroform um und setzten an ihre Stelle ein anderes Tierchen, das offenbar ausgehungert war wie ein Löwe in der Wüste. Sie stürzte sich auch, mochte das Blut des armen Walter bitter oder süß sein, auf den Arm, bohrte ihren Stachel hinein und sog sich voll, so daß ihr Hinterleib wie ein kleines Rubinchen anschwoll. Sie nahm also Blut, gesundes Blut, zu sich. Gab sie aber bei diesem wonnevollen Saugen auch welches ab? Krankes? Solches, das die Keime des Y. F. in Reinkultur enthielt? Man mußte es als ziemlich sicher annehmen, wenn unsere logisch aufgebaute Theorie richtig sein sollte. Blut geben, Blut nehmen – nur so konnte sich die Krankheit nach unserer Theorie verbreiten. War es so? War es nicht so? Kein Spieler hat mit größerer Spannung darauf gewartet, wohin die Roulettekugel rollt. Schließlich rollte ja unser bißchen Leben mit.

Aber bis jetzt waren alle vier geimpften, das heißt, von den mit Y. F.-Blut geschwängerten Mücken gestochenen Männer gesund und heil wie Fischlein im klaren Bach.

Ich zitterte *vielleicht* um mein Leben. *Sicherlich* aber um unseren Plan.

# VI

Der elfte Tag, mein Tag, nämlich der, an dem ich von einer Stegomyia gestochen werden sollte, war ein Sonntag. Carolus, Walter und der Geistliche waren dagegen, daß an diesem Tage ein Experiment vorgenommen werde. Und ich, ich fügte mich. Warum? Aus Rücksicht auf die religiösen Bedenken meiner Mitarbeiter? Keineswegs. Offen gesagt: aus Feigheit. Aus dem Wunsch, den Stich noch einen Tag länger hinauszuschieben. Ich hatte Angst. Ich hätte sie heute ebenso. Ich wußte damals schon genau, was die Krankheit war. Obwohl mein Leben elend war, ich zitterte um dieses mein Leben. Mir graute auch ganz besonders vor der Zeit des Wartens. Hatte ich nicht schon genug gewartet? Diese elf Tage waren keine Freudentage gewesen. Mich schauerte es bei dem Gedanken an das Würgen, Brechen, an die schauerlichen Entleerungen. Meine Nachtruhe war gestört. Ich war totenblaß, als am Abend des Montags (abends waren die Mücken am besten zum Stechen aufgelegt) mich meine Mitarbeiter den Kittel ausziehen ließen und mir sagten, ich solle mich hinsetzen und ruhig verhalten. Das war kein besonderes Kommando, es waren die üblichen Anordnungen, wie ich selbst sie bei jedem der bisher Geimpften bestimmt hatte. Aber welcher ungeheure Unterschied zwischen dem, was einer anordnet, und dem, was an einem vollzogen wird. Das eine ist Experiment. Das andere Wirklichkeit. Oder ist es natürlich doch das gleiche? Einerlei. So kam es dazu, daß sich mein rechter Oberarm mit einer sogenannten Gänsehaut überzog. Das kleine Insekt trippelte auf der Haut hin und her. Ich zitterte vor Frost. Meine Zähne klapperten bei einer Temperatur von über dreißig Grad, wie sie im Laboratorium herrschte. Infolge der Gänsehaut oder aus einem anderen Grund vermochte das Insekt nicht anzubeißen. Es saß bloß da und tat mir nichts. Die Mitarbeiter fragten mich, Carolus sehr trocken, dann March mit seiner bibbernden Stimme, die er in wichtigen Augenblicken immer hatte, ob die Mücke angebissen hätte. Ich vermochte nicht zu lügen. Ich schüttelte den Kopf und sah mit gespannter Aufmerksamkeit zum Fenster des Laboratoriums hinaus auf die Inselwelt, auf die kleine, aus schwarzem Fels bestehende, weltberühmte Insel, auf welche die schwersten Verbrecher deportiert wurden, um, von allen Lebenden abgeschlossen, zu dauerndem Schweigen, zum ewigen Anblick des schattenlosen Meeres und zu ewigem Zusammensein ausschließlich mit sich selbst verurteilt, dort bis an das Ende ein Leben zu fristen, das keines war. Und doch, ich hätte getauscht! Was half es? Ich konnte nicht zurück. Walter, der alles stumm mitangesehen hatte, nahm das beißunlustige Insekt wieder fort und holte ein anderes, das letzte, das wir aus dieser Reihe besaßen, aus dem Insektuarium. Es war dämmerig in dem Raum. Er war in letzter Zeit nicht mehr ganz sicher auf den Füßen, ich hatte ihn im Verdacht, daß er ab und zu einem herzhaften Schluck Whisky nicht abgeneigt sei. Whisky und Walter?

Und doch war es so. Er war seit seiner kleinen verspäteten Hochzeitsreise mit seiner Frau auf die »einsame Insel« (aber es war keine aus schwarzem Fels mit nur drei Palmen und sonst kahl wie eine Hand, sondern ein fieberfreies, zwar etwas sumpfiges, aber mit prachtvoller Vegetation bestandenes, ebenes Eiland) – er war von dieser kleinen Reise völlig verstört zurückgekehrt. Er, der sonst immer minutiös gepflegt, tadellos sauber war, vernachlässigte sich. Sehr zu meiner Bestürzung. Denn es ist eine bekannte Tatsache, daß der erste Schritt zur moralischen Verlotterung in den Tropen in der Vernachlässigung der Kleidung besteht. Dann folgen mangelnde Körperpflege und schlechte Manieren beim Essen. Der vorletzte Schritt ist der Gebrauch oder Mißbrauch von Alkohol und Morphin, die meist das moralische Zerstörungswerk dieses tödlichen Klimas außerordentlich begünstigen, weit mehr, als es diese Gifte in den gemäßigten Ländern tun. Den Rest gibt einem solchen verkommenen Gentleman eine der besonders von den Engländern gebrandmarkten Zeitehen mit den eingeborenen farbigen Weibern. Damit scheiden diese Männer aus der bürgerlichen Welt aus und gehen unter den Farbigen zugrunde.

Derartiger Schritte hielt ich diesen vollkommenen Gentleman und makellosen Gatten auch jetzt nicht für fähig. Aber hätte ich ihm noch vor sechs Wochen zugetraut, er würde unrasiert, mit Schuppen im Haar, mit ungepflegten, schwarzumränderten Fingernägeln im offenen, zerknitterten Laboratoriumsmantel umherlaufen, würde sich den Schweiß mit einem schon recht stark gebrauchten Taschentuch von dem verstörten Gesicht fortwischen?

Was machte nicht alles das Warten auf eine Verbindung mit

seinen »liebenden Herzen« aus ihm? Er war durch das vergebliche Harren und Sehnen derart heruntergekommen, daß er jetzt,
am Spätnachmittag, unter dem Einfluß eines oder einiger
Whiskys nicht mehr sicher auf den Beinen stand und daß er
stolperte. Stolperte? Stolpern? Fallen, das Röhrchen mit *meiner*
Mücke zerbrechen? Ich war so von Angst und Grauen verwirrt,
daß ich hoffnungsvollst daran dachte. Aber er hielt sich dann
doch aufrecht, er riß sich zusammen.

Er wunderte sich über sich selbst. Er erkannte seinen Zustand
nicht. Er dachte an einen Anfall von Malaria, während es nur
der Alkohol und der Gram des Herzens waren. Sollte ich Fieber
haben, meinte er, während er das Röhrchen gegen das Fenster
hielt und schüttelte, um das ruhende Insekt darin ein wenig
aufzuwecken. »Ich habe mich doch eben gemessen, und die
Temperatur war normal. Nun, geben Sie mir Ihren Arm, halten
Sie ihn so, ich bitte.« Dann setzte er das Röhrchen mit der
Mündung nach unten auf meinen Unterarm.

»Nein, nicht hier, sondern weiter oben«, sagte ich. »Wir wollen
die Experimente alle ganz gleichmäßig gestalten.«

»Wie Sie wollen«, meinte er und schob das Röhrchen behutsam an meinem Arm hinauf bis fast unter die Schulter.

Was ich in diesen Augenblicken durchgemacht habe, läßt sich
schwer beschreiben. Nur ein Mückenstich?

Aber der Moment des Schwankens, der Unsicherheit war
vorbei. Auch ich hatte mich gefaßt. Der Anfall von Feigheit,
von Raserei der Todesangst war vorüber. Keine Gänsehaut. Ich
lächelte. Ich gähnte diskret. Ich muß einen absonderlichen
Anblick geboten haben. Aber wenn auch mein Blut nicht
zuckersüß war, genießbar war es, und die Mücke konnte sich
von dem Labsal, der für das winzige Tier unter meiner Haut
strömte, gar nicht trennen.

Carolus notierte das Experiment, und ich zog mich an diesem
Abend sehr früh zurück.

Wie lange die Inkubation währte, war bis dato bei dem Y. F.
nicht bekannt. Es konnten zwei, es konnten vier, es konnten
auch sechs Tage sein. Auch mehr. Es gibt Krankheiten wie die
Lepra, bei denen die Inkubation, dieses Intervall zwischen
Ansteckung und Krankheitsausbruch, Monate und Jahre andau-
ert. Während dieser Zeit geht der Angesteckte seiner gewohnten Arbeit nach, er lebt, als wäre er gesund. Er spielt den

Gesunden, ist es aber nicht. Wohl dem, der nichts *weiß*. Ich wußte zu viel. Dies erschwerte mein Los.

Es bestanden bloß zwei Möglichkeiten: Entweder war unsere Theorie richtig, das Axiom I gültig, dann mußten wir, oder wenigstens einer von uns, sofern wir die Methodik nur genauso einhielten wie bis jetzt, an Y. F. erkranken. Oder alles war falsch, dann sah ich überhaupt nichts mehr vor mir, was mich am Leben halten sollte. Was hatte ich denn noch hier zu erwarten? Im Lager der Deportierten, das unglaublich schlecht verwaltet war, neben dem Abschaum der Menschheit vegetieren? Nicht einmal *neben* diesem Abschaum hätte ich aber vegetieren dürfen, sondern nur *unter* ihm, ihm in jeder Beziehung unterlegen – welcher Mensch meiner Art hätte dies länger als einige Tage ertragen? Mit Schaudern erinnerte ich mich der ersten Tage auf der »Mimosa«. Ich habe von den Einzelheiten geschwiegen. Ich will auch weiterhin darüber Stillschweigen bewahren.

Ich hatte bloß einen sentimentalen, gefühlsseligen Mann wie March zur Seite, der mich zwar liebte und dem ich gut war, der mich aber nie ausfüllen konnte. Ohne wahre Arbeit, ohne Freiheit, in einem schauerlichen Klima – und ohne Hoffnung auf Hoffnung? Ich hatte ja schon das Leben *vor* meiner Untat kaum zu ertragen vermocht! Wie denn erst jetzt! Was mich in der letzten Zeit aufrechterhalten hatte – jetzt begriff ich es klar, was mich nach dem Tode Monikas vor dem Selbstmord bewahrt hatte –, das war nur der Glaube an unsere Experimente gewesen.

Ich ging abends an der Stube des Walter vorbei und sah dort auf dem Tische eine offene Selterflasche und ein leeres Glas. In einem Winkel zwischen seinem Bett und dem Fenster, wohin die Abendsonne nicht dringen konnte, befand sich eine halbgeleerte Flasche schottischen Whiskys. Niemand bewachte sie, und sie war leicht für den Besitzer zu ersetzen. Ich ließ sie aber unberührt. Keinen Rausch! Ich wollte klar sein und bleiben und alles ertragen, wie es jetzt kam.

In dem Laboratorium war die Arbeit auf ein Minimum zusammengeschrumpft. Wenn etwas zu tun war, dann hauptsächlich das Ordnungmachen. Ich räumte den Medikamentenschrank auf. Ich kochte die Injektionsspritzen aus, ich säuberte die Fläschchen, was eigentlich Marchs Arbeit war. Aber heute war es eine Wohltat, die Zeit des Wartens auf das *Entweder-*

*Oder* sich zu vertreiben. Auch eine Schachtel mit festem Morphin als salzsaurem Kristall fand ich vor. Es war eine größere Versuchung als der Whisky. Den Schmerzen des Y. F., dem Würgen, Brechen, dem schauderhaften Kopfdruck entgehen, entfliehen! Ich war in großer Versuchung. Zufällig erblickte ich ein totes Versuchstier, eine Ratte, glaube ich, die bei einem unserer Experimente, zu dem wir ihr Blut gebraucht hatten, ihr Leben hatte lassen müssen. Ich ließ das Morphin, wo es war, und nahm den Rattenkadaver hinunter, um ihn vernichten zu lassen, wie wir es mit allen Tierleichen, sobald wir sie nicht mehr brauchten, ordnungsgemäß machten.

## VII

Auch in dieser, meinem »Mückenstich« folgenden Nacht vermochte ich keinen ruhigen Schlaf zu finden. Ich versank zwar sofort nach dem Hinlegen in einen sehr tiefen Schlummer, schreckte aber, von kaltem Schweiß überströmt, auf, bevor sich March noch richtig hingelegt hatte. Ich sah ihn im unbestimmten Lichte mit etwas Hellem, Glitzernden hantieren, es war ein Rosenkranz, den ihm der Geistliche mit dem Amen an der Kehle (Nr. 4 unserer Versuchsreihe) gegeben hatte. So war auch March unter die Beter gegangen. Für mich, mein Seelenheil?

Ich wollte ihm seinen Trost nicht nehmen, aber ich war auch nicht imstande, ihm Trost zu geben. Ich beneidete ihn um seinen Glauben. Wie glücklich mußte ein Mensch in all seinem Elend sein, wenn er noch an Gott glauben konnte. Dankte March Gott vielleicht jetzt dafür, daß er durch die Allmacht Gottes vor der Ansteckung durch die Mücke bewahrt worden war? Nein, wahrscheinlich nicht.

Er hatte sich mir hingegeben, und er war natürlich glücklich, daß der Himmel ihn mit dem Y. F. noch nicht beim Wort genommen hatte. Jetzt sorgte er sich aber um mich, wie eine gute dumme Mutter um ihr einziges Kind. Er erwartete alles von mir. Er sehnte sich. Ein Kuß, eine ungeschickte, tölpelhafte Umarmung bei geschlossenen Augen, Liebesbeweise, an denen sich oft genug die unnatürliche, nicht auf Zeugung gerichtete Liebe der Gleichgeschlechtlichen Genüge sein läßt. Ich ließ es mir geduldig gefallen. Aber ich erwiderte es nie. Mein Gesicht war kalt. Ich wollte es nicht. Ich war dazu nicht imstande.

Warum es leugnen, dennoch klammerte ich mich an ihn. Aber nur im Geiste. Nicht mit dem Körper.

Er, und nicht Walter, der mir geistig gewachsen war, war mein Freund. Er war es geworden, ohne daß ich es bemerkt hatte.

Ich glaubte jetzt sogar, hätte ich eine Menschenseele von der Art Marchs während der letzten Jahre an meiner Seite gehabt, es wäre damals nicht so weit mit mir gekommen. Aber wenn er mir das gleiche sagte? Wenn er mir seine Neigung in der dümmsten, aber eben deshalb auch rührendsten Weise »auf den Knien seines Herzens« entgegentrug? Hatte ich doch die instinktive, krampfhaft zuckende Händebewegung des Fortwischens wahrgenommen, als sich die erste Mücke heute abend auf meinen Arm gesetzt hatte! Hatte ich doch auch gesehen, wie sein Gesicht freudig aufgeglüht hatte, als Walter mit dem zweiten gefährlichen Insekt über eine unvorsichtig fortgeworfene Bananenschale gestolpert war. Konnte man an soviel System glauben, daß March die Bananenschale trotz seines sonst so bewährten Ordnungssinnes an dieser Stelle gelassen hatte? Ebensogut möglich freilich war es auch, daß dies alles Zufall war. Ich wollte, als der ewige Zweifler, der an allem logischerweise verzweifelt, mir seine Liebe beweisen. *Ich wollte ja glauben!* Was *half* es? Was nützte es? Was war mir ein Mann, mit dem ich nicht einmal über unsere Sache – oder über mich sprechen konnte? Ich wollte auch dies! Seit jenem Vormittag auf dem Landungsplatz im Angesicht des Dampfers »Mimosa« auf der Reede hatte es mich zu einer Beichte getrieben. Ganz genauso wie ihn. Aber nur er hatte sein Herz erleichtert. Ich nicht. Wie soll man reden? Wie kann man seine innersten Gefühle in Geschwätz und in triviale Zärtlichkeit umsetzen? Ich konnte es nicht. Ich bat ihn jetzt, mit dem Schlafengehen noch zu warten. Ich wollte noch einmal aufstehen, in den Klostergarten kommen. Die Nacht war sternenklar und relativ kühl. Ich bat ihn mitzukommen. Ich fühlte mich bedrückt. Ich fühlte mich elend. Ich hatte eine Ahnung, daß die Krankheit mit mir Ernst machen würde. Es war nur eine Ahnung, denn es war vom Standpunkt des wissenden Arztes grotesk, anzunehmen, daß sich schon drei bis vier Stunden nach erfolgter Infektion durch den Mückenstich an mir die ersten Erscheinungen des Y. F. zeigen sollten. Aber welcher Mensch denkt immer logisch und handelt immer konsequent? So nahm ich Marchs Hilfe beim Ankleiden an. Er zog mir die Socken an, so zart umfaßte er meine Fußknöchel, wie es meine Mutter einmal in meiner frühesten Jugend getan hatte, ich erinnere mich noch, daß ich gespürt hatte, wie ihr Atem, durch den damals üblichen engen, mit Mustern bestickten Schleier (sie war im Fortgehen begriffen) hindurchziehend und diesen vor sich her treibend, meinen unbekleideten Unterschenkel gestreift hatte und wie die etwas locker sitzenden Haare unter ihrem Sammethütchen meine nackte Haut gekitzelt hatten. Ich war damals ein magerer, sehniger, trotziger, sehr stiller Bengel gewesen, zweieinhalb oder drei Jahre alt. Nicht auf übermäßige Zärtlichkeiten versessen, nicht durch übertriebene Zärtlichkeiten verwöhnt. Meine Mutter hatte ihre Kinder in nur kurzen Intervallen erhalten, sie konnte bei aller ihrer Herzensgüte sich keinem von uns ganz widmen. Bei der Sparsamkeit meines Vaters und seinen hohen Ansprüchen an Luxus war die Führung des Hauses nicht leicht. Die Mutter kam nie zur Ruhe. Als das jüngste Kind, meine Schwester, ein Jahr alt war, starb die Mutter. Auch damit schien sie Eile zu haben. Sie legte sich zu Bett, wir kamen auf fünf bis zehn Minuten zu ihr, und seither wurde sie nie wieder gesehen. Ich bin im allgemeinen kein Mann des Zurückdenkens, die Leser meiner Aufzeichnungen haben es vielleicht wahrgenommen, es liegt mir meist fern, Vergleiche zwischen dem Jetzt und dem Einst zu ziehen, die nutzlos und bitter sind. An diesem Abend war es anders.

Wir hatten beide außer unserer Unterkleidung bloß die Ärztekittel an, die im Nachtwind sich bauschten. Wir gingen auf strohgeflochtenen Pantoffeln, wie man sie hier trägt, leise durch die Korridore. Hinter den Türen tobten, klagten, würgten und delirierten die Y. F.-Kranken. Der halbwüchsige Junge, der uns sein Blut geliefert hatte, lag im Sterben, oder er war bereits auf und davon. Während wir an seiner Tür vorbeigingen, horchten wir in den Raum, er war totenstill, im wahrsten Sinne des Wortes. Die Tür war übrigens versperrt. Der alberne, neugierige und, wie zugegeben werden muß, außergewöhnlich furchtlose March konnte es sich nicht versagen, lachend an der Tür zu rütteln. Er lachte zu gerne. Er benützte jede Gelegenheit dazu. Nichts antwortete ihm. Ich zog ihn fort. Chlorgeruch drang aus dem Raum, zwar nur in starker Verdünnung, doch stark genug, um meine stets sehr empfindlichen Nasenschleimhäute zum Niesen zu bringen. Mit einem »Helf Gott«! setzte der naive March lachend mit lauter Stimme auf der stillen Lazarettreppe ein, er wußte wohl nichts davon, daß im Mittelalter das Niesen als erstes Symptom der Pest galt und daher von Abergläubigen stets mit dem Stoßgebet »Helf Gott!« oder »Gesundheit!« beantwortet wurde.

Abergläubig oder nicht, der Würfel war gefallen, und bald mußte es sich entscheiden, was aus uns wurde.

Wir traten hinaus in den Wirtschaftshof des Lazaretts, kamen vorbei an dem Schuppen der Spitalsmaulesel und des altersschwachen Gaules, dem wir eine Injektion versetzt, der aber dies wie alle Bitterkeiten seines arbeitsamen Tierprolentadaseins überstanden hatte. Er scharrte drinnen im Schuppen mit den Hufen und rieb die Nase an den Wänden. Er wieherte sogar leise auf, vielleicht hatte er die Ohren gespitzt, uns gehört, und hatte gedacht, es ginge an die Arbeit.

Wir kamen in den Garten. Helle, wie zu einem Bukett angeordnete, üppige Blüten in den Beeten am Eingang schimmerten in dem strahlenden Licht der Sterne. Der Mond war nicht zu sehen. Um die weißen Blüten schwirrten Insekten, meist Nachtschmetterlinge, aber auch Moskitos, die wir durch die Zigarren, die wir rauchten, uns vom Leibe hielten. Am Boden leuchteten die Leuchtpilze mit grünlichem und silbrigem Schein. Die Luft war von balsamischem Duft erfüllt, der stärker war als das Aroma der Zigarren. Vanilleranken schwangen sich lianenartig von den Zweigen der hohen Bäume nieder, andere Fluggewächse, goldgrün, mit kornblumenblauen, mit safrangelben Blüten besät, schaukelten sich im Nachtwind an zarten, hellgrünen, saftigen, feuchten Schößlingen, an die wir mit den unbedeckten Köpfen streiften. Ich dachte bei mir, vorhin habe March meine Füße gestreichelt und jetzt würde meine Stirn von den Blättern der duftenden Lianen berührt. Ich dachte nach (alles Gedanken, die ich sonst nie hatte – war es schon das Beginnen der Krankheit?), ob dies der letzte Tag in der Natur und an der Seite eines mir zugetanen Menschen sei, ob ich Abschied zu nehmen hätte? Wer bürgte mir für eine zweite solche Nacht? Sollte ich abschließen? Sollte ich einen letzten Willen diktieren? Einen allerletzten, da ich doch schon im Gefängnis vor einem halben Jahr mein Testament gemacht hatte? Damals hatte ich meinen Bruder zum Alleinerben eingesetzt. Sollte ich jetzt meinen lieben March zum Erben einsetzen, für den Fall, daß er zum Lohne für seine Furchtlosigkeit, für sein tapferes Erdulden der Impfung und der Y. F.-Gefahr, vielleicht doch begnadigt würde und zurückkehrte? Ein echter Verbrecher war es nicht, das große Kind mit seiner Zigarre im kleinen Mäulchen. Aber konnte nicht auch ich begnadigt werden? Walter hatte davon gesprochen. Was ich am heutigen Tage auf mich genommen hatte, war doch mehr als die zugemessene Strafe! Wir gingen immer wieder im Kreise um die wenigen, aber sehr hohen Bäume herum. Die Lichter der Krankensäle schimmerten von oben sanft grün, das Klagen der Kranken drang undeutlich zu uns. Die Schritte der Patrouillen klangen regelmäßig in geruhsamem Tempo, sie erklirrten metallisch, wenn die Wachen über eine Eisenplatte marschierten, die in einem Korridor in den Boden eingelassen war. Wir schwiegen. Ich legte meinen Arm um Marchs bloßen Hals. Ich entsann mich des Kusses, den mir meine verstorbene Geliebte nicht gegeben hatte. Ich zuckte die Achseln, ich schüttelte den Kopf. March, der treue, fragte nicht. Über uns reckte ein Urwaldbaum, die Jacaranda, ihr Haupt in den von Sternenlicht strotzenden, violenblauen, unergründlich tiefen Nachthimmel. Unter ihm auf dem Boden befanden sich veilchenblaue, abgefallene Blätter, ein ganzer Teppich, aber mehr noch wuchsen und dufteten an den zahllosen Zweigen des im Nachtwinde leise raunenden Baumes. Gerade über uns glühte ein Sternbild, das mir mein Vater auf der Sternkarte oft gezeigt hatte, nicht ahnend, daß ich es als Deportierter im Lazarettgarten des Y. F.-Hospitals von C. einst tatsächlich zu Gesicht bekommen würde. Ein Gewirr von silbernen Kugeln, eine Art zauberhafter, seelenhafter, zusammengehaltener Milchstraße, genannt die Magellansche Wolke, das ferne Weltensystem, in sich geordnet wie ein Bau, wahrhaft himmlisch, behutsam aus mildem Licht und ruhevollem Glanz geformt. March seufzte. Ich lächelte über den Sternenschwärmer Georg Letham den Jüngeren. War es schon Fieber? War es noch mein Lebensmut? Es mußte doch schön sein, zu leben. Ich lächelte. Ich lächelte so stark, so tief entzückt, daß es zu einem Lachen wurde. March, der immer gern lachte, stimmte ein. So kehrten wir lachend am Impftage nach Hause zurück; ich benommen, aber glücklicher, als ich die ganze Zeit vorher gewesen war.

# VIII

Trotz der Tröstungen dieser himmlisch schönen Nacht verbrachte ich die auf unseren Spaziergang folgenden Stunden schlaflos, vielleicht weil ich mich krampfhaft anstrengte zu schlafen, um ja in der kommenden Zeit alle Kräfte bereit zu haben.

Ich maß am nächsten Tag, Dienstag, zwei- bis dreimal die Temperatur, fand aber an mir während der ersten vier Tage nichts Besonderes. Auch Walter war unruhig. Die erste Serie der Versuche war gemacht, ein Erfolg war bis jetzt nicht eingetreten. War wieder alles vergeblich? Ich konnte es nicht glauben und redete Walter gut zu. Wir durften nicht nachlassen. Wenn uns statt fünf sogar fünfzig Versuche fehlgeschlagen wären, mußte man immer wieder von neuem beginnen.

»Aber wird es denn möglich sein?« fragte er mich und wandte seine großen, grauen, ernsten Augen von mir ab.

»Warum denn nicht«, antwortete ich ihm. »Es muß.«

Er schwieg lange, ging schwankenden Schritts im Zimmer hin und her, und, war es der Einfluß des Alkohols (er roch diskret, aber deutlich nach Whisky), war es die Stimmung der Stunde, er begann seltsamerweise aufzutauen und mir von seinen Sorgen und Kümmernissen mit dem »liebenden Herzen« zu erzählen, von denen mir ja bereits mehr bekannt war, als er ahnte. Nachher sprach er auch über die Befürchtungen, die er über meine Zukunft hegte. Zu gern wollte er etwas tun. Ob er mich für *ungerecht* verurteilt hielt, darüber sprach er nicht.

»Bis jetzt hat die Gefangenenverwaltung Sie und Ihren March noch nicht angefordert. Der Arm Ihres Vaters reicht weit. Wird er Minister, ist er so gut wie allmächtig, aber er ist es noch nicht, und im Notfalle könnte es zu lange dauern, bevor Ihr Hilferuf ihn erreicht. Lassen Sie sich nicht zuviel Zeit. Bitten Sie ihn! Fassen Sie ihn! Sie kennen C. nur vom Hörensagen. Schreiben Sie ihm. Besser noch, übergeben Sie mir einen Brief an ihn. Geben Sie ihn mir offen . . . aber wenn Sie der sind, für den ich Sie halte, werde ich ihn nicht lesen. Weshalb sollte ein Begnadigungsantrag nicht eine gewisse Aussicht auf Erfolg haben?

Mindestens doch eine ebenso große wie unsere Versuche hier. Ich werde aus eigenem ein paar Worte hinzufügen, wenn Sie es wünschen. Er kann viel. Und sollte es das Schicksal so wollen, daß ich in absehbarer Zeit dem Wunsch meiner Familie folge und nach Europa zurückkehre, kann ich vielleicht Ihr Schreiben *persönlich* überbringen.«

»Woran denken Sie«, fragte ich entsetzt. »Nach Europa? Sie? Dem Wunsche Ihrer Familie folgen? Jetzt?!! Halten Sie es denn für möglich, daß wir uns getäuscht haben? Daß alles, was wir hier versuchen wollen, vergeblich ist?«

»Ob ich etwas für möglich oder für unmöglich *halte*, ändert an den Tatsachen nichts«, sagte er resigniert. Er sah müde, alt, verbraucht aus. Er erinnerte mich an meinen Vater, und dabei war er jünger als ich. Er sagte, mit Anstrengung seine Gedanken konzentrierend:

»Vor vierzehn Tagen haben wir mit den Stichversuchen durch die infizierte Mücke begonnen. Bis jetzt sind wir alle gesund und bei bestem Wohlsein, soweit es das höllische Klima hier erlaubt.« Er wollte noch etwas sagen, aber March war zu uns getreten, und er brach ab.

Ich wollte gern hören, was er mir noch zu sagen hatte (offenbar betraf es seine zerrütteten Vermögensverhältnisse, und er dachte vielleicht an irgendeine Verbindung mit meinem Vater als einem sehr reichen Mann und kommenden Minister), mir fielen aber plötzlich die Augen zu, obgleich es erst Mittag war. Ich schob diese sonderbare, sehr lastende Müdigkeit auf den Umstand, daß ich in den letzten Nächten fast kein Auge geschlossen hatte. Ich fand und fand aber auch dann keine Ruhe, als ich mich auf mein Bett legte, sogar, was immer streng verpönt war, in den Kleidern, mit den Schuhen.

March kam bald nach mir hinab, sah mich da liegen und zog mir die Schuhe aus, oder besser gesagt, er wollte mir die Schuhe ausziehen, denn ich stieß ihn jäh fort, von krankhafter Gereizt- heit ergriffen. Er schrie hoch und leise auf, und dieser alberne Kleinmädchenschrei empörte mich. Ich setzte mich auf, starrte ihn wütend an. Dann überkam mich eine krankhafte Lachlust, und ich lachte los, als erbräche ich mich, mit offenem Mund, zitternden Händen, heraushängenden Augen. Mir wurde angst. Noch während ich lachte, befahl ich ihm, von oben mein Thermometer zu holen.

Ich machte die Messungen an mir regelmäßig nach dem Waschen und Frühstücken sonst stets oben im Laboratorium. Er lief schnell hinauf und brachte mir sehr bald das Thermometer und mein Merkblatt. Auch dieser Umstand, daß er ohne Auftrag das Merkblatt mitgebracht hatte, erbitterte mich. Ich wollte ihn anschreien, beherrschte mich aber und steckte mir das Thermometer stumm in den Mund. Ich maß meist so die Temperatur, nachdem ich das Thermometer gründlich mit Alkohol gereinigt hatte. Im Raume war es dunkel, es roch nach Öl, nach Essig, nach Staub und – nach Ratten. Es war auf dem Thermometer die Quecksilbersäule nur schwer zu erkennen. March zündete ein Taschenfeuerzeug an. Ich zuckte vor dem grellen Licht zusammen. Er strich mit seiner kühlen, großen, trockenen Hand über meine Stirn, so sanft er konnte. Trotzdem tat er mir weh! Und für sein Lachen, mit dem er losplatzte, hätte ich ihn schlagen mögen!

Die Temperatur war normal.

## IX

Am fünften Tage, also am Freitag, fühlte ich mich schon am frühen Morgen so elend, daß ich am liebsten nicht aufgestanden wäre. March sah mich mit seiner ganzen hündischen Liebe von der Seite an. Ich konnte es nicht ertragen, erhob mich, obwohl mich meine Füße kaum tragen wollten, und versuchte, das wenige an Arbeit zu leisten, das zu dieser Zeit noch im Laboratorium zu tun war.

Ich maß meine Temperatur nicht, aus Angst, sie erhöht zu finden. Mittags setzte ich mich mit March an den Tisch, die alte Krankenschwester, die uns gewöhnlich bediente, brachte uns das Essen. Schönes Essen! Leichtes Essen! Gutes Essen!! Und doch konnte ich mich nicht zwingen, wollte aber March nicht vor der Zeit ängstlich machen. Es war ein drückend heißer, schwüler Tag, der aber von Morgen bis Abend fast ununterbrochen von Gewittern und Wolkenbrüchen erfüllt war, von deren Gewalt man sich in gemäßigten Landstrichen keine Vorstellung macht.

Eine Luke in unserem Gelaß mußte offen geblieben sein, das Wasser strömte von oben in die Ölkammer, in der wir hausten, herein, und ich bat March, aufzustehen und vom Hofe aus nachzusehen, ob die Fensterluke offen oder gar eine Scheibe zerbrochen sei. Während er der Sache nachging, stand ich auf und warf mein Essen in ein halbgeleertes Faß mit Schmierseife. Noch erinnere ich mich des Gefühls von würgendem Ekel, als das Essen unter unappetitlichem, quatschenden Geräusch in der laugenartig riechenden, schmierigen Masse versank. Als March wiederkehrte und lachend erzählte, daß der Lazaretthof knietief voll Wasser stünde, wischte ich mir mit einer Serviette den Mund, als hätte ich gegessen, und dann schleppte ich mich hinauf, um ebenfalls nachzusehen. March hatte übertrieben, das Wasser stand höchstens knöchelhoch. Der Wolkenbruch hatte gerade nachgelassen. Zwischen giftigen, gleißenden, lilafarbenen Wolken strotzte wieder die Sonne hervor, und es tat mir wohl, die Hände in den noch spritzenden Ausguß der Dachrinne zu stecken und meine Stirn, hinter der es mörderisch zu toben begann, mit dem klaren Regenwasser zu kühlen.

Ich kehrte nicht zu March zurück. Ein mir sonst fremder Bewegungsdrang hatte mich überfallen – aber er war verbunden mit einem Gefühl schmerzhafter Müdigkeit. Ich dachte daran, meinem Vater zu schreiben. Den ersten Brief seit so langer Zeit. Ich fand nicht die Ruhe dazu. Ich konnte nicht. Ich wollte abwarten, bis alles entschieden sei – was weiß ich? Wie entschieden – was weiß ich?

Ich litt an Schmerzen im Kreuz, als hätte mich ein wüster Fußtritt getroffen. Ich konnte kaum stehen. Dennoch wollte ich mich bis zum letzten Augenblick aufrecht halten. Ich durchstrich, mehr wankend als richtig gehend, mich an den kühlen, regenfeuchten Wänden aufrecht haltend, einen Teil der Gebäude, die den Komplex des Lazaretts ausmachten. Die Wachen, auf ihre Bajonette gestützt (zum geschäftigen Zeittotschlagen ebenso trefflich erzogen wie so viele Staatsangestellte, die nur dem Schein der Ordnung, nicht ihr selbst dienen), sahen mir grinsend nach, ihre bräunlichen Zigarettenstummel unten im Mundwinkel. Einer rief mir etwas Unverständliches zu und bemühte sich dann, einen grotesken Humor zu entwickeln und mein schwankendes Umherzotteln, immer die Wand entlang, nachzuahmen. Bald wurde ihm die Sache zu dumm, er streckte sich neben seinen Kameraden zu einem Schlummerstündchen hin und ließ mich laufen. Hätte ich das Lazarett verlassen wollen, die Wachen hätten mich nicht gehindert.

Erkannten sie, wie es um mich stand? Ich erkannte es doch selbst noch nicht.

Ich kam in große leere Krankensäle, in denen noch der Geruch der Desinfektionsmittel lag. Gewaltige Räume, die Decken von hölzernen, frisch gekalkten, weißen Pfosten gestützt, Bettenreihen von je fünfzig, eines neben dem anderen, an jeder Längsseite des rechteckigen, kahlen Saales, leer, sauber, unbenützt, als hätten nie Kranke, Leidende und Sterbende – nie Genesende hier gelebt. Die Einrichtungen stammten aus den großen Seuchenzeiten und waren dank des Ordnungssinnes der tüchtigen Oberin so instandgehalten, daß die Baulichkeiten im Falle eines plötzlichen Aufflammens des Y. F. etc. sofort bis in den letzten Winkel belegt werden konnten.

Vom Hofe hörte ich Marchs Stimme wie von weit her. Georg! Georg! Ich hörte offenbar jetzt nur schlecht. Der Kopf hämmerte, ich sah rot. Die Pfosten in dem Saale erschienen wie mit Blut gesprenkelt. Ich verkroch mich, legte mich auf eines der harten Betten (mein Bett im Ölkeller war durch Marchs und Carolus' Bemühungen weich wie ein Puppenbett – March hatte bloß ein paar alte Decken auf der Erde!). Ich stopfte die Finger in die Ohren, und zwar die Daumen, während die anderen Finger über meinen Augen lagen und den schwachen Lichtschein abhielten, der durch die geschlossenen Lider durchdrang. Draußen wetterte ein gewaltiger Wolkenbruch von neuem hernieder, Blitze zuckten über das ganze Himmelsrund. Der Donner grollte mit brausendem Getöse.

Die Schläge des Gewitters erschütterten das Haus in seinen Grundfesten. Aus dem unterirdisch gelegenen Korridor, wo sich der Rest unseres Tiermaterials befand, drang das Schrillen und Kreischen der Affen, das Heulen und Jaulen der Hunde. Das ganze Konzert der fest eingeschlossenen, im Dunkel gehaltenen Kreaturen ertönte, in welchem sie ihren Gefühlen gegenüber der entfesselten Natur Ausdruck gaben.

Ich hätte um mein Leben gern tief geschlafen. Aber es war unmöglich. Die Stimme des allzutreuen March weckte mich immer wieder aus dem unruhigen Schlummer. Dabei hatte ich acht, mich nicht zu bewegen, denn bei jeder Bewegung wurden die grauenhaften Lendenschmerzen quälender, die sach- und fachkundige Beobachter als »coup de barre« gekennzeichnet haben. Ich befand mich am besten, wenn ich ganz ruhig auf dem Rücken lag und sogar den Atem möglichst anzuhalten versuchte.

March hatte endlich zu rufen aufgehört. Offenbar war er jetzt wieder bei der Arbeit im Laboratorium. Auch ich mußte mich dort einfinden, wollte ich nicht Verdacht erwecken. Verdacht? O nein! Freude und Triumph für die anderen!

Selten hat mich in meinem Leben ein Gang mehr saure Mühe gekostet als die wenigen Schritte, die von meinem jetzigen Aufenthaltsort in das Laboratorium führten.

Meine Willenskraft hatte noch nicht wesentlich gelitten. Ich konnte mich so zusammennehmen, daß weder dem Carolus noch Walter mein abnormer Zustand auffiel. Zum Glück waren die drei Mitarbeiter, Carolus, Walter und March, mit einem neuen Färbeverfahren beschäftigt, das sehr sorgfältig ausprobiert werden mußte, obwohl es natürlich an sich auch keine Resultate liefern konnte, die der Rede wert waren. Das Nutzlose an ihren fieberhaften Bemühungen erbitterte mich. Wozu das Köpfezusammenstecken? Wo nichts ist, hat die beste Färbemethode ihr Recht verloren. Aber wie Kinder von einem Töpfchen mit Seifenlösung und einem schönen Strohhalm waren die drei großen Kinder von ihrer Tätigkeit ganz eingenommen. Wenn March mir, der in einer dunklen Ecke hockte, ab und zu einen besorgten Blick zuwarf, bemühte ich mich aus Leibeskräften, ihm ein vergnügtes Grinsen zu zeigen.

Ich war trotz des schauerlichen Gefühls des bodenlosen Elends noch Herr meiner selbst. So verging dieser Gewitternachmittag. Ich zählte die Minuten, endlich war es soweit, daß, wie gewöhnlich zum Abschluß unserer Arbeit, der Geistliche erschien und die Herren Walter und Carolus zu dem gemeinsamen Abendessen wegführte, dem in der Regel dann eine Partie Schach (zu dreien, nämlich Walter und dem Kaplan einerseits, und dem sehr schachstarken Carolus andererseits) oder eine Partie Puff-Puff, einige Gläser Whisky, das Abspielen von zwei oder drei Grammophonplatten und ein kleiner Disput folgten. Dies war ihr geistiges Leben außer ihrer Arbeit. Wer die Verhältnisse in tropischen Ländern kennt, wird Carolus und Walter bewundern, daß sie überhaupt geistige Kraft zu etwas anderem aufbrachten als zu Kartenspiel und Whisky.

Mein Abendessen nahm ich gewöhnlich allein zu mir, March

mußte sich um die Tiere kümmern. Jetzt hatte ich nicht mehr die Kraft, etwas von den Speisen fortzuschütten.

Ich warf mich in der Öl- und Essigkammer auf mein »Puppenbett«, schlug die Decke über das Gesicht und tat, als schliefe ich. March trat pfeifend ein, verstummte aber sofort und trat leisen Schritts an mein Bett.

Ich hörte, wie er das Thermometer aus seiner Metallhülse herauszog, was immer einen matten, paffenden Laut ergibt.

Ich sollte, wie alle anderen Experimentierobjekte, mich täglich zweimal messen. Aber er wollte mich nicht wecken.

Bisweilen überrann es mich kalt, ein Schauer, der gewöhnlich an der linken Wange begann und dann wie ein scharfer Winterwindhauch über die Stirn, den Nacken, die Wirbelsäule entlang lief und sich in den bleischweren Lenden verlor. Die Zähne wollten klappern. Aber ich wollte es nicht. Ich biß sie fest zusammen und verhielt mich mäuschenstill. March ließ sich täuschen und begab sich zur Ruhe. Bald hörte ich ihn tief atmen. Er schnarchte etwas. Er schlief.

An Gott glauben können! Einen Menschen aus Herzensgrund lieben und von ihm alles irdische Glück erhoffen können! Und tief schlafen können! Beneidenswerter Mann, dieser March!

# X

Auch ich schlummerte auf einige Augenblicke ein, aber schon kurze Zeit später erwachte ich durch das scharfe Klappern meiner Zähne.

Ich setzte mich auf. Eisiger Frost überlief mich am ganzen Körper. Die Hitze- und Frostwellen, einander zum Verwechseln ähnlich, folgten jetzt ununterbrochen aufeinander. Ich faßte mit der Hand durch den Schlitz meines Hemdes an die Brust, an das Herz. Es pochte lebhaft, einhundertzehn bis einhundertfünfzehn Schläge die Minute, wie ich als erfahrener Arzt schätzte. Die Kreuzschmerzen hatten sich womöglich noch verstärkt. Die Ohren sausten. Hinter der Stirn bohrte es. Kein Zweifel, ich war schwer krank. Schüttelfrost, erhöhter Puls, sicherlich auch stark erhöhte Temperatur, Lendenschmerzen, wahnsinniger Druck im Kopf; was fehlte noch? Auch im Hals spürte ich Schmerzen, die Zunge brannte, als hätte ich spanischen Pfeffer geschluckt.

Das Haus war totenstill. March hatte zu schnarchen aufgehört. Er lag ruhig auf seinem Lumpenhaufen auf der Erde. Was sollte ich tun? Ihn wecken? Was konnte er für mich tun? Ich mußte versuchen, selbst Klarheit zu gewinnen.

Mein Leiden mußte ja nicht unbedingt Y. F. sein. Zwar stimmten alle Anzeichen. Aber auch das Wechselfieber (Malaria) beginnt auf ganz ähnliche Art und Weise. Ich war vor fünf Tagen mit March nachts im Lazarettgarten spazierengegangen, Moskitos waren auch hier gewesen, man hatte nicht alle durch den Rauch der Zigarren vertreiben können. Wenn es aber glücklicherweise nur Malaria war, dann konnte mit ein paar Chininpulvern die Sache in Ordnung gebracht werden. Und unser Axiom I? Ich gestehe ganz offen, daß ich, ein so schwer leidender Mensch, jetzt nur daran dachte, mein Leben zu retten. Man muß alles durchgemacht haben, um zu begreifen, wie einem Mann am Vorabend einer solchen Krankheit zumute ist.

Aber es ist doch dein freier Wille gewesen, Georg Letham? Du hast dich doch großmütig der Wissenschaft zur Verfügung gestellt? Du hast doch darauf *gehofft*, das Experiment möge gelingen? War es denn nicht eine Sache von ungeheurer Wichtigkeit, ob dieses Experiment gelingen würde oder nicht?! Das Leben unzählbarer Menschen hing davon ab, die Entseuchung, die Assanierung ganzer weiter Landstriche.

Nur Ruhe! Nur Vernunft! Das alles sind Überlegungen eines Gesunden. Ein elender, leidender, gemarterter Kerl denkt nicht.

Ich hätte alle großen Gedanken denken können, die sich auf das Heil der Menschheit und auf den Segen der sittlichen Selbstaufopferung beziehen, aber ich klapperte nur mit den Zähnen, ich stöhnte mit zusammengebissenen Zähnen vor Schmerz, ich erhob mich leise mit aller Mühe, um meinen March nicht zu wecken und kletterte mit einem Bein trotz allen Lendenwehs über die Kante des Bettes heraus. Dabei krampfte sich mir der Wadenmuskel scheußlich schmerzhaft zusammen, damit ich nicht gar zu übermütig würde. Dabei krachte mein Bett.

Der schwere, gute Schlaf Marchs war zu bewundern. Daß er auch jetzt nicht erwachte! Oder *wollte* er nicht erwachen, weil er begriff, ich wünschte es nicht, denn ich wollte keine Zeugen, ich mußte allein sein? Ich suchte meine letzten Kräfte zusammen. Wenn man sie haben muß, hat man sie.

Ich stand auf, tippelte Schritt für Schritt, mich an den kühlen Wänden festhaltend, durch den Korridor zu dem Laboratorium, drehte das Licht an und setzte mich vor allem erst, krächzend vor Qual, in den bequemen Lehnstuhl, den sich der auf Komfort in jeder Lebenslage bedachte Carolus ins Laboratorium vor das Mikroskop hatte stellen lassen. Ich schloß die Augen. Ich konnte das Licht nicht ertragen. Aber ich brauchte doch Licht, um die erste Untersuchung zu machen.

Die erste Untersuchung, ob ich Y. F. hatte? Im Gegenteil, ob ich das Y. F. *nicht* hatte. Ich fahndete nicht auf die unbekannten Keime des Y. F., als ich das Mikroskop aus dem Holzkästchen heraushob, sondern ich fahndete auf die altbekannten Erreger der üblichen Malaria in den Tropen.

So ist der Mensch. Er stellt sich ein Ziel. Er baut sich einen Altar. Sobald es ans Beten kommt, betet er. Sobald es aber Blut kostet, will er sich fortmachen. Wozu lügen? Was ich hier schreibe, hätte nicht den mindesten Wert für mich, geschweige denn für die anderen, wollte ich bewußt lügen. Unbewußt lügt ja jeder ohnehin genug.

Ich stach mich mit einem Schnäpper wacker in die Fingerkuppe des linken kleinen Fingers. Ich tauchte den Rand eines papierdünnen Glasplättchens in den rubinrot glitzernden Tropfen. Ich strich mit zitternden Händen, die wie bei einem geschüttelten Hampelmann gegeneinander schlugen, das Bluttröpfchen auf einem zweiten, dickeren Glasplättchen aus. Ich mußte es über einer Flamme trocknen, zog es also durch einen Bunsenbrenner durch und – verbrannte mir die Hand, so ungeschickt war ich geworden. Ich sah die Färbeflüssigkeiten sauber aufgereiht auf einem Regal. Aber wie sie herunterbekommen? *Noch einmal* aufstehen! Unmöglich. Sollte ich March rufen? Noch unmöglicher. In solchem Augenblick ist man gerne ungestört. Ich verzog mein Gesicht krampfhaft zu einem Grinsen. Was gibt es besseres als Humor in allen Lebenslagen?! Ich schüttelte den Kopf über meine Trägheit und kommandierte mir, als wäre ich ein fremder Mensch. Zum Glück hatte der Generalarzt in seiner Unordentlichkeit ein Schälchen mit der neuartig zusammengesetzten Färbeflüssigkeit in der Ecke eines von meinem Lehnstuhl aus leicht erreichbaren Tischchens stehen lassen.

War das nicht ein Wink des Schicksals? Ich war abergläubisch geworden. Zum zweitenmal nahm ich eine dumme Bagatelle als

Omen. Und zum zweitenmal betrog mich das Schicksal. Zum erstenmal bei meiner Geliebten, zum zweitenmal bei mir selbst.

Endlich hatte ich gefärbt, ich hatte das Präparat in Wasser und Alkohol abgespült, getrocknet, ich nahm es unter das Mikroskop. Bei einem Malariaanfall sieht der Untersucher, der etwas Erfahrung hat, die bekannten Plasmodien, die für das Wechselfieber charakteristisch sind, in jedem gut gefärbten Präparat eines Blutausstriches. Ich versuchte also emsig zu mikroskopieren. Die Mikrometerschraube, welche die Objektivlinse des Mikroskops um ein hundertstel Millimeter hebt und senkt und so die präzise Distanz des Präparates von der Objektivlinse herstellt, wollte meinen zuckenden Fingern nicht gehorchen. Ich drückte von oben etwas zu brutal, und das Glasplättchen mit meinem Blut zersplitterte. Was sollte es auch tun? Es war den ungeschickten Bewegungen eines um sein klein bißchen Leben zitternden Mannes nicht gewachsen.

Ein Glück noch, wenn nicht auch die kostbare Objektiv-Frontlinse des Mikroskops Schaden auf immer gelitten hatte. Nun saß ich da, schweißüberströmt, halb gelähmt und wußte auch jetzt noch nicht, was war.

Da wendet sich der Mensch an seinen Nebenmenschen und nennt ihn Bruder, Herzensfreund und Arzt!

Ich begann nach March zu rufen. Aber meine Stimme war nicht mehr stark genug. Sie drang nicht durch. Die Zeit verstrich. Ich hörte die Glocke auf dem Turm des Lazaretts schlagen und lag noch immer zähneklappernd in dem Lehnstuhl, vor mir das zerbrochene Präparat und das demolierte Mikroskop.

Ich gab aber nicht nach. Etappenweise, immer nur einen Handgriff vollführend und mich alsdann sorgfältig wieder schonend und erholend, wiederholte ich die Blutentnahme, das Ausstreichen in gleichmäßiger, dünner Schicht, die Fixierung in der Bunsenflamme, die Färbung, die Abspülung und Trocknung des zweiten Präparates. Nach etwa einer Stunde war ich so weit, das zweite Präparat unter das Mikroskop zu nehmen. Ich war so weit. »Ich«, sagte ich: denn ich blieb allein, ich konnte und mußte nur mit mir rechnen. Ich behandelte jetzt die Mikrometerschraube mit aller erdenklichen Vorsicht. Zum Glück hatte die Frontlinse nicht gelitten. Das zweite Präparat war gut gefärbt, die roten Blutkörperchen sah man als karminrote

Scheibchen, die weißen Blutkörperchen zeigten Kontrastfärbung, kornblumenblau, und der Kern der Leukozyten war prachtvoll gekörnt, gelappt, himmlisch saphirgrün.

Ein wunderbares Präparat – aber keine Spur von Malariaplasmodien. Alles »normal«. Denn das Y. F. verursacht keine Veränderung im mikroskopischen Blutbild.

Ich hockte keuchend, zähneklappernd vor meinem Apparat. Nur mit der äußersten Anstrengung hielt ich die Augen offen, die bereits entzündete Bindehäute hatten, wie dies dem Y. F. angemessen ist. Menschenskind, Sohn deines Vaters, was willst du mehr? Und doch wollte ich noch nicht glauben! Ist denn das Glauben so schwer, wenn es sich um ein bedrückendes, ein schauerliches Glauben handelt? Ist es so schwer, dem *wahren Angesicht* des Daseins ins Auge zu sehen? Ist es so schwer, die Zeitung zu lesen statt des Evangeliums? Melden sich dann immer die entzündeten Bindehäute? Mein Vater! Wird dann jeder Mensch lichtscheu? Ruft dann jeder seinen Herzensfreund so laut, trotz der schmerzenden Kehle, daß jener es hören *muß* und läge er auch im tiefsten Schlaf? Und faßt man ihn dann immer noch zitternd an der Schulter und zieht ihm den Kopf zu dem Okular des Mikroskopes hinab: »March, sieh her! Siehst du etwas?« Natürlich sah er etwas. Er war doch nicht blöd. Aber wie sollte er die Plasmodien der Malaria erkennen, ein kleiner, ungebildeter Beamter, ein Waisenkind im Gebiet der Bakteriologie – ja ein altes und bereits etwas grauhaariges Kind, das wegen allzu großer Liebe zu einem Kadetten ins Gefängnis gekommen war? Das war ihm an seiner Wiege nicht gesungen worden, daß er »Plasmodien« suchen solle, wie ein Kind Pilze im Walde sucht. Abwechselnd sah er und sah er nicht, wie er eben glaubte, es *mir* recht zu machen. Plötzlich fiel ich zusammen. Ein seliger Augenblick der Ohnmacht. Aber er konnte nur eine Sekunde gedauert haben, ich erwachte und sah, wie March halb wahnsinnig im Laboratorium umherrannte und hörte, wie er nach Ärzten schrie! Aber es waren nun einmal keine da, bloß unten im Kellerkorridor waren die schlafenden Tiere erwacht und begannen in das Schreikonzert des geliebten und liebenden Marchs einzustimmen. Und über dem alten Lazarett auf dem baumbestandenen Hügel über der Stadt C. begann sich brausend und orgelnd ein ungeheures Gewitter mit Donner und Blitz zu entladen.

## XI

Ich entsinne mich noch des entgeisterten, geradezu verrückten Wesens, das March an sich hatte. Seine Gesichtszüge waren so verzerrt, daß man seine sonst etwas nichtssagende, aber immer recht sympathische Physiognomie kaum wiedererkannte. Der »bestialische Ausdruck«, den ich nur einmal an ihm gesehen hatte, war wieder da.

Er zitterte. Ich zitterte. Er vor Erregung. Ich vor einer Temperatur von achtunddreißigeinhalb Grad und dem dazu gehörenden Schüttelfrost. Ich war geistig ebensowenig klar wie er. Das versteht sich von selbst. Und doch, in einem kleinen Winkel meines Innern hockte noch ein Fünkchen ungetrübten Bewußtseins, und dieses beobachtete wie aus einem geschützten Winkel heraus das Tohuwabohu ringsum. Ich fühlte mit dem überwiegenden Teil meines Ich (dem G. L. von achtunddreißigeinhalb Grad) die Angst vor der Krankheit. In mir war das Grauen, das ein so fürchterlicher Zustand einflößen mußte. Mit dem klar gebliebenen Teil des G. L. aber war ich erstaunt, daß er, March, und der eben eintretende, vom Gewitterregen völlig durchnäßte Walter über meinen Zustand so entsetzt waren. Warum *entsetzt*? War unser Experiment nicht nach menschlichem Ermessen als *gelungen* anzusehen? Ich mußte begreifen, daß keiner von ihnen und am allerwenigsten Carolus, der als letzter erschienen war, in seinem alten, schlotternden, verdrückten Pyjama, eine Zipfelmütze auf dem kahlen Schädel, abgetretene Pantoffeln an den Füßen und seine Hornbrille auf der dürren Nase, noch an ein Gelingen unserer Experimente geglaubt hatte.

Ich war mehr tot als lebendig, ein schwer leidender Mensch, einer, der jetzt (fälschlich) glaubte, bereits an der äußersten Grenze seiner Leidensfähigkeit zu sein. Dennoch war etwas in mir, das sich jetzt freute. Ich hatte recht behalten. Meine einfache Theorie, gestützt auf die langjährigen Erfahrungen Magister F.'s und auf die Gesetze der Logik, die in C. dieselben waren wie in meiner Heimatstadt, hatte sich anscheinend bewährt. Nach menschlichem Ermessen? Anscheinend? Ich ließ Walter an mich heran, damit er mich klinisch untersuche. Ich glaubte, wenn er tatsächlich an mir das Y. F. feststelle, sei das Rätsel gelöst. Auch dies war ein Trugschluß. Das Y. F. sollte uns noch viele Rätsel aufgeben.

Walter blickte mich stieren Blickes lange an, seine Hände die an mir herumuntersuchten, hatten nicht den bei aller Zartheit festen und unverschiebbaren Griff, wie ihn die Bewegungen eines großen Arztes haben sollen. Walter war, wie ich sah, an diesem Abend nicht auf seiner Höhe. Seine Hände zitterten, und zwar nicht infolge Fieberfrostes wie die meinen, auch nicht infolge menschlicher Rührung und Ergriffenheit wie die des armen March, sondern – infolge Whiskys. Er war völlig angekleidet, bloß ein kleiner Toilettenfehler war erkennbar. Erkennbar von mir, über den er sich beugte und bei dem auch jetzt das Beobachtungsvermögen nicht erloschen war. War also Walter nächtlicherweise in den leeren Straßen von C. umhergeirrt? War er am Strande des Meeres gewesen, das Land seiner Gattin mit der Seele suchend? Beinahe. In der Kaschemme des Hafenwirts hatte er gesessen (trotz der Quarantäne, also heimlich) und hatte sich hier mit Whisky gelabt, der, wie ich schon wußte, in ähnlich guter Qualität sonst in C. nicht leicht aufzutreiben war. Walters schöne graue Augen waren etwas glasig, und die Kohlensäure des Sodas zum Whisky stieß ihm auf. Nicht schlimm. Er war ja nur angeheitert oder angewehmutet, wie man will. Er gewann sofort, von einer Sekunde auf die andere, seinen klaren Kopf wieder, als er sah, was mit mir los war. »Da sind wir einen großen Schritt weitergekommen«, sagte er und – stieß auf und tat einen großen Schritt fort von mir. Er besprach sich flüsternd mit Carolus, und ich sah auf den Gesichtern meiner Mitarbeiter – nicht geradezu Lustigkeit und Frohlocken, aber doch eine sehr merkwürdige, behagliche Freudigkeit. Sie freuten sich, daß das Experiment Nr. soundsoviel gelungen war. Warum sollten sie nicht? Dennoch stieg es zum erstenmal seit Beginn der Versuche bitter in mir auf.

Ich war von March auf den großen Tisch im Laboratorium gelagert worden. Das Licht, das Walter zwecks genauer Untersuchung über dem Untersuchungstisch angezündet hatte, blendete selbst einem Gesunden die Augen, geschweige denn mir, dessen Augenbindehäute schon entzündet waren. Ich legte daher den Kopf zur Seite und sah March, der schwer atmend am Rande des Tisches stand. March war nicht erfreut. Ihm lag nichts an der Wissenschaft. Nur an mir. Er wollte mich gern fortbringen, ins Bett schaffen, gesundpflegen! Das Kind! Die

Ärzte ließen es nicht zu. Noch eine Blutuntersuchung! Das gleiche Resultat, wie es meine Augen gesehen hatten, mußte sich auch ihnen ergeben. Von Malariaplasmodien keine Spur. Ich wollte es den Herren klarmachen. Aber zwischen Redenwollen und Redenkönnen war angesichts meiner entzündeten und aufgequollenen Hals- und Rachenschleimhäute und dank meiner, wie eine Raupe im Munde lagernden, allzu großen Zunge ein kleiner Unterschied. Und als ich endlich ein paar Worte mühsam aus dem Magen herausgurgelte, von einem neuen Frostschauer ergriffen, würdigten mich die beiden Ärzte keines Blickes, sondern sie hockten, Walter über dem linken, Carolus über dem rechten Okular des Mikroskops, um mein Blut immer von neuem mit wissenschaftlicher Gründlichkeit zu untersuchen, obwohl in demselben meiner Ansicht nach nichts zu sehen war. Aber ich (der nüchterne und überlegene Rest des alten Georg Letham in mir) entsann mich des Arbeitsplanes, den ich im voraus festgelegt hatte, für den Fall, daß ich als erster erkrankte. Sie taten nur, was ich schriftlich und mündlich als das einzig Richtige für den Gang der Untersuchung festgelegt hatte. Ich mußte mich fügen.

Ich habe in meinem Leben des öfteren gehungert. Nach Essen, Trunk, Geld, Ehre, Frauen, Freiheit. Nach Glaubenkönnen und nach Gott. Bisweilen freiwillig, bisweilen gezwungenermaßen. Aber ich glaube, nie habe ich so mit meinem ganzen Körper und meiner ganzen Seele nach etwas gehungert wie jetzt nach Ruhe, Frieden, Dunkelheit und Alleinsein, nach einer Bettmatratze unter mir und einer leichten, guten Decke über mir, nach einem kühlen, frisch bezogenen Polster unter meinem von scheußlichem Kopfhämmern bedrängten, zentnerschweren Schädel.

Statt dessen lag ich flach wie ein Toter auf dem harten Operations- oder Untersuchungstisch und wartete ab, was sie mit mir anstellen würden. Sie ließen March, der sich um mich bemühte, soweit es sein erschütterter Gemütszustand zuließ, nicht neben mir. Sie brauchten ihn zu allen möglichen Handreichungen, eben wie einen Laboranten, der er ja war. Was hatte er erwartet? Man hatte ihn ja nicht zum Vergnügen dem Bagno entzogen.

Saures und galliges Aufstoßen hatte, zu meinem Entsetzen, begonnen. Was hatte *ich* erwartet? Mich marterte brennender Durst. Die Zunge war wie mit Paprika bestreut. Doch wozu dies aufzählen? Nur noch eine winzige Kleinigkeit von den ersten Stunden meines Leidens. Ich erwähne nur nebenbei, daß ich in jeder Stunde, die von jetzt an in einem Zeitraum von vier Wochen folgen sollte, geglaubt habe, es könne nicht noch schrecklicher werden. Ich hätte bereits genug gelitten. Genug! Genug! Das wurde mein einziger Gedanke. Fiebernde sind ja immer etwas gedankenarm, die wenigen und flachen Gedanken rotieren nur mit ungewohnt rasanter Umdrehungszahl in dem erhitzten und geschwächten Hirn. Ich stöhnte immer nur »genug«. Oder ich brachte wenigstens ein »G« hervor. Zu einem »G« braucht man bekanntlich nicht den Druck der Zunge an die Zahnreihe, noch auch viel Atem. »G« kommt glatt aus der Kehle. Die wehleidige Zunge kann sich dabei in der vorderen Mulde der Mundhöhle ausruhen. Man girrt doch das »G« hervor. Der stumpfe, klanglose Ausdruck der Kreatur, wie sie *ist*, aber nicht *sein will*. Aber nicht um dieses Genug oder einfach »G« handelte es sich den Herren, die hier um mich versammelt waren und mich studierten, sondern um die Gewinnung eines für die wissenschaftliche Untersuchung sehr wichtigen Körpersekretes. Man weiß, was ich meine. Ich konnte es aber, Gott weiß warum, jetzt nicht produzieren. Ich mühte mich ab. Mein Schädel dröhnte vor Anstrengung, mein Bauch spannte sich an, meine Pfoten zitterten so, daß ich den leeren Kelch fallen ließ, der auch prompt zerbrach. Aber sowenig meine Kehle ein fröhliches Dankeslied entließ, sowenig mein Leib das löbliche Naß. Kleine Leiden, gewiß! Aber es war mir, mitten in dem höllischen Elend des entfesselten Fiebers, sehr peinlich, daß mich Walter und Carolus in Gegenwart des kleinen March entblößten, um mir das abzuzapfen, was sie von mir brauchten.


## XII


Als diese komische und doch für mich scheußliche kleine Prozedur vorüber war, die ich bis jetzt nur an anderen vorgenommen, nie aber an mir selbst erlitten hatte, sollte ich auf der üblichen Krankenbahre in eines der Krankenzimmer transportiert werden. Ich wollte nicht. Ich bäumte mich dagegen auf. Schon beim Eintritt in dieses unselige Haus hatte mir vor dem

Anblick der mit braunen Flecken getigerten altmodischen Bahre gegraut. Ich, tapfer wie ein spanischer Ritter, wollte mich nur hoch zu Fuß in das Krankenzimmer begeben. Ich hatte meine Kraft überschätzt. Auch die Hilfe des treuen March genügte nicht. Man mußte für mich wie bei allen anderen Kranken zwei Schwestern mit der Bahre kommen lassen. Ich wurde von dem Laboratoriumstische auf die Bahre hinabbefördert, und es ging über die bekannten Treppen und Korridore auf das Zimmer. Ich wurde dort von Schwestern ins Bett getragen und schnell, aber behutsam entkleidet, was sehr einfach war, denn ich hatte fast nichts am Leibe unter meinem Ärztekittel. Übrigens hatte ich der Tragbahre Unrecht getan. Die Leinwand, auf der die Kranken ruhten, wurde jedesmal ausgewechselt und in siedender Sodalösung ausgekocht. Sie war immer etwas feucht. Die Flecken gingen nicht heraus, sie brannten sich bei jedem neuen Waschen nur schärfer ein. Es wäre ein unbilliges Verlangen gewesen, für jede neue Nummer des Krankenjournals (ich hatte Dreihundertachtundzwanzig, denn so viele Kranke hatten in diesem Jahre schon vor mir auf der braven Bahre gelegen) ein funkelnagelneues Leintuch für den Transport bereitgestellt zu finden.

Aber was lag jetzt daran? Ich sollte lernen, daß über ein gewisses, leider nur zu schnell erreichtes Maß von körperlichen Leiden hinaus die Seele die Luft verliert, nur noch jappt und sich dann in eine dumpfe, eben völlig bodenlose Verzweiflung ergibt, von der sich ein körperlich Gesunder keine Vorstellung macht.

So kam es, daß ich auch den Versuchen des geistlichen Herrn, mir wie jedem anderen Kranken die Sterbesakramente »auf Teufel komm raus« zu erteilen, keinen Widerstand entgegensetzte. Ich konnte nicht. Ich war mit dem Abdienen meines Leidenspensums vollauf beschäftigt. Ich ließ seine Reden und Sprüche und die Zeremonie passiv über mich ergehen. Was war denn in diesem Augenblick bei brennender Hitze des an tausend Stellen unsäglich gequälten Körpers noch an Glauben oder Nichtglauben in mir? Was bedeutete mir das Jenseits? Ich faßte diese Gedanken gar nicht richtig auf, ich klammerte mich in wütender Verzweiflung an *diese* Welt. Ich hielt den Kaplan krampfhaft an der Hand, und als er mir diese entzog, um die rituellen Handauflegungen zu machen, klammerte ich mich an seine brüchige Soutane, an die sich schon mehr als eine Hand eines »unsäglich« Leidenden in seiner Höllenglut angeklammert haben mochte. Dabei verstand der Kaplan etwas von dem, was in mir vorging, oder besser gesagt, *an* mir. Er war der beste Psychologe weit und breit, er hatte Gefühl für den Menschen. Und eine unbesiegliche Neigung zu dieser elenden Schöpfung eines liederlich experimentierenden Schicksals. Das hatte er mir schon beim Hinscheiden der geliebten kleinen M. bewiesen.

Wie sehr abgestumpft ich gegen alles war, bewies der Umstand, daß ich jetzt möglicherweise in dem gleichen Bette lag, auf dem vor wenigen Tagen der zarte Leib der jungen Portugiesin geruht oder nicht geruht hatte. Oder lag ich in dem Nachbarraum, der dem zwar arbeitslosen, aber lebenskräftigen Hafenarbeiter zum Ruheasyl gedient hatte? Ich wußte es nicht. Es interessierte mich nicht. Alles ganz egal. Bett ist Bett. Portugiesin – mein Vater – March – Walter? Es war mir meilenfern, alles. Der Geistliche hatte in meinem Gepäck, das der gute March mir in aller Eile nachgeschleppt hatte, die zwei Büchlein entdeckt, die ich aus dem Zusammenbruch meines alten Lebens gerettet hatte: das Evangelium und den Hamlet. Er nahm an, ich würde auch jetzt, an der Schwelle des Todes, für das Evangelium Interesse haben. Ich wollte nur schlafen. Ich wollte nur die Schmerzen los sein. Ich wollte mich erheben. Fortgehen können. Ich sehnte mich nach der Heimat, weil ich dort immer gesund gewesen war!

Sprechen konnte ich nicht. Liegen konnte ich nicht. Stehen konnte ich nicht. Trinken konnte ich nicht. Nicht einmal wimmern konnte ich. Nur leiden. Und dabei war es erst der Beginn, es war die leichteste Periode der Krankheit. Es war nur der erste Tag.

Der gute Mann machte sein schönes, schwungvolles Kreuzeszeichen über mich und ging. March blickte auf Minuten zu mir hinein. Er konnte nicht bei mir bleiben. Die Herren brauchten ihn. Neue Experimente wurden vorbereitet. Und nach wessen Plan? Nach welcher Arbeitsmethode? Doch nur nach der meinen, die ich selbst für den Fall aufgestellt hatte, daß ich bettlägerig würde und daß andere das begonnene Werk weiterführen sollten. Man brauchte ihn also vorerst zur Unterstützung bei den Laboratoriumsarbeiten und nachher als Objekt einer zweiten Serie von Versuchen, zu denen er plangemäß herangezogen werden sollte. Als Nr. 1b. Wir hatten die ersten Opfer mit den arabischen Zahlen bezeichnet, mich also als Fünf. Jetzt wurden den Zahlen lateinische Buchstaben hinzugefügt, um die Serien zu kennzeichnen und unter ihnen Ordnung zu halten. So war alles geregelt.

Ich verlor jetzt allmählich das gewohnte Empfinden für Zeit. Wenn ein Gesunder nachts erwacht, so hat er annähernd ein Gefühl dafür, wieviel von der Nacht verstrichen ist, wenigstens hatte ich es früher, auch wenn es dunkel war und ich die Uhr auf dem Nachttischchen nicht sehen konnte. Aber wenn einer Fieber von neununddreißigeinhalb hat, so verliert er das Schätzungsvermögen für Zeit. So auch ich. Es waren andere Stunden und Sekunden, die ich jetzt Stück für Stück, ohne eine einzige auslassen zu dürfen, zu durchleben hatte.

Die alte Oberin beehrte mich mit einem Besuche. Wie bei dem Besuche bei der armen Kleinen, interessierte sie sich besonders für die Sauberkeit, sie blickte in die Ecken, befühlte die Stangen des Bettes, um zu sehen, ob sie gut abgestaubt seien, sie hob die Bettdecke auf, um zu sehen, ob ich an den Füßen sauber wäre. Zum Glück war ich es. Ich hatte auch in schwersten Zeiten meine Reinlichkeit immer hochgehalten. So auch bis in die letzten Tage hier oben, als ich mich schon so elend gefühlt hatte, daß Baden, Waschen und Rasieren mir schwergefallen waren. Dann, wie zur Belohnung, pflanzte sich diese alte Soldatin des Y. F. an meinem Bette auf und sagte mit komisch klingendem Akzent, ich würde, wenn es nach dem guten Herrn Walter ginge, nicht in die Camps kommen, die Strafkolonie würde mir erspart werden. Bedeutete dies, daß sie mit meinem baldigen Hinscheiden rechnete? Ich lachte ihr krampfhaft zu und verstand es nicht. Außer dem bekannten »G«, den einzigen Laut, den ich ohne große Schmerzen in Zunge, Hals und Rachen eben noch herauswürgen konnte, konnte ich nichts mit ihr sprechen. Und welche Unterhaltung sollten wir führen? Sie nahm an, ich hätte sie verstanden, sie lachte tapfer zurück, wobei sie eine Reihe schöner Zähne und ein prachtvoll rotes, blühendes Zahnfleisch zeigte. Ihr Lachen war, wie bei vielen Personen des geistlichen Standes, etwas unnatürlich. Aber ein Lachen war es und tat ihr gut. Mir tat das meine weh und ich wiederholte es vorläufig nicht. Mein Zahnfleisch war so geschwollen, daß es wie ein Hahnenkamm über den Zähnen hervorstand. Meine Haut von der Stirn bis etwa zur Leibesmitte war wie verbrannt, prall gespannt. Wenn ich mich in meiner qualvollen Unruhe selbst betastete, war es mir, als berührte ich einen wildfremden, kochenden oder schmorenden Körper. Aber das war nur eine der Schauerlichkeiten dieses ersten Tages. Ich bekam schnell einen zweiten Schüttelfrost. Und fort in Nacht und Finsternis und Winterfrost! Ich muß mich in Anwesenheit der Schwester aus dem Bette herausgestürzt haben, denn March, der mit einem weißen Bogen in der Hand eintrat, fand mich auf der Erde vor. Mein klares Bewußtsein mußte in diesem Augenblicke schon geschwunden sein. Ich riß ihm das Papier aus der Hand und fing an, hineinzubeißen. Plötzlich muß ich aber »begriffen« haben, vielleicht in dem Augenblick, als er mich wieder in das Bett, die natürliche Heimat, die Wiege und den Sarg des Menschen zurückgebracht hatte, daß es ein Brief sei. Endlich ein Brief! Eine Nachricht von meinen Lieben daheim! Ich reckte das Kinn in die Höhe, ich spitzte die Lippen, ich sah ihn flehend aus meinen verschwollenen Äuglein an, ich formte ein »V«, ich ließ ein fauchendes Geräusch hören, es bedeutete, March solle mir vorlesen, denn ich selbst war dazu angesichts meiner in den Augen brennenden Bindehautentzündung nicht imstande. Aber wie sollte mir der liebe Freund etwas vorlesen, wenn ich den kostbaren Brief nicht aus den Händen ließ! Wunderbare Zeichensprache, die auch verstanden wird – und dennoch nichts! Darin zeigte sich der Rest meiner blödsinnigen Energie, daß ich etwas, das ich gefaßt hatte, nicht mehr loslassen wollte. Loslassen! rief er mir zu. Vorlesen! hauchte und fauchte ich. Wir kamen nicht zueinander. Ich behielt das Papier in der Hand, mit zuckenden Bewegungen riß ich es auseinander, ich wußte nicht, was ich tat. Warum hatte er es mir in die Hand gegeben? Die Einlage des Briefes, das Geld, hatte er vorsichtig beiseite geschafft. Warum nicht auch den Brief? Er wußte eben nicht, wie mir war. Er überschätzte mich. Er wurde jetzt von Walter energisch abgerufen. Ich muß wohl noch lange mein »G« herausgeklagt und mein »V« herausgebetet haben, denn als er spät am Nachmittag wieder erschien, hörte er immer noch die gleichen Laute von mir.

Was sollte er tun? Er sah ein Büchlein auf der Platte des Nachtkästchens mitten zwischen den Tellerchen mit Früchten, Eisstücken und den anderen Hilfsmitteln einer hilflosen Heilwissenschaft. Er tat, was auch ich an seiner Stelle getan hätte. Er schlug, mit dem Rücken zu mir, das Büchlein auf, riß leise ein vielgelesenes Blatt heraus, es war Seite dreiundvierzig der Kleinoktavausgabe der britischen Bibelgesellschaft: Die Bergpredigt. Ich zitiere die welthistorischen Worte der Schrift nicht. Wer will, kann sie an der genannten Stelle nachlesen. Er wollte mich glauben machen, er lese mir den Brief vor. Er überflog die Stelle mit den Augen. Er las sie vor.

# XIII

Der dritte Krankheitstag war ein Sonntag. In meinen Fieberphantasien hörte ich immer wiederholt die Stimmen: »Doktor Georg Letham ist tot.« »Der Jüngere?« »Beide.« Und wieder den Beginn: »Doktor Georg Letham ist tot.«

March hatte am Tag des Herrn etwas mehr Freiheit, er kam zu mir, und ich hielt wieder seine weichen, wie knochenlosen Hände, derentwegen ich ihm früher einmal den Spitznamen »Gummibonbon« gegeben hatte, in den meinen. Da hörten die stupiden »Stimmen« auf. Was sonst an diesem Tage vorging, ist vollständig vergessen. Erst am Abend des Montags erwachte ich zu einem etwas lichteren Moment. Ich mußte während der ganzen Zeit viel erbrochen haben, in meinem Munde war ein galliger, mit sonst nichts an Bitterkeit vergleichbarer Geschmack. Um meinen Hals und die vordere Partie der Brust hatte man eine Art Guttaperchalatz gebunden, damit ich in meiner Bewußtlosigkeit mich nicht schmutzig machte. Kaum hatte ich das widerlich glatte und kalte Gewebe befühlt, als sich in den revoltierenden Tiefen meiner Eingeweide wieder das Würgen meldete und mit aller Gewalt hoch wollte. Ich gab nach. Ich mußte. Und der treue March faßte mich an den Schläfen und hielt mir den Kopf. Die alte Krankenschwester, die den schweren Pflegedienst bei mir versah, säuberte inzwischen den Raum mit Besen, Schaufel und Wischtuch.

In dem gutmütigen, traurigen, bedrückten Gesicht des March zuckte und wetterleuchtete es. Er wollte mir wohl eine wichtige Nachricht überbringen, hatte diese vielleicht schon zehn- oder zwanzigmal mir direkt ins Ohr hinein gesprochen, ohne daß ich ihn verstanden hatte. Nun ließ er meinen Kopf los, klemmte mir ein Thermometer unter die Achsel (in den Mund konnte er es

wegen meiner scheußlichen Mund- und Rachenschmerzen nicht
legen) und maß die Temperatur. Ich warf von der Seite einen
Blick darauf. Selbst in meinem jetzigen, kaum mehr, wie sage
ich? menschenähnlichen Zustande interessierte mich der klinische Verlauf meiner Krankheit. Die Temperatur mußte wohl die
kritische Höhe (vierzig) überschritten haben. Er wandte sich ab,
ungeschickt mit den Achseln zuckend, als er das Thermometer
betrachtete, und ich hörte ihn wie von weitem, wie durch zwei
Türen hindurch, eine Art hölzernen Schluchzens von sich geben.
Er war ebenso tapfer wie die anderen Mitarbeiter an unseren
Experimenten. Er kam zurück, hustete und setzte eine krampfhaft lustige Miene auf. Ich konnte es ihm nicht danken. Gerade
als er mir mit einer frischen, schneeweißen Serviette das Gesicht
abtrocknete, setzte ein neuer Würg- und Brechreiz ein, und
während ich aufstöhnte und die Tränen mir aus den Augen
quollen, ergoß es sich über seine weiche Hand. Aber das war die
leichteste Probe, die seine Freundestreue und sorgende Liebe
an diesem Tage, oder besser gesagt, an diesem Abend auf sich
zu nehmen hatte. Die Tatsachen stellten höhere Anforderun-
gen, nämlich rein sachliche. Ohne Ansehung des Objektes.
   Es traten nämlich nach kurzer Zeit die Herren Carolus und
Walter ein, alle Hände voll mit Gläsern, in denen sich neue
junge, schwirrende Stegomyias befanden. Ich verstand anfangs
nicht, was sie von mir in diesem Raume, der wirklich keinen
erquicklichen und schönen Aufenthalt mehr bot, wünschen
konnten. Ach nichts, nur einen Tropfen von meinem mit nichts
anderem auf Erden vergleichbaren, kostbaren Saft. Blut, meine
ich.
   Sie fragten mich nicht lange, ob ich damit einverstanden sei,
daß sie meinen Arbeitsplan in der von mir genau vorgeschriebe-
nen Form getreulich fortsetzten. Sie sahen mich weiter nicht an,
sondern sie machten sich an die Arbeit, und damit gut. Zuerst
ließen sie durch March in dem bis jetzt absichtlich dämmerig
gehaltenen Raum richtig hell machen. Sie brauchten zu der
kniffligen Arbeit Licht. Ich hätte Dunkelheit gewünscht, meine
Augen ertrugen nicht einmal den abgeschwächten Lichtschein,
der durch die geschlossenen Lider hindurchsickerte.
   Und ließ ich wenigstens die Lider, wie es sich gehört, geschlossen? Leider nein. Ein G. L. *mußte* sehen, was um ihn vorging.
Ich mußte den kurzen lichten Augenblick inmitten der Fieber-

wüste, der unabsehbar weiten, bodenlosen benützen, um von meiner Lage und allem, was um mich herum vorging, Kenntnis zu nehmen. Mich blind zu stellen, war mir nun einmal nicht gegeben. So starrte ich denn mit krampfhafter Aufmerksamkeit das schwärzliche, weißgestrichelte, sechsbeinige Insekt mit dem winzigen Kopfteil an, das von Walter auf meinen entblößten Oberarm gesetzt wurde und das mit seinem haarscharfen Rüsselchen sich eine gute Stelle zum Stechen und Blutsaugen aussuchte. Denn es lief, von dem Glasröhrchen wie von einem Käfig festgehalten, ohne fortfliegen zu können, unruhig auf meinem Arm hin und her.

Ich sah die Adern an der altersmüden Hand des Carolus unter seiner durch die Jahre verdünnten, satinartig schimmernden Greisenhaut. Ich sah die langen, stark gekrümmten, hornigen, an den Rändern mit bläulichem Schmutz versehenen Nägel an dieser Hand. Endlich zuckte ich zusammen. Ich war während der letzten Tage fast ohne Bewußtsein gewesen. *Jetzt* war ich bei Bewußtsein. Ich spürte den Stich der winzigen Stegomyia wie einen Dolchstich.

Zu allen großen Schmerzen, an denen ich litt, kam noch ein relativ kleiner Schmerz. Aber gerade diesen hätte ich sehr gern vermieden. Ich stöhnte laut auf und dachte, Carolus und March und Walter würden es bemerken, daß ich an diesem einen Stich genug hatte und fortan um Ruhe bat. March merkte es. Die andern merkten es vielleicht auch, aber sie taten nichts dergleichen.

Sie unterhielten sich miteinander: Walter sagte, er hätte zwei Depeschen abgesandt. Die erste an das Gesundheitsdepartement ... Während seine Stimme sich in unhörbares Geflüster verlor, nahm er die Mücke schnell, aber sanft von meinem Arm fort und transportierte sie in ein Reagenzglas, das dann in einem Gestell aus Holz untergebracht und mit einem Fettstift signiert wurde. Dann kam eine zweite Mücke daran. Die Pflegeschwester, die von den beiden Herren keines Blickes gewürdigt wurde, verließ den Raum, um ihre Abendmahlzeit einzunehmen oder um sich etwas zu erholen.

Ich blieb. Ich blieb liegen. Meine Leiden gingen weiter. Wie denn auch nicht? March nahm mir den hervorgewürgten Gallenschleim von den geschwollenen Lippen und sah mich voller Mitleid treuherzig an. Wenn ich mich im Rhythmus meiner Herzensregungen aufbäumte, wie es jedem Kerl, der seinen Schnaps erbricht, erlaubt ist, dann drückte mich Walter mit großer Energie zurück. Nicht aus Sorge um die »heilsame horizontale Lage«, sondern nur, damit das stechende und saugende Insekt nicht gestört werde. Auf seinen ernsten, durchfurchten, in der letzten Zeit etwas schwammig gewordenen, von innen her verwitternden Zügen war jetzt der angespannte Ausdruck der eifrigen Hingabe an das Experiment zu sehen, die der Freude an der Arbeit. Seine Hände zitterten jetzt keineswegs wie an dem ersten Abend. Er hatte wohl dem Alkohol wieder abgeschworen. Wäre er nur gegangen! Fort, fort mit ihm! Ruhe! Lieber Gott! Zur Hölle mit allen! Genug der Greuel! *Das* war mein Gebet, das ich in meiner Herzensnot und Eingeweidenot inbrünstig hervorwürgte. Daß ich Carolus haßte, gegen den ich schon auf der »Mimosa« einen stillen Widerwillen gehabt hatte, war verständlich. Aber ich hatte jetzt einen viel stärkeren Haß gegen Walter, der, als die zweite Mücke kräftig angebissen hatte, in der wollüstigen Befriedigung seiner Experimentierfreude sich mit der Zunge über die bartumbuschten, schmalen Lippen strich.

Es waren vielleicht fünf Mücken in dem einen Sammelgefäß. Die eine oder andere konnte bei dem Herausnehmen entfliehen. Man hatte deshalb die Fenster fest verschlossen. Die Hitze, der üble Geruch von meiner Wenigkeit waren noch unerträglicher geworden. Aber wenigstens waren die Experimentierenden mit ihren kostbaren, schwer ersetzlichen Tierchen gegen einen solchen Zufall gefeit. Also Geduld, sagte ich zu mir. Georg Letham junior, nimm dich zusammen, sei ein Mann, halte aus. Halte aus, beherrsche dich, ein Mückenstich mehr oder weniger wird dich nicht umbringen. Gut. Ich biß die Zähne zusammen und beherrschte mich.

Die blanke, kleine Reagenzröhre, die Carolus in der Hand hielt und mit der Mündung gegen meinen Oberarm preßte, glänzte mörderisch im Lichte der überhellen elektrischen Lampen. Ich heftete meinen Blick auf das blitzende Glas, und zwar auf das halbkugelige Ende des Röhrchens, ich wollte die Insekten nicht mehr sehen und in tödlicher Ungeduld darauf lauern, ob sie jetzt anbissen oder nicht. Endlich war es zu Ende.

Sie gingen im Gänsemarsch ab, Carolus, Walter, March; die Schwester erschien, frisch gewaschen und gekämmt, mit frischer

Nonnenhaube über den Haaren, nach Seife duftend, sie öffnete die Fenster, löschte die Lichter bis auf eines, ein sehr gedämpftes zu meinen Häupten, sie tätschelte die Kissen wieder zurecht, sie flößte mir Eisstückchen ein, sie säuberte meinen Guttaperchalatz, sie zog das Bettuch zu meinen Füßen zurecht und nickte March geheimnisvoll zu, der eben eintrat, einen dicken Brief mit der Schrift meines Vaters in der Hand. Sie schien etwas ernst, während der alte Junge mir zulachte. Ich sah und sah nicht. Ich schlief sehr leicht ein und wunderte mich darüber. Ich hatte so viele Tage und Nächte fast gänzlich ohne Schlummer verbringen müssen. Ich war wirklich so schlafgierig geworden wie nur je ein vom Fieber Gehetzter. Beim Eintritt des March, also vor dem Ansetzen der Moskitos, war es wohl sechs Uhr gewesen, jetzt konnte es acht Uhr sein. Ich streckte mich gründlich aus. Ich merkte, wie das Tempo meiner Atemzüge nachließ und wie alles in mir, von Kopf bis zu Fuß, eindämmerte und abstarb. Es war ein gutes, friedliches Absterben, ein allmähliches, völlig unabwendbares und im Grunde doch schönes, freiwilliges Versinken. Es war, als schraubte ich an dem bekannten Handgriff des Mikroskopkondensors die Irisblende zusammen. Das Licht, das dann der Forscher durch das Okular empfängt, wird allmählich schwächer und schwächer, aber die Dinge treten mit einer Schärfe, einer Ruhe und Unabänderlichkeit hervor, wie er sie vorher nicht gekannt hat. Jetzt hörte ich mich tief schlafen.

## XIV

Ich war in meiner Heimatstadt. In meinem Hause. Spät kehrte ich nach einem Gange, einem Krankenbesuch bei einer älteren Dame, zurück. Ich hatte in der Stadt zu Abend gegessen und nahm an, daß meine Frau, von der Reise ermüdet, inzwischen schon lange schlafen gegangen sei. In solchen Fällen übernachtete ich manchmal, um ihren leisen Schlaf nicht zu stören, auf einer bequemen Lederkouchette im Herrenzimmer meiner Wohnung. Auch ich war außerordentlich müde. Der Barometerstand war für diese Jahreszeit, Mitte August, ungewöhnlich niedrig. Die Luft abnorm weich, erstickend schwül. Feucht, aber ohne Neigung zum Regen. Bevor ich schlafen ging, nahm ich das kleine Glasgefäß mit dem Toxin Y aus der Tasche und stellte es abseits auf die Spiegelplatte meiner Vitrine. Aber ich konnte nicht einschlafen. Auch meine Frau hörte ich plötzlich in ihrem gerade über dem Herrenzimmer liegenden Zimmer hin und her gehen. Sie war jetzt erwacht oder noch nicht eingeschlafen. Sie sprach laut. Mit sich? Ich war leise in das Badezimmer gegangen. Die Schritte im Zimmer meiner Frau hatten jetzt aufgehört. Auch das Geräusch ihrer Stimme. Eben wollte ich mich zur Ruhe begeben, als sie auf dem Treppenabsatz erschien, in ein lachsfarbenes, mit Glasperlen reich besticktes, kostbares Schlafgewand gehüllt, ihren schönen Schmuck noch an dem Hals, an den Ohren, Handgelenken und Fingern. In ihren Augen lag ein Ausdruck, der mich stets in der unbegreiflichsten Weise sowohl angezogen als auch abgestoßen hat. Eine hündische Zärtlichkeit, eine Wollust, geschlagen zu werden. Ich zog die Schultern zusammen. Ich senkte den Kopf. Ich ließ es sie merken, daß ich nur den einzigen Wunsch hatte, allein zu bleiben. Sie hatte, in dem Herrenzimmer die Lichter andrehend, das aufblitzende Glasgefäß mit dem Toxin bemerkt. Sie hielt es für Medizin. Morphium. Sie stellte an mich die Bitte, ihr eine Injektion zu machen, von der sie eine gute Wirkung erwartete. Ich empfand die tödliche Ironie des Schicksals so stark, daß auch ich lächeln mußte. Das versetzte sie sofort in eine bessere Laune. Sie umfaßte mich, ihren sinnlichen Trieben von neuem untertan, mit ihren kurzen, rosig gepuderten Ärmchen, sie schleppte mich mit sich nach oben in unser Schlafzimmer. Sie zog die Vorhänge vor und umarmte mich. Sie sank zu meinen Füßen zusammen, und ich spürte das warme Naß ihrer Tränen an meinen Unterschenkeln, die sie fest umklammert hielt. Ich beugte mich zu ihr nieder, von einer mir sonst fremden Regung des Mitleids ergriffen. Sie benützte die Gelegenheit, langte mit ihrem rechten Arm neben mir empor und drehte das Licht der kleinen Nachttischlampe wieder aus. Bei dieser Bewegung kam sie mit dem Verschlußstück ihres kostbaren, edelsteinbesetzten Armbands sehr unsanft an meinen rechten Oberarm und riß nicht nur den Ärmel meines Hemdes mit der Manschette bis fast zur Schulterhöhe empor, sondern kratzte auch meine Haut an einer Stelle so heftig, daß ich vor Schmerz zusammenzuckte. Ein paar Blutstropfen flossen aus meiner kleinen Wunde. Ich lächelte bloß überlegen darüber, und sie war es, die verzweifelt war, ich war es, der sie beruhigte; ich war ruhig geworden. Ich tröstete sie, die, den Blick immer flehend an mich geklammert, von mir nicht wanken und weichen wollte, bis sie die Mattigkeit überwältigte und sie in einen tiefen Schlaf versank. Ich hielt mich aufrecht. Meine kleine Wunde blutete nicht mehr. Eine Schramme; nicht mehr. Ihr kostbares Armband lag blitzend auf dem persischen Teppich inmitten eines Ornaments, das eine Blume oder einen Drachen darstellte. Hier wurde der Traum undeutlich. Ich sah mich noch lange da sitzen, mit ihrem Kopf in meinem Schoß und zerstreut mit dem Smaragdarmband spielend.

Ich schreckte auf. »Bleiben Sie bitte ruhig«, sagte Walter.

Er stand immer noch zu meiner Linken, Carolus immer noch zu meiner Rechten. Das Licht brannte immer noch. Keine Schwester war zu sehen. Auf dem Gestell vor mir waren nicht mehr und nicht weniger als nur zwei Röhrchen mit umhersurrenden Moskitos vorhanden. Das dritte Insekt hockte, mit den Hinterbeinen wippend, bucklig wie alle seiner Sippe, auf meinem Oberarm und schickte sich gerade zum Stechen an. Ich zuckte zusammen. Ich wollte nicht. Ich mußte.

Als das Insekt dieses sein Werk getreulich vollbracht hatte, wurde es von Walter in sein Reagenzröhrchen auf das Holzgestell befördert, und das vierte Insekt wurde mir angesetzt. Ich stöhnte. Alles, was ich eben breit geschildert habe, war in dem Bereiche weniger Sekunden vor sich gegangen. Ist auch die Zeit nur ein Traum?

March trat eben ein, er brachte noch eine neue Ladung hungriger Moskitos und transportierte die vollgesogenen in das Laboratorium zurück. Walter schien den Satz fortzusetzen, den er eben begonnen hatte. »Zweitens habe ich meiner Frau telegraphiert, daß wir nun doch weiter gekommen sind und daß ich sie noch um etwas Geduld bitte.« Carolus, an den diese Worte gerichtet waren, antwortete nicht. Er schüttelte nur bedächtig sein weises Haupt und nickte dann. Ja oder nein? Am besten beides.

Carolus machte seine Handreichungen so geschickt und anstellig, als er nur konnte. Seine Gedanken waren nicht bei mir. Ich sah ihn an. Er mich nicht. Weiß der Himmel, bei welchem schwierigen Kapitel der medizinischen Statistik sie weilen mochten.

Ich war sehr verzweifelt. Ich durfte mich nicht rühren und

mußte mich auch beim Erbrechen sehr beherrschen. Die Abimpfung meines Blutes auf fünfundzwanzig bis dreißig durstige Moskitos dauerte fast bis Mitternacht. Sie gehörte zu dem Programm unserer Experimente.

Die Art Traum, die ich eben erzählt habe, war aber in diesem Programm nicht vorgesehen gewesen.


# XV

Walter hatte den Augenblick, mein Blut von den zu neuen Versuchen bestimmten Moskitos absaugen zu lassen, richtig gewählt. Dem schon am Morgen nach der geschilderten Szene war die Temperatur beträchtlich gefallen. Ich fühlte mich wie neugeboren – zwar knallgelb am ganzen Leibe, aber befreit von dem schrecklichen Druck im Kopfe, dem Erbrechen, den Schmerzen in der Oberbauchgegend und allem anderen.

Ich wußte, es war nur das trügerische Intervall. Ich wußte, diese Stunden relativ klaren Bewußtseins waren gezählt. Dennoch erwachte etwas wie Hoffnung in mir. Ich dachte zurück an mein vergangenes Leben. Ich dachte zurück an die kleine M., die ich geliebt hatte und immer noch liebte. Weshalb hatte ich gerade sie geliebt? Weil sie eben da war. Der Verstand folgt nicht.

Diese Liebe hatte mich nach außen hin nicht geändert. Alles, was ich erfuhr, hatte strengen Lebensgesetzen zwangsläufig gehorcht. Und hätte mich dieses späte Gefühl auch aus dem alten Georg Letham junior in ein ganz anderes Wesen verwandelt, auch dieses »ganz andere Wesen« hätte doch weiterleben müssen unter dem gleichen Namen, der gleichen Verantwortung, dem gleichen Weltgesetz und der gleichen Vergangenheit.

Nur das Zukünftige war offen. War mein Gefühl für die Frühverstorbene echt, so könnte ich einmal aus diesem Krankenzimmer als innerlich Verwandelter hinaustreten. Ich begann zu hoffen. Ich begann mich zu freuen. Ich freute mich dieser Stunden des Freiseins von Fieber und Schmerz als eines großen Geschenkes. Zum erstenmal ging mir auf, daß ich mit meinem Leiden viel *glücklicher* sein konnte als die Mehrzahl aller Menschen mit ihrem normalen Dasein.

Mein Anfall von Y. F. hatte einen Sinn. Zum erstenmal, seit

dieses schauerliche Leiden Menschen quälte und vernichtete, hatte es einen Sinn. Es war ein notwendiges, die Wirklichkeit künftighin beeinflussendes Experiment. Es hatte eine große Beweiskraft. Ich lag zwar passiv da inmitten der schrecklichen Krankheit, aber ich war ihr überlegen dank meiner Einsicht und dank meines Willens.

Ich sagte mir, wenn ich auch die zweite, noch schrecklichere Periode (man konnte sie nicht ausdenken und wollte es auch nicht, sondern hätte nur zu gern die wenigen guten Stunden restlos genossen), wenn ich aber doch auch die Probe der zweiten Periode mit dem Leben bestand, würden bessere Tage anbrechen, für viele und auch für mich.

Auch die Menschen, die um mich waren, hatten freudigere Mienen. Carolus berichtete mir, was schon die Leiterin des Hauses mir angedeutet hatte: wir, March und ich, sollten, wenn ich genesen sollte, nicht in die Camps kommen. Ich und alle zu lebenslänglicher Deportation Bestimmten, die an sich experimentieren ließen, sollten zum Dank für die freiwillige Hergabe ihres Körpers zu diesen Experimenten dem Staatsoberhaupt zur Begnadigung empfohlen werden. An diese Verbesserung unseres Schicksals hatte nur ein Walter denken können.

Die Impfungen wurden fortgesetzt. Bis jetzt hatte sich nur bei mir ein unzweifelhaft positiver Erfolg gezeigt. Aber Carolus schmunzelte, und seine lederartige Gesichtshaut verzog sich zu einem komisch sein sollenden Grinsen, als ich ihn nach March fragte, der sich schon etwas lange nicht mehr an meinem Krankenbette gezeigt hatte. Aber er schwieg auf meine Fragen, als hätte er eine besonders freudige Überraschung für mich vorbereitet, der kahlköpfige lederne Schelm!

Die Lösung ergab sich sehr bald. Die kurze Periode meines trügerischen Wohlbefindens war bereits am Ende, als ich auf dem Korridor, der an meiner Tür vorbeiführte, das Getrappe der Schwestern hörte, die eine Bahre mit einem Kranken vorbeischleppten. War es ein frischer Fall aus dem Ort? Keineswegs! March war es, den man erkrankt in dem Nachbarzimmer einquartierte, so daß sein Bett, das an der linken Wand war, von dem meinen, das an der rechten Seite des Zimmers stand, nur durch eine Mauer getrennt war.

Ich ging wieder schweren Tagen entgegen. Die guten waren zu Ende. Mein Zustand wurde sehr schnell sehr ernst; er war noch qualvoller als früher. Und dazu diese Nachbarschaft! Das unterdrückte Stöhnen und Jammern des armen Jungen hätte meine Lage verzweifelt gemacht. Ich hätte dies alles nicht überstanden, wenn der neue G. L. nicht etwas besessen hätte, was der alte G. L. nicht gekannt hatte: Hoffnung, wie sie jedem neuen Leben vorangeht. Ich hoffte, solange ich bei dem stark ansteigenden Fieber eine Spur von Bewußtsein hatte, auf mein Davonkommen, und ich hoffte ebensosehr auch auf das seine, auf das Gelingen der Experimente, auf die Freiheit.

Mich muß das Bewußtsein zu dieser Zeit aber sehr bald verlassen haben, das letzte, dessen ich mich entsinne, war ein dumpfes, eintöniges, aber rhythmisch gegliedertes Pochen an der uns beide trennenden, ziemlich starken Wand. Nur ein paar Ziegelsteine waren zwischen uns, rechts lag sein fiebernder, brennender Schädel, links der meine, möglichst horizontal, um den schauerlichen Würgereflexen besser gewachsen zu sein. Vielleicht mochten wir Fernstehenden, die uns gesehen hätten, wie die Experimentaltiere in den Käfigen unten im Souterrain erschienen sein, da diese ebenfalls die Köpfe in ihrer Leidenszeit möglichst eng zusammensteckten.

March war es, der trotz seines Zustands die Verbindung mit mir aufrechthalten wollte, und zwar durch Klopfzeichen, wie sie in den Gefängnissen an den Heizkörpern der Zentralheizung oder an den Wänden üblich sind oder an den Ableitungsrohren der Klosetts. Aber mochte er mir jetzt in seiner Morseschrift Liebesbriefe schreiben oder sich über die Grausamkeit der Experimente beklagen oder lustig machen (ihm war alles zuzutrauen), mochte er mir im Telegrammstil noch unbekannte Kapitel aus seinem Lebensroman erzählen: – ich hörte bald nichts mehr. Genausowenig wie ein Toter die Erdschollen auf seinem Sargdeckel rasseln hört, die ihm »liebende Herzen« in gegliedertem Rhythmus, das heißt ein jeder dreimal, auf sein letztes Dach schütten.

Die Schwestern, die derartig schwere Fälle wie meinen zu behandeln verstanden, scheuten keine Mühe. Ich wurde gepflegt, als wäre ich seine Exzellenz, der Herr Gouverneur in eigener Person. Die guten Nonnen und der Assistenzarzt, der etwas weniger Erfahrung hatte als sie, sparten nicht mit Adrenalin, um die Blutungen aus Mund, Magen und Darm zum Stillstand zu bringen, die Eisblase verschwand nicht von meinem gemarterten Schädel, man setzte mir ins Kreuz und in die Lendengegend Senfpflaster, um die höllischen Schmerzen (wer hat den Schmerz erfunden – Gott oder Teufel?) zu lindern, man flößte mir löffelweise Milch, Gelee, Fleischsaft, Fruchtsaft ein, man knauserte auch mit dem teuren Sekt nicht (Walter bezahlte ihn!), aber ich konnte an meiner eigenen wunden Zunge wahrnehmen, daß Sekt wohl etwas für genüßliche Zungen ist, nichts aber für solche, die keine Papillenschicht mehr haben. Ich muß genauso wie die meisten Schwerkranken getobt und mich wütend umhergeworfen haben. Ich hatte, als ich eines Nachts plötzlich etwas klares Bewußtsein gewann, die Schwester und den Priester neben mir, und fand Mörtelstückchen im Haare und in dem wüst gewachsenen Vollbart. Aber zu langer Betrachtung blieb mir keine Zeit, ich mußte notwendig erbrechen und tat dies auch. Wenn ein Mensch so leidet, ist ihm nichts mehr heilig. Von den anderen Explosionen ganz zu schweigen.

Ich erbrach mich. Aber zerbrochen war ich nicht. Mehr denn je wollte ich leben. Wenn einen schwer Leidenden überhaupt etwas beschäftigt, wenn ihm überhaupt irgendein umschriebener Gedanke klar wird, so ist es nur Selbstbehauptung. Weiterleben um jeden Preis!

So groß kann das Leiden gar nicht werden bei einem Menschen, wie ich es jetzt war, daß ich nicht unter *allen* Umständen weiterleben wollte. Ich wollte nicht zugrunde gehen. In meinem Fieberwahn riß ich, als die Schwester nur einen Augenblick lang den Rücken gekehrt hatte, um die Leibschüssel fortzubringen, das sogenannte Merkblatt herab, auf dem mein Leidensweg in sauberen Kurven von der Hand des trefflichen Carolus aufgezeichnet war. Und trotz meiner Temperatur von einundvierzig Grad erkannte ich das Todesomen, die nach oben weisenden blauen und roten Linien, Puls und Temperatur, und die nach unten weisende schwarze Linie der Entgiftung, der Urinausscheidung. Ich hatte in den letzten zwölf Stunden keinen Tropfen Urin von mir gegeben. Das war das sichere Symptom des baldigen Exitus.

Die Schwester kam mit gewaschenen Händen und immer zart lächelndem, mütterlich beschwichtigendem Gesicht zu mir zurück und wollte, daß ich Wasser lassen sollte. Ich konnte keinen Tropfen herausbringen. Tränen rannen mir ab, Harn nicht. Was vermag Menschenwille? Er zwingt die Natur nicht auf die Knie.

Sie zapfte mich an. Sie tat es ohne Scheu, und ich ließ es zu ohne Scham. Ich, der ich mich nicht einmal meiner Frau jemals unbekleidet gezeigt hatte!

Einer, der so leidet, ist kein Mann. Ja, ich sage, er ist kein Mensch mehr in gewöhnlichem Sinn.

Der Leidende gehört dieser Welt nicht mehr ganz an. Man muß ihn mehr lieben, als es der Mensch sonst zu verlangen hat. Mehr als er es verdient. Viel mehr.

Die Schwester tat nur ihren Dienst. Es störte sie nichts, weder mein schauerlicher Aasgeruch, noch sonst etwas auf der Welt. Sie experimentierte nicht. Sie tat, was notwendig war. Sie brachte eine Erleichterung. Sie zapfte mir wider Vermuten dreihundert Gramm gallebraungrünen Harn ab, und in der Art, wie sie das Glasgefäß an das Licht nach oben hielt, sah ich, daß sie selbst diese relativ kleine Menge in ihrem unerschütterlichen Glauben als *gutes* Omen betrachtete.

Marchs Zimmer war totenstill. Mir kamen Tränen in die Augen, es fröstelte mich und ich schlief ein.


## XVI

Bis in den Schlaf hinein verfolgte mich das Bild des kranken March. Alles, was er mir in früheren Tagen erzählt hatte, dazu Erinnerungen an die junge M., die im Traum *seine* Züge angenommen hatte, bewegte sich in meinen Gedanken durcheinander, unsinnig, aber mit solcher Lebenstreue, mit solch einer überwirklichen Helle und Deutlichkeit, daß ich beim Erwachen, bei meinem ersten Erwachen bei etwas gesunkenem Fieber, nur davon erfüllt war. Und March sollte, mir zuliebe, zugrunde gegangen sein? Die kurze Zeit, die letzten Krankheitstage, in denen ich den Armen nicht gesehen hatte, hatten meine Anhänglichkeit und Dankbarkeit verstärkt. Ich wußte auf einmal nicht, wie ich ohne ihn leben sollte.

Ich, der ich auch in kranken Tagen meine Schmerzäußerungen und Lustäußerungen stets auf das beschränkt hatte, was auch der festeste Wille absolut nicht zu unterdrücken vermochte, schrie leise auf, und vor Freude, als ich auf einmal an der Wand, die unsere Zimmer trennte, plötzlich wieder das rhythmische

Pochen hörte. Ich weiß nicht mehr, was er mir signalisierte. Wahrscheinlich war es keine richtige Morseschrift, denn noch befand er sich in einem Zustand, der ihm nicht den klaren Gebrauch der Verstandeskräfte erlaubte. Aber er lebte! Sein Zustand war nicht leicht, er stand im Beginn der zweiten, ernsteren Krankheitsperiode, während ich am Ende dieser Periode stand. Aber sein Anfall war milder gewesen als der meine, seine Temperaturen hatten sich stets unter achtunddreißigeinhalb Grad gehalten, und die Krankenschwester hoffte, daß auch er davonkommen würde.

Ich empfing im Laufe des Tages den Besuch der Herren Carolus und Walter. Ich erwartete von ihnen Bericht über die Experimente, die im Gange waren, aber beide schwiegen sich aus.

Walter sah verfallen aus. Aber es war nicht der Verfall eines Mannes, der an einem inneren Widerspruch leidet und sich darin verzehrt, der an Rauschgiften selbstmörderisch zugrunde geht, sondern nur die Übermüdung eines Forschers auf der Höhe seiner Tätigkeit.

Wenn Walter von den Versuchen schwieg, war es nicht ein Beweis seines Mißtrauens gegen mich. Im Gegenteil, mehr als je zuvor sah er in mir einen Menschen, den man nicht aufgeben solle, und er vertraute mir trotz seiner angeborenen und anerzogenen Reserve vieles an, das seine persönliche Lage betraf. Ich habe bereits berichtet, was er seiner Frau, die auf einer wenige Tagereisen weit entfernten, fieberfreien Insel mit den Kindern sich erholen sollte, telegraphiert hatte. Er schien es zu bereuen. Mit flüsternder Stimme, vielleicht weil er mir nicht zumuten wollte, ihm mit einer lauteren Stimme zu antworten, berichtete er mir, sie hätte zurückgedrahtet, daß sie ihn beglückwünsche, er sollte es aber jetzt endlich damit genug sein lassen, er dürfe Gottes Vorsehung nicht länger auf die Probe stellen, das Schicksal nicht herausfordern. Namentlich führte sie an: die fünf Kinder und – zwei Rufzeichen. Die waren im Grunde nichts als die alten Redensarten, wobei jedes einzelne Wort dieser Phrasen (und die Interpunktion nicht minder) mit teurem Geld bezahlt werden mußten und andern, wichtigeren Mitteilungen den Platz wegnahm. Denn am Schluß des kostspieligen Telegrammes, das leider nicht im Depeschenstil stilisiert war, stand: sie könne, weil ihr die Mittel zu einem längeren Telegramm fehlten, keine weiteren Mitteilungen machen.

Diese an sich unbedeutende Nachricht spannte den abgearbeiteten, unruhigen Arzt-Gentleman sehr auf die Folter. Wie verlief die Schwangerschaft? Wie ging es seiner Frau, wie lebten seine Kinder? Davon nicht eine Silbe! Er ahnte Böses und hätte es nur zu gerne abgewendet. Sein Weg war vorgezeichnet und konnte kein anderer sein, als wir ihn gemeinsam festgelegt hatten. Aber er fürchtete für die Menschen, an denen sein Herz hing. Wozu hatte er eines, hätte ich früher gefragt. Nun schwieg ich und betrachtete den glatten Ring an seinem Finger ohne ein Wort.

Sollte man es für denkbar halten, daß er mir dies und eine Menge anderer Einzelheiten aus einer Ehe, in der die beiden Teile einander wohl liebten, aber nie verstanden, bloß deshalb erzählte, damit *ich*, wenn sein Experiment an sich selbst übel ausging, ihnen Schutz und Schirm bieten solle? Wir sprachen nicht ausdrücklich darüber. Möglich war es. Er zögerte, sah sich im Zimmer um, nahm mein Merkblatt zur Hand, schickte die Schwester hinaus. Seine Worte wurden spärlicher, und doch wollte er sich von mir nicht trennen. Er sah wohl ein, daß ich an dem ersten fieberfreien Tage noch schwach war wie eine Fliege, und daß jedes noch so leise geflüsterte Wort mich schwere Mühe kostete. Ich hielt die Augen gewaltsam offen, um nicht einzuschlafen und zwischen seinen lakonischen Worten lauschte ich noch auf die Kratz- und Klopfgeräusche meines Freundes an der Wand.

Mein Gehör hatte sich sonderbarerweise jetzt sehr verschärft, ich wurde feinhörig, wie ich es nie gewesen war. Ich habe diese Erscheinung auch bei anderen Kranken nach Überstehen der Krisis bemerkt, bei keinem freilich so deutlich wie bei mir.

Endlich mußte dem Dr. Walter die alte Krankenschwester ein Zeichen gegeben haben, daß ich der Ruhe bedürfe. Kaum war er fort, als sich March an der Wand meldete, immer das gleiche Zeichen monoton gebend, bis auch er zur Ruhe gebracht wurde.

Mein Zeitempfinden war noch nicht geordnet. Ich habe die der Krisis folgenden Tage in einem schnellen Wechsel von Wachen und Schlafen verbracht, ich wußte nicht, welcher Wochentag es war, oft wachte ich morgens auf und dachte, es sei noch der Abend des vorhergehenden Tages.

Ich befand mich in einem Zustand körperlicher Schwäche, der nicht zu beschreiben ist. Meine Hand, die den Löffel zum

Munde führte, sank hinab, ich verschüttete jede Flüssigkeit, die man mir gab, und dabei wollte ich doch möglichst schnell wieder der alte sein, aufstehen, arbeiten, mich bewegen und leben.

Ich hatte das Leben liebgewonnen.

Ich lebte, zum erstenmal vielleicht in meinem Dasein, ohne das Gefühl einer Schuld.

Ich hatte viel durchgemacht. Mochte ich getan haben was immer, ich hatte meine Schuld bezahlt. Ich konnte der Zukunft klarer ins Auge sehen.

Mich hat, ich sage es erst jetzt, schon von frühester Jugend an (unbewußt?) ein schweres Gefühl der Schuld bedrückt, lange bevor ich wirklich schuldig geworden bin. Mein Vater hatte mir die Unvollkommenheit, die Sinnlosigkeit und Grausamkeit der Welt und des menschlichen Herzens nicht nur einmal mit der Geschichte seiner Expedition und der Ratten enthüllt, sondern tausendmal. Aber, fromm wie er war, ja, schlimmer als das, frömmlerisch, wie ihn das Leben gemacht hatte, hatte er als Gegengift gegen Welterkenntnis mir Religion und Patriotismus beibringen wollen, den Glauben an etwas, das in unerreichbarer Güte, Vollkommenheit und Macht über uns stand. Gott im Himmel, das Vaterland auf Erden. Diesen Gott der positivsten Güte konnte ich nicht verantwortlich machen für das evidente sinnlose Leiden der Welt hier unten. Wenn ich von einer Katastrophe, wie solche tagtäglich in jeder Zeitungsnummer dargestellt sind, erfuhr, wenn ich sie begriff mit meinen zu früh geöffneten Augen – wen sollte ich anklagen? Wenn nicht mich? Nur mich und meinesgleichen. Gott war gerecht. Schuldig war die menschliche Kreatur. Der Mensch war sündig und stupid von Anbeginn. Er erbte die Sünde samt der Dummheit von seinen Vätern und vererbte sie an seine Kinder. Schuldig blieben alle. Gott, der allmächtige, war es nicht.

Dieses dumpfe Schuldgefühl hatte ich, soweit ich mich zurückerinnern kann. Ich hatte es als junger Mensch, als ich das Elend der vivisezierten Tiere ansah. Ich hatte es an den Krankenbetten meiner Kranken. Ich hatte es, als ich, auf der Suche nach einem Ausweg aus meiner Lage, mich an dem Leben meiner früheren Gattin vergriff. Wie einer aus Todesangst sich eine Kugel vor den Schädel schießt, wurde ich schuldig aus Schuldgefühl. Ob mich die Geschworenen vor Gericht freisprachen oder nicht, sie konnten mir das Gefühl der Schuld nicht abnehmen. Mein

Richter war nur ich. Sie konnten mir eine Sühne diktieren. Sie kam ins Protokoll so wie der Bericht meiner Tat. Aber die *innere* Befreiung durch das *äußere* Leiden, das zu meiner Heilung zu erwirken, war ihnen nicht gegeben.

Ich hatte mich, lange bevor sie mich als schuldig erkannt hatten, selbst zu sehr mitschuldig an der grotesken Schauerlichkeit der Welt gefühlt. Alles, was ich, anfangs mit den Augen meines Vaters und dann mittels meiner eigenen Beobachtungen wahrnahm, verstärkte nur diesen Druck der Schuld. Jetzt, auf der Insel C., hob es sich, dieses Schuldgefühl der Erbsünde. Nicht auf einmal. Nicht vollständig beim erstenmal. Der Verlust der kleinen Portugiesin war nur der Beginn. Die wahrhaft furchtbaren Leiden, die ich als Y. F.-Kranker durchzumachen hatte und die nur jemand nachempfinden kann, der Ähnliches selbst an sich erlebt hat, waren erst der zweite Schritt. Noch lange nicht der letzte.

Ich sage nicht: die Liebe zu der Portugiesin (eine väterliche, eine ärztliche, eine hoffnungslose, törichte, sinnlose Liebe, aber doch die meine, die einzige, die mir blieb), ich sage nicht, die Liebe zu dem unglücklichen Kind habe mich sittlich geändert. Ich sage nicht, das schauerliche körperliche Leiden, das aus dem Leibe Kotzen und Würgen meines letzten Atems, das bei leibhaftem Leben Verfaulen und aashaft Verstinken, das elendste physische Los, das je an meinen armseligen Körper geknüpft war, habe mich geläutert. Es mußte noch viel zusammenkommen und darunter manches, das man sich vielleicht anders denkt bei einer inneren Wandlung.

Es mußte auch Glück dazukommen, das Gefühl der Genesung und der Freude am Dasein und die Hoffnung, die durch nichts zu zerstören war.

# XVII

Die Erholung ging bei mir sehr langsam vonstatten. March hatte es viel leichter. Ich gönnte ihm sein Glück. Das, was ich erlebt hatte, wünschte ich meinem ärgsten Feinde nicht, geschweige denn meinem einzigen Freund.

Ich machte die ersten Schritte im Krankenzimmer nur tappend wie ein Achtzigjähriger, der einen Schlaganfall hinter sich hat.

Bei jeder Bewegung zwang mich stürmisches Herzklopfen, von Atemnot begleitet, stille zu stehen und zu warten, bis ich mich wieder erholt hatte. March, der doch nach mir (durch Überimpfung meines Y. F.-Blutes durch eine der Stechmücken) erkrankt war, stand bereits wieder fest auf seinen Beinen, wenngleich auch er tiefe Gruben unter seinen Augen hatte und das Haupthaar ihm in ganzen Büscheln ausfiel. Ich hatte ihn im Verdacht, daß seine männliche Eitelkeit dadurch sehr gekränkt wurde. March – und eine Glatze, oder der hübsche blonde Junge mit einer Denkerstirn, die über den mattgewordenen Augen begann und erst im Nacken endete! Und so sonderbar es klingt, gerade zu dem durch die schwere Krankheit mitgenommenen March zog es mich hin, jetzt hatte ich für ihn mehr denn je ein Gefühl der Sympathie. Was sage ich, ein Gefühl der Sympathie? Helle Freude war es gewesen, als ich ihn an der Hand der Schwester, die Nonne aber um mehr als Haupteslänge überragend, bei mir eintreten sah und er sich mir, im buchstäblichen Sinne des Wortes, an den Hals warf! Sein kahler Schädel, der einer Billardkugel glich und sich ebenso glatt und fein anfühlte wie eine solche, bewegte sich an meinem Halse, in dem die Pulse schon bei der leisesten Aufregung stürmisch pochten, auf und nieder und seine Tränen drangen mir zwischen meinen Krankenkittel und die Haut bis an den unteren Teil der Brust. Welch ein Wiedersehen! spottete ich. Wir waren beide vom Tode auferstanden und konnten dem Schicksal danken.

Ich tat es in meiner Weise. Er in der seinen. Er meldete sich bei dem Kaplan zur Beichte und Kommunion, da er die Beichte, die er beim Beginn der Krankheit abgelegt, und die Kommunion, die er damals wie alle frisch Erkrankten im Hospital empfangen hatte, nicht als genügend ansah.

An diesem Tage mußte man ihn halb mit Gewalt aus meinem Zimmer hinausbringen. Meine Kräfte waren kaum nennenswert, sie reichten gerade nur aus, um mein Leben zu fristen. Ich hätte immer schlafen mögen. Die Nahrungsaufnahme war sehr gering, ich fürchtete, das schauerliche Erbrechen könne wiederkehren, und was es bedeutete, kann nur jemand ermessen, der sich beinahe zu Tode gewürgt und erbrochen hat wie ich. Ich konnte kaum sprechen. Alles, was ich tat und was ich dachte, trug dieses Kennzeichen: Kaum.

March, ein Mensch von fast unverwüstlichen Lebenskräften,

verstand dies nicht. Es war sechs oder sieben Tage nach meiner Entfieberung, als er »quietschvergnügt« an meinem Bettrande saß und mich in seiner täppischen Art fütterte. Ich wehrte mich gegen seine allzu stürmische Fürsorge. Aber ich wollte ihn nicht verletzen. Ich merkte aber, daß es für mich zu viel wurde. Meine Magenwände, deren Wunden eben erst zart übernarbt waren, vertrugen keine größere Menge von Nahrungsmitteln auf einmal und mochten diese noch so lecker zubereitet sein, wie sie die Negerköchin in der Lazarettküche für die Rekonvaleszenten zuzubereiten verstand. Aber wenn der gute March neben mir saß und sich über jeden Bissen freute, zu dem ich mich zwang, wer hätte ein so hartes Herz gehabt, ihm zu sagen: geh und quäle mich mit deiner Liebe nicht mehr! Sie ist mir zum K . . . !

Ich fügte mich also seinem Drängen. Dann warf ich mich in den Kissen zurück. Schmerzen begannen in meinem Magen zu wühlen und in der Kehle bis in den Rachen hochzusteigen, das Aufstoßen, stets ein bedrohliches Zeichen bei mir, der es in gesunden Tagen nicht kannte, meldete sich, obgleich ich es aus Leibeskräften unterdrückte, um March nicht ängstlich zu machen. Ich zwang mich, ruhig zu liegen und alles, was hochkommen wollte, gewaltsam niederzudrücken.

Der Gute stand inzwischen am Fenster, ließ die Rolläden hinab, zerrte aber dann zwei Brettchen auseinander, um noch einen schwärmerischen Blick auf die Abendlandschaft zu tun. Das Lazarett lag auf einem Hügel, die Aussicht war an klaren Tagen zauberhaft schön, die dunklen, felsigen, aber am Strand zum Teil üppig umgrünten Inseln sah man im Licht der untergehenden Sonne in allen Regenbogenfarben erstrahlen, das Meer spiegelte die Kupfer- und Saphirtöne der Wolken und den flammenden Glanz des allmählich versinkenden Gestirns. Die gewaltigen architektonisch aufgetürmten Wolkenmauern standen still. Still standen auch die Felseninseln und das beruhigte Meer. Zwischen beiden bewegte sich allmählich versinkend die zauberhaft in schwebendem Glanz leuchtende Abendsonne. Es war mir ein sonderbares Gefühl, die Bewunderungsrufe meines Freundes angesichts dieser paradiesischen Naturschönheiten zu hören und mich dabei in innerlichen Schmerzen zu verzehren. Und jetzt setzte er sich gar an mein Bett, es wurde schnell dämmerig, er liebkoste mich mit seinen guten, dummen Augen und strich sich mit seinen Fingern von der Stirn aufwärts seinen Schädel entlang und prüfte mit den Fingerspitzen, ob ihm das Haar nachwüchse und fragte mich halb ernsthaft, halb lachend um meine Meinung darüber.

Darüber! Warum sprach er nicht von dem, was ihn wirklich bewegte? Es war tausendmal wichtiger, wie sich seine und meine Zukunft gestalteten. Walters humaner Plan, jeden Gefangenen von Amts wegen zur Begnadigung zu empfehlen, wenn er sich den lebensgefährdenden Experimenten freiwillig unterworfen hatte, war ihm ja früher bekannt gewesen als mir, der damals die ersten Fieberattacken mitgemacht hatte. Nun war es mir eine große Sorge (und keine unbegründete), wie diese Freiheit aufzufassen war. War es nur die Freiheit, sich auf C. frei zu bewegen und hier aller Wahrscheinlichkeit nach an dem Elend der Erwerbslosigkeit und der Not und dem Klima zugrunde zu gehen, besonders wenn man, wie wir beide, auf die Unterstützung durch mildreiche Angehörige nicht zu rechnen hatte – oder war es die wahre Freiheit, mit seinem Leben beginnen zu dürfen, was man wollte?

Ich war, das sagte ich schon, infolge der Krankheit in außergewöhnlichem Maße hellhörig geworden. Obwohl ich jetzt schon wieder unter dem Einfluß einer neuen Fieberwelle stand, hörten meine Ohren das leiseste Geräusch. Ich muß auch bemerken, daß ich jetzt den Dingen um mich eine viel höhere Aufmerksamkeit schenkte als je zuvor. Mir fiel vieles an Menschen und Dingen auf, das ich früher nie zu bemerken für nötig gehalten hatte. So wurden mir von jetzt an unzählige Charaktereigentümlichkeiten an den Menschen offenbar, lächerliche sowohl als auch rührende, abstoßende sowie ergreifende. Ich verstand die Menschen besser, fand sie natürlich und nicht immer in sich widersprechend.

Ich wäre früher eines Zusammenlebens wie jetzt mit March und mit Walter nicht fähig gewesen. So hörte ich, feinhörig, Marchs regelmäßigen Atemzügen doch das Bedrückte, das Beschwerte an. Vielleicht ist es nur ein winziges Schleimpartikelchen, das ein in seinen Gedanken bedrückter Mensch in seiner Luftröhre bei jedem Atemzuge mitrasseln läßt, während es ein froher, sorgenloser Kerl richtig ausspuckt. Wie er sich räuspert, wie er spuckt ... March räusperte sich nicht, er rasselte. Seine Augen hingen mit sehr besorgtem Ausdruck an den meinen, sicherlich beschäftigte ihn dasselbe Problem wie mich. Er wollte mich schonen, er wollte mir keine Erregung verursachen, er hatte Takt, und seine Seele war stets von Natur etwas feinhörig gewesen, mehr als die meine, fürchte ich. Was half es aber, wenn er mir doch jetzt nicht helfen konnte? Er ahnte also vielleicht meinen Zustand, ich aber fühlte das Übel unabänderlich mit schauerlicher Angst kommen und wünschte nur, ihm den Anblick seines wieder erkrankenden Freundes zu ersparen. Ich schwieg und nahm eine verdrossene Miene an, ich wollte ihn nicht mehr bei mir haben. Nicht aus Abneigung, nein, gerade aus Neigung. Wollte er das nicht verstehen? Konnte er es nicht?

Warum begriff es die eben eintretende Schwester? In weniger als drei Sekunden war er zur Tür hinausgedrängt, ich wurde horizontal gelagert, die Kopfkissen flogen auf die Erde, die Eisblase kam schnell auf den Magen, wo sich die abscheulichen Schmerzen in aller Fürchterlichkeit zeigten, der Guttaperchalatz klatschte um meinen Hals. Das Licht wurde gelöscht, vielleicht damit ich das von mir Erbrochene, die gefürchteten kaffeesatzartigen Massen nicht sähe. Und das Kommando: ruhig atmen, tief atmen, ruhig liegen, waagerecht liegen! Keine Bewegung. Nichts. Kein »V« (vorlesen), kein »G« (genug)! Atmen; Schweigen.

Vielleicht war es mein letzter Tag. Es war auf jeden Fall ein Rückfall und um so ernster, als ich keine Kraftreserve mehr hatte. Die Schwester fuhr mir mit ihrer Hand über die Stirne. Sonst konnte sie nichts tun im Augenblick. Dann setzte sie sich in eine Ecke, und ich hörte sie ihren Rosenkranz leise klirrend bewegen. Taktförmig wandelte sie ihre Perlen ab und taktförmig stieg die würgende Welle in meinem ausgemergelten, aber doch trommelartig aufgetriebenen Leibe hoch. Ich dachte an mein vergangenes und künftiges Leben. Ich wandte meinen Geist von den Schmerzen und dem Würgen ab. Ich bemitleidete mich nicht. Statt dessen überdachte ich unter wütenden, herzzerreißenden Schmerzen einen weit angelegten Arbeitsplan, wie ich dieses mein Leben in Zukunft gestalten würde, wenn mich das Schicksal auch jetzt noch rettete. Hatte ich noch Hoffnung? Nur Hoffnung auf Hoffnung! Die Rückfälle waren zu gefährlich. Ich sollte aber noch nicht sterben. Das Würgen ließ endlich nach.

March hielt man von mir fern, bis ich ganz außer Gefahr war. Walter und Carolus kamen oft.

# XVIII

Walter hielt absichtlich March von mir fern. Dafür widmete er mir so viel von seiner karg bemessenen freien Zeit, als er nur konnte. Hätte ich ihm nur dieses Interesse mit einem Gegendienst erwidern können!

Meine guten Tage begannen. Die seinen waren vorbei, denn er war in einer furchtbaren Lage. Er wußte nicht, was mit ihm wurde. Und obwohl die verschiedensten Versuche, durch Moskitostiche infiziert zu werden, bei ihm bisher vollständig versagt hatten, war sein Aussehen nicht viel besser als das meine. Ich sage es nicht nur jetzt, wo es leicht ist, das Vergangene zu deuten. Schon damals, also etwa drei Monate nach Beginn unserer Experimente, zeigten mir seine Züge das Todgeweihte, das Verhangene, das schon jenseits des Faßbaren liegt.

Gerade ein so nüchterner, möglichst präziser Beobachter wie ich konnte mit jedem Tage, an jedem Morgen, an dem ich ihn begrüßte und ihn ins Laboratorium begleitete (anfangs noch als Zuschauer, da ich viel zu schwach war, um zu arbeiten), wahrnehmen, wie er sich verzehrte.

Was die schwere, in dem teuflischen Klima besonders verheerend wirkende zwölfstündige Arbeit nicht vermocht hatte, das vermochte die Sorge um die Seinen. Seit jenem fragmentarischen, durch seine Rätselhaftigkeit besonders quälenden Telegramm hatte er keine Nachricht mehr von seiner Familie erhalten. Er wartete. Nichts kam an außer wissenschaftlichen Zeitschriften, medizinischen Büchern. Er machte sich die bittersten Vorwürfe, nicht darüber, daß er die Versuche aufgenommen habe, sondern, daß er auf ein Zusammenleben mit den Seinen nicht von vornherein verzichtet und sie nicht schon längst ohne Rücksicht auf sein Glück nach London zu ihren Angehörigen abgeschoben hatte.

War das Meer bewegt, phantasierte er davon, daß sie, auf der Reise hierher begriffen, in einen Taifun hineingeraten könnten, wie sie in der weiteren Umgebung des Perlengolfes nicht selten sind zu dieser Jahreszeit. Bekam er am Monatsende sein Gehalt ausgezahlt, so wußte er nicht, sollte er ihnen die Summe zusenden oder sollte er abwarten, bis er ihre Dispositionen erfuhr.

Carolus hüllte sich in die Reserve eines hohen Beamten.

March hielt sich in gemessener Distanz, von wütender Eifersucht auf Walter erfüllt, dabei aber immer voll Respekt gegenüber seinem Range und seinen Qualitäten als Gentleman. An mir ließ March dann seine Unruhe aus, und hätte ich ihn nicht in meiner Art (unter Ausschluß jeder sinnlichen Regung) so sehr liebgewonnen, so wäre ich ungeduldig geworden und hätte ihn zu allen Teufeln gewünscht. Aber meine ganze Selbstbeherrschung war jetzt vonnöten wie nie vorher. Ich befand mich vier Wochen nach dem letzten Rezidiv noch in einem Zustand außerordentlicher Schwäche. Oder soll man es Frieden nennen? Auf jeden Fall war es ein tatenloses Intervall. Mir war so, als würde ich nie wieder die verbissene Arbeitsenergie aufbringen, die mich bis jetzt bei allen meinen Arbeiten begleitet hatte.

In dieses Intervall trat plötzlich eine Persönlichkeit, mit der wir nicht mehr gerechnet hatten und die in mehr als einer Hinsicht einen sehr wichtigen Einfluß ausüben sollte – die heißersehnte, die liebende und geliebte Gattin, die Frau Walter.

Ich habe bereits gesagt, daß die Bemühungen ihres Gatten, durch Moskitostich zu erkranken, bis jetzt nicht von Erfolg begleitet gewesen waren. Die Sache stand so, daß ich eine sehr schwere, March eine leichte, aber typische Infektion von Y. F. davongetragen hatte, bei Carolus hatten sich ganz leichte Fiebererscheinungen gezeigt, die aber auch anderen Ursprung haben konnten, den Kaplan hatten wir bis jetzt als Reserve betrachtet und noch nicht geimpft, der Magister F. war ausgeschieden, er zeigte sich bei uns nicht mehr, und das war schön von ihm. Das Rätsel in unseren Experimenten, mit Fragezeichen gekennzeichnet, war und blieb Walter. Er hatte sich fünfmal von Mücken stechen lassen, die *mein* Y. F.-Blut in sich hatten, und noch viel öfter von anderen, die das Blut noch schwererer, in der Zwischenzeit schon verstorbener Kranker angesaugt hatten. Alles war vergeblich gewesen. Sagen wir, es war sein Glück. Wir beneideten ihn nicht, und ich achtete und bemitleidete ihn.

Nun ist es aber in der Bakteriologie bekannt, daß Experimentaltiere, zum Beispiel Meerschweinchen, solange sie gut genährt und vollblütig sind, einer bestimmten Infektion gegenüber fest sind und ihr standhalten. Sie bleiben trotz Ansteckung munter und gesund. Bringt man sie aber künstlich herunter, dann wirkt eine bisher unschädliche Infektion mit einemmale tödlich. Es gibt Bakterienstämme, die bloß im Winter für die Tiere unheilvoll wirksam sind, im Sommer, wenn die Tiere sich einer erhöhten Lebenskraft erfreuen, aber nicht.

Diese alte Regel, die sich aber nicht an jedem Fall so unabweislich klar und einfach darstellt, sollte sich leider an unserem Walter bestätigen. Und ich, der zum erstenmal in meinem Leben meine Abneigung gegen die »liebenden Herzen« zu überwinden begann, sollte sehen – doch wozu vorgreifen, lassen wir die Tatsachen auch dieses Experimentes für sich sprechen.

Ich sagte schon, eines Tages erschien Frau W. Man hätte nach ihrer kreischenden Stimme zu urteilen, die wir von der Telephonzelle her kannten, eine hochgewachsene, hagere, soldatisch auftretende Frau erwartet. Es erschien aber, ganz unvermutet und das Verbot, in das Krankenhaus zu kommen, naiv übertretend, ein trotz der fortgeschrittenen Schwangerschaft graziöses, zartgliedriges Persönchen, das mit ihrem schönen, ovalen, geistvollen, bleichen Gesicht viel mehr wie ein Mädchen Ende der Zwanzig aussah als eine Frau Mitte Dreißig, die fünf Kinder geboren hatte und das sechste erwartete. Ein prachtvoll geschnittener Kopf, herrliches rotbraunes, natürlich gelocktes Haar, in das sich sehr viel hellere Fäden mischten, man wußte nicht, waren diese helleren Strähnen von der Sonne auf C. ausgebleicht oder waren sie durch die Sorgen ergraut? Sie hatte einen spanischen Schal mit langen Fransen von tiefgrüner Farbe um sich geschlagen, eng anliegend an der immer noch straff modellierten Büste, lässiger an dem ausladenden Unterkörper, vielleicht, um die Entstellung durch die Mutterschaft zu verbergen. So trat sie, mit ihren Stöckelschuhen auf den Fliesen klappernd, in den Untersuchungsraum und sah sich um. Sie gab ihrem Mann, der leichenblaß und sprachlos vor Staunen war, die Hand, ohne ihre hellen Handschuhe auszuziehen und nickte uns anderen etwas von oben herab zu. Bloß an mir blieben ihre Blicke etwas länger haften. Wie war sie zurückgekommen? Eben pfiff in dem Hafen ein kleines Motorschiff, welches die Küstenschiffahrt besorgte, und zugleich ließ ein Auto vor dem Hause sein Signal ertönen, obwohl der unbedeutende Verkehr auf dem Hügel in dieser verlassenen Gegend des Klosters sicherlich kein solches erforderte. Es war der Wagen des Subagenten der Versicherung, von dem ich schon früher berichtet habe. Er wollte wohl der Dame ein verabredetes Zeichen geben, sie möge sich beeilen. Hatten sie damit gerechnet, sie könne den Gatten einfach mit sich nehmen wie einen Hund, den man bei guten Leuten in Pension gegeben hat?

Sie zog, während eine flüchtige Röte, wie sie bei schwangeren Frauen häufig ist, ihr über die vollen straffen Wangen huschte, ihren Gatten in eine Ecke nahe der Telephonzelle. Sie nahm seine beiden bloßen Hände in die ihren, die Handschuhe trugen, wie um ihn festzuhalten und dämpfte ihr allzu lautes Organ zu einem so leisen Ton, daß wir den Inhalt des Gespräches nicht unbedingt verfolgen mußten. Wir wollten es ja auch gar nicht. Sie hätten ebensogut oder besser sich in seinem Zimmer unterhalten können. Aber die Frau schien aufs äußerste gereizt und angespannt, sie wollte keine Sekunde verlieren. Sie redete wie toll auf ihn ein. Im Eifer des Gespräches ließ sie seine Hände los und fuchtelte mit den ihren umher. Die Fransen ihres Schals flatterten, und plötzlich enthüllte sich unter dem Schal ihr schon stark vorgetriebener Leib. Walter war sichtlich betroffen. Seine Frau, ohne sein Wissen, gegen seinen oft ausgesprochenen Willen zurück! Und hier! Hinter dem Kordon! Gegen das Verbot, das alle Einwohner der Stadt bis zu den höchsten Beamten hinauf betraf (wenngleich sich die meisten nur in ihrem Interesse daran hielten), in das Laboratorium einzudringen! Aber was verfingen solche Argumente bei einer leidenschaftlichen, todesmutigen Frau, die vor nichts zurückscheute! Nun erst recht nicht! Ihre Worte konnte man nicht verstehen. Aber man hörte eine heisere Lache, die sie bisweilen anschlug und die sie dann, sich ihrer guten Kinderstube erinnernd, vergebens mit einem Hustenanfall zu maskieren trachtete. Dies sprach deutlich genug. Walter, totenblaß, verlor die Fassung. Der Mann, den ich nie fassungslos gesehen hatte, dem ich ein Versagen der Nerven nie zugetraut hätte, hatte plötzlich hinter seiner Brille Tränen!

Die Frau wischte sie ihm mit den Handschuhen fort. Sie sah uns alle an, als wäre sie uns überlegen. War sie es? Sie zog selbst jetzt ihre Handschuhe nicht aus. Und als er, der Ärmste, sich blutrot vor Scham von ihr zurückziehen wollte, zerrte sie ihn mit sich. Wir blickten fort. Carolus verließ das Zimmer. Als Walter sich losriß, rannte sie ihm hemmungslos nach, über den nachschleppenden Schal stolpernd. Vergebens, daß er sich von der

Frau zu befreien trachtete, sie zerrte ihn zum Laboratorium hinaus. Aber diesem Mann war keine Frau, und mochte sie noch so männlich sein, gewachsen. Er machte sich ebenso behutsam wie energisch frei von ihr. Er kehrte zu uns zurück und beugte sich über sein Mikroskop. Er sah seine Frau nicht, die neben ihm stand, er hörte sie nicht, die ihm ins Ohr schrie. Er war bei seinem Mikroskop. Eine bloße Geste war es, denn auf der Platte des Apparates befand sich im Augenblick kein Präparat. Aber was lag dem wütenden Weibe daran? Sie wollte ihren Mann zurück. Und dann wollte sie schnell fort mit ihm an der Hand und den Kindern an dem Rockzipfel und mit dem Embryo in ihrem Leibe, fort von der verseuchten Satansinsel, nach London. Nur zurück! Und als er sich wehrte, klatschte sie ihm mit ihren behandschuhten Händen einmal, zweimal ins Gesicht. Die Brille fiel klirrend hinab. Er sagte nichts, strich sich bloß, aschfahl wie er war, mit beiden Händen an den unnatürlich geröteten, hell ziegelfarbenen Wangen herunter. Wir standen wie gelähmt da. Ungehindert verließ das Weib das Laboratorium. March, eben eingetreten, war entgeistert. Walter mußte ihm zweimal den Auftrag geben, irgendein Glas mit Moskitos zu bringen.

Ich faßte mich zuerst und unterstützte, zum erstenmal seit meiner Genesung, die Kameraden bei den Experimenten. Und dies Experiment an Walter gelang. Ein Moskito saugte sich an Dr. Walter fest, und nach viermal vierundzwanzig Stunden post infectionem erkrankte er.

## XIX

Schon an dem Tage vor dem Ausbruch des Fiebers war der Doktor seltsam erregt. Er arbeitete mit einer Hast, die man nur mit dem Worte »fieberhaft« bezeichnen kann, obwohl seine Körpertemperatur damals noch genau auf dem normalen Stand war. Seit der Szene mit seiner Frau war er nicht mehr der gleiche. Seine krampfhafte Gefaßtheit und sein angestrengtes Bemühen konnten aber nicht darüber hinwegtäuschen, daß in ihm etwas zu Bruch gegangen war. Dabei war er im Gegensatz zu der gereizten Art, die er in letzter Zeit oft gegen March und Carolus und den Geistlichen (gegen mich als Rekonvaleszenten nicht) gezeigt hatte, sehr sanft. Als wir abends mit der Arbeit, bei der ich wieder ein paar Handgriffe verrichten durfte, fertig geworden waren, ließ er uns nicht ohne ein Wort des Dankes auseinandergehen. Es war, als ob er sich an uns Kameraden anklammerte. Von seiner Gattin hatte er nichts weiter gehört. Der Küstendampfer war wieder auf Fahrt; ob er seine Gattin und seine Kinder wieder von C. mitgenommen hatte, wußte er nicht.

Dafür meldete sich der Subagent zudringlich, vielleicht auch von echtem Eifer beseelt, wer weiß es? Ich hatte fast diesen Eindruck. Walter ließ ihn nicht vor. Er hatte nichts mit ihm zu tun. Als der Subagent sich dennoch vorzwängte, übersah Walter ihn vollständig, überhörte, was er sagte. Nie habe ich einen Menschen einen anderen so wie Luft behandeln sehen. Dabei war es nicht Stolz. Der einzige unter uns, der Standesunterschiede kannte, war nicht der Gentlemanarzt Walter, nicht der geheimnisvolle Kaplan, ein stumm und stumpf gewordener Mann von unbekannter Herkunft, auch nicht der zu Amt und Würden gekommene hohe Beamte der Medizin, Carolus, sondern der aus einfachen Verhältnissen stammende March. Ich verstand diesen Zug nicht an ihm, ich staunte über seine herablassende Art gegenüber allen Farbigen, mochten es die aufopfernden Krankenschwestern, mochte es der reich gewordene Subagent sein. Aber er ließ es sich nicht nehmen. Später sollte ich sehen, daß meine Menschenkenntnis mich bei der Beurteilung von Marchs ganzem Wesen oft im Stiche gelassen hatte.

Jetzt wurde ich hier von Walter, dort von March in Beschlag genommen. Hier der Mann aus meiner Interessensphäre, der geistige Mittelpunkt der Kommission, mein Studienkollege, der Mensch, den ich bewunderte. Dort der junge, durch nichts zu brechende, wieder aufblühende, leidenschaftliche Mensch, der sich zwar in seinen sinnlichen Regungen bezwang, wie ich es nie bei einem so hemmungslosen Menschen vermutet hätte, der sich mir aber statt dessen mit seiner ganzen Seele gab und auf den (und auf dessen guten Humor) ich bei Tag und Nacht in jeder Stunde, in jeder Schwierigkeit meines Lebens rechnen zu können glaubte. Er war mir hier auf C. eine große Hilfe, ich dankte meinem Schöpfer (wenn ich diese Phrase anwenden darf) oft dafür und dachte, diese meine erste »wahre« Freundschaft könne nur der Tod beenden.

Walter fand trotz seiner schweren Arbeit in dieser Zeit nachts keinen Schlaf. Sei es, weil die Krankheit schon in ihm steckte, sei es, weil er innerlich zu erregt war und weil er sich eben auch nachts nicht fassen, beruhigen, entspannen konnte.

Ich erwachte wie so oft eines Nachts, und da aus einer Kellerluke in unserem dumpfen, von Ratten bevölkerten Schlafraum eine so schöne kühle Luft wehte, eine Seltenheit in dem Waschküchendunst dieser heißfeuchten Klimate, machte ich mich so leise wie möglich auf die Socken. Ich wollte draußen ein wenig umhergehen, bis meine von Schweiß triefend nasse Wäsche mir am Leibe getrocknet war, und mich dann wieder hinlegen. Ich mußte jetzt morgens nicht wie früher der erste im Laboratorium sein, hatte als Rekonvaleszent die Freiheit, zu kommen und zu gehen, wann ich wollte. Wenn ich also die Nachtstunden zu einem Spaziergange ausnutzte, konnte ich nachher solange schlafen als ich Lust hatte.

Auf dem totenstillen, unter meinen Schritten hohl dröhnenden Korridor, der zu dem Hauptausgang führte, traf ich, am offenen Fenster lehnend und auf die matt beleuchtete Stadt und die Kirche und die See hinabstarrend, Walter. Er trug noch seine Laboratoriumskleidung, offenbar hatte er sich noch gar nicht zur Ruhe begeben. Als er mich sah, hob er seine schweren, verdickten Lider und sah mich lange ohne Worte mit glasigen Blicken an, dann schloß er sich mir an, und wir streiften, ohne eine Silbe zu reden, durch die verlassenen Gänge und die leeren Säle des für eine viel größere Anzahl von Kranken eingerichteten Lazarettes, in dem sich derzeit zufällig bloß vier bis fünf Patienten befanden, sämtlich auf dem Wege der Genesung. Ebensoviel waren allerdings in den letzten Tagen an Y. F. zugrunde gegangen, dessen Sterblichkeitsprozentsatz sich jetzt auf fünfzig bis fünfundfünfzig Prozent belief. Plötzlich nahm er mich am Arm und faßte mich unter, wie sich etwa ein Vater in seinen großen Sohn einhängt. Auch jetzt kam kein Wort aus seinem Munde. Dabei hatte er noch am letzten Abend sehr belustigende Geschichten aus seiner nicht sehr langen, aber bewegten Dienstzeit als Militärarzt berichtet. Aber dies war nur Schein gewesen. Als ich so an ihn angelehnt ging, merkte ich, daß er in der Tasche seines Laboratoriumskittels eine halbvolle Literflasche trug. Halbvoll mußte sie sein, weil sie hohl gluckerte. Aber wenn jetzt der arme Herr sich zu mir wandte und ruckweise seine Schritte setzte und ebenso ruckweise seine Worte aus seinem schwerfällig gewordenen, weit geöffneten Munde an mich richtete, merkte ich, daß sein Atem nicht richtig nach Whisky duftete, sondern viel stärker nach etwas anderem, nach einem Parfüm von seltsamer Scheußlichkeit. Man wird erraten, was es war.

Ich erschrak und blieb stehen. Der Arme merkte nichts. Er dachte an seine Frau, die ihn geschlagen hatte, nicht an Y. F. Er fürchtete die Erkrankung nicht mehr, nachdem er so und soviel vergebliche Versuche gemacht hatte, sich experimentell anzustecken. Er wußte nicht oder hatte vergessen, daß ein geschwächter, ein seelisch gebrochener Mensch nicht mehr die gleichen Widerstandskräfte gegenüber den Keimen des Y. F. hat wie eine ungebrochene Natur. Die Schläge, die ihm seine Frau versetzt hatte, hatten ihn so tief getroffen, daß er ein Mensch zweiter Güte geworden war. Unseren Versuchen war die Frau also zu Hilfe gekommen. Ohne es zu wissen, hatte sie ihren Mann widerstandslos gemacht gegen das Gift des Y. F.

Gegen das Gift des Alkohols konnte er sich schützen. Er vertraute mir an, daß es ihn jetzt mehr denn je dazu treibe, zu trinken, daß er von furchtbarer Unruhe geschüttelt werde, er müsse umhergehen, er müsse den Whisky bei sich haben, er müsse ab und zu sogar daran riechen, aber er habe sich geschworen »beim Leben seiner Frau und seiner Kinder« keinen Tropfen Alkohol mehr zu trinken, solange er auf C. sei. »Ist das vorüber, ist alles vorüber«, sagte er. Dann folgten lange Erörterungen über den Gang unserer Untersuchungen. Sollten wir nun eiligst veröffentlichen, was wir jetzt wußten, was wir an uns selbst experimentiert und klar herausgefunden hatten? Genügten die zwei sicheren Fälle, nämlich der des March und der meine, und der eine unsichere, Carolus, um die wissenschaftliche Welt mit der großen Tatsache zu überraschen, wie das gelbe Fieber von Mensch zu Mensch übertragen wird – oder waren noch Kontrollversuche notwendig?

Er war oder wurde mit mir einig, wir müßten warten. Auf jeden Fall wollten wir aber die bisherigen Ergebnisse, um uns die Priorität zu sichern, festlegen und schriftlich beim Notar der Stadt hinterlegen. »Meine Kinder werden Nutzen davon haben«, sagte er mit einem Rest seines alten strahlenden Lächelns, »daß ihr Vater etwas für die Gegend hier geleistet hat«. Als er dies gesagt hatte, lehnte er sich wieder weit zum Fenster hinaus. Die Wachen kamen, wie immer zu zweit, gerade vorbei, sie machten die Morgenrunde, ohne Gewehre und ohne Schuhe. Vom Hafen unten und von den Bäumen auf einem kleinen Plateau bei einer alten Kirche noch aus der spanischen Zeit stieg eine Welle balsamisch duftender Luft. Die Sterne standen in ungeheurer Fülle, aber angesichts der nahenden Dämmerung nicht mehr ganz auf dem Gipfel ihrer Leuchtkraft, über dem stillen Lazarett und über dem mit alten Bäumen bestandenen Garten des Krankenhauses. Dabei merkte ich, wie Walters stark abgemagerter Körper (ich fühlte es durch die Lüsterjacke hindurch, die Walter im Laboratorium immer trug) ein ganz zarter Schauer durchzitterte, wie wenn man im Vorübergehen eine tiefe Baßseite im Klavier eben nur leicht anrührt. Es schwirrt, es surrt, aber sogleich beruhigt es sich wieder. So auch hier.

Es war, wie stets in den Nächten, unvergleichlich kühler als am Tage, aber doch nicht so, daß ein vollständig angekleideter Mann hätte erschauern müssen. Er begriff dies auch, faßte sich mit der linken Hand (er war Linkshänder) an die rechte Handwurzel, um seinen Puls zu zählen, dann aber verlor er das Interesse daran, er lachte und sagte: »Jetzt hätte ich beinahe gedacht . . .« Er vollendete den Satz nicht, dafür aber setzte er eine ganz andere Gedankenkette fort, und ich erkannte, daß *diese* und nicht der Gedanke an eine mögliche Erkrankung ihn beschäftigt hatte: »Wenn die Frauen in der Hoffnung sind, darf man nicht mit ihnen rechnen. Es ist eine Krise. Sie sind alle pathologisch. Wenn eine so viel trägt wie meine Frau, darf man seine Wange hinhalten und hat nur darauf zu achten, daß sie sich nicht wehe tut und dem ungeborenen Kind.« Ja! Ich sagte natürlich ja, aber ich muß gestehen, ich haßte die Frau auf den Tod, wenn ich sie auch irgendwie verstand; und die Wut ließ mich nicht zum Schlafen kommen, als mich der Doktor endlich allein gelassen hatte.


XX


Am nächsten Abend erkrankte der Doktor plötzlich an Schüttelfrost. Sein edles, männliches Gesicht schwoll an, die prallen Backen, die aufgeworfenen Lippen, der stechende Glanz seiner tief liegenden Augen verursachten eine Ähnlichkeit mit den Zügen eines Betrunkenen. Kein Mensch aber war bei klarerem Bewußtsein als er. Als ob er am Bette eines Fremden stünde, diktierte er meinem Freunde March seinen eigenen Krankheitsbericht. »C. Datum, Jahreszahl, etc., Dr. Walter, zweiundvierzig Jahre alt, Militärarzt, mittelkräftig, Malaria tropica vor vier Jahren, sonst immer gesund. Impfung durch Stegomyia fasciata B 3 vor vier Tagen, plötzliche Erkrankung an Kältegefühl, Temperatur 39,9, Puls 120, stark gespannt, – – Herztöne?« Er ließ sich aus seinem Zimmer sein Autostethoskop kommen, einen Hörapparat, der an das Herz, oder besser gesagt, an die Brustwand etc. des Kranken angelegt und mittels zweier Gummischläuche mit den Ohren des Untersuchers verbunden wird. So ist man auch imstande, die eigenen Herztöne und die Geräusche der eigenen Lungenatmung so zu vernehmen, als handle es sich um die eines Fremden. Aber wer belauscht sich gerne, außer wenn er muß?

Nun hörte Walter sein Herz pochen, seine Lungen atmen, seine Gedärme revoltieren. Dann legte er das Autostethoskop an seine schmerzende Stirn. Er lächelte; krampfhaft, aber doch. Dann nahm er, während seine Zähne im Fieberfrost klapperten und seine Glieder wie bei einem elektrisierten Frosch auf- und niederzuckten, den Ansatz des Stethoskops wieder aus den Ohren und legte den Apparat in meine Hände zurück. »Die Herztöne sind noch sehr kräftig. Sollte es sich ändern, sehen Sie sich rechtzeitig vor. Geben Sie mir von morgen ab regelmäßig Digitalis und versuchen Sie, die Herzaktion dadurch von hundertzwanzig auf neunzig zu drücken. Ich kenne mein Herz, es hat schon Ärgeres überstanden.«

Er hatte Vertrauen zu seiner guten Natur und zu mir, den er als seinen Arzt betrachtete. Wir wollten ihn sofort aus dem Laboratorium, wo ihn der Schüttelfrost überfallen hatte, in ein Krankenzimmer bringen. Er lehnte es ab und bestand darauf, daß wir vorher noch eine Blutuntersuchung machten. Er war vor Jahren in seinem Militärdienste an tropischer Malaria erkrankt, und diese Möglichkeit wünschte er auszuschließen. *Hoffte* er doch noch? *Wollte* er nicht wissen? Wir fragten nicht. Er sprach nicht.

Carolus übernahm diese Untersuchung. Er war ja jetzt Monate

lang durch die Schule Walters gegangen und war so perfekt geworden, daß man ihm die relativ einfache Untersuchung des Blutes auf Malariaplasmodien anvertrauen konnte.

Sie war, wie erwartet, von keinem positiven Resultat begleitet.

Wir machten alles so schnell wie möglich ab, Walter verfiel uns zusehends unter den Händen, sein Bewußtsein setzte aus, und March, der immer noch am meisten Privatmensch geblieben war, und der zu Frau Walter eine Art Zuneigung (!) gefaßt haben mußte, drängte uns, die Untersuchungen zu verschieben und so schnell wie nur möglich die Gattin des Erkrankten unten in C. zu verständigen. Carolus und ich waren dagegen. Wir wollten unsere Arbeit vorerst möglichst weit fördern. Wenn es irgend ging, wollten wir alles vorläufig noch unter Ausschluß der Öffentlichkeit unternehmen. Was war aber einer Frau an unüberlegten Handlungen nicht alles zuzutrauen, die einen Mann wie Walter handgreiflich zu attackieren imstande war? Abgesehen davon wollte ich die Frau Walters nach Kräften schonen, stand sie doch vor der Niederkunft. Das Gelingen unseres letzten Experiments (Walter) war zwar wahrscheinlich, aber noch nicht mit hundert Prozent positiv. Vielleicht konnten wir ihr die Aufregung ersparen – mit einem Wort, Carolus, der Kaplan und ich verstanden einander, wir waren drei gegen March, wir waren dagegen.

Zu entscheiden hatte die Hauptperson, Walter. Er nickte auf alle Fragen mechanisch mit dem Kopf. Sollen wir Ihre Frau Gemahlin verständigen? Er nickte ja. Oder sollen wir noch warten? Er nickte ebenfalls ja. Es ist vielleicht besser, wenn wir Ihre Gattin angesichts ihres Zustandes schonen? Sicher ist noch nichts, und wäre es auch sicher, so kann es sich und wird es sich hoffentlich, wie oft bei Laboratoriumsexperimenten, bei Ihnen wie bei March und Carolus nur um einen kurzen (!) Anfall handeln, der das zweite Stadium nicht zu passieren braucht (!!). Auch darauf nickte er »ja!« und setzte mit erlöschender, heiserer Stimme, wobei ihm jedes Wort schon starke Schmerzen zu bereiten schien, hinzu: »Ja, es ist schon das beste so.«

Wir, Carolus, March und ich, brachten ihn dann auf der bewußten Tragbahre, auf der March und ich und unzählige andere gelegen hatten, in sein Zimmer und verließen dann in aller Stille auf den Zehenspitzen den Raum, als der Kaplan eintrat, der ihm die Sakramente brachte. Der Doktor nahm sie nicht mehr im Zustand des klaren Bewußtseins entgegen. Der Schüttelfrost, der bei March eine Stunde, bei mir etwas über vier Stunden angehalten hatte, dauerte bei dem armen Menschen acht Stunden ohne eine Unterbrechung. Das war ein unheilverkündendes Zeichen.

Ich gab zwar March keinen Auftrag, ließ es aber zu, daß er die Frau des Doktors um die Mittagszeit des nächsten Tages alarmierte. Ich weiß nicht mehr, was sie verhindert hat, sofort zu erscheinen. Der Direktor des Krankenhauses wollte ja bei ihr (aus Verehrung für ihren heroischen Gatten) auf eigene Gefahr eine Ausnahme machen und ihr sofort den Besuch gestatten, während sonst den Angehörigen der Kranken der Zutritt zu dem pestverseuchten Lazarett streng untersagt war. Die Frau traf aber erst in den späten Nachmittagsstunden des übernächsten Tages ein, unglückseligerweise in einem Augenblick, wo wir darangingen, von dem Blut des Doktor Walter zwei Dutzend Moskitos zu neuen Experimenten ansaugen zu lassen.

Es war notwendig. Wir wollten erfahren, ob das Blut schon nach siebzig Stunden, vom Ausbruch des Y. F. an gerechnet, infektiös sei. Wir benötigten, wenn es so war, die mit krankem Blut getränkten Mücken für weitere Versuche. Wer hätte denn an unserer Stelle jetzt noch haltmachen dürfen? Ich frage dies ganz ruhig. Ich bin der Antwort ganz sicher. Man konnte den Versuch nicht umgehen. Man mußte *alles* zu erfahren trachten, sonst war die ganze Bemühung vergeblich. Der Doktor merkte nichts von den Stichen. Er war ja nicht mehr er selbst. Er warf sich besinnungslos hin und her, so daß es großer Anstrenung bedurfte, ihn festzuhalten, aber er spürte die Mückenstiche nicht.

Wir hatten ihn, der bei einer Temperatur von einundvierzigeinhalb Grad mit kalten Extremitäten dalag, mit seiner Kamelhaardecke zugedeckt, die ihn auf seinen Feldzügen und seinen Reisen stets begleitet hatte. Ich fühlte unter dem haarigen, schon etwas abgenutzten, nach Leder und Tabak riechenden Gewebe seine dürren Glieder zittern.

Ich seufzte auf, es ermüdete mich, der noch lange nicht seine alten Kräfte wiedergewonnen hatte, sehr, ihn zu halten, der sich immer wieder aufzubäumen versuchte.

Er spürte nichts, wiederhole ich. Und hätte er es auch gespürt, wiederhole ich ebenfalls, was sein mußte, mußte sein.

Aber wie sollte seine Gattin das begreifen, die halb irrsinnig in ihrer gekränkten Liebe und ihrer grenzenlosen Verzweiflung zu uns hereinstürmte! Noch dazu hatte sie sich (schwangere Damen sind oft wie Irrsinnige) von dem kleinen Hund begleiten lassen, den ihr seinerzeit Walter mitgebracht hatte. Man denke, eine verzweifelnde, hochschwangere Frau, ein blödsinnig bellender, uns allen feindselig gesinnter Hund im heißen, engen Krankenzimmer, das eher einer Zelle glich.

Die Frau hielt sich, vor Schrecken und Abwehr stumm, die Nase zu. Der Geruch der Krankheit war ja schauerlich. Der Hals der schönen, von Verzweiflung und Ekel geschüttelten Frau war, wie oft bei gesegneten Müttern, stark geschwollen. Es hatte sich eine Art Kropf gebildet, der stürmisch auf und ab wogte. Auch der Hund war wie von Sinnen. Das Biest sprang dem kranken Herrn auf den Leib, aus Freude oder Haß wegen früherer, schmerzhafter Hundeexperimente oder aus sonst einer Regung – und gerade in der Oberbauchgegend war es, wo der arme Bursche jetzt im Augenblick die schwersten Schmerzen zu empfinden schien. Aber das kümmerte den Hund und die Frau nicht im mindesten. Sie stieß um sich, sie warf sich über ihn, sie weinte und schluchzte, sie bejammerte sein Los und das ihre. Ihre bevorstehende Entbindung machte ihr Sorgen, »flüsterte« sie ihm so laut zu, daß wir alle es hörten, das Kind liege schlecht, es sei wie ein Stein, sie werde daran sicherlich sterben, er werde seine Härte noch bereuen, er solle sich doch besinnen, aufstehen, uns fortjagen und mit ihr kommen.

Uns mit unseren Moskitos und unseren Reagenzgläsern, mit unserer ganzen, mühselig ausgeklügelten, technisch durchdachten Apparatur eines schwierigen Experiments stieß sie von dem Gatten fort – oder besser gesagt, sie wollte es tun. Meine Aufgabe war es, sie zu hindern, sich an dem Plan zu vergreifen. Ich konnte mich am leichtesten freimachen. Carolus hielt dem Doktor die Moskitos an die Haut, damit sie anbissen, March unterstützte ihn, wenn einer frei war, dann war ich es. Fort mit der Dame. Um der Sache und um ihretwillen.

Sie mußte weichen. Ich führte sie mit sanfter Gewalt fort, ich nahm sie beim Wort: um ihres ungeborenen Kindes willen möge sie sich schonen und jede Aufregung vermeiden. Sie sah mich zornglühend an – und schwieg plötzlich. Was sollte sie tun? Sie gab nach.

Das Experiment konnte fortgesetzt werden, wie es fortgesetzt werden mußte. Carolus machte seine Sache gut.

Aber der Querkopf March, dieser sentimentale Narr, richtete er sich nicht plötzlich auf und sagte uns seinen Dienst auf? Wollte der Dame nacheilen, die hinter der schnell versperrten Türe uns von neuem ihre alten Verzweiflungsgesänge in die ohnehin gemarterten Ohren (ich war überempfindlich) und in die Seelen (ich war ja auch nur ein Mensch!) gellte?! Ich beherrschte mich. Kein scharfer Ausdruck. Keine Gewalt. Ich winkte ihm ab und übernahm seine Aufgabe zu der meinen dazu. Er schob ab. Ich hörte ihn hinter der Türe die Dame endgültig beruhigen und sich dann mit ihr entfernen.

Unsere Sache dauerte lange. Ich habe schon berichtet, daß sich der Kranke auf die Belästigung durch die experimentellen Mückenstiche während einiger Stunden einrichten muß. Es ist ja an sich nur eine Kleinigkeit. Während dieser langen Zeit kam Walter freilich mehr als einmal zu einer Art lichten Momentes: »Wo bin ich? Wer sind Sie?« röchelte er heiser hervor. »Wasser! Durst! Eis!«

Die Schwestern beeilten sich natürlich, ihm das Gewünschte zu bringen. Aber bevor sie noch an seinem Bette, bevor sie mit dem Löffel an seinem geschwollenen Munde waren, war er wieder tief bewußtlos. Seine schönen, energischen, sehnigen Hände hatten unmerklich damit begonnen, »Flocken zu lesen« und die Fäden aus der Kamelhaardecke herauszupflücken.

Ich habe dann, als ich wieder zwischen meinen vier Wänden im Kellerraum war, die Büschelchen an meinem Laboratoriumskittel gefunden und mit einem seltsamen Gefühl, das man besser nicht beschreibt, entfernt.

Endlich schien das letzte Insekt anbeißen zu wollen. Es hockte bucklig da, silbrige Fleckchen an seinem dunklen Leib.

Der Doktor stöhnte herzzerreißend und wies mit seinem freien linken Arm nach seinem Kopf. Der Eisbeutel schien ihn zu sehr zu drücken, und Carolus, vergessend, daß man immer nur eine Sache auf einmal verrichten kann, nahm diesen fort. Zum Unglück ließ er dabei die Öffnung des Reagenzgläschens sich von der Haut trennen, die niederträchtige, bereits stark angesogene Mücke entfloh und war nicht mehr einzufangen. Sie steckte offenbar im Dunkeln in einem Winkel des Zimmers.

Der Doktor murmelte wieder allerhand, anscheinend war er in

Gedanken dabei, einen Brief an seine Gattin zu schreiben, er malte Buchstaben auf die Decke und sagte sich dabei, mühsam die Worte zusammensuchend, den Text vor: »Freue Dich, Liebste« (es war, als ob er dabei schmunzelte, ein Gesichtsausdruck, der sonst sehr selten bei ihm war), »unsere Leistung wird als die größte . . .« Was die Leistung sein sollte, wurde nicht offenbar. Er röchelte bloß, würgte, hustete, atmete tief ein, schlug plötzlich die Augen auf, sah uns alle der Reihe nach an, besonders lange March, der eben durch die Tür hereintrat. Er wandte sich direkt an ihn und fragte, mühsam die Worte artikulierend: »Haben Sie gute Nachrichten von meiner Frau? Ich bin eben etwas erkrankt. Sie soll bleiben, wo sie ist. Rio de Janeiro, Montebello-Hotel. Sagen Sie ihr, sie soll mir verzeihen! Das Kind wird doch richtig liegen, denn alle ihre Geburten waren leicht, Gott sei Dank! Und Sie müssen wissen, seit zwanzig Jahren war es mein Gebet . . . Bitte, nehmen Sie aber jetzt den Eisbeutel von meinem Kopf!« (Es war keiner dort.) »Horch, dort marschieren vierundzwanzig Trompeter zum Abschiedsfeste für das alte Jahr.« Auch der Zusammenhang dieser Worte war nicht klar. Wie wenig kannten wir ihn bei aller unserer Liebe!

»Was wollen Sie uns noch sagen, liebster Dr. Walter«, fragte ich, denn ich sah, seine Stunden waren gezählt.

»Ihnen? Nichts. Aber wissen Sie«, wandte er sich nochmals an March, der Tränen vergoß wie ein Kind, »ich hinterlasse meiner Frau und meinen Kindern so wenig . . . wenn Sie wüßten, wie wenig. Aber es ist schon das Beste so. Eis, bitte etwas Eis! Ich habe Durst.«

Wir gaben es ihm und verließen das Zimmer, um die Moskitos ins Dunkle zu stellen.


# XXI


Vierundzwanzig Stunden später waren wir wieder um das Bett Walters versammelt. Die Temperatur war gesunken, so tief gesunken, daß sie unter dem normalen Stand blieb; 35,8; wir mochten das Thermometer so lange liegen lassen, als wir wollten, sie erreichte das normale 36,9 nicht. Dr. Walter lag ruhig im Bett. Seine Haut hatte das Aussehen eines welken

Buchenblattes.

Sein Blick war klar. Er war bei Bewußtsein. Die Krankheit hatte das trügerische Intervall erreicht, aber seine Augen leuchteten nicht auf, als wir ihm unsere Freude über die Besserung äußerten. Ich wollte nach dem Puls fassen, er zog mit Anstrengung, aber doch deutlich erkennbar, seine eiskalte, bereits safrangelbe Hand zurück. Er litt sehr. Seelisch vielleicht mehr als körperlich. Er wußte, daß er verloren war. Seine Kräfte hatten sich in den letzten vier Tagen bis zur Neige verzehrt. Es konnte sich nur noch um Stunden handeln.

Wir ersparten ihm alle anstrengenden Untersuchungen.

Carolus hatte eine Unterredung mit dem Gouverneur vor, wollte zum Telephon gehen und drückte ihm zum Abschied die Hand. Vorsichtig faßte er dabei nach der Schlagader, die bekanntlich am Handgelenk unter der Haut verläuft. Er fand aber keinen Puls. Er biß sich auf die Lippen. Er blieb. Auf seinen Blick hin wiederholte ich, trotz des Widerstrebens des Walter, diesen kleinen Handgriff. Ich ertastete wohl die Ader als das bekannte, stricknadelartige, leicht geschlängelte Blutgefäß, aber auch mir war es unmöglich, einen echten Puls wahrzunehmen.

Und doch lebte unser Freund noch, er wußte, was vorging. Aber er konnte infolge seiner tödlichen Schwäche sich weder richtig aufsetzen, noch ein deutlich artikuliertes Wort hervorbringen.

In seinen Zügen war Unruhe. Es war leicht zu erraten, daß er noch einmal seine Frau sehen wollte. Unter diesen Umständen bat ich March, er solle sie sofort benachrichtigen, wie es stand.

Sie hatte die letzten Stunden in dem Krankenhause in einem Gastzimmer, wo manchmal (trotz der Quarantäne!) ein Prior des Ordens übernachtete, verbracht und hatte sich nach einer schlaflosen Nacht und einem ruhelosen Tage eben jetzt zur Ruhe hingelegt. Aber was half es, man mußte sie wecken und an das Sterbelager ihres Gatten bringen.

Sollten wir die beiden allein lassen? Carolus war dafür, ich dagegen. »Noch nicht!« flüsterte ich. Wozu sollte man in das Sterben eines großen Mannes (er war es) mehr Unruhe und Qual bringen, als unvermeidlich war?

Während ich auf ihr und Marchs Erscheinen wartete, fielen mir die verquälten, ruhelosen Blicke des Sterbenden auf. War es der letzte geistliche Trost, den er erwartete? Der Kaplan trat eben wie zufällig ein. Er und nicht die erwartete Gattin. Meine Ungeduld war aufs höchste gestiegen. Sie hätte *jetzt* nicht zögern dürfen. Ob völlig angezogen oder nicht – es war keine Zeit zu verlieren, wenn sie ihren Mann noch am Leben antreffen wollte. Die suchenden Blicke Walters gingen von mir auf das Nachtkästchen, wo sich eine bereits desinfizierte Pravaczspritze mit der Digitalislösung befand, die das von den Y. F.-Giften gelähmte Herz Walters zu einer letzten Kraftanstrengung hätte aufpeitschen können. Ich verstand jetzt den Blick des Arztes. Er wollte noch eine kurze Frist Leben haben, um von seiner Gattin Abschied nehmen zu können. Und um sie nicht zu erschrecken!

Neben dieser Lösung befand sich, ihr zum Verwechseln ähnlich, eine Spritze mit Morphium. Sollte man die beiden Medikamente vertauschen?

Der Arme litt schwerer als schwer. Er beherrschte sich, ein Gentleman, im Leben wie im Sterben.

Bloß ein Menschenkenner sah hinter dem freundlichen, höflichen Gesichtsausdruck die vor Qual und Leiden zuckenden Muskeln und den Mund, erkannte das leichte Rümpfen der Nase, das Zusammenkrampfen der Finger, wozu den armen Mann sein Leiden gegen seinen Willen zwang. Seine Atemzüge wurden tief, langsam, ausholend, dann röchelnd. Seine Kehle blähte sich wie die Kehle eines singenden Vogels. Und doch hatte er nicht genug Luft. Er erstickte und wußte, daß er erstickte.

Das Atemzentrum mußte in kurzer Zeit völlig gelähmt sein, wie das Zentrum der Herztätigkeit bereits aufgehört hatte, genügend stark zu wirken und die peripheren Gefäße zu füllen.

Trotzdem tat ich, worum er mich beim ersten Anfall vor vier Tagen gebeten hatte.

Ich erleichterte ihm sein qualvolles Sterben nicht. Es war weder mein Recht noch meine Pflicht. Schweren Herzens überließ ich ihn jetzt den, ich kann nicht anders sagen, als rücksichtslosen Schmerzäußerungen der in ihrem jetzigen Zustand doppelt hemmungslosen Frau, die sich von der Schwelle her in einem gewaltigen Satze zu dem Bette hinstürzte, sich dann schreiend über ihn warf, den beim Y. F. stets äußerst empfindlichen Unterleib mit ihrem schweren, schwangeren Leib belastete und dem armen, ohnehin fast atemlosen Mann die letzten Reste von Luft auspreßte! Vergebens versuchte ich, ihren Körper von dem Sterbenden zu entfernen, ich mühte mich ab, sie zu beruhigen, sie zu trösten, sie zu veranlassen, wieder zu gehen, damit ihr Mann in Ruhe sterben könnte, wenn er schon niemals in den schweren Jahren seiner Ehe in Ruhe hatte leben können!

Aber ihre Liebe behauptete ihr Recht, oder was die Welt darunter versteht. Sie überhäufte ihn mit sinnlichen Liebkosungen, als wäre er ihr Bräutigam, sie sprach und weinte und heulte und lachte hysterisch durcheinander, während er immer stiller und fahler wurde. Die Blässe, wie man sie sonst bei Menschen in der Agonie sieht, war bei ihm durch die Gelbsucht verdeckt, aber selbst wenn ein Fremder diese bereits glasartig hellen Augen in ihrem gelben Rahmen gesehen hätte, wie sie der Finger des Todes unverkennbar gezeichnet hatte, hätte er dem Armen die letzte ruhige Minute seines Daseins gegönnt. Der Kaplan stand hilflos zu seiner Rechten und versuchte vergebens, ihm die letzten Tröstungen der Religion zu spenden. Walter heftete bloß stumm seine Augen auf ihn und das Kruzifix und machte (als Linkshänder) mit dem linken Arm eine schwache Geste, eine Art Kreuzeszeichen.

Ich stand zu Füßen Walters. Aber nicht lange. Die Gattin erfaßte den Zustand immer noch nicht und roch an einem Fläschchen mit Kölnischwasser. Sie wollte allein mit Walter sein, wollte mich fort haben, aber ich ging nicht. Der sterbende Walter warf mir Blicke zu, er wollte mir etwas mitteilen – er formte Worte mit den Lippen, ohne sie auszusprechen, ein »V«, – vielleicht »Versicherung«. Ich konnte ihn allein nicht lassen. Sie zischte mir Worte der Wut wie »Galeerensträfling«, »Mörder«, entgegen, die ja den Tatsachen entsprechen mochten, aber in dieser Lage besser zurückgehalten worden wären. Oder sollte ich ihr das Wort »Mörderin« zurückgeben? Denn wäre sie geblieben, wo sie war, auf der fernen Insel oder in Rio de Janeiro, dann hätte Walter allen Infektionsversuchen widerstanden. Was sollte das Theater? Und selbst wenn er echt war, gut, was nützte der echte Schmerz?

Sie war erstaunt, daß Walter sich trotz seines fieberfreien Zustandes nicht rühren wollte und nicht sprach. Sie umklammerte seinen ausgemergelten Körper. Und in einem Atemzuge segnete sie und verfluchte sie, sich an seiner höflichen, gefaßten

Ruhe zu neuer Wut aufregend, ihren Herzensgatten, dann schlug sie sich auf den Oberkörper, bis der Schal über den Brüsten feuchte Flecken bekam. Sie wußte nicht mehr, was sie tat, hatte vergessen, wo sie war. Tränenströme rannen ihr an den immer noch schönen Wangen entlang in den vom Schreien aufgerissenen Mund, und das kleine Zimmer widerhallte von ihren Lamentationen wie eine Tobsuchtszelle. Wir kannten ja ihr kreischendes, mißtönendes Organ von der Telephonzelle, aber jetzt gellte es uns und ihm direkt in das Ohr. March war mit ihr wiedergekommen, aber selbst seine Bemühungen, so sanft und zart sie auch gemeint waren, konnten sie nicht zu einer Fassung zwingen, die ihr eben nicht gegeben war. Und dabei hatte sie immer noch nicht begriffen, wie es in Wirklichkeit stand.

So kam es, daß ich nie erfahren habe, was mein großer Freund mir in seiner letzten Stunde mitteilen wollte. War es etwas, das die Experimente betraf? War es etwas, was seine Verhältnisse, Versorgung, Versicherung, Vormundschaft der Kinder (alles Worte, beginnend mit dem »V«, das er zu formen schien) betraf? Ich weiß es nicht und werde es nie wissen.

Bevor ich von den letzten Atemzügen des Walter berichte, muß ich einer Einzelheit Erwähnung tun, die man vielleicht schwer verstehen wird. Aber sei es wie es sei, ich will sie nicht verschweigen und darf es nicht.

Als sich nämlich der nackte Hals und Nacken der verstörten Frau über ihren Gatten beugte, sah ich auf ihrer rechten Halsseite in der Gegend des Haaransatzes, von den frisch zurechtgemachten (– deshalb hatte sie so lange gezögert zu kommen!), glänzenden, rostbraunen, jetzt etwas locker gewordenen Haaren halb verdeckt, ein Insekt. Es war eine Stechmücke von der Familie culex, eine von den unseren, eine typische Stegomyia. Sie hockte bucklig da. Wippte mit den langen Hinterbeinen. Die silberartige, lyraförmige Zeichnung auf dem durch eine scharfe Einschnürung geteilten Insektenkörper war deutlich zu erkennen. Der Hinterleib schimmerte rötlich, rubinartig durch. Blutgefüllt? Mit Menschenblut getränkt? Vielleicht ja. Vielleicht nein. Ich glaube beinahe, daß es die gleiche Stegomyia war, die uns vor vierundzwanzig Stunden, nach ihrer reichen Mahlzeit von Walters Blut, bei dem letzten Versuch entflohen war und die sich vermutlich während dieser Zeit in einem dunklen Winkel aufgehalten hatte.

Ich machte in meiner Erregung March durch einen stillen Wink darauf aufmerksam. Hätte ich es doch nur nicht getan! Ich dachte, er sei ich und ich sei er. Ich mußte aber diese Entscheidung, wie viele vorher und nachher, mit mir allein abmachen. Ich konnte mit niemandem die Verantwortung für das Kommende teilen. Was ich wollte, brauchte Verantwortung. Ich trug sie. Er nicht. Ich wollte das Insekt nicht fortjagen. Ich wollte es nicht zerdrücken. Ich wollte es stechen lassen. Ich wollte einen wertvollen Versuch mehr. Es war zwar die Gattin, oder bald die Witwe meines verehrten Freundes. Man hat das Wort »verehrt« und »Freund« nicht oft in diesen Zeilen gelesen. Hier schreibe ich es hin. Es war die Mutter von fünf unmündigen Kindern. Es war eine hochschwangere Frau. Aber hätte ich Ansehung der Person gekannt, hätte ich einen Unterschied aufkommen lassen zwischen dem einen und dem anderen Experimentierobjekt, wir hätten niemals das erreicht, was wir erreichen mußten. So ist es und nicht anderes.

March wurde totenbleich. Er zitterte so sehr, daß die Frau auf ihn aufmerksam wurde. Er wollte *nicht*. Zum erstenmal wollte er nicht, was *ich* wollte. Aber ich beherrschte ihn. Ich blickte ihn an. Er biß sich auf die Lippen, so unbeherrscht, daß ein Blutstropfen heraustrat. Aber er ließ mich gewähren. Er mußte. Der arme Doktor röchelte. Die Augenlider sanken allmählich hinab, ohne daß der glasige Schein seiner schönen grauen Augen inmitten der gelben Augenbindehaut ganz verdeckt wurde. Ich holte eine Ampulle mit Kampfer hervor, ich füllte die Spritze, denn es gilt als ärztliche Vorschrift, keinen Menschen an Herz- und Atemlähmung sterben zu lassen, ohne an ihm die letzte Aufpulverung durch eine Kampferspritze versucht zu haben. Aber dieser Versuch war nur eine Formsache.

Er hatte sein Digitalis bekommen und mußte seinen Kampfer haben. Nützen konnte beides nichts.

Wenn aber die Frau des in den letzten Zügen liegenden Mannes jetzt zusammenzuckte und mit ihrer schönen, vollen, bleichen Hand nach ihrem Nacken griff und das von ihrem Blut vollgesogene Insekt zerquetscht dort hervorholte (alles unbewußt, denn ihre ganze Seele war bei ihrem Mann) – dann wußte ich, daß ich in unseren sorgfältig geführten Protokollen ein neues Versuchsobjekt anführen konnte. Glückte der Infektionsversuch, dann müßte sich auch zeigen, ob das Y. F. sich bei schwangeren Frauen auf das ungeborene Kind überträgt.

Die letzten Augenblicke Walters waren gekommen. Die Frau merkte es. »Retten Sie ihn! Zu Hilfe! Zu Hilfe! Er atmet nicht mehr! Oh Gott, oh Gott, er wird ohnmächtig!« Und sinnlos in ihrem Schmerz schüttete sie ihm ihr Kölnischwasser in das Gesicht, in die halb geöffneten gelben Augen. Aber er merkte es nicht mehr. Ich ging und überließ die letzte Kampferinjektion dem Assistenzarzt, der in derlei Dingen geübt war. Ich verließ mit Carolus, der sein Gespräch mit dem Gouverneur aufgeschoben hatte, das nach Kölnischwasser und Gelbfieberverwesung riechende Zimmer. Ich wollte March mitnehmen, der wie magnetisiert die jammernde und sich umherwerfende Frau Walters anstarrte. Ich faßte ihn an der Hand. Aber er schlug nach meiner Hand und blieb bei ihr.

War ich so hassenswert?

## Siebentes Kapitel

### I

Wir standen nun mitten in dem wichtigsten Teil unserer Untersuchungen und waren ohne Führer. Ich kann gar nicht beschreiben, in welcher Verzweiflung uns das Hinscheiden Walters zurückließ. Wir alle, March nicht minder als Carolus, der Direktor des Hauses ebenso wie der Kaplan, waren fassungslos. Die Arbeitskameraden saßen stumm, die Köpfe auf die Brust gesenkt, in dem totenstillen Laboratorium. Bloß die Tiere im Souterrain rumorten und über unseren Köpfen die Kranken in ihrem Zimmern. Er war gestorben, und nichts hatte sich geändert.

Unten in der kleinen, elektrisch beleuchteten Totenkammer lag unser Freund. In seiner Schreibtischlade fanden wir seine Orden. Einer von uns sollte zu der Leiche gehen und ihm die Ehrenzeichen, die er sich während des Krieges erworben hatte, an die Brust heften. Keiner wagte es. Auch seine goldgefaßte Brille fand sich (zerbrochen) hier im Laboratorium wieder. Sollten wir nicht auch sie, die ihn lange Jahre des Leben begleitet hatte, in seine letzte Ruhestätte ihm mitgeben?

Schließlich wiederholten wir (March war es, der daran gedacht hatte) die Wahl durch die Streichhölzer, nur in umgekehrtem Sinn. Ein Streichholz mit abgebrochenem Kopf wurde in ein Einmachglas gelegt, dazu drei unverletzte Hölzchen. Wer das abgebrochene Hölzchen herauszog, sollte die Mission übernehmen, zu der sich keiner hatte freiwillig melden wollen.

Dabei war es natürlich nicht dasselbe. Ich, der auch in dieser Lage logisch dachte, weil ich logisch denken *mußte*, erkannte, daß man das abgebrochene Streichholz auch bei verbundenen Augen leicht herauserkennen konnte. Man brauchte ja nur die Hölzchen einzeln sich durch die Finger gleiten lassen. Aber daran dachte sonst niemand.

Den Kaplan traf es schließlich und er verband mit der Ehrung des Toten auch die Anbringung des silbernen Kruzifixes an dessen Brust, desselben, welches von der Hand des Walters vor

wenigen Monaten bei der Sektion von der Brust des Wasser-
werksdirektors fortgenommen worden war. Wir beschlossen,
daß dieses Kruzifix keinem anderen Toten mehr dienen und
dem Arzt in die letzte Ruhestätte mitgegeben werden sollte.
Von einer Untersuchung der Leiche nahmen wir Abstand.
Keiner hätte das Sektionsmesser zu führen vermocht.

Der Befund war ja ohnedies klar. Ich setzte in dem Protokoll,
das ich nun mit Carolus gemeinsam verfaßte und das beim Notar
oder beim Gouverneur verabredungsgemäß hinterlegt werden
sollte, unter unseren anderen Experimenten auch das des Dr.
Walter als gelungen und einwandfrei beweisend ein.

Ich hatte angenommen, daß ich bei dem Leichenbegängnisse
meines verstorbenen Freundes mit in der Reihe der Leidtragen-
den würde gehen dürfen. Man hatte uns ja die Freiheit
versprochen. Aber ich hatte mit der legendären Schwerfälligkeit
der behördlichen Verfügungen nicht gerechnet. Unser Schicksal
war im übrigen noch ganz ungewiß. Walter war die Seele des
großmütigen Beschlusses der staatlichen Verwaltung gewesen.
Er war nicht mehr.

Am Spätnachmittage des nächsten Tages wurde die Leiche aus
der Kapelle des Lazarettes abgeholt, und zwar wurde sie von
den Schwestern in einem schönen Sarge aus hartem Holz
(Sträflingsarbeit) in den Leichenwagen der Verwaltung
gebracht, ohne daß dabei einer von den Kutschern (ebenfalls
freigelassene Sträflinge) oder von den eskortierenden Marinesoldaten in eine, auch noch so flüchtige Berührung mit einem
Insassen des Y. F.-Hauses kommen durfte.

Wozu dies? Selbst wenn die vierundzwanzig prächtigen Burschen, die den Wachdienst bei den Küstenbatterien von C.
taten, die gallengelben Hände der Leiche gedrückt hätten, ihnen
wäre nichts geschehen. Nicht die Berührung steckte an, die
Mücken taten es. Ob man die Leiche zwischen zwei Lagen
ungebrannten Kalkes versenkte oder in gewöhnliche Erde, war
ganz gleich. Für *diese* Idee war Walter gestorben. Nur für dieses
Axiom hatte er gelitten, mehr gelitten, der weiche, gefühlvolle,
keusche Mensch, als wir anderen auch nur ahnen konnten.

Aber darauf kam es nicht an. Für die Welt galt immer noch die
alte Weisheit, und weder ich noch Carolus, noch die bemitleidenswerte Gattin des Toten durfte sich dem letzten Gang ihres
Gatten anschließen.

Die vierundzwanzig Marinesoldaten traten, wir sahen es aus unseren Fenstern, in großer Gala an. Ihre Waffen glänzten in der Abendsonne ebenso wie ihre Musikinstrumente – nicht nur »Trompeten«, von denen der arme Walter phantasiert hatte, sondern auch Posaunen, Horn etc. und dazu das bei Militärkapellen übliche Schlagzeug. Ich dachte an die Militärkapelle auf dem Hafenplatz.

Die hohen Herren der Kolonieverwaltung, der Direktor der Gefangenenlager etc. etc. schritten voran. Die Musik setzte mit dem schmachtenden Begräbnismarsch aus der bekannten Sonate von Chopin ein. So brachten sie unseren Lehrer und Meister fort, zur Kalkgrube, die Füße voran, wie es im alten Liede heißt.

Ich hielt mich an die Arbeit, die endlich erledigt werden mußte. Daß aber meine Gedanken nicht ausschließlich bei ihr waren, wird man leicht begreifen. Beim Mikroskop kam ich nicht zur Ruhe. Kaum war die Marschmusik mit ihrem funebren dröhnenden Klang etwas leiser geworden, da erscholl über uns das verzweiflungsvolle Jammern und Rufen der Frau Walters aus ihrem Zimmer, wo man sie mit Gewalt festhalten mußte. Die Oberin des Hauses bemühte sich um sie, Carolus trug seine Dienste an, auch March meldete sich, der bei den gellenden Rufen des armen Weibes totenbleich geworden war und mir einen finsteren Blick nach dem anderen aus seinen törichten, hübschen Knabenaugen zugesandt hatte. Aber ihre verzweiflungsvollen Gebärden wurden zu richtigen Tobsuchtsanfällen, sie schrie jetzt wie eine Wahnsinnige, stampfte, trampelte auf die Diele. Vergebens alles Beschwichtigen, alle guten Ratschläge, aller gutgemeinter Trost. Sie hatte übermenschliche Kräfte bekommen. Eine beruhigende Injektion gegen ihr Herzeleid wagte man ihr nicht zu geben, aus Angst, das keimende Leben in ihrem Leibe zu schädigen. Drei Schwestern, der Kaplan und der ganze Stab der Ärzte waren um sie versammelt, und alle versuchten durch Güte oder sanfte Gewalt die Tobende zu bändigen. Dabei waren neue Kranke eingeliefert worden. Einige davon befanden sich bereits im bedrohlichen Stadium, bedurften der Ärzte, der Pflegerinnen, des Geistlichen, man wußte nicht, was man mit der Witwe Walters, diesem jetzt sehr unbequemen Gast, beginnen solle.

Schließlich ließ auch ich mich von March gegen meinen Willen zu ihr hinaufzerren.

Ich habe bereits erzählt, daß ich die Fähigkeit besaß (vielleicht von meinem Vater ererbt), auf Kinder, Irre, auf Tiere und auf leidende Menschen einen beruhigenden Einfluß auszuüben.

Ich trat jetzt ruhig zu der sich wie toll gebärdenden Frau, deren Halspartie dick angeschwollen, blaurote Adern zeigte. Sie war gerade wieder im Begriffe, sich, mit ihrer pfauenartig grellen Stimme unausstehlich kreischend, aus dem Fenster zu stürzen. Natürlich war sie dazu nicht imstande, schon wegen des gewaltig vortretenden Unterleibs, der das glatte Durchschlüpfen durch das relativ enge Fenster nicht gestattete. Ich ließ sie scheinbar gewähren. Ich bat die anderen, das Zimmer zu verlassen. Sie taten es anscheinend alle gern, mit Ausnahme Marchs, der nur widerwillig wich und seinen »fressenden Blick«, wie ich ihn an ihm schon lange nicht bemerkt hatte, auf mich und auf die arme Frau heftete. Aber er tat es zu absichtlich, ganz echt konnte dieser Blick nicht sein. Als alle fort waren, trat ich näher zu ihr, faßte sie so zart als möglich an dem Ärmel ihres dunklen Kleides, ohne ihre Haut zu berühren, und zog sie sanft fort vom Fenster. Sie folgte mir schreiend, aber ohne starkes Widerstreben. Ich drückte sie in den Rekonvaleszentenlehnstuhl, der hier wie in jedem Krankenzimmer in einer Ecke stand, nieder und flüsterte ihr, die Silben möglichst scharf akzentuierend, ein paar nichtssagende Worte zu. Man muß manchmal beim Sprechen mit Schwerhörigen deutlichst flüstern, wenn man sich ihnen verständlich machen will. Nicht schreien. Sie hatte noch nicht aufgehört, ihre langgezogenen, betäubenden Rufe auszustoßen, als sie meineMundbewegungen wahrnahm. Sie sah mir in die Augen, und ich tat dasselbe bei ihr. Jetzt verstummte sie und las mir die simplen Worte an den Lippen ab. »Ihr Gatte läßt Ihnen sagen . . .« Sie riß die Augen auf und starrte mich stumm an. In diesen Augenblick völliger Stille drangen die donnerartigen Detonationen der Marineschützen, die vor dem frischen Grabe ihres Mannes ihm den letzten Salut erwiesen. Sie hörte das dreimal sich wiederholende Krachen, wie es, vom Echo verstärkt, sich über das hügelige Gelände der Stadt verbreitete. Dunkle Röte und fahle Blässe wechselten auf ihrem Gesicht, die verzerrten Züge lösten sich. Und totenstill begann das unbewegte Gesicht zu weinen.

# II

Ich muß der Wahrheit entsprechend gestehen, daß ich vor der Frau Walters, Alix hieß sie, kein ganz reines Gewissen hatte, als ich jetzt ihre Tränen stoßweise zu den Salutschüssen fließen sah. Sie hatte ihren schönen, etwas männlichen Kopf in die Ellenbogenbeuge hinabgesenkt, und man sah noch am Nacken, unter dem Haaransatz, die Einstichstelle des Insekts mit winzigen schwärzlichen Resten des Insektenkörpers überkrustet. Offenbar hatte sie in ihrem wahnsinnigen Schmerze sich seit dem Ableben ihres Gatten nicht mehr richtig gewaschen und gekämmt.

Muß man mit einem so verelendeten Menschen nicht Mitleid empfinden? Aber leider war es mehr als bloßes Mitleid. Es war die innere Stimme, es war der Unfriede in mir. Ein Stück meines Ichs, das sich gegen ein anderes auflehnte, und ich wußte im voraus, daß ich keine gute Zeit zu erwarten hatte. Aber war denn die arme Kreatur, die eben ihren besten, ja, den einzigen Freund verloren hatte, nicht noch tausendmal schlimmer daran?

Die Frau klagte jetzt über krampfhafte Schmerzen im Unterleibe. Sollten es vielleicht die ersten Wehen sein? Ich fragte sie, die Sache so zartfühlend wie nur möglich umschreibend, aber sie verneinte, und ich nahm an, sie habe nach den früheren Geburten Sicherheit und Erfahrung genug, um zu wissen, wie es um sie stand.

Mir lag nur daran, daß sie das Y. F.-Haus sobald als möglich verließ. Wie sollten wir ihr hier im Falle einer plötzlichen Entbindung den nötigen Beistand leisten? Ich hatte zwar einige geburtshilfliche Kenntnisse, die ich mir auf Wunsch meiner verstorbenen Gattin seinerzeit angeeignet hatte, bevor ich meine Privatklinik eröffnet hatte. Aber ich hatte genug von gefährlichen Experimenten. Das wird jeder verstehen.

Nur *der* verstand es nicht, auf den ich bis jetzt am meisten gerechnet hatte, March. »Du willst sie wohl los sein, du willst die Verantwortung für deine Niedertracht nicht tragen?« zischte er mir entgegen, als ich ihn bat, seinen Einfluß bei der Witwe unseres Freundes wahrzunehmen und sie zu veranlassen, ihre Wohnung in der Stadt (im Hause des gastfreundlichen Subagenten) wieder aufzusuchen.

»Niedertracht?« Ich wiederholte das Wort mit ruhiger Stimme und blickte March solange fest ins Auge, bis *er* seinen Blick senkte. Noch war ich ihm überlegen, und er wußte es. Es mußte anderes kommen, um uns auseinanderzureißen.

Aber auch er wußte sich zu fassen. Er antwortete mir, zwar zögernd, aber mit unwiderlegbarer Logik. In diesem Punkte war er durch meine Schule gegangen, wie Carolus in bezug auf medizinisch-bakteriologische Technik durch die Schule Walters. »Siehst du nicht ein, Louis« (zum ersten Male verwechselte er meinen Namen mit dem seines verstorbenen Freundes, des »Kadetten«), »begreifst du nicht, Georg, daß die Frau dieses Haus jetzt nicht mehr verlassen darf? Sie darf absolut nicht zu ihren Kindern zurück, wir dürfen diese nicht auch noch gefährden.«

Für dieses »wir«, das er so beiläufig anbrachte, war ich ihm dankbar. Ich rückte näher zu ihm und bat ihn, er solle mich nie verurteilen, bevor er mit mir gesprochen habe. Er versprach es, es war ja auch nichts leichter als das. Eine Lösung war es nicht.

Ich hätte mich nur zu gerne täuschen lassen, ich traute ihm, wie ich nie einem Menschen außer meinem Vater und meinem Bruder getraut hatte. Es war Unrecht, denn die menschliche Natur verträgt kein unbedingtes Vertrauen, keine grenzenlose Hingabe der Seele. Man hat nur mit Tatsachen zu rechnen.

Die Entbindung schien glücklicherweise noch nicht unmittelbar bevorzustehen. Wir, Carolus und ich, rechneten aus, in welchem Monate der Schwangerschaft die Frau sich befinden könne, und kamen zu dem Resultat, daß mindestens noch vier Wochen bis zum Schluß fehlten. Etwas beruhigt gingen wir auseinander.

Als ich allein war, meldete sich die Stimme meines bösen Gewissens von neuem. Hatte March recht? War es »Niedertracht«? Ich hatte, als ich die Mücke an dem Nacken der Frau ungehindert stechen ließ, nicht nur kein »Ansehen der Person« gekannt, wie ich es eben genannt habe. Bis zu dieser Grenze wäre ja alles erlaubt gewesen. Unerlaubt aber und auch in meinen eigenen Augen jetzt, in ruhigerer Minute, nicht zu verantworten war, daß ich wissentlich eine vom Schicksal schwer geprüfte Frau *gegen* ihren Willen zu einem Experiment herangezogen hatte, das, wie das Beispiel des Gatten zeigte, sehr leicht mit dem Tod enden konnte. Und was dann? Die fünf Kinder, die der eitle und oberflächliche Subagent aus einer Art Mitleid jetzt noch bei sich wohnen ließ, die aber schon im Falle einer längeren Erkrankung unmöglich bei ihm bleiben konnten.

Und was sollte dann aus den armen Würmern werden? Die Pension, die der Witwe zukam, war gering. Noch geringer aber die Beträge, die für die Waisen in Betracht kamen. Und hätten sie selbst Millionen gehabt, wer ersetzte ihnen eine Mutter? Ich hatte es in meinem eigenen Leben erfahren, was es heißt, eine Mutter zu früh zu verlieren.

Ich verstand jetzt, weshalb der arme Walter so sehr gelitten hatte. Er hatte bereut. Er hätte niemals seine Frau und noch weniger seine Kinder in dieses höllische Klima mitbringen dürfen. Er für seine Person durfte Opfer über Opfer bringen, solange Atem in ihm war. Das berechtigte ihn aber nicht, auch den Seinen solche Opfer zuzumuten. Ich hatte, als ich mich von der Stegomyia stechen ließ und damit das ganze Martyrium sehenden Auges, wissenden Geistes auf mich nahm, ein Opfer gebracht, das einem Menschen meiner kaltblütigen Art schwerer zuzumuten war als einem anderen. Aber ich war mein eigener Herr. Einem anderen Menschen die Fülle solcher Leiden aufzubürden, hatte ich kein Recht. Ich hatte, wenn die Frau nun wirklich nach Ablauf der Inkubationsfrist auf Tod und Leben erkrankte, ihr eine schwere körperliche Verletzung vorsätzlich zugefügt. March hatte nicht unrecht, wenn er meine Hand von sich stieß.

Starb sie aber und ließe sie ihre armen Kleinen nun als Vollwaisen zurück, dann hatte ich außer dem Mord an meiner Gattin, für den ich deportiert war, *noch* einen zweiten veritablen Mord auf meinem Gewissen. Freilich hatte ich diesen zweiten Mord nicht aus egoistischen Gründen verübt. Aber gab dies dem Opfer das Leben wieder? Mußte ich ein Gewissen haben? Leider hatte ich es ebenso, wie ich Augen im Kopfe hatte und Finger an meiner Hand.

Mein bißchen Friede und innerer Ausgleich (alle Ethik ist innerer Ausgleich der sittlichen Kräfte), alles war dahin. Ich liebte mich nicht. Ich verließ mich selbst und war damit ganz isoliert. Die Nacht, die mich nun erwartete, war nicht weniger qualvoll als die Nächte, in denen ich infolge des Leidens am Y. F. verzweifelt dagelegen und mein Leben verwünscht hatte.

Auch March schlief jetzt nicht. Sonst war es des öfteren vorgekommen, daß ich meine linke Hand über den Rand meines Bettes hinausstreckte und meinem March, der auf der Erde an meiner Seite schlief, in sein wuschliges Haar ganz zart hinabfaßte. War er wach, antwortete er mir dann gewöhnlich mit seinem albernen, aber wohltuenden Lachen, und wir verplauderten einen Teil der Nacht. Schlief er aber, so störte ihn diese zarte Berührung nicht. Auch diesmal wiederholte ich mein Manöver. Meine Hand faßte nach seinem Kopf, wo die nach seiner Krankheit üppig neu sprossenden Flaumhaare wie bei einem jungen Tiere, einem Achttagelamm etwa, zu fühlen waren. Aber er, der entweder schon vorher wach gelegen hatte oder soeben wach geworden war, warf seinen Kopf zur Seite. Er antwortete mir nicht auf meine flüsternden Rufe. Und dabei hätte ich doch die leiseste Antwort aus seinem Munde gehört, denn ich war seit dem Überstehen meiner Krankheit überfeinhörig geworden und vernahm das Huschen der Ratten im Keller, das Marschieren der Wachen in den Korridoren des Souterrains und im Erdgeschoß, die leichten Schritte der Schwestern in den oberen Stockwerken, ja sogar das Wehklagen der Kranken in ihren im ganzen weiten Hause verteilten Räumen, das Ticken von Marchs Uhr (eines Geschenkes Walters), alles ging in wechselnder Reihenfolge durcheinander.

Das jetzige und das künftige Leiden dieser unseligen Mutter und Gattin stand mir mit einer Deutlichkeit vor dem geistigen Auge, die es bei Tage nie hätte erreichen können.

Ich wollte es nicht sehen, ich wollte es nicht ausdenken. Ich stand auf und ging im Morgengrauen im engen Kellerraum umher, warf, ohne Rücksicht auf March, mit den Stiefeln nach den Ratten, die ich so gut traf, daß sie quiekten, aber nicht so gut, daß eine auf der Strecke geblieben wäre. Aber selbst diese dumme Jagd vermochte mich nicht von der Witwe Walters abzulenken. Unabweisbar quälte mich der Gedanke, ob ich meine letzte Tat wiederholen würde, wenn ich wieder *vor* ihr stünde, statt wie jetzt nach ihr. Mit diesem monomanen, ganz aus dem Zusammenhang gerissenen Gedanken warf ich mich nach Sonnenaufgang noch einmal auf die krachende Lagerstatt zurück und schlief über diesem Problem, das keines war, unruhig und schweißgebadet ein, träumte davon. Ich konnte mich weder zu einem Ja noch einem Nein entschließen.

Es würde mir vielleicht Ehre machen, wenn ich wenigstens jetzt die Tat richtig hätte bereuen und alles zur Wiedergutmachung hätte tun können. Aber es war mir nicht gegeben.

Wie gerädert, müder als beim Einschlafen und verzweiflungsvoller als je zuvor erwachte ich spät am Vormittag. March war bereits lange im Laboratorium. Er hatte von meinen Kleidungsstücken, die er sonst so pünktlich und eifrig reinigte, nichts angerührt. Alles lag so unordentlich da, wie ich es gegen Morgen in meiner Verzweiflung hingeworfen hatte. Der Ärmel meines Kittels war in das Faß mit Schmierseife gefallen, und ich hatte Mühe, alles zu säubern.

Inzwischen drangen gellende Schreie durch das Haus: die Frau Walters, Alix, die vor Schmerzen heulte und jammerte, wie ich nie ein lebendes Wesen hatte jammern hören. War denn die Welt nichts als eine Hölle?

III

Ich ahnte sofort, daß die Frau mich jetzt bei sich haben wolle. Vergebens schützte ich gegenüber der Oberin, die mich holen kam, vor, ich sei kein Fachmann auf dem Gebiete der Geburtshilfe, habe seit Jahr und Tag keine Geburt mehr geleitet. Vergebens riet ich an, einen der Ärzte der Stadt C. hierher zu bitten. Kaum war dieser Vorschlag ausgesprochen, als sich mir selbst zuerst die Widersinnigkeit desselben offenbarte. Wir waren ja in Quarantäne. Kein Arzt aus der Stadt durfte offiziell hierher kommen, wollte er sich nicht der Gefahr aussetzen, die Keime der Krankheit Y. F. unter seinen Patienten weiter zu verbreiten. (In Wirklichkeit war das Verbot oft umgangen worden, v. F. z. B. war wiederholt gekommen. Aber angesichts des Todesfalls von Walter mußte man sich jetzt formell an das Verbot halten.) Die Oberin sah dies fast ebenso schnell ein wie ich und sagte mir, ich solle nur an das Bett der Witwe Walters treten, um sie »seelisch zu beruhigen«. Die Frau sei durch die Aufregungen der letzten Zeit in ihrem Gemütszustande erschüttert, ich, zu dem sie eben Vertrauen habe, hätte es in der Hand, ihr Mut zuzureden. Ihrer, der Oberin, Ansicht nach, der sich auch der alte Krankenhausdirektor anschloß, hätte der Geburtsvorgang zwar etwas vor der Zeit, aber in normaler Weise eingesetzt; die Schmerzensäußerungen, die sich jetzt wieder in einem nervenmarternden Kreischen kundgaben, seien sicherlich sehr übertrieben. Carolus trat hinzu, er legte mir, was er sonst nie tat, seine (niemals ganz saubere) Hand auf die Schulter, und auch er redete mir gut zu. Ich versuchte eine Gnadenfrist zu erlangen und versprach zu kommen, wenn die Schmerzen binnen einer Stunde nicht nachlassen sollten. Bis dahin sollten bei der Frau die Blase und der Darm entleert werden, und man solle sie in ein Vollbad von sechsunddreißig bis achtunddreißig Grad setzen – ein schmerzstillendes Mittel, das ich in der Klinik oft erprobt hatte.

Ich drückte mich in eine Ecke des Laboratoriums und hing meinen Gedanken nach. March umkreiste mich mit böse blickenden Augen, aber er sprach nicht, und auch ich sprach ihn nicht an. Die Stunde verstrich schnell. Ich dachte, es sei höchstens eine Viertelstunde vorbei, als wie auf Kommando aus dem Krankenzimmer, das über dem Laboratorium lag, wieder das gellende Kreischen der bemitleidenswerten Frau ertönte. War der Klang anders – ich weiß es nicht, ich wußte nur, es war Zeit. Es war ernst. Ich begriff, daß ich kommen müsse. Ich mußte mich dem Schicksal stellen. Es blieb mir keine Wahl.

In aller Eile, an dem verblüfften March vorbei, dann zurück, ihn an der Hand packend und mit mir reißend, lief ich hinunter in unseren Wohnraum. Ich mußte eine saubere Garnitur Wäsche für mich zurechtlegen, desgleichen einen Kittel, der noch nicht gebraucht war und den ich am Tage der Besichtigung unseres Laboratoriums durch den Gouverneur hätte anziehen sollen. March sollte ihn mit ausgekochtem Wasser besprengen und dann mit einem sehr heißen Plätteisen frisch bügeln. Dies genügt, um ein Stück Leinwand praktisch keimfrei zu machen. Ich wußte nicht, ob genügend viel desinfizierte Operationswäsche im Hause vorhanden war. Im Falle der Not konnte unsere kleine Desinfektionstrommel Mäntel, Tücher und einiges Verbandsmaterial sterilisieren. Improvisation hat mich stets interessiert, und March war findig genug, meine hastig hingeworfenen Weisungen zu begreifen und exakt zu befolgen. Während er den Desinfektionsapparat anheizte, begab ich mich ins Bad.

Endlich war es so weit. Mehr als einmal hatten Carolus und der junge Assistenzarzt an der Tür des Baderaumes geklopft. Ich hatte nicht geöffnet. Ich hätte es nicht verantworten dürfen, ungesäubert am Bette einer Gebärenden zu erscheinen. Vielleicht waren mir nicht immer alle Gesetze der Moral heilig. Aber die Gesetze der Keimfreiheit waren es.

Ich ließ die Trommel mit den desinfizierten Wäschestücken öffnen, die Mäntel und Tücher waren noch heiß und dampften. Ich zog den frischen Kittel über (nicht den geplätteten) und beauftragte March, einen zweiten Kittel und weiteres Verbandsmaterial sofort anschließend zu desinfizieren.

Wer mich so disponieren sah, mußte glauben, ich sei sicher und selbstbewußt bis zur Unerschütterlichkeit und wisse genau, was ich tue und was ich plante. Leider war es nicht so. Ich ordnete auch Unwichtiges an, ließ Wichtiges unberücksichtigt. Ich war von Zweifeln zerrissen, aus mir sprach nur die anmaßende Routine des studierten Chirurgen, die alte Schule, durch die ich gegangen war. Wie gerne ich mich der Aufgabe entzogen hätte, beweist der Umstand, daß ich noch jetzt, in letzter Stunde, vor der Tür des Zimmers von Frau Walter dem jungen Assistenzarzt den Vorschlag machte, *er* solle die Geburt leiten, er solle die Verantwortung übernehmen. Er sah mich groß an, aber er sagte zu. Als ich ihn daraufhin fragte, ob er jemals eine Entbindung selbständig geleitet hätte, zuckte er die Achseln und lächelte matt. Es blieb nichts anderes übrig: ich mußte gehen, ich mußte eingreifen, ich mußte experimentieren, wenngleich mir ein zweites Experiment an der unaufhörlich zum Herzerweichen jammernden Frau weltenfern lag. Es war eine Ironie des Schicksals, daß die Frau nach *mir* verlangte, daß sie den Himmel anflehte, *ich* solle kommen und daß sie ein Wunder von mir erwartete. Sie wußte doch, wer ich war. Mörder, Sträfling. Meine Vergangenheit war ihr ebensowenig unbekannt wie mein Gesicht. Aber sie glaubte, und ihr Glaube sehnte sich nach mir!

Ich faßte mich, so gut ich konnte. Vor allem sah ich mich nach Helfern um. March wäre ein guter, was sage ich, ein guter, er wäre mir der *beste* Assistent gewesen. Durfte ich ihm aber jetzt noch trauen? War er nicht schon mein halber und deshalb doppelt gefährlicher Feind geworden? Dann kam nur die Oberin in Betracht. Eine alte, sehr bigotte, aber tüchtige, praktische, immer resolute Frauensperson, die zwar niemals in diesem Haus des gelben Fiebers eine Geburt gesehen, geschweige denn bei einer solchen assistiert hatte, die aber keine Nerven hatte und die, gestützt auf ihren felsenfesten katholischen Glauben, jeder Lage tapfer und gottergeben ins

Gesicht sehen konnte.

Ich wollte sie zur rechten Seite haben, mich auf sie, nicht auf March verlassen, am wenigsten auf Carolus, an dessen gutem Willen zwar nicht zu zweifeln war, der aber seit dem Hingang unseres großen Freundes alle seine unsauberen Manieren wieder angenommen hatte. Es bedurfte bloß eines Blickes auf seine ungepflegten Hände, um zu sehen, daß er nicht der richtige Helfer war. Man konnte seine Mitwirkung nicht verantworten. Er drängte sich denn auch nicht vor, und er, der Generalarzt, ließ mir, dem rechtskräftig verurteilten Verbrecher auf der Deportierteninsel C., freie Hand, auch wenn es sich um die Witwe seines Mitarbeiters und Freundes Walter handelte.

Ich hegte im innersten Herzen noch die Hoffnung, der Befund an der Frau würde der normale sein und mich zu *keinem* Eingriff zwingen. Es war ja ihre sechste Entbindung, und die früheren waren alle (ich erinnerte mich noch der Worte Walters vor seinem Tode) normal verlaufen.

Ich trat also zu ihrem Krankenbette und empfing als erstes einen durch alle Tränen freudestrahlenden Blick aus ihren verweinten Augen.

Freude bei einem Menschen, der in den letzten achtundvierzig Stunden wirklich Fürchterliches erlebt haben mußte!

Eine einzige sachgemäße Untersuchung (von außen her) überzeugte mich, daß ihre Klagen und Ängste nur zu sehr berechtigt waren.

Ihr Vorgefühl, »das Kind liege schlecht«, das sie am Bette ihres Gatten geäußert hatte, hatte einen triftigen Grund. Bei ihr war es leider nicht das hysterische Jammern und Gekreische einer wehleidigen Frauensperson. Es war der Ausdruck der von Schmerzen aus der Sphäre des Menschlichen ins Tierische verjagten Kreatur.

Ich will versuchen, die medizinischen Tatsachen sprechen zu lassen, obwohl ich nicht weiß, wieweit sie einem Nichtfachmann verständlich sein werden. Das Kind lag falsch. Die normale Lage ist die Kopflage, das heißt, das Kind liegt normalerweise so im Mutterleibe, daß der Kopf, als der größte Anteil des Kindes und als dessen schwerste Partie, die tiefste Stelle in der Gebärmutter einnimmt. Von dieser normalen Kopflage war das Kind weit entfernt. Es lag falsch, lag quer.

Ein Beispiel, um es zu verdeutlichen. Ein Pflaumenkern, der in der Längsrichtung glatt durch einen engen Flaschenhals und wieder aus demselben zu gleiten vermag, wird aber sehr schwer wieder aus der Flasche herauskommen können, wenn er sich quer stellt. Und ebensowenig war zu erhoffen, daß der quer liegende Körper des Kindes, die Beine wieder an den Kopf gelegt, das alles zu einem unförmigen, riesigen Gebilde zusammengeballt, gefahrlos die natürlichen Geburtswege passieren könne. Nie. Eher zerriß er der armen Mutter die Eingeweide, und schon jetzt waren die gellenden Schreie, die fast ununterbrochenen Krampfwehen, denen keine Erholungspause folgte, nur zu sehr begreiflich. Denn der Kopf des Kindes am falschen Platze, allzuweit seitlich, zerrte und rieb sich an den empfindlichen inneren Teilen. Er verursachte Quetschungen, innere Verletzungen, Blutungen. Jede, auch die schauerlichste Schmerzensäußerung der Frau konnte man verstehen, wenn man wußte, was in ihrem Innern vorging. Mit warmen Bädern, die bei nervösen, überempfindlichen Damen, deren Kinder normal liegen, Wunder wirken, war hier ebensowenig zu helfen wie mit der Morphiumspritze. Es sei denn, man hätte beiden, Mutter wie Kind, nur ein schmerzloses Ende bereiten wollen. Das durfte ich nicht. Das durfte kein Arzt.

Ich, der experimentelle Bakteriologe, versuchte das, was die konservative Schule der Geburtshilfe, auf unserer Universitäts-Fakultät seit einem Jahrhundert mit besonderer Liebe gepflegt, immer als erstes empfiehlt: nämlich mit größter Schonung den querliegenden Körper des Kindes in die richtige, nämlich die Längslage, zu bringen, und zwar so, daß der Kopf von der Seite fort und nach unten kam, und dies möglichst *ohne* einen operativen Eingriff in das Innere der Frau. Bloß außen, an den Bauchdecken, an denen ich quergestellte, streifenartige Hautstriemen als Beweise früherer Geburten sah, sollte ich arbeiten; es sollte, wenn nur irgendwie möglich, nicht einmal eine Berührung der offenen inneren Teile durch meine Hand stattfinden! Gelang dies, dann konnte die Entbindung normalerweise, mit dem Kopf voran, ihren geregelten Gang nehmen.

Eine Infektion der Mutter durch meine Bakteriologenhände war dann ausgeschlossen; aber auch *nur* dann.

# IV

Die Wendung des querliegenden Kindeskörpers auf den Kopf im Leibe der Mutter stellt zweifellos den einfachsten und schonendsten Eingriff vor, *wenn* dieser Eingriff durch bloße Lageveränderung, also von außen gelingt. Meist liegt der Kopf des Kindes dem Beckeneingang der Mutter etwas näher, also etwas tiefer, als das Ärschlein des Kindes. Man muß daher die Mutter auf dieselbe Seite sich lagern lassen, wo der Kopf liegt, um die natürliche Beendigung der Geburt zu ermöglichen.

Ich bat die Oberin und eine junge, aber tüchtige Schwester, ihr Faktotum, mir behilflich zu sein. Wir stellten zwei Betten mit der Längsseite nebeneinander, brachten eine Querstütze an und wollten nun den Lagewechsel folgen lassen. Ich, seit meiner Krankheit nicht der Muskelstärkste, unternahm es dennoch, die Frau aus ihrem Einzelbett zu heben, ich trug sie auf meinen Armen in das Querbett und stellte die gewünschte Lage her. Ihre Schmerzensäußerungen hatten nicht aufgehört. Noch als ihr schweißüberströmtes, von roten Flecken getigertes Gesicht an meiner Brust lag, mußte ich die zischend hervorgestoßenen, wilden Atemzüge an meinem Halse fühlen. Denn sie unterdrückte jetzt das Schreien, so gut sie konnte.

Endlich lag sie so, wie wir wollten. Sie lag fest. Aber nicht ruhig. Sie sollte und durfte nicht ruhig sein, sie sollte mithelfen, wir durften ihr beim besten Willen kein schmerzstillendes, lösendes, lähmendes Betäubungsmittel verabreichen, sie mußte die Bauchpresse mit aller Muskelkraft anstrengen, um die Geburt zu fördern.

Schon bei normalen Geburten ist es kein leichtes Stück, eine werdende Mutter zu veranlassen, sich ihre Schmerzen selbst zu steigern, indem sie mittels der Bauchpresse absichtlich den Kopf des Kindes durch die zusammengekrampften Bauchmuskeln tiefer durch die schmerzhaften, empfindlichen Teile ihres Unterleibes hindurchpreßt. Wie schwer war es erst hier! Aber ich vermochte doch so viel über die vor tierischem Leiden fast besinnungslose Frau, daß sie ihr Möglichstes tat. Ich unterstützte den Vorgang methodisch durch meine Hand außen an ihrem Leibe.

Das Kind liegt nicht unmittelbar unter der Haut und der Muskelhülle, es ist innerhalb der Gebärmutter von Fruchtwasser umgeben. Wenn man schon den Kopf gefaßt zu haben glaubt, schlüpft er oft wieder fort wie der Kopf eines Fisches im Wasser, und je stärker die Wehen werden, je mehr sich die Wand der Gebärmuttermuskulatur verdickt und zusammenzieht, desto schwerer wird es, mit der Hand von außen energisch nachzuhelfen und aus der falschen Lage des Kindes endgültig eine richtige zu machen. Welche Listen, welche Kunstgriffe, welche Plage! Endlich schien es uns gelungen zu sein. Die Frau lag auf der Seite auf dem Querbett, hielt sich mit beiden Händen an eine Stütze; ihr rötliches, schönes Haar glimmerte, weithin ausgebreitet auf den feuchten Kissen, sie faßte ab und zu mit den Händen nach mir, beherrschte sich dann, um mich nicht zu stören, und bemühte sich, ihre Schreie zu ersticken.

Als alles gut war, legte ich ihre kalte Hand wieder an den Platz, an den sie gehörte, drückte sie und zählte zugleich an der Radialader den Puls, der zwar etwas beschleunigt war, aber zu Besorgnissen glücklicherweise keinen Anlaß gab. Dann untersuchte ich die Herztöne des Kindes, indem ich das Stethoskop meines verstorbenen Freundes außen an der Bauchwand seiner Witwe anlegte. Die Herztöne des ungeborenen Wesens waren deutlich vernehmbar, paukenartig pochend, ich zählte einhundertvierzig bis einhundertzweiundvierzig in der Minute. Der junge Assistenzarzt (er trug seinen alten, nicht mehr ganz sauberen Kittel und seine Anwesenheit hier gefiel mir nicht, doch was sollte ich tun?) stand dabei und war sehr besorgt wegen dieser hohen Zahl, beträgt doch die Pulszahl bei gesunden, erwachsenen Individuen nicht mehr als achtundsechzig bis siebzig in der Minute. Ich mußte ihn belehren, daß das ungeborene Kind eine doppelt so schnelle Pulsfrequenz besitzt. An seinem höflichen, aber ungläubigen Lächeln erkannte ich, wie gut es gewesen war, daß ich ihm die Leitung der Geburt nicht anvertraut hatte. Denn er war ahnungslos wie ein Kapuzinermönch.

In dem Befinden der Frau schien sich eine leichte Besserung anzubahnen. Die fleckige Röte wich von ihren ausgemergelten Wangen, der Atem ging nicht mehr so stoßweise, und ihre Schreie dämpften sich zu tiefen, ziehenden Seufzern. Die Muskeln an ihren abgemagerten Ärmchen waren angespannt, sie hielt fest und hielt aus.

Ich kann gar nicht beschreiben, wie sehr mich dieser leichte

Schein einer Besserung glücklich machte. Die Frau wollte etwas sagen, sie machte ein Zeichen, und als ich mich zu ihr hinabbeugte, bat sie mich – ich solle ihren fünf Kindern in der Altstadt Nachricht geben? Nein, du schlechter Psychologe Georg Letham – – sie bat mich, ich solle mich um das kleine Hündchen kümmern, das, in dem von ihr bisher bewohnten Gastzimmer eingeschlossen, sicherlich unter Durst und Hunger und Einsamkeit litt.

Ich bin sentimentalen Regungen zeit meines Lebens schwer, aber doch zugänglich gewesen. Und so unterlag ich ihnen auch jetzt. Ich suchte zuerst das Täschchen der Frau, das unter ihren Kleidern auf dem Rekonvaleszentenlehnstuhl lag, und öffnete den Bügel, um den Schlüssel zu suchen.

Ein sonderbares Gefühl beschlich mich, als ich hier neben kleinen Geldscheinen, einem Schildpattkämmchen, Geldmünzen, Taschentüchlein, Lippenstift, Puderdöschen, dem Schlüssel und anderen Kleinigkeiten den Reisepaß und die Depeschen meines Freundes fand, deren Stilisierung und Absendung ich vor kurzem selbst miterlebt hatte. Ich legte alles wieder an seinen Platz, lächelte der Frau vertrauensvoll zu, nahm den Schlüssel an mich und trat in den Korridor hinaus. March erwartete mich, fiebernd vor Sorge und Ungeduld. »Es geht besser, Herzensbruder, viel besser!« rief ich ihm zu und eilte so schnell ich konnte, in jenen Trakt des weitläufigen Hauses, wo sich das Gastzimmer befand und von wo mir das melancholische, wie eine immer wiederholte Frage klingende Gewinsel des Hündchens schon weither entgegendrang.

Aber gleichzeitig vernahm mein seit der Krankheit übermäßig feinhörig gewordenes Ohr wieder unverkennbare Verzweiflungslaute von der Frau, die zwar nicht das Gellende, Tierische der ersten Krampfwehen hatten, aber mir in ihrer gedämpften, abgeschwächten Form der Ergebung in die Verzweiflung doppelt ans Herz griffen.

Ich warf den Zimmerschlüssel der jungen Hilfsschwester vor die Füße, die sich gerade in dem Korridor zeigte, schrie ihr ein paar unzusammenhängende Worte zu, ob sie dieselben verstand oder nicht, war gleich, ich mußte zurück.

Ich machte mir auf diesem Wege die bittersten Vorwürfe, das Krankenzimmer verlassen zu haben. Aber war es so unverzeihlich gewesen? Auch ich, der immer das Schwerste hatte auf mich nehmen wollen und müssen, hatte einmal etwas Leichteres, Menschlicheres mitmachen wollen. Ein allein gelassenes, halb verhungertes und verdurstetes Tier herausholen, ihm alle Wohltaten erweisen, deren ein tierliebendes Herz fähig ist (ich hatte begonnen, Tiere zu lieben, und wie!) – war das ein so großes Verbrechen? Es schien so.

Der Zustand der Frau hatte sich inzwischen in dem kurzen Intervall sehr verschlechtert. Sie lag nicht mehr folgsam auf der Seite, sondern auf dem Rücken, die Beine auf dem Querbrett, das wir durchgezogen hatten, aufgestemmt, sie jammerte und schrie, kraftlos, aber so herzzerreißend, daß kein Ohr, und wäre es auch weniger feinhörig gewesen als das meine, es ertragen konnte.

Auch die Oberin war schreckensbleich, und der gutmütige Assistenzarzt zitterte wie Espenlaub, als sich die Frau in ihrer Verzweiflung plötzlich emporwarf, sich in dem auf- und niederschnellenden Bette aufrichtete, sich auf die Beine stellte, auf ihren kugeligen Leib mit beiden Fäusten niederschlug und sich dann mit dem Gesicht nach unten mit aller Gewalt wieder auf das Bett zurückfallen ließ, als wolle sie durch die Gewalt des Sturzes das Kind in ihrem Leibe vernichten – und sich selbst dazu. Mit der größten Mühe nur gelang es, sie wenigstens auf Augenblicke zur Vernunft zu bringen – und diese Mühe bestand vor allem in einer starken Injektion von Morphium und Atropin. Gefahr oder nicht. Es mußte sein. Die Pupillen wurden sofort weit infolge der Atropinwirkung, die intensiver war als die pupillenverengende Wirkung des Morphiums.

Sie hörte jetzt allmählich mit dem Schreien auf, sie zeigte aber mit beiden Händen auf ihren Leib. Ich untersuchte sehr zart. Ihre Gebärmutter krampfte sich sichtbar unter der dünnen, bräunlichen, gestriemten Haut zusammen, ohne überhaupt noch einmal völlig erschlaffen zu wollen.

Plötzlich strömte grünlich gefärbte Flüssigkeit aus ihrem Leibe aus, das Fruchtwasser begann abzugehen, die Fruchtblase, die Eihäute waren gesprungen. Was tun? Schnell handeln? Ja, aber *wie* handeln? Konnte man noch helfen? Man mußte. Auf natürliche Weise konnte die Geburt nicht zu Ende gehen. Die Hände in den Schoß legen? In ihren Schoß? – in meinen Schoß? Den Geistlichen hereinkommen lassen, der, zum erstenmal ungeduldig, an der Tür pochte und das Kind im Mutterleibe mit einer Spritze voll Weihwasser zu taufen begehrte. Auch die Oberin war dafür. Der Direktor des Hauses, dieser treffliche Verwaltungsbeamte, aber höchst mittelmäßige und passive Arzt, traf zu allem Überfluß auch noch ein. Alle bestürmten sie mich laut mit Ratschlägen, Befürchtungen, sinnlosem Gerede. Bereuten sie, einen Sträfling zu der Leitung der Geburt bestimmt zu haben? Es war dazu zu spät. Sie schrien so durcheinander, daß man selbst die Frau nicht mehr hörte.

Ich weiß heute nicht, wie ich die Energie aufbrachte, alle aus dem Zimmer zu entfernen, ausgenommen die Oberin und die junge Hilfsschwester, die mir mit dem Schlüssel aus dem Korridor nachgekommen war und deren Gesicht in seiner unberührten keuschen Strenge mir ein gewisses Vertrauen auf ihre moralische Widerstandskraft einflößte, die sich dann auch bewährt hat. Die Luft war zum Ersticken. Wir rissen die Fenster auf. Man mußte erst atmen können, bevor man die schwerwiegenden Entschlüsse fassen konnte, die über Leben und Tod zweier Menschen entschieden.

Ein ungeheurer Wolkenbruch ging jetzt prasselnd nieder über der Stadt. Die Luft, nach verbranntem Schwefel riechend, war schwer wie Blei, sie drückte die Lungen.

Es brauste wie die tiefen Töne einer Orgel in dem Geäst der hohen Jacaranda, aus dem sich verstört mit ihren triefenden, weitgespannten, horizontalen Fittichen einige der geierartigen Nachtvögel erhoben, die man in dieser Gegend überall sieht.

Zurück an das Lager, das von dem grünlichen, mißfarbenen, aber geruchlosen Safte beschmutzt war. Ich legte das Stethoskop an das steinharte, gebliche, wie ein sanft glänzendes Kuppelgewölbe aufgerichtete Leibesrund an.

Die Herztöne des Kindes? Sie waren gedämpft. Die Zahl nahm ab. Von einhundertvierzig war sie auf einhundertzehn gesunken.

Ein schlimmes Zeichen. Höchstes Alarmsignal. Wir mußten eilen, sonst war alles verloren.

## V

Die Luft war an diesem Abend so naß, daß uns Hemd und Kittel, wie aus dem Wasser gezogen, am Leibe klatschten. Die

Hitze benahm uns den Atem, legte sich wie ein Helm aus Blei, ein Taucherhelm, auf den Schädel. Aber es war jetzt nicht die Zeit, an persönliche Beschwerden zu denken.

Die Vorbereitungen für den unumgänglich nötigen Eingriff waren das einzig Wichtige.

Zum Glück befand sich in dem Raum fließendes Wasser. Und hätten wir drinnen nicht genug Wasser gehabt, draußen vor den Fenstern strömte es in einem Gusse, als wären die Schleusen des Himmels geöffnet.

Die erste Vorbereitung betraf die Desinfektion meiner Hände und Arme bis zum Ellenbogen und die ebenso sorgfältige und minutiöse Asepsis der sich in Krämpfen unter halber Bewußtlosigkeit windenden Frau. Diese Desinfektion konnte man der geschulten Oberin und ihrer sehr anstelligen, intelligenten Hilfskraft anvertrauen.

Die zweite Vorbereitung betraf eine tiefe Narkose. Wenn ich das Kind *im* Mutterleibe wenden wollte, mußten die Gebärmutter und die Bauchmuskulatur erschlafft sein, so sehr als nur möglich. Die Mutter durfte keine Schmerzen mehr erleiden. Sie ertrug sie einfach nicht mehr. Humanität und ärztliche Pflicht waren eins.

Diese Narkose konnte ich guten Gewissens viel eher meinem Freunde March anvertrauen, der unten im Laboratorium schon viele Affen und Hunde lange Stunden hindurch narkotisiert hatte und der für diese schwierige Aufgabe eine natürliche, angeborene Begabung besaß, als jemand anderem, etwa Carolus, der sich bald zurückzog. Er konnte solche Dinge nicht mitansehen. Ich rief March deshalb zu, er solle sich ebenfalls sofort gründlich waschen und dann mit der Narkose beginnen. Während er sich wusch, brachte die Hilfsschwester eine Narkosemaske und das nötige Quantum der betäubenden Flüssigkeit, eines Gemisches von Chloroform und Äther mit Alkohol, aus der Lazarettapotheke herauf.

Das Unwetter hatte auf einen Augenblick nachgelassen. Draußen war es nach dem Donnern des orkanartigen Gewitterregens still geworden. Jetzt zeigte sich mit einemmal ein anderer Übelstand. Das elektrische Licht begann unheilverkündend zu flackern. Seit dem Tode des schwedischen Elektrizitätswerkdirektors traten immer von Zeit zu Zeit solche Störungen auf. Was war zu tun? Zur Überlegung blieb uns keine Zeit, das Aussehen der jetzt nur wimmernden Mutter wurde mit jeder Minute kritischer. Sie verfiel. Sie verging. Ich mußte operieren und hätte auch eine Finsternis geherrscht wie vor Erschaffung der Welt, als alles noch ein schwarzes Chaos war.

Ich herrschte March an. Weshalb hatte er noch nicht mit der Narkose begonnen? »Los! Maske vor! Tropfenweise Mischung! Immer nur je ein Tropfen, schneller und langsamer je nach Bedarf, den Unterkiefer mit der linken Hand fassen und nach vorne ziehen! Die Zunge folgt und kann sich nicht über den Kehlkopfeingang legen, die Atmung bleibt frei; Atmung kontrollieren, Zug für Zug! Die Pulsader mit dem linken Zeigefinger befühlen und laut die Atemzüge zählen, bis ich »Aufhören« sage. Halt! Hast du nachgesehen, ob das Weib ein künstliches Gebiß im Munde hat?« Das hatte March vor Beginn der Narkose vergessen, wie hätte er auch daran denken sollen? Hunde und Affen tragen keine künstlichen Gebisse und können sie daher auch nicht in der tiefen Narkose in die Kehle hinabgleiten lassen und daran jämmerlich ersticken. »Künstliche Zähne! Ach Unsinn!« widersprach der sonst so anstellige und schnell begreifende March. »Ziehe kein dummes Gesicht, Idiot!« rief ich, »öffne ihr den Mund, ordentlich auf! So, ja, und sieh nach!« »Schreien Sie nicht so«, antwortete March vor Groll, aber er gehorchte. Die Zähne waren übrigens echt.

Ich überhörte in meiner Erregung seinen Trotz. Genug, daß er mir parierte. Meine Gedanken waren anderswo. Ich überdachte, als ich mit der Desinfektion meiner Arme fast fertig war, noch einmal den Plan, nach dem ich handeln mußte.

Die junge Schwester mir zur Linken. Die alte Oberin zur Rechten. Jede hat ein Knie der Gebärenden zu halten. Ein sterilisiertes Tuch kommt über den Unterleib der Frau.

Eine meiner Hände operiert innen im Leibe der Mutter, die zweite Hand unterstützt, über dem Tuche vorgehend, von außen die innere Aktion.

Stets müssen beide Hände einander in die Hände arbeiten. Keine darf isoliert vorgehen.

Die Wendung aus der Querlage auf den Steiß des Kindes, durch derartig kombinierte Handgriffe erzielt, stellt den letzten Versuch dar zur Herstellung der normalen Längslage.

Mißlingt er, ist die Frau verloren.

Aber ich war meiner Sache sicher. Ich hatte noch Selbstbewußtsein genug, um mir diese in ihren Grundzügen doch sehr einfache Operation, die ich in der Klinik mehr als einmal ausgeführt hatte, praktisch zuzutrauen.

Mit *welcher* Hand sollte ich wenden, das heißt, mit welcher Hand sollte ich in den Leib der Mutter hineingehen, der rechten oder der linken? Welche sollte von außen assistieren? Meine beste Hand war die rechte. Meines verewigten Freundes Walter beste Hand war die linke. Er hätte an meiner Stelle die linke vorgezogen, so wie ich die rechte von vornherein begünstigte. Aber darauf kommt es in der operativen Geburtshilfe nicht an. Man wendet immer mit *der* Hand, welche jener Mutterseite entspricht, wo die *Füßchen* des Kindes liegen. Bei erster Querlage (Kopf des Kindes rechts, Steiß links) mit der rechten. Diese Lage, die man die erste Position Querlage nennt und die bei der Witwe meines verstorbenen Freundes vorlag, mußte ich also mit der rechten Hand innen eingehen.

Ich trat, ohne mir die triefenden Hände abzutrocknen, um die Hand nur ja keimfrei zu erhalten, an das Bett.

Die Frau, unten auf frische Tücher gelagert, atmete bereits in der Narkose. Gut. March zählte getreulich die Atmung, die regelmäßig, wenn auch etwas beschleunigt war. Ich legte mein Ohr über den Leib der Mutter, ohne den Körper der Frau mit meinen Ohrmuscheln zu berühren. Ich wollte vor Beginn des Eingriffes wissen, wie die Herztöne des Kindes waren. Ich war feinhörig und bildete mir ein, ich könnte es auch ohne unmittelbares Anlegen meines Ohres herausbringen.

Aber ich hatte nicht mit dem donnerartigen Prasseln einer über dem Hügel und dem Hause niederschlagenden, neuen, schweren Gewitterböe gerechnet, die das ganze Gebäude bis zu den Pfosten der Betten, auf denen die Frau lag, in seinen Grundfesten erschütterte.

Aber es war auch einerlei. Die Wendung mußte unternommen, die normale Lage mußte hergestellt werden.

Also los und kein Schwanken mehr.

Ruhe, Selbstbeherrschung, logisches Denken, präzise Bewegungen, stets das Höchstmaß an Energie, aber zugleich auch das allerhöchste Maß von Zartheit und Schonung. Aufgepaßt! Ruhig! Nicht *eine* brüske Bewegung. Nicht *ein* unüberlegter Griff!

Die Tücher lagen endlich alle richtig, die beiden Helferinnen standen um mich und taten, was sie sollten. Die Frau atmete tief und regelmäßig. March zählte seine Zahlen bis nahe an hundert, da er glaubte, jeden Atemzug numerieren zu müssen.

Ich ließ ihn dabei, es war nicht Zeit, ihn lang und breit zu belehren. Außerdem hatte ich auf diese Weise einen Anhaltspunkt für die Dauer des Eingriffes, den man nach Tunlichkeit auf äußerste Kürze einschränken mußte.

Ich holte ordentlich tief Luft, zog den Kopf zwischen meinen Schultern heraus, wohin er sich geduckt hatte, eine Folge der krampfhaften Anspannung aller Willenskräfte, wie er bei vielen operierenden Ärzten jedem größeren Eingriff vorangeht. Als ich aber die rechte Hand vorstreckte und die linke sanft über das glatte, kühle, feuchte Tuch über dem Leib der Frau gleiten ließ, verließ mich glücklicherweise der letzte Rest der krankhaften Erregung. Ich war klar wie in meinen ruhigsten Stunden.

Ich schmiegte die vier Finger der rechten Hand möglichst fest aneinander und drückte den Daumen in die Hohlhand hinein, um so mit meiner Hand den allerkleinsten Raum einzunehmen. Dann glitt ich vorsichtig tastend, die Fingerspitzen voran, in das warme, weiche, sich wieder eng an meine Haut anschmiegende Fleisch ein und gelangte in das Innere der Gebärmutter, das heißt, an die Übergangssphäre, welche die äußeren Geschlechtsteile von den inneren trennt. Die Gebärmutter, in einer plötzlichen Wehe, schnappte nach mir wie ein Fisch nach einem Brocken. Dann ließ die Spannung nach. Schon tastete ich hier zu meiner Beruhigung das, was ich zu tasten erwartet hatte; eine breite, glatte Fläche mit einer rautenartigen Erhebung in der Mitte, also wohl den Rücken des Kindes mit der Wirbelsäule.

Das Licht über meinem tief hinabgebeugten Kopf flackerte, es setzte sekundenweise aus. Es störte mich nicht.

Die Ausführung einer Operation, die man technisch beherrscht, gewährt ein Glücksgefühl, wie es ein Sportsmann bei einem Rekord hat. Es ist ein unruhiges, aber sehr intensives Glück.

Aber jetzt wurde ich unsicher, hielt inne. Ich schreckte auf. Die Zahlen, die der getreue March aufzählte, fielen immer langsamer und zögernd von seinen Lippen, plötzlich kreischte er auf: »Sie stirbt! Sie stirbt!« In Blitzesschnelle nahm ich meine Hand aus dem Leibe der Frau und rannte um die zwei nebeneinandergestellten Betten, dorthin, wo der Kopf der Frau lag, riß die von Speichel und Chloroformmischung benetzte Narkosemaske mit der linken Hand fort und sah, was war.

Die Frau war nicht im Sterben. Im Gegenteil, sie war vor dem Erwachen. Daher die Atemstockung, die Pulsbeschleunigung. Ihr Blick, den sie aus ihren großen, rötlich injizierten Augen, die geschwollenen, samtartigen Lider plötzlich hebend, auf mich richtete, war der des wiederkehrenden Bewußtseins. »Weiter! Weiter! Noch!« rief ich March leise, aber sehr eindringlich zu. Ruhe! Ruhe! In meine alte Position eilte ich sofort wieder zurück. »Gib ihr! Noch ein paar Minuten! Und wir haben es in Ordnung! Los!«

## VI

Es dauerte vielleicht eine halbe Minute, bis die Narkose wieder tief genug geworden war, um mit der Operation fortzufahren. Aber diese halbe Minute des Wartens machte mich sehr unruhig. Die Herztöne der Frucht waren schon vor Beginn des Eingriffes nicht die besten gewesen. Denn es handelte sich um ein noch nicht ausgetragenes, gefährdetes Kind von höchstens acht Monaten. Man mußte trachten, so schnell wie nur möglich zu Ende zu kommen. Aber ich mußte warten. Ohne Narkose kein Eingriff. Also stand ich da und wartete. Meine Hände waren müde, von dem Arbeiten im verkrampften Mutterleib war besonders meine rechte Hand ermattet, wie gelähmt.

Ich erinnerte mich (sehr zur Unzeit) des dahingegangenen Vaters dieses Kindes. Ich sah Walter auf seinem Totenbette. Ich sah ihn, wie er von der Frau Abschied nahm. Ich sah ihn, wie er seine Hand als Linkshänder in seinen letzten lichten Augenblicken zu einer Kreuzesgeste bewegt hatte. In diesem Augenblick glaubte ich die Frau wieder so tief narkotisiert, daß ich den plötzlich unterbrochenen Eingriff fortsetzen konnte. Zu einer neuerlichen, sorgfältigen Desinfektion war nicht mehr Zeit. Bekanntlich dauert eine solche zehn bis fünfzehn Minuten. Wenn ich aber so lange Zeit auf die Desinfektion verwandte, war das Kind längst erstickt, die Frau verblutet. Aber ich hatte mir ja die betreffende »innere« Hand rein erhalten.

Diesmal ging ich nicht mit dem gleichen freudigen Mut ans

Werk wie zum erstenmal. Sorgfältig bemüht, der Frau keine innere Verletzung zuzufügen, schlüpfte ich mit der linken Hand in ihr Inneres und sorgte dafür, daß die äußere, die rechte, über dem Tuche die Manöver der operierenden linken Hand unterstützte. Irgend etwas hemmte mich. Mir war, als eilte ich von zu Hause fort und hätte das Wichtigste vergessen, müsse unten an der Treppe umkehren wollen, aber nicht können, auf der Straße immer eine noch größere Entfernung in verkehrter Richtung zurücklegen, meine Patientin dadurch noch mehr gefährden. Aber was ich vergessen hatte, fiel mir nicht ein! Es fiel aus.

Das Tuch war plötzlich verrutscht und meine rechte Hand ruhte unmittelbar auf dem feuchten, kühlen Leib der Frau, der eine samtartige Glätte hatte.

Endlich war meine linke Hand, nach Möglichkeit schmal und schlank zusammengefaltet, ins Innere der Gebärmutter eingedrungen. Eine plötzliche Wehe setzte, oben beginnend, nach unten zu sich verstärkend ein und umklammerte auch diese Hand. Es ist ein nicht zu beschreibendes Gefühl, sich von einem anderen Körper durch blutendes, zitterndes, zufassendes, vibrierendes Fleisch umgeben zu wissen. Es lähmt. Man widerstrebt, man möchte handeln, sich bewegen, den gesuchten Fuß des Kindes endlich fassen! Warten! Ruhe! Geduld!

Die Narkose ging ihren normalen Gang. Die Atemzüge, die March fortlaufend weiterzählte, mir eine Uhr ersetzend, hatten das dritte Hundert lange schon überschritten und gingen gegen das vierte, der Eingriff dauerte also weit über zehn Minuten. Aber meine linke Hand blieb wie gelähmt, auch dann, als sich die Umklammerung der zusammenpressenden Gebärmutter gelockert hatte und ich endlich in höchster Eile mein Werk hätte durchführen sollen. Ich kannte mich in dem heißen Hohlraum nicht aus. Alles war mir hier fremd. Ich erkannte nichts. Nur das eine, daß mir das Blut aus dem Kopf wich. Unsicher tastete ich in dem fremden Innenraum umher, wie ein Mensch in einem dunklen Zimmer, das er noch nie betreten hat, stolpert, fällt, sich an den Ecken stößt. Aber der Raum war mir doch nicht fremd – er durfte mir nicht fremd sein! Ich hatte doch vor höchstens fünf Minuten das Terrain sondiert und es normal gefunden; den Rücken des Kindes an seinem erwarteten Platz, Kopf und Steiß am richtigen Ort. In dieser kurzen Zeit konnte sich doch nichts derart verschoben haben, daß mir alles fremd und unbegreiflich vorkam? Wo war der Rücken? Dort, wo ich früher mit den Spitzen des Zeige- und Mittelfingers die zarte, aber deutlich erkennbare, rautenartige Erhebung des kindlichen Rückgrats gespürt hatte, befand sich jetzt eine weiche, durch keinen längsverlaufenden Knochen gekennzeichnete Körperfläche. Winzige Knöchelchen verliefen quer, offenbar der Brustkorb, oder es war eine weiche, widerstandslose Masse, der Bauch des Kindes? Dort, wo ich früher das Füßchen getastet hatte, kamen mir die feinen beweglichen Knochen und Fleischformationen eines Händchens entgegen. Wo war ich? Hatte sich die Welt um ihre Achse gedreht? Ich ließ ab. Eine neue Wehe setzte ein. Ich mußte unterbrechen. Wühlen im Dunkeln war sinnlos und lebensgefährdend. Ich schwieg und stand da. Mein Herz klopfte bis in den Hals, in die Augenhöhlen.

Ich starrte March an, der mit seinem bösartigen Blick alle meine Bewegungen und mein Gesicht beobachtet hatte und der plötzlich mit den rätselhaften Worten hervorschoß: »Welche Hand?« Woher wußte er, daß ich nur das Händchen des Kindes gefaßt hatte, nicht aber den Fuß, den ich brauchte? Ich verstand ihn nicht. Er lächelte trotzig und höhnisch. Ich sah ihn entgeistert an, und als die Frau plötzlich in der Narkose aufstöhnte, stöhnte ich mit. Ich habe schon früher gesagt, daß ich die Regungen anderer Menschen bisweilen in Zeiten innerer Verzweiflung nachahmen mußte. Und ich hatte Grund genug zur Verzweiflung. Mein Stöhnen kam mir jetzt wirklich und wahrhaftig vom Herzen.

Ich hatte die Frage Marchs jetzt erst verstanden. Alles war verloren! Ich war zum zweitenmal nicht, wie es richtig gewesen wäre, mit der rechten Hand eingegangen, die das Werk mühelos beendet hätte und die vorsichtigerweise keimfrei geblieben war, da ich sie sorgfältigst vor Berührung mit der Narkosemaske etc. geschont hatte, sondern mit der linken Hand, der beschmutzten, ungeeigneten, falschen war ich ins Innere der mir anvertrauten Frau eingegangen, mit jener Hand, die das Werk nicht oder nur mit höchster Anstrengung durchführen konnte und außerdem von zahllosen Keimen verunreinigt war.

So standen die Dinge. Dem war so. Ich will und kann nicht beschreiben, was mich bewegte. Ich kann auch nicht den logischen Weg nachzeichnen, der mich endlich zu einem Entschluß brachte. Die Entscheidung mußte getroffen werden:

abbrechen? weiterführen? Und wenn »weiterführen«, sollte ich mit der falschen Hand wieder heraus und dafür die richtige, die rechte einführen? Die rechte war aber jetzt oben an der Bauchhaut der Frau gewesen und schon lange nicht mehr keimfrei. Zur Desinfektion war noch weniger Zeit als vorher. Man mußte nicht nach Minuten, sondern nach Sekunden zählen. Zweifel über Zweifel. Nachdenken statt handeln!

Ich war kein Arzt mehr! Mein Diplom als Arzt hatte man mir konfisziert, vor bald einem Jahre! Ich war Sträfling auf der Insel C. Geduldet. Von unverdientem Vertrauen getragen, ein Betrüger, weiter nichts. Weiter nichts. Gattenmörder. Nein, weiter mehr, noch etwas sehr Schweres mehr, und *das* bedeutete der grollende und zugleich höhnische Blick meines Freundes March! Ich hatte schon einmal diese arme, wahrhaft vom Schicksal geschlagene Gattin meines Freundes Walter zu einem Experiment ohne ihr Wissen, gegen ihren Willen mißbraucht, und jetzt tat ich es zum zweitenmal! Nie hat sich das Gewissen eines Menschen mehr zur Unzeit gemeldet als jetzt. Warum? Warum? Und eine infizierte, ungeschickte, halb gelähmte Hand in einem offenen Unterleib!

Verloren ist verloren. Ich fühlte mich so vernichtet wie nie zuvor in meinem Leben. Unfähig zu jeder Handlung, zu jedem Entschluß. Ich schloß die Augen.

Dann aber raffte ich mich auf. Ich mußte dem Schicksal begegnen. Gehandelt mußte werden. Da kein anderer Mensch für mich handelte, handelte ich, so gut ich konnte.

Der Leib des Kindes regte sich unter meinen Händen. Ein Zittern durchlief das Körperchen unter meiner Hand. War es der erste Atemzug, den das winzige Wesen tun wollte? Dazu durfte es innen niemals kommen. Denn mit diesem vorzeitigen Atemzug hätte das Kind das es umgebende Fruchtwasser eingezogen und daran wäre es unweigerlich erstickt.

Die ersten Atemzüge, die ein Kind tut, sind nicht nur auf den Brustkorb und die Kehle etc. beschränkt. Das ganze kleine Körperchen krampft sich zu dieser Lebens- und Willensregung mit aller Energie zusammen. Nein, so nicht; nein, so nicht! So nicht!

Ich wechselte die Hände. Besser *ein* Wesen retten, wenn beide, Mutter und Kind, gefährdet waren. Ich wollte das Kind retten, für das es gleichgültig war, mit welchen Keimen meine Hand bedeckt war. Alles war besser, als tatenlos verzweifelnd beide, Mutter und Kind, wissend zu verlieren. *Ich* hatte meine Mutter nie recht gekannt. Kinder hatte ich nie zu verlieren gehabt. Diese Mutter und dieses Kind hier waren mir durch die Fügung des Schicksals anvertraut. In diesem wahrhaft schauerlichen Augenblick dachte ich nicht an mich. Ich zwang mich, meine fürchterlich schwere Gewissensbürde nicht zu spüren.

Bloß meine Fingerspitzen sollten denken, bloß mein feinstes Tastgefühl sollte mich leiten. Keine Vergangenheit. Kein Hadern mit dem Schicksal, das mir so niederträchtig begegnete. Keine Schuld auf meinen Vater wälzen, der in diesem Augenblick in meinem Hirn auftauchte als der mir überlegene Mensch, der stets aller Schwierigkeiten Herr geworden war, solange ich ihn kannte. So ging ich vor. Mit der rechten Hand hinein! Noch einmal, noch zarter und behutsamer als das erstemal.

Jetzt hatte ich sofort wieder den Rücken des Kindes mit der Wirbelsäule vor mir. Gut! Jetzt glitt ich weiter abwärts, jetzt nach der Seite, jetzt winklig nach oben und hatte schon ein Stück des Oberschenkels gefaßt, knapp unter dem kleinen Hinterteil des Kindes.

Jetzt durfte meine rechte Hand, von der linken, der äußeren, wirksam unterstützt, an dem schwach fleischigen Schenkelchen hinabgleiten. Bis zum Sprunggelenk.

Erst dieses faßte ich zartest mit der Hand, um möglichst wenig Raum einzunehmen. Und zwar legte ich den Zeigefinger auf den Fußrücken, den Mittelfinger auf das Sprungbein, zwischen beide Finger klemmte ich auf diese Weise das Füßchen ein.

Die Spitze des Daumens berührte gerade noch die Fußsohle. Und nun zurück! Und nun heraus! Langsam und schnell zugleich, behutsam und energisch zugleich, verzweifelt und erfolgsgewiß zugleich! Natürlich nahm die Hand mit dem Füßchen zwischen den gestreckten zwei Fingern viel mehr Raum ein als die gleiche Hand beim Eingehen. Ich mußte daher besonders schlau, listig und vorsichtig, mit angehaltenem Atem, möchte ich sagen, lavieren, denselben Weg zurückkehren und das Füßchen hinab bis an die Außenwelt ziehen.

Während durch den steten Zug meiner Hand das Füßchen hinabbewegt wurde, drückte die andere Hand den Kopf des Kindes durch die Bauchwände hindurch nach oben. Er folgte willig meinen Bemühungen.

Jetzt zeigte sich meine Hand voll Blut und grünlichem Schleim am Ausgang der Geburtswege und zwischen meinen Fingern befand sich der winzige, unter seiner Schmutzkruste wie aus gelbem Elfenbein geformte Fuß.

Ich wartete einen Augenblick, um zu sehen, ob sich die Geburt des Kopfes von selbst anschließen würde oder ob weitere Nachhilfe nötig sei. Das letztere war der Fall. Durch sanftes Ziehen und Rucken entband ich das Bein des Kindes vorerst bis ans Knie. Die Kniekehle des Kindes stand nach außen, zu mir gewendet also, ebenso auch der Rücken, es war Gott sei Dank die normale Lage. Ich schloß also die sofortige Beendigung der Geburt durch Extraktion an. Einfach war es bis zu den Ärmchen. Das Kind war nicht ausgetragen, alle Teile waren kleiner und dünner als normal. Jetzt schaukelte ich gleichsam, immer mit allen Finten den geringsten Widerstand ausnutzend, die linke Schulter heraus, indem ich das Kind bei den Beinchen faßte und sein verhutzeltes, mageres Körperchen von oben hin und her bewegte. Das Kind hatte zum Glück noch nicht zu atmen begonnen, stand aber unmittelbar davor. Ein krampfhaftes Zittern durchlief zum zweitenmal die feinen Gliederchen. Dann wieder still. Also noch nicht.

Keine Sekunde warten, nur los! nur vorwärts! Aber keine Gewalt, kein rohes Zerren, nein, etwas warten, jetzt etwas rechts, etwas links, die Hand unterstützend unterlegen, die »Bindung« mit Fingerspitzendruck lösen, keine übermäßige Energie. »Keine Narkose mehr«, rief ich March zu, der froh war, die Flasche mit Chloroform fortlegen zu können. Der Glückliche! Er konnte sich recken, den Schweiß von der Stirn wischen, aufatmen! *Er* trug keine Verantwortung!

Jetzt kam der andere Arm heran, wobei sich bereits die pulsierende, bläulich-rote, geknäuelte Nabelschnur mit vordrängte. Jetzt kam die Hauptsache, der Kopf. Ich hatte schnell mit dem Körper des Kindes, den ich zwischen meine beiden Handflächen fest eingefaßt hatte, eine Wendung und Drehung im Sinne des Uhrzeigers gemacht, mit einem Finger fuhr ich zwischen Kind und Mutterkörper, die Schwierigkeiten durch einen möglichst schonenden Hebeldruck beseitigend, so daß der Kopf sich nur in den Hinterhauptpartien schwer, dann aber leicht, eben kinderleicht aus dem Innern der Mutter entwickeln konnte. Es ging, es ging. Vorwärts! Gut! Endlich war der ganze

Kopf draußen. Ich drehte das Kind herum, so daß es mich ansah. Es war ein Knabe.

»Sie haben einen gesunden Knaben, Frau Walter«, rief ich der Frau zu. Vielleicht hörte sie mich? Ich atmete auf, blickte das Kind an, das ich auf meinen vor Anstrengung zitternden, blutigen Armen trug. Das Näschen des Jungen war flach, das Antlitz wie eingedrückt, verzerrt, verschrumpelt. Keine Ähnlichkeit mit Walter. Aber noch hatte er nicht geatmet, obwohl es jede Sekunde schien, er würde sich dazu entschließen. Ein gutes Zeichen!

Höhnisch rief mir March, der pflichtwidrig seinen Posten als Narkotiseur und Pulskontrollor zu Häupten der Mutter verlassen hatte und mir zusah, entgegen:

»Mutter tot – Kind tot – Arzt gerettet!!«

Ich ließ ihn reden, ich wußte es besser. Während ich die Nabelschnur in höchster Eile komprimierte und sie dann mit einem sterilen Faden abband und durch einen Scherenschnitt vom Mutterleibe trennte, zog sich das bläulichrote Körperchen des kleinen Knaben in einer ungeheuren Anstrengung zusammen.

Aber der erste Atem hielt leicht wie Windessäuseln im Frühling seinen Einzug in die winzige, magere Brust, deren Rippen man zählen konnte. Die Schwestern nahmen mir erstaunt lächelnd das Kind aus den Armen. Sie reinigten es von Blutspuren und von den grünlichen Kotresten, wogen es in den Händen, starrten es unablässig an, schmatzten mit den Lippen und betrachteten den Kopf des Kindes, als hätten sie nie ein Neugeborenes gesehen. Aber vielleicht hatten sie, hier in diesem Y. F.-Haus die Tage ihres Lebens verbringend, niemals gesehen, wie ein Mensch geboren wird.


## VII

Sollten diese beiden jungfräulichen Wesen auch zusehen, wie eine Mutter nach so fürchterlichen Leiden die Existenz ihres Jüngsten mit ihrem gerade jetzt für ihre Kinder unersetzlichen Leben bezahlt?

Ich muß sagen, als ich von dem Querbette forttrat und zu dem Waschtisch ging, um mir die Hände und das besprizte Gesicht zu reinigen, war ich in einem solchen Maße der Verzweiflung nahe, wie ich es nach meiner Genesung vom Y. F. und dem Verschwinden meines inneren Schuldgefühls nicht mehr für möglich gehalten hätte.

Die hämischen Worte meines Freundes, die ich jetzt doch als Tatsache nahm, obwohl wenigstens das kleine, aber wohlgebildete Kind die Unglücksprophezeiung durch lautes Schreien und Quäken und Strampeln Lügen strafte, gingen mir zu Herzen. Ich konnte nicht fassen, daß March, daß gerade er, zu dem ich in der letzten Zeit eine innige Zuneigung gefaßt hatte, mir in den Rücken fiel. Aber ich mußte mich zusammennehmen, und ich glaube, mein Gesicht hat nichts von dem verraten, was in mir vorging.

Ich kehrte zu der Mutter zurück, sorgte dafür, daß sie bis zum Abgang der Nachgeburt richtig gebettet wurde. Sie war im Erwachen. Während sich bei ihr die Nachwirkungen der Narkose wie gewöhnlich in Würgen und Erbrechen geltend machten, schlug sie die Augen auf. Sie war, wie sie mir flüsternd vor Schwäche mitteilte, noch immer von wehenartigen Schmerzen ergriffen. Aber als ich sie fragte, ob sie glaube, diese bis zum völligen Abschluß der Geburt ohne Beruhigungsmittel ertragen zu können, und ihr dabei das Kind zeigte, das von den Schwestern sehr liebevoll und sehr ungeschickt in Windeln gehüllt worden war, so eng, daß das arme Wesen beinahe erstickte, kam sie, die Witwe Walters, mit ihren blassen, feuchten, einen starken Geruch von Chloroform ausströmenden Lippen von der Seite meiner Hand nahe, und sie versuchte in ihrer Torheit, mir die Hand zu küssen. Was sollte ich tun? Nur das eine, zurückspringen, so daß ich beinahe auf dem feuchten, schmutzigen Fußboden ausgerutscht wäre, was den immer noch anwesenden March zu einem theatralischen, höhnischen Gelächter reizte. Aber ich stand bald wieder sicher auf den Füßen. Ich schämte mich des Dankes der bemitleidenswerten Frau und dachte nur daran, ihr alles zu ersparen, was durch menschliches Wirken ihr erspart werden konnte.

Ich setzte mich an den Rand ihres Bettes, nahm zur Beruhigung ihre fliegenden Hände in die meinen und wartete auf den Abschluß der Geburt, den normalen Abgang der Nachgeburt. Auch das war ein kritischer Augenblick. Nur zu oft schließen sich an die Ablösung des Mutterkuchens lebensgefährliche

Blutungen an, und der Zustand der Frau war derart, daß sie auch nicht einen Tropfen Blut mehr verlieren durfte. Glücklicherweise ging dieser Augenblick gut vorüber. Mit einem schweren, aber die Brust richtig erleichternden Seufzer setzte sie sich auf, drückte und preßte schnell die Nachgeburt aus. Blut sickerte kaum nach. Wir legten ihr frische Tücher unter, flößten ihr etwas kalten Tee ein (so kalt, als es bei der Bärenhitze möglich war), brachten das Kind in einem Körbchen unter, das sonst der Oberin für Haushaltszwecke gedient hatte (denn man hatte die Beschaffung einer Wiege vergessen), löschten das Licht und ließen nur ein kleines Öllicht brennen, das auf das Nachttischchen zu stehen kam.

Die anderen hatten den Raum bereits auf den Zehenspitzen verlassen. Der Raum füllte sich mit den regelmäßigen Atemzügen der einschlafenden Mutter, zu denen sich die viel schnelleren und noch leiseren Atemzüge des schlafenden Kindes gesellten.

Der Irispuder, womit die Schwester das Kind eingestäubt hatte, durftete zart, und mit diesem Duft vereinigte sich schon der etwas süßliche Duft der Milch, die bereits jetzt aus der hohen Brust der still schlafenden Mutter zu dringen begann. Ich legte auf die Brüste eine leichte Schicht keimfreier Watte und fühlte vor dem Gehen mit der Hand über die Stirn der Frau. Das Fieber, das ich so sehr fürchtete (Gelbfieber oder Geburtsfieber?), hatte noch nicht begonnen. Ihr Schlaf war nicht tief. Als ich mit meiner Handfläche über ihr Gesicht strich, hob sie die Augenlider und ihre langen Wimpern streiften die Innenseite meiner Hand. Sie wollte mir etwas sagen, und mit Willen ihre sonst so laute, grelle Stimme dämpfend, begann sie einige Sätze, aber ich wollte und konnte sie nicht anhören, ich preßte ihr nur zart meine Hand auf die Lippen und bat sie, sich unbedingt ruhig zu verhalten. Denn bei dieser, wie bei jeder operativen Geburt, ist die Gefahr der Nachblutungen groß.

Die Hilfsschwester betrat eben wieder das Zimmer, um nachtsüber bei der Frau zu wachen. Besondere Hilfeleistungen waren hoffentlich nicht vonnöten. Ich trug ihr nur auf, alle zwei Stunden den Puls und die Temperatur zu messen und durch Aufheben der Steppdecke sich zu überzeugen, ob keine Blutung eingetreten sei. Denn mehr als einmal ist es vorgekommen, daß sich Frauen nach so schwierigen Geburten, ohne daß es eine

Menschenseele gemerkt hat, mäuschenstill in ihrem Bett verblutet haben. Ich bat das Schicksal, es mit dieser Frau gut zu meinen.

Als ich meine Weisungen an die Schwester richtete, fiel mir auf, daß ihre Blicke mit einem Ausdruck der Abwehr auf mich gerichtet waren, den ich mir nicht erklären konnte. Aber das flackernde, dünne, blaßgoldene Licht der winzigen Ölflamme war vielleicht daran schuld, dachte ich mir, weil es die Züge wie eine Karikatur verzerrte.

Ich kehrte in meinen Schlafraum zurück. Ich war hundemüde und hoffte, ebenso wie nach dem Tode der teuren kleinen Portugiesin, meinen selbstquälerischen Gedanken durch einen tiefen, traumlosen, gramlosen Schlaf zu entgehen. Aber zu meinem Erstaunen war mein Bett besetzt. March hatte sich in den Kleidern und Schuhen, wie um *sein* Herrenrecht zu betonen, über das Bett geworfen. Er schlief noch nicht, sondern glotzte mich von unten herausfordernd an. Ich biß mir auf die Lippen, kleidete mich aber stillschweigend aus und legte mich auf den Fußboden, wo *er* bis jetzt gehaust hatte. Mein »Bett«, auf dem sich jetzt March wälzte, war kein französisches Kurtisanenbett gewesen. Wie wäre denn auch ein solches in den Ölkeller des Y. F.-Hospitals gekommen? Dennoch war es fürstlich im Vergleich zu dem dünnen Lumpenlager, mit dem March sich bis jetzt begnügt hatte. Nun war es das meine. Aber was war zu tun? Sollte ich der Liebe dieses großen Kindes nachtrauern? Hätte ich nur gewußt, warum? Oder wußte ich alles und wollte es nur nicht begreifen?

Ich breitete den linken Ellenbogen unter meinen Kopf, damit dieser höher liege, und versuchte, einzuschlafen. Vergebliches Bemühen. Die Erregung war noch zu groß. Ich konnte nur tun, als ob ich schliefe. March war ebenso unruhig wie ich. Er stand auf, zog sich aus, holte sich eine Zigarre (sie stammte aus den Beständen des Generalarztes, der sehr gute, schwere Zigarren rauchte, die hier fast umsonst zu haben waren) und begann zu paffen. Ich sah den Kopf der Zigarre mattrot aufleuchten, hörte mit der ganzen, schauerlichen Feinhörigkeit, von deren Martern nur einer berichten kann, der dies selbst erlebt hat, wie March die Zigarre zwischen seine Lippen einquetschte und schmatzend daran zog. Hätte ich doch nur Ruhe gehabt! Aber er tat es wie mir zum Trotz! Wenn er die Zigarre aus dem Mund zog, wußte er damit einen leisen, widerlichen Knall zu verbinden, der mir ärger auf die Nerven ging als alles. Aber mochte er die Asche der Zigarre am Bettrande abstreifen und mir auf meine Knie fallen lassen, die wegen der schrecklichen, feuchten Hitze unbedeckt waren. Ich beherrschte mich. Viel größere Probleme gingen mir durch den Kopf.

Ich sah als Bakteriologe das Eindringen der Bazillen in die Gewebsbuchten, die durch die Geburtsverletzungen entstanden waren; ich sah das hemmungslose Weiterwuchern der Keime, ihr vitales Eindringen in die Blutbahn der Witwe Walters. Eiter, Fieber, Leiden, Tod . . . Und niemand hilfloser als der Arzt, der dies verschuldet hatte. Ohne zu wollen. Aber nicht, ohne zu müssen. Sollte ich dem Schicksal noch einen Pakt anbieten? Lasse die Frau Walter am Leben, nimm die Infektion durch meine linke Hand als nicht geschehen an, nimm die Infektion durch die Stegomyia am Sterbelager Walters als ungeschehen an, laß beide Experimente glücklich enden – und ich zahle dafür. Was hatte ich zu zahlen? Was konnte ich hingeben? Worauf konnte ich noch verzichten? Auf nichts? Doch! Doch! Ich hatte in den letzten Wochen nach meiner Genesung vom Y. F. und beim planmäßigen Fortschreiten unserer Experimente eine Art Glücksgefühl empfunden, ein großes, oft geradezu herrliches Lebensgefühl, wie es jede positive, fortschreitende Tätigkeit dem Geiste des Menschen eingibt. Auf dieses konnte ich verzichten. Aber wie? Nur, indem ich mich erledigte. Ich konnte mich aufgeben. Ich konnte Selbstmord begehen. Ich konnte mein Dasein und meine Versuche auf diese radikale Art, aber nur auf diese eine Art, abbrechen. Denn solange ich lebte, würde ich versuchen, diese Aufgabe zu Ende zu führen.

Sollte ich es tun? Sollte ich es unterlassen? Sollte ich mich endgültig »opfern«, um endlich dieses ominöse Wort auszusprechen?

Ein lauwarmer Batzen Flüssigkeit traf klatschend meine linke Hand, die ausgestreckt mit der Handfläche oben dalag. March hatte etwas Zigarrenspeichel ausgespien und mich getroffen. Ich konnte mich nicht mehr halten und sagte drohend nur ein Wort: »March!« Aber darauf hatte er nur gewartet.

»March, March«, wiederholte er voll Wut. »Wer ist Ihr March? Was habe ich mit einem Mörder zu schaffen?« zischte er. »Lassen Sie mich schlafen, und rühren Sie mich ja nicht an.«

Er schwieg und wartete auf eine Antwort. Aber er konnte bis zum Morgengrauen vergeblich warten. Ich lag wach und antwortete ihm nicht. Vielleicht hätte ich sogar mein »March« unterdrücken sollen. Aber ein Mensch ist nur ein Mensch.

## VIII

Wie gerne hätte ich mich in den tiefsten Winkel der Erde verkrochen! Wie wohl wäre mir gewesen, hätte ich nicht leben müssen! Aber ich durfte meinem Leben jetzt kein gewaltsames Ende setzen. Ich mußte den Tatsachen ins Auge sehen und versuchen, die Aufgabe, die ich mir gestellt hatte, unbeirrbar so weit zu führen, als meine schwachen Kräfte reichten. Alles wäre leichter gewesen nach einer ruhig verbrachten Nacht. Aber von einem Ausruhen bis in den Vormittag war nicht die Rede, die Arbeit im Laboratorium mußte gemacht werden, und vor allem hatte ich die wahrhaft bittere Pflicht, mich zu der Witwe Walters zu begeben, deren übergroßer, überherzlicher Dank von gestern abend mich jetzt noch zu brennender Schamröte bedrückte.

Aber wenn ich bloß Angst davor hatte, wiederum von übergroßen Danksagungen, und unverdienten dazu, überschüttet zu werden, so hatte das Schicksal eine angenehme Überraschung für mich in Bereitschaft. Es kam nicht soweit. Wozu die Ironie? Die Tatsachen waren ernst genug. Schon bei dem Überschreiten der Schwelle des Zimmers hatte ich Schwierigkeiten. Bobby, das Hündchen der Witwe Walters, lag auf der Schwelle vor der Tür, im Sonnenschein eines strahlenden, infolge eines starken Windes angenehmen Morgens. Alle seine seidenweichen Haare glänzten. Der Atem ging ruhig. Es schlief. Oder es tat so, als schliefe es, denn es konnte sich nicht verkneifen, die Ohren bei meinem Kommen zu spitzen und den buschigen Schwanz ein wenig zu bewegen. Als ich vorsichtig über den Rücken des schönen, bläulich und goldgelb getigerten Hundes hinwegschleichen wollte, erwachte er vollends aus seinem Schlafe und glotzte mich böse an. Er war erschreckt. Wie alle aufgeschreckten Wesen war er bissig und ängstlich zugleich, und noch war ich mit dem linken Bein nicht über das Tierchen hinweg, als es fest zuschnappte, noch nicht mit der ganzen Schärfe seiner spitzen Zähnchen, aber doch stark genug, um meine Haut etwas bluten zu lassen. Dazu strengte das kleine Wesen seine Stimme an, es heulte, als wäre es getreten, als wäre es gebissen worden. Es japste, jammerte mit langen, nicht enden wollenden Tönen, als quäle ich es ebenso, wie in früheren Zeiten der nun schon unter der Erde liegende Walter es bei seinen wissenschaftlichen Untersuchungen gequält hatte, es hatte quälen müssen. Ich erinnerte mich dessen, und der Hund, der zwei Bezeichnungen trug, M-s-33 im Versuchsprotokoll und Bobby für das Privatleben, erinnerte sich ebensogut.

Was nützen alle Erinnerungen? Nichts! Nur vorwärts! Das Zimmer, in das zu treten ich im Begriff war, war das gleiche, in dem die ärmste aller Kreaturen, die kleine Portugiesin, das bezauberndste, liebste Kind gelegen hatte, und jetzt schliefen hier die Witwe Walters und der kleine, zu früh auf diese schwere Welt geborene Säugling.

Fieberte die Frau? War sie auf dem Weg zur Heilung? Oder zum Grabe? Durch mein Verschulden? Ich wagte mich nicht vor. Ich wartete.

Unseligerweise war ich in diesem Augenblick unter der Nachwirkung der schlaflosen Nacht noch immer nicht ganz Herr meiner selbst. Ich erinnerte mich längst vergangener, unabänderlicher Dinge, *mußte* mich ihrer entsinnen, die mir mit allzugroßer greller Deutlichkeit vor Augen traten und mir die Sicherheit nahmen, deren ich an diesem Vormittag mehr bedurfte als jemals in meinem Leben.

Zu diesen Einzelheiten, die mir zur Unzeit ins Gedächtnis kamen, gehörte auch der kleine Hund, der mit gefletschten Zähnen unaufhörlich japsend vor der Tür stand und mich nicht hineinlassen wollte. Es hatte eine Begegnung mit ihm gegeben vor vielen Wochen. Walter hatte das Tier zu einem Versuch gebraucht. March, der sonst derlei Dienste verrichtete, war mit anderen Sachen beschäftigt gewesen, und mir hatte es obgelegen, das Versuchsobjekt aus seinem Ställchen im Kellerkorridor zu holen, es an eine, nur zu diesem Zwecke dienende, alte, nach Blut und Chemikalien riechende Leine zu binden und hineinzuschleppen in das Laboratorium. Ich entsinne mich noch, wie das Tierchen mir zuerst willig folgte. Je näher es aber dem Laboratorium kam, aus dem die unterdrückten Leidens- und Schmerzenstöne kamen, die ein Leidensgefährte auf dem Operationstischchen ausstieß, desto widerwilliger war es geworden, es hatte sich gesträubt, mit allen vieren dem Boden entgegengestemmt, die Haare, wie sagt das Wort es doch so qualvoll deutlich, wie Stacheln gesträubt und in den schönen, goldbraunen Augen den Ausdruck der panischen Angst, einer fast menschlichen Angst! Mir war, als hätte ich Ähnliches noch nie erlebt. Ich rief mir »Nur los« und »Vorwärts« zu und zögerte doch, wagte mich nicht über die Schwelle. Aber was nützte es? Nichts. Ich mußte tun, was notwendig war. Das Tier hatte dann sehr gelitten. Es hatte keine Narben zurückbehalten. Alles war verheilt. Es hatte aber nicht vergessen. Das Leiden hatte es bissig gemacht. Denn vorher hatte es sich wohl gewehrt, aber es hatte nicht mit den blanken Zähnen gegen uns, Walter und mich, die das Tier auf den Tisch zogen, und gegen Carolus, der sich zwar nicht aktiv, aber als Zuschauer an der Sache beteiligte, gewehrt, wie es dies jetzt tat.

Machte also das bittere Leiden die Kreatur nicht besser? Oder war dieses Besserwerden durch Leid bloß eine besondere Eigenheit des höher entwickelten Menschen? Ich weiß es nicht. Was mir jetzt bevorstand, als ich das Tier fortgejagt und als ich durch die nun zu einem schmalen Spalt geöffnete Tür ins Krankenzimmer getreten war, bewies mir weder diese Tatsache noch das Gegenteil.

Die Frau lag im Bette. Das Zimmer, hell von der Vormittagssonne durchleuchtet, sah friedlich und sehr ordentlich aus. Ein altmodisches, kleines Badewännchen aus Zinkblech stand auf einem Sessel da, feuchte, saubere Windeln, je zwei und zwei, lagen über Stuhlrücken und auf Leinen zum Trocknen, es roch nach Milch und Kamillentee. In einer Wasserkaraffe standen in Ermangelung einer Blumenvase herrliche Blumen, Orchideen, wenn ich mich recht erinnere. Die Frau war blaß, aber ihre Augen waren klar. Kein Fieber noch. Klar und böse, haßerfüllt war ihr Blick auf mich gerichtet. Die Frau hatte die alte Kamelhaardecke ihres Mannes über das Bett gebreitet und sie bis an das Kinn emporgezogen. Das Kind lag schlummernd mit halboffenem Mäulchen in seinem Körbchen zu ihrer Linken.

Ich war unsicher. Sollte ich zuerst zu der Mutter kommen trotz ihrer flammenden Blicke? Sollte ich mich zuerst um das Kind kümmern?

Es war zum Glück offenkundig, daß das Y. F., einerlei wie das Experiment an der Mutter ausgefallen war, den Körper des winzigen Lebewesens nicht konnte ergriffen haben.

Wäre ich noch der alte gewesen, hätte ich mich zuerst der Mutter zugewandt. Vielleicht hätte ich dank des Einflusses, den ich stets auf Menschen ausgeübt hatte, die Lage beherrscht. So aber drehte ich, während ein ungewolltes, aber ebendeshalb nur um so heftigeres Erröten (welch eine Seltenheit bei mir!) mein Gesicht bis an den Haaransatz überflutete, mich über das Kind. Ich wollte es gerade aus der Wiege heben und hatte mit der Hand schon unter das leichte Körperchen gegriffen, hatte die feuchte Wärme, wie sie ein Kindeskörper um sich verbreitet, als beruhigend empfunden, als sich die Mutter ihrer Schwäche ungeachtet brüsk im Bette aufrichtete und, mit dem Oberkörper und den Brüsten sich weit herausbeugend, jäh nach dem Kinde griff, meine Hand mit ihrem Handrücken brutal fortstieß und mir dabei die Worte ins Gesicht schleuderte:

»Rühren Sie mein Kind nicht an! Ich weiß alles!«

Aber mit diesem Leidenschaftsausbruch war ihre Kraft zu Ende. Sie konnte das Körperchen des Kindes nicht halten. Sie verfügte nach Tagen und Nächten des fürchterlichen Leidens nur noch über einen kleinen Bruchteil ihrer alten Kraft und mußte das Kind wieder fallenlassen. Ein Glück noch, daß die junge Pflegeschwester, die kurz nach mir eingetreten war und sich vor mich postiert hatte, ihren wutentflammten Blick von mir rechtzeitig losriß und sich um den Säugling kümmerte. Hastig nahm sie diesen, der eben leise zu quäken begann, von der Mutter fort und in ihre Arme, um ihn unter Absingung aller möglichen Kirchenlieder (als ob sie andere nicht kenne) zu beruhigen.

»Oh ja, gehen Sie doch, bitte«, zischte sie mir zu, nur mit diesen Worten ihren Singsang unterbrechend. Sie wies zornig mit dem Kopfe, während ihre weiße, breite, wallende Haube wehte, auf die Witwe Walters hin, die sich jetzt in ihrem krachenden und quiekenden Bette wie von Sinnen hin und her wälzte, die Kamelhaardecke zur Erde warf, stöhnte, sich die Haare raufte und in einem Atem mit ihrer mißtönenden Stimme mich und sich und ihren Mann verfluchte.

»Ich weiß alles?« überlegte ich. Nur durch March konnten sie und die Krankenschwester die Wahrheit erfahren haben. Hätte sie doch nur an mir ihre Wut und Verzweiflung ausgelassen, statt an sich selbst. Ich muß sagen, ich hätte leichteren Herzens das Krankenzimmer verlassen.

Ich sah sie an. Ihre Lippen waren fahl, von Leidenschaft verzerrt. Sie preßte, ohne zu wissen, was sie tat, ihre schweren Brüste mit beiden Händen zusammen. Sie bezwang sich, offenbar des Kindes wegen – wandte ihr Gesicht von mir ab zur Wand und beherrschte sich ebenso plötzlich, wie sie ihrem Wutanfall unterlegen war. Das Leiden hatte sie jedenfalls reifer gemacht.

Ich begriff, daß ich etwas nicht wieder Gutzumachendes in dem Dasein dieser Frau angerichtet hatte. *Sie* hatte Vertrauen zu mir gehabt, sie hatte sich in ihren Wahnvorstellungen vom Leben, das sie nicht erkennen wollte, wie es wirklich unabänderlich ist, an *mich* geklammert, an eine Lichtgestalt, ein Phantom. Sie hatte in mir den verkannten Menschenfreund, den zu Unrecht verurteilten und deportierten, hilfreichen und kenntnisreichen Arzt gesehen, hatte das Zeugnis ihres verewigten Mannes zu meinen Gunsten aufgerufen. Vielleicht hatte sie sogar in mir ihre künftige Stütze gesehen, denn sie wußte von einem »Vermächtnis« Walters an mich. Sie erinnerte sich vielleicht an gemeinsam mit ihm verfaßte Schriften, sie wußte von unseren letzten Gesprächen. Und wenn *einem* Menschen, glaubte sie, mir ihr Leben und das Leben ihres Kindes zu verdanken.

Das Kind hatte am Mittag dieses Tages, wie ich von dem Amen-Geistlichen erfuhr, getauft werden sollen, und sie hatte das Kind bei dem heiligen Sakrament der christ-katholischen Taufe mit beiden Namen, »Walter« und »Georg«, nennen wollen!

Sie *hatte* es gewollt; nun nicht mehr. Denn *ich*, Georg Letham, war es, der sie mit der gleichen furchtbaren Krankheit hatte anstecken wollen, der ihr geliebter Mann erlegen war. Y. F. Wie erklärt man das?

Das erklärt man nicht.

Man geht auf den Zehenspitzen, abgewandten Blickes, von dem Schauplatz seiner Taten ab. Schließt leise die Tür hinter sich, nachdem man als schwachen Trost das Hündchen sacht zu der Frau hineingelassen hat. Das Hündchen bellt vor Freude und tanzt im Zimmer umher. Die Schwester droht, das Kind quäkt, der Hund bellt – und lacht die arme Frau? Wie sehr wünschte ich ihr es. Wäre sie doch nur gerettet!

## IX

Vielleicht hatte mich die Frau Walters in ihrer grenzenlosen Verlassenheit zu lieben begonnen, und aus dieser unnatürlichen, unbegründeten, krankhaften Liebe wurde dann ein ebenso unnatürlicher, krankhafter Haß. Aber weder dieser Haß der Frau noch die in jedem Augenblick wütend zur Schau getragene Abneigung des einst so getreuen March konnten mich so belasten, wie es mein Gewissen tat. Ja, Georg Letham der Jüngere – und Gewissen! Und doch war es so! Ich wollte alles was kam, mit Ironie und Humor ertragen in dieser schauerlich drolligen Welt. Aber wer kann es von sich selbst erzwingen, ruhig zu bleiben, zu lachen und überlegen zu sein, wenn durch seine Schuld ein blühendes Menschenleben verderben soll?

Zum Glück kam es anders. In *einem* von hundert Fällen übersteht eine Frau folgenlos eine so schwere Infektion während der Geburt wie hier. Und hier war dieser eine Fall!

Ich kann es gar nicht mit Worten ausdrücken, welches wahrhaft animalische Glücksgefühl ich empfand und welche himmlische Erleichterung, als ich sah, daß alles gut wurde und daß die erste Wochenzeit der Frau *ohne Fieber* vonstatten ging. Ohne Geburtsfieber! Und mehr noch, auch die Galgenfrist jener ominösen viereinhalb Tage, die zwischen dem Stich einer mit Y.F.-Blut infizierten Stegomyiamücke und dem Ausbruch des Y. F. bei den meisten unserer Versuchsobjekte gelegen hatten, ging vorbei, ohne daß sich Fiebererscheinungen bei der Frau Walter zeigten. Also weder Wochenfieber noch Y.F.! Welch ein Glück, sage ich nochmals. Es waren schwere Tage für mich. Sehr viel Arbeit, da March jetzt nichts ohne direkten Befehl von Carolus tat und Carolus wie immer nur zu gern aus seinem phlegmatischen Naturell heraus andere für sich anordnen ließ, statt selbst Entscheidungen zu treffen, solange dies nicht unbedingt von ihm gefordert wurde. Um jede Unterschrift mußte man ihm gleichsam die Pistole auf die Brust setzen. Aber trat eine wirklich kritische Konstellation, ein entscheidender Augenblick ein, dann stellte er seinen Mann, er hatte seine Willenskraft auch ·in diesem höllischen Klima nicht verloren. Wenn auch seine Absichten und Ziele nicht immer die meinigen waren, so verstanden wir uns doch, und ich habe an ihm trotz der großen Verschiedenheit unserer Wesensart eine Stütze gehabt.

Die »Feindschaft« Marchs konnte mich tief treffen. Aber sie konnte mir, wenn ich mich darauf einrichtete, nicht direkt schaden. Er ließ es vorläufig bei seiner ersten und zugleich folgenschwersten Niedertracht bewenden, eben dem Verrat meines Stegomyiaversuchs an der Frau Walters am Abend des Hinscheidens ihres Gatten.

Als er sah, was er damit angerichtet hatte, hielt er sich zurück. Glücklich war er dabei nicht. Bis jetzt hatte er ein verhältnismäßig gutes Aussehen dargeboten. Von nun an begann er zu verfallen. Er konnte nicht *mit* mir und nicht *ohne* mich leben. Das zerschnitt ihn von innen her wie mit Messern. Keiner hätte ihm helfen können. Am wenigsten ich.

Ich mußte froh sein, wenn ich unsere Versuche nur einigermaßen vorwärts brachte. Die äußeren Schwierigkeiten stiegen von Tag zu Tag. Daß mir aber das Schicksal durch die Rettung von Frau Walter und durch den unerwartet glücklichen Ausgang der verzweifelt schweren Geburt des Kindes beigestanden hatte (ich konnte mir gar nicht vorstellen, was aus mir geworden wäre, wenn die Frau oder der kleine Walter gestorben wäre), so faßte ich wieder neuen Mut.

Eine der Hauptschwierigkeiten blieb die Witwe Walters. In ihrem Haß gegen mich ging sie so weit, daß sie mich, wie eine Irre im Verfolgungswahn, mit ausgeklügelten, raffinierten Anklagen verleumdete. Außer dem schweren, aber unbeweisbaren Verbrechen des Mordversuchs an ihr und dem ungeborenen Kind sollte ich auch einen Diebstahl auf meinem Schuldkonto haben. Als ich das Täschchen durchsucht hatte, behauptete sie, hätte ich von den losen Geldscheinen einige Banknoten, und zwar eine nicht unbedeutende Summe im ganzen, beiseite geschafft. Nun bin ich früher den Lockungen des Geldes gegenüber oft widerstandslos gewesen. Aber wenn ich mich in einem Punkte geändert hatte, war es in diesem. Ich hatte bloß den Zimmerschlüssel herausgeholt und weiter nichts. War es March, der mir dieses kleine, aber um so schmutzigere Verbrechen in die Schuhe schieben wollte? In meiner Abwesenheit wurden unsere Sachen in unserem Wohnkeller untersucht, und man fand unter meinen Halbseligkeiten einige Banknoten. Es stellte sich aber heraus, daß sie dem Brief beigelegt gewesen waren, den mir meine Familie zu der Zeit zugesandt hatte, als ich selbst schwer an Y. F. erkrankt war. March war mein Zeuge.

Er selbst hatte die Scheine entfernt, bevor er die Textblätter des Briefes mir in die Hand gegeben hatte. Und durch diese kluge Maßnahme hatte er die Scheine vor dem Zerreißen in winzige Partikel bewahrt, welches Schicksal den zu meinem Schmerz unbekannt gebliebenen Text des Briefes betroffen hatte, von dem ich bis heute noch nicht einmal wußte, von wessen Feder er stammte. March selbst mußte mich wieder reinwaschen. Er tat es ungerne, aber er tat es. Ich konnte darauf hinweisen, daß Dr. Walter selbst mir wiederholt verschiedene große Geldbeträge anvertraut hatte (gegen das Reglement, das den Geldbesitz verbietet, das aber bei uns gemildert worden war), ohne daß ich je einen schlechten Gebrauch von seinem Vertrauen gemacht hätte. Und was hätte ich auch in der Lage, in der ich mich jetzt befand, und angesichts meiner Lebenspläne mit dem relativ geringfügigen Betrag beginnen sollen? Aber etwas blieb davon doch hängen, und die schiefen Blicke des Lazarettpersonals waren nicht immer leicht zu ertragen. Galten sie dem Mann, der den Mordversuch an Frau Walter unternommen hatte, wenn man das passive Dabeistehen bei dem Mückenstich so nennen will – oder galten sie dem angeschuldigten Hausdieb?

Aber nicht nur in so schwerwiegenden Beschuldigungen zeigte sich der Haß der Frau, sondern auch in kleinen Dingen. Ich habe noch nicht berichtet, daß in diesem feuchtheißen Klima ebenso wie Holz und Leder auch die Kleider und die Wäsche, weil sie niemals austrocknen, bald zu faulen beginnen und unter den Händen der Wäscherinnen buchstäblich in Fetzen zerfallen. Nun hatte mir Carolus (der besonders gutmütig und generös war, wenn es sich um fremdes Eigentum handelte) eine kleine Erbschaft aus dem Besitz Walters zugedacht, nämlich eine Kollektion seiner Operationsmäntel, seiner Wäsche, seiner Tropenanzüge, deren Walter mehrere Dutzend besessen hatte und die aus einem sehr widerstandsfähigen Material gefertigt waren, ich glaube, aus Seide mit Leinenfaser gemischt, oder einer ähnlichen Mischung verschiedener Gewebe. Diese Dinge waren nach der Erkrankung des Doktors in die Desinfektionstrommeln gekommen und waren dort in strömendem, hochgespanntem Dampf von hundert Grad sterilisiert worden, wobei sie zwar nichts an Dauerhaftigkeit, wohl aber manches an Schönheit und Glanz verloren. Man konnte sie, wenn sie mir nicht zugute kommen sollten, der sich schon seit Wochen nur mit Filtrierpapier die Nase schnauben mußte, auch als Aufwaschlappen verwenden. Und gerade das war der Zweck, den die Witwe Walters ihnen zugedacht hatte. Alles Zureden des guten Carolus nützte nichts.

Mir lag anderes am Herzen, und ich verschmerzte den Verlust dieser Dinge, auf die ich kein Anrecht hatte, leicht.

Man hätte natürlich auch Windeln aus den Sachen verfertigen können. Aber daran dachte man nicht, sondern kaufte die nötigen Dinge sehr teuer und in sehr schlechter Qualität unten in der Altstadt. Wollte man das alte Zeug als Reliquie an Dr. Walter in der weiten Welt umherschleppen? Ich hatte nichts dazu zu bemerken.

Schwieriger aber war ein anderer Punkt. Ich habe bereits berichtet, daß Walter mit dem Subagenten der Versicherungsgesellschaft einen neuen Vertrag hatte abschließen und unterschreiben müssen, in welchem jegliche Haftung der Gesellschaft in dem einen, genau umschriebenen Fall ausgeschlossen wurde, daß nämlich der Inhaber der Police, also Walter, durch Selbstmord oder aber durch »selbstverschuldete Unglücksfälle« aus dem Leben schied. Dabei hatte der Subagent, von der Frau gegen den Gatten aufgehetzt, natürlich an die Experimente Walters an seiner eigenen Person gedacht.

Nun war offenkundig Walter an seinem heroischen Experiment (und an den inneren Konflikten, denen kein Mensch seiner Art gewachsen war) zugrunde gegangen. Stand dies erst einmal fest, so bekam die Witwe keinen Pfennig, die sechs Kinder, vier Jungen, zwei Mädchen, waren so arm, daß selbst das Geld zur Rückreise nur durch Unterstützungen und dergleichen hätte aufgebracht werden können. Denn wie weit reicht die Witwen- und Waisenpension? Sie hätte kaum die dringendsten Schulden gedeckt! Wurde aber der sozusagen natürliche Tod dieses großen, waffenlosen Helden Walter festgestellt, kam die Witwe durch die Gesellschaft sofort in den Besitz einer relativ großen Summe, deren Zinsengenuß ihr und den Kindern ein zwar bescheidenes, aber doch standesgemäßes Leben in einfachen Verhältnissen, etwa in einer Landstadt Alt-Englands, gestattete.

Nun also, was dann? Carolus, der ganz und gar auf der Seite der Witwe stand (schon aus Angst, sie könne im Falle eines Fehlschlagens in ihrer Verzweiflung an ihn mit neuen Geldforderungen herantreten), sperrte sich mit Frau Alix stundenlang in deren Zimmer ein, die Frau hielt ihr mageres, aber freundliches, nur selten weinendes Jungchen auf dem Arm, stillte es, packte es in Windeln ein oder aus, oder sie spielte mit dem kleinen Hündchen. Sie roch an ihrem Eau de Cologne oder zerpflückte die schönen Blumen, die sie von dem Subagenten erhielt. Und dazu beriet sie sich mit dem Freund ihres Mannes, wie die Geldschwierigkeiten zu lösen seien. Meine Aussage, wenngleich die eines rechtskräftig verurteilten Verbrechers, war dabei nicht unwichtig. War ich doch zum Schluß die rechte Hand des Verewigten gewesen, und hatte er mir seine letzten Aufzeichnungen anvertraut. Man rief mich hinein, bot mir zwar keine Sitzgelegenheit an und sah mich stumm und böse an, aber Carolus redete ihr flüsternd zu, sich mit mir auszusöhnen. Er selbst sah das verfehlte Experiment an ihr nicht so tragisch an. Seiner Ansicht nach hätte sie darüber bei etwas gutem Willen hinwegkommen können. Aber sie fletschte ihre schönen Zähne, statt zu lächeln. Unablässig verfolgte sie micht mit einem Haß, den ich in dieser Form nicht zu verdienen glaubte, so wenig wie den Haß meines früheren Freundes, der mir im stillen antat, was er konnte. Aber die Frau lebte und blühte allmählich wieder auf, wurde schöner als je zuvor, während der arme March in seiner selbstzerstörerischen Glut von Tag zu Tag »weniger wurde«, wie man es im Volke nennt.


## X


March hatte mir durch seinen Verrat sehr geschadet – mehr noch unserer Sache. Wir mußten im Augenblick aussetzen. Wie war es möglich, daß ich mich so in ihm getäuscht hatte? Ich hatte ihn für einen Vollmenschen gehalten. Oder, wenn er das nicht war, dann immer noch eher für einen »Frosch«. Für eine »Ratte« nie. Aber er war beides, und ich erkannte, daß die guten Lehren meines Vaters *nach* den Ereignissen wunderbar paßten, aber unverwendbar waren für jemanden, der mitten *im* Leben stand.

March hatte der Frau nicht nur die Tatsache mitgeteilt, daß ich sie, als sie sich über ihren sterbenden Gatten gebeugt hatte, der Infektion durch eine angesteckte Stechmücke ausgesetzt hatte, sondern er hatte außerdem, um ja das eingeträufelte Gift recht schmerzhaft zu machen, ihr erzählt, ich hätte gesagt, sie, die Frau Walters, hätte künstliche Zähne. Ich hatte dies nie behauptet. Die Zähne der Frau hatten nicht den glatten, bläulichen Glanz künstlicher, aus Porzellan gebrannter Gebisse. Es war nichts als eine Sache des ärztlichen Gewissens gewesen, wenn ich bei ihr, wie bei jedem Menschen, wer immer es sei, vor der Einleitung einer Narkose den Mund auf künstliche Zahnprothesen untersuchen ließ. March begriff dies so gut wie ich. Er war von außerordentlicher Intelligenz, sonst hätte er sich nicht in so kurzer Zeit in unser Arbeitsgebiet einleben können. Erst als ich ihn nicht mehr bei allem und jedem neben mir hatte, merkte ich, wie sehr er mir und unserer Arbeit fehlte.

Ich ließ es zu keiner Auseinandersetzung kommen. Damit strafte ich ihn mehr als mit allem anderen. Ich schwieg.

Ich wollte ihn nicht mit Schweigen strafen. Aber ich mußte es.

Ich war ihm gut, »furchtbar gut«, wie man sagt, ich war ihm dankbar für die vielen guten Herzensdienste, die er mir auf dem Schiff und hier in dem Lazarett erwiesen hatte. Er war mir fast ein Ersatz für die menschliche Gesellschaft im ganzen. Er war mir, ich sage es nicht als Redensart, wie mein Bruder geworden.

Meinen wirklichen Bruder haßte ich nicht mehr, ich verstand ihn. Mein Vater besaß viel Geld, mein Bruder brauchte es, nicht für sich, für die Seinen. War die Lösung des Rätsels so schwer?

Aber mit March hätte ich allein auf einer einsamen Insel zeit meines Lebens hausen können und hätte vielleicht nie den Wunsch nach anderer Gesellschaft gehabt. Und doch konnte ich meinem »Herzen keinen Stoß geben«, ihn am Kragen packen und vor ihm mein Inneres, meine Vorwürfe, meine Hoffnungen, meine Leiden, meine Freuden ausbreiten.

Wir gingen aneinander vorbei. Die Zeit verstrich, die Frau hatte sich schon lange wieder von ihrem Leidenslager erhoben, das Kind, zart aber gesund, wurde in seinem geflochtenen Körbchen ins Freie getragen und, von einem dichten Schleier gegen die Insekten von oben bis unten zugedeckt, an einer schattigen Stelle des wild blühenden, betäubend duftenden Gartens des Hospitals niedergesetzt.

Ich hatte seit einigen Tagen zur Nachtzeit wieder meinen alten Platz im Bette. Eines Abends war ich später als sonst zurückgekommen und hatte March in tiefem Schlaf in seiner alten

Schlafstätte auf dem Boden der Kellerkammer vorgefunden. Meine Kleider und andere Gebrauchsgegenstände wurden, als wäre nichts zwischen uns vorgefallen, wieder gesäubert und in Ordnung gebracht, und eines Tages überraschte mich der unberechenbare (und doch in seinem Wesen nur zu leicht verständliche) törichte Junge damit, daß er mir ein halbes Dutzend Taschentücher, aus dem Besitze von Walter stammend und mit dessen Initialen gezeichnet, still unter meine Sachen schmuggelte. Er hatte diese Gegenstände der Witwe Walters abgebettelt. Sie hätte *mir* auch nicht einen Fetzen geschenkt. Gegen March war sie eitel Mitleid, Dank, Kameradschaft und Freundlichkeit. Und doch waren weder er noch sie glücklich. Sie hörte nicht auf, bei dem Direktor des Hauses, dem Assistenzarzt, der Oberin gegen mich zu hetzen und mir alle möglichen Verbrechen anzudichten, und jeden Menschen, mit dem sie sprach, vor dem Teufel in Menschengestalt, dem Gattenmörder, dem Mephisto im angemaßten Ärztekleid zu warnen, als den sie mich ansah. Sie hatte auch gedroht, sie würde zu verhindern wissen, daß noch einmal ein menschliches Wesen meinen diabolischen Experimenten zum Opfer fallen sollte.

Bis dahin waren alle ihre Drohungen und Verwünschungen ungefährlich für uns. Sie waren viel gefährlicher für sie selbst. Denn die arme, unbefriedigte Frau wurde vom Haß gegen mich bei Tag und Nacht beherrscht. Er war ihr zur fixen Idee geworden und übertäubte sogar den Schmerz um ihren toten Gatten und die Sorge um die fünf Kinder, die inzwischen von der Familie eines Kameraden ihres Mannes von der Küstenbatterie aufgenommen worden waren.

Sie hätte längst unser Haus (*unser* Haus nenne ich dieses schauerliche Y. F.-Lazarett, als wäre es wirklich zur Heimat geworden für mich!) verlassen können und müssen. Aber alles andere eher als das. Sie wollte sich von hier nicht trennen und nicht von mir. Sie wollte (mit unglaublich abweisender Miene) an mir vorbeirauschen, in ihren seidenen spanischen Schal gehüllt und ihre schlank gewordene Figur herausmodellierend, sie wollte mir giftige Blicke zuwerfen und mich bei Carolus und dem Geistlichen unmöglich machen. Ich war aber für Carolus nicht nur möglich, sondern sogar notwendig.

Solange dies alles nur meine nicht ins Gewicht fallende Privatperson betraf, sah ich es nicht als etwas Ernstes an. Aber das Haus füllte sich jetzt, beim Eintritt der sonnigen, hitzestrotzenden Zeit mit Kranken. Sie mit ihrem schwächlichen Säugling gehörte nicht mehr an diese Stätte des ansteckenden Leidens und der Gefahr. Es gab hier nicht nur in den Gläsern Stegomyias, sondern neben tausenderlei Nachtgetier schwirrten auch freie Moskitos vorbei und legten ihre Eier in jede alte Konservendose, die mit ein paar Tropfen faulenden Regenwassers gefüllt war.

Wir wünschten Alix alle fort, March nicht ausgeschlossen.

Ihr Mann war an den Experimenten gestorben. Ein vermeidbarer Tod, wie sie es sah, und ein steter Grund zur Bitterkeit gegen uns? Nein, auch gegen den Verstorbenen. Mich haßte sie. Aber ebenso haßte sie vielleicht auch ihn, als hätte er sie absichtlich im Stich gelassen!

Carolus wurde in dieser Lage zu dem Retter unserer Pläne. Ich hatte ihm zu Beginn auf der »Mimosa« zu wenig zugetraut. Er war weder ein monumentaler Ochse noch ein vertrockneter Pedant noch auch ein bloßer erfolgsgieriger Streber. Aber wozu eine Lobeshymne auf ihn singen, welcher doch bald auch die bei uns gebrechlichen Menschlein nötige Einschränkung folgen müßte, die Tatsachen zeigten, wie gut es gewesen war, daß unser kleines Kollektiv nicht nur einen außergewöhnlich edeln und meiner Ansicht nach vielleicht sogar großen Mann wie Walter besaß, sondern auch einen Mann wie Carolus, dessen Wert, wenngleich erst spät und schwer erkennbar, weit über dem Durchschnitt lag.

Er erfaßte die Situation früher als ich. Er warf mir, in dem schläfrigen Tone, der mich früher zur Verzweiflung gebracht hätte, meinen unvorsichtigen Versuch an Frau Walter vor, und zwar gelegentlich der Durchsicht unserer Protokolle, in welche ich die Infektion der Frau am Sterbebette Walters noch nicht eingetragen hatte. Ich hatte mich nicht gescheut, dieses Experiment (glücklicherweise ohne Effekt) zu unternehmen, aber ich scheute mich, es protokollarisch einzutragen. Er, als der große Statistiker und Ordnungsmensch, konnte diese Lücke nicht dulden. Wir schrieben also in gemeinsam formuliertem, einfachem Text die Tatsachen auf, und nur in einem mündlichen Nebensatz machte er mir den Vorwurf, ich hätte das Gesetz der Solidarität, das wir uns aus freiem Willen einstimmig am Beginn der Sache auferlegt hätten, eigenmächtig und sehr zum Schaden des Ganzen durchbrochen.

Ich mußte ihm recht geben. Er schüttelte daraufhin bloß seinen langen, gelben, vertrockneten, haarlosen Schädel, den ich einst mit dem Hinterteil eines mageren, gelbsüchtigen Säuglings verglichen hatte, und ging zur Tagesordnung über.

Wir besprachen, auf welche Art und Weise wir Frau Walter dazu bewegen könnten, die Insel zu verlassen. Sie mußte fort. Solange sie da war, waren unsere Versuche gefährdet und für sie und die Ihren war das Klima hier auf die Dauer sicheres Verderben. Auch war es der letzte Wunsch unseres verstorbenen Freundes gewesen, daß sie mit den Kindern zu ihrer Familie nach England heimkehre. Nun handelte es sich noch um den nervus rerum, Geld, das heißt um die Lebensversicherung, und hier war der springende Punkt. Diesen Teil der Verhandlungen führte Carolus mit Frau Walter und mir und dem Geistlichen gemeinsam, oder er plante es wenigstens so. Es war nicht einfach gewesen, den geradezu wüsten Haß der Frau gegen mich zu überwinden. Auch jetzt, bald vier Wochen nach dem Mückenattentat auf sie, trotz der Unschädlichkeit dieser Maßnahme, konnte sie mir kaum ins Gesicht sehen. Sie biß sich auf die Lippen, wurde abwechselnd rot und blaß, einmal trat sie ihr Hündchen mit Füßen, dann hob sie es wieder in ihren Schoß und streichelte den flachen, mit dichten Haaren bewachsenen Kopf des goldäugigen, ängstlichen, dummen Tieres, das nicht wußte, wie ihm geschah. Aber wir mußten mit ihr zu einem Resultat kommen, und da die neuen Versuche bald oder nie einzusetzen hatten, mußten wir noch an diesem Abend dieses Resultat erreichen.

## XI

Man hätte annehmen müssen, nichts komme der armen Witwe erwünschter als die Aussicht, aus diesem vom Y. F. verseuchten Ort, an den sie doch nur die trübsten Erinnerungen ketten konnten, loszukommen. Aber es war nicht der Fall. Die Neigung, die die unselige Frau zu mir gefaßt hatte und die sich vorerst nur in Haß und unterdrückten Wutausbrüchen äußerte, bewog sie, unserem Plan, sie und die Kinder möglichst schnell von der Insel fortzubekommen, Schwierigkeiten auf Schwierigkeiten in den Weg zu legen.

Vor allem machten wir ihr klar, in welcher Form die Versicherungsangelegenheit geregelt werden sollte. Sie hielt uns ihr Ohr hin, als könne sie nichts von unseren Worten verstehen. Dabei streifte sie meine Wange mit ihren leicht gewellten, rostfarben glänzenden Haaren, unter denen schon einige recht gebleichte, farblose mit unterliefen. Ich zuckte zurück wie von der Tarantel gestochen. Jeder andere Mensch hätte dieses mein plötzliches, hastiges, wenn ich so sagen darf, explosives Zurückzucken bemerkt, und so schwerhörig die arme Frau sich stellte oder tatsächlich war, ihre Augen waren gut, und sie mußten es bemerkt haben. Sie tat aber, als sei nichts gewesen und fuhr fort mit ihren Einwänden, die darauf beruhten, die zahlungsunwillige Versicherungsgesellschaft werde ihr nichts auszahlen, eher einen großen Prozeß anstrengen, und auf diesen problematischen Prozeß müsse sie sich vorbereiten und müsse bleiben. Wir sagten nein, begründeten es und die Diskussion ging weiter. Ein Zipfel ihres aus rosafarbener Rohseide gefertigten Hauskleides, das für die schwangere Frau geschneidert war und ihr jetzt viel zu weit um die wieder schlank gewordene Figur schlotterte, kam auf meinen linken Knöchel zu liegen. Ich zog meinen Fuß zurück und konnte doch nicht verhindern, daß sie mit dem weiten, japanisch geschnittenen Ärmel ihres Kleides meine herabhängende Hand berührte. »Weshalb wollen Sie mich los sein?« sagte sie, sich scheinbar auf die geschäftlichen Verhandlungen beziehend. »Ich tue niemandem etwas.« Was waren das alles für ungeschickte Manöver einer in zarten Liebkosungen sicherlich ungewandten, eher männlichen als mädchenhaften Frau!

Dann stellte sie plötzlich die Walze um, »wer soll sich um die letzte Ruhestätte meines Liebsten kümmern?!« Wir schwiegen. »Wie? Was? Wie?« kreischte sie mit ihrer grellen Stimme und sah mich mit flammenden Augen an. Ich schwieg. Carolus war von bewunderungswürdiger Ruhe, er nahm einen neuen Stoß Papiere aus seiner Aktentasche und lächelte mit seinen dünnen Lippen kaum merklich zu diesem unzeitgemäßen Gefühlsausbruch. Ich stand auf und stellte mich hinter Frau Walter. Nun gab es weder beredte Blicke noch das alte »Was, wie?« und sie hörte auf einmal jedes Wort. Um mir aber ja *das* kundzutun, was mir doch längst kein Geheimnis war, schaukelte sie auf ihrem Stuhl hin und her, zeigte ihre immer noch feste, schöne, schwere Büste und warf den Kopf zurück, um mich vielleicht noch einmal »zufällig« mit ihren Löckchen zu streifen. Gerade ehrbare Frauen sind in ihren Liebesbezeigungen oft plump und taktlos. Ich sah die Stelle an ihrem Nacken, wo sie damals das Insekt gebissen hatte. Sie mußte meinen Gedanken erraten haben, sie faßte mit ihrer schmalen weißen Hand, an der sie ihren und Walters Ehering trug, nach ihrem Nacken, sagte aber nichts zu mir, hörte bloß auf zu schaukeln.

Die Frau war klug und verstand jetzt die Lage vollkommen. Sie übersah alles, und wir wurden bald einig. Das heißt, sie und Carolus wurden einig. Der Geistliche, den man heranzog, war passiv und geduldig wie immer und enthielt sich der Stimme. Ich aber konnte nicht ohne weiteres zustimmen. Sie hatten ganz recht, man mußte die riesige Versicherungssumme retten, und das konnte auf geradem Wege nicht geschehen. Ihr Gatte hatte sich zu bewußt in lebensgefährliche Experimente eingelassen. Vielleicht gebührte ihm für seinen Opfermut ein Denkmal aus Bronze vor dem Lazarett oder in der Heimat, vielleicht gebührte ihm eine Spalte im Konversationslexikon, vielleicht sogar der Nobelpreis, alles zugegeben, die Versicherungssumme gebührte seinen Erben nicht.

Man brauchte Bargeld. Was war zu tun? Man mußte die weltumspannende, millionenschwere Versicherungskompagnie belügen und betrügen zum Wohl des wirtschaftlich schwächeren, aber moralisch stärkeren Teils.

Man mußte bei dem Subagenten die vollen Ansprüche auf die Versicherungssumme geltend machen. Es mußte heißen: Der Doktor Walter hat sich wohl, wie es seine Pflicht und sein amtlicher Auftrag war, mit der Erforschung des Y. F. beschäftigt. Aber er hat niemals lebensgefährliche Experimente an sich vorgenommen, und sein sehr bedauerlicher Tod ist eben durch eine Ansteckung auf dem *bisher* noch unbekannten Wege erfolgt. Ein Betriebsrisiko, von dem die Versicherungsgesellschaft sowohl bei dem ersten Versicherungsvertrage als bei dem Nachtrag I volle Kenntnis gehabt hat.

Dies mußten Carolus, der Geistliche und vor allem der Assistenzarzt, welch letzterer formell das Gutachten übernommen hatte und der wie weiches Wachs in unseren Händen war, schriftlich festlegen. Sie mußten es mit ihren Namen decken. Im Falle eines Zivilprozesses, wozu es aller Wahrscheinlichkeit nach

kam, mußten sie es sogar unter ihren Eid nehmen. Unrecht Gut.
Gedeiht es nicht? Alle waren dafür, nur ich nicht.

*Ich* sollte unsere Arbeit als null und nichtig erklären? Zum
Schein? Eine schriftliche, vereidete Erklärung ist kein Schein.
Der letzte Wille des Verewigten war gewesen, die Resultate
unserer Arbeit, die wir nicht nur am grünen Tisch, sondern in
pestverseuchten Krankensälen und Laboratorien gewonnen
hatten, bei einem Notar zu hinterlegen.

Ich sagte also unverhohlen meine Meinung, und die war *nein*.
Da wandte sich die Witwe nach mir um, umfing mich, ohne daß
es die anderen sehen konnten, mit einem beschwörenden,
flehenden, verzweifelten Blick, in dem ihre ganze, heiße Haß-
liebe vereinigt war, und dann sagte sie mit der süßesten Stimme,
der leisesten, zartesten, mädchenhaftesten, liebkosendsten,
deren ihre rauhe Kehle fähig war: »Um dieses Wortes wegen
verzeihe ich Ihnen jetzt doch!« Unerwartet, unvermittelt,
rührend ungeschickt begann sie zu lächeln, flüsterte mir zu, ich
sei ein guter Arzt, nur *zu* gut vielleicht, sie sei nicht undankbar,
sie wisse, was ich geleistet habe! Ich errötete, sie aber zeigte ihre
schönen, vollzähligen Zähne und bemerkte schelmisch lächelnd
wie ein junges siebzehnjähriges Ding, sie hätte doch keine
falschen Zähne. *Das* jetzt! Diese Koketterie in diesem Augenblick! Und aus dem Munde der Frau eines Walters! Sie breitete
mir ihren offenen Mund und die blendenden, von zwei blaßro-
ten, feuchten Lippen umgebenen Zahnreihen entgegen, als
biete sie mir sie an. Ich wich zurück, zwang mich zu einer
höflichen Grimasse, murmelte etwas von dringender, unauf-
schiebbarer Arbeit und zog mich in großer Verlegenheit zurück.

Gebliebtwerden macht mich nie glücklich. Aber auch das
andere Teil, das große, überwältigende Gefühl des Liebens, war
mir nicht gegeben. Wenn ich jetzt etwas liebte, waren es nicht
Menschen, wenigstens keine, die mir in diesem Leben noch
erreichbar waren, sondern etwas anderes. Es lag in seiner Gänze
in meiner Arbeit beschlossen.

# XII

Es bedurfte noch sehr großer Anstrengungen des Generalarztes,
um die Witwe unseres Mitarbeiters endlich zum Abzug aus dem

Y. F.-Hause zu bewegen. Ich will die verschiedenen Versuche, die mißlungenen wie den endlich gelingenden, nicht des langen und breiten ausführen, welche die beklagenswerte Frau machte, um mit mir in irgendeiner Weise zusammenzukommen und sich »auszusprechen«, wo es nichts auszusprechen gab. Sie liebte. Ich nicht. Ich sah in ihr bloß eine Kranke, bei der sich das Leiden nicht auf den mit so riesiger Zähigkeit und so prachtvollem Gesundheitswillen gesegneten Körper, sondern auf die Seele geworfen hatte. *Ich* hatte es nicht in der Hand, diese Seele zu heilen. Ich mußte sie mit Schweigen strafen, weil jedes Wort sie zu unerfüllbaren Hoffnungen zu ihrem sicheren Verderben ermutigt hätte. Die Frau hatte andere Aufgaben, die Zukunft ihrer unversorgten Kinder mußte ihr wichtiger sein als jedes persönliche Glücksphantom. Denn es war nur ein Phantom.

Endlich sollten wir alle die Freude haben, sie aus dem Y. F.-Hause scheiden zu sehen. Das Abschiednehmen dauerte eine Woche. Ich verbarg mich während dieser Zeit meist im Laboratorium, und wir gaben vor, das Betreten dieses Raumes sei mehr denn je lebensgefährlich. Auf diese Art und Weise schützte ich mich vor dem letzten Abschied der Frau. Manchmal dachte ich an ihr wahrhaft furchtbares körperliches und seelisches Leid zurück, das sie, fast möchte ich sagen, unter meinen Händen durchgemacht hatte. Aber keine Spur davon war zurückgeblieben in ihrem Gesicht, das, von den schönen, rötlich-braunen, gewellten Haaren umgeben, sich immer wieder ab und zu, und am verzweifeltsten am letzten Tage, gegen die Glasscheibe preßte, welche das Laboratorium mit dem Korridor verband. Und ihre Seele?

Ich bemitleidete sie aus tiefstem Herzen. Man glaube mir dieses kurze Wort.

Endlich war es soweit, sie saß in dem Wagen des Subagenten, den dieser galanterweise die Höhe zu dem Klosterlazarett hatte hinauffahren lassen. Man gab ihr die junge Hilfsschwester mit, damit diese in den nächsten Tagen sich um den Säugling kümmere und der Witwe einen Teil der Arbeit bei der endgültigen Übersiedlung abnehme. Über die Quarantäne sahen alle hinweg. Es mußte sein.

Auch das Hündchen, das an die Desinfektion glauben mußte, war zu seinem Entsetzen glatt geschoren, mit Sublimatlösung abgebürstet, mit Karbol besprengt, und hockte jetzt im Wagen da, kaum mehr sich selbst ähnlich und heiser von stundenlangem Bellen. Es sah besseren Zeiten entgegen.

Es blieb mir die Unterschrift unter das erwähnte Dokument, die Todesart des hoch versicherten Militärarztes Walter betreffend, nicht erspart. Ich mußte sie nun also doch leisten, gegen mein besseres Gewissen, ebenso wie sie Carolus gegen sein besseres Gewissen hatte leisten müssen. Mit sonderbaren Gefühlen malte ich meinen Namenszug, zum erstenmal seit langer Zeit wieder, hin. Ich entsann mich des Tages, als ich ihn zum erstenmal, unter Führung durch die Hand meines Vaters, mit seiner sonst eifersüchtig gehüteten Goldfeder in ein Schulheft gekritzelt hatte. Jetzt setzte ich dem Namen Georg Letham nach: III. C., Sträfling dritter Klasse. In meinen jungen Tagen hatte ich auch geschrieben: Georg Letham, III. Classe. Vergangen. Weiter! So kehrt alles wieder in diesem kurzen Leben. Erst recht weiter!

Walter hatte sich in C. ebenso wie an seinen früheren Dienstorten immer der größten Achtung und Liebe erfreut. Die Versicherungsgesellschaft, oft auf das Wohlwollen der Verwaltungsbehörden angewiesen, wußte dies und unterließ es, seinen Erben im Anfechtungsprozeß weitere Schwierigkeiten zu machen. Ebenso unterblieben genauere Nachforschungen. Es war auch besser so. Das medizinische Gutachten des Assistenzarztes wurde anerkannt, obgleich es dies nicht verdiente. Wir waren aber alle fest entschlossen, lieber zehn Meineide zugunsten der Witwe abzugeben, als diese fast mittellos einem erbarmungslosen Schicksal zu überlassen.

Der Gouverneur hatte nach fünf Jahren ununterbrochenen Dienstaufenthaltes auf C. nicht mehr die beste Gesundheit.

Einen befristeten Erholungsurlaub zu nehmen und ihn in Europa oder sonst in einem Y. F.-freien Lande zu verbringen, war schon aus dem einen Grund unmöglich, weil er die Immunität gegen Y. F., das er schon einmal, gleich nach seiner Ankunft vor fünf Jahren, hier überstanden hatte, bei längerer Abwesenheit wieder verloren hätte. Er lebte nicht ungern hier und legte viel Geld zurück und residierte wie ein Fürst. Was half es? Seine Leber ertrug den Aufenthalt auf C. nicht länger, und er mußte fort.

So traf es sich infolge der geschwächten Gesundheit seiner Exzellenz für die Witwe Walters und die Ihren gut, daß ein größeres, bequem eingerichtetes Schiff, bereits in der Außenreede liegend und den Gouverneur aufzunehmen bestimmt, auch sie und die Kinder nach Europa transportieren konnte.

Als wir aus unseren Fenstern den großen Dampfer mit den zwei Schornsteinen (nicht die kleine »Mimosa«) unter Dampf sahen und die Regierungsbarkasse von und zu dem Schiffe durch das Wasser schoß, ertönte wieder einmal die Glocke des Fernsprechers, die mit ihrem grellen Klang so oft unseren verstorbenen Freund aus seiner Tätigkeit aufgeschreckt hatte. Carolus meldete sich, hörte flüchtig hin, rief dann mich heran und übergab mir mit sonderbarem Lächeln, seine langen gelben Raffzähne bleckend, den Hörer. Über den Inhalt des Gespräches spreche ich nicht. Es war das letzte Lebewohl der Witwe, die es nicht über sich hatte bringen können, wortlos zu scheiden, es war ihr »endlich gelingender Versuch«. Die Unterredung hatte keine lange Dauer. Mehr als zwei bis drei Minuten werden es nicht gewesen sein, und ich selbst bin dabei fast gar nicht zu Worte gekommen.

Gleichsam als Gegendienst hatte Carolus, der mich in der letzten Zeit als Menschen seiner Klasse behandelte, eine Bitte an mich. Aber ich konnte nicht.

Ich war ihm dankbar. Ich konnte und mußte ihm dankbar sein. Und doch konnte ich seinen Wunsch (den ersten und einzigen, den er schon auf der »Mimosa« vergeblich ausgesprochen hatte) nicht erfüllen. Er wollte nicht mehr und nicht weniger, als daß ich mich endlich meiner Sohnes- und Bruderpflichten erinnere und daß ich nun sofort mit den Meinen in der Heimat in Verbindung trete. Ich konnte es nicht. Dieses Leben, (glaubte ich), lag abgelebt hinter mir. Ich vermochte es ebensowenig wieder zu beginnen, wie ich mich an Kot sättigen konnte. Auch um unserer Sache willen nicht. Nein. Andere, größere Männer, Heldennaturen über dem Kriege, die konnten es. Ich erinnere hier nur an den genialen Entdecker der Syphilisspirochäte, Schaudinn, der an sich Experimente mit Menschenkot gemacht hat. Er, dem die Menschheit doch bereits eine ungeheure, epochale, bahnbrechende Entdeckung verdankte, war an diesem scheußlichen Experiment, »wie das Gesetz es befahl, das er selbst sich gesetzt«, vor wenigen Jahren in der Blüte seiner Tage zugrunde gegangen.

Ich konnte mich noch nicht so überwinden. Mein Vater war

mein Vaterland. Mein Vaterland lag hinter mir. Man hatte mich deportiert. Ich war innerlich deportiert. Ich wollte meine früheren »liebenden Herzen« als tot betrachten. Ich wollte auch selbst tot für sie sein. Ich wollte nichts erhoffen von ihnen und nichts von ihnen zu fürchten haben. Versteht man das?

Er verstand es nicht. Ich schüttelte nur stumm den Kopf auf seine Bitten, so herzlich sie aus seiner hölzernen Kehle herausgeknarrt wurden. Ich dankte für die guten Ratschläge des alten Carolus.

Am Abend dieses Tages, nachdem wir das Regierungsschiff zwischen den schwarzfelsigen Inseln im weinfarbenen Meere, eine goldfarbene Rauchfahne hinter sich herschleifend, hatten verschwinden sehen, begann March, mein früherer Freund, sich zum erstenmal wieder an mich zu wenden. Es war keine freudige Nachricht, die er mir zu bringen hatte. Er suchte Trost bei mir, und ich – alles zwischen uns Vorgegangene zu streichen entschlossen, versuchte ihm diesen Trost zu geben. Er wollte gern fort von hier. Waren die Versuche nicht schon endlich abgeschlossen? Er sehnte sich nach der Heimat! Und nach mir! Und zum dritten handelte es sich bei ihm um die »liebenden Herzen« daheim, um seinen morphium- und kokainsüchtigen Vater, der, wie der Sohn durch Briefe der Mutter erfahren hatte, sich die abgefeimtesten Betrügereien und Schwindeleien, und zwar immer auf Kosten der Ärmsten, denen er ihr Letztes entlockt hatte, hatte zuschulden kommen lassen. So konnte es in dieser drolligsten und schauerlichsten aller Welten als möglich angesehen werden, daß der verkommene alte Drogist eines Tages unter den Deportierten in einer flohfarbenen Montur, eine Nummer in Schwarz über der Brust, hier auftauchte, vielleicht gerade an dem Tage, an dem sein Sohn, begnadigt für seinen Heroismus, die unselige Deportationsinsel verließ.

Ich tat, was ich konnte, um ihn zu beruhigen. Den Fragen über die Versuche und über meine Gefühle wich ich aus. Aber ich bemühte mich, ihm die Verurteilung des verlorenen Vaters als unwahrscheinlich hinzustellen, obgleich ich sie für sehr gut möglich hielt. Hätte doch nach meiner Ansicht der alte, moralisch verkommene Mensch viel eher hierher auf C. gehört als der Sohn, den ich immer noch nicht so sehen wollte, wie er war. Ich wollte es nicht erkennen. Ich schob alle Schuld den Verhältnissen, der ungeschickten oder böswilligen Hand des

Schicksals zu. Und noch in dieser Nacht sollte ich zu meinem Kummer sehen, daß ich immer noch nicht der Welt gewachsen war, wie sie in Wirklichkeit dastand – wie sagte ich einmal? – in ihrem stupiden Ernst, »unverbesserlich« im besten, hoffnungsfreudigsten oder im schlechtesten Sinn. War sie nicht zu verbessern, zu ändern? Mußte man sie und sich selbst als Objekte eines grausigen, unmenschlichen, zynischen Humors betrachten? Und wenn jedermann hätte lachen, grinsen müssen, konnte *ich* es?

## XIII

Ich erwachte in dieser Nacht ganz plötzlich. Als ich hochfuhr, wußte ich, daß die Ursache dieses brüsken Erwachens schon einige Zeit hinter mir lag. Ich ließ den allmählich verblassenden Traum durch meine Gedanken gehen, lauschte auf das Rascheln und Knabbern der zahlreichen Ratten im Keller, die sich um die vielen Kisten und Fässer jagten, bisweilen auch unter unser Lager huschten. Unser Lager? Ich wurde jetzt wach und klar und bemerkte, daß die Lagerstatt Marchs zu meinen Füßen auf dem Boden des Kellerraums leer war. Ich wartete eine kurze Zeit, an etwas Natürliches glaubend, denn es war unter uns ausgemacht, daß keiner seine Bedürfnisse in dem Schlafraum befriedigen solle. March als ein verweichlichter Mensch war es von Jugend an gewohnt gewesen. Es hatte ziemlicher Mühe bedurft, ihm den Gebrauch eines bekannten, bei Kindern und Kranken unentbehrlichen Gegenstandes abzugewöhnen. Wo blieb er aber jetzt? Ich wurde besorgt, stand auf und suchte ihn. Ich eilte durch die mir wohlbekannten Korridore und Treppen auf, Treppen ab. Ich klopfte an die Tür des betreffenden Raumes. Überall Totenstille.

Wie sonderbar! Ich empfand bei dem Durchschreiten des Y. F.-Hauses etwas wie Heimatgefühl, bei dem Suchen nach March etwas von dem, was mich als Kind bewegt hatte, wenn ich meinen nur zu sehr geliebten Vater in unserem weiten, oft sehr öden Haus gesucht hatte.

Um keinen Raum undurchsucht zu lassen, eilte ich wieder zurück durch die verwinkelte Architektur des durch zahlreiche

Zubauten in den vielen Jahren seines Bestandes völlig verbauten, weitläufigen Hauses und lief schließlich nach dem Laboratorium.

Ich lief, ich ging, ich stockte und stand still. Ich wollte nicht weiter. Ich sagte mir, March und ich hätten einander nur verpaßt und er läge sicherlich längst wieder in seinem Bett. Nur aus einer Art Pflichtgefühl gegen mich selbst zwang ich mich, mein schlechtes Vorgefühl zu besiegen und trotz allem in das Laboratorium einzutreten.

Es war wahnsinnig heiß, und der Schweiß lief mir unter meinem bereits sehr zerschlissenen Pyjama in Strömen herab.

Endlich war ich vor der Schwelle des Laboratoriums (nicht an dem Eingang durch die Glastür, sondern am entgegengesetzten Ende, vor einer festen Tür) und sah zu meiner freudigen Überraschung einen zarten goldfarbenen Spalt durchschimmern; elektrisches Licht. Ich dachte im stillen, mich selbst beschämend, wie albern es gewesen wäre, wenn ich meinem Vorgefühl gefolgt und vorzeitig in unseren Schlafraum heimgekehrt wäre.

Ich öffnete leise die Tür und sah zu meinem fürchterlichen Schrecken – meinen toten Freund Walter in seinem mir wohlbekannten, rotweiß gestreiften Nachtanzug in einer Ecke bei einem Tischchen am Fenster stehen und etwas an den Gläsern mit Moskitos manipulieren. Unwillkürlich schrie ich ihn an: »Walter!!« Er richtete sich aus seiner gebückten Haltung auf – und mir starrte, nicht minder entsetzt, ein käsebleiches Gesicht entgegen, keineswegs das unvergeßliche, magere, ernste Gesicht Walters, sondern die hübsche Larve Marchs, der einen der bunten Pyjamas Walters von dessen Witwe geerbt hatte und heute zum erstenmal an seinem Leibe trug. »March?!!« flüsterte ich ganz entgeistert. »Was tust du hier?«

March stammelte einige unverständliche Worte, und während eine heiße Röte seine Züge überflutete, zwang er sich zum Lachen, einem heiseren, unnatürlichen und dennoch aus der Tiefe seiner Brust heraufdringenden Gelächter, das fast ununterbrochen bei der folgenden kurzen Unterredung fortdauerte. Ich war schnell zu ihm getreten und sah, daß er zwei Gläser vor sich hatte. Ein kleineres, leeres Glas mit der durch Fettstift in blauen Lettern angeschriebenen Bezeichnung M. (St.) II. G. Y. F. 5./9. 11. Das bedeutet Moskitos (Stegomyia) zweite Generation, mit Gelbfieberblut getränkt am neunten Tage von einem Kranken, der nach fünftägiger Inkubation erkrankt war. Das andere, größere Glasgefäß, in welchem im Gegensatz zu dem kleineren, leeren zahlreiche Moskitos, durch das elektrische Licht aufgeschreckt, durcheinanderschwirrten und an den Wänden auf und ab krabbelten, zeigte bloß die Bezeichnung M. (St.) II. III. O. Dies bedeutete, daß es sich bei diesen Insekten um das große Reservedepot handelte, das alle Tiere in der zweiten und dritten Generation enthielt, die bis jetzt noch kein Menschenblut getrunken hatten und für unsere weiteren Versuche aufbewahrt wurden. Die Entwicklung der Larve vom Ei bis zum fertigen Insekt dauerte fünfzehn bis dreiundzwanzig Tage, und die Mücke ist zwei bis drei Wochen nach dem Ausschlüpfen aus der Puppenhülle fortpflanzungsfähig.

»Was ist denn? Was gibt es? Was willst du hier? Wo sind die Moskitos?« fragte ich. March konnte infolge seines albernen Krampflachens nicht antworten. Dabei schossen ihm die Tränen in die Augen, und er hielt sich mit beiden Händen an dem Laboratoriumstischchen fest, so daß die beiden Gläser gegeneinanderstießen und heftig klirrten. Von dem kleineren war der Gazedeckel fort. Kein einziger Moskito war darin, oder es schien wenigstens so. Denn als die Sache einige Zeit gedauert hatte, und ich ratlos dem March gegenüberstand, ohne eine plausible Erklärung finden zu können, tauchte schüchtern ein junger, ungewöhnlich klein gebliebener Moskito heraus, setzte sich auf den Rand des Glases, bucklich hingehockt, wie es diese Insekten tun, mit den langen Hinterbeinen wippend, mit weißen Zeichnungen auf dem dunklen Leibe, und es dauerte keine zwei Sekunden, so spannte er seine querovalen Flügel aus, und während die weiße lyraartige Zeichnung im elektrischen Licht sich deutlich gegen den verdickten Glaswulst des Gefäßes abzeichnete, stieß er von dem Rande des Glases ab und suchte nach einigen Zickzackflügen den Weg nach der Decke zu der Lampe, wo bereits eine ziemliche Anzahl von seinesgleichen ihren bekannten zuckenden Tanz aufführten. Die Fenster waren durch Moskitonetze geschlossen, es konnte sich daher bei dem Dutzend Stegomyias, das sich da oben in zackig abgebrochenen Spiralen und steilen Parabeln umhertrieb, nur um die früheren Inwohner des Glases handeln.

Wer hatte sie in Freiheit gesetzt? March. Warum?

Es blieb mir keine Zeit, ruhig darüber nachzudenken. Sofort schwoll mir das Herz, wie man sagt, ich spürte, wie mich der Jähzorn übermannte, und ich trat mit bösem Gesicht und geballten Fäusten zu dem wie eine Mauer weiß gewordenen, lachenden Menschen. Er wich zurück, immer noch seine blödsinnige Lache auf den Lippen, und raunte, von Lachstößen unterbrochen, mir zu: »Komm doch, schlag zu! Komm doch, hau mich nieder! Schieße mich zusammen!« Dabei griff er in eine Tasche des Nachtanzugs. »Lache nicht mehr«, flüsterte ich ihm zu. Höchst unsinnig von mir, denn ich erkannte sofort, daß er durchaus nicht aus freien Stücken lachte, sondern aus Zwang. »Höre sofort mit deinem albernen Gelächter auf und hilf mir, sie wieder zu fangen. Eine Leiter!« Immer noch lachend brachte er, den schönen Pyjama des seligen Doktors mit seinem Schweiß tränkend, auf seinen Schultern eine Leiter. »Halte sie an den Füßen«, sagte ich ihm, »und reiche mir das Glas und den Wattebausch da hinauf.« Dabei gab ich ihm einen Wattebausch und ein Fläschchen mit Chloroform, das gleiche, aus dem er die Witwe Walters narkotisiert hatte. »Schütte das Zeug tropfenweise auf, nicht zu viel, nicht zu wenig«, sagte ich ihm oder vielmehr schrie ich ihm zu. Aber diesmal wagte er mir nicht zu entgegnen: »Schreien Sie nicht!« Sein Lachen war abgebrochen, es drohte in ein Zwangsweinen überzugehen. Er zitterte am ganzen Körper. Die schwankende Leiter, wie alles weiche Holz in den Tropen ein baufälliges und vermorschtes Ding, nahm das Zittern auf, und das Vibrieren teilte sich mir mit. Das konnten wir nicht brauchen. Ich hatte vor, die losgelassenen Stegomyias mit den nicht allzusehr konzentrierten Dämpfen des Chloroformalkoholgemisches, das bei der herrschenden Bärenhitze schnell verdunstete, zu betäuben, so daß ich die höchst infektiösen Tiere wieder einfangen konnte, tot oder lebendig.

Aber das spricht sich leichter aus, als es sich durchführt. Bald war das Wattebäuschchen zu naß, bald zu trocken, bald hielt ich es zu hoch, bald zu tief, ich konnte auf der plumpen, morschen, halb verfaulten Leiter keine Sprünge machen, aber die flinken Tiere oben in ihrem Element konnten es. Endlich hatten wir von den elf Flüchtlingen sieben zurück. Auf die anderen mußten wir vorläufig verzichten. Sie schwirrten nahe der Decke in so abgefeimten Kurven, daß sie mir trotz aller Listen und Finten entgingen. Ich und March waren von den Dünsten des Chloroformgemisches, von den Mühen, der Müdigkeit, Hitze und Aufregung mehr tot als lebendig. Wir kontrollierten noch die Gazemoskitonetze an den Fenstern, damit die gefährlichen Tiere nicht den Weg ins Freie fanden, schlossen die Türe sorgfältig ab und gingen schlafen. Oder wir versuchten wenigstens, das zu tun. Es war etwa zwei Uhr morgens. Ich war von dem massenhaft verbrauchten Chloroform wie betrunken. Eines klaren Gedankens, einer entschlossenen Handlung unfähig.

## XIV

Die Natur ist es nicht, die einem Menschen meiner Art den wahren Bruder gibt. March war mir mehr geworden, als mir mein Bruder bedeutet hatte. Ich begriff es in dieser Nacht tiefer als je zuvor. Und dennoch blieb mir nur übrig, mich von March zu trennen.

Die Frage war, sollte ich vor ihm schweigen oder sollte ich ihm meine Gründe klarlegen, oder vielmehr den einen Grund, nämlich den, daß ich nach dem Vorhergegangenen nie mehr Vertrauen zu ihm haben konnte. Ohne Liebe kann man zusammenleben, wenn man muß, aber ohne Vertrauen nicht. Er durfte mir, wenn es nicht anders ging, persönlich nahetreten und mich beleidigen. Denn ich hätte es begriffen, daß er nicht bloß »ein Mittel zum Zweck« in meiner Hand sein wollte. Ich hatte begriffen, aus welchem Grunde er bei dem (für den Gang unserer Forschung grundsätzlich so wichtigen) Experiment an der Frau Walters von mir hatte abfallen wollen. Keineswegs aus Liebe zu der Frau, die ihn schon wegen seiner abnormalen Veranlagung nicht fesseln konnte; sondern nur aus Eifersucht auf mich und besonders auf die Untersuchung, die mich allmählich fast bis zum letzten Rest absorbiert hatte, hatte er sich geweigert, mir darin zu folgen, »bis zum letzten Rest«. Was waren ihm alle Frauen und Witwen der Welt? Was lag ihm an dem ungeborenen Kind?

Hemmungslos wie er war, wollte er *mich* besitzen. Er wollte, wenn schon eine körperliche Vereinigung unmöglich war, in meinem *seelischen* Leben die erste und mehr als das, die einzige Rolle spielen. Er wollte oben liegen – und ein Mann sein. Nur um sein zweifelhaftes Übergewicht zu demonstrieren, hatte er sich da droben im Himmelbett hingepflanzt und mir den niederen Platz im Höllenpfuhl neben dem Rattengesindel angewiesen. Ich hatte ihn allmählich verstanden und hatte ihm verziehen. Ohne ein Wort. Man muß nicht sprechen. Ohne einen Vorwurf. Man muß nicht abrechnen. Aber nun verstand ich ihn noch besser, denn er hatte mich auf den unüberbrückbaren Abgrund zwischen uns in dieser letzten Nacht hingewiesen, ich konnte nicht mehr blind sein. Was tut der Mensch nicht alles, wovon der Mensch nichts weiß?! Alles verstehen, alles verzeihen. Gern, liebend gerne, March, lieber Junge, Lebenskamerad, solange es nur mich selbst betraf. Niemals, wenn er sich gegen meine Arbeit wehrte und wenn er sie zu zerstören versuchte. Mein letztes Wort? Ohne das geringste Schwanken mein letztes.

Als ich ihn morgens ansah und die Spuren der Verwüstung in seinem ehemals so jovialen, hier oben dick und froh gewordenen, und inzwischen wieder bis auf die Backenknochen abgemagerten Gesichts bemerkte, als er wieder einmal mit seinen blaugrauen, schönen Hundeaugen an mir hing und einen Vorwurf, einen Zornausbruch, eine »menschliche« Regung von mir erwartete, fiel es mir schwer zu tun, was ich doch tun mußte.

Ich ging zu Carolus in dessen Zimmer hinauf, das er nun nach dem Tode von Walter mit dem jungen Assistenzarzt teilte. Carolus war gerade dabei, seine langen, gelben Zähne zu putzen. Und wie tat er das! Er tauchte eine alte borstenarme, vergilbte Zahnbürste immer wieder, ohne sie abzuspülen, in das Glas, mit drei Finger hohem Mundwasser gefüllt. Wirtschaft! Wirtschaft! Er sparte, auch hier. Und die Tropfen rannen auf sein Nachthemd nieder.

Ich unterbrach ihn bei dieser unappetitlichen Beschäftigung, bat ihn, sich zu beeilen und wartete draußen vor der Tür auf ihn.

March schlich mit auf die Brust hinabgesenktem Kopf einmal und zweimal an mir vorüber. Wie ein Tier, dem doch die Sprache nicht gegeben ist, stieß er mich mit dem Ellbogen an. So wie ein Hund seinen Herrn in die Kniekehlen stößt, um ihn zu einer Lebensäußerung, einem Spaziergang, zu der Darreichung eines Leckerbissens zu veranlassen, oder einfach deshalb, um sich, den Hund, bei seinem Herrn in seiner tierisch naiven Art einfach in Erinnerung zu bringen. March, du mußt keine Angst haben, dachte ich bei mir, ohne diese Annäherung zu beachten, ich werde dir nicht schaden. Aber March, das weißt du so gut wie ich, du darfst keine Hoffnung mehr haben, wir müssen uns trennen, und du darfst das Laboratorium nicht mehr betreten.

Carolus hatte die besten Beziehungen zu dem Gouverneur-Stellvertreter und dessen Stab. Sein Einfluß und sein Generalsrang vermochten viel. Ich wollte es durchsetzen, daß durch seine Vermittlung dem allzutreu und allzuleidenschaftlich liebenden March kein Nachteil erwachse, sondern daß vielmehr der arme Junge einen bequemen Posten in dem Verwaltungswesen von C. erhalte, dem er dank seiner angeborenen Intelligenz und seiner Willigkeit gewachsen war. Und dann stand ja auch der Plan des Walter in Aussicht, diejenigen Deportierten, die sich wie er, March, den lebensgefährlichen Experimenten zur Verfügung gestellt und tatsächlich erkrankt waren, einer Spezialamnestie zu empfehlen.

Eben kam Carolus, so penibel, wie es ihm möglich war, gereinigt und gesäubert, aus dem Schlafzimmer und wir gingen zum Laboratorium, dessen Tür ich, sehr zum Erstaunen des Generalarztes, vor der Nase des bedrückt hinterherschleichenden March verschloß.

Carolus hatte unzerstörbares Vertrauen zu mir. Und ich, jetzt erkannte ich es, hatte es auch zu ihm.

Ohne Umschweife erklärte ich ihm die Sachlage, die persönliche Seite der Angelegenheit so wenig wie möglich berührend, und wir machten uns vor allem daran, die fehlenden Moskitos, die sich, wie es diese Tiere tagsüber tun, in dunklen Winkeln und Ecken verborgen hielten, herauszuholen. Wir bekamen auch allmählich eine ganze Anzahl zusammen.

Es wurden ihrer sogar mehr, als uns fehlten. Wenn auch die Moskitos auf der Höhe, auf der das Y. F.-Lazarett gelegen war, verhältnismäßig selten waren, mußten sich doch auch solche Insekten von außen her eingeschlichen haben. Und wer sollte die mit Menschenblut getränkten in lebendem Zustande von den ungeimpften unterscheiden?

Es blieb uns also leider nichts anderes übrig, als alle miteinander in dem Glase, das seine präzise Aufschrift nun zu Unrecht trug, einzusammeln und sie insgesamt durch Chloroform zu töten.

Carolus hatte mir schon vor einigen Tagen anvertraut, daß das hochherzige Beispiel Walters etc. bei den einfachen Soldaten der Küstenbatterien nicht ohne Eindruck geblieben war. Wir hätten die Möglichkeit gehabt, mit diesen prachtvollen jungen Menschen zu arbeiten. Nur waren die Menschen da, und es fehlten die infizierten Moskitos! Was war zu tun? Wir mußten aus dem Insektuarium neue Tiere hervorholen und sie in vielen Stunden, zu zweit mühselig arbeitend, den Akt des Ansaugens an schwer kranken und sterbenden Y. F.-Patienten vollziehen lassen. Und dann warten. Am besten zehn bis zwölf Tage. Was konnte inzwischen nicht alles geschehen?

Meine Miene war düster, und ich gönnte March kein Wort. Mein Vorschlag, ihn in einer Kanzlei des Sanitätschefs der Verwaltung von C. unterzubringen, hatte die Zustimmung von Carolus gefunden, der sich jetzt in vielem blind auf mich zu verlassen begann. Aber die Mühlen der Behörden mahlen bekanntlich langsam. So kam es, daß March, beschäftigungslos, in stiller und nachts dann auch lauter Verzweiflung dahinlebte und schließlich ohne Worte, aber auch ohne Unterlaß an mein Mitleid appellierte.

Ich hielt ihn hin, bis ich ihm am Vorabend seiner neuen Verwendung Bescheid gab. Klar, kurz und so schonend wie möglich. Er erblaßte und faßte mir in seiner wilden Erregung an den Hals. Dann aber, in einer jähen Wandlung, wechselte der Ausdruck seines Gesichts, seine drohende Gebärde wurde zu einer ungeschickten, aber nur um so mehr rührenden Liebkosung an meiner Brust, wohin sich seine zitternden Finger verirrten. Er ließ keine bitteren Worte mehr hören, appellierte nicht mehr an meine Verzeihung und fragte mich nur mit künstlich fester Stimme, ob mir nicht vor meiner Gottähnlichkeit bange sei.

War ich Gott ähnlich? Ich tat nur, was ich mußte, und schwieg auf seinen stummen, innigst flehenden Blick. Ich strich ihm über sein Haupthaar, das flaumleicht wie das Kleid eines jungen Vogels auf seinem Kopfe zu wachsen begonnen hatte. Vielleicht betete er zu mir, wie sonst Menschen zu Gott beten, ohne daß dieser es will.

Und ebensowenig wie ich seine hündische Unterwürfigkeit wollte, so wenig wollte ich das, was er noch in dieser Nacht vollbrachte. Er war zum letztenmal ins Laboratorium, sein verlorenes Paradies geschlichen, hatte sich aus dem reinen Alkohol, der dort in Gläsern vorrätig war, ein unheimliches Rauschmittel zurechtgemischt (er war doch ein Sohn *seines*

Vaters, wie ich der Sohn des meinigen war), und hatte sich gegen Morgen, nach Gott weiß wie fürchterlicher Nacht – (ich ahnte nichts. Ich schwöre es! Ich schlief!) – mit der durch Alkohol und Todesangst unsicher gewordenen Hand mit dem Armeerevolver des Walter in das Herz treffen wollen. Seine Hand muß aber im entscheidenden Augenblick hinabgesunken sein. Er traf sich. Aber statt in das Herz traf er sich in die Oberbauchgegend, in die Gegend unter dem linken Rippenbogen.

# XV

Ich hatte niemals gespielt mit dem jungen Menschen, der jetzt ohnmächtig, leichenblaß, bei steinhart gespannten Unterleibsmuskeln nur noch oberflächlich mit der Brust wie eine Frau atmend, vor mir auf den Fliesen des Laboratoriums lag. Ich hatte mit ihm nie gespielt, ich schwöre es bei dem Heiligsten, was es für einen Menschen meiner Art geben kann, ich schwöre es bei mir selbst, daß ich mit ihm nie experimentiert hatte. Eher hatte er mit mir experimentiert: er hatte *mich* auf die Probe gestellt, wieviel er mir wert sei. Konnte er denn jemals glauben, daß er durch seinen Selbstmord mein Leben und meine Arbeit erleichtere? Er hatte mein Gott sein wollen, wie ich der seine war. Aber ich war nur ein Mensch, wie es deren zu viele gibt.

Er hatte beim Mißlingen seines Experiments die Lust am Leben verloren und sich davonmachen wollen. Ich sah ihn einen Augenblick mit tränenumflorten Augen (so nennt man es wohl) an. Dann tat ich das Notwendige.

Der Puls war zwar fadendünn, sehr beschleunigt, zwischen neunzig und hundert, aber doch noch fühlbar, und er blieb so. Das Gesicht zeigte jenen entrückten, unnatürlichen Ausdruck, den man bei schweren Unterleibsverletzungen im Felde oft genug gesehen hat und den der Arzt Bauchgesicht, facies abdominalis, nennt. Das Herz war es nicht, woran er starb, der Unterleib war es. Ironie liegt mir jetzt ferne. Die Tatsachen sind, wie sie sind. Ich schnitt ihm mit aller Vorsicht die Kleider vom Leibe. Viel hatte er nicht an. Er stöhnte dumpf, schien plötzlich tief bewußtlos. Die Einschuß- und Ausschußöffnungen durch das kleinkalibrige Geschoß waren ungefähr gleichgroß, die Einschußöffnung war durch Pulverreste und Wäschezunder verunreinigt, offenbar war der Schuß aus unmittelbarer Nähe abgegeben worden. Es war ihm also ernst gewesen.

Nicht minder ernst war es mir und dem fassungslosen Carolus, der den guten Jungen im Laufe der letzten Zeit fast ebenso liebgewonnen hatte wie ich, die Rettung mit allen Mitteln zu versuchen. Carolus, der mich als Chirurgen über Gebühr schätzte (denn er wußte ja nicht, mit welchen Umständen es bei der schwierigen Entbindung zugegangen war), riet mir, sofort den Versuch einer lebensrettenden Operation zu machen. Aller Wahrscheinlichkeit waren die Darmwände durch das Geschoß durchbohrt, es konnte auch ein Blutgefäß im Leibe getroffen sein. Ich dachte nach und schüttelte den Kopf. In keinem Falle durfte *ich* mir zutrauen, hier den Versuch einer Operation zu riskieren. Ich hatte *keinen* sachkundigen Helfer. Ich hatte keinen mehr. Eine schwere Entbindung läßt sich unter Umständen auch von einem wagemutigen, vom Glück begünstigten Arzt improvisieren; eine technisch komplizierte Operation, wie es die Eröffnung der Bauchhöhle ist, niemals. Ich sagte das dem Generalarzt.

Er wollte mir nicht recht geben. Möglicherweise hatte er Angst, die Tatsache offenkundig werden zu lassen, daß er den seiner Obhut anvertrauten Sträfling nicht besser beaufsichtigt hatte, so daß dieser sich die todbringende Waffe hatte verschaffen können. Auch mein Schicksal stand auf dem Spiel. Würde man mich, nachdem ein Mord mit der Waffe (auch Selbstmord bleibt Mord) vorgekommen war, weiterhin unbewacht lassen? Hatten March und ich ihre »Freiheit« hier verdient?

Es gab aber für mich keinen Konflikt. Die Lage war eindeutig. Ich zog die Konsequenzen, indem ich dem armen March, der eben stöhnend erwachte, einen aseptischen Verband anlegte, ihm eine Kampferspritze nach der anderen verabreichte und Carolus bat, an das Haupthospital der Sträflingsverwaltung zu telephonieren, wo ein einigermaßen moderner Operationsraum und eine Röntgenabteilung erst vor wenigen Jahren geschaffen worden waren, nachdem ein wissensdurstiger, mutiger und hochherziger Journalist die furchtbaren Mißstände auf der Insel im allgemeinen und in der ärztlichen Versorgung der Deportierten im einzelnen in schaudererweckenden, aber genialen Reportagen aufgedeckt und der entsetzten Öffentlichkeit mitgeteilt hatte.

Carolus war froh, daß er einen anordnenden Menschen neben sich hatte, er befolgte alles pedantisch genau. Mir blieb nur noch übrig, dem bedauernswerten Jungen, der aus der Bewußtlosigkeit erwacht war, eine schmerzstillende Injektion zu verabreichen. Möglicherweise war es der letzte Dienst in diesem Leben, den ich ihm erweisen durfte.

Die Wirkung schien auffallend spät und schwach einzutreten. War denn der arme Teufel an Morphium gewöhnt? Die Untersuchung unseres Medikamentenvorrates bestätigte diesen Verdacht. Nicht nur Alkohol, auch Rauschgift! Auch darin war der junge March der Sohn seines Vaters gewesen. Er war längst aus scheinbar unlösbaren Schwierigkeiten in das Morphium geflüchtet. Und ich hatte nichts gesehen! Dem Beobachter, dem Freunde war alles entgangen. Er hatte sich längst schon aufgegeben. Und doch, was hilft es, schamhaft den Schleier des nüchternen, objektiven Arztes über sein Schicksal zu breiten? War *ich* frei von Schuld? Es ging mir so nahe, wie ich nach dem Tode meiner geliebten kleinen Portugiesin nicht gedacht hatte, daß mir noch etwas nahe gehen könne. Ich beugte mich zu ihm hinab. Ich glaubte ihn endlich unter der einschläfernden Wirkung des Morphiums. Aber er war immer noch klar.

Er wußte, was er tat, als er seine kraftlosen, abgemagerten Arme um meinen Hals schlang und meinen Kopf zu sich hinabzog. Ich wehrte mich nicht gegen seine Lippen. Ich verschweige es nicht. Es war der erste Kuß seit dem Tode meiner armen Gattin, den ich einem Menschen gab. Aber er: nahm er diesen ersten Kuß als das, was er war? Ich weiß es nicht. Er schien, als ob es ihn würge. Seine Lippen krampften sich zusammen. Verstand ich ihn recht? War es sein Körper oder war es seine Seele, die bewirkte, daß er meinen Kuß wieder auszuspeien schien? Gummibonbon! Wer ist es jetzt, du oder ich?

Hatte er mich ausgespieen? Nach den Worten der Schrift geschah mir nur recht. Denn so und nicht anders soll es denen ergehen, die nicht warm und nicht kalt sind. Aber konnte ich denn anders?

Er trug seine Schmerzen tapfer und verlangte nach keiner weiteren Injektion. Sein Gesicht verfiel, und er begann dauernd aufzustoßen. Kein gutes Zeichen. Es war ein Wunder, daß er noch lebte und daß sein Herz arbeitete. Er wehrte ab, als ich ihm die dritte Spritze aus eigenem Antrieb geben wollte. Denn sie war von mir ärztlicherseits nicht nur als Schmerzstillung beabsichtigt, sondern sie sollte die eigenmächtigen Bewegungen der verletzten Eingeweide ausschalten und die Ausbreitung der infektiösen Keime solange wie möglich hintanhalten.

Um ihm jede Erschütterung des Körpers zu ersparen, hatten wir ihn, so gut es ging, auf den Tisch des Laboratoriums gebettet. Jetzt hielt er doch meine Hand mit der seinen fest. Ich erinnerte mich jenes Augenblicks vor so langer Zeit, als ich zum erstenmal diese fast krankhaft weiche, wie knochenlose Hand in der meinen gehalten hatte, damals, als ich an Bord der »Mimosa« erwachte, in seiner Nähe, unter seinem Schutz. In seinem hübschen, erdfahlen Gesicht spielten jetzt alle Leiden und Leidenschaften. Ich erinnerte mich meiner Prognose beim ersten Zusammentreffen mit ihm. Er hat gelitten, er leidet, er wird leiden. Aber wie sinnlos er litt! Meine Frau war schnell gestorben.

Endlich, nach mehr als drei Stunden, kam das Automobil, das ihn forttransportierte. Die Fahrt vom Sammelhospital über die versumpften Knüppeldämme hierher war nicht so einfach gewesen, als ich angenommen hatte. Aber das allein war es nicht; man hatte unter anderem auch Angst, das verseuchte Y. F.-Haus zu betreten und – was bedeutete für die Sanitätsverwaltung und für die Leitung des großen Sammelhospitals mit seinem Belegraum für einige hundert Sträflinge das Leben eines einzigen, der noch dazu, wie dieser March, selbst den Wunsch gehabt hatte, aus dieser besten aller Welten zu scheiden? Ich winkte ihm zu, ich winkte ihm nach.

Als ich ihn auf der Bahre, die man aus dem Transportauto geholt hatte, von geschulten Trägern aus dem Hause forttransportiert sah, wußte ich nicht, sollte ich glücklich sein, daß mir der Anblick seines Sterbens erspart blieb? Sollte ich hoffen, daß er durch ein Wunder des Himmels (aber gibt es Wunder? Gibt es einen Himmel?) gerettet würde? Sollte ich trauern? Nein, dies fragte ich nicht. Ich stürzte mich, von krankhaftem tränenlosen Zittern geschüttelt, in meinen Kellerraum hinab, von jetzt an und für immer und ewig meinen Raum, den er niemals mehr teilen würde. Ich weinte nicht. Die Natur hat mir diesen Trost, diese Erleichterung nicht geben wollen. Dieses Ventil öffnet sich bei mir nicht. Ich lag wach und war nicht müde. Ich dachte nach – nur einen einzigen Gedanken.

Ich hatte noch in meiner Tasche das Nickeletui mit der Injektionsspritze.

Ich hatte noch niemals in meinem ganzen Leben, auch in den schwersten Zeiten, im Beobachtungshause des Untersuchungsgefängnisses und in den ersten Nächten auf der »Mimosa« nicht, so wie jetzt den Hunger, ja eine fast unüberwindbare Gier nach Betäubung empfunden.

Aber ich trug in der anderen Tasche meines Ärztekittels auch noch die präzise Waffe aus dem Besitze Walters. Sechs Patronen faßte das Magazin; eine fehlte, fünf waren da.

Ich sagte mir: Kannst du nicht mehr leben, gut! Stirb! Aber betäube dich nicht. Vernichte dich, aber fliehe nicht!

Der Mensch will leben. Selbst wenn er sich das Leben nimmt wie March, im letzten Grunde seines Herzens will er leben. Nur anders. Er versucht das Schicksal zu erpressen. Er experimentiert mit seinem letzten Einsatz, und einerlei, wie das Experiment ausgeht – *er geht zugrunde* . . . Ich wollte es nicht. Mein Leiden und mein Tod hätten nichts bewiesen. Nichts geändert. Ich belog mich nicht. Auch dieser Trost war dem Sohne meines Vaters nicht gegeben.


## XVI

Wenn mich in dieser Zeit (ich sage nicht schwer, ich nenne sie nicht fürchterlich, nicht teuflisch, die Worte drücken das Wesentliche nicht aus), wenn mich in der Zeit nach dem Abtransport Marchs etwas aufrechterhielt, war es das Verhalten des Generalarztes. Er nahm sich meiner an, wie ich es nicht verdient hatte. Ich selbst hatte ja der sogenannten Menschlichkeit keinen Einfluß auf meine Handlungen eingeräumt. Ich war in meiner nicht grausamen, sondern nur folgerichtigen Härte, welche die Sache erforderte, bei dem armen March vielleicht, wer weiß es? zu weit gegangen. Ich hatte nach den Worten der Schrift versucht, das Auge, das mich ärgerte, auszureißen. Durfte ich über Schmerzen klagen? Um so mehr überraschte mich das Benehmen des Carolus, dieses in seinem ganzen Wesen, in allen seinen Zielen kleinbürgerlichen, beschränkten und pedantischen Mannes, der aber in unserer Sache aufgegangen war und der ihr zuliebe endlich das opferte, was ihm aufzugeben am schwersten fiel, sein Geld. Aber davon später.

In den ersten Tagen bemühte er sich, aus der Entfernung alles nur Erdenkliche für den todkranken March zu tun. Er war jetzt ebenso hartnäckig am Fernsprecher, wie es früher die Frau Walters gewesen war. Er ruhte nicht, bis er nicht an jedem Tag zwei- bis dreimal genaue Nachrichten über das Befinden des Selbstmordkandidaten erlangt hatte. Man hatte drüben von einer Operation abgesehen. Ich weiß nicht, in welchem Zustande der bemitleidenswerte Junge im Sammelhospital angelangt war, ob so prächtig aussehend – oder so sichtlich todgeweiht, daß die Herren dort keinen Eingriff mehr unternehmen wollten. Sie mußten entweder an eine wunderbare Selbstheilung geglaubt haben oder ihn als gänzlich aussichtslosen Todeskandidaten bloß mit schmerzstillenden Mitteln versehen und im übrigen in Ruhe gelassen haben.

Das Schicksal (nennt es Gott oder Teufel oder Natur – das gleiche bleibt es!) erwies sich mir als mild. Das Schicksal hatte die kleine Portugiesin von der kaum betretenen, schönen Erde abtreten lassen. Das Schicksal hatte den großen Walter mitten im Beginn seiner großartigsten Leistungen zum Verstummen gebracht. (Ich hatte seine hinterlassenen Notizbücher studiert, in denen wissenschaftliche Anregungen und ärztliche Erkenntnisse von unabsehbarem Wert angedeutet waren, zu deren Ausführung er unter dem Drucke der Familiensorgen nie gekommen war und die sein früher Tod abschloß.) Dafür hatte das Schicksal auf dem Schiff den Schweinepriester Soliman gerettet, hatte hier oben den aller Welt zur Last fallenden Hafenarbeiter mit dem Geschenk der Genesung vom Y. F. bedacht, hatte die Witwe Walters und seinen nachgeborenen Sohn (die Mutter ließ ihn denn auch auf die Namen Walter-Posthumus taufen) am Leben gelassen. Und jetzt war der, wie es doch schien, tödlich verwundete March auf dem Wege der Besserung! Er hatte das große Los gezogen, sich wahrscheinlich bloß den Rand der Milz durchschossen und sollte schnell genesen.

Ich kann nicht beschreiben, mit welchen Gefühlen ich die von Tag zu Tag weniger pessimistisch lautenden Nachrichten von seinem Krankenlager empfing. Endlich trat (welch prosaischer

Abschluß seiner von Leidenschaft eingegebenen Tat!) die erste normale Stuhlentleerung ein. Damit war der junge Mensch außer Gefahr. Carolus brachte es dazu, daß March nach ungefähr zwei Wochen selbst an den Telephonapparat des Krankenhauses kommen konnte. Carolus sprach mit ihm. March konnte offenbar nur leise sprechen, Carolus, dessen Gehör auch nicht mehr das beste war, konnte ihn nicht immer sofort verstehen, und so hörte ich aus der Zelle seine langweilige, aber sehr beruhigende Stimme immer wieder mit den stereotypen Worten herausdringen: »Wie? Was? Wie?« Aber March war nicht nur auf dem Wege der Heilung, er hatte sogar seinen alten Galgenhumor wiedergefunden, und wenn ich auch nicht hören konnte, was March dem Carolus erzählte, so sah ich ein sehr beruhigendes Schmunzeln in den ledernen Zügen des alten Herrn. Dann bemerkte Carolus, daß ich lauschte. Er war verstimmt. Sein Gesicht umzog sich. Er winkte mir – zu kommen? Nein! nur mich an meine Arbeit zu machen. Er wechselte noch einige, anscheinend sehr wichtige Worte mit dem Rekonvaleszenten. »Wie?!« fragte er dann mit erhobener Stimme, »warum denn nicht? Ist das Ihr Ernst?«

Dann trat er aus der Zelle heraus und tat die Tür sehr sachte und vorsichtig zu. Er sah mich nicht an und sprach sich mir gegenüber weiter nicht aus. Am nächsten Tage erwartete ich vergebens das Schrillen des Telephons. Carolus erwartete es nicht. Langsam begriff ich, was der Inhalt der Schlußunterredung gewesen war. Carolus hatte gefragt, ob der wiedergenesene March zu uns zurückkehren, ob er mich wiedersehen wolle. March mußte mit »nein« oder »ich weiß nicht« geantwortet haben. Er wollte nicht zurück.

Ich versuchte es mit Humor zu tragen. Mit Philosophie. Vielleicht ist Humor nichts anderes als Philosophie und Philosophie im Grunde nichts als Humor. Aber echte Philosophie und echter Humor sind selten. Genug davon. Jetzt komme ich zu der bereits angedeuteten Änderung in der Haltung des Carolus, die ihn die Schnüre seines Geldbeutels lockern ließ.

Es schien, daß der alte Carolus den geistigen Lebensinhalt, der mir blieb, mit allen Mitteln zu fördern gedachte, indem er zum erstenmal, seit ich ihn kannte, auch davon sprach, seine bedeutenden Geldmittel zur Verfügung zu stellen.

Wir mußten unsere Versuche jetzt in größerem Umfang

weiterführen. Dazu war das Y. F.-Haus, das sich jetzt mit »echten« Y. F.-Kranken zu füllen begann, nicht der richtige Ort. Unsere Versuche hätten in dem normalen Betrieb des Krankenhauses störend gewirkt, und umgekehrt hätte uns der gewohnte Betrieb des Hauses den Platz für unsere experimentellen Kranken fortgenommen. Das war sonnenklar.

Hätte man aber nicht ebensogut sagen können: »Genug der Experimente! Genug der Greuel! Genug der Toten!«

War nicht das Schicksal des armen March ein Wink des Schicksals, das genügend auf die Probe gestellt war? Hätte man sich nicht mit der Pflege der auf natürlichem Wege mit dem Y. F. geschlagenen Menschenkinder begnügen können! Unnütze Fragen. Wir wußten noch viel zu wenig.

Unser Kollektiv war, da auch der Geistliche infolge seiner jetzt außerordentlich angespannten beruflichen Tätigkeit ausfiel, auf uns beide, Carolus und mich, zusammengeschrumpft. Aber wir ergänzten uns. Wir durchschauten einander. Wir tolerierten einander. Wir waren uns in unserem Endziel einig. Wir sagten auf diese Fragen nein, oder besser noch, wir stellten sie ernstlich gar nicht auf. Wir wollten weiter. Von der Ätiologie zur Therapie oder, gemeinverständlich ausgedrückt, vom Wissen zum Handeln. Vom Mikroskop zur Heilmethode.

Wir erhielten Nachricht, daß die sogenannte amerikanische Kommission, der übrigens auch einige hochbegabte Japaner angehörten, nicht ohne Erfolg gearbeitet hatte. Einerlei, worin dieser Erfolg der konkurrierenden Expedition bestand, unsere Arbeit mußte entweder die Resultate der amerikanischen Kommission widerlegen oder sie bestätigen.

Man durfte sich nicht mit dem Erreichten begnügen. Man mußte der Wahrheit so nahe zu kommen trachten, als es unsere Kraft erlaubte.

Ich hatte bald wieder meine alte Energie und Arbeitsfreude (richtige, herzhafte Freude war es, und es blieb meine einzige) einzusetzen, Carolus hatte auch noch sehr bedeutende Geldmittel und seinen Namen, seinen Rang, seine militärische Stellung, seine makellose Vergangenheit in die Waagschale zu werfen. Er tat es jetzt ohne Schwanken.

Man hätte vielleicht glauben sollen, die staatliche Verwaltung hätte uns in unserem Bestreben aus allen Kräften unterstützt. Nein. Der Posten des Gouverneurs war noch nicht besetzt. Man wollte nicht ja und nicht nein sagen. Die Strafverwaltung hatte ihre eigenen Sanitätsreferenten. Die Herren am grünen Tisch hielten zwar sehr geheimnisvolle Sitzungen ab, der oberste Sanitätschef der Gefangenenverwaltung erstattete Gutachten über die letzte Welle der Y. F.-Seuche, mit Statistiken, die des alten Carolus würdig waren. Aber er ignorierte aus Standesdünkel unsere Existenz. Er lebte und arbeitete zwanzig Jahre hier und hatte nichts Nennenswertes gefunden. Was wollten dann wir?

Wäre nicht die alte Rivalität zwischen Kolonieverwaltung (Ministerium des Inneren) und Gefangenenverwaltung (Justizdepartement) gewesen und hätte nicht Carolus beide gegeneinander ausgespielt, dann wäre hinter unsere Tätigkeit jetzt der Schlußpunkt gesetzt worden. Man hätte uns dann nicht nur nicht gefördert, sondern matt gesetzt. Als aber Carolus zu allem anderen auch seine bedeutenden Geldmittel einsetzte und diese sicherlich zum Teil auch für »vermittelnde Zwecke«, also für eine Art Bestechung verwandte, so wurde der Weg wieder frei.

Wir zögerten nicht lange, sondern begannen – zu handeln? Nein, erst recht zu überlegen und ein neues, umfassendes Arbeitsprogramm zu entwerfen, um definitive Resultate zu erreichen, an denen kein objektiver Mensch zu rütteln vermochte. Gut.


# XVII


Ich komme zu der möglichst kurzen Beschreibung unserer nächsten Versuche, mit denen wir unsere Untersuchung vorläufig abzuschließen gedachten. Es waren teils neuartige Versuche, teils Wiederholungen der alten, sogenannte Kontrollen.

Die Schwierigkeiten lassen sich nicht ganz einfach beschreiben. Was man *ohne* Schwierigkeit jetzt (nachdem die einfachen Dinge der Wissenschaft bereits entdeckt sind) findet, ist meist falsch. Man muß sich daher selbst kontrollieren, alles bis in die letzte Einzelheit prüfen, mißtrauisch sein bis zum krankhaften Mißtrauen und dennoch glauben können und ohne Ermüdung weiterarbeiten.

Mit dem Beginn verzögerte es sich etwas, da der Geldbetrag, den Carolus daran wenden wollte, erst aus der Heimat überwiesen werden mußte. Dies geschah telegraphisch, dauerte aber doch einige Tage.

Inzwischen suchten wir den Platz für diese Experimente aus. Er fand sich zwischen zwei Lagern. Ein von den Sträflingen in jahrelanger Arbeit abgeholztes Stück Land ohne einen Baum, nur von dornigem Gestrüpp bedeckt, wie es in diesen Gegenden wuchert, ohne eine Wasserquelle in der Nähe. Also in möglichst weiter Entfernung von dem gewöhnlichen Aufenthalt der Insekten, genannt stegomyia fasciata. Es wurde ein kleines Zeltlager, bestehend aus fünf Zelten, aufgebaut, sodann zwei kleine Häuschen. Es war nicht einfach, alles voraus zu bedenken und alles mit dem nötigen Zubehör einzurichten, um hier, abgeschlossen von der übrigen Welt, fast so einsam wie mein Vater und seine Gefährten im Eismeer, die Verbreitungsweise des Y. F. zu studieren.

Den Grund und Boden überließ uns die Verwaltung kostenlos (kein großes Opfer!) und stellte auch den in einer Strafkolonie reichlich vorhandenen Stacheldraht gratis zu unserer Verfügung. So waren die Verwaltung und der Staat doch manchmal zu etwas gut! Wichtiger noch war das Geld. Das Geld brauchten wir, um Versuchsobjekte in Gestalt von Menschen zu kaufen. Menschen kosten Geld.

Es gibt aber auch Menschen, die einem von ihnen als wichtig erkannten Zweck sich ohne Entgelt, wie sagt man? opfern. Ideal – ohne Gegenwert. Und dazu gehörten einige Marinesoldaten von den Küstenbatterien, die Walter noch als Militärarzt gekannt hatte. Auch ihnen hatte Carolus einen für sie verhältnismäßig hohen Geldbetrag angeboten. Sie entgegneten aber zu unserer Überraschung: »Herr Generalarzt, wir haben nur die eine Bedingung zu stellen, daß wir für unseren freiwilligen Dienst keinerlei Entgelt bekommen«. Carolus wurde rot, ein Phänomen, das ich an dem ledernen alten Medizinalstatistiker noch nie beobachtet hatte. Er sagte ihnen nicht erst lange Dank für diese großmütige Geste. Er nahm sie an und behandelte die Jungen als die Gentlemen, die sie waren.

Ich habe einmal gesagt, daß unter anderen schönen Eigenschaften in unserer Zeit die Großmut zu den unübersetzbaren Fremdwörtern gehört. Wie man sieht, hatte ich auch noch in diesem Punkt geirrt!

Schon die Tatsache, daß es überhaupt noch Menschen dieser

seltenen Art auf unserer alten, schäbigen Erde gab, erleichterte mir mein Dasein, das jetzt ohne meinen Freund March oft nicht leicht zu ertragen war. Doch wozu von mir sprechen? Mein persönliches Schicksal hing ab vom Gelingen und Mißlingen unserer Versuche. Nur davon will ich zum Schluß berichten. Es meldeten sich übrigens auch, ebenso von dem baren Gelde wie von der Möglichkeit einer vorzeitigen Freilassung verlockt, zwei Verbrecher, und zwar waren es Neulinge wie wir auf C., denn sie gehörten zu dem Transport, der mit mir auf der »Mimosa« herübergekommen war. Der eine war der an Bord der »Mimosa« so jämmerlich zugerichtete Soliman, dessen Antlitz immer noch sehr entstellende Narben von seiner Verletzung trug und der bei Tag und Nacht weinte; das heißt, daß er aus dem damals zerrissenen Tränennasengang dauernd eine Menge Wasser verlor, das die chemischen Eigenschaften der Tränen hatte. Übrigens erkannte er mich trotz seiner halben Erblindung sofort wieder, fragte mit seinem ordinären, tränennassen Lächeln nach dem »süßen March« und schlug mir heimlich vor, daß er den ihm versprochenen Geldbetrag mit mir teilen wollte, wenn ich die Experimente »gnädig« einrichte.

Ich sagte nein. Er verstand ja.

Er, Soliman, konnte nicht begreifen, daß die Käuflichkeit Grenzen hatte. So erwartete er mit großem Gleichmut die Versuche, im Herzen davon überzeugt, ich würde ihm die echte Ansteckung ersparen, um mir den Judaslohn nicht entgehen zu lassen. Er war im Herzen fest entschlossen, mich seinerseits um das Geld zu prellen, das er mir zugesagt hatte. Er hielt mich für seinesgleichen und glaubte, einem Menschen seinesgleichen gegenüber sei alles erlaubt. Aber ich war ein anderer Verbrecher. Ich hatte gemordet. Aber nicht Menschenhandel betrieben wie er. Er wollte einen Betrüger betrügen, aber es kam nicht dazu.

Wir begannen diesmal die Versuche am »negativen Ende«. Zu beweisen war (Axiom I), daß das Y. F. *nur* durch Moskitos übertragen werden kann.

Nur durch stegomyia fasciata übertragbar hieß, daß es *nicht* auf andere Weise übertragen werden könne.

Leuchtet dies ein? Man glaubte damals noch allgemein, daß das Y. F. durch die Kleider, das Bettzeug und die übrigen Gegenstände der Kranken übertragen wird. Oder es sollte gar die böse Luft (mal-aria) oder das als Trinkwasser verwandte Regen- und Zisternenwasser die Schuld tragen.

Die Frage sollte in den zwei Häuschen untersucht und gelöst werden. Die Häuschen hatten je vier Meter in der Länge, sechs in der Breite. Man kam durch eine Doppeltür hinein, die so eingerichtet war, daß keine Moskitos hineinschwirren konnten. Die Häuschen hatten zwei Südfenster, und zwar auf derselben Seite wie die Türen, so daß kein Luftzug hindurchblasen konnte. Dann wurde ein kleiner Ofen gesetzt, der, mit Holz geheizt, die Temperatur auch jetzt, in der kühleren Jahreszeit und zur Nacht, nie unter einundzwanzig Grad Celsius sinken ließ. Es wurden Wasserwannen aufgestellt, welche die Luft so erstik- kend feuchtwarm hielten wie zur Regenzeit in der Mitte des Dschungels, im Herzen des Urwalds am Äquator. In dieses Haus trugen zwei freiwillige Helfer von der Küstenbatterie (deren Heroismus dadurch auf eine besondere Probe gestellt wurde, daß sie bei den Anfangs-Experimenten Zuschauer bleiben mußten) einige dicht vernagelte Kisten. Dann wurden die zwei Sträflinge, Soliman und sein Kumpan, in ihre häßliche Behausung mit der schlechten Luft gebracht, man nahm in ihrer Gegenwart die Kissen, Decken und Bettücher aus den Kisten, beschmutzt von den . . . wozu dies ausmalen? Man veranlaßte die zwei Sträflinge, sich zu entkleiden und sich in die beschmutz- ten Pyjamas zu hüllen, sich auf die mißfarbenen Tücher zu legen. Jetzt bleibt hier! Eßt hier! Schlaft hier – und sterbt hier? War das unser Ernst? Soliman warf mir erschreckte Blicke zu. Ich machte keine Kommentare zu diesen Vorbereitungen. Wir hatten während der nächsten Tage nichts zu tun, als die Leute in ihren schauerlich heißen, übelriechenden Gelassen wie Höllen- hunde zu überwachen.

Nichts von den bekannten schrecklichen Erscheinungen des Y. F. stellte sich ein. Man hätte nur die Gesichter der zwei Verbrecher sehen müssen. Sie frohlockten nicht weniger als wir. In ihrer gleichbleibenden Temperatur, in der steigenden Gewichtskurve und in ihrem blühenden Aussehen gab sich der negative Erfolg der falschen These kund – also die positive Bestätigung des Axioms I.  .

Nach drei (nur durch ihre Langeweile qualvollen) Wochen konnte man diesen Versuch als abgeschlossen ansehen.

Jetzt überlegten wir uns folgende Frage: Ist dieses Experiment auch wirklich absolut beweisend? Gewiß, keiner der Gäste der Hütte a und b hatte das Y. F. bekommen. Aber woher konnten wir wissen, ob sie für das Y. F. überhaupt empfänglich waren? Der Kaplan im Y. F.-Hause war nicht empfänglich gewesen, wie es schien, auch Carolus war es wahrscheinlich nicht. Wir mußten also, ob gern oder ungern, die Gegenprobe machen, und wir machten sie. Soliman, der weinende, hatte geglaubt, gerettet zu sein. Er hoffte nun auf die Freilassung. Übrigens hatte er auch hier seine Zeit nicht verloren. Er blieb der widerlichste Lüstling, in seinem Inneren genauso schmutzig wie die Y. F.-Pyjamas, die er trug. Sein Kamerad war zu bemitleiden.

Ich glaube, Soliman wollte im schlimmsten Falle, nämlich wenn er als Freigelassener weiterhin auf der Insel zu bleiben hatte, mit dem Kaschemmenwirt am Hafen halbpart machen und sich dort mit der Aussaugung der Sträflinge, auch er ein blutsaugendes Insekt, betätigen. Aber vorerst mußte er bleiben. Hinter dem Stacheldraht. Hier bei uns. Er hatte versprochen, er hatte viel Geld genommen, wir nahmen ihn beim Wort. Er verstand nicht viel, aber er ahnte etwas. Es war ihm alles unheimlich geworden, aber das bare Geld, die dicken Silbermünzen in kleinen Säcken zu je hundert verpackt, die Carolus vor seinen Ohren klingen ließ, reizten ihn zu sehr. Er nickte dem Generalarzt zu. Er zwinkerte mir zu. Ich sollte *unseren* Pakt nicht vergessen. Ich hatte keinen geschlossen.

Ich und Carolus setzten Moskitos, die wir durch den jungen Assistenzarzt im Y. F.-Haus inzwischen reichlich mit dem Blut von Kranken und Sterbenden hatten ansaugen lassen, mittels unserer alten Methodik an dem einen der zwei Menschen an, nämlich Soliman, und wir spritzten dem anderen das infektiöse Blut eines Patienten im Y. F.-Hospital direkt unter die Haut.

Beide erkrankten, wie es dem Axiom entsprach, pünktlich und schwer. Soliman starb noch vor der Erreichung des fieberfreien Intervalls. In seinen Dilerien verfluchte er mich und sich und die Welt. Auch die Leiden einer gemeinen menschlichen Kreatur können sehr ergreifend sein. Er tat mir leid. Aber es änderte nichts.

Die Matrosen trugen ihn zu Grabe, sie verscharrten ihn an der Grenze des Camp Walter. Der andere war zwar schwer angesteckt, aber das Schicksal wollte ihm wohl und er kam davon. Er bekam später außer seinem eigenen Lohn auch das Geld, das für

Soliman bestimmt war, und hat wohl auch dessen Stelle beim Kaschemmenwirt eingenommen. Er lebt jetzt dort und ist gesund und will seine Familie nachkommen lassen, wenn es die Verwaltung gestattet.

Nun war noch ein Gegenbeweis – und ein Heilversuch fällig, und dies experimentierten wir an den Matrosen, die sich uns in der Generosität ihrer unbekümmerten, ideal gesinnten Jugend zur Verfügung gestellt hatten.

Bis dahin lebten wir, Carolus, die Matrosen und ich, in einer Art Familie zusammen. Die Langeweile war tödlich, aber man starb nicht daran. Carolus erzählte uns seine Taten und Abenteuer, oder besser gesagt, die seiner Kinder und Enkel, unter denen besonders die drolligen Aussprüche seiner kleinen Nichte eine große Rolle spielten, die ihn mit ihrer Bonne seinerzeit bis in die Hafenstadt zur »Mimosa« begleitet hatte. Von March sah und hörte ich nichts. Sowohl Carolus wie mich beschäftigten die Zukunftsaussichten unserer Entdeckung. Es waren freudige Gedanken, wir malten uns alles herrlich aus, sprachen aber nicht darüber, um es nicht zu »beschreien«, sondern grinsten uns nur des öfteren an.


# XVIII

Wir hatten unser Lager Camp Walter genannt und dachten oft an Walter, ohne von ihm zu sprechen. Der nächste Versuch wurde mit den zwei Matrosen vorgenommen, zu denen sich als dritter noch einer von ihren Kameraden gesellt hatte. Zwei von ihnen wurden in dem Haus a untergebracht, das durch ein ganz feingeflochtenes Drahtnetz in zwei Hälften geteilt worden war. Der andere bewohnte das Haus b allein. Beide Häuschen hatte man umgebaut. Wir hatten eine Türe an der Nordseite durchbrechen lassen, so daß das Haus zwei Türen hatte. Die frische Luft konnte nun ungehindert durchziehen, da beide Türen nur durch mückensichere Netze aus Draht verschlossen wurden. Die Versuchsanordnung war so, daß der Matrose X um zwölf Uhr mittags, frisch gebadet, so gesund wie es das Klima nur zugelassen hatte, mit einem tadellos desinfizierten Nachthemd bekleidet, seine Zelle, wenn ich so sagen darf, bezog. Fünf Minuten vor Zwölf hatten wir in dem Raum dieser Zelle einen

Glasbehälter geöffnet, der fünfzehn Moskitoweibchen enthielt, die infektiöses Blut getrunken hatten.

X erhielt im Verlauf der ersten Viertelstunde einen Stich von einem der Moskitoweibchen, die anderen hatten sich in dunkle Winkel verkrochen. Sobald es Abend wurde, gingen sie an ihr Werk, und man konnte bis neun Uhr abends fünfzehn bis siebzehn Stiche zählen. Sein Nachbar zur Linken, der Matrose Y (Kontrolle!) war ebenso tadellos gesund, trug ein ebenfalls desinfiziertes Nachthemd, kam ebenso sauber aus dem Bade, nur konnten in seine Zelle die Moskitoweibchen keinen Einlaß finden, infolge des dichtmaschigen Drahtnetzes. In dem Häuschen b wurde der Matrose Z allein untergebracht. Auch er zog zu gleicher Zeit ein, wurde aber während einiger Tage unbehelligt gelassen.

Wir hatten zu diesem Experiment den mutigsten und sittlich gefestigtsten Mann von den dreien ausgesucht, der sich seinen Humor unter keinen Umständen rauben ließ. Wir wollten ihn erst dann infizieren, wenn das Y. F. bei dem Manne X eingesetzt hatte. Also fünf Tage nach der eben beschriebenen Versuchsanleitung.

Z blieb inzwischen kerngesund, hatte aber leider die Lust an dem langweiligen Aufenthalt (er blieb ja ganz isoliert) verloren, hielt alles mit einemmall für unnütze, mordlustige Spielereien, ödete uns durch Klagen und Beschwerden an und verlangte, zu der Batterie zurückgeschickt zu werden. Wir hatten uns in seinem Charakter getäuscht. Er war zwar ein Ehrenmann, ein prachtvoller Bursche, sehr lustig und witzig, kannte die besten Kartenkunststücke und sprach drei Sprachen, wir konnten ihm aber das Wichtigste, Geduld, nicht angewöhnen und waren dennoch außerstande, ihm seinen Willen zu tun. Er hatte geglaubt, für seine Generosität, mit der er uns seine Gesundheit und sein Leben zur Verfügung gestellt hatte, eine besondere Rücksicht zu verdienen. Aber für uns war die Vergangenheit und Gegenwart, alles Drum und Dran dieser Menschen völlig gleichgültig, und alles mußte uns selbstverständlich Jacke wie Hose sein, solange der Versuch nicht beendigt war. Er, Z, mußte sich fügen.

Die Verwaltung des Sträflingscamp hatte uns Wachen gestellt, so wie sie uns Bauarbeiter und andere Handwerksleute zugewiesen hatte. Wir bedurften auch sonst einer Menge Bedienungspersonal, denn es war kein Tropfen Wasser in unserem Camp. Die gesunden Experimentalobjekte mußten ernährt, ihre Wäsche gereinigt werden, sie mußten ihr Essen erhalten, ihre Körperpflege war peinlichst einzuhalten. Die kranken Experimentalobjekte mußten gepflegt werden, und zwar nicht um ein Jota schlechter hier in dem primitiven Häuschen ohne alle ärztlichen Hilfsmittel, als oben in dem gut eingerichteten Klosterlazarett über der Stadt C. Man kann sich eine Vorstellung von der wirklich unabsehbaren Arbeit machen, die Carolus und ich uns auf die Schultern geladen hatten, wenn ich sage, daß wir beide mit fünf Stunden Schlaf auszukommen hatten, wobei dieser Schlaf durch die ärztlichen Hilfeleistungen etc. bei den erkrankten Männern oft genug unterbrochen wurde. Carolus war an Y. F. nie erkrankt. Aber wenn der alte Mann, von Rheuma, Verdauungsträgheit und den Gefäßbeschwerden seiner Jahre geplagt, sich einer solchen Anstrengung freiwillig aussetzte, wenn er unter meinen Augen sichtlich verfiel und das bißchen Farbe wieder verlor, das er in dem Intervall zwischen den Experimenten gewonnen hatte – da mußte ich ihm alles abbitten, was ich von ihm Herabwürdigendes gesagt habe. Du hast geirrt, mußte ich mir sagen. Vergiß und lerne in deinen alten Tagen, Georg Letham.

Ich begann während dieser kritischen Tage in ihm einen Vater zu sehen. Er sah in mir den Sohn, er trug mir das Du an und, ohne daß ich ihn darum bat, änderte er seine unappetitlichen Lebensgewohnheiten, sehr zu meiner Freude, denn wir bewohnten gemeinsam ein Zelt. Hätte ich ihm nur angewöhnen können, die Zigarette am Mundende statt am entgegengesetzten anzufassen, eine Teetasse beim Henkel zu nehmen, den Löffel aus der Tasse zu nehmen und sich noch ein paar Male öfter die Hände zu waschen und den Vollbart zu kämmen, so wäre alles eitel Freude und Herrlichkeit gewesen. Aber wenn das alle meine Sorgen waren!

Nicht von mir sei jetzt die Rede, sondern von den Experimentalobjekten. X wurde schwerkrank, überstand aber die Krise nach fast drei Wochen ununterbrochenen, schauerlichen Fiebers und wurde wieder gesund.

Jetzt noch das Wichtigste. Einen Menschen anstecken, aber durch Serum verhüten, daß er überhaupt erkrankt.

Zu diesem Versuche mußten wir den widerspenstigen Mann Z

verwenden. Er hatte das furchtbare Leiden seiner Kameraden gesehen. Er hatte sich durch Augenschein selbst überzeugt, daß er bloß dadurch der Erkankung entgangen war, daß er durch moskitosichere Wände von den Blutsaugern geschieden gewesen. Und jetzt kamen wir mit diesen Insekten direkt an und muteten ihm zu, seinen Oberarm hinzuhalten. Carolus verdoppelte seine Prämie. Der Mann, Z, der im Grunde edler Regungen fähig war, wies diesen Vorschlag wutentbrannt zurück. Dabei war dieser Versuch so notwendig wie die anderen. Alle zusammen waren nur Fundamente.

Ich, als der bürgerlich deklassierte Mensch, hielt mich wie gewöhnlich so sehr zurück, wie nur irgend möglich. Als ich aber meinen lieben Carolus im Begriffe sah, mit langer Nase (im wahrsten Sinne des Wortes) abzuziehen, entschloß ich mich zu einem Schritt, der manchem sehr sonderbar erscheinen wird. Ich setzte mich zu dem ungebärdigen, aufs äußerste erbitterten jungen Menschen, sagte ihm offen, wer ich sei, erklärte ihm, was wir wollten und versprach ihm, daß er überhaupt nicht erkranken würde. Und der Mann Z fragte nicht, ob ich auch imstande sein würde, dieses Versprechen beim besten Willen zu halten. Er vertraute sich mir an, wie sich so viel Menschen vor ihm (und glücklicherweise auch nach ihm) sich mir anvertraut hatten.

Ist nicht Vertrauen die Grundlage der Welt? Er spie zwar wütend aus, stieß mich mit den Knien und nannte mich einen abgefeimten Verbrecher und rohen Schinder; langte aber währenddessen seinen Oberarm hin und hielt sich mit seiner rechten Hand die linke fest, damit er nicht zusammenzucke und das Experiment störe, und als die erste Mücke (wir nahmen sicherheitshalber drei) angebissen hatte, begann er zu lachen und war von diesem Augenblick an wieder der alte. Er ließ sich ruhig die Injektion mit dem Blute des leichenblassen, vor Schwäche fast heulenden Mannes X verabreichen – und blieb gesund.

Gift gegen Gift ergibt Gegengift. Hosiannah! Nichts Besseres konnte uns allen begegnen.

Carolus bekam in dieser Zeit zahlreiche Briefe und Depeschen von den Seinen. Sie hatten die Dauer seiner Abwesenheit auf drei Monate berechnet, jetzt betrug sie schon über das Doppelte und noch war keine Ende abzusehen. Er war ein alter Mann, siebenundsechzig. Er hing an seiner Tochter, an seinem Schwiegersohn, an seinem einzigen Enkelkind. Er hing an seinem schönen, soliden Haus, an seinen Freunden daheim, an seiner Schachpartie und an seinem Bankkonto, an seiner Kakteensammlung, an seiner Ehre und Würde. Jeder Tag hier – doch wozu davon reden, wenn er selbst es nicht tat? Wir waren mit dem ganzen Herzen bei unseren XYZ. Eines Tages aber durchbrach er unseren ungeschriebenen Pakt, jetzt nichts Persönliches hineinzubringen, und teilte mir, vor Freude mit dem Kopf wackelnd wie eine alte, gute Henne mit, daß wir begnadigt seien. Wir, das heißt March und ich, Soliman (†) und der vierte. Zum Lohn für unseren Opfermut (und dank der Bemühungen meines einflußreichen Vaters?) wurden wir begnadigt. March, als ein Verbrecher aus Affekt, durfte in die Heimat zurück, ich als der schwerere blieb deportiert, ebenso der vierte. Nur von der Zwangsarbeit war ich befreit, und es waren Schritte im Gange, mir die Ausübung meines Berufes in C. zu ermöglichen. Ich fragte nicht nach March. – »Wollen Sie Ihrem Vater nicht danken? Willst du ihm«, verbesserte sich Carolus, »nicht schreiben?« »Lieber Carolus«, sagte ich, »was soll ich tun? Ich habe vergessen, wie mein Vater aussieht.«


## XIX


In diese Zeit fielen zwei Nachrichten. Die eine war keine Überraschung für uns. Der alte Magister v. F. lag im Sterben. Seine Prophezeiung, die er uns vor vier Monaten verkündet hatte, war fast bis auf den Tag eingetroffen. Er hatte den Tod in seinem bequemen Bette dem Tod auf dem Experimentiertisch vorgezogen. War er deshalb zu tadeln?

Er hinterließ keine großen Reichtümer. Die Stadt war verarmt. Die Umgebung war von Menschen fast ganz entblößt, wenn man die Massen der Deportierten davon ausnahm. Die Bevölkerung der Stadt war so herabgekommen, daß sie einen Arzt nicht in Wohlstand versetzen konnte, mochte dieser sich auch wie der alte Magister bald fünfzig Jahre dem Wohl der Einwohner gewidmet haben. Der Generalarzt machte Anspielungen darauf, daß *ich* diesen Posten antreten könne. Ich zuckte die Achseln und schwieg. Ein Dienst wie dieser konnte mich nicht reizen. Und doch sollte es sich bald herausstellen, daß das

Schicksal nichts Besseres für mich ausersehen haben konnte als gerade diese Stelle. Die zweite Nachricht war wichtiger. Sie betraf die schon einmal genannte Kommission, die auf Havanna gearbeitet hatte, um das Y. F. zu erforschen. Eines Tages erschien Carolus schreckensbleich bei mir und raunte mir zu, er müsse mir eine sehr schwerwiegende Mitteilung machen.

Ich dachte schon an March, der, obwohl seine Begnadigung es ihm erlaubte, und seine Gesundheit wieder ganz in Ordnung gekommen war (ein unverwüstlicher Mensch!) immer noch nicht den Boden von C. verlassen hatte. Carolus hatte ihm in einer edelmütigen Aufwallung einen Betrag zukommen lassen, der ihm die Überfahrt in die Heimat auf einem kleinen Paketdampfer gestattete. March hatte zwar das Geld genommen, war aber noch vor kurzem in der Altstadt gesehen worden, und zwar, was ich nicht glauben wollte, betrunken und in der Gesellschaft einiger ausgedienter alter Diebe und Landstreicher, an denen die irdische Gerechtigkeit alle Bemühungen der Besserung aufgegeben hatte. Ich war für March nicht vorhanden. Er hätte Möglichkeiten genug gehabt, sich mir zu nähern, und sei es nur, um mich in dem jetzt von Menschen leeren Camp Walter aufzusuchen – aber er tat nichts dergleichen. Und nie hätte ich ihn nötiger gebraucht. Ich hielt unsere Aufgabe für gelöst. Früher hätte mich dieses Ergebnis stolz und eitel gemacht. Ich hätte auf einem ärztlichen Kongreß die Resultate verkündet und hätte die Glückwünsche, die Ehrungen, die akademischen Berufungen an freiwerdenden Lehrkanzeln der pathologischen Anatomie und experimentellen Bakteriologie als ein ehrlich verdientes, nur noch zu geringes Gegengeschenk entgegengenommen. Ganz anders jetzt und hier. Mein persönliches Leben bedeutete mir nichts mehr, wenn ich keine Aufgabe hatte, die es in Form einer derartigen Arbeit ausfüllen konnte. Für mich war Arbeit wahrhaftig Zwangsarbeit, aber anders, als es die meisten Menschen verstehen. Und jetzt sollte ich diese Aufgabe bald als abgeschlossen und mein Dasein als nutzlos, überflüssig und sinnlos empfinden.

Aber es war nicht so. Es war nur der Rückschlag, den jeder Arbeitende am Abend eines Arbeitstages empfindet und der sich mit Energie bald und vollständig überwinden läßt. Und die Notwendigkeit zur Bewährung meiner Willenskräfte ergab sich bald, eben bei dieser zweiten Nachricht, die mir Carolus unter so großen Vorsichtsmaßregeln ins Ohr flüsterte.

Die Kommission auf Havanna hatte mit Erfolg gearbeitet. Mein Gesicht leuchtete auf. Carolus verstand es nicht. »Begreifst du denn nicht, sie haben etwas anderes gefunden als wir.«

»Unmöglich«, sagte ich ganz ruhig. »Sie haben den Erreger gefunden – und wir nicht« sagte er. »Um so besser«, antwortete ich, »wir sind jetzt soweit, daß wir unsere Ergebnisse zusammenfassen können, und nichts Besseres kann uns passieren, als daß wir sie mit den Ergebnissen der amerikanischen Kommission vergleichen.« »Wie du denkst«, sagte Carolus bekümmert. »Du wirst sehen, wir haben die Leute heute oder morgen hier.« »Je früher, desto besser«, sagte ich. Wir saßen die ganze Nacht in dem Häuschen II, das, gut desinfiziert und gründlich gelüftet, einen ganz erträglichen Aufenthalt bot. Wir formulierten unsere Erfahrungen, wie es bei wissenschaftlichen Berichten üblich ist. Den alten Carolus überkam bei dem Durchblättern unserer Protokolle eine seltsame Rührung. Er weinte wie ein Kind. Ein Kind weinen zu sehen, greift zwar ans Herz, aber es ist etwas Natürliches. Aber Tränen, die ein im Leben und (schließlich auch) in der Wissenschaft erfolgreicher Mann, reich, angesehen, General, Großvater, Inhaber hoher Auszeichnungen, vergießt – ist das nicht ein grotesker Anblick, der ebenso zum Lachen wie zum Mitleid reizen könnte? Aber ich hatte verstanden, was dieser nur äußerlich verknöcherte Mensch war. Ich strich ihm, ohne daß er es merkte, den mit samtartig weicher Haut bedeckten Kahlkopf, und er legte insinktiv seinen mageren Arm um mich und wies mit seinen etwas unsauberen Fingern auf das Merkblatt, das unseren verewigten Freund betraf. Ich zog aber schnell seinen Kopf fort, damit er mit seinen unzeitgemäßen Tränen (und der Asche seiner großen Zigarre) nicht das Protokoll W. verunreinige und die Buchstaben und Kurven verschmiere. Der alte Knabe faßte sich übrigens bald. Wir saßen beim Scheine einer Petroleumlampe bis zum Morgen zusammen.

Das Lager sollte in Kürze abgebrochen werden. Wo sollten wir dann wohnen? Sollten wir noch einmal in das Y. F.-Haus zurückkehren? Was hatten wir dort zu tun? Die Seuche hatte sich jetzt in C. wieder stärker geltend gemacht, und es gab wenig freien Platz dort oben. Wohin sollte ich kommen? Man erwartete den neuen Gouverneur. Man wollte ohne ihn keine Maßnahmen treffen, und alles war noch ganz ungeklärt, als die erwähnte Kommission eintraf.

Wir, Carolus und ich, bezogen notgedrungen Quartier im Y. F.-Haus, und dort wurden wir schon am zweiten Tage von drei Herren der Kommission aufgesucht. Sie nahmen einem schwer fiebernden Kranken Blut ab, und es gelang ihnen, uns den Erreger des Y. F. im Dunkelfeld zu zeigen. Nicht sofort. Wir saßen von morgens bis abends an den Mikroskopen, bis sich ein Exemplar der Leptospira (so war der wissenschaftliche Name) so gnädig zeigte, sich unseren Blicken zu offenbaren. Und auch dieses Erscheinen einer einzigen Leptospira war ein Zufallstreffer. So selten war das winzige Ding. Ich erkannte es wieder. Ich hatte es früher gesehen als der Japaner, der es entdeckt hat. Aber dies ist ein in der Geschichte der Entdeckungen und Erfindungen häufiger Fall.

Die Herren hatten ausgezeichnete Präparate bei sich, und wir konnten den Erreger genau studieren. Es ist ein äußerst zartes, biegsames Gebilde von 4 bis 9 mm/1000 Länge und 0,2 mm/1000 Breite. Im Dunkelfeld zeigt es lebhafte Bewegung, seitlich schlagende, drehende und sehr schnelle Rückwärtsbewegungen, letztere offenbar durch propellerartige Schraubenflügelbewegungen der Endfäden, der »Geißeln«, bewirkt. Auch die Züchtung dieser schwer färbbaren und im Blute der Kranken nur sehr vereinzelt anzutreffenden, sich rar machenden, aber um so gefährlicheren Keime war durch die internationale Amerika-Kommission erfolgt. Man konnte die künstliche Kultur, das Bazillenbeet, mit freiem Auge zwar nicht wahrnehmen, mit dem besten Willen aber selbst bei reichlichstem Wachstum nur eine hauchartige Trübung des Nährbodens zu konstatieren. Aber die Keime waren da. Diese Keime waren für Meerschweinchen infektiös. Man konnte mit ihrer Hilfe Meerschweinchen künstlich infizieren und die einzelnen Phasen der Infektion im Tierversuch verfolgen. Walters Versuche vor so und soviel Jahren im Institut bestätigten sich also von A bis Z. Es wunderte mich nicht.

Was uns die Kommission zeigte, war einwandfrei, und wir erkannten gerne die Richtigkeit der Forschungen an, die uns (mir, dank meines Fehlers, von dem ich erzählt hatte) nicht gelungen waren. Ihre Entdeckung ergänzte die unsere aufs beste, wie zwei in der Mitte des Blattes durchgerissene Fetzen eines Briefes. (Sie hatten den Erreger. Wir *hatten* die Verbreitungsweise und die Prophylaxe, den Seuchenschutz.) Nur mit dem einen Unterschied, daß die Kommission (mit deren Oberhaupt ich vor Jahren einen noch unvergessenen wissenschaftlichen Zwist gehabt hatte) *unseren* Ergebnissen mit äußerster Skepsis gegenüberstand. Sie wollte uns nicht glauben.

Wir kamen eben von dem Leichenbegängnis des Kollegen v. F. »Was wollen Sie mit seiner alten Theorie, die seit Jahrzehnten streng wissenschaftlich widerlegt ist?« Sie erkannten die Stegomyia nicht an. Sollte man nun deshalb mit den Versuchen von neuem beginnen? Man hätte die Männer nie überzeugt. Die Konkurrenzkommission blieb dabei: die Einatmung der Luft oder der Genuß (oder!!) von infiziertem Wasser sei die Ursache für das Y. F. Der eine Teil der Kommission war für die Luft. Der andere für das Wasser. Ein dritter ließ die Frage offen. Drei Köpfe. Sie konnten sich nicht einig werden. Inzwischen ging alles weiter wie bisher, und es mußten die Kranken an das dritte Element, die Erde, glauben.

Sie starben wie die Fliegen.

Mich aber, als rechtskräftig verurteilten Verbrecher und ehemaligen Sträfling würdigten die Herren weiter keines Blickes. Auf den alten Carolus sahen sie hinab, und das Schicksal Walters nötigte ihnen nur ein bedauerndes Achselzucken ab. War er doch nicht zur Bekräftigung *ihrer* Theorie aus dem Leben geschieden.

Bei ihrem Abschied waren wir gebrochen.

Carolus hatte sein Gleichgewicht völlig verloren, er weinte sich an meinem Herzen aus. Gut.


# XX


Nach dem Rückschlag durch die amerikanische Kommission sollte ein Glücksfall kommen, und zwar von einer Seite her, von der wir es am wenigsten erwartet hatten, von dem neuen Gouverneur. Es war niemand anderer als der alte Staatsrat, der ehemalige Gehilfe meines Vaters im Ministerium, La Forest, dessen Laufbahn ich in einem früheren Teil dieses Berichtes z.T. erzählt habe. Ich behaupte nicht, daß er mir, dem Sohne seines früheren Todfeindes, vielleicht aus Widerspruchsgeist gegen meinen Vater, der sich von mir abgewandt hatte, wohlwollender gegenüberstand als sein Vorgänger. Die Motive tun nichts zur Sache, die Tatsachen sprechen für sich.

Die Sache war so, daß wir uns sofort nach der Ankunft bei dem hohen Beamten meldeten und ihm unsere Ergebnisse auf den Tisch legten.

Zehn Männer, zehn Protokolle, zehn Versuche.

Wir sprachen alles offen aus. Nun muß ich etwas berichten, das man mir schwer nachempfinden wird. War es die Ermüdung durch die allzu großen Anstrengungen unserer Arbeit, waren es die Folgen der Y. F.-Erkrankung, die ich an meinem Leibe durchgemacht hatte und welcher noch keine richtige Erholung gefolgt war – ich weiß es nicht, was es war, das *mich* jetzt mit Zweifeln an der Wahrheit unseres Axiom I erfüllte. Ich zweifelte an mir, ich zweifelte an allem.

Als unser Bericht auf dem Tisch des Beamten zur Durchsicht lag, kehrte ich wortkarg und zitternd wie vor Frost in unsere Behausung zurück. Ich lebte jetzt mit Carolus zusammen in der Wohnung des verstorbenen Stadtarztes, des Magisters F., dessen Stellung ich antreten sollte. Aber konnte ich es? Ich wußte es nicht. Ich sah nichts von unseren teuer erkämpften Resultaten als gewiß an. Ich bereute. Ich war an meiner Gottähnlichkeit irre geworden. Das Schicksal Walters, Marchs, der Witwe Walters, der Kinder, selbst der Tod des Soliman lag mir schwer auf dem Herzen. Hätte ich das alles, wenn ich am Beginn gestanden hätte, wiederholt? Vielleicht doch?! Ich hätte es noch einmal getan – und nochmals bereut!

Und wenn auch alles mit der Wahrheit übereinstimmte, wie sollte man dem Axiom I Glauben verschaffen? Waren unsere Experimente überzeugend? Wir hatten vielleicht doch noch zu wenig Experimente gemacht! Wie oft haben sich Forscher getäuscht! Wenn die Kommission uns den Glauben verweigert hatte, war es dann möglich, einen Gouverneur zu überzeugen? Ich glaube, daß auch Carolus von Zweifeln nicht frei war. Man kann nur sehr schwer Richter in eigener Sache sein.

Wir verstanden uns auch ohne Worte sehr gut, und bald war ich imstande, mich soweit zu beherrschen, daß ich am Morgen des nächsten Tages einen kleinen Scherz wagte, eine läppische Sache, kaum wert, daß man sie erzählt. Carolus hatte die

Gewohnheit, sich mit einem alten, recht ausgedienten Rasierpinsel einzuseifen. Da er sich nachher das Gesicht nicht richtig abspülte, blieben Haare vom Rasierpinsel in den Furchen auf seiner Wange kleben. Ich machte ihn lachend darauf aufmerksam, daß er wieder jung und blond geworden sei, und er antwortete ebenso fröhlich, daß ich alt und grau geworden sei. Es war, als ob er meinem innersten Wesen antworte und nicht meiner blöden Bemerkung.

Aber wie stand es wirklich um ihn? Nur derjenige, der in seinen Zügen lesen konnte, sah die furchtbare Unruhe, die sich in ihnen aussprach.

So waren auch seine Worte zu verstehen, die er mir vor dem zweiten Besuch bei La Forest ins Ohr flüsterte: »Georg, bleibe auf alle Fälle ruhig! *Ich* gebe unsere Sache nicht auf, und wenn es mich meine letzten Lebensjahre und die letzten Goldstücke kosten sollte.« Wir kamen immerhin in sehr trüber Stimmung auf die Straße, und diese Seelenlage wurde nicht tröstlicher, als mir an einer Straßenecke March entgegentrat, und zwar wieder in Gesellschaft einiger wüster, vollständig zerlumpter Gesellen. Er unterschied sich nicht von ihnen, er war ebenso heruntergekommen, fast möchte ich sagen, ebenso vertiert wie die bedauernswerten Kreaturen, welche die Verwaltung der Kolonie hier weder leben noch sterben läßt. Soll ich ihn und sie beschreiben, soll ich die Bruchstücke ihrer zynischen Reden wiedergeben? Wozu? Er sah an mir vorbei, seine Augen glänzten krankhaft, die Pupillen waren winzig, offenbar stand er unter der Wirkung von Alkohol und Morphium. Wie er so weit sinken konnte, was ihn abgehalten hatte, den Weg in die Heimat zu finden, den jeder an seiner Stelle (ich vielleicht aber auch nicht) mit tausend Freuden gegangen wäre, was aus dem Gelde des großmütigen Carolus geworden war, davon will ich nicht sprechen, es sind Dinge nur von persönlicher Bedeutung.

Nun stand die *Sache* im Vordergrunde. Und wenn mich etwas über den Verlust, den anscheinend unaufhaltsamen Verfall und Untergang meines Freundes trösten konnte, war es die Unterredung, die wir an diesem Vormittag mit La Forest begannen und die sich mit geringen Unterbrechungen bis in die Nacht erstreckte. Sie wurde meist direkt zwischen Carolus und La Forest geführt. Ich hatte nach meinen Erfahrungen mit der Kommission den Eindruck, es sei das beste, wenn ich mich persönlich nicht in den Vordergrund drängte. Ich als der begnadigte Sträfling G. L. konnte unserer Sache nicht dienlicher sein, als wenn ich mich vollständig zurückhielt. In allen wissenschaftlichen Veröffentlichungen, die bald erfolgten und in denen unsere Arbeiten dargestellt wurden, komme ich nur als »Fall fünf« vor. Die Ehrungen, die sich im Laufe des Jahres an diese Ergebnisse knüpften, kamen Carolus und dem Andenken Walters zugute. Mein Name wurde nicht genannt. Auch hier in diesem Berichte habe ich meinen eigentlichen Namen verschwiegen.

Das wichtigste war, daß La Forest ebenso entschieden auf unserer Seite stand wie die amerikanische Kommission auf der Gegenseite. Keine von beiden hatte das Axiom I nachgeprüft. Eine einfache, mechanische Wiederholung solcher schauerlicher Experimente durfte nicht stattfinden und fand auch nicht statt. Aber der Gouverneur zeigte uns als praktischer Verwaltungsmann einen anderen Gültigkeitsbeweis. Er überließ es der Wahrheit, sich praktisch zu bewähren. Das heißt, er entwarf ein für zwei Jahre (aus denen dann immer mehr wurden) berechnetes Programm. Er wollte die Stechmücke Stegomyia, Gattung culex, ausrotten. Dann war (wenn unsere Theorie richtig war – und sie war richtig – wie das Amen im Gebet stand sie fest!) auch das Y. F. ausgerottet. In einem der Camps, das die Zahl vierundfünfzig trug, war eben eine frische Y. F.-Epidemie (die erste seit langer Zeit unter den Deportierten) im Entstehen. Er fuhr mit uns hinaus ins Lager. Vorher verständigten wir uns mit dem Direktor der Strafkolonie. Wir bildeten ein neues Kollektiv; nicht das letzte. La Forest war nicht ohne Nutzen der Schüler meines Vaters gewesen, er kannte die Kunst der Menschenbehandlung, er wußte alle Saiten anzuschlagen, er konnte auf jeder Flöte spielen. Zum erstenmal in der Geschichte dieser Kolonie arbeiteten die verschiedensten Ressorts harmonisch zusammen. Der Erfolg zeigte sich. Schnell. Regelmäßig. Einwandfrei. Das Herz des Statistikers in Carolus lachte. Die Sterblichkeit, die ein ungeheures Maß erreicht hatte, sank mit jedem Monat. Welch herrliche Kurve zeichnete mein alter Freund! Er wurde jung. In voller Frische harrte er drei Jahre aus und kehrte erst dann heim.

Der Verwaltungsbezirk wurde nach und nach frei von Y. F. Hand in Hand damit ging die Bekämpfung der Malaria. Wir fanden, daß die zwei nahe verwandten Arten von Insekten doch keineswegs die gleichen Lebensbedingungen besaßen. Die Gattung culex legte ihre senkrecht stehenden, zu einem kunstvollen Schiffchen aufgebauten Eier vorzugsweise in künstliche Wasseransammlungen, Regentonnen, Zisternen. Die Anopheles, die Erreger der Malaria (oder besser gesagt, die Zwischenträger), aber bringt sie in natürlichen, doch kleinen Wassertümpeln unter. Die Eier sind locker gereiht, waagerecht zur Wasserfläche, so daß jeder Windstoß sie zerstreut. Unregulierte Flüsse und Bachläufe in den Tropen treten fast allgemein zu gewissen Jahreszeiten aus, sie hinterlassen bei ihrem Zurücktreten in ihr altes Bett stehende Pfützen und faulende Tümpel. Hier hausen sie. Hier muß der Hygieniker ansetzen. Fließendes Wasser beherbergt keine Mücken.

Die ersten zu unternehmenden Kulturarbeiten bestehen darin, die Ansammlungen stehenden Wassers durch gut ziehende, häufig gereinigte Gräben abzuleiten oder dieselben zuzuschütten. Wir bauten. Wir hatten ungeheures, billiges Menschenmaterial; die Arbeit war nutzbringend, man konnte die Lebenslage vieler Tausender von Menschen, die elender als das Vieh vegetiert hatten, wesentlich verbessern. Zur Mückenbekämpfung verwandten wir nach alten Erfahrungen in Malariagegenden Erstickungsmittel, welche die Wasseroberfläche von der Luft abschlossen. Dann müssen die Mückenlarven absterben, da sie stets an die Oberfläche des Wassers kommen, um durch ihre Luftleiter (Tracheen) die Luft einzuatmen. Wir verhinderten durch Desinfektion und mückensichere Türen und Fenster die Weiterverbreitung des Y. F. Wir hatten unglaublich viel Arbeit, aber noch mehr Glück.

Wir assanierten allmählich ein Gebiet, das größer als Europa ist. Wir setzten die Sterblichkeit auf einen Bruchteil hinab. Wir rotteten das Y. F. hier aus. Andere folgten uns. Der Kampf gegen die Mücken und um die Kolonisation des reichen Gebietes war ein spannender, jahrelanger, gut verlaufender Kampf.

Die Gegend blühte auf.

Meine Person scheidet dabei aus.

Ich verschwand in der Menge, und das ist gut so.

# Nachwort

## I

Die zeitgenössischen Urteile waren von seltener Einmütigkeit: Der neue, nach »Umfang und Bedeutung große Roman« von Ernst Weiß sei die »bedeutendste Seelendurchleuchtung, die in den letzten Jahren versucht wurde«, ein »wahrhaft männliches Werk« und die »geistig stärkste Leistung aus der Generation der heute Vierzigjährigen«. Diese und ähnliche Rezensentenworte galten dem Roman »Georg Letham, Arzt und Mörder«, der 1931 im Wiener Zsolnay Verlag erschien – als letztes in Deutschland gedrucktes Buch des Autors, ehe er 1933 dem »Dritten Reich« den Rücken kehrte. Mit dem Werk erreichte Weiß nicht nur eine breite und fast einhellig zustimmende Resonanz bei der Kritik, sondern es wurde auch ein beachtlicher Publikumserfolg, denn noch im Jahr der Erstveröffentlichung war eine Nachauflage erforderlich und im folgenden Jahr eine weitere: Das hatte es bei keinem früheren Buch dieses Autors, der als »schwierig« und etwas »abseitig« galt, in so kurzer Zeit gegeben.

Der Erfolg des »Georg Letham«, der die Reihe der großen, in Ich-Form erzählten Arztromane der späten Schaffensphase eröffnet, dürfte nicht zuletzt auch auf den »etwas kolportagehaften Untertitel«, des Romans zurückzuführen sein, der einen »Sensationsbericht mit kriminalistischem Einschlag« zu versprechen schien, wie der Komponist Ernst Krenek in seiner im übrigen lobenden Besprechung anmerkte, die in der damals hoch angesehenen »Frankfurter Zeitung« veröffentlicht wurde. Zwar macht sich Weiß durch den Mund seiner Hauptgestalt an einer Stelle des »Georg Letham« über die »Literaturart« der Detektivromane lustig, die »man« für die spannendsten halte, aber in Wahrheit hat sein Werk durchaus teil an den Erwartungen, die ein Untertitel wie »Arzt und Mörder« zwangsläufig weckt. Die Spannung dieses Romans ist jedoch nicht auf die Jagd nach dem Täter gerichtet, denn schon im ersten Satz des ersten Kapitels bekennt sich der Bakteriologe Georg Letham als Gattenmörder, spannend ist vielmehr, auf welche Weise nach den Motiven der Tat geforscht und wie sie gesühnt wird. »Wie sich dieser Letham, gebannt in die kalte, menschenverachtende Klarheit des väterlichen Erbes, immer mehr aus der frevlerischen Hybris seines Ich löst und zum reinen Sachwalter eines humanitären Gedankens wird, dies ist in diesem bittern, schweren, in einem unerhörten Ringen gebändigten Buch schlechthin großartig dargestellt«, heißt es resümierend in der von K. H. Ruppel verfaßten Besprechung der »Neuen Rundschau«.

## II

Von dem Kritiker und Autor Friedrich Walter stammt der Hinweis, daß der Roman »Georg Letham« ursprünglich »Experimente oder Schuld und Sühne« heißen sollte. In der Tat ist »Experiment« beziehungsweise »Versuch« ein Leitbegriff des Werks, der nicht nur für die Forschertätigkeit des Arztes Letham immer wieder herangezogen wird, sondern im Blick auf den Roman als Ganzes Verwendung findet, wenn es etwa im Vorbericht des Erzählers heißt, bei den folgenden Aufzeichnungen handele es sich um Protokolle von »Experimenten an lebenden Seelen«. Die Versuche, die der Bakteriologe an Tieren vornimmt, um etwa den Scharlachvirus zu isolieren, entsprechen den Bemühungen des Erzählers, hinter die Geheimnisse der Psyche zu kommen, die Beweggründe für eine grauenhafte Tat freizulegen. Die Analogien und Verklammerungen zwischen naturwissenschaftlichem Forschen und analytisch-sezierendem Erzählen sind dabei für den Roman konstitutiv.

Der »eigentümliche Klang« des Namens Letham hat wohl zuerst Friedrich Walter auf die Frage gebracht: »Sollte Letham eine Silbenumstellung von Hamlet sein?« In seiner Besprechung des Romans, die im beachteten Kulturteil des »Berliner Börsen-Couriers« erschien, sammelte Walter die Hinweise, die für eine Bejahung der Frage sprechen: So wird einmal das berühmte Wort »Gewissen macht Sklaven aus uns allen« aus dem »Hamlet« zitiert und dazu angemerkt, Hamlet sei das »Urbild des letzten Europäers«. Recht eindeutig ist auch der Umstand, daß Georg Letham in die Verbannung außer der Bibel eben nur den »Hamlet« mitnimmt. »Beabsichtigte Weiß«, so fragt Walter, »eine Neuschöpfung der Hamletgestalt für unsere Zeit? Eines hat Dr. Letham mit seinem Vorbild gemein: Er ist wie dieser getrieben und aufgerufen vom Schatten seines Vaters. Dieser Mann, der nach dem Mißerfolg seiner ehrgeizigen Pläne, dem Scheitern einer Nordpolexpedition, dem Zusammenbruch seines eigentlichsten Lebensplanes, sich so weit wieder auffangen, verhärten und bemeistern konnte, daß er mit dem Leben und den Menschen fertig wurde – was dem späteren und schwächeren Nachkommen nicht mehr oder erst nach Leiden von ganz anderem Ausmaß gelingt –, diese durch keinen Angriff teilbare Einheit einer Persönlichkeit bleibt für den Sohn das erstrebte und geliebte, aber auch verfluchte und verhaßte Ziel.« Friedrich Walter findet aber auch heraus, daß es einen wesentlichen Unterschied zwischen Hamlet und Letham gibt: letzterer ist »kein Melancholiker, kein Zuschauer, sondern ein fanatischer, besessener, leidenschaftlicher Mensch, der für das, was er will, immer den höchsten Einsatz zu wagen bereit ist«.

Sieht man sich im »Georg Letham« noch einmal genauer das Vater-Sohn-Verhältnis an, so wird deutlich, daß Weiß diese Konstellation in seinem Spätwerk zwar verblüffend beharrlich immer wieder aufgegriffen hat, dabei aber die Gefühlskomponenten ganz unterschiedlich verteilte. Georg Letham empfindet wohl die Überlegenheit seines Vaters, der ihm durch seine »bloße Existenz« imponiert, aber er wehrt sich auch entschieden gegen seinen Einfluß – ganz anders als der Held im späteren Roman »Der arme Verschwender« –, er nennt seine Rolle eine »verhängnisvolle«, äußert unverhüllt Haßgefühle und wendet sich vor allem gegen die Erziehungsmethoden des Vaters, seinen seelenschädigenden »Abhärtungsprozeß«. Gegen eine »unnatürliche« Erziehung opponiert auch Boëtius von Orlamünde, der »Held« des vorangegangenen Romans von Ernst Weiß, aber obwohl ihm sein Vater diese falsche Erziehung in dem Internat Onderkuhle angedeihen ließ und die dort vermittelten feudalen Ideale auch weiterhin billigt und lebt, haßt Boëtius ihn deswegen nicht, pflegt ihn vielmehr bis zu seinem Tode, obwohl er für sich selbst einen ganz anderen Lebensweg gewählt hat.

Besondere Hinweise der Rezensenten gelten dem Sühnegedanken, den Weiß im »Georg Letham« zum erstenmal in seinem Schaffen in dieser Weise formuliert. Der Roman gebe in »quälender Unerbittlichkeit das Fegefeuer eines Lebens«, heißt es in der im »Berliner Tageblatt« abgedruckten Besprechung

von Ernst Blas, und fährt dann fort: »Dieser Gattenmörder aus
überspitzter Individualität wird zum Dulder, und in der Dul-
dung leistet er etwas höchst Soziales, nämlich den erfolreichen
Kampf gegen eine grausige Epidemie.« K. H. Ruppel nennt als
»ganz großes Thema« des Romans »die Sühne des Einzelver-
brechers an der Menschheit« und ergänzt: »Das ist eine
faustische Reinigung, und hat sie nicht die Leuchtkraft, so hat
sie doch die Strenge, den Ernst, die Tüchtigkeit der Goe-
theschen Sühnekonzeption.«

### III

Die Komposition des »Georg Letham« ist »meisterlich« genannt worden. In seinem »Verlorene Liebesmüh?« genannten
Versuch über Weiß schrieb Konrad Franke 1968: »Wie sich hier
die Retrospektiven harmonisch zu einem Ganzen vereinen – das
vordergründige Geschehen erweiternd und erklärend, nahtlos
und doch bewußt eine zweite Dimension eröffnend –, das ist
eine Lust zu lesen und zu begreifen; das kann zu einem Weiß-
Leserausch führen. Dabei wird diese Wirkung von Weiß nicht
gesucht, er bietet keine Delikatessen, macht den Leser nicht zu
Verbündeten, sucht nicht die Identifikation, Humor geht ihm
ab, seine Lakonie kokettiert nicht mit sich selbst. Sein Rezept
ist, mit den Mitteln der Psychologie die Phantasie des Lesers zu
erregen (...).«
Laut Friedrich Walter war der »Georg Letham« das »Ergebnis
einer langen und vieljährigen Arbeit«, nach Hans Oppenhei-
mer, der Weiß als Leiter der »Literarischen Propaganda« des
Ullstein Verlags nahestand, wurde die »seelische und geistige
Arbeit eines Jahrfünfts« in »wenigen Wochen eruptiver Arbeit
zu Papier gebracht«. Weiß schrieb 1934 an Klaus Mann, warum
er seinerzeit mit dem »Georg Letham« – wieder einmal – einen
Verlagswechsel vornehmen mußte: » (...) Ullstein lehnte ihn
kategorisch ab, und ich war froh, als Zsolnay zugriff (...).« Was
die exakten Gründe für die Ablehnung waren, ist unklar; Ende
1930 hatte Weiß jedenfalls mit dem Ullstein Verlag bereits
einen Vertrag über den Roman abgeschlossen.
Es ist interessant, daß der »Georg Letham« nach dem Zweiten
Weltkrieg das erste Buch von Weiß war, das wieder vorgelegt

wurde: 1950 brachte der Zsolnay Verlag das 7. bis 11. Tausend heraus und ließ 1961 eine Jubiläumsausgabe folgen – also noch vor dem 1963 erschienenen »Augenzeugen«, der dann die Neubeschäftigung mit dem Autor einleitete. Zwei Taschenbuch-Ausgaben – eine gekürzte unter dem Titel »Arzt und Mörder« 1953 und eine vollständige im Jahre 1964 – trugen mit dazu bei, daß dieses Hauptwerk von Ernst Weiß zu seinen am meisten verbreiteten Büchern gehört.

*Peter Engel*

# Zeittafel

1882    am 28. August wird Ernst Weiß als zweiter Sohn des jüdischen Tuchhändlers Gustav Weiß und seiner Frau Berta, geb. Weinberg, in Brünn/Mähren geboren.

1886    am 24. November stirbt sein Vater.

1902    am 11. Juli Reifeprüfung am 2. deutschen Gymnasium in Brünn.

1908    Nach zehn Semestern Medizinstudium (zwei vorklinische Semester in Prag) promoviert Weiß am 4. 7. in Wien. Danach ärztliche Tätigkeit an der Klinik Theodor Kochers in Bern und bei Geheimrat August Bier in Berlin.

1911    Rückkehr nach Wien. Anstellung in der chirurgischen Abteilung des Wiedener Spitals unter Prof. Julius Schnitzler (einem Bruder des Schriftstellers Arthur Schnitzler).

1912/13    Nach einer Lungenerkrankung tritt Weiß die Stelle eines Schiffsarztes auf der »Austria« des Österreichischen Lloyd an, ein Schiff, auf dem er bis nach Indien und Japan gelangte.

1913    *Die Galeere*, sein erster Roman, die Geschichte eines Strahlenphysikers und Röntgenologen, erscheint bei S. Fischer, Berlin. Erste Bekanntschaft mit Franz Kafka. Umzug nach Berlin.

1914    Einberufung in das k. u. k. Landwehrinfanterieregiment Linz und Dienst als Regiments- und Chefarzt in der Etappe und an der Ostfront.

1916    erscheint sein Roman *Der Kampf* bei S. Fischer, Berlin. Die Korrektur der Druckfahnen dieses Buches besorgte er im Sommer 1914 gemeinsam mit dem ihm befreundeten Franz Kafka. Eine Neufassung dieses Buches erschien 1919 unter dem Titel *Franziska* in »Fischers Bibliothek zeitgenössischer Romane«.

1918    Im Januar erhält Weiß das Goldene Verdienstkreuz der Tapferkeitsmedaille.
*Tiere in Ketten*. Roman, erscheint bei S. Fischer, Berlin.
Das *Versöhnungsfest*. Eine Dichtung in vier Kreisen, erscheint in der Zeitschrift »Der Mensch«; 1920 als Buch bei Georg Müller, München.

1919    Der Roman *Mensch gegen Mensch* erscheint im Verlag Georg Müller, München. Weiß arbeitet in Prag von Oktober 1919 bis September 1920 in der Chirurgie des Allgemeinen Krankenhauses.
Am 11. Oktober erlebt er im Deutschen Landestheater Prag die Premiere seines Dramas *Tanja*, das begeistert aufgenommen wird. Die Titelrolle spielt seine Geliebte Rahel Sanzara. *Tanja*. Drama in drei Akten, erscheint im Genossenschaftsverlag, Wien/Leipzig.

1920    *Stern der Dämonen*. Erzählung, erscheint im Genossenschaftsverlag, Wien/Leipzig, ein Jahr später bei Georg Müller als bibliophile Ausgabe.

1922  *Nahar.* Roman, erscheint bei Kurt Wolff, München.

1923  *Hodin.* Erzählung, erscheint im Verlag H. Tillgner, Berlin. Uraufführung der Tragikomödie *Olympia* im Berliner Renaissancetheater, deren Buchausgabe im Verlag Die Schmiede, Berlin, erscheint.
*Atua.* Drei Novellen, erscheinen bei Kurt Wolff, München.
*Die Feuerprobe.* Roman, erscheint mit Radierungen von Ludwig Meidner im Verlag Die Schmiede, Berlin.

1924  *Der Fall Vukobrankovics.* Kriminalreportage, erscheint im Verlag Die Schmiede, Berlin.
*Daniel.* Erzählung, erscheint im Verlag Die Schmiede, Berlin.

1925  *Männer in der Nacht.* Roman (um Balzac), erscheint im Propyläen Verlag, Berlin.

1928  *Boëtius von Orlamünde.* Roman (spätere Auflagen unter dem Titel *Der Aristokrat),* erscheint bei S. Fischer, Berlin, wird mit dem Adalbert-Stifter-Preis ausgezeichnet und erhält die Silbermedaille der Olympiade von Amsterdam.
Die Essaysammlung *Das Unverlierbare* (Meiner Mutter gewidmet), erscheint bei Ernst Rowohlt, Berlin.
*Dämonenzug.* Fünf Erzählungen (Stern der Dämonen, Die Verdorrten, Franta Zlin, Marengo, Hodin). Erscheint im Ullstein Verlag, Berlin.

1931  *Georg Letham.* Arzt und Mörder. Roman. Erscheint bei Zsolnay, Wien.

1933  Anfang des Jahres kehrt Weiß nach über zehnjährigem Berlinaufenthalt nach Prag zurück, um seine 1934 sterbende Mutter zu betreuen.

1934  *Der Gefängnisarzt oder Die Vaterlosen.* Roman, erscheint im Verlag Julius Kittls Nachf., Mährisch-Ostrau.
Nach dem Tode seiner Mutter emigriert Weiß nach Paris und fristet mühsam u. a. als Mitarbeiter der Emigrationszeitschriften »Die Sammlung«, »Das neue Tage-Buch«, »Maß und Wert« etc. sein Leben, zuweilen unterstützt durch Zuwendungen von Stefan Zweig und Thomas Mann.

1936  *Der arme Verschwender.* Roman (Für Stefan Zweig), erscheint im Querido Verlag, Amsterdam.

1938  *Der Verführer.* Roman (Thomas Mann gewidmet), erscheint im Humanitas Verlag, Zürich.
Für einen literarischen Wettbewerb der »American Guild for German Cultural Freedom« reicht Weiß erfolglos seinen Hitler-Roman *Der Augenzeuge* ein, dessen erste Fassung postum erst 1963 unter dem Titel *Ich, der Augenzeuge* (im Verlag Kreißelmeier, Icking/München) erscheinen kann.

1940  am 15. Juni, dem Tag nach dem Einmarsch der deutschen Truppen in Paris, nimmt Ernst Weiß sich das Leben.

## Ernst Weiß
## im Suhrkamp Verlag und
## im Insel Verlag

40/1/4.86